효의왕후

정승호

조선 22대 왕 정조의 정비(1753~1821)

孝懿

효의 왕후

| 정승호 장편소설 |

"붕당정치를 타파한 조선 최고의 개혁 군주
정조를 독살하고 그 업적을 지워버린 정순왕후와 노론 세력을
역적 집안으로 전락시켜 남편의 복수를 감행하다."

지식공감

정조에 대한 조선왕조 역사를 탐독하다 보면 효의왕비에 대한 행적이 그리 많지 않음을 발견할 수 있다. 그녀는 조선의 가장 위대한 정조대왕의 정비이자 조선의 국모였다. 조선은 사대부의 나라인지라 그 역사 또한 왕과 신하들의 기록이 전부이다. 그래서 그런지 왕실의 혼례를 담당했던 내명부와 여인네들의 기록은 많지 않으며 정사가 아닌 야사를 통해서만 간간이 찾아볼 수가 있다.

정조의 후궁 의빈 성씨는 4명의 아이를 임신했지만, 2명은 사산(死産)하고, 2명은 태어난 후 모두 죽었다. 정조는 이를 무척 슬퍼하며 그녀를 위해 묘비에 직접 어제의빈묘지표명(御製宜嬪墓表誌銘)의 문장을 지었다. 그리고 어제의빈 치제제문(致祭祭文)을 지어 바쳤다. 치제제문이란 윗사람이 제사를 올리는 음식과 죽은 사람에 대해 슬픈 뜻을 표하는 글을 말한다. 의빈 성씨가 정조보다 먼저 죽는 바람에 이런 호강을 누린 것이다.

반면 정조의 정비였던 효의왕비는 10살의 나이로 당시 한 살 위 세손이었던 정조와 가례를 올리고 세손빈이 된 이후 조선의 국모로 등극하여 정조가 49살에 사망할 때까지 정조와 조선을 통치했다. 그리고 정조의 아들 순조가 왕위를 승계한 다음 궁궐의 최고 어른인 왕대비로서 정조보다 20년을 더 산 뒤 숨을 거두었다.

불행하게도 효의왕비에게는 자식이 없었다. 그런 연유 때문인지 조선 최고의 개혁 군주이자 바른 정치를 추구했던 정조가 그의 정비인 효의 왕비와 결코 화목하지 못했다는 일부 학자들의 주장이 있다. 그러나 조선의 역사 어디에도 효의왕비와 정조의 사이가 좋지 않았다는 기록 은 없다. 다만 홍국영과 화완옹주가 정조와 효의왕비의 사이를 갈라놓 으려고 했다는 기록밖에는 없다. 결국 사이가 좋은 왕과 왕비를 갈라 놓으려고 방해했다는 사실 대신, 아이가 없었으니 사이가 좋지 않았다 는 이상한 논리로 독자들의 호기심을 자극하고 있는 것이다.

그 때문인지 효의왕비와 정조의 사랑 이야기는 어디에도 찾아볼 수 없고 후궁으로 들어와 정조와 채 2년도 살지 못한 후궁 의빈 성씨의 사랑은 드라마나 영화를 통해 자주 등장하고 있다.

원빈 홍씨의 사례를 들면 이해가 빠를 것이다. 정조의 후궁으로 들 어와 성관계 한번 제대로 못 해본 원빈 홍씨가 죽자, 정조는 5일 동안 조회와 장시의 업무를 정지시켰다. 이는 왕세자빈 이상에게나 행하는 상례였다. 그리고 당나라 황귀비의 예를 좇아서 시호를 인숙(仁淑), 궁 호를 효휘(孝徽), 원호를 인명(仁明)이라고 추증하였다.

이휘지(李徽之)가 표문(表文)을 짓고, 황경원(黃景源)이 지장(誌狀)을 짓 고, 송덕상(宋德相)이 지명(誌銘)을 짓고 채제공(蔡濟恭)이 애책(哀冊)을 짓고 서명선이 시책(諡冊)을 지었다. 국왕의 상을 당했을 때나 동원될 만한 당대의 명유(明儒)들이 총동원된 것이다. 정조가 이렇게까지 한 것은 홍국영 때문이지 원빈 홍씨를 사랑했기 때문이 아니다.

역사 속 대부분의 인물들은 학자들로 인해 또는 드라마 시나리오 작가들로 인해 위인이 되기도 하고 역적이 되기도 한다. 그 때문인지 효의왕비는 단지 왕비의 의무를 다하고 시어머니 혜경궁 홍씨를 잘 모시고 효를 다한 평범한 왕비로 기록되어 지금까지 전해진 것으로 보인다.

하지만 마지막 정조의 능에 같이 묻힌 것도 효의왕비였고, 정조 사후에도 그 업적을 계승, 유지할 수 있었던 것도 모두 효의왕비 때문이었다. 효의왕비는 순조(純祖)를 통해 자신의 시어머니 혜경궁 홍씨 집안을 멸문시키고 남편 정조가 이룩해 놓았던 업적을 지워버린 정순왕후를 견제했으며, 정순왕후(貞純王侯) 사후에는 그 집안을 역적 집안으로 만들어 남편 정조의 복수를 감행했다. 당시 수빈 박씨로부터 태어난 순조는 법적으로 효의왕비의 자식이었고 자식이 부모의 명을 거역할 수 없는 것은 당연했다.

정조가 효의왕비를 얼마나 아꼈는지 확인할 수 있는 사건이 있다. 그것은 바로 홍국영(洪國榮) 사건이다. 정조가 가장 믿었던 홍국영과 사이가 멀어진 것은 정조가 효의왕비의 편을 들었기 때문이었다. 당시 정조는 홍국영이 어머니 혜경궁 홍씨 집안을 멸문시켰어도 홍국영을 내치지 않았다. 하지만 자신의 정비에게 무례한 행동을 한 홍국영을 귀양보내고 그곳에서 죽게 만들었다.

사실 효의왕비는 단순히 정조의 정비가 아니었다. 그녀는 어린 나이에 궁에 들어가 자신보다 한 살 많은 정조와 가례를 올린 후 온갖 개혁의 풍파를 정조와 함께 이겨냈다. 즉, 정조와 효의왕비는 단순한 부부 사이가 아니라 정치적 동반자였다.

그 대표적 사건이 정조의 아버지이자 어머니 혜경궁 홍씨의 남편인 사도세자의 죽음이었다. 당시 사도세자의 죽음과 관련된 시간은 정조가 즉위하던 스물네 살이 되기까지 그야말로 폭풍전야와 같은 세월이었다. 수시로 다가오는 남편 정조의 독살에 대비해야 했고 정조의 정적 정순왕후와 그녀를 지지하던 노론 세력들과도 맞서야 했다.

어쩌면 그녀에게 자식이 없었던 것은 여자로서 의무를 다하지 못한 것이 아니라 살얼음판을 걸어야 했던 당시 정치적 위기 속에 찾아온 스트레스와 분노, 그리고 죽음의 그림자와 싸워야 했던 당시의 절박한 상황이 그녀를 불임으로 만들었기 때문일 것이다.

이 책은 오랫동안 효의왕비에 대한 기록을 추적하여 역사적 사실에 충실하면서 기록이 없는 부분은 개인적인 사견을 가미하여 완성된 소설이다. 그녀는 개혁 군주이자 붕당정치를 타파하고 오직 바른생활로 만천하에 모범이 되었던 위대한 조선의 국왕 정조의 정치적 파트너이자 조선의 국모였다. 정조가 최고 군주로 이름을 남길 수 있었던 것은 조선 최고의 지식을 가진 율곡 이이와 퇴계 이황의 학문적 지식을 뛰어넘었던 정조 뒤에 그에 못지않게 학문과 지식이 뛰어나고 정치적 판단 능력을 갖추었던 효의왕비가 있었기 때문이다.

이 소설을 통해 어떻게 그녀가 남편의 정적들과 정치적 투쟁을 통해 남편 정조의 개혁과 업적들을 지키고 남편을 죽음으로 몰고 간 노론 벽파를 해체했는지를 살펴보게 될 것이다.

오랜 시간 효의왕비의 행적을 찾기 위해 무던히 노력했던 시간들이 이 세상 밖으로 나온 이 한 권의 책으로 위안을 삼아 본다.

2026. 4

[영조]

　조선의 21대 국왕으로 숙종과 인현왕후를 모시는 무수리 출신 숙빈 최씨 사이에서 차남으로 1694년 10월 31일 한성부 창덕궁 보경당에서 태어났다. 조선 왕실에서 유일하게 세자(世子)가 아닌 세제(世弟)로서 왕위에 오른 인물이다. 즉 경종의 이복동생으로서 왕위에 올랐다.

　1724년 10월 16일 29세로 즉위하였고, 1776년 4월 22일 향년 81세로 사망할 때까지 무려 52년간 재위했다. 조선의 국왕 중 최장수한 군주이다.

[정순대비]

　조선 21대 국왕 영조의 계비이다. 영조의 비 정성왕후가 승하하자 새 왕비로 간택됐다. 당시 영조의 나이 66세였고 정순대비는 15세로 무려 51세의 나이 차이가 있었다. 1745년 12월 2일(음력 11월 10일) 충청도 서산에서 태어나 1759년 7월 3일~1776년 4월 11일 영조가 죽기까지 왕비로 있다가 1776년 4월 16일 정조가 즉위하자 왕대비가 되었다. 그리고 1800년 8월 11일 순조가 즉위하자 1805년 2월 11일(음력 1월 12일) 죽기 전까지 대왕대비로 있었다. 그녀로 인해 정조의 업적은 지워졌으며, 어머니 혜경궁 홍씨의 집안은 역적으로 몰렸다. 그리고 정조의 아들 순조를 대신해 대리청정을 하면서 조선을 좌지우지했다. 하지만 사후에는 효의왕후에 의해 집안이 역적으로 몰려 몰락했다.

[사도세자]

영조의 차남으로 모친은 영조의 후궁 영빈 이씨이다. 정실부인인 혜경궁 홍씨에게서 정조를 낳았다. 1735년 2월 13일(음력 영조 11년 1월 21일) 한성부 창경궁 집복현에서 태어났으며, 1736년 4월 25일(음력 영조 12년 3월 15일) 세자로 책봉되었다. 그 뒤 1762년 7월 12일(음력 영조 38년 윤5월 21일) 향년 27세로 뒤주에 갇혀 사망했다.

[혜경궁 홍씨]

정조의 어머니이자 사도세자의 부인이다. 1735년 8월 6일(음력 6월 18일) 한성부 서부 반송방(서대문구 충정로) 홍봉한의 딸로 태어나 1774년 2월 10일~1762년 7월 4일 왕세자빈(혜빈)으로 있다가 1776년 4월 16일~1816년 1월 1일 향년 80세로 사망하기까지 혜경궁(자궁)으로 있었다.

[정조]

조선 제 22대 국왕이자 대한제국의 추존 황제이다. 1752년 10월 28일(음력 영조 28년 9월 22일) 한성부 창경궁 경춘전에서 사도세자와 혜경궁 홍씨 사이에서 차남으로 태어났다. 1759년(영조 35년) 왕세손으로 책봉되었고, 1762년(영조 38년) 조부 영조가 부친 사도세자를 뒤주에 가둬 죽이자 요절한 영조의 맏아들 효장세자의 후사가 되어 1776년 1월 30일(음력 1775년 영조 51년 12월 10일)부터는 대리청정을 하여 국가의 정사를 직접 관장하였으며, 3개월 뒤 영조가 81세로 승하하자 23세의 나이로 왕위에 올라 24년간 재위하다 1800년 8월 18일 향년 47세로 사망했다. 조선의 국왕 중에 가장 영민하고 백성을 진정으로 사랑한 국왕이었다.

[효의왕비]

조선의 제22대 국왕 정조의 왕비이다. 조선의 역대 왕비 중 유일하게 세손빈으로 입궁해서 중전이 된 왕비이다. 1753년 12월 25일(음력 13월 13일) 서울 종로 가회방(지금의 북촌)에서 김시묵과 남양 홍씨의 딸로 태어나 1762년 2월 15일~1776년 4월 16일 조선 왕세빈으로 있다가 1776년 4월 16일 왕비가 되어 1821년 3월 29일(음력 3월 9일) 향년 69세로 사망했다. 남편 정조의 정적 정순왕대비가 죽기 전까지 살아남아 정순왕대비 집안을 멸문시켰다.

[원빈 홍씨]

정조의 첫 번째 후궁이자 홍국영의 이복여동생이다. 1766년 6월 22일 한성부 서부 서강방 신정리(현 마포구)에서 아버지 홍낙춘과 어머니 이유 사이에서 태어났다. 1778년 7월 14일 원빈으로 있었으며 1779년 6월 9일 향년 12세로 사망했다. 조선 역사상 살아서도 죽어서도 전무후무한 예우를 받은 유일한 후궁이다.

[화빈 윤씨]

정조의 두 번째 후궁이며 1765년 5월 19일 판관 윤창윤과 벽진 이씨의 딸로 태어나 1780년 4월 14일 후궁으로 살다가 1824년 2월 1일 향년 58세로 사망했다. 질투심이 많아 효의왕후와의 사이가 좋지 않았으며, 원빈 홍씨를 시해하려다 발각된 적도 있었다. 슬하에 자식이 없었다.

[의빈 성씨]

정조의 세 번째 후궁이며 정조의 아들 문효세자의 어머니이다. 이름은 성덕임이다. 10세 무렵에 궁녀로 입궐했다가 정조가 내린 승은을 15년간 두 차례 거절했다가 비로소 후궁첩지를 받았다. 1753년 7월 26일 태어나 1782년 10월 13일~1786년 10월 24일 조선 의빈으로 있다가 1786년 10월 24일 향년 33세로 사망했다. 총 4명의 자식을 회임하고 두 명의 아들과 딸을 낳았지만 모두 요절했디.

[수빈 박씨]

정조의 네 번째 후궁이자 정조의 아들 순조의 어머니이다. 1770년 6월 1일 경기도 여주에서 반남박씨 박준원의 6남 5녀 중 3녀로 태어나 1787년 2월 11일 정조의 훙궁으로 간택되었다가 1823년 2월 6일 향년 52세로 사망했다.

·목 차·

제1장
어린 시절

1759년 기묘년(영조 35년) 북촌 김시묵 대감의 집 대문을 두드리는 스님이 있었다. 바로 광덕사 주지 효지였다.

마침 김시묵 대감은 대궐로 입궐하여 없었고, 부인 홍씨는 친정에 잠시 가 있을 때였다. 호기심 많고 무엇이든 배우기 좋아했던 가은은 목탁 소리가 나는 대문을 활짝 열어젖혔다. 그리고 합장하고 묵례를 하고 난 뒤 신기한 듯 스님을 빤히 쳐다보았다.

"스님, 안에서 목탁 소리를 듣다 보니 박자가 일정치 않고 점점 빨라지던데 어디 몸이 불편한 곳이라도 있는지요? 아니면 불안한 일이라도 있으신가요?"

순간 효지스님은 당황했다. 동그란 눈, 오뚝 솟은 콧날, 올라간 입꼬리, 부처 같은 귀, 정갈한 옷맵시, 그냥 쳐다보아도 편안한 느낌이 드는 어린 계집아이가 자신이 치는 목탁 소리를 듣고서 자신의 마음을 읽고 있다니 놀라지 않을 수 없었다.

이 아이는 불가에 출가하여도 분명 비범한 비구니가 될 아이였다. 순간 효지스님은 이 아이에 대해 더 알고 싶어졌다.

"목탁 소리를 듣고 소승의 마음이 불안하다고 하셨는데 왜 그렇게 느끼셨습니까?"

"고요한 물은 보고만 있어도 마음이 편안해지고, 흔들리지 않는 나뭇가지는 세상에 평온함을 가져다줍니다. 집으로 급히 들어오시는 아버님의 발소리로 대궐에서 좋지 않은 일이 생겼는지 알 수 있고 하인들의 밥상 차리는 손의 떨림으로 올바른 조리가 되지 않음을 알 수 있듯이 스님의 목탁 소리는 청아함이 그 근본이지만 일정치 않음은 누가 들어도 쉽게 알 수 있는 일이었습니다."

"그럼 소승이 무슨 일 때문에 목탁 소리가 평온하지 않았다고 생각하셨습니까?"

"그건 소인도 자세히는 알 수 없지만 소인의 생각에는 남에게 시주를 부탁하는 스님 마음이 평온치 않는다면 그건 시주를 거절당할까 하는 두려움이 아니겠는지요? 만약 그것도 아니라면 이 집에 큰일이 일어나 그것을 알리기 위함이 아니겠습니까?

하지만 이렇게 직접 스님을 뵈니 범상치 않은 기운을 느낄 수 있어 분명 그만한 이유가 있을 것으로 보입니다. 실례가 되지 않는다면 스님의 함자를 여쭤봐도 되겠습니까?"

효지스님은 신기한 듯 어린아이를 요리조리 살펴보았다. 채 일곱 살도 안 되어 보이는 어린 계집아이가 조금도 겁먹거나 망설임 없이 위엄을 갖추고 평생 도 닦은 자신의 목탁 소리만을 듣고 마음이 흔들린다니, 범상치 않다고 하느니, 떠들어 대고 있지 않은가?

신기하듯 소녀를 쳐다보던 효지스님이 물었다.

"소승의 어떤 모습을 보고 범상치 않다고 생각하셨습니까?"

"자고로 학문을 익힌 지자(知者, 지혜로운 자)와 자신의 마음을 다스릴지

아는 인자(人子, 어진 자)는 그 눈빛과 행동거지가 달라 그렇게 말한 것입니다. 소인이 말실수를 범했다면 스님의 너그러운 자비를 바랍니다."

"아니옵니다. 소인은 효지라고 하옵고 수원 광덕사에 기거하고 있사오며 시주를 위해 산을 내려왔다가 이 집에서 범상치 않은 기운이 보여 그 기운이 누구한테 나오는지 궁금함에 마음의 평정을 잃어 목탁 소리가 혼란스러웠나 봅니다. 소승도 실례가 되지 않는다면 이 댁의 주인과 지금 제 앞에 서 계시는 분의 함자를 물어도 되겠습니까?"

"그럼요 되구 말구요. 이 댁은 대사간 김 시자 묵자 되시는 김시묵(金時默) 대감의 집이고, 저는 그의 여식 김가은이라고 합니다."

"혹 아버님의 본이 청풍이 아니신지요?"

"예, 맞사옵니다, 스님! 그런데 왜 그러신지요?"

"아니옵니다. 혹 시간이 되시면 어머님과 함께 소승이 있는 광덕사에 한번 다녀가 주셨으면 한다고 어머님께 전해 주시겠습니까?"

그렇게 하겠다며 약속하고 가은은 하인을 시켜 스님 돌아갈 길이 가깝지 않으니 무거운 쌀 대신 건강을 지켜줄 귀한 약재를 싸 드리라고 말했다.

스님이 돌아간 후 가은은 광덕사 스님이 다녀간 이야기와 집에 범상치 않은 기운이 있어 왔다는 스님의 함자를 어머니 홍씨에게 전했다.

가은의 어머니 홍씨는 유명하기로 소문난 광덕사의 주지 효지스님이 다녀갔다는 사실과 스님의 의미심장한 그 말의 진위(眞僞, 참과 거짓)를 알고 싶었다.

홍씨는 일주일 뒤 하인들과 가은을 데리고 1박 2일 일정으로 수원에 있는 광덕사로 향했다.

광덕사는 수원 광교산 중턱에 자리 잡은 작지만 아름다운 절이었다. 이미 홍씨의 서찰과 쌀 20가마를 절로 미리 보낸 터라 스님 두 분이 홍씨 일행을 맞이하면서 주지 스님이 계시는 대웅전으로 안내하였다.

홍씨와 가은은 대웅전으로 들어가 부처님에게 절을 올리고 주지 효지스님에게 반례를 하고 마주 앉았다.

가은은 이미 주지 스님과 구면이라 반가운 듯 먼저 말문을 열었다.

"큰스님, 그동안 무탈하셨는지요? 스님의 표정을 보니 제가 어머님을 모시고 올 줄 알고 계신 듯합니다."

"허허, 글쎄올시다! 내 어찌 보지도 못한 일을 예견할 수 있겠습니까? 어찌 되었든 이렇게 와 주셔서 소승 감사드리며 시주 또한 잘 받았습니다. 비록 하룻밤 묵고 가시겠지만, 천하를 품고 가시길 바랍니다."

순간 눈치 빠른 홍씨는 주지 효지스님을 뚫어지게 바라보았다. 생김새 하나하나 말 한마디 한마디가 범상치 않아 보이는 고승이 틀림없었다.

게다가 하룻밤 묵어가면서 천하를 품고 가라는 그 말에 홍씨는 벌써부터 가슴이 두근거려 그 '천하'가 무엇인지 당장이라도 묻고 싶었다. 하지만 서두르지 않기로 했다.

어차피 내일이면 다 알 일인데 조급함으로 자신의 위신이 떨어질까 마음이 쓰였다. 그래서 홍씨는 스님의 말에 무게를 주지 않는 것처럼 다른 곳으로 화제를 돌렸다.

"이렇게 아름다운 절에 예지력과 식견을 가지고 계시는 큰스님까지 계시니 사찰까지도 미(美, 아름다움)와 엄(嚴, 근엄)을 모두 갖추고 있나 봅니다. 왠지 벌써부터 오래도록 머무르고 싶어집니다. 실례가 안 된다면 짧은 시간이지만 좋은 말씀 많이 듣고 가겠습니다."

"허허, 그렇게 하시지요! 오늘은 오시느라 고생하셨으니 절 구경도 하시고 맛은 없지만 정갈한 사찰음식도 드시면서 마련된 숙소에서 편안한 밤 보내시길 바랍니다."

홍씨와 가은은 대웅전에서 나와 사찰 구석구석을 둘러보았다. 모든 것이 신기한 가은과는 달리 홍씨는 내일 효지스님이 무슨 말을 해 줄지 궁금했다.

'천하를 얻는다'는 말은 대감 김시묵이 좌의정까지 올라 국왕의 옆에서 천하를 호령한다는 뜻인지, 아니면 또 다른 일이 뭐가 있을까?

혹 내 딸 가은이가 왕비라도 된다는 말인가?

"아니야, 이제 갓 일곱 살 된 내 딸이 왕비가 된다는 것은 있을 수 없는 일이야. 그리고 지금 궁에는 세자(사도세자)와 세자빈마마(혜경궁 홍씨)가 계시지 않는가? 그럼 또 다른 뭐가 있다는 말인가?"

이런저런 생각에 절도 제대로 구경하지 못하고 방으로 돌아온 홍씨는 딸 가은에게 자신의 궁금한 것을 물었다.

"가은아, 너는 큰스님을 이미 만나 뵈었으니 스님이 말씀하신 '범상치 않은 기운'이나 '천하를 얻는다'는 말이 무엇이라 생각하느냐?"

"글쎄요. 무슨 일인지 모르겠으나 저는 아버님과 어머니가 지금처럼 아무 일도 없이 무탈하고 강녕하셨으면 합니다."

"그야 그렇지만 왠지 나는 스님의 그 말에 마음을 진정할 수 없구나."

그날 저녁 음식은 전통적인 사찰음식으로 마련되었다. 고사리 연뿌리, 더덕구이, 차나물 무침, 곰나물 튀김, 그리고 고기 대신 콩가루를 뭉쳐 튀긴 동그란 전 등 한 상 가득 올라온 갖가지 반찬에 하얀 쌀밥

이 올라왔다.

평소 음식에 관심이 많은 가은은 밥상을 요리조리 살피다 콩으로 만든 동그란 전을 발견하고는 밥상을 가지고 온 스님에게 물었다.

"스님, 제가 알기로 절에 계신 스님들은 고기를 금하는 것으로 알고 있는데 고기로 만든 전은 저희를 위한 특별한 음식인가요?"

"아닙니다. 이 전은 콩으로 만든 전입니다. 절에서는 고기를 먹지 않고 고기를 반입하지도 않습니다."

"그럼 콩을 어떻게 조리하는데 이렇게 고기처럼 되는 건가요?"

"콩을 쪄서 콩물은 버리고 건더기를 반죽하여 동그랗게 만드는 것입니다."

가은은 사찰음식 하나하나 조리법을 묻고 기록하여 챙겨 두었다.

다음 날 아침, 큰스님으로부터 전갈이 왔다. 대웅전으로 두 분을 모시고 오라는 것이었다.

가은은 절 구경을 좀 더 하겠다고 스님들의 안내를 받고자 밖으로 나갔고 홍씨는 혼자 대웅전을 향했다.

부처님에게 큰절을 올린 후 큰스님과 마주 앉은 후 홍씨는 먼저 인사를 올렸다.

"스님의 배려로 잘 먹고 잠도 푹 잘 잤습니다. 다시 한번 감사드립니다."

이에 주지 스님은 환한 웃음을 짓더니 두 손을 합장하고 홍씨에게 가벼운 인사를 건넸다.

"잘 주무셨다니 다행입니다."

"예, 스님 덕분에 맛있는 음식도 먹고 편한 밤을 보냈습니다."

"산속에 있는 절간이라 변변치 않았을 것입니다. 그 보다 밤새 소승이 한 말 때문에 제대로 못 주무셨을 텐데, 지금부터 그 얘길 해 드릴까 합니다. 올해 따님의 나이가 어떻게 되었는지요?"

"예, 올해 갓 일곱 살이 되었습니다. 아직 철이 없어 이것저것 세상의 모든 일이 궁금한지 호기심이 많은 아이입니다."

"소승이 보건대 따님은 특별한 외모와 앞을 보는 식견을 타고난 것 같습니다. 말은 겸손하되 세상의 이치를 알고 있는 듯 조심스럽고 행동은 예를 갖추되 모르는 일에는 파고드는 성격을 가지고 있어 남자로 태어났으면 지존이 되었을 상입니다. 지금의 청풍 김씨 가문은 어쩌면 명성왕후 이후 끊겼던 그 대를 따님 때문에 계승할 것 같습니다."

큰스님 말에 홍씨는 흥분을 감추지 못했다. 그리고 그녀의 궁금증은 그동안 참았던 인내를 짓누르고 터져 나왔다.

"스님, 혹 스님이 천하를 얻겠다던 말씀이 저의 대감이 정승의 반열에 올라선다는 뜻인가요? 정말 그와 같은 영광이 저의 집안에 찾아올까요?"

"소승은 천하를 손에 넣는다고 말씀드렸을 뿐 천하를 호령한다고 하지는 않았습니다. 허 허 허."

"스님, 그게 무슨 뜻인가요? 그럼 우리 대감이 정승이 안 된다는 뜻인가요?"

"되구 말구요. 정승이 아니라 정승보다 위에 계시지요?"

홍씨는 기뻐서 어찌할 바를 몰랐다.

'정승 위라면 임금밖에 없는데 그럼 어떤 자리란 말인가?' 홍씨는 갈수록 스님의 말을 이해할 수 없었다.

"스님, 구체적으로 말해주시면 안 되겠습니까? 궁금하여 애간장이

녹겠습니다."

"허허허 그러지요. 시주도 많이 하셨는데 소승 그 은혜에 보답해야 겠지요! 제가 드린 말씀은 대감 일이 아닙니다. 바로 따님에 대한 말이 었습니다. 따님의 관상과 살고 계시는 집터를 보니 멀지 않아 조선의 국모가 되실 상입니다."

홍씨는 하마터면 쓰러질 뻔했다. 철없는 어린 딸자식이 조선의 국모가 될 것이라니 믿을 수가 없는 일이었다.

"스님, 그게 사실인가요?"

"네, 지금 제 눈에 보이는 따님은 분명 이 나라 국모가 되실 분이십니다. 그것도 조선에서 가장 위대한 국왕의 중전이자 이 나라 국모가 되어 자자손손 모든 백성들의 본보기가 되실 것입니다. 그러니 따님의 아버님 되시는 대감은 이 나라 임금의 장인어른이시니 임금보다 높다고 할 수 있겠죠! 허허허!

하지만 국모가 될 때까지 이 사실은 따님에게는 비밀로 하시고 학문에 전념토록 종용하여 주시길 바랍니다. 따님의 영특함은 마치 물을 빨아들이는 솜과 같아 아무리 어려운 학문을 가르쳐도 소화하고도 남을 것입니다. 또한 따님은 이 나라 국왕의 앞길을 영광스럽게 안내할 것이고 그 업적 또한 따님으로 인해 영원하게 될 것입니다."

"정말입니까, 스님? 저 철없는 우리 딸이 그렇게 훌륭한 국모가 될 수 있다는 말씀이신지요? 그렇게 된다면야 절대 입을 닫고 있겠습니다."

조금 뒤 절 구경을 하고 돌아온 가은은 주지 스님 앞에 앉자마자 자신이 본 절에 대해 묻기 시작했다.

"스님, 절의 위치를 보니 명당자리처럼 보이는데 어떤 분이 절터를 잡으셨나요?"

느닷없는 절터에 관한 질문에 스님은 한바탕 웃었고, 어머니는 전 같으면 엉뚱한 질문을 한다고 뭐라 했을 테지만 장차 왕비가 된다는 스님의 말씀을 듣고 나니 어딘지 모르게 딸이 다르게 보였다.

"집터는 윤선지라는 지관이 40년 전 절터를 정해 지은 것입니다. 근데 그걸 알아서 뭐하시게요?"

"그냥 알고 싶어서요. 궁금한 것은 아버님에게 묻거나 서책을 통해 뭐든 알 수 있는데 풍수지리는 아는 사람도 없고 물어볼 사람도 없어서 그렇습니다."

"풍수지리를 왜 알려고 하시는지요?"

"저는 계집아이라 음식에 관한 많은 책을 접할 수밖에 없었습니다. 특히 음양오행사상(陰陽五行, 음양설과 오행설을 함께 이르는 말)에 따른 상차림과 시식, 맛과 색깔에 대한 서책을 많이 읽었습니다. 제 생각에는 음양오행사상과 풍수지리(風水地理)와는 관련이 많이 있어 보이는데 스님께서 정확히 설명해 주실 수 있는지요?"

주지 스님은 가은의 당찬 질문이 신통방통한지 계속 웃으며 질문만 하였다.

"그럼 먼저 저에게 음양오행설을 설명해 주실 수 있겠습니까?"

"그럼 제가 먼저 말씀드릴 테니 스님께서도 제게 풍수지리에 대해 알려주셔야 합니다. 약속하시는 것입니다. 우선 제가 아는 부분만 말씀 올리겠습니다.

음양오행설에 따른 오행의 법칙에는 상생론(相生論), 상극론(相剋論)이 있습니다. 예컨대 목생화(木生火, 나무와 나무를 마찰하면 불이 생긴다), 화생토(火生土, 물질이 연소하면 재, 즉 흙이 생긴다), 토생금(土生金, 흙 속에는 금속이 매장되어 있다), 금생수(金生水, 습도가 높을 때 금속에 물이 생긴다), 수생목(水生木, 나무는 물에 의해 성장한다)은 상생론입니다.

반면에 목극토(木剋土, 나무는 흙 속의 뿌리를 뻗어 흙을 단단히 죄어 고통을 준다), 토극수(土剋水, 흙은 물의 흐름을 막는다), 수극화(水剋火, 물이 불을 끈다), 화극금(火剋金, 금속은 불에 녹는다. 즉 불이 금속을 이긴다), 금극목(金剋木, 커다란 나무도 도끼(금속)에 의해 쓰러진다)은 상극론입니다.

다시 말해 우주는 음양의 조화와 상생 및 상극의 원칙이 결합해 무한한 유전을 거듭한다는 것이 음양오행설의 핵심입니다.

이것을 음식의 맛과 색깔에 적용하면 청색과 신맛은 목(木)에 붉은 색과 쓴맛은 화(火)에, 황색과 단맛은 토(土)에, 백색과 매운맛은 금(金)에 흑색과 짠맛은 수(水)에 해당합니다. 상생에서 목(木)은 화(火)를 만드는 목생화(木生火)이므로 신맛(木)과 쓴맛(火)이 알맞게 섞이면 맛이 좋고 건강에도 좋습니다. 마찬가지로 쓴맛과 단맛, 단맛과 매운맛, 매운맛과 짠맛, 짠맛과 신맛은 서로 상생 관계에 있습니다.

이것을 색깔에 적응하면 청색과 적색, 적색과 황색, 황색과 백색, 백색과 흑색, 흑색과 청색의 음식은 서로 상생 관계에 있고 이를 알맞게 섞어 먹으면 음식의 색깔이 아름다워질 뿐 아니라 건강에도 좋다는 것입니다.

상극론을 맛에 적응시키면 단맛(土)은 신맛(木)에 의해 억제되며(木剋土), 짠맛(水)은 단맛(土)에 의해 억제되고(土剋水), 쓴맛(火)은 짠맛(水)에 의해 억제되며(水剋土), 매운맛(金)은 쓴맛(火)에 의해 억제되고(火剋金), 신맛(木)은 매운맛(金)에 의해 억제(金剋土)됩니다.

즉 오미상생(五味相生), 오색상생(五色相生), 오미상극(五味相剋)은 음식을 조절하는데 기본 원리가 됩니다.

맛의 상극설은 질병에도 적용되는데 간장병(木)은 매운맛(金)을 금하고(金剋木), 심장병(火)은 짠맛(水)을 금하며(水剋火), 비장병(土)은 신맛은 단맛(土)을 금한다(土剋水)는 것입니다."

홍씨는 도대체 딸아이가 무슨 소리를 하는지 멍하니 듣고만 있는데, 주지 스님은 그 말의 뜻을 이해했는지 또 다른 질문을 하였다.

"그럼 상생론과 상극론은 사람의 건강과 질병에 어떤 관련이 있는지요?"

주지 스님의 질문에 가은은 서슴없이 대답했다.

"사람의 생명을 유지하는 것은 기(氣)가 혈(血)과 함께 체내를 구석구석까지 순환하기 때문이라고 생각합니다.

질병이란 평(平)했던 인체의 기가 한(寒, 차고) 또는 열(熱, 따뜻한) 방향으로 불균형에 빠진 상태로서, 기의 불균형은 스트레스와 같은 내인적 요소에 덧붙어 자연계의 기인 추위 및 더위와 같은 외적인 요소가 결합함으로써 발생한다는 것입니다.

약선(藥膳)이란 아직 병이 생기지 않았지만, 신체가 가지고 있는 평(平)한 기의 균형에 발작이 생긴 상태를 넓은 의미의 병으로 보고 이 단계에서는 평소에 먹는 음식을 조절하는 것만으로도 기를 고르게 다스릴 수 있다고 봅니다. 결국 음식(膳)을 약(藥)으로써 먹는다는 이야기입니다. 섭취하는 모든 음식에는 상약(上藥)으로 보는 것이 약선의 기본입니다.

우리가 섭취하는 모든 식품에는 한(寒, 찬), 양(凉, 서늘함)하고 평(平, 보통), 온(溫, 따뜻함) 열(熱) 등과 같은 고유의 성질을 지니고 있으며, 이 고유의 성질을 올바로 파악함으로써 건강 유지의 지침으로 삼고 있는 것입니다.

녹두를 예로 들어보겠습니다. 녹두의 성(性, 성질)은 한(寒, 찬 성질)입니다. 녹두로 만든 음식이 술안주로 좋은 까닭은 술 마신 후의 열을 녹두가 풀어주기 때문입니다. 녹두로 만든 음식은 한증(寒症, 몸이 찬)의 환자가 먹으면 좋지 않고, 겨울철에 먹어도 좋지 않으며, 여름철에 먹어야 하는 음식입니다.

녹두가 인체의 기에 영향을 미치지 않도록 하기 위해서는 녹두로 조리할 때 녹두의 한성(寒性, 찬 성질)을 평온하게 해 주는 열성(熱性, 뜨거운 성질)과 온성(溫性, 따뜻한 성질)의 약(예컨대 생강, 후추, 파, 마늘, 천초) 등을 넣어주어 인위적으로 평온하게 만들어야 하는데, 여기에서 양념이란 말이 생겨난 것입니다.

양념은 약(藥)과 염(塩, 소금)에서 나는 말로, 녹두로 조리할 때 양념을 넣는 것은 녹두를 평온하게 만드는 '약'인 생강, 후추와 간을 위해서 '염'인 소금을 넣어준다는 함축적인 의미를 내포하고 있는 것입니다.

이렇듯 모든 것에 음양오행이 있으니 사람이 사는 집과 절, 궁에도 그 위치와 방향에 따라 어찌 음과 양이 없겠습니까?"

주지 스님은 자신의 질문에 서슴없이 대답하는 가은에게 또 다른 질문을 했다.

"그럼 음식에서 말하는 음양오행과 풍수지리는 어떤 관계가 있다고 생각하십니까?"

"예, 스님! 저는 풍수지리에 대해 전문적으로 배우지 못해 자세히는 알 수 없지만 제가 알기로는 풍수지리라는 것이 이러하지 않을까 조심스럽지만 말씀 올리겠습니다.

어두운 귀(鬼, 귀신)는 음침한 곳을 좋아하고 밝은 곳을 싫어할 뿐만 아니라 주술을 두려워해서 악의 상징으로 간주하는데 이는 음이요, 반면 신(神)은 청결한 곳을 좋아하고, 풍성하고 맛있는 음식을 즐기며 인간이 존경하고 경건하게 받드는 것을 좋아하므로 선의 상징으로 간주되었습니다. 이 어둡고 음침한 곳을 좋아하는 음성의 귀(鬼. 귀신)는 당연히 양성을 싫어합니다. 그러므로 터가 음란한 곳에 자리를 잡으면 모든 일이 잘될 리가 없는 거지요."

홍씨는 아까부터 딸아이가 도대체 무슨 말을 하는지 알 수가 없었지만, 효지스님은 계속 웃기만 하며 신기한 듯 딸아이를 쳐다보고 있었다.

"근데 스님, 저도 풍수지리를 배우고 싶은데 혹 윤선지라는 도사 분은 아직도 살아 계신지요?

"살아있다마다요! 그분은 아직도 전국을 돌아다니면서 유랑하고 계신답니다."

"그럼 도사님이 돌아오시면 저의 집에서 머물면서 저의 스승님으로 모셔도 될까요? 어머님도 승낙해 주실 거지요?"

"허허, 저는 아직 승낙 안 했고 그분은 아직 만나보지도 못했습니다. 돌아오시면 여쭤보고 대감댁으로 서찰을 보내도록 하겠습니다."

"예, 스님, 감사합니다."

가은이의 염치없는 부탁에 민망했던지 홍씨는,

"딸아이가 아직 철이 없어 송구스럽습니다. 스님께서 부담을 갖지 않으셔도 됩니다. 저 아이는 궁금한 것만 있으면 참지 못하는 버릇이 있어 저렇게 철없이 행동하는 것이니 용서를 바랍니다."

"저는 음양오행이나 풍수지리에 대해 잘 알지는 못하지만, 따님은 영특하여 배워두면 미래를 위해 좋을 것 같으니, 도관이 오시는 대로 반드시 연락을 드리도록 하겠습니다."

그렇게 가은과 홍씨가 집으로 돌아오고 한 달이 다 될 무렵 김시묵 대감댁으로 삿갓 쓴 도사 한 분이 찾아왔다.

가은이 반가워 뛰어나가니 문 앞에 서 있는 도사는 효지스님이었다.

"아니, 스님은 주지 스님이 아니십니까?"

"예! 그동안 잘 계셨는지요?"

"예, 그런데 도사분은 안 오시고 스님 혼자 오신 것입니까?"

"허허허, 윤선지라는 지관이 소승의 또 다른 이름입니다."

그렇게 효지스님은 자연스럽게 가은의 스승이 되어 가은은 풍수지리에 대해 학습할 수 있었다.

그로부터 2년이 지난 1761년(영조 37년) 경기도 관찰사 김시묵은 퇴궐하자마자 긴장하는 표정으로 딸 가은을 찾았다.

"부인, 가은이는 지금 어디 있소!"

"가은이야 여전히 사랑채에서 책을 읽고 있지요. 그런데 오자마자 가은이를 왜 찾는 것입니까?"

오늘따라 얼굴빛이 남달라 보이는 남편의 표정에서 뭔가 대궐에서 큰일이 벌어지고 있다는 생각이 든 김시묵의 부인 홍씨는 남편을 향해 질문을 쏟아냈다.

"대감, 대궐에서 무슨 일이 생기기라도 하셨나요? 표정이 안 좋습니다."

김시묵은 안방으로 들어와 자리를 잡고 앉아 부인 홍씨가 건넨 약주를 한잔 받아 마시면서 말을 꺼냈다.

"지금 조정에서는 큰일이 벌어지고 있소! 이미 부인도 알고 있듯이 전하께서는 세자에 대해 너무 실망하여 어린 세손에게 마음을 주고 계신데, 문제는 세손이 너무 똑똑하다는 것이에요!"

이때 부인 홍씨는 이해할 수 없다는 투로 그 이유를 물었다.

"아니 세손이 영특하시면 나라의 복인데 왜 그것이 문제가 된단 말입니까?"

아무것도 모르는 부인 홍씨를 쳐다보며 김시묵은 말을 이어갔다.

"만약 세손이 태어나지 않았더라면 세자가 잘못을 하거나, 미워도 세자 한 분밖에 안 계시니 전하께서 용서하시겠지만, 세손이 벌써 열 살이나 되셨고, 전하 또한 강녕하시니 무슨 일이 벌어질지 한 치 앞도 내다보기 힘든 상황이 되어버렸소!

더군다나 세자께서는 전하에 대한 미움이 커 전하께서 하지 말라는 이상한 행동을 자꾸만 하시니 무슨 사단이 나도 날 것 같은 분위기입니다. 그 때문에 모든 대신들은 자신의 사리사욕을 채우기 위해 전하 편에 서야 할지 장차 세자가 되실 세손 편에 서야 할지를 생각하고 있는 것 같소!

지금은 대궐 안이 잔잔한 파도처럼 조용한 듯 보이지만 머지않아 대궐 안에 폭풍이 휘몰아칠 것입니다."

옆에서 듣고 있는 부인 홍씨는 도통 알아들을 수 없는 남편의 말에 궁금한 게 많은지 세자에 대해 묻기 시작했다.

"대감, 그런데 왜 세자께서는 전하를 미워하시고 전하께서는 세자보다 세손에게 마음을 주고 계십니까?"

남편 김시묵의 설명은 이러했다.

영조와 세자의 불화는 1751년(영조 27년)에 일어났다. 즉 영조 27년 11월 14일 영조와 정빈 이씨 사이에서 태어난 효장세자의 부인 즉 며느리 현빈 조씨가 세상을 떠나면서 터졌다.

현빈 조씨는 효장세자가 10세의 나이로 세상을 떠난 후 청상과부로 살다가 죽었다. 큰며느리 현빈 조씨가 죽자, 영조는 빈소가 마련된 건국당을 자주 찾았다. 그만큼 현빈 조씨를 아꼈다. 그런데 문제는 그곳에서 영조가 조씨의 궁녀인 문씨를 만나게 됐다는 것이다.

아들 효장세자와 현빈 조씨를 잃은 영조는 지독한 상실감에 젖어 있을 때 궁녀 문씨는 그 공허함과 괴로움을 잊게 해 준 여인이었다.

그런데 문제는 그 이듬해 봄, 문씨에게 태기가 나타난 것이었다. 세자의 입장에서 보자면 부끄럽기 그지없는 일이었다. 이때 세자의 나이 겨우 18세였다. 극도로 민감한 나이였다. 그리고 영조의 나이는 56세였다. 환갑을 바라보는 나이에 큰며느리를 시중들던 나이 어린 궁녀를 임신시킨 아버지가 좋게 보일 리 없었다.

게다가 이때 세자는 화가 치밀어 올라 가슴이 터질 것 같은 '화증'을 가지고 있었다. 이러한 화증은 아버지에게 그대로 물려받은 것으로 감정을 통제하지 못하기는 아버지나 아들도 마찬가지였다. 영조의 경우 수시로 정승을 교체하고 걸핏하면 왕위를 세자에게 물려주겠다고 위협했다.

세자도 감정적으로 맞섰다. 호통치는 아버지의 반감으로 똘똘 뭉친 아들과 아버지 사이에서 신하들은 어찌할 바를 몰랐다. 같은 해 11월 11일 밤, 영조는 세자를 불러 호통을 쳤다.

"네 이놈, 세자야! 장차 왕위를 계승할 네놈이 미쳐도 단단히 미치지 않고서야 어떻게 궁 안에서 그런 짓을 벌인단 말이냐?"

이미 이때는 세자가 내관 김한채의 목을 베어 죽이는 등 '이상한 행동'들이 나타나고 있었다. 또 세자가 사랑하는 여인과의 연애를 반대하는 아버지를 협박하기 위해 우물로 뛰어드는 소동을 벌였다.

그리고 궁궐로 맹인, 점쟁이, 여승, 평양 기생을 불러 점과 굿을 하고 여승이나 기생들과 놀아났다는 이유를 들어 영조는 세자에게 반성문을 올릴 것을 명했다.

"네놈이 내게서 용서를 바란다면 당장 세자전으로 돌아가 네 놈이 한 짓에 대하여 자초지종과 다시는 그런 짓을 하지 않겠다는 맹세문을 작성하여 내게로 가져오너라!"

그런데 세자의 반성문에는 잘못했다는 말만 있고, 무엇을 잘못했다는 내용이 없었다. 영조는 무성의하다고 보았다.

영조는 화가 치민 나머지 왕위를 세자에게 넘겨주겠다고 하교했다. 아들인 세자가 왕이 되어 나라를 통치하는 대리청정(代理聽政)을 주장하면서 억지를 부린 것이다. 그러자 신하들의 만류가 시작됐다. 아니 정확히 말하면 만류하지 않는 신하가 있다면 반역으로 간주하여 처벌받을 수도 있는 상황에서 신하들은 모두 한목소리로 세자에게 왕위를 물려줘서는 안 된다는 반대의견을 냈다.

결국 전위(轉位, 왕권을 물려주겠다는 의사)는 번복됐지만, 밖에서 명을 기다리고 있던 세자는 추위에 떨다가 기절해 버렸다. 이때 중추부 판사 유척기(俞拓基)가 급히 의관을 불러 진맥토록 청하였다. 그러나 맥이 약해 약을 넘기지 못해 청심환을 복용한 뒤 한참 있다가 겨우 말문을 열었다. 이때부터 세자의 심신은 급속도로 병들어 가고 있었다.

그 뒤 이듬해인 1758년 초(영조 34년) 영조는 세자를 불러 왜 사람을 죽이게 되었는지를 물었다. 세자궁에 있던 맹인과 점쟁이들이 죽어 나갔기 때문이다. 이에 세자는 눈물을 글썽이며 말했다.

"마음에 화증이 나면 견디지 못해 사람을 죽이거나 닭 같은 짐승이라도 죽여야 마음이 풀어지기에 그랬습니다."

영조는 다시 세자를 향해 물었다.

"왜 화증이 나느냐?"

실은 집안의 내력이었지만 세자는 자신의 마음속에 있는 서러운 감정을 토로했다.

"사랑하지 않으시니 서럽고, 꾸중하시니 무서워서 화가 되어 그렇게 되었습니다."

이에 영조는 세자의 마음을 어느 정도 이해할 수 있었다. 세자가 아무리 괘씸하더라도 하나밖에 없는 세자 아닌가?

"내 앞으로는 그렇게 하지 않으마. 너도 더 이상 사람을 살상하거나 이상한 행동을 해서는 안 될 것이다."

말은 이렇게 했지만 영조는 화가 나서 당장이라도 아들 세자를 내치고 싶었다. 하지만 자신의 뒤를 이을 아들이라고는 세자밖에 없으니 어쩔 도리가 없었다.

이런 답답한 영조의 마음을 달래줄 유일한 낙은 세자의 아들 즉 왕세손을 지켜보는 것이었다. 어려서부터 영민하고 반듯한 행실을 보여준 왕세손에게 영조는 푹 빠져 있었다.

1759년(영조 35년) 영조의 나이 벌써 62세였고 왕세손은 8세였다. 그해 윤6월 22일 영조는 왕세손을 불러 『소학』 제3장을 외워보도록 했다. 청산유수와 같은 세손의 영특함에 순간 영조는 경탄을 금치 못했다.

"나이 어린데도 숙성하여 부복(엎드려 절함)하는 절도가 법도에 맞지 않는 것이 없으니 신기하고 성인의 행동과 다를 바 없다."

영조는 무엇보다 『소학(小學)』의 중요성을 강조했던 군주다. 충효의 덕목을 중시했기 때문이다.

1760년(영조 36년) 1월에도 영조는 경연 자리에서 왕세손을 입시시켰다. 이때도 영조는 왕세손에게『소학』을 강의해 보도록 명한 후에『소학』의 서두에 나오는 '물 뿌리고 먼지를 쓰는 것'의 뜻을 물었다. 이에 왕세손은 조금의 막힘도 없이 말문을 열었다.

"쓸기에 앞서 물을 뿌리는 것은 먼지가 어른을 더럽힐까 두려워하는 것입니다."

영조는 무릎을 치면서 좋아했다. 말썽만 피우는 세자와 다르게 하루가 다르게 변해가는 왕세손의 모습에 영조는 마음속으로 굳은 결심을 하기에 이른다.

여기까지 이야기를 듣던 부인 홍씨는 왕의 굳은 결심이 무엇인지 궁금해했다.

"대감, 혹 상감마마의 굳은 결심이 왕세손을 왕위에 앉히시려는 것이 아닌지요? 아니면 대감이 퇴궐 시간도 아닌데 이렇게 급하게 오셔서 가은이를 찾는 것이 이상하지 않습니까? 혹 제 생각이 맞다면 우리 딸 가은이를 왕세손빈(세손의 부인을 부르는 말, 세자의 경우는 세자빈이라고 부름)으로 간택하려는 것이 아닌가요?"

홍씨 부인은 마치 딸 가은이 세손빈으로 간택되었으면 얼마나 좋을까 하는 바람으로 남편 김시묵의 눈치를 살폈다. 만약 그렇게만 된다면 남편의 출세는 물론이고 딸 가은은 조선의 국모가 되는 것이다.

게다가 자신은 국모의 어머니(府夫人, 외명부의 한 품계, 정1품) 즉 부부인이 되는 일이었기 때문이었다. 더군다나 자신의 남편은 부원군(府院君, 정1품)이 되어 왕족으로 평생 존경받으면서 살 수 있는 일이었다. 그야말로 생각만 해도 꿈만 같은 일이었다.

"부인! 목소리를 낮추세요! 누가 들으면 어쩌시려구! 그리고 아직 결정된 일도 아닌데 웬 호들갑이오!"

"그럼 아니란 말이에요? 대감이 언제 낮에 퇴궐하신 적이 계신가요? 분명 왕세손빈과 관련이 있으니 허둥지둥 가은이를 찾는 게 아닌가요?"

"이 사람 눈치 하나는… 가은이가 왜 눈치가 빠른가 했더니 부인을 닮아서 그런가 보우!

지금부터 내 말을 잘 듣고 부인의 생각을 말해주길 바라오. 그런 후에 가은이를 불러서 의견을 들어보겠소. 자신의 운명은 자신이 결정하는 것이니 가은이의 운명 또한 가은이가 결정할 수 있도록 합시다."

1761년(영조 37년) 세손이 열 살이 되고, 가은이 아홉 살 되던 해, 그러니까 김시묵이 헐레벌떡 퇴궐하여 집으로 달려오기 전 아침, 세자는 김시묵 대감을 세자전으로 조용히 불렀다.

김시묵은 1750년(영조 36년) 문과에 급제해 예문관 검열, 홍문관 교리 등을 거쳐 1759년(영조 35년) 대사간(사간원의 으뜸 벼슬)에 올라 지금은 경기도 관찰사로 있었다.

"소인 김시묵 세자 저하의 부름을 받고 대령하였사옵니다."

"대감 어서 오세요."

"세자 저하! 어인 일로 소인을 부르셨습니까? 특별히 하명하실 일이라도 계신지요?"

"아니요! 오늘은 업무 때문이 아니라 세손 문제로 상의해야 할 일이 있어 그대를 부른 것이요. 내 일찍이 사람을 시켜 그대의 여식에 대해 알아보고 있었는데 들리는 말에 의하면 행동거지가 바르고 효성이 지극하다고 들었습니다. 그리고 영민하기까지 하다지요? 그래 대사간 여식의 나이와 이름은 어떻게 되시오?"

"네, 세자 저하! 소인의 여식 이름은 김가은이라 하옵고 올해 아홉 살이 되었사옵니다."

"그래 학문은 어디까지 진행되었습니까?"

"아뢰옵기 죄송합니다만 소신의 여식은 이미 여섯 살에『천자문』을 마쳤고 여덟 살에는 효경을 모두 마쳤습니다."

"아니 그게 정말이오! 이제 겨우 아홉 살밖에 안 된 대사간의 여식이 벌써『효경』을 마쳤다고요? 통상적으로 소학에서 출발해『효경』을 읽는 것이 양반댁 자제나 과거를 준비하는 유생들의 공부 방식인데 그럼『소학』을 그 전에 모두 읽었다는 말씀이신가요?"

"네, 세자 저하! 제 여식이 어려서부터 글 읽기를 좋아해 지어미가 천자문을 가르쳤고 제가 아침마다『소학』과『효경』을 읽는 것을 보고 따라 읽더니 이제는 그 뜻도 헤아릴 줄 알아 소인이 퇴궐한 후에는 학문의 깊이를 시험하고 있사옵니다."

"참으로 영특한 아이로다! 과연 소문대로 보통 아이는 아니라고 생각했습니다. 오늘 내가 이렇게 대감을 부른 것은 삼간택의 형식적 절차는 거치겠지만 대감의 여식과 세손을 짝지었으면 하는데 대감의 생각은 어떠하시오?"

순간 김시묵은 온몸이 얼어붙는 듯했다. 기뻐해야 할지, 아니면 슬퍼해야 할지, 순식간에 만감이 교차했다.

청풍 김씨 가문에서는 경사이자 영광이지만 지금의 대궐 사정으로 볼 때 대궐로 딸이 입궁한다면 딸의 앞날이 순탄치만은 않을 게 분명했다.

지금 대궐은 전하와 세자간의 불화로 언제 무슨 일이 일어날지 모르는 상황이고 그런 상황을 지켜보고 있는 세자의 아들 세손은 그 마음이 어떨지 뻔한 일이었다. 이런 상황에서 자신의 딸이 대궐로 들어갈 경우, 무슨 고생을 할지 충분히 짐작이 가고도 남을 일이었다.

더군다나 세자와 결혼한 세자빈, 즉 자신의 딸 가은이의 시어머니가 될 혜경궁 홍씨는 남편 때문에 마음고생이 심해 심약한 상태로 하루하루를 버티고 있었다. 그리고 내명부에는 영조의 비 정순왕후와 연희궁 정빈, 세자의 어머니이신 선희궁 영빈 등 모셔야 할 궁궐의 어른들이 많아도 너무 많았다.

이런저런 생각으로 잠시 머뭇거리는 관찰사를 바라보던 세자는 관찰사의 마음을 알고나 있듯이 엷은 미소를 지으며 말을 이어갔다.

"지금 대궐의 사정이 좋지 않아 대감의 여식이 걱정되시겠지요? 하지만 바람은 일 년 열두 달 불지 않고, 그치지 않을 것 같은 장마는 가을까지 가지 않으며 난국이 지나면 안정이 오듯, 이 또한 지나갈 것입니다. 무엇보다 내가 세손빈을 맞고자 하는 것은 어린 세손이 아비인 나로 인해 마음의 상처가 깊어질까 심려가 되어서입니다.

지금의 궁궐 상황은 나나 상감마마 그리고 대신들의 문제이지 어린 세손의 문제가 아닙니다. 나는 나로 인해 세손이 마음속에 원망이나 분노를 품고 살다가 국왕이 된 후 선대왕이신 연산군과 같은 폭군으로 변하지 않도록 어린 세손을 사랑으로 보필할 수 있는 세손빈을 얻고자 하는 것입니다."

"세자 저하! 성은이 망극하옵니다. 세자 저하의 하늘 같은 깊은 성심을 어찌 소신이 모르겠사옵니까? 다만 비록 소인의 여식이 어리기는 하나 영민한 아이라 모든 일을 스스로 판단하도록 가르쳤습니다. 충심으로 원하여 자신이 결정할 수 있도록 시간을 조금만 주시길 바랍니다."

"그렇겠지요! 내가 대감의 그런 세심한 성격과 앞을 내다보는 식견 때문에 믿고 있지요! 허 허 허!

충(忠)이나 의(義), 그리고 신(信)은 충심이 없으면 공(空)에 불과할 뿐입니다. 대감의 뜻대로 하세요! 그러나 많이 늦지 않도록 해주세요. 아바마마께서는 윤득양 대감의 여식을 눈여겨보고 있어 내가 어머님(영빈 이씨)과 중전마마(정순왕비 김씨)께 세손빈을 내 손으로 간택할 수 있도록 해달라고 말씀드렸습니다. 대감도 잘 알다시피 내가 정신이라도 온전할 때 며느리를 선택해야 마음이 놓일 것 같아 그럽니다."

"성은이 망극하옵니다. 세자 저하의 뜻대로 늦지 않도록 충심을 다하겠습니다."

대궐을 나온 김시묵은 가마를 타고 쉬지 않고 가회방 집(지금의 북촌)으로 달려왔다.

남편의 이야기를 들은 부인 홍씨는 벌써 '부부인(府夫人)'이 된 느낌이 들었다. 효지스님의 예언이 이렇게 정확하게 맞아떨어질지는 차마 몰랐다. 어쨌든 장차 지금의 세손이 국왕이 된다면 딸 가은은 국모가 되고 자신은 국왕의 장모이자 왕후의 어머니가 된다는 사실에 흥분을 감추지 못했다.

"대감, 제가 말했잖아요! 그 애가 태어나기 전 집 안에 있던 복숭아나무와 오얏나무 및 다른 꽃나무들이 가을에 갑자기 모두 다시 피어, 겨울이 다가오는데 왜 꽃이 다시 피는지 이상하다고 생각했는데, 계유년 음력 12월 13일 해시(亥時, 밤 9시부터 11시)에 애가 태어나 '이 애는 태어나도 비범하게 될 것이다'라고 대감께서 말씀하지 않으셨잖습니까?

그리고 효지스님도 가은이가 이 나라 조선의 국모가 될 것이라고 예언했어요. 그 애는 이 나라 조선의 왕비가 될 아이였다구요. 그런데 대감은 뭘 망설이는 거예요? 내일이라도 당장 상감마마께 달려가서 가례 날짜를 잡아 오세요! 그래야 가은이가 상감마마(백성들과 왕비가 임금을 부르는 말, 신하들은 주상전하라고 불렀고, 대비는 주상이라 부름)와 중전마마께 인사를 드릴 수 있을 것 아니에요?"

"부인, 진정하시고 지금부터 내 얘길 잘 들으세요. 우리가 아무리 원해도 만약 가은이가 싫다고 한다면 그 애 의견에 따르기로 합시다. 가은이의 결정에 부인은 딴소리해서는 안 됩니다.

지금 궁궐의 상황이 좋지 않아 설사 가은이가 세손빈이 된다고 해도 그리 순탄치만은 아닐 것입니다. 마음고생하며 한평생을 궁에서 살아야 할 테니까요. 당신도 같은 여자이니 가은이의 입장에서 생각하길 바랍니다. 그리고 대궐 안은 한 발짝 걸을 때마다 좌우를 살펴야 할 만큼 위험이 도사리는 위험한 곳입니다."

순간 홍씨는 잠시 딸을 통해 부와 권력을 얻을 수 있다고 생각을 한 것에 후회가 되었다. 궁중의 법도에 따라 한 많은 세월을 보내야 할 딸을 생각하니 남편의 말대로 딸의 결정에 따를 수밖에 없었다.

"여봐라, 밖에 누가 있느냐?"

"예, 대감마님. 소인 행랑아범입니다."

"행랑아범은 지금 당장 별당으로 가서 아기씨를 모시고 오너라!"

"네, 대감마님."

한편 가은은 별당에서 유모와 함께 『동의보감』에 실린 전약(오늘날 양갱과 비슷한 과자)을 만들기 위해 재료들을 순서대로 적고 있었다. 전약은 조선 후기 '외국인들을 위한 접대음식'으로 조선을 대표하는 음식 가운데 하나였다. 의서(醫書)에서부터 요리책에 이르기까지 다양한 서적에 제조법이 수록되어 있을 만큼 맛있는 음식인 동시에 약물이었다. 성질이 더운 음식이며 혈기가 없고 기운이 없는 사람에게 좋다. 다만 돈이 있어도 얼마든지 쉽게 구입하거나 만들 수 있는 음식이 아니었다. 오직 내의원에서만 이를 제조했기 때문이다.

이때 늙은 행랑아범이 별당 부엌 앞으로 다가와 다급하게 가은을 불렀다.

"아기씨, 대감마님께서 급히 찾으십니다. 지체 없이 빨리 모셔 오라고 하십니다요."

"무슨 일이시지? 이런 대낮에 아버님이 퇴궐해서 오시다니? 혹 음식 조리하는 걸 알아차리셨나? 아니면 어디 아프시기라도 하신 건가? 유모, 내가 시키는 대로 맛있게 만들어 놔야 해! 금방 다녀올 테니."

가은이 안방으로 들어서니 아버지와 어머니가 심각한 표정으로 기다리고 있었다. 마치 기쁘면서도 슬픔을 숨기려는 모습이었다. 가은은 부모님이 중요한 문제를 자신과 의논하고자 함을 알 수 있었다.

"어서 이리로 앉거라."

어머니 홍씨는 가은의 두 손을 붙잡아 남편 김시묵 앞에 앉혔다.

"아버님, 어떻게 이렇게 빨리 퇴궐하셨습니까?"

"가은아! 지금부터 이 아비의 말을 잘 듣고 너의 생각을 말해주길 바란다. 너는 영민하니 돌려 말하지 않겠다. 오늘 세자 저하께서 황공스럽게도 세손의 빈으로 너를 간택했으면 하셨다. 아직 삼간택이 남았지만 세자마마께서 선택하시면 나머지 간택은 형식에 불과해 세손빈이 되는 것과 마찬가지다. 너도 알다시피 세손빈이 된다는 것은 장차 조선의 국모가 된다는 말이다. 너는 어떻게 생각하느냐?"

가은은 심각한 아버지의 표정과는 달리 아홉 살 나이에 어울리지 않게 침착했다.

"아버님, 먼저 궁금한 게 있습니다. 세손마마는 어떤 분이신가요?"

"음! 세손께서는 성품이 반듯하시고 왕세자를 닮아 잘생기셨고 키가 많이 크시단다. 세손마마를 한번 본 궁녀들은 그 용모 때문에 다시 쳐다볼 정도로 용모가 수려하시지! 그리고 너보다 한 살이 많으시단다.

세손의 나이 겨우 열 살밖에 안 되셨지만, 거동 하나하나가 예에 맞지 않는 것이 없고 영특한 자태와 덕성스러움이 마치 주상전하처럼 엄연하시며 전하께서 좋아하시는『소학』을 여덟 살에 마치시고 그 뜻까지 이해하셔서 세자 저하는 물론 주상전하의 사랑을 듬뿍 받고 계신단다."

"그렇다면 아버님과 어머님께서는 제가 가문의 영광을 위해 세손빈이 되길 바라고 계신가요?"

질문이 채 끝나기도 전에 어머니 홍씨는 기다렸다는 듯이 가은의 말을 가로챘다.

"그럼, 우린 무조건 찬성이지! 더군다나 빈틈없고 대쪽 같은 상감마마께서도 세자 저하가 너를 간택하신 것에 대하여 동의하셨다고 하는구나! 세손마마께서는 조선에서 제일가는 용모를 지니셨고, 학문 또한 가은이 너처럼『소학』과『효경』까지 마치셨다고 하니 조선팔도 그 누가 그런 덕목과 지식을 가졌겠니?"

"저를 세손빈으로 간택하신 것이 세자 저하라고 하셨는데 그럼 상감마마께서는 처음 누굴 세손빈으로 생각하셨는지요?"

"주상전하께서는 윤득양(尹得養)의 따님을 마음에 들어 하셨고, 세자 저하께서는 너를 마음에 들어 하셨는데, 결국 주상전하께서도 우리 집 안이 명성왕후(숙종의 어머니)의 친척(5대손)이기 때문에 너를 세손빈으로 간택하는 데 동의하셨단다."

"그럼 아버님, 일단 제가 궁궐로 들어가 상감마마와 왕비 마마 그리고 시아버지 되실 세자 저하와 시어머니 되실 세자빈마마를 만나 뵙고 인사를 올린 후 생각해 보도록 하겠습니다. 어차피 제가 결정할 문제가 아니라 상감마마를 비롯하여 내명부에 계시는 대비마마와 중전마마께서는 저를 보시고 최종으로 간택하실 것입니다. 그러니 저 역시 그분들과 궁궐의 상황을 살펴보고 결정할 수 있도록 해 주십시오!"

딸아이의 당찬 의견에 김시묵은 한동안 말을 잇지 못했다. 주상전하나 세자 저하께서 들으시면 깜짝 놀라실 말이지만 또래 아이로서는 상상도 못 할 배포와 영특함을 지닌 딸자식이 오늘따라 더욱 달라 보였다.

"좋다. 내가 내일 바로 궁궐로 입궐하여 날짜를 잡아 올 테니 몸가짐에 소홀함이 없도록 하여라! 부인도 입궐 날짜가 잡히면 가은이와 같이 입궐할 테니 준비에 만전을 기하도록 하세요."

그리고 3일 뒤 김시묵과 홍씨 부인은 집에 있던 가마를 타고, 가은은 대궐에서 보내준 화려한 가마를 타고 대궐로 입궐했다.

제2장
세손빈으로 간택되다

    조선에서는 국왕의 혼인을 위해 왕비를 간택하는 경우를 제외하고 세자빈이나 세손빈을 간택할 때는 처녀를 둔 사대부 가문에서 국왕이 우선 선택한 후 왕실에서 가장 웃어른인 대비와 내명부의 수장인 왕비가 간택 업무를 주관한다.

    세자빈과 세손빈은 태어난 해와 달, 일 그리고 시간인 사주(四柱, 사람이 태어난 연월일시의 네 간지)와 거주지를 적었고 증조부, 조부, 부친, 외조부의 이력을 기록하여 가문의 내력을 알 수 있도록 했다.

    세손빈으로 간택하는 조건은 우선 집안의 가문이 왕실과 관련이 있어야 한다. 왕실에 충성하고 장차 국왕이 될 세손을 보필하는 데 문제가 없기 위해서는 외척들의 도움이 무엇보다도 필요하기 때문이다.

    다음은 왕실의 후손을 잇기 위해 자식을 많이 낳을 수 있도록 몸이 건강하여야 하고 정치에는 관여할 수 없지만 필요시 세손의 정치적 동반자의 역할을 하여야 하기 때문에 학문도 뛰어나야 했다.

    가은의 집안인 청풍 김씨 가문은 영조의 아버지인 숙종의 외가이다. 즉 숙종의 아버지 되는 현종의 비가 명성왕후이며 명성왕후는 영조의 할머니였다. 명성왕후는 김육의 차남인 김우명의 딸이고, 가은은 김우명의 5대손이며 그의 아버지 청원부원군 김시묵은 청평부원군 김우명의 제사를 받드는 종갓집의 맏아들로 입양되었다.

가은은 영조의 외가였기 때문에 가장 믿을 수 있었고, 학문적으로 뛰어난 관찰사의 여식이라는 이유로 세자가 간택하고 세자의 아버지 되는 영조가 동의하여 대비전에 일방적으로 통보함으로써 이루어졌다. 이는 보통 일이 아니었다.

당시 영조는 강력한 왕권을 중심으로 신하들을 장악하고 있었고, 자신의 주변 인물을 직접 뽑았기 때문에 사람을 꿰뚫어 보는 식견을 가지고 있었다. 그의 선택은 철저한 사전 조사에 의해서 결정되었다.

특히 자신의 아들 세자에게 약간의 문제가 있음을 알고 있는 상태에서 영특한 세손에게 거는 기대가 컸기 때문에 세손빈의 간택은 장차 세손을 국왕으로 앉히기 위한 하나의 포석이었다.

세자는 김시묵의 딸 가은을 들이길 바랐지만, 아버지 영조가 자신을 미워해서 반대할 수도 있다는 생각에 동생 화완옹주(영조의 딸)에게 김시묵의 딸이 간택될 수 있도록 힘을 써줄 것을 부탁했다. 이에 영조의 사랑을 받던 화완옹주가 영조를 설득해 극적으로 이루어졌다.

그런 상황에서 영조는 윤득양 대신 외가인 김시묵의 딸을 세손빈으로 간택하는 데 동의한 것이다. 세손빈 간택에 영조가 얼마나 신중했을지 상상하고도 남았다.

세손빈으로 간택되기 위한 첫 번째 관문인 가은의 아버지 김시묵 가문은 어디 하나 빠질 데가 없었다. 김시묵의 아버지 김성응 즉, 가은이의 할아버지는 영조 때 병조판서를 지냈다. 무과에 급제하고 얼마 안 되어 훈련대장으로 뛰어올라 거의 20년 동안이나 군(軍)을 맡고 있었다. 비록 재능은 없었으나 성품이 본디 너그러웠으므로 군졸들이 편히 여겼고 영조의 총애를 받았다. 군권을 맡게 했다는 것은 측근이 아니면 어려운 일이었다. 김성웅이 영조의 총애를 받을 수 있었던 이유 중 하나는 그의 증조부인 김우명이 숙종의 아버지 현종의 장인이었기 때문이다.

김우명은 숙종의 외할아버지로 청풍 김씨는 숙종의 외가였다. 영조로서는 아버지의 외가를 배려하는 차원에서 김성웅을 중용했다. 김우명의 아버지는 인조와 효종 때 대표적인 명신으로 꼽히는 영의정 김육이다.

김육은 중종 때 조광조 등과 함께 사화를 당한 기묘명현(己卯名賢, 기묘사화로 희생된 사람들) 중 한 명으로 대사성을 지낸 김식의 현손이다. 청풍 김씨 집안은 이처럼 지조와 경륜이 함께 구비된 명문가였고, 김우명의 딸(명성왕후)이 현종과 결혼함으로써 왕실과 깊은 연관을 맺게 되었다.

숙종 초 숙종의 왕위를 강화하는 데 크게 기여한 김석주는 김우명의 형인 김좌명의 아들이다. 김석주는 문무를 겸비한 뛰어난 사람으로 현종 3년 문과에 장원급제하였고 호랑이를 닮았다는 소리를 들을 만큼 용맹하여 미숙한 숙종을 권력의 반석 위에 올려놓은 1등 공신이었다.

한마디로 가은의 집안은 갑자기 명문 가문이 된 것이 아닌 제대로 된 명문 중의 명문 가문이었다.

어쩌면 가은의 아버지 김시묵은 언젠가는 자신의 여식이 세자빈으로 간택될 것을 알고 있었는지도 모른다. 그날을 위해 왕비들이 반드시 읽어야 할 효경이나 명심보감을 어릴 적부터 습득하게 하였고, 특히 영조가 좋아하는 『소학』은 하루도 손에서 놓지 않게 한 것을 보면 알 수 있었다. 그리고 가은이 여덟 살이 되자 자신이 즐겨보던 대학을 직접 가르쳤다. 결국 가은은 세손빈이 되는 첫 번째 관문인 가문의 이력에 대해서는 '만점'을 받고도 남았다.

두 번째 관문은 처녀성 여부였다. 조선에서는 왕비나 세자빈, 세손빈을 간택할 때는 될수록 반듯한 사대부 집안의 나이 어린 처녀들을 간택하였는데 이는 어릴수록 처녀성을 간직하고 있다고 믿었기 때문이다.

그래서 15세 이상의 왕비나 세자빈의 경우 내의원 소속 여자 의원이 신체를 검사했다. 그리고 외관상 유두가 검거나 가랑이 사이 영성의 성기 주변이 검을 경우, 질내 처녀성을 검사했는데 처녀성 증명에 도마뱀이 사용되었다.

도마뱀을 그릇 속에 넣어 기르면서 주사를 먹이면 도마뱀의 몸이 온통 붉은색이 된다. 계속 먹여서 일곱 근이 되었을 때 아주 여러 번 절구질을 해서 여자의 성기 주변에 바르면 죽을 때까지 색깔이 변하지 않게 된다. 오직 성관계를 가질 때만 없어지기 때문에 효험이 있었다.

그러나 가은은 아홉 살밖에 되지 않아 이 같은 시험을 거치지 않았고 할아버지나 아버지의 명성, 그리고 영조의 아버지 숙종의 외가라 단 한 번의 대면을 통해 문제만 없으면 간택되는 일이었다.

가은이 궁궐(임금이 머무르는 집을 궁전이라 하고, 세자, 세자빈은 동궁, 빈궁이라 부름)로 들어갔을 때 가장 어른인 왕대비(숙종의 비)는 병석에 누워있었다. 그래서 인사를 못 드리고 가은은 곧바로 왕비전으로 안내되었다. 왕비전에 들어서니 왕과 왕비(정순왕비) 그리고 두 후궁(연우궁 정빈, 선희궁 영빈)과 세손의 어머니이자 시어머니가 될 혜경궁이 앉아 있었다.

세손의 아버지인 세자는 왕에 의해 동궁에 감금되어 자리에 없었다. 당시 세자는 비록 왕의 노여움을 사서 세손빈의 간택행사에 참여치 못했으나 왕이 자신이 정한 김시묵의 딸 가은을 세손빈으로 선택하지 않을까 마음졸이고 있다가 세손빈으로 간택되었다는 말을 전달받자 기쁨이 넘쳐 눈물까지 흘렸다고 한다.

가은과 아버지 김시묵, 그리고 어머니 홍씨가 대전에 들어서자, 중앙에 앉아 있던 영조가 먼저 말문을 열었다.

"대감, 어서 오시오! 오느라 고생이 많았소."

"성은이 망극하옵니다, 주상전하! 이렇게 불러 주셔서 황공할 따름입니다. 인사받으시옵소서."

가은은 아버지 어머니와 함께 왕과 왕비에게 한 번, 세자의 비이자 시어머니가 되는 혜경궁 홍씨에게 한 번, 세손에게 한 번 모두 세 번의 큰절을 올렸다. 가은은 자신의 배필이 될 세손의 얼굴을 보고 싶었지만, 고개를 들지 않았다.

잠시 후 세손빈이 될 가은을 위한 잔칫상이 들어왔다. 평소 음식 만들기에 관심이 많던 가은은 나오는 음식을 세심히 살피느라 정신이 없었다.

잔칫상 음식은 임금과 왕비가 받는 찬안(饌案), 9미수(味數), 탕, 만두(饅頭)를 올렸고 찬안은 20기였으며, 미수는 9미수로 하였다. 혜경궁 홍씨에게는 찬안, 1미수, 탕, 만두가 올랐다. 세손빈이 될 가은과 가은의 부모님 상에 임금께 올리는 음식과 거의 동등하게 음식의 가짓수와 온갖 산해진미가 차려진 것에서 영조의 배려가 있었음을 짐작할 수 있었다.

음식 준비가 끝나자 음식을 만든 사옹원의 총괄책임자 제거(정3품)와 내명부 소속 음식과 찬을 공급하는 총괄책임자 상식과 상식 밑에 상침, 전빈, 전선, 전찬 등이 음식의 배선에 참여한 사람들과 문밖에서 대기하였고, 내사부 수장인 상선과 내명부 상궁들은 문 안에서 대기하였다.

음식 준비가 다 되었다는 상선의 보고가 있자 영조는 잔기침을 두 번 한 후 가은을 쳐다보며 말문을 열었다.

"세손빈 간택에 따른 가례를 별도로 해야 하지만, 대비마마가 병중에 계시고 세자가 근신하고 있는 관계로 모든 절차는 생략하고 동회연(혼인 후의 궁중 잔치)으로 대신하고자 한다. 세손빈은 이리 와 세손 옆에 앉도록 하라."

순간 김시묵과 부인 홍씨는 놀라서 서로를 마주 보다가 어리둥절한 표정으로 딸 가은의 눈치를 살폈다. 오늘은 왕실의 어른들께 인사만 하고 집으로 돌아와 딸 가은의 결정을 듣기로 했는데 갑자기 왕이 약속을 어기고 세손빈에 준하는 예우를 하는 것이다. 세손빈이 아니면 세손 옆에 앉을 수도 없는데, 옆에 앉으라고 명을 내린 것이었다.

사실 영조도 사전 관찰사와의 약속대로 인사만 하고 삼간택(세 차례에 걸쳐 혼인할 상대를 정하는 일)을 통하여 세자 문제가 매듭되는 내년쯤 정식적인 세손빈을 간택하고 가례를 올리고자 생각하고 있었으나, 아버지 문제로 슬픔에 잠겨있는 세손이 가은을 보자 얼굴에 미소를 짓고 관심을 보이지 않은가?

영조는 가은의 동태를 하나도 놓치지 않고 살피고 있었다. 가은은 행동 하나하나가 모나지 않았고 반짝이는 두 눈과 오똑한 콧날, 어리지만 수려한 용모를 지니고 있었다. 그래서 영조는 가은을 보는 순간 세손빈으로 선택하기로 결심하고 가은을 비롯해 그의 부모도 반대하지 못하도록 많은 사람 앞에서 세손빈의 격에 맞는 대우를 해준 것이다. 삼간택은 형식적으로 치르도록 하고 세손빈은 그 전에 확정해 버린 것이다. 임금의 말에 그 누구도 반대할 사람은 없었다.

사실 영조가 가은을 세손빈으로 결정하게 된 동기는 따로 있었다. 그것은 며느리 혜경궁 홍씨 때문이었다. 자신과 대립하고 있는 세자로 인해 가장 큰 상처를 짊어지고 마음고생하는 며느리를 지켜보면서 마음이 찢어들 듯 아팠다.

영민하기로 소문난 혜경궁 홍씨를 며느리로 삼았지만, 속만 썩이는 세자로 인해 헤아릴 수 없는 많은 고통 속에서도 자신에게 효심을 다하는 며느리를 지켜봐야 하는 영조의 마음은 고통 그 자체였다. 세상에 하나뿐인 영민한 세손까지 낳은 며느리를 향한 측은지심(惻隱之心, 다른 사람의 불행을 가엾고 불쌍히 여김)은 갈수록 더해갔다.

그런 며느리가 관찰사의 딸 가은을 보고 웃고 있었다. 영조는 세손빈이 슬픔에 잠겨있는 이 궁궐의 분위기를 바꾸도록 하늘이 보내준 세손의 배필임이 틀림없다고 믿었다.

가은에게 상전에 있는 세손의 옆에 앉으라는 영조의 하교가 있자, 관찰사 김시묵과 부인 홍씨가 당황하여 딸의 눈치를 살폈다. 그때, 가은이 벌떡 일어섰다.

"성은이 망극하옵니다, 상감마마."

그러더니 상전으로 나가 왕과 왕비들에게 반복례를 취하고 시어머니가 될 혜경궁 홍씨에게는 미소를 짓고 하례를 올린 후 두 손을 살며시 잡았다. 그리고 세손에게는 가벼운 묵례를 한 후 그 옆에 다소곳이 앉앗다.

이를 지켜본 혜경궁 홍씨의 두 눈에서 눈물이 흘렀다. 어린 세손빈이 잡아준 두 손으로 그동안 한 많은 상처가 눈 녹듯 녹아내리는 것 같았다. 자신의 마음을 헤아리는 세손빈에게 자식을 믿고 맡겨도 되겠다는 확신에서 흘린 감동의 눈물이었다.

영조와 김시묵 그리고 부인 홍씨는 가은을 바라보며 흐뭇하게 미소를 지었다.

잠시 후 잔치가 진행되고 모두가 한창 음식을 먹는데 영조가 자리에서 일어나 감찰사 김시묵 쪽으로 걸어와 술 두 잔을 권했다. 그리고 다시 자신의 자리로 돌아와 약간의 술안주와 약주를 세 잔 정도 마셨다.

가은이 옆에서 지켜본 왕은 식사량이 적고 인삼을 무척 좋아했다. 인삼이 들어간 죽과 인삼주를 먹었고, 기름진 음식은 먹지 않았다. 그런가 하면 몸에 좋은 음식은 다소 많이 먹었다. 시어머니가 될 혜경궁은 건강이 좋지 않은지 죽만 먹었다. 반면 중전(정순왕비)은 비록 나이는 많지 않았지만, 자신과 왕, 그리고 자신의 시어머니 될 세자빈을 살피느라 정신이 없었다. 그리고 얼굴에는 알 수 없는 미묘한 기운이 흐르고 있었다.

제3장
영조, 세손빈에 대한 자격을 시험하다

아침에 시작된 세손빈례는 오후까지 계속되었다. 가은이는 이렇게 많은 음식이 만들어지는 이유가 단지 왕이나 왕비, 그리고 세자와 세자빈과 같은 왕족들만을 위한 것이 아니라 궁궐 안에서 일하는 모든 사람들과 함께 나누어 먹는다는 사실도 알게 되었다.

밖에서 대기하는 많은 궁녀와 음식을 만든 사옹원 소속 사람들은 잔치가 끝나기만을 기다리는 눈치였다.

잔치가 끝나고 간단한 다과가 나오자, 세손빈을 향한 영조의 질문이 시작되었다. 이니 질문이라기보다는 세손빈에 대한 자격이 되는지 검증 절차에 들어간 것이었다.

"관찰사! 내 관찰사를 통해서 세손빈에 대해 익히 알고는 있지만, 궁금한 게 한두 가지가 아닌데 여식에게 몇 가지 물어봐도 되겠소?"

관찰사 김시묵은 어린 가은이 잘해 낼지 불안했지만, 이 상황에서 자신이 할 수 있는 일은 아무것도 없었다. 그저 딸아이에게 맡길 수밖에 없었다.

"네, 주상전하. 하명하시옵소서."

영조는 세손빈 가은을 쳐다보았다. 가은은 아버지 어머니의 걱정과는 다르게 똘망똘망한 눈으로 모든 것이 신기한 듯 이곳저곳을 살피는 데 정신이 없었다.

"세손빈, 내가 몇 가지 물어봐도 되겠느냐?"

"네, 상감마마, 하명하시옵소서."

"내가 듣기로 세손빈은 『소학(小學)』을 읽었다고 들었다. 그래, 『소학』이란 어떤 책이라 생각하느냐?"

순간 대전 안은 숙연해졌고 모든 이목이 가은에게 쏠아졌다.

"네, 상감마마! 소인 학문이 짧아 소인이 배운 만큼만 말씀드리고자 하오니 혹 부족한 점이 있더라도 너그럽게 용서하여 주시길 바랍니다."

"그래, 괜찮다. 아직 어리니 개의치 말고 말해 보거라."

"황공하옵니다, 상감마마. 『소학』은 중국 남송(南宋) 시대 주희(朱熹)의 감수 아래 제자 주청지 등이 편찬한 책으로, 1187년 주희가 58세 되던 해에 완성하였습니다.

노년에 주희가 『소학』을 펴낸 까닭은 자라나는 어린 세대가 인간의 착한 본성을 회복하여 기본적인 윤리를 실천할 때 비로소 당시의 위기를 극복할 수 있을 것으로 보았기 때문입니다. 내용은 바람직한 마음가짐에서 출발해 올바른 몸가짐과 언행으로 이어지도록 유학의 이론을 아주 쉽게 정리한 책이옵니다."

가은의 간결하고 정확한 답변에 만족하며 영조는 다음 질문을 이어갔다.

"그럼 세손빈은 『소학』을 끝냈느냐?"

"예, 상감마마."

"그럼 몇 번이나 읽어 보았길래 소학을 끝냈다고 말하느냐?"

"열 번도 더 보았습니다."

"그럼 그 뒤에는 무슨 책을 읽었느냐?"

"어머니께서는 『효경』을 읽으라 하셨으나 저는 아버님이 늘 읽으시는 『대학(大學)』과 『논어(論語)』를 읽고 보고 싶어 부모님 앞에서는 『효경』을 읽고 부모님이 안 계시면 『대학』과 『논어』를 읽고 모르는 것이 있으면 아버님께 여쭈어보곤 하였습니다."

가은의 솔직한 대답에 영조는 물론 왕비와 시어머니 혜경궁 홍씨도 소리 내어 웃었다.

"그게 정말이냐? 세손빈이 이제 아홉 살인데 지금 세손이 공부하고 있는 『논어』와 『대학』을 벌써 읽었다고?"

"네, 상감마마. 황공하옵니다."

"정말로 그 어려운 책을 모두 이해했단 말이냐?"

"아니옵니다, 모르는 것은 아버님에게 여쭤보았고, 아버님께서는 성심이 가르쳐 더 노력하고 있을 뿐입니다."

"그래, 세손빈은 말 한마디 한마디가 부모에 대한 효심이 묻어 있어 보기가 좋구나! 게다가 자신을 낮추는 겸손한 행동거지도 마음에 드는구나! 대궐에서 학문이 가장 뛰어나다는 관찰사가 세손의 스승이라 세손이 이 궐에서 가장 똑똑한 줄 알았는데 관찰사의 진짜 제자는 너였구나! 하하하!"

이를 지켜보는 김시묵은 표정은 없었지만, 정치에 입문하는 대감댁 유생이나 세자, 세손이 익히는 『대학』을 어린 딸에게 가르쳤다는 사실과 세손보다 더 빨리 『대학』을 끝냈다는 것에 대해 내심 걱정이 되었다.

더군다나 『논어』까지 읽었을 줄 김시묵도 모르고 있었다. 정말 가은이 『논어』까지 읽었다면 그 실력은 문과 시험에 나가도 합격하고도 남았다.

"훌륭한지고. 그 똑똑한 세손보다 학문이 뛰어나다니 세손도 분발하도록 해야겠다. 으하하하!"

한바탕 웃고 난 영조는 다시 가은에게 질문을 던졌다.

"그럼 곧 성균관(成均館)에 입학할 세손에게 소학을 가르쳐야겠느냐? 아니면 대학을 가르쳐야겠느냐?"

영조의 이 질문은 많은 함축적인 의미가 있는 질문이었다. 자신의 아버지인 숙종이 세자가 되었을 때 이와 똑같은 문제로 신하들의 의견이 있었으나, 숙종의 아버지 즉 영조의 할아버지인 현종은 세자인 숙종이 이미 『소학』을 끝마쳤고 숙종의 나이 열두 살이나 되었으니 자신의 세자 시절과 똑같이 『대학』을 강(講)할 것을 원했지만 당대 학자인 송시열의 반대로 무산되었기 때문이다.

영조는 이 문제를 늘 가슴속에 품고 살았다. 그런데 『소학』과 『대학』을 마쳤다고 하니 가장 객관적인 대답을 해 줄 가은의 의견을 듣고 싶었던 것이다.

"황공하옵니다. 상감마마! 소인 어떻게 감히 장차 소인의 지아비가 되실지 모르는 세손마마의 학문에 대해 논할 수 있겠습니까? 그리고 소인은 상감마마의 질문에 답할 만큼 많은 지식을 가지고 있지도 않사옵니다. 그 질문만은 거두어 주시길 바랍니다."

참으로 현명한 대답이었다. 영조의 질문에 곧바로 가은이 의견을 밝혔다면 아는 게 죄라고 가은을 바라보는 시선도 달라졌을 것이다. 가은의 이 대답은 아버지 김시묵이 안심할 수 있는 대답이기도 했다.

그리고 대답하기 전 가은은 시어머니가 될 세손의 어머니 혜경궁 홍씨가 왕의 질문에 어떻게 반응하는지 초조하게 쳐다보고 있음을 알아차렸다.

순간 가은은 왕의 질문에 곧바로 답하지 말 것을 당부하는 시어머니의 눈빛을 읽을 수 있었다. 하지만 가은은 왕의 마음을 읽고 있었다. 그의 불같은 성격으로 볼 때 자신이 말하지 않아도 다시 물어 올 것이 뻔했다. 다만 왕의 하명에 의해 어쩔 수 없이 답을 할 수밖에 없었다는 명분을 만들어야 했다.

영조는 영리한 왕이었다. 그리고 산전수전을 다 겪은 노련한 임금이었다.

영조 이금, 그는 무수리(세숫물을 나르는 여종) 출신인 숙빈 최씨의 아들이었다. 한평생 비천한 무수리의 자식이라는 열등감을 안고 산 불행한 임금이기도 했지만, 아버지 숙종의 적장자이자 자신의 이복형인 경종이 재위 4년 만에 병치레만 하다가 간장게장을 먹고 후사 없이 급사한 뒤 그 뒤를 이은 왕이었다. 그래서 왕이 되기까지의 길이 여간 험난하지 않았다.

실제로 그의 출생을 둘러싸고 여러 가지 설이 나돌았다. 숙종의 아들이 아니라 광성부원군 김만기의 손자 김춘택의 아들이라는 설도 있었다. 김춘택이 자신의 아이를 임신한 숙빈 최씨를 숙종의 침전에 집어넣었다는 이야기 등이 당대에도 널리 퍼져 있었고, 가은 역시 이러한 소문을 어머니로부터 들어 알고 있었다. 철없는 가은은 이를 아버지에게 확인하고자 했다가 헛소문이라고 혼난 적도 있었다.

그런데 막상 왕을 앞에서 직접 뵈니 기존의 선대 왕들과는 확실히 특이한 데가 있었다. 아버님으로부터 선대왕들의 초상화를 구해 달라고 하여 관상 공부를 한 적이 있었는데, 대부분의 선대 왕들은 영조처럼 기골이 장대하지 않았었다.

게다가 수염도 장수들처럼 풍성했고, 키도 엄청나게 컸다. 더구나 대부분의 선대왕들이 화증이 있어 인삼을 드시지 않는데 상감마마께서는 음식이나 차에 모두 인삼을 넣어 드시는 인삼 마니아였다.

영조의 아버지 숙종은 46년간 재위했음에도 그에게는 희빈 장씨를 포함하여 4명의 정비와 단 3명의 후궁이 있을 뿐이었다. 3명의 정비란 인경왕후, 인현왕후, 인원왕후를 말하는데 이들은 아예 아들을 낳지 못했고 희빈 장씨가 아들 둘을 낳았으나 장남은 훗날 경종으로 왕위에 오르고 차남 경수는 어려서 죽었다.

후궁이었던 명빈 박씨가 연령군을 낳았지만, 연령군도 성인이 되기 전에 세상을 떠나고 말았다. 영조의 친어머니인 숙빈 최씨의 경우도 아들 셋을 낳았으나, 첫째와 셋째는 어려서 죽었다.

영조의 아버지 숙종은 희빈 장씨로 인해 '색을 밝힌 국왕'으로 인식되고 있지만 실상은 전혀 달랐다. 당시 신하들이 숙종의 다른 문제는 비판해도 사냥과 여색을 조심하는 데 대해서는 한결같이 찬사를 아끼지 않았다.

훗날 역사를 보면 숙종의 불안과 걱정에 이유가 없지 않았다. 스캔들과 논란 속에서 희빈 장씨를 잠시라도 정비의 자리에 올리지 않았더라면 자신의 후계는 결국 방계(傍系, 혈족 가운데 직계(자식)에서 갈라져 나온 친계) 즉 후궁의 자손이 이어갔을 것이다.

결국 경종으로 대는 끊어지고 다시 조선 왕실은 방계승통으로 갔을 것이다.

방계로 경종의 뒤를 이은 영조의 경우에도 사정은 마찬가지였다. 영조의 비인 정성왕후 서씨나 정순왕후 김씨에게서는 자손이 없었다. 결국 훗날 빈으로 추존되는 후궁 정빈 이씨의 몸에서 난 아들을 효장세자로 책봉했지만, 어릴 때 죽고 다시 또 다른 후궁 이씨(선희궁 영빈 이씨, 사도세자의 어머니)의 몸에서 난 아들을 세자로 책봉하니 그가 바로 비운의 사도세자였다.

그런데 그 사도세자마저도 제정신이 아닌 상황에서 영조는 강한 의지를 가지고 건강을 지키기 위해 노력했다. 만일 사도세자가 잘못될 경우 어린 세손을 왕위에 올리기 위해 세손이 장성할 때까지 버텨야 했기 때문이었다.

그러기 위해서는 영조 자신도 건강해야 했지만, 세손이 의지해야 할 평생 반려자를 짝지어 주어야 했기 때문에 영조는 지나치게 가은에게 집착하고 있었다. 이런 영조의 마음을 알고 있는 가은은 왕의 질문에 신중할 수밖에 없었다.

그래서 가은은 일단 질문에 대한 대답을 거절했던 것이다. 그러나 결국은 말할 수밖에 없다고 깨닫고 무거운 입을 열었다.

"『소학』이나 『대학』은 수기(修己, 자신의 몸을 닦음)냐, 치인(治人, 나라를 다스림)이냐 어느 쪽에 강조를 두는가에 따라 선택할 학문이고, 이는 세손마마에게 미치는 영향을 어디에 두는가에 따라 결정될 수 있습니다. 말씀드린 대로『소학』은 인간의 착한 본성과 윤리 실천에 그 역점을 두고 있고, 『대학』은 궁리(窮理, 헤아리는 이치) 정심(正心, 바른 마음) 치인(治人) 등의 도리를 깨우쳐 올바른 국가를 통치하는 데 역점을 두고 있습니다.

세손마마께서는 이미『소학』을 공부하셨고 잠시 뵈었지만, 행동이 의젓한 데다가 몸가짐이 바르시고 비록 침묵하고 계시지만 그 진중함이 옆에 있어도 느낄 수 있어 소학의 내용을 이미 몸소 실천하고 계십니다.

따라서 지식이 짧은 소인의 생각으로는 성균관에 입학하는 날부터 『대학』을 수강하게 하는 것이 옳을 듯합니다. 또한 대학을 수강하시더라도 소학은 손에서 놓지 않으셨으면 합니다. 저 또한 대학을 공부하면서도 소학을 놓지 않고 있으니까요."

영조는 가은이 말하는 동안 희색이 만연하여 신기한 듯 가은을 바라보았다. 자신의 생각과 일치하는 명쾌한 대답이었기 때문이다.

"왕비! 왕비도 저 이이에게 할 말이 있으시면 한마디 하세요."

영조는 자신만 물어보는 것이 미안했던지 옆에 있던 정순왕비 김씨에게 또 다른 질문을 유도했다.

"너는 영민하여 내 따로 무슨 할 말이 있겠냐마는 왕실의 건강은 나를 포함하여 내명부 아녀자들이 챙겨야 하는 법, 세손빈 역시 그 일에 일조해야 하는데 그래서 한 가지만 묻겠다.

지금 상감마마께서는 조금만 찬 음식을 먹어도 배탈이 나시고 소화불량에 시달리고 계시는데 장수와 건강의 비결은 무엇이라 생각하느냐? 어린 너에게는 무리가 있는 질문이니 큰 부담 갖지 말고 소신껏 말해도 된다."

가은은 주저함 없이 아버지 김시묵을 잠시 쳐다보더니 말을 이어갔다.

"황공하옵니다. 중전마마! 소인 『동의보감』이나 『본초강목』 등에서 조금씩 익힌 얄팍한 지식을 참고로 말씀드릴까 합니다.

소인이 생각하는 건강 비결은 첫째는 자기 몸 상태를 정확히 파악해야 한다고 봅니다. 자기 몸의 약점이 무엇인지 알아야 하고 몸이 무리가 가지 않도록 철저히 대비해야 합니다.

하루 동안 몸의 변화를 자세하게 관찰하면서 무리와 무리가 아닌 것의 경계를 관찰하는 데에는 자기만 한 전문가가 있을 수 없기 때문입니다. 이는 『소학』에서 말하는 '수신'이라 할 수 있습니다.

둘째는 자신에게 어떤 처방이 맞는지 정확하게 알아야 합니다. 자기 몸을 냉정하게 응시하면 병이 자기 몸에서 가까이 있는지 멀리 떨어져 있는지 알 수 있습니다. 그러면 어떻게 해야 할지 방법론도 찾을 수 있는 것입니다.

황공하지만 선대왕의 예를 들어보도록 하겠습니다. 선조 대왕 옆에는 허준이라는 조선 최고의 어의가 있었음에도 대왕의 병을 치료하지 못했고, 광해군 역시 허임이라는 최고의 침의가 있었음에도 지병을 고치지 못했습니다. 이는 어의들이 선대왕 자신이 아닌 제3자 입장에서 치료를 했기 때문입니다.

셋째는 강한 의지를 가지고 건강을 지키기 위해 노력하고 실천해야 합니다. 자신의 몸을 알면 뭐하고 처방을 알면 무슨 소용이 있겠습니까? 실천이 없으면 다 소용없는 것입니다. 가장 일반적인 건강의 지혜는 누구나 알듯이 일찍 자고 일찍 일어나며 모자란 듯 음식을 먹는 것입니다. 대부분의 사람들은 작은 노력으로 큰 건강을 얻고자 게으름을 피웁니다.

송구하옵게도 소인이 빈례식을 할 때 잠깐 수라상을 살펴보았는데 상감마마께서는 소식을 즐기시고 기름진 음식과 술을 피하는 등 절제된 식생활을 이어 가시는 것으로 보였습니다. 이로 보아 상감마마께서는 건강의 지혜를 지혜롭게 실천하고 계십니다.

병은 예방이 최선입니다. 평소의 섭생이 무엇보다 중요하다고 생각합니다. 병이 생기면 일단 자신의 생활 전반을 점검해 일을 줄이고 따뜻하고 부드러운 음식을 공급해 부족한 에너지를 보충해야 합니다. 음식은 곧 약입니다. 건강을 유지해 주는 첫 번째 주체는 어의가 아니라 자신입니다.

건강은 누군가가 보충해 주거나 도와줄 수 있는 것이 아닙니다. 오로지 스스로 식사, 운동 휴식의 균형을 유지해 가며 몸과 마음, 그리고 생활습관 전반을 종합적으로 잘 관리해 가야만 지켜낼 수 있는 것입니다."

영조는 희색이 만연하면서 한바탕 크게 웃더니 가은을 칭찬했다.

"옳은 말이로다! 어느 한 가지 틀린 말이 없는 말이다. 어디서 이렇게 복이 있는 아이가 궁에 들어왔단 말인가!"

이때 정순왕후도 기쁜 표정을 지으며 영조를 향해 말했다.

"상감마마의 성은인가 봅니다."

영조는 기쁜 마음으로 내관을 불러 가은의 장수와 건강비결을 기록해 자신의 방으로 갖다 두도록 명하였다.

"영빈은 할 말이 없소?"

세손의 할머니 선희궁 영빈 이씨에게 영조는 배려를 아끼지 않았다. 그녀가 바로 사도세자의 어머니였기 때문이다.

"이미 상감마마와 중전마마께서 다 물어보셔서 소인은 그걸로 만족합니다. 저보다는 세손의 어머니, 아니 세손빈의 시어머니가 되실 세자빈이 한마디 하시는 것이 어떻겠습니까?"

이때 영조도 영빈의 말을 거들었다.

"그래, 세자빈도 한마디 하거라! 오늘 한마디도 하지 않았잖느냐?"

사실 세자빈 혜경궁 홍씨는 가은이에 대해서는 모든 것이 완벽하여 더 할 말이 없었다. 지금은 정신이 나가 세자궁에 갇혀 있는 남편 사도세자에 대한 생각밖에 없었다. 바람 앞의 등불 같은 남편의 상황이 혹 죽음으로 끝이 날까 두려워 가슴 졸이며 앉아 있었던 것이다.

홍씨 입장에서 세손과 세손빈이 똑똑하면 할수록 남편에게는 위험한 일이었다. 상감마마께서는 세자를 그만큼 쉽게 포기할 테니 말이다. 이런저런 생각에 인생도 허무하고 삶도 허무하다는 생각이 들었다.

그나마 자신이 낳은 아들이 세손으로 있어 위로를 삼을 수 있었다.

울적한 마음으로 가을을 바라보고 있을 즈음 영조의 하명을 받고 혜경궁 홍씨는 정신을 차렸다.

"네, 상감마마."

세자빈 혜경궁 홍씨는 영조의 갑작스러운 하명에 자신의 감정을 가은이에게 그대로 말하고 말았다. 그리고 내뱉은 말을 주워 담을 수 있다면 주워 담고 싶었다.

"너는 사람이 죽음에 이르는 것이 무엇이라 생각하느냐?"

순간 영조와 왕비, 그리고 사도세자의 어머니인 선희궁 영빈 이씨까지 일제히 혜경궁 홍씨와 가은에게 눈길을 쏟아냈다. 영조와 세자의 갈등으로 언제 세자가 죽을지 모르는 상황에서 그만 혜경궁 홍씨가 민감한 문제를 공식적으로 끄집어냈기 때문이다.

대전은 정적이 흘렸고 이를 지켜보는 가은은 무슨 말로 분위기를 바꿀지 수많은 생각이 교차했다.

만약 가은이 세자와 관련된 답변을 한다면 가은도, 아버지 김시묵도 세자빈 혜경궁 홍씨도 위험에서 빠져나갈 수 없는 일이었다.

그러나 가은은 영리했다.

이미 아버지로부터 상감마마와 세자, 그리고 세자빈마마에 대한 궁궐 사정을 누구보다도 잘 알고 있었고 이 문제를 해결할 방안을 심도 있게 생각해 왔다.

"황공하옵니다. 세자빈마마! 송구하옵게도 소인이 너무 어려 마마의 질문을 충분히 이해하지 못하였나이다. 혹 사람이 살면서 병으로 죽음에 이르게 되는 경우를 묻는 것인지요?"

가은의 재치 있는 이 한마디가 세자빈 혜경궁 홍씨를 위기에서 벗어나게 한 기막힌 반문이었다. 철없이 웃고 자신을 바라보는 가은이의 의도를 알아차린 혜경궁 홍씨는 순간 말을 돌렸다.

"너의 말이 맞다. 내 어린 네가 논어를 읽었다기에 사람이 죽음에 이르는 세 가지 내용이 무언지 궁금해서 물었다."

"네, 마마. 그러면 소인 말씀드리겠습니다. 사람에게는 죽음에 이르는 세 가지 경우가 있는데 이는 다 자초하는 것이라 했습니다. 잠잘 때를 놓쳐 숙면의 시기를 놓치거나 먹고 마시는 것을 조절하지 못하거나 과로하거나 지나친 편안함에 젖은 것이 그것이라 하였습니다."

人有三死	인유삼사
而非其命也	이비기명야
行己自取也	행기자취야
夫寢處不時	부침처불시
飮食不節	음식부절
逸勞過度者	일로과도자
疾共殺之	질공살지

가은이 공자 말씀을 읽어 내려갈 때 세자빈 혜경궁 홍씨는 눈물을 흘렸다. 어린 가은이 영특한 데다 공자가어 내용을 저리도 아무렇지도

않게 외우고 있다는 것이 대견스러울 뿐이었다.

이 문장은 사실 작년 영조가 문과 시험의 과제로 냈던 문제이기도 했다. 가은은 아버지를 졸라 과거시험에 냈던 문제들을 자신이 풀어보곤 했는데 공자가어와 관련된 이 내용도 이미 암기하고 있었다.

가은의 재치 있는 대답은 성균관 유생들도 쉽게 답할 수 있는 내용이 아니었다. 논어 중 일부인 '공자가어'에 대한 내용을 술술 외우는 가은을 보던 영조는 놀라움을 금할 수 없었다.

"도대체 저 아이의 학문적 깊이를 알 수가 없구나! 게다가 저렇게 천연덕스럽게 세자빈의 위험한 질문을 슬기롭게 넘어가다니! 그것도 무수히 많은 논어의 내용 중 공자가어를 골라 예를 들다니! 아무리 세손의 스승 관찰사의 여식이라 하지만 이는 조선의 경사로다!

만약 세손이 자신의 지식과 세손빈이 될 저 아이의 지식까지 합쳐 국정을 이끌어 간다면 세손은 장차 그 누구도 범접할 수 없는 학문을 지닌 국왕이 될 것이다."

영조의 나이 60 중반, 말 그대로 산전수전 다 겪은 노회(老獪, 경험 많고 교활함)하기 그지없는 국왕이었다. 세손빈이 될 가은이 세자빈의 질문을 슬기롭게 대처하는 사실을 모를 리 없었다. 한편으로 세자빈의 지금 심정이 어떤지도 이해할 수 있었다.

"정말로 훌륭한 미래의 세손빈을 간택한 것 같아 과인은 기쁘기 그지없다. 오늘 잔치는 이것으로 끝내고 관찰사는 지금부터 과인이 하는 말을 명심하도록 하라! 세손과 세손빈의 혼례는 삼간택이 끝나고 내년(1762년) 2월에 거행토록 할 테니 한치의 차질도 없도록 하라."

"네, 주상전하! 성은이 망극하옵니다."

그렇게 가은은 영조를 비롯한 왕비 그리고 시어머니가 될 세손의 어머니 혜경궁 홍씨의 시험을 통과할 수 있었다.

가은과 아버지 김시묵, 그리고 어머니 홍씨는 영조께 하례를 올리고 대궐에서 준비한 가마에 올랐다.

가은의 가마가 출발할 즈음 세자빈 혜경궁 홍씨가 가은을 찾아와 슬며시 안아 주었다.

"우리 아가! 이제 너는 내 딸이자 내 며느리다. 오늘의 일을 잊지 않으마. 그리고 이것은 세손이 주는 선물이다."

하고는 가은에게 노리개 한 개를 쥐여 주었다. 황금색 실로 호박을 감싸 만든 이쁜 노리개였다. 진중한 세손이 언제 이런 것을 준비했을까 생각하니 고마운 마음이 들었다.

가은이 집으로 돌아오는 가마 뒤에는 왕과 왕비 그리고 세자빈 혜경궁 홍씨가 보낸 선물들이 뒤를 따랐고 가은을 경호할 호위병 10명과 내명부 궁녀 4명이 뒤를 따랐다.

아직 혼례가 남이 있지만 사실상 가은은 세손빈이 된 것이나 다름없었다. 그에 따라 궁궐의 법도에 따라 그에 맞는 절차와 영접을 하는 것이었다.

제4장
세손빈이라는
험난한 길을 걷다

집에 돌아오자마자 피로 때문인지 가은은 천연두로 고생했다. 그런데 천생연분인지 세손 또한 천연두에 걸려 12월 초순에야 나았다.

이때 왕을 비롯하여 가은의 시아버지 되는 세자도 기뻐 좋아하며 좋은 일에 마가 낄까 조심하니, 병환이 깊다는 세자에게 병환이 있는 것이 맞는지 의문이 들었다.

시어머니 되는 세자빈도 세손의 중한 병환에 두 손 모아 기도하며 무사히 낫기를 천지신명께 빌었고 조상이 도우셔 가은과 세손이 차례로 낫고 12월에 형시적인 산간택을 마쳤으니, 그 경사를 말로 표현하지 못하고 눈물만 흘렸다.

간택 때 가은이 세자를 만나지 못한 것이 마음에 걸렸던 왕은 세자를 궁으로 불러 세자빈과 함께 가은과 세손을 만나는 것을 허락했다.

그런데 세자는 오래간만에 가은과 세손 볼 일이 기뻤는지 아니면 병환으로 정신이 없었던 건지 옷 한 벌 입는데 여러 번 갈아입고 망건 역시 여러 번 바꿔 쓰면서 망건 줄을 끼우는 관자를 찾느라 헤매기까지 했다. 세자가 쓰는 도리옥관자를 찾지 못하고 결국 정3품 문관 벼슬아치들이 다는 통정옥관자를 붙이고 오다가 사현합(思賢閣, 경희궁 내의 건물, 왕이 주로 신료들을 접견하는 곳)에서 왕이 이를 보고 대전에 들어가기도 전에 격노하며 엄하게 호통을 쳤다.

"간택은 보지 말고 돌아가거라."

그 말을 전해 들은 가은은 섭섭함 이전에 자신과 세손을 보지 못하고 허탈하게 돌아간 세자를 생각하니 눈물이 났다. 그런데 이를 애석하게 생각한 정순왕후와 영빈(선희궁)이 옆에 있는 세자빈에게 이르기를,

"세손빈이 간택례 후 옮겨갈 어의궁으로 가는 길 중간에 창덕궁이 있으니 세손빈을 동궁(세자가 사는 곳)으로 보내 인사시키는 것이 어떻겠습니까?"

그리하여 두 왕비가 세자빈과 세손빈, 그리고 세손을 모셔가는 내관에게 일렀다.

"동궁 계신 아랫대궐 지날 때 세손빈의 가마를 세자빈마마의 가마와 함께 아랫대궐에 들게 하라."

마침 세자는 간택을 보러 올라갔다가 보지도 못하고 그냥 내려와 마음이 좋지 못하여 어이없고 서러워하며 누워있다가,

"세손빈 데리고 오나이다."

하니 반기며 세손빈을 어루만지며 기특히 여기며 좋아했다. 그리고 세손빈을 밤에서야 어의궁으로 보내었다. 세손빈 가은은 어쩔 수 없이 자신을 귀히 여기는 세자 저하를 뵈었지만, 왕을 속인 듯하여 마음이 무겁기만 하였다.

그 뒤 세자는 영조와 더욱 등을 지고 날로 병환도 더해져 부왕 되는

영조를 향해 차마 하지 못할 불공한 말을 대궐에 대고 소리치니 무슨 사단이 날 것 같아 세손빈 가은은 마음조이며 며칠 밤을 뜬눈으로 보냈다.

그때 세손빈 가은은 어린 마음에 처음으로 대궐에 온 것을 후회하는 마음이 늘 들었지만, 어린 나이에 의젓하게 궁에서 돌아가는 일을 어른처럼 대처하는 세손이 옆에 있어 든든했다. 한편으로는 아버지의 사랑도 제대로 받지 못하는 세손을 바라볼 때마다 애처로운 생각도 들었다.

그리고 가례를 올리기 전 부모님을 뵙기 위해 가마를 타고 집으로 향하는데 세손은 헤어지는 것이 아쉬운지 세손빈 가은의 손을 잡고 얼굴만 바라보았다. 시어머니 되는 세자빈도 아들의 그런 행동을 지켜보다가 말했다.

"세손빈, 어서 가마에 오르세요. 내년(1762년) 초 다시 들어와 평생 생사를 같이하실 텐데, 세손도 이제 슬픔을 접고 그만 세손빈을 보내드리세요. 세손빈! 아니 우리 아가! 준비 잘하고 잘 다녀오너라! 세손은 내가 잘 돌보고 있겠다."

궁을 나오면서 가은은 많은 생각이 들었다. 최종 간택 때문에 부모님과 며칠을 떨어져 대궐에 들어왔지만, 가은의 마음은 좌불안석이었다. 어린 나이에 부모님과 떨어져 낯설고 어색한 이곳에서 평생 펼쳐질 알 수 없는 운명은 결코 그렇게 호락호락하지 않을 것 같은 생각이 들었다.

간택에 따른 여러 가지 행사로 피로한 가은이 느지막이 일어나 아침 문안을 올리기 위해 안채로 가보니 아버지 김시묵은 대궐로 들어갔고 어머니 홍씨는 외할머니댁으로 반가운 소식을 전하러 가서 없었다.

저녁이 되어서야 두 분이 들어오셨다는 기별을 받고 가은은 안채로 발걸음을 향했다.

"가은아, 고생이 많았다. 내 딸이지만 자랑스럽구나!"

어머니 홍씨는 가은의 두 손을 잡으며 함박웃음을 웃었다. 옆에 있던 아버지 김시묵은 딸아이가 자랑스러우면서도 대궐로 들어갈 딸 걱정에 위로를 건넸다.

"그래 애썼다! 가례일이 내년(1762년) 2월 초 2일이니 혼례 준비를 하면서 푹 쉬도록 하거라! 부인도 가은이의 혼례 준비에 만전을 기하도록 하세요! 그리고 가은이는 궁으로 들어가기 전에 하고 싶은 것이 있거나, 가고 싶은 곳이 있으면 엄마와 같이 다녀 오거라! 이제 대궐로 들어가면 대궐 사정이 복잡하여 밖으로 나오기 어려울 것이다."

김시묵은 벌써부터 서운한지 딸을 바라보는 눈이 젖어 있었다. 이런 부모님의 마음을 알아챈 가은이는 아버지와 어머니의 두 손을 잡아 드렸다. 그렇게 얼마 동안 있다가 입을 열었다.

"아버님! 그리고 어머님! 저는 두 분이 말씀하신 대로 대궐로 들어가 특별한 일이 있지 않는다면 집으로 돌아오지 않을 것입니다. 그래야 아버님에게도 누가 되지 않을 테니까요."

김시묵은 딸의 그 말이 무슨 뜻인지 잘 알고 있었다. 대궐의 상황으로 보아 조만간 감당할 수 없는 일이 벌어질 것이고, 주상께서는 결코 세자를 용서하지 않을 것이다.

결국 세손이 세자에 오를 것이고 자신의 딸은 세자빈이 될 것이다. 그렇게 된다면 친정과는 담을 쌓아야 구설수에 오르지 않을 것이었다.

특히 영조는 친인척이 정치에 개입하는 것을 싫어했다. 그래서 김시묵은 사실상 영조의 외척이면서도 일체 정치에 개입하지 않았다. 어쩌면 그런 김시묵의 태도 때문에 영조는 세자가 관찰사 김시묵의 딸을 세손빈으로 간택한 것에 동의했을 것이다.

"아버님, 궁에 들어가 제가 모시게 될 왕비 되시는 정순왕비 마마와 영빈 마마에 대해 자세히 알고 싶습니다. 그리고 세자 저하에 대해서도 알고 싶구요.

아버님도 이미 눈치를 채셨겠지만 정순왕비 마마의 두 눈에는 알 수 없는 많은 생각이 담겨 있는 것 같았습니다. 그 생각을 다 읽을 수는 없었지만 그건 시어머니 되시는 세자빈마마나 지아비 되실 세손마마에게는 결코 이롭지 않을 것이라는 생각이 들었습니다.

그러나 영빈 마마께서는 세자 저하의 친어머니이시니 세자 저하나 세손마마에게 해를 끼치지 않을 것입니다. 또한 세자빈마마께서도 세손의 어머니로서 무슨 수를 써서라도 세손마마를 보호하실 테니 문제될 것은 없는 듯합니다. 더욱이 세자빈마마께서는 인자하시고 후덕하시여 제가 믿고 의지해야 할 분으로 보였습니다."

가은이의 말을 듣고 난 김시묵은 가은이를 쳐다보며 근엄한 표정으로 입을 열었다.

"역시 영민한 내 딸이라 보는 눈 또한 예리하구나. 지금부터 이 아비가 다 말해줄 테니 네가 궁금한 것들을 말해 보거라.

왕실에 대한 많은 내용들은 따로 대궐에 들어가 선대 왕조에 대한 기록을 참고하면 될 것이고 가은이 너는 지금의 조정 대신들이 권력을 장악하기 위해 많은 음모를 꾸미고 있다는 사실을 잊어서는 안 될 것이다. 언젠가 세손께서 이 나라 국왕이 되시는 날을 대비해 너는 이 나라의 국모로서 네 남편이 되는 국왕의 귀와 눈 그리고 입이 되어야 할 것이다.

그래서 이 나라 조선이 생긴 이래 가장 강력한 개혁 군주가 되도록 세손마마를 보필하는 일이 너의 소임인 것이다. 조선은 선대왕이신 태조대왕부터 세조대왕까지 강력한 왕권정치로 당파싸움이 없었지만, 그 후대 선대왕부터는 당파싸움으로 사실상 국왕보다는 신하들이 만든 당파에 의해 왕권이 좌지우지되고 말았다.

주상전하께서도 노론과 소론 싸움에서 중립적 위치를 지키면서 왕권을 강화시키고 계시지만 이는 결코 쉽지 않은 일이다. 주상전하나 이 아비의 소원은 똑똑한 국왕보다는 개혁 군주로서 왕권을 강화하여 왕도정치를 실현하는 것이다."

"아버님, 훌륭한 군주가 되기 위해서는 어떤 덕목을 갖추어야 하나요?"

김시묵은 비장한 마음으로 딸을 향해 말했다.

"갑술년(1694년, 숙종 20년) 그러니까 주상전하가 태어나시던 그해, 우찬성 박세채(朴世采)라는 명신이 있었다. 박세채는 김상헌(金尙憲)과 김집(金緝)의 문하에서 성리학을 공부했고 송시열(宋時烈), 송준길(宋浚吉) 등과도 학문적 교유관계를 유지했다.

그는 송시열과 어깨를 나란히 할 만큼 학문적 영향력 면에서 빼어났으며, 자신이 소론이기는 했지만, 노론과 소론을 중재하는 데 정치인으로서 최선의 노력을 다했다. 그러나 결과는 참담한 실패였다. 이 점에서 그는 자신의 사표(師表, 학식과 덕망이 높아 남의 모범이 될 만한 인물)로 삼았던 이이(李珥)를 닮았다고 할 수 있었다.

그리고 좌의정에 임명된 그는 '사본차(四本箚)'로 불리는 4통의 차자(箚子, 약식상소)를 올렸다. 이 상소는 임금이 바른 정치를 위해 어떻게 해야 하는지에 대한 일종의 건의문이었다. 그 내용은 네 가지로 되어 있다.

첫째는 '임금의 청납(듣고 받아들이는 일)을 넓히는 것'인데, 숙종이 지난날의 일을 징계 삼아 앞으로의 도모를 신중하게 하기를 바란 것이었다.

둘째는 '국체(國體)를 높이는 것'인데, 이는 무엇보다 숙종이 자신의 마음을 바로잡아야 백관(신하들)도 역시 마음을 바로잡을 수 있다는 것이었다. 이는 선대왕이신 숙종뿐만 아니라 모든 군주에게 중요하다. 박세채는 숙종의 성정을 '희로(喜怒)의 폭발'이라고 부르며 감정을 잘 다스릴 것을 간곡하게 청했다.

셋째는 '인심(人心)을 따르는 것'인데 어떤 일을 할 때 사람들의 마음이 옳고 그른지를 사리는 것이고,

넷째는 '붕당(당파싸움)을 소멸시키는 것'인데 역시 숙종 대왕에게 사람의 쓰고 버림과 진퇴(進退)를 당색(黨色)으로 하지 말고 한결같이 개개인의 현명(賢明, 어질고 슬기로워 사리에 밝음) 여부를 중시할 것을 바란 것이었다.

박석채의 이 같은 상소에 따라 숙종 대왕은 자신을 돌아보고 그동안의 정국에 대해 반성하는 교서를 반포하셨다. 가은이 너는 박세채의 이 같은 상소에 대해 어떻게 생각하느냐?"

"정말 현명한 조언이라 생각이 듭니다. 박세채도 훌륭하지만, 숙종 대왕께서도 그런 진언을 겸허하게 받아들인 것을 보면 훌륭한 군주라는 생각이 드옵니다. 나중에 세손이 군왕이 되셨을 때 그런 분이 옆에서 보좌하신다면 든든할 것입니다. 그러나 만약 그런 신하가 없다면 제가 그 역할을 하고자 합니다."

"그래, 너는 정히 그러고도 남을 만큼 똑똑하니 꼭 그렇게 하도록 하여라! 수신제가치국평천하(修身齊家治國平天下)라는 말은 누구나 알고 있는 말이지만 실천하기는 어려운 일이다. 세손과 너는 모두 영민하고 특히 세손은 머지않아 학문적 깊이와 폭은 조선의 대학자라고 칭송받는 이황과 이이 선생을 뛰어넘어 설 정도로 깊어질 것이다.

그러나 머리 좋은 사람은 대신들의 간쟁(諫爭, 국왕의 옳지 못한 처사나 잘못을 비판하는 행위)을 받아들이지 못하고 신하들을 은근히 깔보며, 충성스러운 신하의 권고를 쉽게 받아들이지 못하게 된다. 학문적으로 뛰어나다고 해서 반드시 정치적으로 훌륭한 군주가 된다는 보장은 없다. 수신(修身)은 가은이 네가, 제가(齊家)는 너와 세손이, 치국(治國)은 세손이 책임지는 그런 부부가 되어야 한다."

"네, 아버님. 명심하겠습니다. 꼭 그렇게 하도록 하겠습니다. 그런데 세손의 학문적 수준은 어느 정도이신가요? 제가 세자빈마마께 '공자가어'를 말씀드리고 있을 때 세손의 표정은 모든 내용을 알고 계시듯 웃고 계셨어요. 그렇다면 『논어』까지 다 읽으신 것 같은데 왜 상감마마께서는 세손이 『소학』까지 읽으셨다고 생각하시는지요?"

"세손께서는 『소학』은 물론이고 사서삼경을 모두 읽으셨다. 그리고 『예기(禮記)』와 『근사록(近思錄)』, 『황면재집(黃勉齋集)』도 모두 읽으셨다. 『근사록』은 주자의 책이고 『황면재집』은 주자의 제자가 쓴 책이며 이외에도 『태극도설(太極圖說)』 등 많은 책을 독파하셨다.

물론 그뿐만이 아니다. 퇴계 이황 선생의 『성학십도(聖學十圖)』와 율곡 이이 선생의 『성학집요(聖學輯要)』도 이미 오래전에 읽으셨단다. 비록 말씀은 적으나 나는 세손을 가르치면서 세손의 영리함에 자주 놀라곤 했단다. 더욱이 단 하루도 책을 놓으신 적이 없으시고 새벽에 일어나 언제나 스스로 배운 것을 반복해서 읽고 계시니 머리도 영민하지만 수학하는 자세 또한 바른 분이시다. 내가 너를 보고 자주 놀라는 것처럼 말이다. 지금의 대신들은 그 누구도 세손의 학문을 따라갈 만한 사람이 없을 정도로 영민하시다."

"그런데 세손께서는 왜 학문의 깊이를 숨기고 계신지요?"

"지금 세손의 아버지 되시는 세자 저하께서는 병환이 깊으시다. 세자 저하에게는 정비인 세자빈(외에 후궁이신 숙빈마마(임씨)과 경빈마마(박씨)가 계시다. 세자빈께는 이미 돌아가신 의소세손과 지금의 세손마마와 청현공주, 창산공주 두 딸이 계신다.

그리고 숙빈마마(임씨)와의 사이에는 은언군 이인과 은신군 이진, 그리고 경빈마마(박씨)에게는 은전군과 청근옹주가 계신다. 그런데 애석하게도 병환이 깊어지신 세자 저하께서는 아버지에 대한 분노를 참지 못하시고 후궁이신 경빈마마(박씨)를 칼로 찔러 죽이셨다.

그리고 여승을 끌어들이셨다. '척불(斥佛, 불교를 배척함)의 나라' 조선의 왕실에서는 생각도 할 수 없는 사안이었다. 그리고 홍화문 밖에 있는 시전(市廛)에 나가 물건들을 부수고 갈취하셨다. 이를 안 주상전하께서 직접 상인들을 만나 그들이 입은 피해를 일일이 보상해 주시기도 하셨다.

그리고 신사년(1761년, 영조 37년)에는 주상전하의 경고에도 불구하고 궁궐을 몰래 빠져나가 서로행역과 북성유람을 다녀오셨는데 이를 알게 된 주상전하께서는 세자가 자결하지 않으면 세자를 폐하겠다고까지 하셨다. 이에 3정승(영의정, 좌의정, 우의정)은 자결함으로써 세자를 용서해 줄 것을, 세자에게는 정신 차릴 것을 충격적 방식으로 전달하려 했다. 그리고 주상전하께서는 세자 저하를 세자궁에서 못 나오도록 하셨다.

이런 상황에서 세손께서 『소학』만을 읽으셨음에도 주상전하께서는 그렇게 기뻐하시는데 만약 세손께서 궁궐의 그 어느 대신들 못지 않게 학식이 뛰어나신 걸 안다면 어떻게 하셨을까? 아마 세자마마께서는 이 세상 사람이 아닐 것이다. 그러니 세손께서는 나는 물론이고 그 누구도 자신의 학문에 대하여 말하지 말 것을 당부하셨다."

한참을 듣고 있던 가은은 그제야 이해가 되는 것 같았다.

"아! 이제 이해가 되네요. 세손마마의 스승이신 아버님만이 그 사실을 알고 계시는군요. 그래서 아버님께서는 세손마마가 이황이나 이이 선생보다 학문이 뛰어난 군주가 되실 거라 말씀하셨군요."

"그렇단다. 그리고 가은아! 지금 대궐 안은 심상치 않다. 이미 세자 저하께서는 광증의 한계를 넘어섰다. 머지않아 주상전하께서는 세자 저하에게 자결을 강요하시든지, 또 다른 방법으로 그 목숨을 거두실 것이다. 그런 이유로 너를 세손빈으로 책봉하지 않았나 싶구나.

그리고 세손께서는 세자마마를 대신하여 머지않아 세자마마에 오를 것이다. 그런 일이 없어야 하겠지만 노론(경신환국 이후 재집권한 서인 중에서 남인에 대한 강력한 탄압을 주장한 강경파)들은 주상전하와 세자 저하 사이를 이간질해 소론 편에 서 계신 세자 저하를 죽음에 이르게 할 것이다.

결국 궁궐 안에서 피바람이 일어날 것이다. 그래서 가은이 너는 지금부터 내 말을 명심해야 한다."

"네, 아버님. 하명하십시오."

"우선 너는 세손과 동등하진 못해도 그와 비슷한 학문적 능력을 갖추어야 한다. 그래야 세손의 진정한 정치적 동반자가 될 것이다. 세손께서는 이미 대단한 학문을 갖추고 계셔서 자칫하면 대신들을 무시하고 독선으로 정국을 운영할 경우 위험을 초래할 수 있다. 그런 세손을 설득하여 독선에서 화합으로 이끌 수 있는 건 반려자의 따뜻한 충고 뿐이다.

그러나 조선은 사대부의 나라이고 사대부는 아녀자의 충고나 조언은 듣질 않는다. 하지만 다행스럽게도 세손께서는 자신보다 학문이 뛰어난 학자들을 불러다 자신의 지식과 비교하고 부족할 경우 밤낮을 가리지 않고 채우고 계신다. 다시 말해 자신보다 지식이 뛰어나거나 자신과 비슷한 학문을 지닌 사람의 충언은 기꺼이 받아들이실 줄 아는 현명한 분이시다.

두 번째는 세손을 네 힘으로 지켜야 한다. 영리하고 남보다 위에 있는 사람은 언제나 시기의 대상이 된다. 대궐에서 국왕을 해칠 수 있는 방법은 음식이나 탕약, 그리고 어의에 의한 잘못된 침술이나 독극물이 들어가는 약을 처방하는 방법이 있다. 네가 나와 네 어미 몰래 음식도 많이 만들어 보고 의서도 많이 읽었다는 것을 내 이미 알고 있다. 나도 언젠가는 너의 그런 지식들이 쓸모가 있을 줄 알고 아무 소리 하지 않고 너를 지켜보고 있었다. 앞으로 궁에 들어가거든 주상전하와 세손마마에게 올리는 모든 음식과 탕약은 반드시 네가 챙기도록 하거라!

셋째는 조선은 선대왕 때부터 동인과 서인으로, 그리고 숙종 대왕 때는 남인이 노론과 소론으로 나뉘어 붕당을 만들고 당쟁을 지속하고 있다. 숙종 대왕께서는 좌의정 박세채의 충언을 가벼이 여겨 붕당을 묵인하셨으나, 다행히 주상전하께서는 강력한 지도력을 행사해 당파가 잠시 잠잠해졌으나 그들은 언제든 기회를 엿볼 것이다.

너는 세손마마를 어느 누구도 대적할 수 없는 강력한 개혁 군주로 만들어야 한다. 하늘 아래 그 누구도 감히 대적할 수 없는 강력한 군왕을 만들어 신하들에게 끌려다니지 않고 오직 백성만을 위해 정도를 걷는 국왕이 되도록 해야 할 것이다. 그러기 위해서 가은이 너는 무엇을 해야 한다고 생각하느냐?"

"결국 힘의 논리는 학문보다는 군사력이 아닐까 싶습니다. 임금의 부대를 만드는 것이지요."

"그래. 정확히 맞혔다. 주상전하께서는 외척이 정권을 잡는 것을 경계하고 계시기 때문에 나는 너의 증조할아버지처럼 정치에 관여할 수 없을 것이다. 물론 나도 그럴 생각은 없다.

네 번째로 혼인하여 궁궐로 들어가 아이를 잉태할 수 있는 나이가 되거든 많은 아이를 낳도록 해라. 남자는 여자 하기에 달려 있고 지아비에 대한 사랑은 아녀자에게 달려 있느니라! 일찍 왕자를 생산해야 다음 후계자에 대한 걱정도 없고 왕실을 번영시킬 수 있는 것이다.

그러나 만약 그럴 리도 없겠지만, 아이를 생산하지 못한다면 아이를 생산할 네 사람을 골라내 남편 옆에 앉히거나 네 편으로 만들어야 한다. 숙종 대왕 시절 인현왕후께서는 아이를 생산하지 못했지만, 주상전하의 어머니 되시는 숙빈 최씨를 자기 사람으로 만들어 희빈 장씨를 몰아낼 수 있었다. 사사로운 질투의 감정은 잠시 묻어두고 남편보다 오랜 삶을 살아야 그 역사와 치적을 지킬 수 있는 것이다."

"네, 아버님. 가슴속 깊이 새겨 두겠습니다. 그리고 아버님, 제가 청이 하나 있습니다."

"그래, 말해 보거라."

"제가 궁으로 들어가기 전에 가난하고 소외된 자들을 위해 잔치를 할 수 있도록 해주십시오. 혼수비용은 대부분을 잔치비용으로 쓰시고 잔치는 상감마마께서 모두 베풀어 주신 것으로 소문을 내주십시오. 그리고 혼수는 일체 하지 마시고 평소 입던 옷을 입고 입궐하겠습니다."

처음에는 이상하게 생각하던 김시묵은 딸아이의 의도를 단박에 알아차렸다.

"알았다. 그렇게 하도록 하마."

한 달 뒤 가은은 사대문 밖에 있는 소경과 절름발이 등 사지가 멀쩡하지 않은 사람들을 위해 잔치를 개최한다고 방을 붙이고 성대하게 그들을 위해 그동안 유모와 함께 만들어 보았던 많은 음식들을 그들에게 대접했다.

누구도 관심 갖지 않은 소외된 자들을 위한 잔치는 상감마마의 칭송으로 소문이 날 것이고, 그 소문은 다가올 비극적인 사건에서 상감마마가 들을 비난으로부터 면죄부를 줄 것이다. 그렇게 잔치는 5일 동안 계속되었다.

제5장
시아버지 사도세자의 죽음

해가 바뀌어 임오년(1762년, 영조 38년)이 되었다. 세손의 가례를 2월 초 2일로 택일 된 일정대로 진행을 준비하는 차에 세손은 목감기가 대단하여 증세가 가볍지 않았다. 큰일이 임박하던 차에 다행히도 침을 맞고 즉시 회복되었다.

혼례일이 다 되니 영조는 세손의 아버지 되는 세자가 가례에 참여하지 못함은 인륜을 저버리는 일이라 말하며 세자가 직접 세손을 데리고 오라 명하였다. 이리하여 경현당에서 초례(醮禮, 일반적으로 결혼을 가리키는 말로 여기서는 결혼 때 자녀를 훈계하는 의식)를 하였다.

한집에 할아버지, 아들, 손자 삼대가 모여 손자의 가례(嘉禮)를 치르고 전안(奠雁, 신부 곁으로 나무 기러기를 보내 절하게 하는 예식)하게 되니, 그런 즐거움과 막대한 경사가 어디 있을까, 하는 마음에 세손의 어머니를 비롯한 세손빈의 친정 부모님도 기뻐하며 안도의 한숨을 내쉬었다.

초례를 지내고 대례(大禮, 궁중에서 임금이 몸소 주관하는 의식)는 왕비가 하례 받았던 광명전에서 이루어졌다. 혼례 후 세자는 즙희당(緝熙堂)에서 머무르고, 세손과 세손빈은 광명전(光明殿)에서 밤을 지냈다.

세손은 혼례의 형식에 따라 세손빈의 혼례복을 벗기고 침실에 들었지만 둘은 나이가 너무 어려 그냥 누웠는데 세손은 세손빈의 두 손을 꼭 잡고 아침에 눈을 뜰 때까지 놓지 않았다.

이튿날 영조와 정순왕비, 그리고 세자와 세자빈이 한집에서 세손빈의 인사를 받았다. 영조와 정순왕비는 광명전 북벽 의자에 앉고, 세자의 좌석은 동편으로 하고 세자빈은 서쪽으로 향하여 앉았다.

영조는 세자 부부가 오래간만에 한집에 있음을 기뻐하며 행사 하나하나가 조심스러워 걸음걸이를 천천히 하는 동안, 세자빈은 좌불안석하며, 영조와 남편을 번갈아 보면서 불안해하였다.

영조와 세자의 사이가 좋지 않은 까닭에 무슨 일이 또 터질까, 걱정하는지, 세손빈의 손을 이끌고 행사를 재촉하더니 영조에게는 밤과 대추를 담은 쟁반으로, 왕비에게는 육포를 담은 쟁반을 서둘러 주더니 인사를 끝마쳤다.

세손빈도 언제 상감마마가 세자에게 역성을 낼까 불안했지만, 세자빈은 상감마마의 눈치를 보느라 정신이 없었다.

다행스럽게도 세자는 정신병도 아니 오고 이를 지켜보았는데, 영조는 신부 세손빈의 인사를 받자마자 세자를 서둘러 세자궁(동궁)으로 환궁하라고 환궁령을 내렸다. 그리고 세자빈은 다행히 사흘 동안의 가례식을 다 보았지만, 많은 대소신료 앞에서 남편 없이 혼자 있으니 난처한 일도 많았는지 사흘을 채우지 못하고 세자를 뒤따라갔다.

어린 세손빈은 눈앞에서 벌어지는 이런 일들을 지켜보고 있자니 마음이 불안하여 어찌할 바를 모른 채 사흘 동안의 가례를 무사히 마치고 창덕궁으로 내려왔다. 세자가 기다리다가 좋아하며 며느리 세손빈을 데리고 정성왕후(영조의 비)의 혼전인 휘령전에 참배하게 하고 다시 슬픔에 잠겼다. 세손빈은 며느리를 아끼고 사랑하는 마음이 깊은 세자가 병으로 고생하는 모습을 볼 때마다 마음이 아파 눈물이 나는 것은 어찌할 수 없었다.

1762년(영조 38년) 2월, 3일 동안 치러진 혼례는 그 어느 세손의 혼례보다 화려하고 규모가 큰 혼례였다. 그리고 혼례 이후 세손빈은 세손과 학문에 전념했다. 마치 경쟁하듯 서로가 조금이라도 정진하지 않을 경우 세손빈은 세손을 꾸짖었고 세손 역시 학문을 하다 모르는 것이 있으면 세손빈과 토론했다.

세손빈이 열 살, 세손이 열한 살, 둘은 부부라기보다는 친한 동무나 다름없었다. 아버지인 관찰사 김시묵을 비롯하여 대궐에서 학문이 높다 하는 모든 대소신료가 세손의 공부에 참여했다. 그렇게 학문에 전념하고 있을 때 뜻하지 않은 사건이 발생했다.

1762년(영조 38년) 5월 11일, 세자의 화증이 발작했다.

세자궁에 갇혀 있던 세자는 자신의 아들인 세손이 보고 싶었지만, 만날 수가 없었다. 며느리 세손빈 또한 보고 싶어도 볼 수 없었다. 세자궁 이외는 어느 곳도 출입할 수 없었다.

영조는 세자의 광증으로 인해 세손을 해할까 하는 걱정으로 세손을 만나지 못하게 하였고, 세손도 세자궁 출입을 엄격히 제한하고 있었다.

그러는 동안 세자는 가슴이 답답하고 미칠 것만 같았다. 밤이 되자 아버지 영조가 원망스러웠다. 생각이 꼬리를 물고 이어지면서 분노를 이기지 못한 세자는 아버지 영조를 죽이겠다고 결심했다. 그렇게 아버지 영조가 머무르는 경희궁으로 칼을 들고 수구(水口, 하수구)로 들어갔다. 그러나 몸이 비대하여 온몸에 상처만 입고 돌아왔다.

마침 이를 목격한 세자빈은 이 사실을 어떻게 할까 고민에 빠졌다. 분명 누군가는 세자의 행동을 목격했을 텐데, 이러한 사실을 상감마마가 알게 된다면 세자는 물론 자신도 죽음을 면치 못할 것이고, 세자의 어머니인 영빈 이씨도 무사하지 못할 게 뻔했다.

이미 세자빈 홍씨도 세자에게 맞아 한쪽 눈이 빠질 뻔한 일도 있었다. 제정신이 아닌 세자를 이대로 놔둔다면 언젠가는 자신은 물론이고 세자의 어머니이자 자신의 시어머니 영빈 이씨도 죽음으로 몰고 갈 수도 있었다.

세자빈 홍씨는 일단 이 사실을 다음 날, 날이 새기 무섭게 시어머니인 영빈 이씨에게 알렸다. 그리고 세자의 친어머니 영빈 이씨는 최종 결심을 했다.

"차라리 세자의 몸이 없는 것이 옳겠소. 삼종혈맥(영조, 사도세자, 세손)이 세손에게 있으니 내가 세자를 천만 번 사랑하여도 나라를 보전하기는 이 수밖에 없소."

그리고 영빈 이씨는 이 같은 사실을 영조에게 낱낱이 고했다. 영조는 처음에는 "유언비어가 안에서부터 일어나다니, 도대체 누가 세자를 모함했단 말이냐?" 하며 깜짝 놀랐다.

그러나 영조의 성격에 그냥 넘어갈 리는 없었다. 이제 영조의 마지막 확인만 남았다.

윤5월 13일 날이 밝았다.

이날 영조는 경희궁을 떠나 창덕궁 선원전에서 예를 올린 다음 세자의 대명을 풀어 함께 데리고 휘령전(徽寧殿)으로 나아갈 것을 명했다. 휘령전은 영조의 비 정성왕후 서씨를 모신 사당이었다.

그런데 세자는 병을 핑계로 나오지 않았다. 여러 차례 호통이 있는 뒤에야 세자가 모습을 드러냈고 일단 영조는 세자를 데리고 휘령전으로 가서 예를 올렸다. 세자가 네 번 절하는 예를 마치고 엎드리자, 영조는 갑자기 손뼉을 치면서 큰 소리로 명을 내렸다.

"여러 신하들 역시 신령(神靈)의 말을 들었는가? 돌아가신 정성왕후께서 정명하게 나에게 이르기를 '변란이 호흡 사이에 달려 있다'고 하셨다."

이때 영조와 세자를 시종했던 많은 신하들은 의아해했다.

"신령의 말이라니? 죽은 정성왕후가 주상전하께 말을 했단 말인가?"

그러나 신하들이 생각을 정리할 틈도 없이 영조는 휘몰아쳤다. 시위 병사들을 들어오게 한 다음 모두 칼을 뽑으라고 하니 사정을 모르는 병사들은 좌우를 살폈다. 이때 영조가 직접 칼을 뽑아 들고 "어찌하여 칼을 뽑지 않는가?"라며 진노했다.

그제야 병사들은 모두 칼을 뽑아 들었다. 연이어 영조는 선전관을 불러 궁성 호위를 강화토록 지시하였다. 때는 사시(巳時, 오전 10시 전후) 초에 가까워 햇빛이 불처럼 뜨거웠다.

휘경전 앞마당에 부복하고 있던 세자는 피곤함을 이기지 못해 숨을 헐떡거렸다. 세자시강원(왕세자 교육을 담당하는 예조 소속의 관서) 관료들이 승지에게 세자의 병세가 심하다고 아뢰었다. 그러나 영조는 무시했다.

영조는 세자에게 명하여 땅을 엎드려 관(冠)을 벗게 하고, 맨발로 머리를 땅에 조아리게 하였다. 그리고는 전교를 내렸다.

"네 이놈, 세자야! 너는 세자라는 직분이 있음에도 사람을 그렇게 함부로 죽일 수 있단 말이냐? 게다가 비구니와 기생들을 불러들여 왕실의 존엄함을 무너뜨렸다. 네놈은 세자 될 자격도 없는 천하의 개망나니니라! 어서 빨리 자결하여 네놈의 체면이라도 지키거라! 여봐라! 당장 세자에게 칼을 주거라!"

이에 세자는 조아린 머리를 땅에 부딪치며 용서를 빌었다. 그리고 조아린 이마에서 피가 나왔다. 그러나 영조의 호통은 계속 이어졌다.

"내가 죽으면 300년 종묘사직이 망한다. 그런데 네가 죽으면 종묘사직은 오히려 보존할 수 있으니 네가 죽어야 한다. 내가 너 하나를 베지 않고 종묘사직을 망하게 해야 하느냐?"

하고는 칼로 직접 세자를 찌르려고 하였다. 이제 영조와 세자는 더 이상 부자지간이 아니었다. 다시 영조가,

"너는 속히 죽으라!"

명하자 세자는,

"전하가 저를 찔러도 놀라지 않을 것이니 이제 죽이십시오!"

라고 맞섰다.

"저 말하는 것 좀 보아라 얼마나 흉악한가?"

"저의 마음에는 지극한 원통함이 있습니다."

"어째서 죽지 않느냐?"

"이제는 죽겠습니다!"

세자는 허리띠를 풀어 목을 매었다. 그리고 숨이 막혀 땅에 엎어졌다. 그러자 세자시강원 관리들이 달려들어 허리띠를 풀어주었다.

이때 막혀 있던 합문을 뚫고 영의정 신만(申晚)과 좌의정 홍봉한, 중추부 판사 정휘량(鄭翬良), 도승지 이이장(李彝章), 승지 한광조(韓光肇)

등이 들어왔으나, 미처 진언하지 못하였다.

영조가 그 자리에서 3명의 대신과 승지 한광조 네 사람의 파직을 명하자 모두 물러갔다.

그나마 세자를 살리려 애쓴 사람들은 시강원 관리들이었다. 대신들을 불러들인 것도 시강원 이광헌(李光憲)이었다.

대신들마저 물러가자 시강원 관료들은 세손을 동원하기로 결정했다. 이에 사서(司書, 세자시강원에 속한 정6품 벼슬) 임성이 밖으로 나가니 이미 필선(弼善, 세자시강원에 속한 정4품 벼슬) 홍순해가 세손을 모시고 휘령정으로 오고 있었다.

그 뒤를 따라 세자빈 홍씨와 세손빈도 세손을 따라 휘령정으로 뛰어갔다. 그러나 아녀자는 들어설 수 없다는 명 때문에 세자빈 혜경궁 홍씨와 세손빈은 문밖에서 이 광경을 지켜보고 있었다.

세손은 문에 들어서자마자 곧 관을 벗고 손을 모아 애걸하였다.

"할바마마, 아버지를 살려주옵소서!"

영조가 멀리서 세손을 보고는 진노하여 말했다.

"어째서 세손이 여기를 오는가? 어서 세손을 모시고 나가지 못할까!"

그러자 세자는 죽을 수도 있다는 생각에 이광현의 손을 잡고 세손을 가까이 데리고 오라고 명령하였다. 아버지 영조가 세손을 누구보다도 사랑한다는 것을 알기에 세손을 통해 목숨을 구걸하고 싶었다.

세손은 문에 들어가 땅에 엎드린 후 할아버지 영조의 눈치를 보면서 아버지에게로 기어갔다.

이때 영조가 별군직(別軍職, 국왕의 친위 조직)에게 명령하여 즉시 세손을 데리고 나가라고 명령하였다. 별군직이 세손을 안고 나가려 하자

세자가 저항했다. 세자가 이강현의 손을 이끌어 말하기를 "저놈의 이름은 뭐라 하느냐?" 하였다.

"이름은 모릅니다. 별군직으로 명령을 따르는 자입니다."

세손이 그를 향해 묻기를,

"너는 하늘은 높고 땅은 낮다는 것을 모르는가? 내가 스스로 나가는 것이 옳거늘 너는 어찌 감히 내 앞을 가로막느냐? 너의 이름이 무엇이냐?" 하였다.

그 사람이 황공해하며 대답하기를 "소인은 김수정입니다. 이미 명령을 받았으므로 어쩔 수 없으니, 세손마마를 모시고 가겠습니다."

드디어 세손을 안고 나가자 세자가 또 이광현의 손을 이끌어 말했다.

"저놈 흉악하구나. 족히 나를 해치고도 남을 놈이구나!"

이것이 비운의 부자 사도세자와 왕세손의 마지막 대면이었다.

때는 이미 오후 4시를 넘어가고 있었다. 왕세손이 끌려 나가자, 영조는 다시 칼을 들고 연달아 세자를 향해 소리쳤다.

"어서 죽지 않고 뭐하느냐? 정녕 네놈이 곱게 죽고 싶지 않은 모양이구나! 여봐라, 뒤주를 갖고 오너라!"

곧이어 큰 뒤주가 뜰에 들어왔다. 영조는 세자가 자결하지 않을 경우를 대비해 사전에 뒤주를 준비해 놓았던 것이다.

영조의 명을 받은 홍봉한 대감과 신하들이 망설이자, 영조가 대노했다. 신하들이 어쩔 수 없이 뒤주를 가져오자, 영조는 다시 한번 큰소리로 하명했다.

"너는 속히 이 안으로 들어가거라."

세자는 한마디도 하지 않고 뒤주로 들어가려고 했고, 세자시강원 관리들은 죽자고 만류했다. 날은 어두워지고 있었다.

영조는 세자시강원 관리들을 모두 문밖으로 내쫓으라고 명했다. 마지막까지 남아 있던 한림 임덕제(林德躋)도 물러 나오는데 이때 세자가 임덕제의 옷자락을 붙들고 따라 나오며 곡을 했다.

놀란 관료들이 "어찌 저하께서도 나오십니까?"라고 묻자 세자는 아무런 말도 없이 수십 보를 걸어가 담장 아래에서 소변을 보고는 그 자리에 푹 주저앉았다.

세자는 목이 타올랐다. 환관이 청심환을 푼 물을 올리자 벌컥벌컥 들이마신 세자는 관료들을 둘러보며,

"어떻게 하면 좋은가?"

라고 물었다. 세자가 다시 문 안으로 들어간 시각은 밤 8시 무렵이었다. 문 안으로 들어가면서 세자는 울부짖었다. 잘못하면 죽을 수도 있다는 불안감이 몰려왔다.

"부주(父主, 아버지)여! 살려주소서!"

철이 들고 나서 세자가 영조를 '아버지'라고 부른 것은 이때가 처음이었다. 그만큼 두 사람의 갈등의 골은 오래되고 깊었다.

결국 세자는 스스로 뒤주 안으로 들어갔고 영조가 직접 뒤주의 뚜껑을 덮어 자물쇠를 채웠다.

다음 날 윤5월 14일 세자를 옆에서 모셨던 환관 박필수, 여승 가선, 평양 기생 5명이 참형당했다. 세자는 뒤주에 든 뒤에도 자신이 죽으리라고 생각하지 않았다.

뒤주의 한쪽 끝이 뚫려 있어서 신하들이 그리로 물, 밥, 약 등을 넣어주기도 했다.

세자는 뒤주 속에 있으면서 주위에 인기척이 들리면 밖을 향해 누구인지를 묻고, 또 임금의 동정도 물었다.

세자는 "임금의 뜻은 단지 나를 힘들게 하려는 것뿐이다"라고 말하기도 하고, 어떤 때는 자축하여 말하기를 "이제 끝났노라, 용서하노라" 하기도 하고, 또 "내 비록 여기 갇혀 있으나 날 구할 자가 마땅히 오리라" 하기도 했다.

하지만 하루 이틀이 지나고 영조가 더욱 엄하게 봉쇄해 버리자, 세자를 향한 도움의 손길은 점점 멀어져갔고 불볕더위 속에 세자의 기력은 급속히 쇠약해졌다. 심지어 한 궁관이 넣어준 부채의 반쪽을 잘라 자기 오줌을 받아 마셔가며 연명할 정도였다.

영조는 포도대장 구선복(具善復)과 홍문관 교리 홍낙순(洪樂純)에게 명하여 뒤주를 지키게 했는데, 구선복이 임금의 명을 받아 뒤주를 두드리니, 세자가 누구냐고 물었다.

"구선복입니다."

하고 대답하자, 세자가 꾸짖기를,

"너는 어찌 감히 직함을 말하지 않느냐?"

하니 선복이 직함을 갖추어 대답하고는 방자히 곁에서 음식을 먹었다. 지키는 병졸들 또한 왕왕,

"떡을 드시고 싶으세요?"

"그럼 술을 올릴까요?"

하며 세자를 모독하고 희롱했다. 세자는 기갈, 허기, 모욕 속에서 죽어갔다.

영조는 세자를 뒤주에 가둔 후 계속 세자의 죽음을 확인하고자 했다. 세자의 동정을 살피려고 돌로 뒤주를 괴게 하여 뒤주 안의 동태를

살폈다. 이도 모자라 다리 한쪽의 돌을 빼서 흔들어 세자의 동정을 살피게 한 것이다.

뒤주를 흔들자 세자는 다 죽는 목소리로 외쳤다.

"넌 누구냐!"

뒤주에 든 지 이레째 세자의 숨소리가 약해져 잘 들리지 않았다. 다시 흔들었다. 그랬더니 뒤주 속에서 작은 목소리가 흘러나왔다.

"흔들지 마라, 어지러워 못 견디겠다."

여드레째 오후에 비로소 아무 소리도 들리지 않자, 영조가 직접 뒤주에 귀를 대고 들어보았다. 숨소리조차 없었다. 그래도 영조는 제대로 살피지 않았나 의심하여 구멍을 뚫어보게 했는데, 움직임이 없었다. 다시 영조가 두 번이나 만져보게 했는데, 이미 차가웠다.

뒤주 속에 있던 세자는 결국 8일 만인 윤5월 20일 숨을 거뒀다.

정말 무서운 일이자 잔인한 영조였다. 아무리 제정신이 아니더라도 그래도 친자식이 틀림없는데 어떻게 사람을 뒤주에 갇혀 죽일 수 있단 말인가?

하지만 영조가 이런 결정을 내린 데에는 그만한 이유가 있었다.

그것은 자식이 제정신이 아니라는 이유도, 자신의 말을 거역한다는 것도, 서책을 멀리하고 병정놀이를 해서도 아니었으며, 서인 측과 모의하여 자신을 죽이려고 했다는 것도 아니었다. 부모가 자식을 죽음으로 죄를 물을 때에는 단 한 가지 이유밖에 없다.

그것은 세상 사람들이 알아서는 안 되는 왕실 가족들만이 무덤까지 가지고 가야 할 비밀 때문이었다.

이 소식을 들은 세손은 할머니 영빈 마마 품 안에서 울다 혼절해 버렸다. 세손빈 역시 눈물을 흘리며 세손 옆을 지켰다.

아버지로부터 궁궐의 사정을 어느 정도 들어 알고 있었지만, 있을 수도 없는 비극적인 일들이 자신의 옆에서 그것도 시아버지의 죽음을 직접 지켜봐야 하는 그 고통은 세손 못지않은 고통이었다.

세자가 숨을 거두자 영조는 대신들에게 전교했다.

"이 세상에 자식을 사랑하지 않는 부모가 어디 있겠느냐? 어찌 내가 세자와 30년간 쌓은 부자간의 은의(恩義)를 잊을 수 있단 말인가! 세손의 마음을 생각하고 대신의 뜻을 헤아려 단지 그 호(號)를 회복하고, 겸하여 시호(諡號)를 사도(思悼, 슬픔을 잊지 못하고 늘 생각에 잠긴다)라 하여라."

애도의 뜻을 담은 시호였다. 더불어 '수은묘(垂恩墓)'라는 묘호도 내렸다.

이날 영조는 자식을 잃은 슬픔에 잠 못 들고 식음을 전폐했다. 그동안 단 한 끼도 거르지 않고 건강을 챙겼지만, 자식을 죽인 자신을 용서할 수 없었다.

세손 역시 슬픔을 이기지 못하고 여러 번 혼절하여 어머니 품에 안겨 쓰러졌고 세손빈 역시 처음 겪는 일에 충격을 금할 수 없었다.

제6장
영조의 세손빈 사랑

　다음 날 세손빈은 아침 일찍부터 대전에 있는 내명부로 향했다.

　세손 못지않게 슬픔에 젖어 있을 상감마마를 위해 자신이 어릴 적부터 유모와 함께 만들어 보았던 타락죽을 만들어 바치기로 마음먹었기 때문이었다. 왕의 나이 벌써 66세, 평소 소식으로 건강을 유지해 왔지만, 세자의 죽음 이후 식음을 전폐하고 있었다.

　타락죽은 쌀죽에다 우유를 넣어 끓인 것이다. 젖소가 없었던 조선시대 전통 소에서 나오는 우유는 젖소보다 양이 적어 민간에서는 우유를 식재나 약재로 쓰지 못했다. 그래서 왕실에서만 썼다. 왕실에서 우유를 장기간 음용한 것은 우유의 신비한 효과에 대한 믿음 때문이었다.

　내명부에서는 미리 연락을 받은 유모가 반찬과 음식을 만드는 장식(掌食)과 함께 나와 있었다.

　세손빈이 궁으로 들어올 때 음식 솜씨가 좋은 자신의 유모를 데리고 들어와 세자궁 다인청 장찬(掌饌, 종9품)으로 채용하여 데리고 있었다. 장찬은 세자궁 내외와 세손 내외에게 음식을 올리는 일을 맡았고, 그 밑에는 장식이 장찬의 일을 도왔다. 결국 유모를 다인청 장찬으로 임명하여 세자궁 내외와 세손 내외에게 올리는 음식에 이상이 없는지를 살피기 위해서였다.

세손빈은 유모와 함께 자기만의 방식으로 타락죽을 만들어 상감마마가 있는 대전으로 향했다. 영조는 벌써 일어나 세손빈을 기다리고 있었다.

"어서 오너라, 세손빈! 내 세손빈이 나를 위해 직접 만든 타락죽을 가져온다 하여 이렇게 기다리고 있었다."

"상감마마, 강녕하시옵니까? 소인 세자 저하의 일로 상감마마의 건강이 심려되어 미천한 솜씨지만 기운을 북돋아 준다는 타락죽을 만들어 가지고 왔사오니 이 나라 종묘사직을 위해 옥체를 돌보시옵소서."

"그래, 가상하도다! 세손의 슬픔으로 세손빈 또한 마음이 고단할 텐데 나까지 챙겼단 말이냐?"

"황공하옵니다, 상감마마! 상감마마께서는 원기가 본래 충실하지 못하여 오래도록 소선(素膳. 고기나 생선이 들어 있지 않는 반찬)을 하셨으니, 원기가 쇠하여지셨을 것입니다. 그래서 소인 마마의 기체(氣體)를 보양하는 것을 선무(가장 앞선 일)로 생각하여 타락죽을 만들어 보았습니다."

"그래, 어서 이리로 가까이 가져오너라!"

이때 상선이 옆에서 타락죽을 건네받아 영조 앞에 있는 식탁에 올려놓았다. 이에 영조가 한 술 뜨고는 새로운 맛에 가은을 향해 물었다.

"이 타락죽은 기존에 내가 먹던 타락죽과 다른데 어떻게 이렇게 맛있게 만들었느냐?"

"소인이 한의학을 통해 얻은 지식으로는 우유의 효능은 원기를 회복시키고 진액을 만들어 장을 촉촉하고 윤기 있게 하며 당뇨병, 변비를 치료한다는 것이었습니다.

특히 우유를 먹고 설사하는 사람은 참깨를 갈아 만든 참기름을 넣거나 잣을 더하면 냉기가 사라지고 몸이 쇠약해지는 것을 막을 수 있다고 배웠습니다. 그래서 기존대로 쌀을 우유에 끓이고 추가로 참기름과 잣을 첨가했습니다.”

“대단하고 가상하도다.”

영조는 세손빈이 보는 데서 죽 한 그릇을 다 비웠다. 그리고 세손빈을 향해 심각한 표정으로 말문을 열었다.

“지금 궐은 세자의 죽음으로 인해 어수선하기가 그지없다. 세손이야 장차 나를 이어 이 나라 조선의 국왕이 되어야 하기 때문에 죽어도 궁에 있어야 할 사람이지만 세자빈과 세손빈은 무슨 죄가 있어 이 난국을 겪어야 한단 말이냐? 어린 나이에 가족들도 많이 보고 싶을 텐데, 내일 친정으로 돌아가 대궐이 어느 정도 안정이 되면 다시 돌아오도록 하는 것이 어떻겠느냐?”

“황공하옵니다, 상감마마! 소인 상감마마의 하늘과 같은 은혜에 감사할 따름이옵니다. 다만 이 문제는 혼자 남게 되실 세자빈마마와도 상의해서 결정할 문제라 소인에게 생각할 수 있는 시간을 주시길 바랍니다.”

“그래, 그렇게 하도록 하라.”

다음 날 영조는 세자빈과 세손빈을 대전으로 들게 했다.

“세자빈은 듣거라! 내 세자빈의 마음을 안다고 하지만 어떻게 지아비를 잃은 세자빈의 마음을 헤아릴 수 있겠느냐? 지아비도 없는 적적한 세자궁에 있지 말고 대궐이 조용해질 때까지 친정에서 마음을 다스리는 게 어떻겠느냐?"

"성은이 망극하옵니다."

심신이 피곤해서인지 세자빈은 그렇게 하겠다는 뜻을 비쳤다.

"세손빈 또한 집으로 돌아가 심신을 달래도록 하여라!"

그런데 세손빈은 혜경궁 홍씨와 다른 의견으로 영조에게 자신의 소견을 밝혔다.

"상감마마, 황공하지만 소인은 세자빈마마 곁에 남고 싶습니다. 세자 저하께서 돌아가신 이후 세자빈마마께서는 슬픔에 잠겨 건강이 많이 안 좋아지셨습니다. 그래서 소인이 그 옆을 지키고 싶사옵니다. 곁에 있게 하여 주시옵소서."

"세손빈의 생각은 가상하나 세자빈이나 세손빈 또한 이 역경을 스스로 이겨내는 힘을 가져야 하느니라! 그리고 말은 안 하지만 세손빈 역시 어린 나이에 정신적으로 많이 놀라고 힘들었을 것이다. 그러니 세손빈은 친정으로 돌아가 내가 부를 때까지 쉬도록 하거라!"

영조의 하명에 세손빈은 더 이상 궁에 남겠다는 생각을 접었다. 자신과 시어머니 세자빈을 배려하는 영조의 지시를 따르기로 했다.

"그럼 상감마마, 소인 세자빈마마를 따라가게 해 주십시오. 저의 슬픔이 어찌 세자빈마마보다 더 하겠습니까? 소인 어려서부터 음식 만드는 일과 각종 의학 서적을 접하여 미련하나마 그 지식을 갖추고 있는지라 세자빈마마를 정성껏 모시고 싶사옵니다."

"그래, 생각은 가상하다마는 말은 그렇다 해도 어린 네가 어찌 부모 곁에 가고 싶지 않겠느냐?"

"소인 이미 친정 부모 곁을 떠나 새로운 가정을 가졌으며, 지금의 제

어머니는 세자빈마마이십니다. 마마의 슬픔이 결국 제 슬픔이고 쇠약
해지신 마마의 건강을 돌보는 것은 자식의 도리입니다."

"그래, 옳은 말이로다. 세자빈은 어떻게 생각하느냐?"

혜빈 홍씨는 세손빈을 쳐다보며 기쁨의 눈물을 흘렸다.

남편인 사도세자가 죽은 뒤 왜 자신이 죽지 못하고 살아 있는지에
대한 죄책감 때문에 삶도 허무해 틈만 나면 슬픔이 밀려와 눈물로 하
루하루를 보내고 있었다. 그런데 어린 세손빈이 그런 자신을 돌보겠다
고 나서니 서러움에 눈물이 쏟아졌다.

강한 척 남편의 죽음을 묵묵히 버티고 하루하루를 슬픔으로 살아가
고 있는데 그런 자신의 마음을 어린 세손빈이 미리 읽고 자신을 돌보
겠다고 하니 갑자기 설움이 북받쳐 오른 것이었다.

"저야 좋지만 세손빈 또한 어찌 슬픔이 없다고 하겠습니까? 그런 슬
픔을 딛고 저를 위해 옆에 있겠다고 하는데 그렇게 하도록 윤허하여
주시길 바랍니다."

"그래, 알았다. 윤허하노라!"

두 사람이 물러간 뒤 영조는 이조판서와 호조판서를 불렀다.

"경들은 지금부터 내 말을 잘 듣고 이행하도록 하라! 세손빈은 시어
머니인 세자빈을 효성으로 섬기고 이미 사가에 있을 때부터 효성과 공
손이 독실하다는 소문이 파다했다.

또한 궁궐로 들어오기 전 혼례 전부터 혼례비를 털어 가난한 사람들
과 몸이 불편한 사람들을 위해 잔치를 열고도 잔치비용을 마치 궁에
서 보낸 것처럼 하여 백성이 임금을 우러러 칭송케 하였다.

또한 세손이 아비의 슬픔을 이겨내고 학문에 전념하도록 하는 데
혼신의 힘을 다하였다. 이는 임금인 나 하나의 복이 아니라 이 나라

조선의 복이로다."

그렇게 명하고는 세손빈에게 자신이 작성한 오세계석식위종국(五世繼
昔寔爲宗國) 8자를 하사했다. 그 뜻은 '5세기 동안 옛 가풍을 이어 왔으
니 이는 나라의 종통이 될 만하다'는 뜻이다. 그리고 대사간으로 있는
세손빈의 아버지 김시묵을 세손의 스승이자 총융사로 발탁하라는 어
명을 내렸다.

또한 어명을 전달할 때 김시묵 대감의 집 대문에 효녀문을 세워 백
성들이 우러러볼 수 있도록 하였다.

아버지 사도세자가 뒤주 안에서 비명에 간 지 나흘이 지난 1762년
(영조 38년) 윤5월 25일, 그러니까 혜경궁 홍씨와 세손빈이 궁궐을 떠난
지 3일이 되던 날.

열한 살의 세손은 자신의 공부를 책임지고 있는 강서원 관원을 할
아버지 영조에게 보내 처음으로 문안 인사를 올렸다. 이는 세손빈이
시어머니를 따라 출궁하기 하루 전 세손에게 되도록 빠른 시일 내에
상감마마에게 문안 인사를 올릴 것을 당부했기 때문이다. 그날 세손빈
은 죽은 세자를 대신해서 세자 자리에 올라야 한다는 당위성을 조목
조목 설명해 주었다.

그리고 왕위에 올라야 복수도 할 수 있는데, 언제까지 돌아가신 아
버지에 대한 슬픔으로 좌절만 하고 있을 것이냐며 다그쳤기 때문이었
다. 자신과 어머니가 없는 동안 학문에 전념하고 군주에 대한 자질을
하루빨리 연마하라는 질책을 호되게 받았던 것이다.

그리고 그런 준비가 되어 있지 않으면 세손 옆으로 돌아오지 않겠다
고까지 했다. 비록 나이는 세손보다 한 살이 어렸지만, 세손빈 눈에는

슬픔에 빠진 세손이 그저 철없는 어린아이로만 보였다.

어찌 되었든 세자를 죽음으로 몰고 간 사람은 왕이니 세손이 아버지 사도세자의 복수를 할 수는 없었다. 지금 세손이 할 수 있는 유일한 길은 하루빨리 대왕의 자리에 앉아 아버지 사도세자의 복원과 죽음에 대한 진상을 밝히는 일이며, 살아계신 어머니를 위해 효도를 다하는 일밖에 없다고 생각했던 것이다.

이에 세손은 세손빈이 떠난 다음 날, 할아버지 영조에게 문안 인사를 올렸던 것이다. 이에 영조는 승지를 통해 유시하였다.

"내 너의 아비를 그렇게 하고 네 마음이 어떠했는지 짐작하고 가슴이 아팠다. 이제 조선에 단지 나와 너뿐이니 누구를 의지하고 종묘사직을 맡긴단 말이냐? 이 할아버지를 생각하여 마음을 굳게 먹고 잘 정진하고 있거라!"

영조는 어린 왕세손이 그나마 슬픔을 누르고 겉으로라도 아무렇지 않게 행동할 수 있었던 것은 아마도 세자빈의 지극한 보살핌과 세손빈의 따끔한 충고와 사랑이 있었기 때문이라고 생각했다.

사실 남편을 잃은 혜경궁 홍씨로서는 이제 모든 것을 아들에게 걸어야 했다. 다행히 시아버지 영조는 어려서부터 행실이 바르고 학문을 좋아하는 세손을 끔찍이 아꼈다.

그리고 두 달 후인 7월 24일 영조는 세손을 동궁으로 칭할 것을 명했다. 명실상부한 차기 왕위계승자가 된 것이다. 세손강서원도 세자시강원으로, 세손위종사도 세자익위사로 승격되었다. 그동안 기초적인 공부에 주력했다면 이제 본격적으로 제왕학 수련에 들어갔다는 뜻이다.

사도세자가 세상을 떠난 이듬해인 1763년(영조 39년) 초부터 영조는 늘 세자를 불러 무슨 책을 읽는지, 그리고 그 뜻을 제대로 파악하고 있는지를 묻는 것을 최고의 낙으로 삼았다.

영조의 명으로 혜경궁과 세자빈 가은은 친정인 홍봉한 대감의 집으로 향했다. 집으로 향하는 가마 속에서 혜경궁 홍씨는 남편의 죽음이 자신의 탓이라며 내내 통곡하다 그를 따르던 많은 상하 내인들도 눈물을 흘리는 중에 그만 혼절하고 말았다.

옆에 있던 윤 상궁이 사지를 주물러 겨우 정신을 차리긴 했으나 혜경궁은 윤 상궁을 붙잡고 죽고만 싶다고 눈물을 흘렸다.

그렇게 무사히 혜경궁 홍씨의 친정에 도착하니 홍봉한 대감은 없었다. 홍봉한 대감은 파직되어 동대문 밖에 있다가 영조가 다시 기용하여 정승으로 임명되자 대궐로 들어가 있었다.

사도세자가 임금을 살해하려다, 뒤주에서 죽음을 당했으니 당시 세자빈이었던 혜경궁 역시 처벌을 면할 수는 없었다.

게다가 혜경궁의 가족은 물론 사도세자의 아들인 세자를 비롯하여 세자빈 가은까지 영조의 별도 지시가 떨어질 때까지 홍봉한 대감댁에서 자숙하고 있어야 했다.

다행히 영조의 허락으로 출궁한 세자는 외가인 홍봉한 대감댁으로 올 수 있었다. 모자는 부둥켜안고 한참을 울더니 눈물을 멈추며 혜경궁 홍씨는 굳은 마음으로 세자를 향해 말했다.

"망극 또 망극하나 다 하늘의 일이다, 네가 몸이 평안하고 착하여야 나라가 태평하고 성은을 갚을 것이니, 서러우나 마음을 상하게 하지 말라!

내 그 망극한 일을 겪고 차마 어찌 하늘을 보고 살지 못하여 마음 속으로는 수도 없이 자결하고자 하였으나 이 어미마저 죽으면 어린 너에게 첩첩한 아픔을 끼치는 것이요, 또 내가 없으면 너는 어떻게 무사히 그 꿈을 성취하겠느냐? 참고 참아 끈질긴 목숨을 보전하여 내 너를 위해 살고자 하니 너도 정신 똑바로 차리고 학문에 정진하도록 하거라."

한편 세자 부부가 홍봉한 대감집에 있다는 소식을 들은 세자의 장인인 대사간 김시묵은 세자빈을 모신다고 아들 김기대와 며느리를 포함해 많은 사람을 데려왔다. 그들을 모두 수용하기엔 집이 좁아 남쪽 담장 아래에 있는 교리 이경옥(李敬玉)의 집을 빌려, 세자와 세자빈을 모시고자 담을 트고 그 집과 왕래를 하며 생활하였다.

그리고 그날 유선(諭善, 세손의 교육을 맡은 강서원의 벼슬) 박성원(朴性源)이 찾아와 전하께서 집 대문 밖에 나와 "세자를 석고대죄(席藁待罪, 최종 하명이 내려오기 전에 대문 앞에 나와 무릎 꿇고 앉아 기다리는 것) 하시게 하라" 지시하였다.

아버지 사도세자가 국왕인 영조를 죽이려고 한 것은 대역죄에 해당한다며 많은 대신들이 사도세자의 자식인 세자 역시 임금의 용서가 있기 전까지 석고대죄하는 것이 맞다고 하자, 이 같은 하명을 내린 것이다. 석고가 당연하지만 차마 어린 세자가 몸이라도 다칠까 그 말을 따르지 않고 혜경궁 홍씨는 세자를 옆집으로 옮겨 지내게 하였다.

이튿날 영조가 하교를 내려 세자가 석고대죄를 하는지, 그리고 건강은 이상이 없는지를 살펴보기 위해 홍봉한 대감을 집으로 보내 대감이 집에 도착하니 세자와 혜경궁 홍씨는 대성통곡을 하자 홍봉한 대감은 딸 혜경궁을 향하여 말하기를,

"네가 보전하여 세자를 구하라."

하니 그 말을 듣고 다시 혜경궁 홍씨가 세자에게 한마디 했다.

"나는 네 아버님 아내로 이 지경이 되고, 너는 아들로 이 지경을 만났으니 다만 운명을 서러워할 뿐이지, 누구를 원망하며 누구를 탓하겠느냐? 우리 모자 목숨을 보전함에도 성은이요, 우러러 의지하여 명을 받듦도 성상(聖上, 임금의 은혜)이니, 너에게 바라는 바는 상감마마의 뜻을 받들어 힘쓰고 가다듬어 착한 사람이 되는 것이다. 그래야 성은도 갚고 네 아버님께도 효도가 되리니, 이 밖에 더 할 일이 없느니라."

이에 외할아버지 홍봉한 대감이 세자에게 말하길,

"저희 인생에 남은 날은 전하께서 주시는 날이라 생각하고 하교를 받으려 하옵니다."

하며 세자와 딸 홍씨를 붙들고 통곡하고 위로하였다. 그리고 저녁이 되자 홍봉한 대감은 나이 어린 계집아이를 딸의 방으로 데리고 와 인사를 시켰다.

"그동안 고생이 많았다. 너의 마음 모두 헤아리지 못하겠지만 집에 돌아왔으니 건강이 회복될 때까지 푹 쉬고 가거라! 나는 다시 궁으로 돌아가 주상전하를 알현해야 한다. 그리고 이곳에 있는 동안 너의 시중은 윤 상궁이 알아서 하겠지만 잠자리 시중은 이 아이에게 시키도록 하거라."

하며 똘망똘망한 작고 여리게 생긴 어린아이를 소개했다.

"그런데 아버님, 이 아이는 누구입니까?"

"내가 데리고 있던 청지기(잡일을 하며 시중을 들던 하인)의 딸이다. 집안이 가난하고 변변치 못해 입 하나 덜 작정으로 나에게 딸아이를 부탁했으니 옆에다 두고 잔심부름을 시키면 편할 것이다. 어린아이가 영특하여 외로운 너에게 많은 도움이 될 것이다. 덕임아! 어서 인사드리거라! 곧 세자가 되실 세자마마의 어머니이시다."

"소인 이름은 성덕임(의빈 성씨)이옵고 나이는 올해 열 살이 되었습니다. 성심을 다하여 어머니처럼 모시겠습니다."

덕임이 두 손을 모으고 인사하는 모습을 보니 혜경궁 홍씨는 갑자기 자신의 두 딸(청연공주, 청선공주) 생각이 났다.

어린 세자는 같은 궁에 있어도 자신이 머문 창덕궁이 아닌 경희궁에 있어 자주 보지 못했고, 두 딸은 출가해서 자주 만나지 못하고 있었다.

"어린 것이 영특하게 생겼구나! 그래 너는 이제 내 처소에서 항상 내 옆에 붙어 나와 함께 지내자꾸나."

"네, 마마. 감사하옵니다."

홍봉한 대감이 궁으로 돌아가자, 혜경궁 홍씨는 덕임에게 세자와 세자빈을 모시고 오도록 지시하였다.

덕임이 세자가 계시는 처소로 가 윤 상궁에게 혜경궁 마마께서 세자마마와 세자빈마마를 모셔 오라는 명을 전하고 돌아오자 잠시 후 윤 상궁과 함께 세자 부부가 도착했다.

"어마마마, 부르셨는지요?"

"어서 오세요, 세자! 그리고 세자빈! 잠도 안 오고 해서 잠시 함께 수정과나 먹고 담소나 나누고자 불렀습니다."

"네, 소인도 궁을 떠나 외가로 와서 그런지 잠이 오지 않아 세자비와 함께 이런저런 이야기를 하고 있었는데 잘 부르셨습니다."

이때 혜경궁 홍씨는 문 앞에 서 있는 덕임을 불렀다.

"덕임아! 이리 와서 세자마마와 세자빈마마께 인사 올리거라!"

"소인 성덕임이라 하옵니다."

세자빈 가은이 인사를 하는 덕임을 살펴보니 나이는 자신과 비슷한 또래 같은데 그 생김새가 영락없는 가녀린 여자아이처럼 보였다. 행동 하나하나에 소홀함이 없고 교육을 제대로 받지 못한 천한 신분 같은데 품행이 단정하고 선한 인상 때문인지 호감이 가는 아이였다.

세자 역시 호감이 가는지 한참을 이리저리 쳐다보고 있었다.

"덕임은 홍봉한 대감의 청지기 성윤우의 자식인데 집안이 변변치 못해 아버님이 보살피고 있었다고 합니다. 내가 딸자식도 마음대로 보지 못하고 세자 역시 경희궁에 있어 자주 보지도 못하니 적적함을 달래기 위해 내 옆에 두고 생각시(나이 어린 궁녀)나 시킬까 합니다.

그리고 세자빈! 덕임이는 세자빈과도 나이도 동갑이니 오며 가며 잘 보살펴 주도록 하세요! 덕임이 너도 세자빈마마를 잘 모시도록 하여라!"

"네, 마마. 그렇게 하도록 하겠습니다."

그렇게 덕임은 홍봉한 대감댁에서 잡일을 하며 얹혀살다가 뜻밖에 세자와 세자빈과 마주쳤고 이 일을 계기로 혜경궁 홍씨를 따라 궁으로 들어가게 되었다.

그리고 사도세자의 상례를 위해 대궐로 돌아온 홍봉한 대감은 영조의 명에 따라 상례를 총괄하며 상례를 치렀다.

"상감마마! 사도세자 마마의 상례는 동궁에 맞는 예식을 거행하는 것이 옳다고 사료되오니 윤허하여 주시옵소서."

홍봉한 대감은 사도세자가 비록 병으로 부득이 그 처분을 받긴 했지만 그래도 십수 년 주상을 대신하여 대리청정한 분이니 상복이나 제대로 입히시고자 다시 동궁(東宮, 왕세자를 이르는 말)의 지위로 회복시켜 줘야 상례에 필요한 여러 물품을 준비할 터인데 복위(復位, 폐위되었던 세자를 다시 회복)를 미루고 상사(喪事, 초상이 난 일) 범절을 동궁에 맞게 하기를 망설이자, 이 같은 말을 했던 것이다.

영조는 신하들의 눈치 때문인지 한참을 망설이다가 21일 밤에 사도 세자를 동궁의 지위로 복위시키고, 대신들을 불러 상례 절차를 정하였다. 그리고 사도세자의 빈소를 세자궁에 딸린 궁방인 용동궁으로 하라고 하였다.

이후 빈소는 동궁의 지위에 맞게 세자시강원으로 정하여 장례를 치르게 하였다. 장례 담당 기관도 모두 동궁의 격에 맞도록 정리하고 홍봉한 대감이 총책임을 맡아 몸소 감독하여 장례의 여러 세세한 사항을 조금도 빠뜨리지 않았다. 상례 준비가 끝나자 홍봉한 대감은 영조를 향해 말했다.

"주상전하! 비록 세자마마께서 밖으로 나가 석고대죄하고는 계시지만 그 죄 또한 자식이라는 이유 때문이지 다른 이유는 없사옵니다. 아버님 되시는 사도세자 마마의 장지일에는 세자마마를 참여시키는 것 또한 자식으로서의 도리라고 생각합니다. 윤허하여 주시옵소서!"

영조의 입장에서는 대신들의 반대 때문에 어린 세자를 석고대죄시켰지만, 자식의 아버지가 땅에 묻히는 일까지 막는다면 그 원통함을 가슴속에 품고 살아갈 것이 너무나 뻔한 일이었다.

한참의 망설임도 없이 영조는 홍봉한 대감에게 세자와 세자빈을 대궐로 다시 입궐하라고 명했다.

그날 홍봉한 대감은 사도세자의 빈소를 세자시강원으로 정하고 새벽에 급히 집으로 돌아와 딸을 궁으로 들여보내면서 혜경궁의 손을 잡고 뜰에서 실성통곡(失性痛哭)하였다.

"세자를 모셔 만년을 누리며, 늙어서도 행복이 차고 넘치소서."

하고 눈물을 보이니, 혜경궁 홍씨 역시 대성통곡하였다. 그리고 궁에 들어와 시민당(時敏堂, 창덕궁 안에 있는 당우 이름)에 발상하고, 세자는 근독합(謹獨閤)에서 거애(擧哀, 발상)하였다. 세자빈은 혜경궁 홍씨, 그리고 청연공주와 함께하니, 천지간에 이런 정경이 없었다.

상복을 차려 즉시 습(襲, 죽은 사람의 옷을 갈아입힘)을 하였는데, 더운 여름인데도 사도세자의 시신은 조금도 상하지 않았으니 그 한이 얼마나 많은지 혜경궁 홍씨의 그 설움은 차마 생각하지 못할 일이었다.

습을 한 다음 염(殮, 시신을 수의로 갈아입힘)을 하기 전에 빈소에 가니, 다시는 못 볼 남편의 모습에 혜경궁 홍씨는 슬피 울면서 말했다.

"하늘과 땅을 다 불러 물어봐도 내 살아있는 것이 부끄럽구나! 이제 다시는 지아비를 볼 수 없으니 죽지 못한 것이 한이로다.

세자와 세자빈은 잘 보세요! 신하들은 상복도 제대로 갖추어 입지 못하고 제사를 담당하는 관원이나 내관들도 모두 동궁의 상례에 마땅한 상복을 입지 않고, 삼년상이 끝난 다음 백 일간 입는 옥색의 천담복(淺淡服)을 입으니, 내 어찌 살아 이런 꼴을 본단 말이오!

상감마마께서는 나와 세자가 시신을 입관(관 속에 넣음)하기 전에는 뵙지 못하게 하였고, 성복(成服, 초상 나고 처음 상복을 입음) 날에야 곡하게 했는데, 세자의 애통하시는 곡성은 차마 듣지 못하겠으니 뉘 아니 감동하리오!

돌아가신 지 두 달이 지난 7월이 사도세자 마마의 발인이니, 발인 전에 영빈 마마께서 와 보시고 관 앞에 머리를 두드리고 가슴을 치며 통곡하시니, 그 인정의 가없으심이 또 어떠하리오?

발인 날 상감마마께서 묘소까지 친히 오시여 직접 신주를 쓰시니, 부자분이 이승과 저승으로 나뉜 운명을 차마 생각지도 못하셨을 것입니다. 다행히도 7월에는 세손마마를 동궁으로 세워 세손마마가 완전히 세자가 되어 국본(國本, 나라의 근본)이 되시니 이는 세자뿐만 아니라 나에게도 성은이지만 내 남편 없는 한 많은 세월을 어찌 살란 말입니까?"

혜경궁 홍씨의 한 서린 피눈물에 울지 않은 사람이 없었고 세자빈 또한 친정 부모님이 생각나 눈물이 그치지 않았다.

하지만 시어머니 혜경궁 홍씨의 눈물과 세자빈의 눈물은 슬픔이자 기쁨의 눈물이기도 했다. 이제 세자가 차기 왕위 계승을 할 동궁으로 책봉되었으니 바로 왕위를 계승할 지위였기 때문이었다.

사도세자의 상례를 마침과 동시에 세자빈 친정 김시묵 대감댁으로 어명을 받은 이조판서와 호조판서 그리고 이들을 따르는 내시부, 내명부 병졸들이 들이닥쳤다.

"김시묵 대감과 그 부인은 어명을 받으시오!"

호조와 이조판서의 부름에 김시묵과 그의 부인 홍씨가 나와 부복하였다. 이어 호조에서는 영조의 친필을 전달하고 병사들로 하여금 효녀문을 세우도록 지시하였다. 그리고 이조에서는 홍봉한 대감이 경복궁을 호위하는 총융사로 승진발령 되었음을 전했다.

김시묵과 그의 부인 홍씨는 기뻐서 어쩔 줄 몰라 했다. 특히 홍씨는 매일 같이 효녀문과 대문에 걸린 영조의 친필을 마른 헝겊으로 닦으면서 세자빈이 된 자신의 딸을 생각하며 기쁨을 이어갔다. 그리고 인근 백성들은 세자빈을 칭송하며 집 앞을 지나갈 때마다 허리를 굽혀 효녀문 앞에서 반례를 하며 존경을 표시했다.

이 소식은 부인 홍씨를 통해 세자빈에게도 전해졌고 세자빈은 상감마마의 성은에 머리 숙여 감사드리니 영조는 세자빈을 친히 불러 말했다.

"어린 나이에 못 볼 꼴 다 보고 고생이 많았다. 혹 몹쓸 일을 너무 이른 나이에 보게 되어 몸이 상할까 그것이 걱정이구나."

이에 세자빈 가은이 답하기를,

"아니옵니다. 이 또한 소인이 타고난 운명이고 받아들여야 할 필연이라 생각하오니 염려하지 마시옵소서."

이에 영조는 크게 웃으면서,

"그래, 가상하도다! 어린 나이임에도 그렇게 생각해 주니 내 마음의 빚을 조금이라도 더는 것 같아 기분이 좋구나!"

그 뒤 한 달 후 영조는 8월 창덕궁 선원전(璿源殿, 왕들의 어진을 모시고 지내던 왕실의 사당)으로 다례(茶禮, 낮제사) 참석차 오니, 혜경궁 홍씨는 마음속에 결심한 각오를 고하고자 세자 부부를 데리고 선원전 가까운 습취헌(拾翠軒, 창덕궁에 있던 건물)으로 찾아가 영조를 만났다.

"저희 모자 보전함이 모두 다 상감마마의 성은이옵니다."

영조는 흐느끼는 혜경궁 홍씨의 손을 잡고 따라 눈물을 흘리면서,

"너 이러할 줄 내 생각하지 못하고, 내 너 볼 마음이 없었는데 내 마음을 편안케 하니 실로 너의 마음이 아름답구나."

하였다. 이에 혜경궁 홍씨가 말하시길,

"세자를 경희궁으로 데려가 가르치시길 바라옵니다."

하니 영조가 말하길,

"네 세자 보내고 견딜까 싶으냐?"

하니 혜경궁 홍씨는 눈물을 드리워 아뢰며,

"떠나 섭섭하기는 작은 일이요, 위를 모셔 배우기는 큰일이옵니다."

하고 세자를 올려보낼 결정을 하니, 옆에 있던 세자빈은 시어머니의 마음은 이해하지만 지아비와 떨어져 살아야 하는 자신의 마음은 또 어찌하란 말인지 슬픈 표정으로 시어머니 혜경궁 홍씨를 지켜보았다.

어린 나이에 그나마 동무 같은 세자를 의지하며 쓸쓸한 궁에서 버티고 있는데 지아비마저 상감마마가 계시는 경희궁으로 간다면 누굴 의지하고 살아야 할지 긴 한숨만 나왔다.

세자가 어머니 때문에 차마 떠나지 못하고 눈물을 적시며 영조를 따라가니, 혜경궁 홍씨와 세자빈의 마음이 칼로 베는 듯하였으나 세자가 장차 왕위를 계승할 날만 기다리며 참고 보낼 수밖에 없었다.

다행스러운 것은 영조가 세자 사랑이 지극하고, 영빈도 사도세자의 정을 옮겨 세자가 자고 먹는 모든 것을 지극 정성으로 준비한다고 하니 두 사람은 마음을 놓을 수 있었다.

세자가 네댓 살부터 글을 좋아했으니, 경희궁과 창덕궁으로 떨어져 지내면서 배움에 소홀하지 않을까 하는 염려는 없으나 혜경궁 홍씨가 세자를 매일 그리워하여 마음을 놓지 못하고 있으니 그게 걱정될 뿐이었다.

세자 역시 자모(慈母, 어머니) 그리시는 마음이 간절하여, 새벽에 깨면 편지하여, 어머니가 서연(書筵, 왕세자를 위한 교육) 전에 회답을 보낸 것을 보고야 마음을 놓을 수 있었다.

3년을 떨어져 지내면서 한결같이 그리하는 것만 봐도 세자의 특별한 조숙함을 알 수 있었다. 또 세자는 어머니 홍씨가 숙환이 자주 발병하자 3년 동안을 홀로 의관과 증세를 논하여 약을 지어 보내기를 어른같이 하니 이는 다 천성이 효성스러워 그러하니, 십여 세 어린 나이에 어찌 그리하는지 주변에서 칭찬을 아끼지 않았다.

세자빈 가은의 입장에서는 지아비 세자의 영특함이야 의지할 만하지만, 상감마마와 시어머니에 대한 효성으로 늘 거리를 두고 있는 지아비 세자를 보니 자신의 외로움은 누가 알아줄까, 마음속으로 혼자 삭이었다. 외로움이야 달래고 삭히면 그만이지만 궁궐의 사정으로 부부 서운함이 지속될까 걱정하였다.

그해 9월 영조 생신에 영조의 하교로 세자빈과 혜경궁 홍씨가 같이 경희궁으로 올라가니 영조가 반가이 맞으면서 불쌍히 어루만지며 더한 사랑을 베풀었다. 당시 혜경궁 홍씨는 사도세자의 상중이라 거처가 경춘전 남쪽 낮은 집으로 옮겨 기거했는데 영조는 효성이 아름답다고 그 집 이름을 가효당(嘉孝堂)이라 붙이고 이를 친히 써서 현판으로 만들어 달게 하였다.

"네 효심을 내가 알고 갚아 써주노라."

이를 지켜보는 세자빈과 혜경궁 홍씨는 눈물을 흘렸는데 그 고마움에 감히 그것을 감당하지 못하여 큰소리로 대성통곡하자, 옆에 있던 홍씨의 아버지 홍봉한 대감이 이르기를,

"마마! 눈물을 거두소서! 주상전하께서 오늘 '가효' 두 글자를 현판하게 하시니 자손들에게 보배가 될 것입니다. 주상전하의 자애(慈愛, 윗사람이 아랫사람에게 베푸는 사랑)는 물론 아래에서 그 자애를 받드시는 효성에 감탄하실 것입니다."

그리고 후에 세손이 임금으로 올라 어머니를 위해 자경정(慈慶殿)을 지어 머물게 하니, 혜경궁 홍씨는 아들의 효성에 감동하여 그 집에 들며 그 집에서 생애를 마칠 생각으로 가효당 현판을 옮겨 자경전 윗방 남쪽 문 위에 걸어 영조의 지극한 자애와 은혜를 잊지 않고자 하였다.

그해 12월 청나라 사신이 경모궁 사도세자 폐위의 경위를 조사하기 위하여 한양에 왔다. 영조는 세자를 데리고 사도세자의 혼궁(魂宮, 국장 후 일시적으로 신위를 모신 곳)이 있는 창덕궁 시민당에 가서, 청나라 임금의 조서(詔書)를 받았다.

그리고 환궁 때 영조는 세자를 도로 데려가려고 하다가, 세자가 어머니 떠나가기가 서운하여 우는 모습을 보고 말하기를,

"세자가 너를 떠나지 못하여 저리하니 두고 가마."

하니 이때 혜경궁 홍씨가 임금의 자애로운 뜻을 세자가 생각하지도 않고 어미만 못 잊어 서운해한다며 말하기를,

"내려오면 위를 그리워하고, 올라가면 어미를 그립다 하니, 환궁 후 또 위를 그리워하여 이리할 것이니 데려가소서."

하니 영조는 즉시 얼굴빛이 부드러이 하며,

"그러냐?"

하며 데리고 환궁하였다. 세자가 영조를 따라가며, 인정 없이 자식 떠나보내는 어미가 섭섭했던지 무수히 울고 가니 혜경궁 홍씨와 세자빈 마음 또한 찢어질 듯 슬펐지만, 그리는 것은 사사로운 정이요, 모시고 가서 할아버지를 받들어야 그 아버님 못다 한 아들의 도리를 다하게 되니 그것이 옳고, 정사며 나랏일을 배워 아는 것이 많아야 임금의 자리를 온전히 물려받을 수 있다는 시어머니의 말에 세자빈도 세자 못 잊는 마음을 접었다.

이것이 다 이전 일을 거울삼아 세자로 하여금 일심으로 위에 효성을 다하게 함이며, 또 자애하시는 임금의 뜻을 털끝이라도 어김이 있을까 염려함이었다. 이는 세자를 위한 사사로운 정이 아니라 종사와 국가의 안위가 세자 한 몸에 달려 있기 때문이었다.

아버지 혼궁을 떠났던 세자가 사도세자 제삿날에 다시 내려와 애통한 곡소리를 내니 대궐 사람들 모두가 감동하지 않는 사람이 없었다. 혼궁의 신주가 의지할 곳 없는 듯이 있다가, 그 아들이 와 슬피 울부짖으니 신주(사도세자 빈소)가 반기는 듯 쓸쓸한 빛이 있는 듯하였다. 이를 지켜본 혜경궁 홍씨는 위로가 되는 듯 세자의 효성을 보고 기쁨의 눈물을 흘렸다.

제7장
효장세자의
아들로 입적된 남편

사도세자의 죽음은 만고에 없는 변이라, 그 불행이 모두에게 미쳤지만, 다행스럽게도 아들인 세자를 두어 그 뒤를 잇고, 또 영조의 자애(慈愛)와 세자가 영조에게 하는 효성이 빈틈이 없으니, 다시 또 다른 변고가 꿈에도 일어나지 않을 것이라 다들 믿고 있었다.

그러던 중 1764년(영조 40년) 2월 영조가 갑자기 세자에게 사도세자가 아니라 이미 죽은 효장세자(사도세자 이복동생)의 대를 잇게 하라는 하교를 내렸다. 영조는 아예 사도세자의 흔적을 지워버리기 위해 연우궁 정빈 이씨의 일찍 죽은 효장세자의 뒤를 잇는 형식으로 왕위를 물려주겠다고 선포한 것이다.

하지만, 세자의 어머니 혜경궁 홍씨는 마음이 천 갈래 만 갈래 찢어지고 하늘이 무너지는 것 같았다. 영조의 깊은 뜻을 알고는 있지만 두 눈 뜨고 아들을 빼앗긴 꼴이 되어 버린 것이다. 그런 상황을 보고 있던 세자빈 역시 세자를 위해 어쩔 수 없는 일이지만 시어머니 마음이 어떨지 아무 말도 못 하고 지켜만 보고 있어야 했다.

그리고 세자빈은 시어머니 혜경궁 홍씨가 사도세자가 돌아가실 때

수도 없이 목숨을 버리고자 했던 사실을 기억하며, 또다시 이런 일을 당해 목숨을 버리지는 않을까 걱정이 앞서 이 일을 어찌하면 좋을지 당황스러웠다.

많은 대신들로부터 임금을 죽이려 한 역적의 아들이라고 지탄받는 손자를 위해 상감마마의 후궁 정빈 이씨 소생인 효장세자의 아들로 입적하여 향후 자신의 뒤를 계승하려는 그 거룩한 뜻은 모를 리 없지만, 시어머니 심정을 생각하니 사도세자가 서거했을 때보다 더 슬퍼할 것 같아 제대로 시어머니를 쳐다보지도 못하였다.

게다가 이 소식을 전해 들은 영빈(사도세자의 어머니)은 음식을 전폐하고 원통해하며 눈물만 흘리고 있었다. 이를 지켜본 어린 세자빈은 금시 보지도 듣지도 못한 일들이 눈앞에서 벌어지니 불안하고 초조한 긴장감으로 밥 한술, 물 한 모금 삼키기 어려운 지경에 이르렀다.

세자도 어린 나이에 고금에 없는 큰 아픔을 품고, 거기에다 제왕가에 없는 희한한 입양까지 당하니, 무척 비통해하였다. 세자의 경우 효장세자의 대를 잇게 되었으니, 이제는 아버지(사도세자)를 아버지로 부르지도 못하면서 상복을 계속 입을 수도 없었다.

영조는 세자에게 상복을 벗고 심상(心喪. 상복은 입지 않으나 거상 중인 것처럼 행동하는 것)의 예법을 따르도록 지시했다. 이에 세자는 상복을 벗으면서 대성통곡(大聲痛哭)하였는데 우는 소리 하늘을 찔러, 처음 상을 당했을 때 천지가 꽉 막히던 설움보다 더하였다.

어린 나이지만 이 모습을 지켜보는 세자빈은 간장이 녹고 가슴이 터질 듯한데, 시어머니 혜경궁 홍씨는 한숨만 쉬고 삶을 포기하고자 하는 마음이 보여 세자빈이 서둘러 두 손을 잡았지만, 혜경궁 홍씨는 온몸이 사시나무 떨듯 떨고만 있었다.

세자빈은 혹 시어머니 혜경궁 홍씨가 아들을 못 보내겠다 영조에게 말할까, 두려워 영조의 눈치를 보면서 더욱 손에 힘을 주고 혜경궁 홍씨의 두 손을 잡았지만, 시어머니 두 눈에서 흘러내리는 피눈물은 어떻게 멈출 수 없어 세자빈 또한 같이 눈물만 흘렸다.

영조가 하교를 마치고 물러가자 혜경궁 홍씨는 세자의 손을 잡고 눈물로 이르기를,

"세자의 마음이 어떨지 내 모르는 바가 아니지만 내 죽지 못하는 것은 세자 보호가 으뜸인지라 마음을 다잡고 있는 것이다. 서러울수록 천금같이 귀한 몸을 보호하고 비록 맺힌 한이 무한하나, 스스로 착하게 자라 아버님 뜻에 보답하거라."

하면서 이리저리 잘 타일러 진정시켰다. 세자가 종일 식음을 전폐하고 곡을 하여 몸이 많이 상하자, 혜경궁 홍씨는 자식이 애처로워 위로하며 곁에 품고 누워 달래어 잠이 들게 하였다.

세자빈 역시 흐느껴 울며 잠을 이루지 못하니, 그런 정경이 고금에 어디에도 없었다.

그날은 2월 22일인데 영조가 불의에 거둥하여 선원전에 오래 머물며 혜경궁 홍씨와 세자빈이 머문 곳으로 와 보더니, 눈물바다가 된 상황을 보고 어찌할 바를 몰라 하는데 혜경궁 홍씨가 영조 앞에 나서서 조용히 눈물을 흘리며 말했다.

"우리 모자 지금 살아 있는 것도 성은이옵고, 처분이 이러하시니 슬프긴 하지만 무슨 말씀을 아뢰리이까."

영조는 애처로운 눈으로 며느리 혜경궁 홍씨를 쳐다보면서 말했다.

"너는 영민하여 내가 왜 그런 조치를 했는지 잘 알 것이다. 세자를 위해 그리고 너의 집안을 위해 그렇게 하는 게 좋을 것이다. 그러니 너

무 슬퍼하지 말거라."

이어서 세자빈을 향해서도 말하는 영조의 눈에 눈물이 맺혀 있었다.

"어린 나이에 네가 몸과 마음이 다칠까 그게 걱정이구나! 하지만 나는 너를 믿는다. 세자와 혜경궁을 잘 부탁한다."

그렇게 말하고 쓸쓸히 세자를 데리고 갔다.

영조의 입장에서는 세자의 정통성을 잇기 위해 종통으로 삼아 왕위를 계승시키려는 좋은 의도였지만, 무엇보다도 충격을 받은 사람은 사도세자의 어머니 영빈 이씨였다.

사도세자의 비행을 영조에게 고해 죽음에 이르게 만든 장본인이 사도세자의 어머니 영빈 이씨였다. 만약 손자 세자가 왕위를 물려받아 왕이 된다면 자신은 대왕대비가 되는 일이었다.

그러나 세자가 효장세자의 아들로 들어간다면 효장세자의 어머니인 연우궁 정빈이 대왕대비가 되는 것이었다. 그래서 영빈 이씨는 사도세자가 죽은 뒤 며느리 혜경궁 홍씨에게 늘 이렇게 말했다.

"내가 소조(小朝, 사도세자)에게 차마 못할 일을 하였으니 내 무덤에는 풀도 나지 않을 것이다. 내 본심은 종사를 위하고 임금을 위한 일이었으나, 생각하면 모질고 흉인 일이었다. 빈궁(혜경궁 홍씨)은 내 마음을 알 것이다. 그러나 세자 남매야 나의 이 마음을 어찌 알겠는가?"

이런 영빈 이씨에게 종통이 자기가 낳은 아들이 아니라 효장세자를 통해 이어지게 된다는 통보는 죽음을 재촉하는 신호탄이 되었다. 그녀는 한동안 음식을 끊고 슬퍼하다가 그게 마음의 병이 되어 그해 1764년(영조 40년) 음력 7월 26일 세상을 떠나고 말았다.

세자빈이 궁으로 들어와 의지할 수 있는 두 사람 중 한 사람이 그렇게 원통해하며 숨을 거둔 것이다.

다음으로 충격을 받은 사람은 혜경궁 홍씨였다. 당장 신변의 위협까지 느낄 정도의 조치였기 때문이다. 노론들은 임금을 죽이려 한 사도세자의 부인이라며 그 또한 죄를 물어야 한다고 연일 상소를 올렸다.

만약 영조가 세자를 효장세자의 아들로 입적하지 않았다면 당시 사도세자를 죽음으로 몰고 간 노론들은 세자 역시 역적의 아들이라고 가만히 두지 않을 것이다.

게다가 영조 곁에는 노론의 수장이라 할 수 있는 김귀주(金龜柱)의 여동생 정순왕비가 자리를 잡고 있었다. 세자의 편을 들어야 할 혜경궁 홍씨는 남편 사도세자의 비행을 영빈(사도세자 어머니)에게 고해바친 장본인이었다.

세자의 바람막이가 되어야 하는데 이런 처지 때문에 이제 아들까지 빼앗기게 되었으니 혜경궁 홍씨의 슬픔이야말로 비할 바가 없었다.

"지금 내 심정은 찢어들 듯 아프다. 내가 임오화변(壬午禍變, 영조가 사도세자를 죽인 사건) 때에 모진 목숨을 결단치 못하고 살아 있다가 이런 일을 당할 줄이야! 이는 크나큰 죄요, 한이니 즉시 죽고자 하였지만 내 목숨을 뜻대로 하지 못하고 겉으로는 상감마마의 처분을 바라는 듯 행동을 하면서 스스로 굳게 참았다. 그러나 그 망극하고도 슬프기는 모년(暮年, 1762년 임오년)보다 덜하지 않다."

법적인 아버지가 바뀌는 변례(變例, 뜻하지 않게 바뀐 법례)를 당한 13세 세자의 충격도 할머니(영빈 이씨)와 어머니 못지않았다. 세자가 분노하여 어떤 행동을 할지 아무도 모를 지경이었다.

갑신처분(세자를 효장세자의 아들로 입적시킨 일)은 임오년의 일을 덧나게 하는 참으로 무모한 조치였다. 그러나 혜경궁 홍씨는 화가 난 세자를 향해 소리치면서 타일렀다.

"서러울수록 보배로운 네 몸을 보호하거라! 비록 한이 많지만 스스로 마음을 다스려 아버님의 한을 갚아라!"

갑신처분은 세자를 복수의 화신으로 만드는 데 결정적인 계기가 됐다. 세자는 종일 음식을 끊고 곡을 하며 통곡하였다. 이제 어머니를 어머니라고 부르지 못하는 지경에 이른 것이다. 사실 이 조치는 어린 세자에게는 너무나 가혹한 결정이었다. 이 점을 모를 리 없는 영조는 세자를 직접 불러 심정을 물었다. 정말 잔인한 할아버지였다.

"훗날 신하들 가운데 혹 이 일을 가지고 말하는 자가 있으면 옳겠느냐? 그르겠느냐?"

"그릅니다."

못 미다웠는지 영조는 다시 한번 물었다.

"군자이겠는가, 소인이겠는가?"

"소인일 것입니다."

영조는 사관들을 불러 방금 세자가 한 말을 정확히 기록해 두라고 명했다.

복수에 눈이 멀어 향후 임금이 되었을 때 연산군과 같은 일들이 벌어질까 염려한 조치였다. 그리고 영조는 세자에게 애정 어린 눈빛으로 다가가 두 손을 잡았다.

"세자, 이 할애비가 왜 세자를 효장세자의 아들로 입적했다고 생각하느냐?"

"적자에 의한 종통을 잇고자 함입니다."

"그래 맞다. 그런데 왜 종통이어야만 하는지 아느냐?"

"왕실의 정통성을 지키고자 하는 것입니다."

"그럼 네 아비가 왜 죽었는지 알 텐데, 할애비 입장에서 너를 네 아비의 아들로 두는 게 맞느냐, 효장세자의 아들로 입적하는 게 맞느냐?"

"……."

세자는 그 부분에 대해서는 대답하지 않았다.

"이제부터 너는 나를 이어 조선의 국왕이 될 몸이다. 왕은 외로운 사람이다. 슬픔도 기쁨도 모두 스스로 혼자 이겨내고 어려운 결정도 혼자 해야 하느니라! 만약 너를 위해 지금 이런 조치를 하지 않는다면 훗날 많은 대신들이 너를 두고 나를 죽이려고 했던 역적의 아들이라고 떠들 것이다. 이제 그만 슬픔을 거두고 강서원으로 돌아가 제왕학(帝王學, 왕이 되어 나라를 다스리기 위한 학문) 수련에 전념하거라."

세자는 지금 자신이 할 수 있는 게 아무것도 없었다. 할아버지 영조의 말도 틀린 말이 아니었다. 자신이 국왕의 자리에 있다 해도 그렇게 할 수밖에 없는 조치였다.

강서원으로 돌아온 세자는 이때부터 학문에 정진했다. 아버지를 위해 학문에 있어서는 그 누구보다 최고의 경지에 도달하는 일이 자신이 해야 할 전부였다. 임금이라는 자리와 더불어 학문의 최고 경지에 도달한다면 감히 그 누구라도 자신 앞에 대적하지 못할 것이기 때문이다.

그리고 다음으로 해야 할 일은 무를 숭상했던 아버지 사도세자의 뒤를 따르는 일이다. 아버지 사도세자와 다르게 무예를 닦는 일에 전념하기보다는 자신만의 군대를 만들어 감히 임금에게 대적할 수 없는 천상천하 유아독존의 자리에 앉는다면 지금까지 노론에 의해 왕권이 좌지우지되었던 붕당정치(朋黨政治, 정파적, 학파적 성격에 의해 당을 이루는 것)를 뛰어넘어 왕권통치가 가능해질 수 있기 때문이다.

세자를 질책하면서도 칠순을 훌쩍 넘긴 영조도 그렇게 편치만은 않았다. 그래서인지, 병술년(영조 42년, 1776)부터 잦은 병에 시달리기 시작했다. 이때 세자의 나이 열다섯으로 어지간한 경사(經史)는 다 읽었다.

영조가 특명을 내려 세자의 학문에 도움을 주도록 조치한 황인검(黃仁儉, 1711~1765)도 더 이상 자신이 가르칠 학문이 없다며 떠날 정도로 세자는 문리(文理)가 트인 지 이미 오래였다.

영조의 병수발을 하게 된 어린 세자는 『동의보감』을 펴놓고 직접 의약(醫藥)에 대한 지식을 넓혀가기 시작했다. 훗날 정조가 그 어떤 임금보다 의약의 지식에 밝게 된 까닭은 부인 효의왕비와 함께 영조의 병수발을 들면서 『동의보감』, 『본서강목』 등과 같은 의학서를 집중적으로 공부했기 때문이다.

세자의 병수발은 영조가 세상을 떠날 때까지 11년 동안 이어졌다.

세자는 동의보감을 발족해 읽으며 의학의 기본지식을 읽혔고, 이어 증상과 처방별로 각각 분류하여 총 4권의 책으로 만들어 놓았다. 이후 탕약에 대해서만 별도로 정리하여 5권의 책으로 만들어 두기도 했다. 훗날 정조는 이를 『수민묘전(壽民妙詮)』이라고 이름 지었다.

백성의 고통을 종종 질병에 비유하곤 했던 정조는 당시를 회상하며 질병을 고치는 것보다 더 어려운 것이 백성을 곤궁에서 벗어나게 해주는 것이라고 말하곤 했다.

전반적으로 정조는 세손 및 세자 시절 사서오경과 『자치통감』을 비롯한 역사책에 대한 공부와 대부분의 의학과 병서를 거의 끝마쳤다. 이는 조선 그 어느 임금도 하지 못한 학문에 있어서 최고의 경지에 이르게 된 것이다.

세자빈 역시 세자와 거의 같은 수준의 학문을 넓혔으며, 유학의 본고장 송나라와 명나라와 고서들을 한글로 정리하고 필서했다. 이외에도 음식이 건강을 치유한다는 약선, 고기반찬을 줄이는 철선, 수라에서 반찬의 가짓수를 줄이는 감선, 일부 왕들이 신하를 압박하기 위해 식사를 끊는 각선에 해당하는 음식의 종류를 체계적으로 정리했으며, 이와 더불어 음식 관련 제조법을 공부하여 외국 사신 접대에 사용할 음식에 대한 음식미지방과 혼례, 제례와 관련된 수라상에 대한 음식과 찬에 대한 가짓수 등을 정리하기도 하였다.

제8장
남편의 대리청정과
영조의 금등 작성

　1772년(영조 48년) 10월, 영조의 병세는 날이 갈수록 깊어갔다. 언제 잘못될 수도 있다는 생각에 영조는 세자를 지키기 위해 새로운 인물을 뽑아 세자의 정치적 지지 세력을 만들기 위해 노력했다.

　그러나 주변 인물 중에는 아무리 살펴봐도 그런 인물은 없었다. 참신한 인재를 뽑아 세자 옆에 세워야 안심하고 눈을 감을 수 있을 것만 같았다.

　이듬해 4월 5일(영조 49년) 영조는 직접 승정전 동월대에 나와 소시(召試, 특정 관원을 불러서 시험을 보는 과거)로 인재를 선발했다. 한 명은 홍국영(洪國榮)이었고 또 한 명은 정민시(鄭民始)였다. 홍국영은 사관과 함께 세자를 보좌하는 춘방(春坊, 세자시강원) 사서를 겸직시켰다. 또한 정민시는 홍문관 수찬과 세자 강서원 유선(諭善)으로 뽑아 세자를 보필하도록 하였다.

　그리고 영의정인 홍봉한에게는 죽음을 불사하고 세자를 지킬 것을 하명하였다. 홍봉한은 이복동생인 홍인한에게 홍국영의 보직을 도와줄 것을 권유하는 등 간접적으로 홍국영을 후원했다.

홍국영은 풍산 홍씨 집안의 후원보다는 영조의 총애가 더 컸다. 홍국영은 과거 급제 후 줄곧 사관으로 세자와 영조의 곁에 있었고 영조는 공개적으로 "국영은 내 손자"라며 좋아했다.

그러나 홍국영이 영조와 세자를 동시에 가까이에서 모실 때, 이를 시기해 두 사람을 이간질하려는 세력이 있었다. 그들은 영조의 비 정순왕비 김씨 세력과 정후겸(영조의 서녀 화완옹주의 양자)의 세력, 그리고 홍인한 세력이 그들이었다.

홍국영은 정순왕비 김씨 집안과도 친척관계였다. 정순왕비 김씨와 8촌인 김면주(金勉柱)의 어머니가 홍국영의 당고모(5촌)이었다. 홍국영이 과거 시험을 위해 한양에 왔을 때 김면주의 집에 머물 정도로 홍씨 집안보다는 경주 김씨 집안(정순왕후 집안)과 더 친화성을 가지고 있었다.

그러나 젊은 야심가 홍국영은 정치 초년생으로 처음에는 적어도 정순왕비 쪽인 홍인한이나 김면주 쪽에 줄을 서지 않고 자신의 본분인 세자 보호에 최선을 다했다.

홍국영(1747~1781)은 용모가 준수하고 눈치가 빠르며 수완이 좋아 임기응변에 능했다. 그러나 성격이 방종하여 술을 좋아하고 친구들과 모여 놀거나 얘기하기를 즐기고 장기와 같은 잡기를 좋아했으며 시조와 창에도 능했다.

그 때문인지 1772년(영조 48년) 25세 때 과거에 급제한 뒤 영조 가까이서 일하는 예문관원(사관)이 되었고 세자를 보호하는 춘방사서가 된 것에는 이러한 가문의 배경도 있었다.

영조의 입장에서는 세자 외가의 인척이기 때문에 적어도 세자를 배신하지는 않을 줄 알았던 것이다. 실제 홍국영은 어떤 정파에도 속하지 않았고 세자가 왕위에 오를 때까지 자기 주변을 모아 세력을 키우는 일도 하지 않았다. 그에게는 오직 세자밖에 없었다.

세자가 홍국영을 신임하게 된 까닭은 빠르고 정확한 정세 판단과 정치적 감각 외에, 당쟁에 물들지 않고 파벌을 만들지 않는다는 점도 있었다.

또한 홍국영은 궁궐 바깥세상의 실상을 세자에게 알려주는 역할에도 충실했다. 그 일은 세자가 왕이 되었을 때도 마찬가지였다. 세자가 즉위한 후에도 시중의 여론과 상황을 가감 없이 접할 수 있는 소통 창구가 바로 홍국영이었다.

홍국영은 그 이후에도 기대와 신임에 부응하여 외척인 홍인한과 정후겸 세력에 맞서 세자의 대리청정을 성사시켰다. 세자는 즉위 뒤 홍국영을 자신을 충직하게 보호한 '의리주인(義理主人)'으로 일컬으며 '경이 없었다면 오늘의 내가 있겠는가'라고 말하곤 하였다.

영조가 대리청정 의사를 처음으로 밝힌 것은 1775년(영조 51년) 11월 20일 경연에서였다. 영조가 승하하기 전 4개월 전이었다.

대리청정이란 세자가 영조를 대신해서 국사를 행하는 것을 말하는데 영조가 세자에게 대리청정의 의사를 밝힌 이유는 우선 자신의 몸상태가 결코 회복되지 않음을 알고 있었고, 두 번째는 세자가 대리청정을 맡길 만큼 군왕으로서 자질을 갖추었다고 믿었기 때문이었다.

영조가 대리청정 의사를 밝힌 1775년 11월 20일이 되기 7일 전 11월 17일 아침, 영조는 세자와 세자빈을 대전으로 불렀다.

"세자, 공부는 잘하고 있느냐?"

"네, 상감마마, 성심을 다해 학문에 전념하고 있사옵니다."

"그래, 내 이미 시강원으로부터 세자의 학문 수준이 어느 대신도 따라갈 수 없을 정도로 뛰어나다는 말을 익히 들었다."

"과찬이시옵니다. 소자 아직 읽어야 할 서책이 많이 남아 있사옵니다."

"그래그래! 세자의 그런 겸손함에 내 일찍부터 만족하고 있느니라! 오늘 내가 세자와 세자빈을 이렇게 부른 것은 아무래도 이 할애비가 갈수록 쇠약해져 더 이상 국사를 돌보지 못할 것 같아서다. 내 진작 세자에게 왕위를 넘겨야 했는데 반대하는 자들이 많으니 우선 대리청정을 네게 시킬까 하는데 세자의 생각은 어떠하냐?"

"그건 아니 될 말씀이십니다. 아직 상감마마의 옥체가 강녕하시고 대신들 또한 그렇게 생각하고 있는 줄 아옵니다."

"그건 다들 내 속을 들여다보지 못하기 때문이다. 너도 알다시피 내가 잘못되더라도 너에게 대리청정을 맡긴다면 대신들의 반대가 있더라도 너는 왕권을 승계할 수 있는 권한이 생기는 것이다. 아무튼 내 그리 결정할 터이니 아무 말 말고 기다리고 있거라! 그리고 세자빈! 내 세자빈에게 청이 하나 있다. 들어주겠느냐?"

"상감마마, 어인 말씀이신지요? 당연히 신하 된 자로서 해야 할 일이오니 하명하시옵소서."

"그래, 세자빈은 탕평채를 만들 줄 아느냐? 내 이미 세자빈의 요리 솜씨를 알고 있기에 세자빈이 손수 만든 탕평채를 먹고 싶은데 석반(저녁 5시~6시) 때는 맛을 볼 수 있겠느냐?"

"네, 상감마마, 충분히 가능하옵니다. 그때까지 대령하겠나이다."

"그럼 세자와 세자빈은 과인과 석반을 같이 할 테니 그때 다시 내전으로 들도록 하여라! 그리고 대리청정 이야기는 당분간 누구도 알아서는 아니 된다."

세자궁으로 돌아온 세자빈은 왜 상감마마께서 탕평채를 만들어 오라고 하셨을까 생각했다. 분명 상감마마의 하명에는 그만한 이유가 있다고 생각했다. 갑자기 불러 대리청정과 탕평채를 말씀하실 리가 없었기 때문이다.

세자빈은 세자에게 그 이유를 아느냐고 물었다.

"상감마마께서 이유 없이 저희를 부르지 않았을 것으로 보입니다. 마마는 어찌 생각하십니까?"

"음식이야 그대가 더 잘 알 일이지요. 더구나 주상전하의 심중이야 이 대궐에서 그대만큼 잘 아는 자가 있단 말입니까? 그런데 그걸 왜 나한테 묻는 거요?"

하면서 얼굴에 미소를 띠었다. 굳이 자신이 말을 안 해도 세자빈이 모든 걸 알고 있다고 믿었던 것이다.

세자빈은 내명부 수라간으로 가 유모와 함께 탕평채를 만들어 상감마마의 석반찬에 올린 후 세자마마와 함께 대전으로 들어 석반에 참석했다.

영조는 시중을 드는 환관과 상궁들을 모두 밖으로 나가라고 명하였다. 그리고 상선을 향해 대전 근처에는 어느 누구라도 접근하지 못하도록 문 앞을 지키라고 명하였다. 그리고 드디어 말문을 열었다.

"나는 붕당(朋黨, 특정한 지역적, 학문적, 정치적 입장을 공유하는 양반들이 모여 구성한 집단)이 주장하는 당론은 살육의 근본이 되고 살육은 망국(亡國, 나라가 망함)의 근본이 된다고 믿는다. 그래서 나는 노론이든 소론이든 온건하고 타협적인 인물을 등용하려고 애썼다.

그에 따라 붕당의 근원지가 되는 서원을 대폭 정리했고 채제공(蔡濟

恭) 등의 소북인을 과감히 등용시켰다. 이렇게 한 이유가 무엇이라 생각하느냐? 오늘 탕평채를 만든 세자빈이 말해 보거라!"

"황공하옵니다, 상감마마! 소인이 알기로 '탕평'이란 말은 『서경(書經)』 「홍범조」의 '왕도탕탕(王道蕩蕩), 왕도평평(王道平平)'에서 나온 것으로, 중국 고대 요순(堯舜)시대의 성군처럼 군왕은 어느 쪽에도 치우치지 않고 인재를 공정하게 등용해야 된다는 뜻입니다."

"그래그래! 세자빈 학문 또한 세자 못지않다는 것을 알고는 있었지만 너무나도 정확한 말을 해 주었다.

나는 노론을 등에 업고 세자가 되었을 뿐만 아니라 선왕이신 경종대왕 시절에는 당쟁에 의해 무수한 신하들이 목숨을 잃거나 관직에서 쫓겨나는 것을 생생하게 목격했다. 그래서 이를 없애고자 탕평정책을 펼쳤지만 그다지 성과를 내지 못했다.

나를 반대하던 세력들은 내가 선왕 경종을 죽였다는 독살설을 믿게 되었고, 독살설을 믿는 소론 세력들은 이인좌의 난을 일으켰으며, 당시 세자(사도세자)가 대리청정을 하면서 소론 쪽으로 마음이 기울자 노론들이 들고 일어나 나와 세자 사이를 갈라놓았다. 결국 나는 당쟁에 얽혀 용서할 수 있었던 선 세자(사도세자)를 용서하지 못했다.

세자는 이러한 나의 의지를 이어받아 제대로 된 탕평책으로 인재를 고루 등용하여 정도(正道)로 나라를 다스려 조선을 번영시키는 국왕이 되어야 할 것이다.

그리고 세자는 잘 듣거라! 너는 똑똑해도 너무 똑똑한 게 흠이다. 그로 인해 자만에 빠질까 염려된다. 항상 수신하며 겸손을 몸에 지니고 정치를 해야 할 것이다. 세자빈 역시 학문이 높고 영특하니 세자의 흠을 정확히 지적하고 충언을 올려 바로 잡아야 할 것이다. 알아들었느냐!"

"예, 상감마마, 명심 또 명심하겠습니다."

"그리고 세자빈은 내 말이 무슨 뜻인지 충분히 알고 있으리라 믿는다. 너와 세자는 단순히 부부 사이가 아니라 정치적 동무이자 조선을 이끌고 갈 이 나라 기둥이니라!

탕평채에서 푸른색 미나리는 동인을, 흰색 청포묵은 서인을, 붉은색 고기류는 남인을, 검은색 김가루는 북인을 나타낸다. 고로 탕평책이란 여러 가지 재료를 한곳으로 섞는 것이고, 인재 역시 골고루 등용하라는 뜻이다. 세자는 명심하고 또 명심하여 몸소 실행에 옮기도록 하거라."

"네, 명심하겠사옵니다."

"그리고 세자빈! 내 너에게 할 말은 아니지만 한 가지만 더 묻겠다. 세자빈은 중전(정순왕비)과 혜경궁 그리고 옹주들과 사이가 좋은 것으로 알고 있다. 그래서 묻겠는데, 그럼 그들 중 세자가 임금이 되었을 때 가장 경계해야 할 사람이 누구라고 생각하느냐?"

영조의 질문에 세자빈은 쉽게 답을 할 수가 없었다. 무슨 말을 하더라도 영조는 용서하겠지만, 중전마마와 옹주마마, 그리고 자신의 시어머니 혜경궁에 대해 섣부른 말을 할 수는 없었다.

선뜻 말을 못하고 세자만 쳐다보는 세자빈을 향해 영조는 엄한 표정을 하면서 다시 한번 다그쳤다.

"세자빈은 이제 왕비가 될 몸이다. 어찌 못할 말이 있단 말이냐? 만약 세자가 군왕이 되어 위급한 상황이 찾아와도 세자빈은 친정이라는 핑계로, 혹은 대비, 옹주라는 이유로 세자의 목숨을 위태롭게 만들 것이냐! 과인은 궁에서 돌아가는 모든 상황을 잘 알고 있다. 나는 단지 너의 의견을 듣고 싶을 뿐이니 부담 갖지 말고 말해 보거라!"

그래도 세자빈이 망설이자, 영조는 이번에는 조용한 말투로 다그쳤다.

"괜찮다. 어서 말해 보거라! 이제 내가 죽으면 너희 둘의 세상이 되는데 내가 너희를 위해 무언들 못 해주겠느냐?"

세자빈은 한참을 망설이다 마지못해 입을 열었다.

"황공하옵니다, 상감마마! 소인 개인적인 소견을 말씀드릴 뿐 조금도 중전마마나 대신들에게 사사로운 감정이 없음을 다시 한번 말씀드리오니 이 점을 헤아려 주셨으면 합니다."

"그래그래, 개의치 말거라."

"중전마마(정순왕비)께서는 비록 후사는 없으시나 세자와 저를 아들과 딸처럼 무척 사랑해 주시고 계십니다. 따라서 중전마마께서는 세자마마가 임금이 되신다고 해서 해를 끼칠 그런 분이 아니십니다.

다만 상감마마께서도 알고 계시듯이 중전마마에게는 다섯 살 위 오빠 되시는 김귀주 대감이 계시고 그분은 계미년(1763년. 영조 39년) 문과에 급제하면서 관직에 진출해 상감마마와 중전마마의 성은에 힘입어 특진을 거듭하셨습니다. 그리고 당시 세손마마와도 가깝게 지내셨습니다. 그 뒤 당파에 관여하자 상감마마께서 파직시켰으나 3개월 후 상감마마께서는 노론의 청을 받아들여 다시 복직시키셨습니다.

그리고 김귀주 대감은 강원도 관찰사를 거쳐 승지에 올라 경주 김씨를 중심으로 독자세력을 형성하면서 당시 세손마마의 외척이자 혜경궁 마마의 아버님 되시는 홍봉한 대감과도 맞설 만큼 힘을 키우셨습니다.

그 후 임진년(1722년. 영조 48년) 7월 공조참의로 있던 대감께서는 상감마마가 큰 병을 앓고 계실 때 홍봉한 대감이 싸구려 인삼을 사용토록 했다며 역적으로 몰아 상소를 올리기도 했습니다.

이 무렵 세손의 지위를 둘러싼 김귀주 대감 세력과 홍봉한 대감의 세력다툼을 위한 암투는 극에 달하였습니다. 김귀주 대감은 흔들려 했고 홍봉한 대감은 외손이신 왕세손(훗날 정조)을 지키려 하셨습니다.

그런데도 상감마마께서는 이러한 사실을 아시고 신묘년(1771년, 영조 47년) 2월, 봉조하 홍봉한 대감이 세손을 믿고 월권을 행사하고 있어 세손이 오만방자해졌으며 다른 신하들은 홍봉한 대감의 권세가 두려워 이러한 실상을 자신에게 전하지 않았다며 대노하셨습니다.

게다가 홍봉한 대감이 사도세자 마마의 서출인 이인과 이진을 지나치게 비호하려 한다고 하여 이인과 이진을 서인으로 만든 다음 유배를 보내시기도 하셨습니다.

이런 기회를 놓치지 않고 김귀주 대감은 임진년(1772년, 영조 48년) 다시 상소하여 홍봉한 대감을 공박하였으나 상감마마께서는 김귀주 대감의 노림수를 아시고, '연소한 자가 원로를 공박하는 정도가 지나치다.'며 즉각 현직에서 해임하고 앞으로도 요직에 추천하지 말라."고 하셨습니다.

그리고 김귀주 대감께서는 지금까지 자리에 복귀하지 않고 계십니다.

결국 상감마마께서는 당시 세손마마를 위해 홍봉한 대감의 손을 들어 주셨던 것입니다. 그러나 상감마마께서는 세손마마를 보호하기 위함이었지만 어찌 중전마마께서는 서운함이 없으셨겠습니까?

문제는 중전마마가 아니라 상감마마의 뒤에 숨어 기회를 엿보는 자들일 것입니다. 장차 그들은 중전마마를 이용하여 세자마마를 뒤흔들 것으로 보이며, 이는 세자마마 또한 이미 알고 계시는 상황입니다.

아뢰옵기 황송하오나 정치는 생물이라 상황에 따라 언제든 움직인다고 사료되옵니다. 중전마마 역시 지금은 조용히 계시지만 주변 노론 세력들로 인해 언제 세자마마를 흔들지는 아무도 장담할 수 없습니다."

세자빈의 말을 듣고 영조는 한동안 아무 말이 없었다. 그러다가 다시 말하길,

"그래, 네 말이 맞다. 내가 죽은 뒤 중전이 대비가 된다면 분명 세자의 정치 행보에 방해가 될 것을 잘 알고 있다. 설사 지금은 인자한 왕비라도 노론 수장의 자식이니 어찌 그들의 편에 서지 않겠느냐? 나도 그런 사실이 염려스러울 뿐이다. 내가 세자빈인 너에게 이런 질문을 하는 건 너는 영특하고 바른말을 할 줄 알기 때문이다. 세자는 하고 싶은 말을 마음속에만 품고 있을 뿐 나에게 말을 도통 않으니 내가 직접 너에게 물어본 것이다.

너의 말 한마디 한마디가 모두 맞는 말이다. 내가 어린 왕비를 맞이한 것이 과오(過誤, 잘못이나 허물)이니라. 선조 대왕들의 잘못된 왕비 간택으로 피비린내는 권력의 암투가 있었다는 사실을 잊은 게 잘못이었다. 이제 왕비 나이 서른두 살이고 세자와의 나이 차이가 채 여덟 살밖에 나지 않으니 그게 걱정이구나!

그리고 왕비의 외척들은 왕비를 이용하여 다시 정권을 잡으려 할 것이고, 설사 내가 그에 대한 조치를 한다고 한들, 세자의 앞날이 결코 편치만은 않을 것이다.

다만 왕비가 세자빈을 좋아하고 아직까지 세자를 아끼고 있으니 당장은 문제는 없겠지만, 세자의 아비(사도세자)가 왕비의 오빠 모함으로

죽음에 이르렀으니 세자 또한 가만두고 보지는 않을 것이다.

어쨌든 세자와 왕비 두 사람이 서운함이 없도록 네가 두 사람을 잘 보필하여 사이좋게 지내도록 하여라! 특히, 세자빈은 과인이 죽고 나서도 왕비 곁에서 왕비를 흔드는 자들을 살피고 세자에게 언제든 조언하여 항상 어려운 일이 있으면 같이 대처하여야 할 것이다.

그리고 내키는 김에 한 가지 더 물어보마! 왕비와 외척 말고 그다음으로 누가 세자에게 위험한 인물이라고 생각하느냐?”

영조는 세자빈의 냉철한 판단에 놀라움을 금치 못하며 왕비 다음으로 누굴 지적하는지 궁금해했다.

“상감마마께서는 세자의 고모이자 혜경궁 마마의 시누이 되시는 화완옹주 마마를 너무 사랑하시어 병자년(1756년, 영조 32년) 옹주마마의 딸을 낳으실 때는 물론이고 옹주마마의 따님이 죽었을 때도 사가로 거동하시었습니다. 그리고 옹주마마의 말이라면 대간의 상소 따위는 무시하시고 반드시 들어주셨지요.

옹주마마와 혼인한 정치달 대감의 아버님께서는 소론계 정휘량이었고 그의 아우 정치량은 미천하고 남을 이용하는 최익남 등은 같은 뜻을 가진 사람들에게 조정관리의 좋은 자리를 얻고자 옹주마마를 통해 상감마마에게 진언하도록 하셨습니다.

정휘량은 원래 소론 영수 조현명 등의 지원을 받아 좌의정에 올랐지만 신사년(1761년, 영조 37년) 노론으로 입장을 바꿔 상감마마의 탕평책에 반대하면서 소론의 조태구(趙泰耉), 유휘봉 대감을 노비 신세로 전락시키고 한편으로는 옹주마마의 도움을 받고 다른 한편으로는 은밀하게 노론의 김상로, 홍계희 대감 등과 손을 잡고 조정에 잦은 파란을 일으킨 장본인이기도 합니다.

옹주마마께서 남편 되시는 정치달 대감이 죽자, 상감마마께서는 옹주마마를 궁궐로 들어와 살도록 해 주셨고, 궁궐로 들어온 옹주마마께서는 외로운 처지여서 조카인 세손마마를 무척이나 아끼셨다고 들었습니다. 다만 그 사랑의 정도가 심각한 것이 문제였습니다. 세손(정조)을 생모(혜경궁 홍씨)와 떼놓고 당신이 어머니 노릇을 하려고 했을 정도였으니까요. 그냥 둬도 될 세자의 계통 문제를 종통이라는 이유를 들어 굳이 효장세자의 아들로 바꾼 것도 옹주마마의 영향 때문이라 할 수 있습니다. 송구한 말씀이지만 상감마마와 옹주마마께는 당시 세손을 혜경궁 마마에게서 떼어내어 자신이 언제든 돌보고자 했던 것을 기억하실 것입니다."

이 말을 한 후 세자빈은 상감마마의 얼굴을 조심스럽게 쳐다보았다. 상감마마의 약점을 그것도 세자를 자신의 아들 효장세자의 아들로 입적시킨 장본인이 상감마마인데 화완옹주를 빗대어 그 잘못을 지적했으니 무슨 불호령이 떨어질지 몰랐기 때문이다. 그러나 영조는 세자빈 말에 개의치 않았다.

"괜찮다. 개의치 말고 계속하거라."

"황공하옵니다. 상감마마! 송구스럽지만 계속 말씀드리겠습니다.

그 뒤 옹주마마께서는 작년(1774년, 영조 50년)에 정후겸이라는 사람을 양자로 삼으셨습니다. 정후겸 대감은 본래 인천에서 어업에 종사하던 서인(庶人) 출신 정석달의 아들이었으나 옹주마마의 총애를 받아 16세에 장원봉사가 되셨습니다. 그 뒤 무자년(1768년, 영조 44년) 승지가 되었으며, 이듬해 개성부유사를 거쳐 호조참의, 호조참판, 공조참판을 지내시다가 상감마마의 총애를 받아 세도가였던 홍인환과 더불어 국정을 좌지우지하고 계십니다.

그러나 이에 만족하지 않은 옹주마마께서는 세자마마를 통해 장차 미래까지 보장받으려는 계산을 하시고 계셨던 것 같사옵니다. 크게 보면 옹주마마와 정후겸 대감은 소론 집안임에도 노론인 정순왕비 김씨 집안과 비슷한 노선을 걷고 있는 것입니다.

그것은 노론의 당파적 이해관계라기보다는 세자마마를 바라보는 시각이 비슷하기 때문입니다. 세자마마에게는 한쪽은 고모, 한쪽은 할머니로 종실이십니다.

앞으로 어떻게 하든 세자마마를 자기편으로 끌어드리려는 치열한 싸움이 전개될 것입니다. 또한 세자마마의 외척이자 혜경궁 마마의 작은 아버님 되시는 홍인한 대감도 마찬가지일 것입니다.

결국 종실과 외척이 세자마마에게는 가장 큰 해가 될 것입니다. 물론 조선의 선대왕들께서도 늘 같은 일이 반복되었으니까요. 이런 상황에서 세자마마를 상감마마의 뒤에만 있게 한다면 지금보다 나아질 게 없습니다. 황공하옵지만 세자마마께서도 이제 문무를 겸비하고 장성하셨으니, 상감마마의 전면에 나서게 하시는 것이 어떠하실까 감히 말씀드립니다."

이 말은 세자를 내세워 대리청정을 시켜 사실상 영조의 뒤를 이어 조선의 군왕으로 대신들에게 각인시켜 달라는 위험한 발언이었다. 과거 조선의 군왕들에게 가장 듣기 싫은 소리가 대리청정이라는 말이었다. 말이 대리청정이지 사실상 임금의 자리에서 물러나라는 말과 다를 바 없었기 때문이었다.

세자빈의 직언에 영조는 한동안 침묵이 흘렀다. 세자는 세자빈을 쳐다보며 왜 그런 직언을 해서 상감마마의 심기를 불편하게 하는지 원망하는 눈치를 보냈다. 하지만 세자빈은 조금도 개의치 않고 상감마마를 똑바로 쳐다보며 상감마마의 대답을 기다렸다. 세자빈은 왕이 자신의 의견을 받아들일 것이라 믿고 있었다. 아니 받아들여야 할 것이다.

이미 나이가 들어 노쇠하여 잔병이 잦아들었고 언젠가는 왕위를 물려줘야 한다고 생각할 것으로 보았다.

게다가 세자를 대신들에게 내세우지 않고 갑자기 죽는다면 이 나라 조선은 당파와 인척들의 싸움으로 또다시 선대왕 시절로 되돌아가 세자를 통해 정치를 개혁하려던 상감마마의 꿈은 사라질 것이기 때문이다.

게다가 젊은 처가 대비가 되어 세자와 등을 진다면 대궐에서 누구도 예상하지 못한 일들이 벌어질 게 뻔한 일이었다.

"그래, 듣고 보니 일리가 있는 말이다. 그런데 세자빈이 지적한 인물들이 유감스럽게도 모두 과인이 만든 과오라 그 책임이 무겁도다.

세자는 세자빈의 충언에 귀담아듣도록 하거라! 나도 두 눈을 감기 전까지 세자빈이 말한 사람들에 대해서는 내 나름대로 정리를 하도록 노력해 보마! 그리고 세자의 대리청정 문제는 나에게 시간을 다오. 내 깊이 고려한 후에 결정할 것이다."

"상감마마, 성은이 망극하옵니다."

영조는 순간 세자빈을 다시 한번 쳐다보며 알 수 없는 무서움이 몰려왔다.

어느 누구도 자신에게 자신의 부인과 외척에 대해서 언급하는 신하는 없었다. 그런데 저 어린아이는 감히 임금인 나에게 사랑하는 왕비와 딸까지 세자에게 해가 될 것이라고 말하지 않는가! 그리고 이제 자신을 물러나라고 하고 있질 않은가?

저 아이는 내가 죽고 나면 분명 세자의 정치가도에 방해가 된다면 망설이지 않고 누구든 제거할 것이다. 물론 자신이 아끼는 딸(화완옹주)

과 부인(정순왕비)까지도…….

"그래, 잘 알겠다. 그리고 세자는 잠시만 나가 있거라! 내 세자빈과 단둘이서 잠시 할 말이 있다."

잠시 후 세자가 밖으로 나가자 영조는 무거운 입을 열었다.

"세자빈은 나에게 더 할 말이 남아 있질 않으냐? 나는 그 말을 듣고 싶다."

영조는 세자빈이 자신에게 못다 한 말을 해주길 바랐다. 단지 자신이 병들어 죽어가고 있으니, 왕권을 세자에게 대리청정시켜 왕위를 계승하게 해달라는 그런 충언은 누구나 할 수 있는 말이었다.

산전수전 다 겪은 영조는 똑똑한 세자빈이 자신에게 하고픈 말은 따로 있을 것이라 생각했다. 그건 영조가 어떻게 해야 할지를 고민하는 일이기도 했다.

순간 세자빈은 자기가 할 말에 대해 사전 용서를 받고자 갑자기 일어나 영조에게 큰절을 올리고 입을 열었다.

"황공하옵니다. 상감마마! 그렇게 하명하시니 마지막으로 한 가지 청을 더 올리겠사옵니다.

이제 세자 저하께서 왕위를 계승하시면 선정의 정치를 펼쳐 이 나라 조선은 붕당정치를 마감하고 새로운 왕권정치로 거듭나게 될 것입니다. 이 모든 것은 상감마마의 은총 때문이라 할 것입니다. 다만 세자 저하께서는 영원히 풀지 못한 문제로 인해 노론 중신들에게 역적의 아들이라는 불명예와 함께 혼란은 끝없이 가중될 것입니다."

"그래, 세자빈은 내가 죽기 전 그런 불명예를 어떻게 처리하길 바라느냐?"

"황공하옵니다. 상감마마! 차마 그 말은 올려서는 안 될 말이지만 조선의 미래를 생각하여 목숨을 걸고 말씀드리지 않을 수 없으니, 상감마마께서 받아들일 수 있다면 그렇게 해주시고 만약 수용할 수 없다면 무례한 저의 목숨을 거두어 주시옵소서.”

결국 자신의 충언을 영조가 반드시 받아 주셔야 한다는 압박을 하고 있었다. 세자빈은 상감마마가 당연히 세자를 위해 자신의 청을 받아들일 것으로 보았다.

“그래, 개의치 말고 어서 말해 보거라!”

“예, 상감마마! 시아버님(사도세자)을 역적 명부에서 지워주시옵소서!”

세자빈은 사도세자가 임금을 죽이려 한 죄로 역적으로 인정되어 뒤주에 갇혀 죽은 혐의를 신원(伸冤, 원한을 풀어줌)해달라는 것이었다. 그렇게 된다면 영조 자신은 억울하게 자식을 죽인 못된 아비가 되는 것이다. 이는 쉽게 결정할 수 있는 일이 아니었다.

세자빈의 말대로 자신의 자식 사도세자를 역적으로 그대로 놔둔다면 세자는 자신의 사후 역적의 아들이 왕위를 물려받았다며 허구한 날 중신들은 임금의 정치를 방해할 것이다. 아니 반역을 일으켜 임금을 내쫓으려고 할 것이다.

하지만 세자빈 말대로 사도세자를 신원해 준다면 자신은 자식을 죽인 임금으로 역사 속에 영원히 기록될 것이다.

한참을 말없이 있던 영조는 세자빈에게 밖으로 나가 세자를 들게 하고 세자빈은 밖에서 기다리라고 명했다. 그리고 잠시 후 세자가 들어왔다.

“세자야 너는 나에게 할 말이 없느냐? 이제 내가 살면 얼마 살지 못할 테고 너는 나를 이어 왕위를 계승할 것이다. 너는 내가 죽기 전에 바라는 것이 없느냐?”

그러나 세자는 말이 없었다. 자신이 왕위를 이어받아도 아버지로 인해 복잡하게 얽혀있는 정치구도를 차마 할아버지 영조에게 풀어달라고 할 수는 없었다.

"내 그럴 줄 알았다. 세자 너는 마음이 독하지 못하고 결단을 쉽게 내리지 못한 것이 단점이다. 반면 세자빈은 사리에 밝고 결단을 할 줄 알아 내 세자빈과 먼저 이 문제를 논했던 것이다. 길게 말하지 않겠다. 세자빈은 네 아비의 신원을 요구했다. 네가 왕위를 계승하게 되면 힘을 실어달라면서."

세자는 한편으로 놀라면서도 아무 말도 할 수 없었다. 왕위를 물려주겠다고 대리청정까지 허용하신 할아버지께 이제는 아버지까지 신원해 달라고 어떻게 말할 수 있단 말인가?

세자가 아무런 말이 없자 다시 영조가 입을 열었다.

"내 세자빈의 청을 들어줄까 한다. 세자에게는 아비가 되지만 나에게는 사랑하는 아들이다. 지금부터 이 일은 너와 세자빈만 알고 있거라!

나는 너의 아비가 마지막으로 입고 죽은 적삼에 노론 대신들의 무고에 의해 아무런 죄가 없음에도 내가 오해하여 아들을 죽음으로 몰고 갔다고 친필로 남길 것이다. 이는 어떠한 경우에도 아무에게도 말해서는 안 된다. 다만 역적들이 반란의 기운이 있거나 아비(사도세자)로 인해 왕권에 도전받을 때만 공개하여 이를 모면하거라."

영조는 그렇게 속이 좁은 국왕이 아니었다. 어렵게 왕좌에 앉았기에 이 나라 조선을 사랑한 임금이었다. 그래서 다시는 당파싸움으로 인한 붕당정치로 왕권이 약화되는 세상이 아닌 왕의 권력에 의해 모든 신하들이 복종하는, 그래서 임금이 통치하는 그런 조선이 되길 기대했고 자신의 손자인 세자는 그 일을 해낼 것으로 기대했다.

그리고 자신의 손자보다 더 영민한 세자빈이 옆에 있지 않는가? 그렇다면 자신이 이제 대리청정이 아니라 전위를 해도 괜찮다는 안도감이 들었다.

영조는 자신의 후궁 영빈(사도세자의 어머니)의 첫째 딸 화평옹주를 특히 사랑했다. 성품이 온화하고 유순하여 조금도 교만한 모습이 없고, 아버지 사도세자의 죽음을 안타깝고 불쌍히 여겨 더욱 사랑했다.

화평옹주가 오래도록 살아 부자지간에 조화롭게 화해를 주선했다면 그렇게 억울하게 사도세자가 죽지 않을 것인데 불행히 일찍 세상을 버려 영조는 몹시 슬퍼했다.

영조는 화평옹주가 일찍 죽자, 몸을 편히 쉴 곳도 마음을 붙일 곳도 없다가, 그 마음이 셋째 화완옹주에게 옮겨갔다.

화완옹주는 영조의 특별한 사랑을 받았고, 옹주의 남편인 정치달도 출세를 거듭했지만, 남편 정치달도 일찍 죽고 홀로 남겨지자, 영조는 이를 불쌍히 여겨 궁궐에서 내보내지 않고 내내 곁에 두고 잠시도 떨어지게 않게 하니 옹주는 만사가 자신의 권세인 듯하였다.

더욱이 사도세자가 죽은 후에는 궐내에 일이 있고 없고를 떠나 모든 일에 관여했지만, 영빈(영조의 후궁이자 화완옹주의 어머니)이 죽은 후에는 엄한 가르침을 줄 사람도 없었다. 게다가 시댁에도 아무도 없고 어린 양자뿐이니, 꺼릴 것과 조심할 것이 없어 부왕인 영조의 총애는 날로 심해졌다.

이로 인해 스스로 거만한 마음이 자라고 뜻이 방자해지기 시작했다. 욕심이 과하여 남 이기려는 마음과 시기, 시샘, 권세를 좋아하는 것이

유별하여, 온갖 일이 다 여기서 비롯되니 그 행동거지에 궁궐 사람들은 모르는 이가 없었다.

영조가 세자빈과 세자의 어머니(혜경궁 홍씨)를 신임하기만 하면 이를 못마땅히 여겨 시기와 질투를 일삼아 비난하는가 하면 세자를 손바닥에 넣어 한시도 마음대로 못 하게 하였다.

혜경궁 홍씨가 세자의 어미인 게 미웠던 화완옹주가 어미 노릇을 대신하려 하니 혜경궁 홍씨는 세자빈을 붙잡고 원통해 하였다.

"세자빈, 이 무슨 청천벽력 같은 일이란 말인가? 옹주가 상감마마를 등에 업고 내 자식을 자기 자식처럼 옆에 끼고 보살필 테니 글쎄 나보고 자식은 신경 쓰지 말라고 합니다. 이 무슨 소린지 남들이 알면 내 자식을 옹주의 자식으로 알고 있겠어요?

내 세자에게 '고모를 잘 대하여 나같이 보라' 했거늘 내가 세자의 어미로 장래 대비가 되고 저는 못 될 일을 시기하여 백 가지 이간질과 천 가지 험담으로 나를 비난하더니 이제는 세자와 세자빈 사이를 물과 기름의 관계로 만들어 놓고, 지금은 세자의 외가인 우리 집을 흉한 계교로 이간을 붙여 세자를 나와 떨어지게 하려고 하니 이를 어찌하면 좋겠소?"

화완옹주는 세자가 나라를 위해 학문에만 전념해야 한다며 어머니 혜경궁 홍씨와 세자빈 만나는 것을 일찍부터 방해하고 있었다. 어린 세손 시절부터 옆에 끼고 돌며 세뇌하더니 이제 세자가 성숙하여 제 한 몸 돌볼 수 있음에도 세자의 어머니 역할까지 하려고 했던 것이다. 이에 혜경궁 홍씨가 피를 토하며 슬피 울자, 세자빈은 이를 달래며 위로했다.

"마마, 소인이 어찌 화완옹주 마마를 비난할 수 있겠사옵니까, 하지만 저 또한 옹주마마로 인하여 세자마마와 떨어져 있는 시간이 점점 길어지고 있는 것도 사실입니다. 이로 인해 궁 안에 있는 사람들은 세자마마와 제가 마치 금실이 좋지 않다고 수군거리고 있다는 것도 소인 잘 알고 있사옵니다.

이 모두 옹주마마의 입에서 나온 소문일 것입니다. 하지만 세자마마께서는 성품이 담담하시고 옹주마마의 뜻과 마음을 잘 알고 계시니 걱정할 것은 없사옵니다. 다만 지금은 옹주마마께서 생살화복(生殺禍福, 살고 죽고 화와 행복)을 다 쥐고 계시니 어린 세자마마가 어찌 무섭지 않으시겠습니까?

옹주마마께서 비록 지금은 상감마마의 사랑을 받아 그 손에 화와 복을 쥐고 앉아 죽음을 마다 않고 저희 부부 사이를 말리고 계시나 저희 부부 아직 어리고 후사를 볼 나이가 많사오니 조급해 하지 마시옵소서!

아마 옹주마마께서는 앞으로도 소인이 병이 있어 아이를 생산하지 못한다고 하거나 세자와 금실이 좋지 않다고 하는 등 많은 소문을 흘리실 것입니다. 그런 건 아무 상관이 없으나 다만 제가 우려하는 건 따로 있사옵니다.

상감마마께서 승하하시고 세자마마께서 지지 세력도 없이 왕위에 오른다면 왕비 마마(정순왕비)께서는 언젠가 자신의 편에 서 있는 노론(남당)을 결집하여 자신에게 복종하는 은언군(恩彦君, 이인, 사도세자의 3남이자 정조의 이복동생)을 왕위에 올리려고 할 것입니다.

설사 왕비 마마께서 그럴 의사가 없더라도 세자마마나 어마마마의 부친 되시는 홍봉감 대감과 적을 두고 있는 왕비 마마의 아버님 되시는 김한구 대감이나 오빠 되시는 김귀주 대감께서는 노론(남당) 세력을 결집하여 어떻게 하든 세자마마를 흔들 것이고 이로 인한 불협화음은 불가피할 것으로 보입니다."

"그래, 나도 그게 걱정이고 아버님(홍봉한)도 그 점을 걱정하고 계시지요. 영빈 마마 돌아가시기 전에는 세자가 할머님에게 의지하시어 그 고모가 계교를 부릴 길이 없더니 영빈 마마 아니 계신 후에는 만사 꺼릴 것이 없어 모든 일을 자기 뜻대로 하니 그게 걱정입니다.

세자의 고모는 어린 세손에게 지극 정성을 다하고 고운 운혜(雲鞋, 구름무늬를 수놓은 신발), 좋은 칼 같은 것으로 세손을 기쁘게 하였고, 음식도 궐내 예사 음식이 아닌 별식을 주는가 하면, 값진 노리개 등을 줘서 세손의 마음을 움직이려 하였지요.

내가 을유년(1765년, 영조 41년) 겨울, 세손이 고모와 겸상을 하여 내가 그 옆에 앉으면 고모가 '왜 세자와 겸상을 하고 있는데 옆에 앉으냐?'며 눈치를 줬는데 세손은 그런 고모의 행동을 보면서도 가만히 있었습니다. 그때 내 마음이 어떠했겠습니까?

세손이야 그때 열서너 살의 어린 나이니 꾸짖을 상황이 아니지만 고모가 생각이 있다면 당신의 오라버님 되시는 사도세자의 아들이요, 어미인 내가 남다른 정으로 아들에게 의지하며 살고 있다는 것을 잘 아실 텐데도 그런 행동을 서슴지 않았지요.

우리 모자의 마음이 이렇게 가련하고 불쌍하니, 서로 한마음으로 가르치고 도와 착하게 자라기만 바라는 것이 인정으로 보나, 천리로 보나 당연한 일인데. 그런데도 고모 되는 사람이 모자 사이를 이간질하려고 계교를 부리니 어이 흉악하지 않는단 말입니까?"

세자빈은 눈물을 흘리며 원통해하는 시어머니의 두 손을 잡으며 이 문제를 어떻게 해결할까 고민했다.

제9장
세자의 대리청정을 반대하는 신하들
(삼불필지설 三不必知說)

1775년(영조 51년) 11월 20일(세자 나이 23살) 영조는 경연 때문에 대전에 모인 대신들에게 세자에게 대리청정을 선언했다.

그때는 경연 때마다 세자를 참여시켰기 때문에 그 자리에는 세자도 있었다. 그밖에 돈녕부 영사 김양택(金陽澤), 영의정 한익모(韓翼謩), 중추부 판사 이은(李溵), 좌의정 홍인환(洪麟漢) 등 전현직 정승이 배석했다.

이날 경연에서 83세의 영조는 처음으로 대리청정 의사를 밝혔다. 세자빈이 영조에게 대리청정을 맡겨야 한다고 진언을 한 지, 7일이 지난 후였다. 당시 영조는 병이 중하여 사실상 국사를 볼 수 없는 지경에 이르자 이 같은 결정을 한 것이었다.

"국사(國事, 나라의 일)를 생각하느라고 밤에 잠을 이루지 못한 지가 오래되었다. 어린 세자가 노론을 알겠느냐? 소론을 알겠느냐? 남인(南人)을 알겠느냐? 소북(少北)을 알겠느냐? 국사를 알겠느냐? 조사(朝事, 조정의 일)를 알겠느냐? 병조판서를 누가 할 만한가를 알겠으며, 이조판서를 누가 할 만한가를 알겠느냐? 이와 같은 형편이니 종사(從事, 어떤 일에 마음과 힘을 다함)를 어디에 두겠는가? 나는 어린 세자가 그것들을 알게 하고 싶으며, 나는 그것을 보고 싶다."

그러면서 전위(왕위 계승)를 생각했으나 세자가 놀랄 수 있기 때문에 과도적 단계로 대리청정을 시키려 한다고 덧붙였다.

그러나 영조의 말이 채 끝나기 무섭게 좌의정 홍인한(홍봉한의 이복동생)이 반발했다.

"세자는 노론이나 소론을 알 필요가 없고, 이조판서나 병조판서도 알 필요가 없습니다. 더욱이 조정의 일까지도 알 필요가 없습니다."

정면에서 세자를 깔아뭉개는 발언이었다. 즉 알 필요가 없는 세 가지 '삼불필지설(三不必知說)'을 주장한 것이다. 홍인한으로서는 필사적일 수밖에 없었다.

세자가 대리청정을 한다면 노골적으로 척리들을 배척할 것이고 그럴 경우 자신은 궁에서 쫓겨 나가야 할 처지였다. 결국 자신의 정치생명을 걸고 맞설 수밖에 없었다.

이번에는 정후겸(화완옹주의 양아들)도 나섰다. 그리고 정후겸의 어머니인 화완옹주까지 거들었다. 왕실과 외척을 배척하겠다고 말했던 세자의 선언 이후 마음속에 품었던 야심들이 밖으로 드러나는 순간이었다.

사실 화완옹주는 세자의 시강원에 있는 궁료(宮僚, 세자시강원의 벼슬아치)들을 불러 세자가 누구를 만나는지 사람을 시켜 정탐하고 있었다.

정후겸은 늘 사사로이 세자를 뵐 때 앞으로 나오면서 몸을 굽히지도 않았고, 출입할 때는 신을 끄는 소리를 내어 조심하고 두려워하는 뜻이 조금도 없었다. 영조가 화완옹주를 아끼는 것을 알고 있는 정후겸이 양어머니를 믿고 이런 행동을 하곤 했던 것이다.

세자로서는 눈썹이 타들어가는 초미지급(焦眉之急)의 상황이었다.

그렇게 대처하고 있던 7일째 되던 날, 이를 두고 볼 수만은 없다고 판단한 세자빈은 이조참의로 있다가 잠시 한직으로 물러난 서명선(徐命善)을 조용히 불렀다.

"대감, 그간 잘 계셨는지요? 대감의 소식은 내 사람을 시켜 간간이 듣고 있습니다."

"황공하옵니다. 세자빈마마! 어인 일로 소인을 부르셨습니까?"

"내 일찍이 대감이 입바른 소릴 해서 상감마마와 여러 중신들로부터 미움을 받아 한직으로 밀려난 일들을 모두 들어 잘 알고 있습니다. 대감과 같이 옳은 일을 위해 직언을 서슴지 않는 신하들은 그리 많지 않습니다. 대감도 잘 아시겠지만, 이번 경연 때 상감마마께서 세자마마에게 대리청정을 맡기겠다고 했을 때 돈령부(敦寧府, 왕실 친척들의 친목을 위한 사무를 맡아보는 관아) 영사 김양택(金陽澤) 대감과 중추부 판사 이은(李溵) 대감을 제외하고 모두 삼불론을 주장하며 반대하였습니다. 대감은 이은 대감과 사촌지간이시지요?"

"네, 맞사옵니다. 마마! 저의 어머님이 이은 대감 아버님의 처와 자매이기 때문에 저와 이은 대감은 사촌지간이옵니다."

"그래요, 충신 집안에서 충신이 나온다는 성현의 말씀은 틀린 데가 없습니다. 내 이렇게 대감을 은밀히 부른 것은 대감도 상감마마께서 세자마마에게 대리청정을 하명하신 일을 들어서 알고 계시겠지만 중신들의 반대에 부딪혀 상감마마께서는 이도 저도 못한 상황이 벌어졌습니다. 이제 상감마마께서도 연로하시어 거동도 제대로 못 하시는데,

그러다가 갑자기 무슨 변고라도 생긴다면 이 나라 종사가 어떻게 될지 그게 걱정입니다. 내 서론이 길었지만, 대감께 단도직입적으로 말하지요! 나라를 걱정하는 대감과 같은 분에게 내가 무슨 말을 돌려서 하겠습니까?"

"네, 세자빈마마, 하명하옵소서."

"대감께서는 세자마마께서 홍국영과 정민시를 신뢰하시는 것을 알고 계시지요? 특히 홍국영은 무슨 일이든 겁 없이 옳다고 생각하면 몸을 던지는 불같은 성격이고, 이와 반대로 정민시 대감은 신중하니 이 둘을 만나 홍인한 대감이 말한 삼불필지설을 비판하는 상소를 상감마마께 올려주셨으면 합니다."

이 말을 듣던 서명선은 무슨 말을 할까 망설이다가 말문을 열었다.

"상소야 열 번 쓰라고 하시면 쓰겠지만 소인과 같은 하급 관리의 상소를 주상전하께서 관찰시킬지 걱정이 앞섭니다. 분명 영명하신 주상전하께서는 저희 뒤에 세자나 세자빈마마가 있을 것을 알고 계실 텐데 행여나 일이 잘못되면 세자와 세자빈마마께 변고라도 생길까 그것이 걱정되옵니다."

"대감은 그런 걱정은 하지 않으셔도 됩니다. 만약 대감께서 상소를 올리게 되면 상감마마께서는 제가 뒤에서 시킨 일이라는 것을 금방 알아채실 것입니다. 세자마마의 대리청정도 제가 사전에 고하였으니까요.

상감마마께서는 누군가 저들의 삼불필지설을 비판하는 상소가 올라오길 기다리고 계시고 결국에는 세자마마의 손을 들어 주실 테니 대감은 걱정하지 않으셔도 됩니다."

드디어 13일이 지난 12월 3일 세자의 측근이었던 서명선이 세자빈의 계획대로 운명을 가르게 되는 상소를 올렸다. 홍인한이 말한 '삼불필지설'을 정면으로 비판하는 내용이었다.

원래 이 상소는 서명선이 작성하고 세자가 직접 올리려다가 홍국영이 나서서 말리며 서명선에게 대신 올리게 한 것이었다. 세자가 직접 올릴 경우 위험부담이 클 수밖에 없었다. 이에 서명선이 홍국영, 정민시와 의논한 끝에 목숨을 건 상소를 올렸다.

만일 이 상소를 영조가 긍정적으로 평가하지 않을 경우 세자의 자리는 어떻게 될지 몰랐다. 영조가 워낙 의심이 많고 변덕이 심한 데다가 나이도 너무 많았기 때문이다.

그러나 영조는 서명선의 손을 들어 주었다. 어쩌면 그것은 당연한 일이었다. 자신이 언제 죽을지 모르는 상황에서 세자를 임금의 자리에 올려놓기 위해서는 세자가 대리청정을 해야만 했다.

그리고 바로 다음 날 삼불론을 주장했던 홍인한(洪麟漢)과 이에 동조한 영의정 한익모(韓翼謩)를 삭직(削職, 관직을 삭탈함)시켰다.

그런데 세자가 대리청정을 시작한 초기 1775년(영조 51년) 12월 21일 정후겸의 지원을 받는 부사직 심상운(沈翔雲)이 국정을 안정시키기 위한 당면과제가 8가지라며 은근히 홍인한 세력을 두둔하고 노골적으로 세손을 비판하는 글을 올렸다.

세자의 아버지 사도세자는 임금을 죽이려고 한 역적이라며 그의 아들이 대리청정을 하는 것은 순리에 맞지 않는다고 주장했다. 대리청정을 하고 있는 세자가 버젓이 있음에도 이런 상소를 올릴 수 있었다는 건 믿는 세력이 있었기 때문이다. 바로 홍인한·정후겸이었다. 그들의 사주를 받아 세자를 둘러싼 관리들을 비난하면서 세자를 '온실수'에 비유하는 흉측한 내용의 상소를 올렸던 것이다.

이에 세자도 대리청정을 하지 않겠다는 초강수로 맞섰고 영조는 세자의 손을 들어 주었다. 결국 심상운은 3사의 탄핵을 받아 동생 심익운(沈翼雲)과 함께 서인(평민)으로 폐출됨과 동시에 흑산도로 유배되었다가 제주도로 이배되었다.

심상운의 상소를 받아본 세자는,

"심상운 그자는 역적의 종자로서 상소 내용이 이처럼 교악(狡惡)하니, 역적 심익창(沈益昌)의 후손이라고 말할 수 있겠다."

이에 홍국영이 세자를 위로하였다.

"세도(勢道, 정치상의 권세)가 이와 같이 위험하오니, 신들이 성의를 다하여 우러러 도울 것입니다. 세자 저하 역시 진안(鎭安, 진압하여 안정을 찾다)이란 두 글자를 유념하소서."

그 뒤 심상운은 정조 즉위와 함께 3사의 상소로 정조의 친국을 받은 뒤 주살되었다. 한마디로 어리석은 짓을 한 것이다. 대리청정 다음에는 왕권을 물려 받아 임금이 되는 일은 불 보듯 뻔한 일인데 이런 상소를 올린 건 뒤에 있는 정순왕비를 믿고 홍인환과 정후겸이 목숨을 건 사주를 했기 때문이었다.

늦었지만 세자의 대리청정은 세자빈이 영조에게 탕평채를 올리면서 직언했던 조언을 영조가 받아들이면서 전격적으로 이루어지게 되었다.

이로써 세자의 지위는 든든해졌고 본격적인 대리청정을 시작할 수 있었다.

이듬해 1775년(영조 51년) 2월 24일 홍국영은 사인(舍人)으로 발령을 받았다. 사인은 정4품에 해당하는 관직으로 원래는 의정부의 심부름을 하는 자리다. 오늘날로 치자면 국무총리 비서실장에 해당한다. 이 경우는 세자의 비서실장이라고 할 수 있다.

다음 날 서명선은 이조판서로, 홍국영은 훈련원 정(正)으로 발령을 받았다. 훈련원 정은 정3품 당하관에 해당하므로 하루 만에 품계가 두 단계나 뛴 것이다. 세자의 총애는 그만큼 컸다. 세자 역시 "자신을 위해 몸을 던지는 이는 홍국영 한 사람뿐이다."라고 말한 것도 그만큼 신임했기 때문이었다.

하지만 갑작스러운 총애와 높은 자리는 권력과 직결되어 있고 더군다나 군사를 통솔할 힘을 가졌다는 것은 또 다른 역심을 품는 계기가 됨을 세자는 모르고 있었다.

제10장
나는 사도세자의 아들이다

정조 즉위년(1776년) 3월 5일 영조가 승하했다. 영조는 경종의 이복 동생이자, 숙종과 숙빈 최씨 사이에서 난 차남으로 20세의 나이로 즉위, 51년 6개월이라는 이씨 왕조 치세 중 최장의 존위와 83세 6개월의 최장의 천수(天壽, 장수)를 마쳤다.

영조의 사망원인은 83세의 노령으로 1776년(영조 52년) 3월 3일 병이 발병하여 현기증, 담, 기침, 그리고 호흡곤란 등의 합병증으로 사망했지만 사실상 노환으로 숨을 거둔 것이다.

그리고 5일 뒤(1776년 3월 10일) 정조는 조선의 22대 왕으로 즉위하였다. 세자빈 역시 드디어 조선의 국모인 중전(효의왕비)의 자리에 올랐다. 세자빈 나이 23살이 되던 해이자 세손빈으로 앉은 지 14년 만이다.

조선은 유교국가였기 때문에 반역을 도모하여 왕위를 찬탈했던 일부 조선 왕들을 제외하고 대부분은 선왕의 죽음으로 왕위에 오른 경우라 왕의 즉위식을 화려하게 치를 분위기가 아니었다. 새 왕은 보위에 오른다는 기쁨보다는 아버지를 잃은 슬픔을 백성들과 신하들에게 드러내야 했다. 정조 즉위식 역시 영조의 죽음으로 왕위를 승계받아

어수선한 상태에서 비교적 조용히 치러졌다.

효의왕비 역시 왕비가 되었을 때는 아버지 김시묵 대감이 죽은 뒤라 왕비로 등극했어도 그리 기쁘지만은 않았다. 아버님 살아계셨으면 얼마나 좋았을까, 하는 생각에 눈물이 났지만 앞으로 할 일을 생각하니 슬픔보다는 왕비로서의 책임과 의무감으로 인해 마음을 독하게 먹었다.

정조는 평소 왕비의 조언대로 절대 왕권정치를 실현하기 위한 정치 행보에 들어갔다. 군권을 장악하고 조선의 그 어떤 국왕보다 국력을 강화하여 자신이 마음속에 품었던 왕권정치를 실현하고자 다짐했다.

당시의 조선은 권력을 가진 일부 세력들이 붕당정치(朋黨政治, 학연과 지연이 같은 사람끼리 당을 만들어 정치에 참여하는 일)를 기반으로 왕권을 무력화하고, 자신들의 사리사욕을 채우기 위해 권력과 부를 채워가고 있었다.

정조는 신하들의 이런 행동을 수용할 수 없었다. 안정된 왕권을 유지하기 위해 그들과 타협할 수는 없었다.

그래서 즉위식은 조선의 그 어떤 국왕들보다 위엄있게 거행되었다. 즉위식에는 문·무대관들은 물론이고 궁궐을 호위하는 모든 군졸을 동원하여 강력한 군주임을 부각했다. 그리고 자신의 친위 세력들을 주변에 포진시켰다.

정조는 즉위와 함께 궁궐 내 수비를 담당하던 친위대와 궁밖 외곽 수비를 담당하는 모든 군권을 서명선에게 맡겼다. 정조에게 서명선은 충신이자 왕위를 계승하는 데 일조한 일등공신이었다.

서명선은 세자의 대리청정 시작과 함께 예조, 병조, 이조의 판서직을 두루 거쳤고 정조 즉위와 함께 수어사(守禦使, 수도방위) 총융사(摠戎使, 대궐의호위)를 겸임하여 군권을 장악하였다.

그리고 즉위 나흘째인 3월 13일 자신을 지지하고 보필한 홍국영을 승정원 동부승지로 임명했다.

이는 정3품 당상관으로의 승진이라는 의미보다는 왕명을 공식적으로 출납하는 자리에 올랐다는 의미가 더 컸다. 게다가 홍국영은 단순한 왕명출납 이상의 직무를 수행했다. 왕명 생산, 즉 정조의 책사로서 정국의 밑그림을 그리는 역할을 맡았던 것이다.

홍국영 외에도 정조는 김종수(金鍾秀)를 대사헌과 형조판서에 임명했다.

김종수는 아주 늦은 41세 때인 영조 44년(1768년) 문과에 급제해 예조정랑 홍문관부수찬을 거쳐 세손시강원 필선(弼善, 정4품 벼슬)으로 임명되면서 왕세손(정조)과 인연을 맺었다.

이때 그는 일관되게 당시 위세를 떨치고 있던 홍문(洪門, 홍씨 집안)과 김문(金門, 김씨 집안)의 외척정치를 막아야 한다고 주장해 정조의 두터운 신임을 얻었다. 또 왕세손 시절 정조의 스승으로서 정조의 정신세계에 깊은 영향을 심어주었다. 특히 원시 유학과 정통 주자학의 핵심을 가르치며 '임금은 통치자이면서 스승'이라는 군사론(軍師論)을 정조의 머릿속 깊이 심어준 장본인이었다.

정조에게 드러나는 보수혁명가로서의 면모는 상당 부분 김종수로부터 비롯되었다고 해도 과언이 아니다. 김종수는 영조 48년(1772년) 청명(淸名)의 존중과 공론(公論)의 회복을 위하여 청명류(淸名流)라는 정치결사를 조직했다가 발각돼 경상도 기장으로 유배되었다가 방면되었고, 마침 영조가 사망하자 행장을 편찬하는 일을 맡았다.

이렇게 정조는 왕위에 오르자마자 할아버지 영조가 세자를 위해 과거를 통해 등용한 인재들을 자신의 곁에 포진시켰다.

홍국영은 1776년 3월 정조가 즉위한 지 며칠 만에 국왕의 명령을 출납하는 측근 비서, 즉 승지에 임명되었고 몇 달 후에는 도승지가 되었다. 정조는 또한 친위 기반을 강화하기 위해 궁궐에 설치한 숙위소(宿衛所)의 대장으로 홍국영을 임명하고 훈련대장, 금위대장 등도 함께 맡게 했다.

궁 안에 머물면서 왕의 경호부대를 지휘하고 훈련대장으로 군권까지 장악했으니, 국정의 주요 사안은 홍국영을 거치지 않으면 정조에게 보고되기조차 힘들 정도였다. 정조는 즉위 직후 '국영과 갈라서는 자는 역적'이라고 말할 정도로 그에 대한 두터운 신임을 거리낌 없이 밝혔다.

그리고 드디어 아버지 사도세자를 죽음으로 몰고 간 자들에 대한 복수에 들어갔다. 물론 이 일은 자신이 직접 하지 않고 홍국영의 손을 빌렸다. 홍국영은 홍인한, 정후겸, 윤양후, 홍계능 등에게 사도세자에 대해 불경했으며 정조의 즉위를 방해했다는 죄를 물어 숙청했다.

뿐만 아니라 정조의 외척 홍봉한 집안도 정치적으로 재기하기 어려운 지경으로 몰아 제거했다. 정순대비의 오빠 김귀주도 유배시키고 그 세력을 무너뜨렸다. 외척 세력을 배격하고 왕권을 강화하려는 정조의 뜻을 실행하는 행동대장이 홍국영의 모습이었다.

1776년(정조 즉위년) 3월 10일 영조가 세상을 떠난 지 엿새 만에 경희궁 숭정문에서 즉위한 스물다섯 청년 정조는 빈전(殯殿)문 밖에서 대신들을 모아놓고 뜻밖의 선언을 했다.

"과인은 사도세자의 아들이다! 선왕(영조)께서 종통(宗統)의 중요함을 위하여 나에게 효장세자를 이어받도록 명하셨거니와 전일에 선왕께 올린 글에서 '근본을 둘러 하지 않는 것(不貳本)'에 관한 나의 뜻을 크게 볼 수 있었을 것이다."

자신은 할아버지 영조 때문에 형식적으로 효장세자의 아들로서 왕위에 올랐지만, 실질적으로는 비명에 간 사도세자의 아들임을 분명히 한 것이다.

아버지 사도세자가 영조를 죽이려고 했던 역적으로 몰리자, 역적의 아들이 왕위를 계승할 수 없어 이미 죽은 영조의 정빈 연우궁 이씨의 아들 효장세자의 양아들로 어쩔 수 없이 입적했던 사실을 밝히면서 자신은 사도세자의 아들이라고 천명한 것이었다.

즉위 첫날 이 말을 했다는 것은 그동안 가슴 속에서 '아버지를 죽인 자들에 대해 한을 풀어 달라'는 어머니 혜경궁 홍씨의 피맺힌 절규에 보답하고자 복수의 칼날을 갈고 또 갈았던 자신의 결심을 만천하에 드러낸 것이었다.

그리고 그것은 효의왕비의 소원이기도 했다. 효의왕비는 어려서부터 궁궐에서 시어머니 혜경궁 홍씨와 많은 시간을 보냈다. 사도세자가 죽임을 당하던 그날에도 효의왕비는 친정을 포기하고 시어머니 친정으로 가서 시어머니를 봉양하고 위로하며 극진히 모셨다.

시어머니 혜경궁 홍씨는 한 맺힌 남편의 죽음을 애통해하며 병석에 누웠고 자신의 아들 정조가 효장세자의 아들로 입적될 때는 자식까지 빼앗겼다며 피를 토하고 쓰러졌다.

그런 시어머니를 지켜본 효의왕비는 남편이 왕위에 오른 바로 그날까지 자신이 누구의 아들인지, 그리고 시어머니 혜경궁 홍씨가 피를 토하며 분노에 치를 떨던 상황을 남편 정조에게 자세히 설명하면서 어머니의 한을 풀어줄 것을 당부했다.

처음에 정조는 시간을 두고 자신이 권력을 장악한 후에 그러한 결심을 행동으로 옮기려고 했지만, 효의왕비는 절대 그럴 수 없다고 말했다.

"마마! 마마께서는 이미 서명선 대감을 통해 병권을 장악했고, 홍국영을 통해 왕명에 대한 출납이 준비되어 있으며, 어머니 되시는 혜경궁 마마와 외할아버지 홍봉한 대감을 통해 좌의정, 사헌부, 사간원을 장악했는데 무얼 망설이십니까?

저들은 즉위 초부터 마마가 어떤 자세로 나오는지 지켜볼 것입니다. 그들은 왕권을 유지하기 위해 자신들의 눈치를 보는 그런 국왕이 되기를 바라겠지요! 그럴 때일수록 보다 강력한, 그래서 어느 누구도 대적할 수 없다는 군왕의 위엄을 보이셔야 합니다. 그래야 그들 위에 바로 설 수 있을 것입니다.

게다가 마마께서는 아버님 사도세자 마마가 역적이 아니라는 금등을 가지고 계시지 않으십니까."

하지만 정조의 생각은 달랐다. 만약 그렇게 된다면 저들은 자신의 어머니 혜경궁 홍씨 집안을 가만 놔두지 않을 것이 자명한 일이었다.

혜경궁 홍씨의 작은아버지 홍인한 대감은 사도세자를 죽음으로 몰고 간 역적이다. 결국 역적의 형이 되는 홍봉한 대감 역시 그 죄에서 자유로울 수 없었다.

그뿐만 아니었다. 저들은 정순대비의 오라버니를 이용하여 온갖 술수를 동원할 것이고 그 피해는 자신의 어머니 혜경궁 홍씨를 밀어내기 위해 온갖 수단 방법을 가리지 않고 흠을 잡아 공격할 것이다.

정조는 그런 상황을 만들고 싶지 않았다. 당분간은 저들과 타협을 통해 왕권을 강화하고 자신이 꿈꿔왔던 자신의 군대를 만들어 가장 강력한 왕권을 확립하고 싶었다.

하지만 이런 정조의 생각은 상대방을 모르는 소심한 발상이었다. 자기 것을 지키기 위해 목숨을 내놓고 대드는 사람보다 무서운 적은 없기 때문이다. 게다가 한번 내준 자리는 다시는 되찾을 수 없는 것이 정치판의 세계다.

"중전, 그렇게 된다면 외가도 다칠 수밖에 없습니다. 그렇지 않아도 아버님 때문에 몸져누워 계시는 어머니에게 또다시 상처를 줄 수는 없습니다. 조금만 시간을 두고 봅시다."

정조는 아버지 사도세자를 죽음으로 몰고 간 사람들 중에 어머니의 아버지 즉 외할아버지 홍봉한 대감을 포함하여 홍인한 대감 등 외가가 포함되어 있다는 사실을 알고 있었다. 하지만 효의왕비는 더욱 남편 정조를 밀어붙였다.

"마마! 마마의 그런 심정을 내 어찌 모르겠습니까? 저들도 마찬가지로 마마의 그런 생각을 눈치채고 죽자고 달려들 것입니다.

하지만 만약 이대로 넘어간다면 저들은 마마의 등 뒤에 칼을 꽂을 것입니다. 그리고 저들은 지금보다 더 강력하게 자신들의 세력을 넓히고자 붕당을 형성할 것이고, 그로 인해 왕권은 추락하여 마마께서는 선대왕들처럼 재위 기간 내내 그들의 당파싸움을 지켜봐야 하는 나약한 군주로 전락할 것입니다.

마마께서는 효심이 깊고 모든 일에 정도를 걷겠다는 마음가짐이 자리 잡고 있어 쉽지 않은 결단이라는 걸 저도 잘 알고 있사옵니다. 하지만 이는 반드시 결행하셔야 하는 일이며, 지금이야말로 적기라는 생각이 드옵니다. 나라의 임금은 세자의 직위와 다르게 냉철한 판단과 결단력이 있어야 합니다. 사사로운 정도 용서도 적들에게 보이지 말아야 합니다.

선왕(영조)께서는 승하하시기 전에 마마의 정적이 될 만한 외척들에게 정치에 관여하지 말라고 강력하게 경고하셨고, 과거를 통해 서명선, 홍국영 대감을 마마의 곁에 두셨으며 마마께서는 그들을 모든 요직에 임명하셨습니다. 따라서 그들은 목숨을 걸고 마마를 지키기 위해 정적들을 제거해 나갈 것이기 때문에 지금이 가장 좋은 적기입니다.

만약 주저하시다가 저들에게 준비할 시간을 벌어 준다면 서명선, 홍국영, 김종수 대감은 물론 마마를 지지하는 모든 신하들은 하나둘씩 저들에게 포섭되거나 이용당하게 될 것입니다. 그리고 어머님의 피눈물을 잊어서는 안 됩니다. 마마가 누구의 아들입니까?"

결국 정조는 왕비의 말대로 그동안 가슴속에 담아 놓았던 복수의 칼을 드러냈다. 그것은 한쪽 세력에는 한 줄기 광명이었고 다른 한쪽에는 청천벽력(靑天霹靂)이었다.

한쪽은 정조를 지지하는 세력이었고, 다른 한쪽은 내척(內戚) 정순대비 김씨의 오빠 김귀주 및 정후겸 세력과 외척(外戚) 홍봉한, 홍인환 세력이었다.

외할아버지 홍봉한을 제외한 이들 세 세력은 예전부터 왕세손에게 반기를 들었던 세력이라는 점에서 같은 길을 걸어왔다. 특히 정조에게 반기를 들었던 정순대비 오빠 김귀주와 화완옹주 양아들 정후겸은 끝까지 정조가 왕위를 계승하는 것에 대해 반대한 인물이었다.

정후겸(鄭厚謙)은 원래 인천 쪽에서 어업에 종사하던 서인(庶人, 일반 백성) 정석달의 아들이었다. 그런데 영조 40년(1764년) 영조가 일찍 남편과 사별하고 자식도 없이 지내던 사도세자의 친누나 화완옹주를 궁에 들어와 살도록 하면서 남편 정치달의 집안에서 양자를 들이도록 했을 때 정후겸이 뽑혀서 들어왔다.

하루아침에 서인에서 왕족이 된 정후겸은 정8품 장원서 봉사에 올랐다. 말직이긴 하지만 서인이었다면 꿈도 못 꿀 관직이었다.

이때 정후겸의 봉사직을 추천한 인물은 다름 아닌 영의정 홍봉한이었다. 물론 홍봉한도 영조의 지시에 의한 것이었다. 호랑이 새끼를 궁으로 불러들인 것이다.

2년 후에는 문과에도 급제했다. 정후겸의 나이 열여덟이었다. 정상적인 상황에서는 있을 수 없는 일이었다. 그만큼 영조 말기는 국정이 문란했고 권신(權臣, 권력을 가진 신하)들이 권력을 휘둘렀다.

이후 정후겸은 홍문관, 사헌부 등의 요직을 거쳐 승지까지 올랐다. 영조 45년(1769년)에는 정후겸을 통하면 안 되는 인사가 없었다. 심지어 홍봉한의 이복동생 홍인한은 이해 9월 23일 정후겸에게 청탁해서 호조판서가 될 정도였다.

홍인한의 형님 홍봉한과는 별개로 정후겸과 힘을 합치게 된 것은 이런 인연 때문이었다. 영의정들도 앞다퉈 정후겸에게 아부를 했다.

영조 46년(1770년) 10월 20일 영의정 김치인(金致仁)은 스물두 살짜리 병조참판 정후겸을 비변사 당상에 포함시킬 것을 영조에게 건의했다.

참판은 종2품관으로 당상관이긴 하지만 '비변사 당상'에 포함되려면 적어도 판사급은 되어야 한다고 건의했다가 80세를 넘긴 영조의 면박을 받았다.

이때는 좌의정 이사관(李士寬)과 우의정 홍인한까지 가세해 정후겸의 비변사 당상 합류는 합당하다고 주장했다. 이때 정후겸이 비변사 당상에 들어갔다면 정조 즉위는 어려웠을지 모른다.

6월 19일에는 신회(申晦)가 정후겸의 처남 이충을 춘방(春坊, 세자시강원을 달리 이르는 말) 관원으로 추천해 뜻을 이뤘다. 정후겸이 왕세손이던 정조를 밀착 감시하기 위해서였다.

해가 바뀌어 영조 52년(1776년) 1월 10일 이번에는 영의정 김상철(金尙喆)이 정후겸을 비변사 당상에 포함하도록 해줄 것을 영조에게 청했다. 80세를 넘긴 영조였지만 이들의 심사를 꿰뚫고 있었다.

"급하구나!"

이에 김상철은 "나라 다스리는 방책을 연습하여 소조(小朝, 왕세손)를 섬기게 하려는 것입니다."고 서둘러 변명했다. 정후겸은 사도세자가 죽을 당시 영의정에 있었고, 사도세자가 지적하여 증오를 표시했던 신만의 친동생 신회는 영조 19년(1743년) 문과에 급제해 학식이 뛰어나다는 이유로 4년 후 홍문관 수찬에 특임했고 이어 세자시강원 문학으로 승진하였다.

이후 사간원, 홍문관, 사헌부 등 3사의 요직을 두루 거치며 국정 쇄신에도 기여했다는 평을 들었다. 영조 26년(1750년)에는 영조의 총애를 받고 있던 이 정보를 탄핵했다가 오히려 미움을 사서 파직되었지만, 정치달의 친아버지인 정우량(鄭羽良)의 비호로 사면되기도 했다.

이때 신회가 정치달의 양자인 정후겸을 비호한 것은 당시의 인연이 작용했던 것이다.

이듬해 복직되어 왕세손 책봉에 공이 있다 하여 승지에 올랐고, 영조 32년(1756년)에는 도승지가 되어 영조로부터 일을 잘한다는 평가를 받았다.

이후 대사헌을 거쳐 1758년 예조판서에 올라 병조판서로 자리를 옮겼고 1762년에 다시 예조판서로 있을 때 영의정인 형 신만과 함께 사도세자를 아사(餓死, 굶겨서 죽임)시킬 때 동조하였다. 적극적으로 동조자라기보다는 영조의 명을 수동적으로 따른 인물이다.

그 후 공조, 형조, 이조판서를 두루 거쳤고 영조 48년(1772년) 우의정에 올라 이후 좌의정을 거쳐 영의정까지 지냈다. 형제 영의정이 탄생하는 순간이었다. 그만큼 영조의 총애가 두터웠다.

이런 영조의 신임을 등에 업고 정치달과 함께 당시 왕세손이었던 정조가 왕위에 오르지 못하도록 방해하였던 것이다.

제11장
정적들에 대한
복수를 감행하다

정조는 아버지 사도세자의 죽음과 관련된 신하들을 용서하지 않았다.

정조가 즉위하는 날 "나는 사도세자의 아들"임을 선포하면서 이를 실현하기 위해 첫 번째로 취한 가시적 조치는 영조의 장례를 위해 설치한 빈전도감(殯殿都監, 빈전을 설치하고 운영하는 임시기관) 국장도감(國葬都監, 국가의 장례를 맡아보던 임시 관아) 산릉도감(山陵都監, 임금이나 왕비의 능을 새로 만들 때 임시 설치된 관아)을 책임지는 총호사 신회를 즉위 열흘 만인 3월 19일 파직했다.

"신회가 도감의 일에 정성을 다하지 못하였고 그가 추천한 상지관(相地官, 대궐자리, 능자리를 잡는 일을 맡아보는 관직)은 정후겸의 사인(私人)으로 감여학(堪輿學, 풍수지리)에 어두웠기 때문이었다."

바로 다음 날 정조는 할아버지보다는 아버지 쪽으로 방향을 잡은 자신의 마음을 다잡기라도 하듯이 할아버지(영조)의 상중(喪中)임에도 불구하고 사도세자의 존호(尊號)를 올려 '장헌(莊獻)'이라 칭했다.

마음 같아서는 친아버지 장헌세자를 추존왕으로 올렸으면 좋겠지만 자칫하면 선대왕 영조를 부정함으로써 자신의 정통성마저 허물어진다는 것을 정조가 몰랐을 리 없었다.

게다가 '사도세자 사건(임오의리)'은 진상 자체가 불투명했기 때문에 정조의 시각에서 보는 사도세자 사건을 관철하는 일이 우선 과제였다. 실제로 즉위년 8월 영남유생 이응원 부자가 홍봉한 무리야말로 사도세자를 죽게 만든 장본인이라며 이들을 주살해야 한다고 상소를 올렸다가 정조로부터 "어리석은 짓이 아니면 미치광이 짓"이라는 비난을 받고 대역죄로 주살됐다.

그리고 다시 즉위 보름째인 3월 20일, 사도세자가 묻혀 있는 수은묘의 봉호(封號)를 '영우원(永祐園, 청량리 인근)', 사당을 '경모궁(景慕宮)'이라 바쳤다. 격을 한 단계 높이려는 것이었다.

자기 아버지의 지위를 올리고 존경하게 만듦으로써 국왕의 권위를 지키기 위함이었다. 다음으로 정조는 어머니에 대한 궁호를 '혜경궁'으로 하사했으며, 자신은 앞으로 어머니를 '자궁'이라고 부르겠다고 했다.

전통적으로 조선 왕실에서 국왕의 적모를 일컫는 칭호는 '자전(慈殿)'이었다. 그러나 혜경궁 홍씨는 왕의 어머니이자 왕실 내명부 여인 중 나이로 치면 가장 연장자였지만, 홍씨가 살아생전에 사도세자가 국왕으로 추증되지 못했기 때문에 그녀는 왕대비가 되지 못했다.

또 정조가 백부(큰아버지) 효장세자의 아들로 양자 입적되면서 법적으로는 국왕의 어머니조차 아니었기 때문에 자전이라는 칭호도 쓰지 못하고 그 지위도 공식적으로 확실하게 보장받지 못했다.

당시에 서열 1위이자 최고의 어른은 혜경궁 홍씨(1735년생)의 시어머니이자 그녀보다 열 살이나 어린 영조의 비 정순대비(1745년생) 김씨였다. 혜경궁 홍씨가 아들 정조 재위 시기에 남편이 국왕으로 추존되었다면 자신은 대비가 되고 정순왕후는 왕대비가 되었을 것이다.

정조는 궁여지책으로 1단계 낮은 자궁이라는 칭호와 함께 실질적으로 대비 정순왕후 김씨보다는 낮고 중전 효의왕비보다는 높은 대우를 하여 결과적으로 대비에 준하는 대접을 하면서 친어머니를 위로했다.

정조는 숨을 돌릴 틈도 주지 않았다. 3월 23일 사헌부 대사헌으로 전격 임명한 이계(李烓)의 청을 받아들이는 형식을 취해 3월 25일 정후겸을 함경도 경원으로 귀양보냈고 추종 세력인 윤양후(尹養厚)와 윤태연(尹泰淵)을 각각 경상도 거제도와 전라도 위도로 귀양 조치했다.

시간을 끌수록 정조에 대항하는 세력들이 힘을 모을 수 있다고 판단해서이다. 공은 천천히, 척결은 순식간에 하라는 중전 효의왕비의 조언에 따른 것이었다.

당초 이계는 정후겸을 비롯해 화완옹주와 핵심 추종 세력을 모두 처형할 것을 청했다. 그러나 정조는 아직은 때가 아니라며 속도 조절의 필요성을 언급했다. 고모인 화완옹주를 생각해서였다.

인척과 외척의 세력은 거리를 두되 처결은 자제해야 하기 때문이었다. 이는 어머니 혜경궁 홍씨의 조언이기도 했다. 혜경궁 홍씨는 정조 사후 정조의 치적들의 반격에 대비해야 하고 인척만큼은 절대 척결의 대상이 되어서는 안 된다고 정조에게 조언했다.

물론 효의왕비의 생각은 달랐다. 권력의 맛을 본 자들은 다시 권력을 되찾기 위해 무슨 짓이든 하기 때문에 확실하게 숨통을 끊어 놓아야 한다는 것이었다. 그러나 정조는 왕비보다는 어머니 혜경궁 홍씨의 뜻에 따랐다.

"공손하게 입을 다물고 있어야 하는 때라 많은 말을 할 수 없다. 정후겸은 멀리 귀양 보내고 화완옹주는 이미 사제(私第, 궁궐 밖의 집)로 나갔으므로 논할 것이 없다. 향후 이 문제를 다시 거론한다면 과인이 용서하지 않을 것이다."

사실 말은 이렇게 했지만 25세 청년 군주의 마음속은 분노로 끓고 있었다.

다음 날인 1776년(정조 즉위년) 3월 26일에도 정후겸에게 아부한 도승지 출신의 이택진(李澤振)을 함경도 명천으로 유배토록 했고, 안관제, 안겸제 형제는 각각 경상도 사천으로 귀향 보내 버렸다.

3월 27일에는 탄핵을 맡은 홍문관, 사헌부, 사간원의 주요 관리들을 일거에 삭출했다. 그리고 이제는 효의왕비의 말처럼 자신의 손에 피를 묻힐 필요가 없었다. 자신을 위해 목숨을 걸고 그 일을 대신할 사람은 많았기 때문이다.

"하찮은 정후겸에 대해서는 잡다하게 이야기할 필요도 없다. 다른 일들은 마치 시급하게 강도나 절도의 발생이 눈앞에 박두한 것처럼 하면서 기세가 하늘에 닿아 있는 사람에 있어서는 감히 누구냐고 하는 자가 없어 귀를 기울이고 들으려고 한 지 여러 날인데도 머뭇머뭇하며 두려워하여 쭈그러들고 있다. 오늘의 조정을 살펴보라! 과연 그들과 이기려고 겨누는 신하가 있는가?

삼사(三司, 사헌부, 사간원, 홍문관)의 여러 신하들이 이해관계가 있는 곳만 보고 있고 임금과 신하 사이의 의리가 중요한 줄은 알지 못하는 사실이 진실로 한심스럽다."

정조는 역사청산 혹은 정치보복의 방향을 지시하고 있었다. 이제 삼사 관리들이 경쟁적으로 정조의 정적들을 탄핵하는 것은 시간문제였다.

남보다 앞서 정후겸 문제를 제기한 이계는 이날 공조판서로 특진했다. 정조의 불같은 성격을 누구보다 잘 알고 있는 효의 왕비는 정적들에 대한 척결은 반드시 정면에 나서지 말 것을 당부했다.

"비록 대비마마(정순왕후)가 지금은 숨을 죽이며 마마의 정적(노론)들에게 어떠한 지시나 정치에 관여하지 않고 있습니다. 이는 아직 대비마마의 연세가 어리시고 뒤를 따르던 대신들이 기회를 보고 있는 상황에서 마마께서 직접 나서서 그들을 제거한다면 언젠가는 반격을 당하는 형세가 될 수도 있습니다.

따라서 마마의 입이나 손에 절대 피를 묻히는 그런 일은 없어야 합니다. 비록 제가 수시로 대비전에 나가 대비마마의 동태를 살피며 보필하고 있고, 어머니(혜경궁 홍씨) 역시 대비마마와 마치 동무처럼 지내고 있으니 아직 큰 문제는 없으나, 수시로 대비전을 드나들며 대비마마의 마음을 흔들려는 세력들은 여전히 존재하고 있습니다.

마마께서는 이 점을 유념하시길 바랍니다. 모든 처결은 이계를 통해 간언케 하시고 그저 마마께서는 뜻을 같이하는 신하들이 그들을 제거하는 일에 하명만 하시면 될 것입니다."

그러나 정후겸의 경우 사도세자 문제와 관련해서 제거된 것은 아니다. 세손 시절 자신의 안위(安危)를 위협한 죄였다.

정조는 어린 시절부터 아버지를 죽음으로 몰고 간 사람들에 대하여 복수를 결심했었다. 비록 할아버지 영조의 지시에 의한 것이라고 하지만 영조를 부추겨 아버지를 죽게 하고 자신을 제거하려고 했던 세력들을 잊지 않고 있었다.

곧바로 복수의 칼끝은 아버지 사도세자 사건의 관련자들을 향했다.

1776년 3월 30일 정조는 김상로(金尙魯)의 관직 추탈을 명했다. 노론 탕평계의 홍계희(洪啟禧), 소론 북당의 정우량(鄭羽良)과 함께 사도세자의 죽음에 깊이 관여했다는 혐의였다.

정조는 죽은 김상로의 관직추탈을 명하면서 아버지 사도세자가 죽은 직후 자신이 세손으로 동궁에 책봉되었을 때 영조가 자신에게 했던 말을 재론했다.

"김상로는 너의 원수이다. 내가 강제로 중추부 영사에서 물러나도록 한 것은 천하 후세에 나의 마음을 드러내려 한 것이다."

직설적으로 잘못은 없지만 아버지를 죽게 한 죄를 물어 처벌하겠다고 밝힌 것이다. 즉 영조는 김상로의 부추김 때문에 사도세자를 죽이게 되었고 곧바로 후회했다는 것이다. 이어 정조는 김상로의 아들과 그 조카들도 절도(絶島) 유배를 명했다.

살아있는 사람도 아니고 이미 죽은 김상로에 대한 처벌이 서둘러 이뤄진 것은 당시 관직에 있던 김상로의 아들 김치현(金致鉉)이 자기 아버지의 무죄를 강변하는 상소를 올렸기 때문이었다.

같은 날 정조는 할아버지 영조의 후궁이었던 숙의 문씨의 작호를 삭탈한 다음 사제로 내쫓았고 문씨의 오빠 문성국(文聖國)과 친정어머니를 노비로 삼게 했다.

문씨란 바로 사도세자의 탈선을 자극했던 그 여인이다. 숙의 문씨는 영조 27년(1751년) 11월 영조의 며느리인 현빈 조씨가 죽었을 때 영조가 빈소인 건국당을 자주 찾다가 눈에 들게 된 후궁이다.

얼마 후 문씨가 임신을 하자 문성국, 김상로, 홍계희 등은 문씨가 아들을 낳게 되면 사도세자를 폐위시키는 음모를 꾸몄다. 오죽했으면 당시 명재상으로 불렸던 이천보(李天輔), 유척기(俞拓基), 이종성(李宗誠)

등은 문씨가 출산하기 3개월 전부터 도성에 머물며 만일의 사태에 대비했다.

다행히 문씨가 딸(화령옹주)을 출산하자 이종성 같은 인물은 아들을 얻지 못해 크게 실망해 있던 영조를 찾아가 "후궁이 딸을 낳았으므로 저는 이제 집으로 돌아갑니다."며 작별인사를 고했다는 말이 회자(膾炙, 입에 오름)될 지경이었다.

실제로 문씨가 아들을 낳았다면 영조는 성격상 세자 교체를 추진했을지도 모를 일이었다. 아들 사도세자에 대한 실망이 절정에 있었기 때문이다.

문씨는 어쨌든 영조의 후궁이었고 후궁에서 아들이 태어났다는 것은 영조의 뒤를 이을 세자가 될 수 있는 자격을 갖추었다고 할 수 있다. 사도세자가 죽을 경우 영조에게 다른 아들이 없기 때문에 문씨가 낳은 아들은 유일한 아들이 되는 것이다.

그렇게 되었다면 사도세자 아들인 정조는 세자가 될 수 없었다. 사도세자의 정신적 질환을 떠나서 그의 죽음을 둘러싼 음모론이 설득력을 갖게 되는 것도 바로 이 문씨 오누이와 김상로 때문이었다. 문씨의 작호 삭탈과 문성국을 노비로 삼은 조치는 정조가 직접 명을 내렸다.

"내가 마음에 새기며 뼈를 썩혀 온 것이 단지 김상로 하나만이 아니고 문성국이 있다. 이 뒤에 마땅히 소상히 말하겠다마는 김상로를 이미 처분했으나 지금 상중이라는 이유로 문성국을 처벌하지 않고 넘어갈 수 없다.

또한 아버지의 죄에 대해 자식 된 도리로 반성하고 관직을 내려놓아야 함에도 자신을 지지하는 세력들을 계속하여 만나는 행위는 도저히 용서할 수 없다."

결국 숙의 문씨는 사도세자를 무고했다는 혐의로 유배당한 뒤 끝내 사약을 받아 사망했다. 문성국의 아들 문경행(문씨의 조카)은 유배되었으며, 나중에 성안에서 장사를 하고 있다가 발견된 문성국의 처남 박도오도 유배형에 처해졌다. 문씨의 장녀 화령옹주의 남편 청성위 심능건은 문씨의 집을 마음대로 처분했다고 처벌을 받았고, 5년 전 일찍 요절한 화길옹주의 장례에 10만 냥이나 지출한 일도 화두에 올랐다.

그 뒤에도 신하들은 숙의 문씨의 두 딸 화령옹주와 화길옹주의 작위를 박탈해야 한다는 상소까지 올라왔는데, 정조는 "두 옹주는 영조의 골육이며 문씨가 흉계를 꾸밀 때는 강보에 싸인 아기였을 뿐"이라며 감싸주었다. 하지만 딸로 태어났기 때문에 정조가 그냥 놔둔 것일 뿐 아들로 태어났더라면 십중팔구 죽음을 면치 못했을 것이다.

이날 호조판서 구윤옥(具允鈺)이 정후겸과 가깝게 지냈다는 이유로 판서직에서 내쳤다. 화완옹주 양아들 정후겸과 그 세력, 그리고 정순대비 오빠 김귀주를 지지하는 그 세력, 그리고 영조가 처리 못한 잔존세력을 모두 제거한 정조는 이제 어머니 혜경궁 홍씨 집안과의 한판승부가 남아 있었다.

사실 아버지 사도세자를 죽음으로 몰고 간 사람들 중에는 외할아버지 홍봉한과 그의 이복동생 홍인한도 포함되어 있었기 때문이다.

만약 처벌에 대한 공정성이 없다면 정순대비 측에서도 불만이 제기할 것이고 이를 바라보는 대신들의 시선도 그리 곱지 않을 것이기 때문이다.

또한 정의와 공정을 자신의 정치가도로 삼겠다는 정조의 결심과도 위배되는 일이었다.

제12장
시어머니 홍씨 집안에 대한 노론의 공격

　정조 즉위 1776년 3월 26일 삼사 관리들이 정작 권력을 행사했던 외척 세력에 대한 탄핵은 머뭇거리고 있다는 비판과 함께 동부승지 정이환(鄭履煥)이 상소하여 홍봉한과 홍인환을 직접 거론하며 탄핵했다.

　정이환은 정순대비의 오빠 김귀주의 측근이었다. 정순대비가 뒤를 봐 줄 것이라고 생각했는지, 바로 정조의 외가에 대한 반격을 개시한 것이다. 그러나 정조는 이 문제에 대해서는 일단 자신의 어머니와 관련된 일이라 하여 판단을 유보하는 입장을 밝혔다.

　"내가 어려서 부모를 잃은 사람으로 생명을 이어갈 수 있던 것은 바로 곧 자궁(慈宮, 혜경궁 홍씨) 때문이다. 비록 봉조하(홍봉한, 외할아버지)의 죄가 용서할 수 없는 것에 관한 것이라 하더라도 봉조하는 곧 자궁의 아버지이고 나는 자궁의 아들이다."

　자신의 외할아버지 홍봉한이 죄가 없다는 이야기는 한마디도 없고 다만 인간적 고민 때문에 판단을 못 하고 있다는 입장을 밝혔다.

　그러나 홍봉한(洪鳳漢)을 탄핵하는 삼사의 상소가 연일 계속되자 정조는 일단 홍인한(홍봉한의 이복동생)에 대해서만 유배를 명했다. 홍인한은 아버지 사도세자를 죽이고 자신을 위협한 불구대천의 원수였다. 따라서 그 명이 단호할 수밖에 없었다.

"저 홍인한은 성질이 본시 어리석고 외람되며 학식은 '제(帝)' 자와 '호(虎)' 자를 분간하지 못할 정도다. 그 형의 아우이기에 선왕의 큰 은덕을 입고 차근차근 승진하여 3사(三事. 정승)의 지위에 이르렀으니, 진실로 마땅히 그 은혜에 보답하여야 함에도, 도리어 즐거움을 탐내는 것을 묘한 계책으로 여기고 은총을 파는 것을 능사로 삼았으며, 심지어는 내가 대리청정을 하려 할 때 '세손은 정치를 알 필요가 없다'는 말을 쉽사리 자기 입으로 말하고도 오히려 두려워할 줄을 몰랐으며, 대간의 상소가 나오기에 이르러서는 도리어 대항하여 반박할 생각만 하고 뉘우치거나 두려워할 도리는 생각하지 않았다."

그러나 정조의 명이 단호할수록 홍인한을 중심으로 한 반대 세력의 저항도 만만치 않았다. 이때부터 생사(生死)를 앞에 둔 한판 승부가 기다리고 있었다. 그만큼 홍인한이 정후겸과 손을 잡고 조정 안팎에 심어둔 세력은 크고 영향력이 대단했다.

즉위 3개월이 되어가던 6월 20일 정조는 3정승과의 논의도 거치지 않고 자신이 총애하는 이조판서 서명선(徐命善)을 예조판서로 임명하고 이조판서에는 이휘지(李徽之)를 임명했다.

병조판서에는 구선복(具善復)을 뽑아 임명했다가 효의왕비와 어머니(혜경궁 홍씨)가 반대하자 다음 날 바로 구선복의 병조판서 임명을 취소하고 자신이 신임하던 채제공을 병조판서로 삼아 병권을 장악했다.

구선복의 경우 정조가 훗날 "역적 중의 역적임에도 불구하고 사정이 있어 군 요직에 맡겨야 했다"고 회상한 인물이었다.

구선복은 인조 때 공신의 적정자라고 우대받던 구일(具鎰)의 증손자였다. 그에 못지않게 비슷한 시기에 병조판서, 훈련대장, 금위대장, 총융사 등을 역임한 구선행은 구선복과 6촌 형제였다.

구씨 집안은 일관되게 서인 노론의 길을 걸으며 군사적 기반이 돼온 무반벌족(武班閥族, 무신 집안)으로서 명문 훈척 세력이다. 아무리 구선복을 '역적 중의 역적'이라 생각했다 하더라도 이 거대한 세력을 모두 등질 각오를 하지 않고서는 막 권좌에 오른 정조로서는 손쓸 길이 없었다.

정조는 이 문제를 심각하게 생각하고 있었다. 자칫 저들이 군사를 이끌고 반란이라도 일으킨다면 자신의 정권이 위험해질 수 있다고 판단했다.

정조는 자신이 결정할 수 없는 심각한 문제는 반드시 효의왕비와 상의하곤 했는데 효의왕비는 이 문제에 대해서는 시어머니 혜경궁 홍씨와도 같이 상의하자고 하였다. 이렇게 모인 자리에서 먼저 혜경궁 홍씨가 말문을 열었다.

"구선복은 나의 남편이자 주상의 아버님 되시는 사도세자의 원수 중의 원수입니다. 주상은 아버님이 뒤주에 갇혀 있을 때 그자가 어떤 짓을 했는지 잊으셨습니까? 당장 찢어 죽여도 여한이 없는 자입니다. 그자를 살려둔다면 내 가슴속 천추의 한이 될 뿐만 아니라 언제든 주상에게 대적할 것이니 이번 기회에 처단하는 것이 이 어미는 맞다고 봅니다."

"중전의 생각은 어떠시오?"

"저도 어머님과 뜻이 같사옵니다, 마마께서는 구선복이 군사를 일으켜 반란을 일으키지 않을까, 그것이 걱정이겠지만 지금의 형세로 보건대 그런 일은 일어나지 않을 것입니다. 그리고 저는 이미 병조판서 채제공 대감을 시켜 모든 장수로부터 마마께 충성한다는 맹세문을 받도록 하였습니다."

"중전은 언제 그런 생각까지 한 것이오? 채제공 대감도 나에게 아무 말도 없었는데 정말 그렇게 한 것이오?"

"네, 마마! 제가 이 일은 비밀로 하라고 병조판서에게 당부하여 아마 그렇게 했을 것입니다. 이제 마마가 걱정하시는 일들은 정리가 되었으니 어머님 말씀대로 구선복을 척결하십시오!"

정조는 복수의 칼을 뽑아 들었다. 그들을 내치지 못한다면 국왕으로 재위하는 동안 그들에게 휘둘릴 게 뻔한 권좌였다. 그럴 바에는 승부를 걸어야 한다는 효의왕비와 어머니의 주장을 정조가 받아들인 것이다.

"모든 권력을 쥐고 있는 지금이 적기일 것이다. 왕비의 말처럼 지금 그들을 내치지 않는다면 그들은 다시 규합해서 평생 나를 쥐고 흔들 것이다."

당해야 하는 신하들의 입장에서는 칼을 피하거나 맞서거나 둘 중 하나였다.

반대로 홍인한이나 정후겸 쪽에 섰던 사람들은 맞서지 않을 수 없었다. 이조판서와 병조판서 임명을 둘러싼 혼란이 한창이던 6월 23일 홍인한의 심복이던 홍문관 수찬 윤약연(尹若淵)이 상소를 올렸다.

윤약연이 수찬이 된 것도 홍인한 덕분이었다. 이 상소에서 윤약연은 자신의 뜻을 밝혔다.

"주상전하! 정후겸은 죽을죄를 지었지만, 홍인한은 세손을 위협하지 않았기 때문에 용서해 줘야 한다고 봅니다. 정 처결하시겠다면 선왕 영조의 인산(因山, 장례)이 끝난 후에 실상을 조사하여 홍인한 등을 처벌해도 늦지 않사옵니다."

정조는 윤약연을 직접 불러 따졌다.

"역적을 비호하는 것도 역적이다."

그리고는 윤약연이 "영조의 인산(因山, 제사)이 끝난 후에 실상을 조사하여 홍인한 등을 처벌해도 늦지 않다."고 한 대목을 들어 그 때에 맞춰 역모를 준비 중인 것으로 단정했다.

윤약연에 대한 친국이 열렸고 여기서 정조는 자신의 분신인 홍국영을 죽이려는 움직임이 있다는 이야기를 하며 누가 주동자인지를 물었다. 이에 윤약연은 홍상간(洪相簡), 이성윤(李成允), 홍찬해(洪纘海), 민항렬(閔恒烈), 이경빈(李敬彬) 등이라고 답했다. 고문에 못 이겨 자신에게 상소하도록 시킨 인물들을 실토하였다.

홍상간이나 이경빈 등은 어릴 때 세손의 공부를 가르쳤던 사람들이다. 이들의 죄는 역모라기보다는 정조의 측근인 서명선과 홍국영을 비판하려 했던 것이다. 그러나 정조는 그것을 역모라고 선포했다.

이들은 일단 절도에 유배 조치됐다. 그리고 홍인한 세력이 다시 들고 일어날 것을 우려한 정조는 홍인한을 그대로 두는 것은 화근이 될 수 있다고 판단했다.

결국 고금도로 유배를 갔던 홍인한은 경원으로 유배가 있던 정후겸과 함께 같은 날인 7월 5일 사약을 받아 저세상으로 떠났다. 그리고 같은 날 홍상간과 민항렬도 복주(伏誅, 형벌을 순순히 받아 죽게 함)됐다.

하지만 이러한 결정은 혜경궁 홍씨에게는 치명적인 상처를 주는 일이었다. 홍인한은 혜경궁 홍씨의 작은아버지기에 혜경궁 홍씨의 친정이 세자의 왕위 등극을 방해한 세력으로 확실하게 낙인찍힌 것이었다.

그 때문에 혜경궁 홍씨는 홍인한을 신원(伸冤)하기 위해 애를 썼지만 받아들여지지 않았다.

사실 작은아버지라고 하지만 아버지 홍봉한과 홍인한은 이복형제였다. 홍인한이 사사될 때 혜경궁 홍씨가 나서서 적극적으로 아들 정조를 말리지 않은 것도 이런 배경 때문이었다. 뒤에 정조는 홍인한을 사사하면서,

"자궁(慈宮, 혜경궁)께서 분부하시길, "비록 사사로운 은정(恩情)이 앞서기는 하지만 왕법은 지극히 엄격한 것이어서 여러 신하들의 호소를 마침내 굴복하게 할 수도 없고, 대관(臺官)들의 탄핵 상소도 여러 날 계속 올라오는데, 어찌 내가 불안하게 생각하여 국가의 체면을 손상시키겠는가, 라고 하셨다."

하지만 말은 그렇게 했지만 혜경궁 홍씨의 입장에서는 섭섭하지 않을 수 없었다. 1776년 7월 혜경궁 홍씨가 작은아버지 홍인한이 사사(賜死, 임금이 신하에게 자결을 명령함)되는 것을 보고 효의왕비에게 눈물로 통곡하며 말하기를,

"내 눈물은 사사로운 정이고 원통은 원통이나, 나라를 위하는 길은 더더욱 충성을 다하는 것입니다. 내 나라를 돌아보아 작은아버지의 죽음은 잊으려고 합니다. 다만 아버님(홍봉한)이나 몸을 보전하시기를 바랄 뿐입니다.

아버님께서도 당한 일이 망극하나 다른 신하들과 지위가 다르니, 임금의 처분을 기다려 거취를 정하시려고 삼호집에서 정숙하고 계시는데 만고 천지간에 인륜도 몰라보고 못된 자들이 첩첩한 무욕(誣辱, 거짓을 꾸며 욕을 보임)으로, 임금의 외할아버지를 해치고자 하고 있습니다.

내 인덕이 모자라 흉악한 자들이 이리하니, 이 몸으로 아버지의 억울함을 시원히 밝히고 죽고자 하지만, 주상의 심정을 생각하여 차마 결단치 못하였습니다. 이것이 결국 하나는 나약한 행동이요, 둘은 주변에 사람이 없는 탓이라고 할 수 있지만, 그 마음을 파고들면 오로지 주상만을 위해서 그러는 것입니다."

그 뒤 혜경궁의 아버님 되는 홍봉한 대감은 가족(홍인한)이 역적으로 몰려 죽임을 당했으니, 자신의 집안도 자숙해야 한다며 무욕(無慾, 욕망과 욕심을 버림)한 상태로 8월에 급히 고향 문봉으로 가자고 하니 자식 된 도리로 혜경궁 홍씨와 온 가족이 따랐다. 그때 혜경궁 홍씨 떠나면서 효의왕비에게 말하길,

"하늘에 사무치는 설움이야 어찌 말로 하겠습니까? 내 선왕(영조)의 지극한 은혜를 받았으니 어찌 선왕 제사에 참여하지 않으며 곡읍(哭泣, 소리 내어 슬피 욺)을 하지 않겠습니까?

하지만 작은아버지께서 사사되는 지경에 이르러 마음은 망극하여 제사에 참여하려 했으나 아버지에 대한 공격이 거세게 빗발쳐 설움과 분함이 넘쳐 살아 있을 마음이 없습니다.

또한 죄인으로 지목된 사람의 자식이 예사로이 움직이면 염치도 인사도 모르는 사람이 될 것 같아 내 선왕의 발인이 끝난 8월부터 문을 닫고 칩거하여 아버지 거취와 사생(死生, 삶과 죽음)을 같이 하여 지게문 밖을 나간 바 없었습니다.

다만 주상이 오실 때면 머리를 들어 뵈었을 뿐입니다. 주상이 어미의 이런 모습을 보셨으니 어찌 어미 서러워하는 것을 보고자 하시겠습니까? 매번 나를 대할 때면 불안해하고 시름에 잠기시니, 나 역시 주상 마음이 상할까 도리어 부드러운 표정을 지었습니다.

아버지(사도세자)께서 겪으신 망극한 일도 있는데, 셋째 동생(洪樂倫, 홍낙윤)이 역적의 명부에 오르니 어쩔 도리가 없었습니다. 아우가 세상의 미움을 받음이 다 내 탓이니, 내가 왜 살아서 이런 참담한 지경을 보는지 모르겠습니다?"

피눈물을 흘리며 애통해하는 시어머니를 본 효의왕비는 임오화변 때의 일이 스쳐 지나갔다. 그때 영조의 명으로 사도세자를 죽이려고 홍봉한 대감이 창경궁 밧소주방의 뒤주를 가져가는 것을 지켜보다가 시어머니 혜경궁 홍씨가 자신이 가지고 있던 단도로 두 차례나 자결하려 시도했으나 주위 사람들이 만류하여 겨우 목숨을 부지했었다.

"어머님! 어머님마저 이러시면 상감마마께서는 어떠시겠습니까? 아직은 힘이 약해 저들의 주장을 수용하고 계시지만 상감마마께서는 무슨 일이 있어도 홍봉한 대감을 비롯하여 외가를 지키실 것입니다. 저 또한 그리할 것입니다. 믿고 마음을 가라앉히십시오."

효의왕비는 시어머니에게 할 말이 없었다. 남편 정조가 이제 막 왕위에 오르자마자 반대파들의 공격에 어머니 친정이 수난을 당하니 언젠가는 남편 정조가 직접 외가에 대한 명예 회복을 나설 수 있기만을 천지신명께 기도할 뿐이었다.

정조의 결단에도 불구하고 반대 세력은 남아 있었다. 외할아버지 홍봉한을 넘어야 최종목적지인 대비 정순대비의 세력을 제거할 수 있었다. 하지만 홍봉한의 경우 사도세자 문제나 세손 시절 자신을 위협했던 문제를 놓고 볼 때 정후겸이나 홍인한과는 전혀 다른 길을 걸었다.

아버지 사도세자를 적극적으로 살리지 못한 책임은 있지만 홍인한처럼 음모에 적극 가담하지도 않았고 특히 정후겸이나 문성국 등이 세손 시절 자신의 즉위를 방해할 때 반대쪽에 서서 정조의 즉위를 적극 지원했다. 게다가 어머니 혜경국 홍씨의 아버지이자 자신에게는 외할 아버지였다.

아니나 다를까 정조가 즉위한 지 보름쯤 지난 3월 27일 동부승지 정이환(鄭履煥)이 상소를 올려 홍봉한을 정면으로 탄핵했다. 지은 죄가 천만 가지가 넘어 주토(誅討, 처벌)해야 할 첫 번째 인물이라는 것이었 다.

사도세자를 죽음으로 몰아넣고 뒤주를 갖다준 장본인도 홍봉한이 고 홍인한이 정조가 세자 시절 대리청정을 저해하려 한 배후에도 홍 봉한이 있었다는 게 정이환의 주장이었다. 그것이 사실이라면 홍봉한 은 몇 번 죽고도 남음이 있었다. 정조는 일단 홍봉한은 처벌하지 않겠 다는 입장을 분명히 했다.

"전후 사정을 따져보고 결정할 것이니 그대들은 더 이상 이 문제를 논하지 말라!"

홍봉한은 정이환의 상소가 있자 관례에 따라 도성을 떠나 한강 너머 에 머물고 있었다. 일단 역적이라는 상소가 올라오면 죄의 유무를 떠 나 도성 밖에서 임금의 결정이 있기 전까지 대기하는 게 원칙이었다.

4월 29일 정조가 사람을 보내 홍봉한을 위로하자 홍봉한은 이때 정 이환이 주장한 두 가지 핵심 문제에 대해 해명하는 글을 올렸다.

첫째 사도세자 문제와 관련해서는 이미 선왕(영조)이 명확히 해 둔 바와 같이 대의를 위해 결단한 것으로 자신과는 무관하며, 둘째 세손 저해와 관련해서는 누구보다 자신이 세손의 즉위를 바랐던 사람이라 며 억울하다고 말했다.

이에 대해 6월 17일 정조는 홍봉한은 홍인한과는 다르다고 답했다. 정조는 홍봉한에게도 죄가 없는 것은 아니지만 어머니 때문에 용서해 준다는 생각이었다.

이런 가운데 8월 22일 성균관 유생들이 '역적' 홍봉한을 죽여야 한다고 합동상소를 올렸다. 또 홍봉한을 구명하려 한 이덕사(李德師), 이용원(李容元)도 역도이므로 함께 처벌해야 한다고 성토(聲討, 여러 사람이 모여 잘못을 소리 높여 규탄함)했다. 물론 노론 반대파들의 계략이었다. 이 같은 상소가 연일 올라오자 혜경궁 홍씨는 단식으로 맞섰다. 이에 정조는 눈물로 하교를 내렸다.

"불초하고 외로운 내가 의지하고 목숨을 부지한 것은 곧 우리 자궁(慈宮, 혜경궁 홍씨) 때문이었다. 자궁께서 수라를 드시지 않고 잠자리가 편치 못하신 지 이제 며칠이 되었으니, 비록 우러러 위로하려고 하나 나 또한 드릴 말이 없다. 봉조하(홍봉한)가 군사를 동원하여 대궐을 침범하였으며 암실(暗室)에서 역적 모의라도 했단 말인가?"

자식 된 도리로 어머니를 살리고자 죄가 명확하지도 않은 봉조하를 처벌할 수 없다고 눈물로 호소하는 정조의 효심에 이 문제는 그럭저럭 넘어가게 되었다.

제13장
정순대비의 오빠
김귀주를 제거하다

즉위 초 한성부 부윤이라는 비교적 한직을 맡고 있던 정순대비의 오빠 김귀주는 정조 즉위년(1776년) 9월 3일 상소를 올려 자신이 임진년(영조 48년, 1772년)에 올린 홍봉한 탄핵 상소는 정당하다는 점을 누누이 강조했다. 또 척신(戚臣, 임금과 성이 다른 일가의 신하)을 무조건 배척만 하려고 하지 말 것을 강조했다.

아마 김귀주는 왕실의 친척 즉 척신을 무조건 처벌했다가는 나중에 후회할 수도 있다는 것을 강조하고 싶었던 것이다. 그런데 김귀주가 정조의 외할아버지 홍봉한을 물고 늘어진 것이 큰 실수였다.

홍봉한을 죽여야 한다는 성균관 유생들의 합동 상소를 눈물로 호소하여 이를 진정시킨 일이 채 한 달도 안 되었는데, 그 일을 또 끄집어내 분란을 야기하는 김귀주를 정조는 그냥 놔둘 수는 없었다.

아무리 정순대비의 오빠라고 한다고 해도 국정을 또다시 혼란에 빠지게 하려는 김귀주에게 정조는 단호하게 말했다.

"말한 바가 지나치다. 어디 감히 과인의 외할아버지이자 자궁(혜경궁 홍씨)의 아버지 되시는 분에 대한 척결을 그리 쉽게 하느냐! 또한 과인은 분명히 말했다, 쉬운 결정이 아니라고. 그럼에도 불구하고 그대가 과인을 농락하는 것이냐?"

그리고 엿새가 지난 9월 9일 정조는 김귀주를 흑산도로 유배토록 할 것을 명했다. 그리고 신하들에게 자신이 봉조하(홍봉한)를 일방적으로 편들어 이런 결정을 내린 것이 아니라 김귀주의 잘못이 커서 그렇게 했는데 어떻게 생각하는지 물었다. 그런데 신하들은 아무런 대답이 없었다.

"김귀주가 두려워 이렇게 아무 말이 없는가? 아니면 대비의 눈치를 보는 것인가? 그대들은 내가 진정 이 나라의 국왕으로 보이긴 하는 것인가?"

그제야 한두 명씩 마지못해 입을 열기 시작했다. 다음 날에는 김귀주를 구원하려 했다는 이유로 예문관 제학 정이환을 삭탈관직하고 문외출송(門外出送, 죄지은 자의 관직을 빼앗고 한양 밖으로 추방하는 일) 시켰다. 이제 누구도 김귀주나 정이환을 편들기 곤란한 상황이 되었다.

이런 상황을 예의 주시하던 정순대비는 오빠 김귀주를 가만히 지켜볼 수만은 없었다. 이대로 놔둔다면 언제 죽을지도 모르는 일이었다.

"어떤 수를 두어야 오라버니를 구할 수 있단 말인가? 상감마마의 성격이야 불같지만 원칙을 지키는 사람이고, 오라버니 김귀주 대감은 사도세자의 죽음을 재촉했던 사람이 틀림없지 않은가?

게다가 오빠 김귀주 대감은 임진년(1772년, 영조 48년) 공조참의로 있을 때, 청의(淸議, 깨끗하고 공정한 언론)와 명절(名節, 명분과 절의)을 우선하는 정치적 결사 모임인 청명류(淸名流)가 발각되어 선왕의 탕평책에 대한 배신자로 지목, 유배되는 사태가 발행하기도 하지 않았던가?"

김귀주는 당시 홍봉한과 같은 외척정치의 탓으로 돌려, 사촌동생 김관주(金觀柱)와 함께 홍봉한을 제거하는 것이 의리라는 소를 올렸었다.

당시 홍봉한은 왕세손이던 정조의 외가였으므로, 이 상소는 왕세손의 위치를 위협하는 행위로 간주되어 오던 차, 그 세손이 국왕으로 즉위하면서 역적으로 지목되었던 차에 또다시 홍봉한을 처벌해야 한다고 주장하자 정조에 의해 유배되었던 것이다. 이런 상황에서 정순대비는 오빠 김귀주를 방면할 방법이 뚜렷하게 생각나지 않았다.

"최 상궁 밖에 있느냐?"

"네, 대비마마."

"최 상궁은 사간원으로 어서 가서 정언 한후익을 조용히 내게 모시고 오너라!"

잠시 후 사간원 정언(正言, 사간원 정6품 관직) 한후익이 대비전으로 들어오자, 정순대비는 반가이 웃으면서 최 상궁에게 다과를 들이도록 명하였다.

"대비마마, 어인 일로 소인을 부르셨습니까?"

"내 정언에게 한 가지 부탁이 있어 이렇게 긴급히 불렀습니다."

"소인 같은 미천한 직급에 있는 저에게 어떤 분부이신지 모르겠지만 하명하옵소서."

"무슨 소릴. 사간원 정언이 누구나 함부로 된답니까? 국왕에게 간쟁과 탄핵 인사 등을 직보할 수 있는 자리가 또 어디 있단 말입니까?

내 돌려 말하지 않고 바로 말하지요. 지금 나의 오라버니 되시는 김귀주 대감이 곤경에 처한 것을 잘 알고 계시지요? 곧 흑산도로 유배를 가시는데 주상을 설득할 방법이 없습니다. 김귀주 대감도 사도세자의 죽음에 깊이 관여하여 내가 말릴 명분도 없고 주상 역시 오래도록 아버지의 복수심에 사로잡혀 칼을 휘두르고 있는데 이 문제를 어떻게 해결할지 방도를 모르겠어요.

정언이야 주상의 신뢰가 강하고 학문 또한 남들과 달리 우수하여 주상이 아끼는 것을 내 잘 알고 있습니다. 당장 유배를 막을 방법을 찾고자 하는 것은 아니고, 주상께 유배 후 김귀주 대감에게 사약만은 내리지 않도록 해 달라는 청을 드리고자 이렇게 한 정언을 부른 것입니다. 달리 방도가 없겠습니까?"

사실 정언 한후익은 정순대비가 자신을 부를 때 이미 어떤 부탁을 할지 알고 있었다. 자신과 같이 낮은 하급 관리에게 궁궐의 내명부 최고 어른인 대비가 자신에게 할 부탁이라는 게 뻔한 것이었다.

하지만 지금의 국왕은 절대 불의와 타협하지 않는 사람이 아닌가. 아무리 국왕이 자신을 아낀다고 하나 할 말과 하지 못할 말이 따로 있었다.

그럼에도 대비를 위해 무언가는 해야 했다. 그 일은 어쩌면 정순대비와 오빠 김귀주 대감을 위해서도 좋은 일이기도 하지만 지금의 임금을 위해서도 좋은 일이 될 수도 있었다.

만약 국왕이 김귀주 대감을 유배 보내 사약까지 내린다면, 영원히 대비와는 적이 될 수밖에 없다.

지금은 발톱을 드러내지 않고 있지만 만약 적이 된다면 사도세자를 죽음으로 몰고 간 자들이 모두 힘을 모아 임금과 대립할 것이 뻔한 일이었다.

"황공하옵니다, 대비마마! 저에게 시간을 주시면 길을 찾아보도록 하겠습니다."

"그래 나는 한 정언을 믿고 있겠소."

그리고 두 달쯤 지난 11월 21일 사간원 정언 한후익이 의미심장한 상소를 올렸다. 모두가 정조의 눈치를 보고 있다는 것을 모를 리 없는 가운데 올라온 상소라 더 눈길이 갔다.

"전하께서는 영명(英明, 좋은 명성이나 명예)한 자질을 타고 나셨는데 어렵고 걱정스러운 때를 당하여 환란을 우려한 것이 길고도 원대하였고 변(난리)에 대처한 것이 주밀하고도 상세하였습니다.

따라서 환란을 방지하여 성궁(聖躬, 임금을 높이 부르는 말)을 보전하고 흉역을 다스려 종사(宗社, 나라일)를 편안히 한 것이 모두 혼자서 운용한 신기(神氣, 신비로운 운기)에서 나왔습니다마는 이는 한때의 변에 대비할 수는 있어도 오래도록 행할 수 있는 방도는 아닌 것이며, 위의(危疑, 의심이 나서 마음이 불안함)스러운 때에는 사용할 수 있지만, 평상시에는 사용할 수 없는 것입니다.

앞으로 일어날 일들은 아직도 잔존해 있어 계속 달리는 말에서 천하를 다스리려 하는 것은 때에 따라 번역(飜譯, 뒤집다)시키고 사의에 맞게 하여 도를 따르는 데는 알맞은 조처는 아닌 것 같습니다.

정이환과 김귀주가 서로 친한 것은 특별히 의리가 있고 성격이 비슷하기 때문입니다. 따라서 서로 친하고 좋아한다고 역모를 했다고 할 수 없습니다.

그의 선조(先祖)인 고(故) 상선(相臣, 정승) 정철(鄭澈)이 청양군(靑陽郡), 심의겸(沈義謙)과 함께 역적 윤원형(尹元衡)을 공척하였고, 그의 조부(祖父)인 고 상신 정호(鄭澔)는 고 상신 민진원(閔鎭遠)과 함께 오흉(五凶, 5

명의 나라의 역적)을 공척했는데, 정철과 심의겸, 정호와 민진원은 모두 막역한 교분을 맺고 있었으나, 그렇다고 정철을 심의겸과 역모를 꾀했다고 할 수 있겠으며, 정호가 민진원과 역모를 했다고 할 수 있겠습니까?

전하께서 그의 선조와 후손 가운데 하나는 취하고 하나는 버리는 것은 무슨 까닭입니까?

처지가 서로 비슷함에도 사감(私感, 개인적인 감정)으로 난작(亂斫, 잘게 쪼갬)을 토죄(討罪, 저지른 죄목을 엄하게 꾸짖음)할 수 없고, 서로 친했던 사이일 경우에는 같이 동등하게 처벌하지 않는다면 천하에 어찌 이런 이치가 있을 수 있겠습니까?"

이것은 누가 보아도 김귀주나 정이환을 거들기 위한 것이 아니라 충간(忠諫, 충성스러운 간언)이었다. 게다가 아무리 사간원 정언이라도 하급 관리가 이렇게 지나간 사례를 들면서 조리 있게 정조의 결정을 반박할 수 있다는 것은 그만큼 학문과 재능이 뛰어나다는 것을 알 수 있었다.

게다가 정조는 이미 그 어느 누구도 따라갈 수 없는 높은 학문을 지닌 조선 최고의 지식인이었다. 그래서 그런지 정조는 약간 부끄러워하며 답했다.

"지금 그대의 이 상소는 내가 임금으로 앉은 후 처음 듣는 바른말이라고 할 수 있다. 마음 씀씀이의 음미한 부분에 대해 언급한 것은 진실로 가상히 여겨 찬탄(讚歎, 칭찬함)하는 바이다.

그러나 김귀주가 청양(靑陽, 심의겸), 문충(文忠, 민진원)과 같고 정이환이 문청(文淸, 정철), 문경(文敬, 정호)을 뒤쫓을 만한 것에 대해서는 내 생각에 그 말이 미더운 것인지 모르겠다. 그대의 말이 혹 지나친 것이 아닌가? 그 나머지 여러 가지 힘써 전달한 것은 모두가 사건에 대한 적절한 처방이니 마땅히 유념하겠다."

하급 관리의 충언은 정조가 아니었다면 파직되거나 심지어는 귀향까지 갈 수 있는 행동이었지만 정조는 인재를 아끼는 바른 군주였다.

바로 다음 날 사헌부 장령 윤재수(尹載洙)는 역적 김귀주의 편을 들은 한후익이 당주(唐主, 노론 벽파)를 비호하기 위해 상소를 올린 것이니 유배형에 처해야 한다고 했으나 정조는 윤허하지 않았다. 그 당파라 하더라도 올린 말이 정당하고 사리에 맞기 때문이라는 것이었다.

이때 정조는 즉위 첫해의 김귀주에 대한 조치를 좀 더 심사숙고할 필요를 느끼고 있었다. 원래 정조의 외할아버지 홍봉한은 김귀주에 대해서는 극진하게 대했다. 그것은 당시 정조가 세손으로 있을 때 세손에게 도움이 되리라고 보았기 때문이었다.

더군다나 김귀주는 바로 정순대비의 오빠였다. 영조가 죽고 나서 정순왕비는 정순대비가 되었고 내명부의 최고 어른임과 동시에 향후 조정의 정세는 어떻게 돌아갈지 모르는 일이었다.

정순대비와 정조의 나이 차이는 불과 8년밖에 나지 않았다. 그럼에도 불구하고 친할머니처럼 모시는 정조와 효의왕비의 효심으로 큰 불만 없이 사이좋게 지내고 있었다. 하지만 오빠 김귀주가 설치고 다녀 내심 정순대비는 불안하기도 했다. 자신은 당파를 떠나 왕실이 평안하기만을 바랐다.

오빠 김귀주가 역풍을 맞아 요직에서 쫓겨났지만 정순대비는 변함없이 혜경궁 홍씨와 왕비를 따뜻하게 대해주었다.

홍씨 역시 자기보다 아홉 살 아래인 정순대비를 지성으로 섬겼다.

이런 이유 때문에 정순대비는 정조가 즉위한 후 오빠 김귀주가 어떻게 될 것인지 말없이 지켜보고 있었을 뿐이다.

그런데 시간이 지나면서 홍봉한에 대한 견제가 심해지고 김귀주가 나름의 세력을 형성하면서 두 집안 사이에 간극이 생기기 시작했다.

반면 김귀주는 대비를 믿고 세손을 감싸는 홍봉한을 멀리하고 자신에게 아부하는 정후겸과 홍봉한의 동생 홍인한과 가깝게 지냈다. 그리고 김귀주는 자신의 사촌동생인 김관주(金觀柱)와 함께 홍봉한을 포섭하려고 하기도 했다.

정후겸도 마찬가지였다. 정후겸은 조금도 흔들지 않고 화완옹주(영조의 딸)의 비호를 받으며 세손을 위협했고 그 바람에 시어머니 혜경궁 홍씨와 세손빈이었던 효의왕비는 정후겸의 눈치를 살펴야 했다.

그러나 정조가 왕위에 오르면서 오히려 김귀주는 정조에 의해 역풍을 맞아 요직에서 쫓겨났다.

정조 즉위 초는 정순대비나 혜경궁 홍씨에게는 일생 중 가장 힘든 시기였다. 그리고 두 사람을 숨죽이며 지켜봐야 하는 효의왕비 역시 그러한 상황에 속이 시커멓게 타들어 가고 있었다. 그렇다고 이대로만 지켜볼 수는 없었다. 자신의 남편을 누구보다도 잘 알고 있었기 때문이다.

남편은 시아버지 사도세자를 죽음으로 몰고 간 자들을 결코 용서하지 않을 것이다. 어린 시절 자신과 남편은 시아버지가 어떻게 처참하게 죽어갔는지 똑똑히 보았다.

그렇다고 그 문제를 대놓고 남편에게 말할 수는 없었다. 자신은 남편 정조의 정치적 동반자이자 학문적 친구였지만 한 번도 자신이 먼저 정치 문제에 대해 이래라저래라 말한 적이 없었기 때문이다. 남편 정조가 어떤 사안에 대해 먼저 물어보면 자신의 의견을 피력했을 뿐이다. 하지만 정조는 효의왕비의 주장을 단 한 번도 무시한 적이 없었다.

그렇게 효의왕비는 이 문제를 남편 정조가 언제 꺼낼지 애타게 기다리고 있었는데 때마침 그날 저녁 정조가 침전에서 이 문제를 꺼냈다.

"중전, 김귀주 대감의 문제를 어떻게 해야 할지 모르겠소. 처벌은 해야겠는데 수위가 어느 정도 되어야 하는지, 그리고 정후겸 대감도 반드시 처벌해야겠는데 고모님(화완옹주)이 계시니 심사숙고하고 있지만 조만간 결정을 내려야 할 것 같소."

효의왕비는 이미 오래전부터 이 문제를 고민하고 있었다. 그래서 정순대비와 고모 되시는 화완옹주와의 친밀한 관계를 유지하고 그녀들의 속마음을 알기 위해 노력하고 있었다.

"마마, 기억나는지 모르겠지만 이 문제는 마마와 제가 세손 시절부터 같이 의논한 적이 있지 않습니까? 당시 마마께서는 눈물을 흘리시면서 아버님을 죽음으로 몰고 간 자들을 용서하지 않겠다며 손톱을 물어뜯곤 하셨죠. 저 역시 지금도 시아버님 돌아가신 날 피눈물을 흘리시던 마마를 생각하면 그날을 잊을 수가 없습니다.

하지만 이 문제는 신중에 신중을 기해야 합니다. 김귀주 대감은 정순대비 마마의 친오빠이시고, 정후겸은 비록 고모님(화완옹주)의 양아들이라 하지만 선왕께서 아끼시던 따님 즉 고모님의 아들이십니다. 척결은 순식간에 타협은 천천히 하라는 말이 있지 않습니까?

김귀주 대감은 시아버님 죽음에 직접 관여하셨지만, 처벌의 수위를 조절할 필요가 있습니다. 계속 유배의 결정을 늦추시면 김귀주 대감을 지지하는 세력들이 규합하는 시간을 벌어줄 테니 바로 유배를 명하시고 대신 사약은 내리지 마옵소서.

지금도 마마와 뜻을 달리하는 많은 노론들이 정순대비를 찾아오고 있고 언젠가는 그 세력들이 마마와 등을 돌릴 것입니다. 그때를 대비하기 위해 대감의 목숨을 거둬서는 아니 됩니다. 다만, 정후겸 대감은 결코 용서할 수 없는 사람입니다.

이미 마마께서도 정후겸 대감을 잘 알고 계시잖습니까? 고모님을 등에 업고 선왕 시절 얼마나 마마를 괴롭혔습니까? 언젠가는 마마의 등에 칼을 꽂으려 할 것입니다. 바로 척결하시고 정후겸 대감을 지지하는 세력 또한 마찬가지로 일벌백계(一罰百戒)하셔야 합니다.

고모님을 사랑하시던 선왕께서는 이미 승하하셔서 의지할 곳이 없으시니 대비마마 역시 오빠 되시는 김귀주 대감 문제로 고모님 편에 서지 못할 것입니다."

정조는 효의왕비의 조언에 아무 말이 없었다. 자신의 생각과 일치했기 때문이었다.

며칠이 흐른 뒤 정순대비는 혜경궁 홍씨와 효의왕비를 불러 함께 다과를 하면서 뜻밖의 말을 꺼냈다.

"왕비께서 주상께 김귀주 대감에게 사약만은 내리지 말아 달라고 부탁했다지요?"

순간 효의왕비는 너무 놀라 정신을 잃을 뻔했다. 침실에서 은밀히 남편과 나눈 대화를 어떻게 알았을까? 궁금해하고 있는데 이를 눈치챈 정순대비가 먼저 말을 꺼냈다.

"놀라지 마세요. 주상께서 오늘 아침 내게 문안 인사를 오셔서 왕비께서도 김귀주 대감의 유배는 어쩔 수 없지만 사약만은 내리지 말아

달라고 부탁했다는 소릴 하시더군요. 내 어찌 김귀주 대감의 죄를 모르겠습니까. 하지만 내가 아버님보다 더 의지하고 계시는 분이라 언제 죽을지 불안하던 차에 왕비께서 그렇게 말씀하셨다는 이야기를 듣고 내 눈물이 났습니다. 왕비 고맙소."

라며 정순대비는 효의왕비의 두 손을 잡았다.

"대비마마, 김귀주 대감은 무사하실 것입니다. 다만 앞으로가 문제입니다. 대감께서 자중하시면 상감마마께서 다시 궁으로 불러들이겠지만 만약 정후겸 대감과 뜻을 같이하는 사람들과 다시 회합을 하거나 역심을 품는다면 무사하지 못할 것입니다. 그래서 말인데 무례를 무릅쓰고 대비마마께 한 가지 조언을 드리고 싶사옵니다."

"왕비, 어서 말해보세요. 내 영특한 왕비의 제안이라면 그리고 그것이 김귀주 대감을 살리는 일이라면 무엇이든 받아들일 것입니다."

"황공하옵니다, 대비마마! 우선 김귀주 대감을 위리안치(圍籬安置, 유배된 죄인이 거처하는 집 둘레에 가시울타리를 치고 가둠) 시키시는 게 어떨는지요? 비록 유배보다 더 큰 형벌이지만 김귀주 대감에게 사약을 내려야 한다는 신하들을 위로하고, 아울러 대감을 따르는 자들도 접근하지 못하게 하는 것입니다.

만약 대감의 의사와 관계없이 역심을 품은 자들이 대감과 접근을 시도한다면 대감은 사약을 받을 수밖에 없습니다. 대신 위리안치하고 나서 대궐의 상황을 살펴본 후 얼마 정도 시간이 흐르면 상감마마께 주청하여 유배지에서 나오도록 하겠사옵니다."

정순대비는 안도의 한숨을 내쉬면서 주상께 자신의 말을 전달해 달라면서 그동안 하지 못한 말들을 하기 위해 무거운 입을 열었다.

"내 이미 주상께도 말씀드렸지만, 주상의 아버님 되시는 사도세자의 죽음과 김귀주 대감과는 사실 관련이 없습니다. 당시 선왕(영조)께서 하명하셔서 왕명을 따른 것뿐이지요.

당시 사도세자의 죽임에 깊이 관여되어 있던 홍인한 대감이나 구선복 대감과는 달리 김귀주 대감께서는 사도세자의 죽음에 대해 안타까워하시면서 세손만은 지키려고 같은 당파 사람들과도 심한 논쟁을 벌이기도 했었습니다. 그리고 김귀주 대감의 지시에 따라 저 역시 세손을 지키기 위해 불손한 자들에게 수차 경고를 보내기도 했습니다.

당파가 같다는 이유로 반대편에 섰던 중신들이 김귀주 대감을 죽여야 한다고 하지만 실상은 그렇지 않습니다. 왕비나 혜경궁께서도 알고 계시듯이 세손을 지키기 위해 노력을 했을 뿐 그 어떤 위협도 가하지 않았습니다. 그러니 상감마마께 잘 말씀드려 김귀주 대감의 목숨만은 거두어 달라고 하세요.

이제 마지막 남은 나의 생과 집안의 안영(安榮, 무사함과 번영)을 위해 제가 간절히 부탁드린다고 말씀해 주세요."

정조 3년(1779년) 6월 28일 김귀주는 흑산도 유배지에서 위리안치라는 형벌이 더해졌다. 배소(配所, 귀양살이 하는 곳) 주위를 가시덤불로 둘러싸 출입을 완전 통제하는 조치였다. 물론 이 조치는 정순대비도 동의한 일이었다. 그러나 신하들이 김귀주를 죽여야 한다는 연이은 상소에 대해서는 정조는 답하지 않았다.

정조 4년(1780년) 3월 15일 정조는 이와 관련해 "여러 번 죽여도 마땅하지만 대비의 마음을 상할세라 염려하기 때문"이라고 말했다. 세손 시절 자신을 지켜준 대비에 대한 보은(報恩)이었다.

그리고 정조 8년(1784년) 8월 3일 정조는 마침내 김귀주의 위리안치를 풀고 육지로 나올 수 있도록 명했다. 이 또한 대비에 대한 보은이었다. 당연히 신하들은 벌 떼같이 들고 일어나 출육(出陸, 육지로 나옴) 조치는 부당한 것이라고 비판했다.

그러나 김귀주는 거처를 나주로 옮기게 됐고 2년 후 그곳에서 숨을 거뒀다. 다행스러운 것은 왕비의 부탁과 정조가 내린 현명한 결정으로 비록 신하들의 반대는 심했지만 정순대비의 마음을 위로하고 대감을 따르는 자들을 잠시나마 잠재울 수 있었다는 것이었다.

정조가 이렇게 김귀주의 처벌을 완화한 데는 그만의 이유가 있었다. 세손 시절 억울한 아버지 죽음을 목격하고 자신마저 살해의 위험 속에서 버텨 살아남으면서 언젠가는 아버지의 복수를 하겠다고 칼날을 갈았다.

그리고 왕위에 오르자마자 척리배척(戚里, 임금의 외척과 내척을 배제함)이라는 원칙에 사로잡혀 지나치게 강경론을 고집한 것이 정치적 어려움을 스스로 만들어 냈다는 자성에 이른 것이다.

특히 정후겸의 경우와 달리 김귀주는 딱히 역모를 꾀했다고 할 대목이 없었다. 김귀주의 죄는 정순대비와 오빠 김귀주의 심복이었던 별감 고정환(高晶煥, 고수애의 집안 사람)이 대궐 안팎에서 폐단을 일으켜 정조가 곤장으로 다스려 징계하도록 명했고, 고정환이 김귀주의 심복이었다는 이유로 처벌을 했던 것뿐이었다.

더욱이 자신을 끝까지 지켜주려 한 홍봉한까지 사도세자 보호에 소극적이었다는 이유로 배척한 것은 아무래도 지나친 것이었다. 이날 정조는 홍봉한에게 사후에나마 시호를 내리면서 이렇게 말했다.

"더구나 역적 홍인한은 평일에 그의 형(홍봉한)에게 공손하거나 화목하지 못해서 따로 문정(門庭, 선문 또는 가르침의 요지)을 세우지 못한 것에 대하여서 사람들이 누가 모르겠느냐?

그의 본래의 흉악하고 패악한 버릇은 비단 봉조하(홍봉한)의 깊은 우려와 숨은 고통이 되었을 뿐만 아니라, 바로 우리 자궁께서도 그러하셨으니, 이것은 내가 익히 들어서 알고 있는 것이다. 그(홍인한)가 기강을 어기고 순종하지 않았을 때는 의리를 가지고 결단하였으니 그것이 봉조하에게 무슨 관계가 있겠는가?

그리고 한마디 밝혀야 할 것이 있는데, 봉조하는 바로 자궁의 부(父)이고, 나의 외조부이다. 그가 나에게 어찌 털끝만큼이라도 성의가 부족할 만한 행동을 했겠는가?"

정조가 이런 말을 한 것은 젊은 시절 자신의 행동을 어느 정도 후회하고 있었기 때문이었다. 당시 정조는 너무 젊었고 또 피해의식이 극에 달해 믿을 수 있는 사람이 없었다. 외할아버지와 어머니도 믿을 수 없는 지경이었다.

즉위하는 날 "나는 사도세자의 아들"이라고 선언한 것부터 실은 미숙한 행동이었다. 그것은 미래가 아니라 과거를 선택하겠다는 선언과 다름 없었기 때문이다.

그로 인해 정도를 지키려고 했던 정조는 혹독한 대가를 치러야 했다. 해마다 일어난 반란과 반역이 그것이었다.

제14장
홍계능의 역모와 남편의
이복동생 은전군의 죽음

1777년 정유년(정조 1년) 7월 28일 정조는 여느 날과 마찬가지로 파조(罷朝, 집무 종료)하고 나서 경희궁 내 침소인 존현각에서 촛불을 켜 놓고 밤늦도록 책을 보고 있었다. 마침 그때는 곁에 있던 내시마저 호위하는 군사들이 제대로 근무를 서는지를 살피러 보내서 곁에 아무도 없었다.

그런데 갑자기 발자국 소리가 보장문 동북쪽에서 회랑 위를 따라 은은하게 들려왔고, 어좌(御座, 임금이 앉는 자리)가 있는 가운데 방쯤에 와서는 기와 조각을 던지고 모래를 던지며 쟁그랑거리는 소리를 내고 있었다.

정조가 한참 동안 조용히 들어보니 도둑이 들어와 임금이 있는지를 시험해 보고 있는 것 같았다. 이에 정조는 직접 내시와 궁궐 하인들을 불러 횃불을 들고 가운데 방 위 지붕을 수색하도록 지시했다. 살펴보니 기와 파편과 자갈, 모래와 흙이 이리저리 흩어져 있고 마치 사람이 차다가 밟다가 한 것처럼 되어 있어 도둑질이나 염탐하려 한 정황이 의심할 여지가 없었다.

그런데 실은 이들은 도둑이 아니라 자객이었다. 임금이 있는 궁궐을 도둑질한다는 것은 있을 수 없는 일이기 때문이다. 정조는 궁궐 호위를 맡고 있는 금위대장 홍국영을 불렀다.

"어떤 놈들인지 철저히 조사해 밝히도록 하여라."

샅샅이 뒤졌지만, 범인은 종적을 감춘 뒤였다. 이런 일들을 시녀로부터 보고 받은 효의왕비는 남편 정조에게 한 가지 조언을 했다.

"마마, 경희궁은 너무 좁을 뿐만 아니라 오랫동안 궁을 드나들었던 자들이 많아 분명 마마의 일거수일투족(一擧手一投足, 동작 하나하나)을 감시했던 자들의 소행으로 보입니다. 제 생각에는 마마의 거처를 창덕궁으로 옮기시는 것이 어떻겠습니까? 창덕궁은 궁이 크고 길목마다 군사들이 지킬 경우, 외부에서 침입이 불가능한 곳입니다.

또한 누구의 짓인지 모르겠지만 감히 이 나라 국왕을 제거하기 위해 마마가 계신 존현각까지 침입했다면 이는 필히 마마와 적을 두고 있는 노론들의 소행이 아닐까 사료되옵니다."

정조가 왕비의 청을 받아들여 거처를 옮긴 후 자객 사건의 진상을 밝히려 했지만 오리무중이었는데 사건의 진상이 열흘이 지나 만천하에 드러났다. 8월 11일 밤 실패로 끝난 두 번째 자객이 침입했기 때문이다.

정조는 지난번 자객 침입 사건 직후 처소를 경희궁에서 창덕궁으로 옮겼다. 이날 밤 창덕궁 경추문 쪽을 넘던 자객이 수포군(밤에 궁궐의 문을 지키는 군사)에게 붙잡혔다. 범인이 누군가 그려준 창덕궁의 지도만 보고 침입하여 길을 헤매다 수포군에게 붙잡힌 것이었다.

체포된 인물은 전흥문이라는 말단 지방관리로 7월 28일에도 강용휘(姜龍輝)라는 자와 함께 경희궁을 넘봤던 장본인이었다. 심야에 정조는 창덕궁 편전인 선정전 뒤에 있는 숙장문(肅章門) 앞에서 친국을 했다. 살이 터지고 뼈가 으스러지는 고문에 못 이긴 전흥문은 사건의 전모를 털어놓았다.

홍술해(洪述海)의 아들 홍상범(洪相範)은 정조가 즉위하자마자 홍술해와 홍지해(洪趾海)를 섬으로 유배 보내고 이어 홍인한·정후겸을 사사하자 임금을 시해(弑害)하기로 결심하고 자객을 불러 모았다.

먼저 가까운 이웃인 호위 군관 강용휘를 포섭하는 데 성공했다. 강용휘는 돈이 없는 자신에게 1,500문을 주고 또 자신의 여종을 아내로 삼게 해주었으므로 역모에 동참하게 되었다.

그리고 홍상범이 살고 있던 홍대섭의 집에 홍동지라는 사람이 있었는데 홍상범과는 9촌 친척이었다. 그 집에서 비밀모의가 있었고 그 자리에는 김흥복이라는 사람도 있었다.

한번은 홍상범이 강용휘에게 함께할 수 있는 사람이 몇이냐고 묻자 강용휘는 20명은 족히 된다고 대답했다. 홍상범은 즉시 그 사람들의 이름을 써서 상자 속에 간직했고 날을 정해 대궐에 침입키로 했다.

7월 28일의 거사는 강용휘가 앞장섰다. 강용휘는 표창을 숨기고 전흥문은 칼을 들고 대궐로 들어갔다. 밖에서는 홍상범이 앞서 말한 20명을 거느리고 뒤를 살폈다.

그날 밤 전흥문과 강용휘는 개장국(된장을 푼 국물에 개고기를 넣고 갖은 양념을 해서 끓인 국) 한 그릇을 먹은 다음 대궐로 들어갔는데 안에서 강용휘는 강계창(姜繼昌)이라는 별감과 강월혜(姜月惠)라는 궁중 나인을 불러 임금이 어디 있는지, 지키는 군사들은 있는지, 없는지 있다면 그 수가 얼마나 되는지를 물었다.

이후 두 사람은 존현각의 가운데 방 위 지붕에서 기왓장을 들었다 났다 하고 모래를 흩뿌리면서 도깨비 시늉을 하며 겁을 주려 했다. 그 런데 갑자기 대궐 안이 환하게 밝아지면서 수색작업이 시작돼 서둘러 지붕에서 내려와 보루각 뒤 수풀 속에 숨어 있다가 날이 새고 나서야 자신은 홍원문으로, 강용휘는 금천교(창덕궁 다리)를 거쳐 수통문을 지 나 탈출했다.

그리고 강용휘가 다시 홍상범의 집에 모여 재차 도모할 것을 이야기 해 이날 들어오려다가 체포된 것이다.

이 말을 듣자 정조는 죄인들을 잡아들이라고 하명을 했다. 그리고 금위대장 홍국영은 군사를 풀어 별감 강계창과 궁인 강월혜를 붙잡아 왔다. 강월혜는 강용휘의 딸이었고 강계창은 조카였다. 궐내에 내통자 들을 키우고 있었던 것이다. 특히 강월혜는 고수애(高秀愛)라는 상궁과 그의 양녀 복빙이라는 상궁이 이미 자기 아버지 강용휘와 연계돼 있 었다고 털어놓았다.

뒤이어 고수애와 복빙이 붙잡혀 왔다. 상궁 고수애는 정순왕비 김씨 와 오빠 김귀주의 심복이었다. 고수애라는 이름을 들었을 때 정조는 상황을 어느 정도 짐작하고 있었다.

"별감 고정환(高晶煥, 고수애의 집안 사람)이 대궐 안팎에서 폐단을 일 으켜 죄가 진실로 용서할 수 없게 되었지만 내가 아량을 베풀어 곤장 으로 다스려 징계하고 격려하도록 명했던 것인데, 네가 감히 나에게 원망하는 말을 하고, 너의 온 족속들이 모두 김귀주의 집안과 친밀하 여 내가 그 김귀주를 처분했을 때도 감히 나를 원망하였다."

고수애는 모든 사실을 인정했다. 이어 강용휘가 붙잡혀 왔다. 전홍문의 공초(죄인에 대한 신문과 답변) 내용과 하나도 다르지 않았다.

이튿날 홍상범을 친국할 차례였다. 그런데 전홍문·강용휘가 체포되었다는 소식을 듣자 홍상범은 밤새 달려 전라도 쪽으로 숨어버렸다. 홍상범은 아버지 홍술해가 귀양을 가자 전주(全州)에서 숨어 지내며 몰래 상경(上京)하여 더러는 홍대섭(洪大燮)의 집에서 자고 더러는 홍신덕(洪信德)의 집에 자면서 홍필해 및 강용휘·전홍문과 함께 새벽이나 밤이면 서로 모여 불궤(不軌, 반역을 꾀함)를 도모했다.

먼저 홍대섭과 홍신덕이 잡혀 왔다. 홍대섭은 "홍상범은 전라도로 도망쳤다."고 털어놓았고 홍신덕은 모의가 6월부터 시작되었으며, 죽이려 한 사람은 임금이 아니라 도승지라고 거짓말했다. 도승지는 홍국영이다. 그리고 최세복(崔世福)과 박해근(朴海根)이라는 새로운 이름도 털어놓았다.

박해근은 승정원 사령이라는 말단 직책을 지낸 인물이다. 두 사람이 홍상범의 아버지 홍술해의 유배지를 오가며 이번 거사를 기획했다는 것이다. 사건은 조금씩 확대되고 있었다.

최세복과 박해근도 사실을 인정했다. 두 사람에 대한 친국이 한창일 때 의금부 도사가 홍상범을 광진에서 붙잡아왔다. 전라도에 있던 게 아니고 이때 막 광진에서 한강을 건너려다 체포된 것이다.

홍상범은 처음에는 모른다고 딱 잡아뗐다. 그러자 전홍문·강용휘와의 대질이 이뤄졌고 이때도 그들을 모른다고 잡아떼자 두 사람이 "네가 홍 판서의 조카 아니냐"며 따지자 결국 홍상범도 자인했다.

이후 관련된 아랫사람들의 공초(供招) 진술 결과 귀양 가 있던 홍술해가 도승지 홍국영에게 보복을 하기 위해 이런 일을 꾸몄다는 사실이 확인됐다.

일단 홍술해의 부인 효임(孝任)이 붙잡혀 왔다. 효임은 점방(店房)이라는 무당 점쟁이 등을 동원하여 저주를 하고 자객을 사 모아 정조에 대한 복수를 실행에 옮기려 했다고 털어놓았다.

더욱이 홍상범이 전홍문·강용휘 무리를 모집하여 존현각에 들어가 기회를 틈타 범상(犯上. 신하가 임금에게 하여서는 안 될 짓)하는 짓을 하도록 했다고 고백함으로써 효임은 복수의 대상이 도승지가 아니라 국가, 즉 임금이었음을 처음부터 실토했다.

범상(犯上), 즉 임금을 죽이려 했다는 것이다. 사건의 성격이 확 바뀌었다. 이에 홍필해(洪弼海)가 친국장으로 끌려왔다. 홍필해는 더 이상 숨기려 하지 않았다.

"신은 무과(武科) 출신으로 홍상간의 집에서 먹고 지내면서 홍상간이 복주(伏誅. 형벌을 받아들여 죽음)된 뒤에 아들 홍상범과 조카 홍상길의 무리가 항시 국가를 원망하는 마음을 품으며 언제나 하는 말이 '기필코 원수를 갚고 싶다.'고 하는 것을 지켜보아 왔습니다."

홍염해의 아들인 홍상길이 잡혀왔고 약간의 저항을 보이다가 모든 것을 시인했다. 더불어 홍상길은 궁궐 내 연루자를 다그치는 정조의 문초에 "이기동의 족친으로 나인이 된 사람"과 환관 안국래(安國來)를 털어놓았다.

홍상길에 대한 공초가 계속되는 가운데 사도세자와 경빈 박씨 사이에서 난 은전군 이찬(李禶. 사도세자의 5남이자 정조의 이복형제)을 정조 시해 후 새로운 왕으로 추대하려 했다는 충격적인 실토가 나왔다.

단순 복수극이 아니라 시나리오가 있는 '반정(反正)' 모의였다. 주동자는 홍계희와 8촌지간인 홍계능이었다.

홍상길은 홍계능이 아들 홍신해 및 조카 홍이해와 함께 지난 삼사월 경 자신을 불러 이렇게 말했다고 털어놓았다.

"지금의 임금은 국정(國政)을 잘못하고 있다. 새로운 임금을 추대하는 일을 하지 않을 수 없으니, 인조반정 때와 같이 해야 한다."

그리고 관련자로 민홍섭(閔弘燮)과 이택수(李澤遂)를 거론했다. 엿새 후에 홍계능에 대한 국문이 이뤄졌다. 홍계능은 모든 것을 자복하고 목을 베라고 당당하게 말했다. 이로써 사건의 진상은 대체로 드러났다.

홍계능이 정후겸·홍인한의 복수를 위해 전체적인 그림을 그렸고 집안 내 홍씨들이 대거 동원됐으며 얼굴마담으로 은전군 이찬을 내세우기로 한 것이다.

이제 신하들은 은전군 이찬을 잡아들여 즉각 처단해야 한다고 야단이었다. 정조는 눈물로 호소했다. 그렇게 할 수 없다는 것이었다. 이렇게 임금이 반대하고 있음에도 윤허도 없이 신하들은 이찬을 의금부에 잡아 가뒀다.

그리고 영의정 김상철은 백관(百官, 모든 벼슬아치)을 거느리고 와서 이찬을 처단할 것을 주청했다. 봉조하 김치인(金致仁)도 나서서 "난역(亂逆, 임금에게서 나라를 다스리는 권한을 빼앗으려 함)의 근본을 끊어버려야 한다."고 청했다.

신하들은 '단의할은(斷義割恩)' 4자로 정조를 압박했다. 사사로운 은정은 잘라내고 의리로써 결단하라는 것이다. 정조와 신하들의 이런 실랑이가 오가는 도중 홍술해는 처형됐다.

8월 17일까지 이찬 처벌에 대한 정승 백관의 44차례에 이르는 요청과 삼사의 62차례 상소가 있었지만, 정조는 들어주지 않았다.

그런데 또다시 이해할 수 없는 일이 벌어졌다. 신하들이 은전군 이찬이 있는 의금부로 몰려가 임금을 위해 자진(自盡, 스스로 죽음을 택함)할 것을 강요한 것이다. 이찬은 그럴 수 없다고 버텼다. 그러자 신하들은 이찬의 이런 태도를 보더라도 신하로서의 충절이 없는 것이라며 정조를 압박했다.

정조는 이러지도 저러지도 못하고 있다가 이 문제에 대해 효의왕비의 조언을 청했다.

"마마, 은전군 이찬을 살리시려는 마마의 숨은 뜻은 아직 후사가 없기 때문에 죽어가는 형제들을 지키고자 하는 것이 아닌지요? 조정의 중신들이야 반역을 도모했으니 싹을 자르자고 주장하는 것은 당연지사이지만 이 문제는 크게 두 가지 측면을 염두에 둬야 할 것으로 보입니다.

첫째는 중신들의 행동은 반역자를 죽여야 한다는 것이고 마마께서는 이찬의 죽음을 막기 위한 정당한 이유를 찾아야 하는데 이유를 찾지 못하고 있다는 것입니다.

두 번째는 반역도 반역이지만 중신들의 행동들이 도를 넘어 임금의 윤허도 없이 왕족인 마마의 형제를 함부로 가둔다는 것에 대한 마마의 분노에 대한 처리 문제일 것 같사옵니다.

우선 은전군의 문제는 불행하게도 반역에 관여하지 않았지만, 마마 대신 차기 임금으로 추대하려고 했다는 사실만으로 그 죄를 벗어나기에는 어려울 것으로 사료되옵니다.

그러나 임금의 윤허도 없이 함부로 임금의 형제를 의금부에 잡아 가두고 자진을 하라고 협박하는 신하들의 처사는 마마의 권위에 도전하는 것이나 다름없사옵니다. 이를 용서하지 마옵소서."

정조는 눈물을 흘리면서 은전군의 자진을 허락했다. 더 이상 신하들의 요구를 버텨낼 힘이 없었던 것이다. 결국 은전군 이찬은 자진했다. 동시에 정조는 신하들에게 향후 임금의 허락 없이 인척들을 함부로 잡아들인다면 그자 또한 반역으로 다스리겠다고 말했다.

이후 9월 11일까지 정확히 한 달 동안 30여 명에 이르는 관련자들에 대한 처형과 유배가 취해졌다. 홍계능의 반정 시도는 이렇게 비극으로 끝맺었다.

제15장
홍국영의 여동생
원빈 홍씨 후궁으로 간택되다

즉위 2년(1778년)을 넘긴 5월 2일 정순대비는 혜경궁 홍씨와 효의왕비를 대비전으로 불렀다. 평소 정순대비와 혜경궁 홍씨, 그리고 효의왕비는 내명부의 수장들로 서로 관계가 소원하지 않았다. 그런데 기별도 없이 혜경궁 홍씨와 효의왕비를 갑자기 대비전으로 불러들인 것이다.

정순대비는 자신의 속내를 절대 드러내지 않았고 그것은 혜경궁 홍씨나 효의왕비도 마찬가지였다. 결국 세 사람은 형식상 타협과 협치를 하고 있었지만, 임금을 사이에 두고 서로를 경계하고 있었다. 정순대비는 한참을 망설이더니 무거운 입을 열었다.

"중전, 내 오늘 긴요한 일로 혜경궁과 함께 다과나 같이 하자고 불렀습니다. 최근 좋지 않은 일들로 혜경궁께서도 마음고생을 많이 하셨다는 것을 내 이미 다 알고 있습니다. 중전 역시 내명부를 책임지고 그 소임을 다하고 있어 궁중 나인들로부터 존경을 받고 있다는 사실도 내 다 듣고 있습니다.

오늘 내가 두 사람을 이렇게 조용히 부른 것은 다름이 아니라 주상의 후사 문제 때문입니다. 중전은 지금부터 내가 하는 말에 곡해가 없었으면 합니다. 중전이 10살의 어린 나이에 세손빈으로 들어와 주상과 혼례를 올린 지도 벌써 16년이 훌쩍 넘어가고 있습니다.

중전의 나이도 벌써 30살(실제는 25살)을 내다보고 있습니다. 내 중전보다 늦게 궁에 들어와 다 알 수는 없지만 꽃다운 나이에 궁궐로 들어와 이런저런 일을 겪으시면서 마음고생도 많이 하시고 몸도 많이 상하셨을 줄 압니다. 그런 까닭인지 불행하게도 아직 후사가 없으니 이를 어찌하면 좋겠습니까? 이제 주상의 춘추가 서른(실제는 26살)이 다 되어갑니다.

내 이 문제를 일찍부터 협의하려 했지만, 중전이 서운할 것 같아 이제야 이런 자리를 마련했습니다. 그동안 중전과 주상이 자식을 갖기 위해 많은 노력을 해왔다는 걸 내 이미 잘 알고 있습니다. 중전이나 주상은 의술이나 의학에 대한 조예가 깊으니 얼마나 많은 노력을 하셨겠습니까? 하지만 인력으로 안 되는 일도 있습니다. 당장의 서운함 때문에 역적들에게 대를 넘겨야 되겠습니까?"

대비가 말하는 역적들이란 사도세자의 빈이었던 숙빈 임씨에게 난 은언군(恩彦君)과 은신군(恩信君) 그리고 경빈 박씨에게 난 은전군(恩全君)을 왕으로 앉히려는 세력들을 말한다. 이들은 모두 정조의 이복동생들이다. 그런데 은신군은 이미 1769년(영조 45년) 세상을 떠났다. 그리고 은전군은 정조 즉위 초 역모에 연루되어 사사되었다.

정조에게는 이제 피붙이 동생이라고는 은언군 하나뿐인데 대비는 은언군이 역적들과 손을 잡을 수 있다는 암시를 통해 왕비가 후사를 잇지 못하니 임금이 후궁을 들이도록 하자는 것이었다.

핑계는 후사 문제라고 하지만 하나밖에 없는 동생 은언군을 제거하고 후궁을 통해 자식이 생기면 차기 왕으로 삼겠다는 속셈이었다.

결국 대비 자신이 정조의 후궁을 간택하고자 했던 것이다. 궁궐의 최고의 어른은 대비이고 혼례나 후궁의 간택은 내명부 소관이니 당연히 대비의 의견을 들어야 했기 때문이었다.

그러나 똑똑한 효의왕비가 이런 대비의 속셈을 모를 리 없었다. 그런데 옆에 있던 혜경궁 홍씨는 대비의 말이 거슬렸는지 대비의 말을 가로챘다.

"대비마마! 중전의 나이 아직 수태를 하고도 남을 젊은 나이인데 서두를 필요가 무엇이 있겠습니까? 주상께서도 아직 후사 문제를 걱정하지 않고 계시고 둘 간의 사모하는 연정이 깊고 깊으니 좋은 일이 생길 것이라 믿사옵니다. 그러니 조금 더 지켜보시고 주상과 중전이 아니다 싶으면 그때 결정해도 늦지 않습니다."

이 말을 들은 정순대비는 얼굴에 환한 미소를 지으면서 중전을 향해 조심스럽게 말을 이어갔다.

"그래요! 혜경궁의 말도 틀린 말은 아니지만 한 나라의 국모인 중전이 가장 잘 알겠지요? 이 문제는 중전이 주상과 잘 의논해 처리하도록 하세요. 혜경궁의 말처럼 아직 중전의 나이도 그렇게 많은 것도 아니니 다 같이 고민해 보도록 합시다.

하지만 중전도 잘 생각하시길 바랍니다. 내가 왜 이 문제를 서두르는지 누구보다도 중전이 잘 아실 것입니다. 중전께서 만약 나의 의견에 동의하신다면 소식을 주세요. 내 마땅한 대감의 여식을 찾아보리라."

대비전을 나오면서 혜경궁 홍씨는 효의왕비의 손을 살며시 잡으며 다정한 눈빛으로 위로의 말을 전했다. 정작 대비 당신은 아이도 못 가졌으면서 인자한 중전을 몰아붙인다고 화를 냈다. 정순대비는 영조와 나이 차가 너무 커서인지 후사가 없었다.

효의왕비는 일단 대비의 속마음을 남편 정조에게 알렸다. 정조는 불같이 화를 내며 효의왕비에게 미안한 마음이 들었는지 위로의 말을 건넸다.

"중전 그런 모욕을 어찌 참으셨소? 내가 어찌하면 좋겠소? 중전의 나이 아직 젊은데 그런 하교를 내리시다니, 어디 후사가 없는 게 중전 탓이겠소? 어린 나이에 내게 와 아버님(사도세자) 돌아가시는 비극적인 현장도 함께 지켜보고 내 목숨이 풍전등화 같은 절박한 상황에서 중전과 내가 피눈물을 흘린 게 어디 한두 번이었습니까?"

"아니옵니다. 마마 어찌 보면 대비마마의 하교는 지당한 말씀이기도 하십니다. 그 의도는 정확히는 알 수 없지만 틀린 말씀도 아니십니다.

다만 제가 걱정하는 것은 대비마마께서 분명 노론 남당의 집안 딸을 마마의 후궁으로 앉히려 한다는 것입니다. 대비마마의 오빠 되시는 김한구 대감은 노론 남당의 당주이고 대비마마를 지지하는 세력들 또한 모두 노론 남당들이 아닙니까? 그러다 만약 대비께서 간택한 후궁에 게서 자식이라도 태어난다면 마마 사후에 이 조선이 어떻게 될지 그게 걱정될 뿐입니다."

"중전, 그건 걱정할 일이 아닙니다. 내게 좋은 생각이 있습니다. 중전은 도승지 국영에게 동복 여동생이 있다는 이야기를 들은 적이 있지요? 만약 중전이 동의한다면 봉조하(중전의 아버지 김시묵 대감)께서도 신임하고 있는 동부승지 국영의 여동생을 후궁으로 앉히고 싶은데 중전은 어떻게 생각하세요?

동부승지는 내 사람이고 따지고 보면 국영과 나는 인척관계 아닙니까? 어차피 대비의 결정을 거절하지 못하실 거라면 동부승지 국영의 동생을 후궁으로 앉히는 것도 나쁠 것이 없지 않겠습니까?

지금은 동부승지 국영이 나 대신 손에 피를 묻히며 정적들을 제거하고 있고 대비께서도 다른 사람은 몰라도 홍국영을 두려워하고 있으니, 그의 여동생을 후궁으로 앉히면 국영이 더욱 나에게 충성할 것이고 나 또한 손에 피를 묻히지 않고 대비를 견제할 수 있으니 일거양득 아니겠습니까?"

효의왕비는 자신이 자식을 못 가지니 딱히 어떻게 해볼 방법이 없었다. 그렇다고 가만히 기다려 줄 대비가 아니었다. 선수를 치지 않는다면 대비가 간택한 여인을 후궁으로 앉힐 게 뻔한 일이었다.

그럴 바에는 임금에게 충성하고 있는 홍국영의 동복 여동생을 후궁으로 간택해 버린다면 선수를 칠 수 있었다.

정순대비조차 홍국영의 눈치를 보고 있을 만큼 홍국영의 권력과 기개는 대단했다. 홍국영의 여동생을 정조의 후궁으로 앉힌다고 해도 정순대비는 어쩌지 못할 것이었다.

하지만 효의왕비는 불안했다. 비록 지금은 남편이 홍국영의 손을 빌려 정적들을 숙청하고 있지만, 홍국영이 배신하지 않는다는 보장이 없었다.

만약 홍국영의 여동생이 왕자라도 덜컥 낳는다면 그 아이는 남편의 뒤를 잇는 조선의 국왕이 되는 것이다.

게다가 홍국영은 임금의 매제(여동생의 남편)가 되는 게 아닌가? 물론 남편은 홍국영의 여동생을 후궁으로 들여도 왕비가 이를 잘 보살펴 경계하면 될 일이라며 재차 당부하고 있지만, 왠지 불안한 마음을 떨치지 못했다.

어린 시절 사람의 관상을 공부했던 효의왕비는 홍국영의 관상이 결코 한 사람만을 위해 충성하는 그런 인물이 아니라는 사실을 알고 있었다. 야심이 많고 역적의 상을 타고난 관상이 틀림없었다.

하지만 선왕(영조)께서 승하하시기 전에 세손 옆에 두고자 과거를 통해 등용했던 인물이 아닌가! 게다가 아직까지는 어영대장과 동부승지를 겸하면서 남편의 복수를 대신 해주고 있는데 그와 대적할 필요는 없었다.

"마마, 이 문제는 어머니(혜경궁 홍씨)와 상의해서 결정하도록 하겠습니다."

다음 날 효의왕비가 시어머니 혜경궁 홍씨를 찾아 상감마마의 의중을 전달하면서 이 문제를 어떻게 했으면 좋을지 물었다.

혜경궁 홍씨는 이런 왕비의 염려를 미리 알고 있는지 조용히 두 손을 잡고 미소 띤 얼굴로 말을 이어갔다.

"중전, 내 중전의 걱정이 무엇인지 잘 알고 있어요. 비록 주상이 국영이를 이용하여 정적들을 제압하고 있지만, 선왕과 주상께서 너무 신뢰하시어 국영이 그 권력을 믿고 하늘 높은 줄 모르고 있으니 장차 앞일이 걱정되는 게지요?

물론 주상도 이미 나와 중전의 고민이 무엇인지 잘 알고 계시지만 나도 중전과 똑같이 국영이 그리 믿을만한 사람이 아니라는 것을 잘 압니다. 내 어찌 국영을 모르겠습니까?

따지고 보면 국영이 집안이 우리 집안과 인척관계에 있어 어린 시절부터 지켜봐 국영이의 사람됨을 누구보다도 잘 알고 있습니다. 국영이 원래 허랑하고 망령되어 술을 즐기고 여색을 탐하여 행실이 볼 것이 없어 제 집에서도 용납받지 못하고 세상에서도 버림받았지요. 그러나 약간의 재주가 있어 못하는 글도 억지로 하노라 하고, 재치가 있고 민첩도 하고 담대도 하고 호기도 있어서 하늘도 무서워 않고 땅도 두려워 않았지요.

그런데 이 미친 것이 매양(매번) 천하만사를 제가 다 하겠다고 하니, 그를 따르는 무리조차 놀라 아니 웃는 이가 없었어요. 아마 주상도 그런 무지막지한 국영의 성격을 이용하고자 호랑이 위에 태워 주셨겠지요."

"상감마마께서 세손마마 시절 소인은 마마에게 말했습니다. 나중에 임금의 자리에 앉으시면 상감마마를 대신하여 정적들을 제거할 수 있는 신뢰할 만한 신하를 옆에 두시라고요. 그 사람들이 홍국영과 김종수였습니다.

홍국영은 이미 선왕께서 세손마마를 보살피기 위해 친히 과거를 통해 임명하시고 아끼시었고, 김종수는 인정을 받지 못한 하급 관리였음에도 승진시켜 옆에 두셨습니다. 당시 세손마마께서도 이들을 신뢰하시어 두 사람을 옆에 두는 것에 만족하셨습니다.

홍국영은 무지하여 의리밖에 모르는 인간이라 상감마마의 하명에 복종하고 정순대비 인척에 대해서도 두려움 없이 주어진 일들을 척결(剔抉, 살을 도려내고 뼈를 발라냄)하셨지요. 하지만 김종수는 달랐습니다. 그는 홍국영과 달리 영리하고 술수에 밝아 홍국영이 뒤에서 부추기기도 하고 하지 않는 일까지 충동하여 자신의 욕심을 드러냈지요.

지금은 상감마마께서 그들을 옆에 두고 부리고 계시지만 언제까지 그들의 마음이 변하지 않을 것이라고 장담하지 못합니다. 동서고금을 막론하고 권력을 맛본 사람은 더 큰 권력을 맛보고자 해서는 안 될 행동을 하는 것은 만고의 진리이자 필연입니다.

만약 지금처럼 저들을 저렇게 가만히 놔둔다면 저들은 상감마마에게도 대적하거나 머지않아 상감마마를 등에 업고 모든 권력을 손에 쥐려고 할 것입니다."

"그래, 중전 말이 맞습니다. 국영이도 국영이지만 종수는 내 오촌 고모의 아들이라 내 누구보다 종수를 잘 알고 있습니다. 그 고모 어렸을 때 내 조부께서 사랑하시어 집에서 기르셨고, 그 고모가 내 조부를 일컬어 매양 "수양 아버님 어머님" 하였지요. 그 고모가 두 아들을 낳으니 맏이는 종후요, 둘째는 종수라, 집도 한 동네에 있고 정도 두터워, 친외삼촌과 생질 사이와 다름이 없었지요.

그런데 내가 궁궐에 들어온 후 내 집이 번성하자, 이를 시기하여 헛소릴 하고 다니니 아버지께서 그 형제를 내 집 아이로 여기시고 매양 꾸짖으며 가르치기도 하시니 그 형제 점점 어그러지고 멀어졌지요.

그 뒤 그 고모가 아버지 종형제 항렬에서 맏이라 아버지께서 할아버지 하시던 일도 생각하고 동기 누님같이 보시어, 대장이 되었을 때나 외방 수령으로 계실 때나, 때때로 고모께 선물을 보내시며, 정이 특별하셨는데, 그 고모 아들들이 어머니 사촌을 죽이려 계교를 짜는 줄 어찌 아셨겠습니까?

병술년(1767년, 영조 42년)에는 종후가 세손의 교육을 맡은 춘방의 자의(諮議)라는 청직(淸職)에 임명되었는데, 이 벼슬은 원래 재야 선비들 가운데 학덕이 높은 자에게 맡기는지라 이 자리를 대신들과 의논도 하지 않고 또 재야 학자들의 공론도 듣지 않고, 이조판서 윤급(尹汲, 홍봉한의 반대파)이 혼자 정하니 아버님께서는 상중이라 직접 나서지는 못하시고, 주위 사람들에게 벼슬아치 임명의 격식을 제대로 지키지 않았다 비판하시며 공론을 형성하셨지요. 사태가 이렇게 되니 종후가 사직 상소를 올리고, 이 일로 그들의 원한이 뼈에 사무쳐 보복을 꾀하였지요.

또 임진년(1772년, 영조 48년)에는 종수가 성균관 대사성 후보에 으뜸으로 올랐다가, 추천된 세 후보가 모두 노론이어서, 선대왕(영조)께서 크게 화를 내시고, 당시 이 일을 맡겼던 이조판서 정존겸은 물론, 그것을 지휘한 영의정 김치인, 그리고 당사자인 종수 역시 귀양을 보내셨지요. 그런데 저들이 이 일을 작은아버지(홍인환)와 셋째 동생(홍낙윤)의 탓으로 돌려, 늘상 '두고 보자' 하였지요.

중전의 말처럼 이때 비로소 종수는 국영이와 한마음이 되어 국영이가 모르는 것을 다 가르치고 국영이가 하고자 않는 일까지 충동하였지요. 종수는 제 본디 세상을 속이고 맑고 깨끗하다는 이름을 쓰며, 국영이에게 자기가 상전처럼 섬기며 천첩처럼 아첨하므로, 종수가 하자는 대로 말을 듣고 계교를 쓰니, 종수가 없었다면 내 집 화변이 국영이만으로는 이렇게까지 되지는 않았을 것입니다.

그리고 국영이 그 망측한 것이 아무 정황이나 증거도 없이 저한테 눈 한번 흘긴 죄로도 사람을 무수히 죽이고 종수 또한 국영이와 함께 자신들 원수를 갚아 나갔습니다. 이 두 사람 앞으로 무슨 일을 꾸밀지 모르는 일이니, 중전도 조심하시는 게 좋을 것입니다."

"네, 마마. 소인도 그 두 사람으로 인해 상감마마와 잠시 사이가 벌어진 것도 사실입니다. 상감마마께서 그 두 사람을 너무 신임하셔서 그로 인해 그 두 사람은 하늘 높은 줄 모르고 상감마마와 소인의 친정을 괴롭히니 이를 참을 수 없어 상감마마께 그 두 사람을 조심하고 경계할 것을 직언한 적이 있는데 상감마마께서는 늘 말씀하시기를 '내가 모두 알아서 할 테니 중전은 그리 염려치 마세요'라고만 하시어 잠시 저와 상감마마의 사이가 좋지 않다는 소문이 저와 상감마마를 이간질하려는 사람들의 입을 통해 회자되기도 했었습니다.

그런데 이런 홍국영의 여동생을 이제 상감마마께서는 후궁으로 삼고자 하십니다.

만약 홍국영의 여동생을 후궁으로 들이지 않는다면 대비마마께서 다른 후궁을 간택할 것이니 어머님과 저는 상감마마와 대비마마 두 분 중에 한 분의 의견을 받아들여야 할 것으로 보입니다."

"그래야겠지요. 대비의 명이라 주상도 중전도 어찌지도 못하는 일이고, 그렇다고 주상께 충성하는 국영이가 밉다고 그의 동생을 마다한다면 어쩔 수 없이 대비가 후궁을 추천할 것인데, 자칫 잘못하면 호랑이를 피하려다 여우를 만날 수도 있으니 중전은 신중에 신중을 기해야 할 것입니다. 그나저나 중전에게 무슨 계획이라도 있으신 것입니까?"

혜경궁 홍씨는 똑똑한 중전이 이런 문제에 대해서 충분히 대처할 방법을 계획했을 것으로 짐작하고 있었다.

"마마! 소인 미리 계획을 염두에 두고 있었사온데 갑자기 일정에 없던 일이 발생해서 이렇게 찾아뵙게 된 것입니다."

"중전 그게 무슨 말씀인가요? 무슨 일이 생겼다는 말입니까? 좀 더 구체적으로 말씀해 보세요."

"네, 마마! 최근 홍국영 대감이 대비마마를 두어 번 몰래 만난 적이 있는데 짐작은 되지만 정확하게 무슨 흉계를 꾸미려고 하는지 알 수가 없습니다."

이 말을 들은 혜경궁 홍씨는 갑자기 무슨 생각이 났는지 손뼉을 치더니 효의왕비의 두 손을 잡았다.

"국영이는 필시 대비와 무슨 흉계를 꾸미고 있는 것이 분명합니다. 대비와 국영이 두 사람은 주상이 세손 시절에는 서로 복수지간이었지만 지금은 권력을 잡기 위해 우리가 모를 모종의 거래를 했을 것입니다."

"마마, 제 생각에는 홍국영 대감이 대비마마를 찾아가 협박과 타협을 했을 것입니다. 이번 후궁 자리를 자신의 여동생으로 선택하는 데 반대하지 말라구요. 자세히는 알 수 없지만, 제 생각에는 조만간 그 사실이 드러날 것입니다."

홍국영이 정순대비를 만나고 간 후 정순대비는 갑자기 선비집에서 여자를 가려 주상의 후궁으로 넣어 후사를 보게 하라는 하교를 내렸다. 어쩔 수 없이 효의왕비와 혜경궁 홍씨가 후궁 간택에 동의하자 정순대비는 대신들에게 언문으로 된 글을 내렸다.

"주상의 춘추가 거의 서른에 이르고 불행하게도 중전에게는 병이 생기어 후사를 이을 가망이 없어졌으니, 나라의 종사를 위해 빈을 들이는 것이 시급하다."

정조가 세손 시절 고모 되는 화완옹주는 행여 세손빈(효의왕비)이 아들을 낳을까 봐 겁을 내고 세손과 세손빈 사이가 좋지 않다고 소문을 내는가 하면, 세손빈이 몸이 약해 수태를 하지 못할 거라는 등 주변 사람에게 거짓을 알리면서 세손과 세손빈 사이를 기어이 갈라놓더니, 이제 대비가 직접 나서서 중전이 아들을 낳을 수 없다며 임금이 빈을 보아야 한다고 주장한 것이다.

정순대비의 언문은 효의왕비에게는 커다란 상처였다. 후사가 없는 것이 병 때문이라는 일방적인 발표는 너무나 지나친 처사였다. 정순대비는 분명 이런 일들을 오랫동안 계획했을 것이다.

하지만 효의왕비는 상감마마의 나이 차이도 채 10년(실제는 8년)도 되지 않은 정순대비를 지극 정성으로 모셔 왔는데, 정작, 후궁 문제가 발생하자 정순대비가 자신의 속내를 드러내고 말았던 것이다.

순간 효의왕비는 많은 복잡한 생각이 한꺼번에 밀려왔다.

그러는 사이 정순대비는 짧게나마 정조의 여성 취향에 대해 언급하면서 지체 높은 대감댁에서 빈을 골라야 한다고 언급했다.

"주상은 본래부터 미천한 처지의 사람들에게는 마음을 두지 않으려고 한다."

사실 정조는 궐내에 있는 궁인들에게는 거의 관심이 없었다. 그러나 미천한 처지의 사람들을 마음에 두지 않는다는 뜻은 아니었다. 정조는 세종과는 달리 백성을 진심으로 사랑하는 임금이었다. 오직 학문에만 집중하고 여자에게는 관심이 없어 후궁을 보지 않은 것이었다.

정순대비는 의도적으로 정조가 미천한 집안을 배척한다고 주장하며 자신과 연결되어 있는 노론(老論) 집안에서 빈을 찾고자 했다. 이때를 놓치지 않고 홍국영의 누이동생이 삼간택에 응하자, 6월 5일 사간원 헌납(司諫院獻納, 사간원의 정5품 관직) 박재원(朴在源)이 상소를 올려 명의를 찾아내 중전마마의 병이 있다면 그것을 치료하는 것이 우선이지 빈을 보는 것은 합당하지 않다고 주장했다.

"홍국영 대감의 누이동생은 고작 13세 정도의 어린아이이며 설사 빈이 되어 승은을 입는다고 하여도 아직 어려 수년을 기다려야 원자를 생산할 터인데 그럴 바에는 중전마마께서 병이 있는지는 모르겠사오나 설사 병이 있다 하여도 난임을 치료하면 그만일 것입니다. 나라의 종실은 정궁인 왕비마마에서 비롯되어야 아무런 문제가 생기지 않는 법입니다."

후궁 간택은 좀 더 연기해야 한다는 것이었다. 이때 갑자기 홍국영이 공개석상에서 박재원을 위협했다.

"박 대감은 어찌하여 대비마마(정순대비)의 하교와 주상전하의 명이 있음에도 불구하고 이를 거역하려고 그런 언사를 하는 것이요? 목숨이 수십 개라도 되는 모양입니다."

자신의 여동생이 정조의 후궁으로 간택되어 자식만 낳는다면 다음 후계자가 될 수도 있다는 생각으로 꿈에 부풀어 있는데, 갑자기 찬물을 끼얹는 자가 나타나자 홍국영은 정조와 많은 대신들이 있음에도 불구하고 자신의 감정을 억누르지 못한 채 막말을 하고 말았다. 홍국영은 더욱 흥분하여,

"나라의 종사가 달린 문제라 대비마마께서도 결정한 일인데 어찌 신하 된 자가 따르지 않는단 말인가? 그대는 정녕 무슨 의도로 그런 말을 하는가?"

홍국영의 숨겼던 본성이 많은 사람 앞에 드러나는 순간이었다. 결국 홍국영이 정순대비와 모종의 거래가 있었다는 사실이 밝혀진 것이다. 그렇지 않고는 자신의 누이동생을 당장 후궁으로 간택된 것처럼 떠들어 댈 수는 없었다.

그런데 정작 이 문제의 주도권을 쥐고 있던 효의왕비는 홍국영 대감의 말을 못 들은 체하면서 박대원을 향해 조용한 어조로,

"내 병은 내가 잘 아니 대감은 유념치 마세요."

하면서 오히려 여유 있게 대처했다. 순간 정조의 눈빛이 홍국영을 향했다. 그가 자신의 동생을 통해 왕권까지 넘볼 수 있다는 생각이 머

리를 스쳐 지나갔다.

자신 앞에서 자신의 부인 즉, 조선의 국모인 중전을 무시하는 듯한 무례한 행동을 하는 홍국영을 보고 정조는 순간 배신감을 느꼈다. 임금의 말이라면 목숨을 바쳐 충성하던 홍국영이 정순대비를 겁박하고 간사한 계교를 내어 겨우 열세 살밖에 안 된 제 어린 누이를 임금의 빈으로 앉히려는 야욕을 보았던 것이다.

언제 길러서 후사를 보겠다는 건지 알 수도 없지만 분명한 것은 자신의 여동생이 후사를 보게 된다면 자신은 임금의 외삼촌이 된다는 욕심에 자신도 모르게 중전 앞에서 경거망동하는 홍국영의 본심을 알게 된 것이다.

이 모습을 지켜보던 정조는 홍국영을 다시 보게 되었다. '너무 홍국영을 믿어서는 안 된다'는 중전의 말이 뇌리를 스쳐 지나갔다. 언젠가는 홍국영 역시 자신을 배신하고 정적들과도 손을 잡을 수도 있다는 생각에 정조는 그동안 믿고 의지했던 홍국영의 신뢰가 무너져 내렸다.

그러나 정조는 아무런 일도 없었다는 듯이 조용히 넘어갔다. 이미 대비의 하교가 있었고 홍국영을 통해 정적을 제거하기 위해서는 아직은 그를 자극할 필요가 없었다.

"중전에게 병이 없음은 과인이 더 잘 알고 있다! 국영은 나라의 국모에 대하여 말을 삼가라."

정조는 조용한 말투로 경고를 보냈다. 아직은 홍국영을 통해 대비를 견제하고 반대 세력을 제거해야 할 일들이 많이 남아 있었다. 병권을 홍국영을 통해 장악하고 그 후에는 병권을 국왕 밑에 두게 되었을 때 처벌해도 늦지 않았다.

효의왕비도 당장의 분노보다는 홍국영의 누이가 상감마마의 빈이 되었을 경우를 계산했다. 홍국영의 동생을 후궁으로 삼으면 홍국영은 무조건 정조에게 충성할 것이 분명했다.

효의왕비가 후궁 들이는 일에 동의하자 형식적인 삼간택을 거쳐 정조는 6월 대비에게 승지 홍국영의 여동생을 후궁으로 삼겠다고 통보했다.

순간 정순대비는 불안한 마음이 엄습해 왔다. 비록 홍국영이 자신의 누이를 주상의 빈으로 천거할 때 반대하지 말 것을 요청받았지만, 막상 홍국영의 누이가 후궁으로 간택되자 불안감이 밀려왔다.

홍국영은 눈에 뵈는 것이 없는 무식한 인간으로 언제 자신과 친정에 칼을 겨눌지 모르기 때문이었다. 게다가 자신은 이미 주상의 후궁으로 생각한 대감의 딸이 따로 있었다. 왕과 중전이 홍국영과 같은 망나니의 누이동생을 후궁으로 간택할 줄은 꿈에도 몰랐다.

하지만 다른 사람은 몰라도 홍국영 누이동생이 후궁으로 간택되는 것을 쉽게 거절할 수 없었다.

홍국영은 1776년(정조 즉위년) 3월 13일 승정원 동부승지에 임명되었다가 6월 11일에는 이조참의로 옮겼다. 품계는 같은 정3품 당상관이지만 인사를 다루는 핵심 요직을 맡고 있었다.

그리고 세손 시절부터 정조를 괴롭히고 아버지 사도세자를 죽음으로 몰고 간 정후겸과 홍인환에게 죄를 물어 정조에게 사사(賜死, 임금이 독약을 내려 스스로 죽게 하는 일)할 것을 주청하여 정조는 홍국영의 말대로 그들을 사사했다.

영조 말기에는 주요 대신들이 정후겸의 눈치를 살펴야 했다면 정조 초기에는 홍국영의 눈치를 살펴야 했다.

1776년 9월 25일 인재 양성을 위해 규장각을 세운 정조는 홍국영을 규장각직제학(奎章閣直提學, 종2품에서 정3품)으로 임명했다. 제학 바로 아래의 자리였다.

같은 해 10월 19일에는 병권을 장악하기 위해 군무(軍務, 군의 업무)를 관장하는 찰리사(察理使, 군무를 위해 지방에 파견하던 임시 벼슬)로 임명했다. 이 모든 자리가 겸직이었다.

한 달 후인 11월 19일에는 수어사(守禦使, 남한산성의 군사 책임자)도 겸직했다. 그리고 다음 날 홍국영과 김종수를 비변사(備邊司, 국경변방의 일에 대비하는 최고의 의결기관) 제조로 임명했다. 모두 대비를 경계하고 반란을 예방하기 위해서였다.

이듬해 1777년(정조 1년) 5월 27일 홍국영은 경호실장에 해당하는 금위대장(禁衛大將, 도성을 방어하는 중앙군사의 핵심 군영)까지 겸했다. 그리고 그해 8월 반역 모의가 생겨나자 홍국영은 이를 제압하는 공을 세웠다. 그리고 10월 17일 종2품직 홍문관 제학(弘文館提學, 정2품)에 제수되었다.

이후에도 훈련대장을 거쳐 1778년(정조 2년) 3월 25일 규장각 제학에 올랐다. 홍국영이 군권과 인사권 그리고 정조가 세운 규장각의 우두머리를 맡고 있는 동안 그 어떤 대신도 정조의 정책을 반대하거나 왕권에 도전하지 못했다. 하물며 정순대비도 숨죽이며 홍국영을 지켜보고 있었다.

홍국영이 국권을 쥐고 흔들고 있는 이 시점에 홍국영과 등을 진다면, 대비 자신은 물론 친정을 비롯하여 자신을 지지하는 노론 세력들도 어떻게 될지 모르는 일이었기 때문에 정순대비는 홍국영의 여동생을 후궁으로 삼는 데 순수하게 응했다. 결국 홍국영의 위세에 눌려 대비조차 그 서슬에 후궁 간택명을 어쩔 수 없이 내렸다고 볼 수 있다.

만약 정조나 효의왕비가 자신들이 원하는 처자를 선택하여 후궁 간택을 밀어붙였다면 아마 정순대비는 자신을 지지하는 노론 대신들을 통해 반대했음은 물론이고 이로 인해 대비와 효의왕비 사이도 금이 갔을 것이다.

효의왕비는 정순대비와의 사이도 유지하고 정조에게 반대하는 대신들도 제거하는 전략의 카드로 홍국영을 선택했던 것이다.

그리하여 1778년(정조 2년) 6월 27일 홍국영의 여동생을 후궁으로 맞아들였다. 이때 홍국영의 동생 원빈 홍씨는 13세였다.

그녀의 아버지는 변변한 벼슬 하나 못하던 사람인데 딸이 후궁이 되자 1778년(정조 2년) 6월에 부사과(副司果, 종6품 무관)직를 거쳐 호조참의에 제수되고 이듬해에는 지중추부사까지 올랐다.

홍국영의 여동생 원빈홍씨는 형식상 초간택, 재간택, 삼간택의 모든 절차를 거쳤으며 가례의 의절과 의장은 대명집례(명나라 의례집)와 당나라와 명나라 예를 모두 찾아본 다음 시행하였다.

홍국영은 효의왕비가 자식을 낳을 수 없다는 것을 기정사실화한 상태에서 누이동생을 후궁으로 들이며 사실상 계비를 맞는 예에 준하는 혼례를 거행했다. 계비란 중전이 죽거나 또는 쫓겨날 경우 새로 들이는 후비를 말하는데 사실상 왕비와 같은 대우를 받는다.

그것뿐만이 아니었다. 홍국영 누이동생은 빈호를 으뜸 원(元) 자를 써서 원빈으로 하였다. 왕의 승은을 입은 계급 중 가장 높은 자리는 빈(嬪)이다. 빈이란 정1품에 해당하는 품계를 갖는다. 일개 후궁에 대한 이런 무리한 예우는 자연스레 효의왕비의 심기를 불편하게 만들었다.

효의왕비 역시 그냥 넘어갈 수는 없었다. 아무리 홍국영의 누이동생이라 하지만 예법을 무시하는 태도에 한 번 정도는 버릇을 고칠 필요가 있었다. 그리고 심기가 불편함을 공개적으로 드러내기 위해 더위를 핑계로 한동안 후궁 원빈 홍氏의 조현례(朝見禮, 비와 빈이 새롭게 간택되어 가례를 마친 후 임금과 왕비를 뵙는 예식)를 받지 않았다.

내명부의 수장 효의왕비가 인사를 받지 않자, 다급해진 것은 대비였다. 홍국영의 비난의 화살이 자신에게 향하게 될까 염려한 정순대비는 서둘러 입궐한 돈녕부인(홍낙춘의 처)를 설득했다.

"중전이 납폐례(納幣禮, 폐백을 받는 일)를 받지 않으면 원빈이 궁궐로 들어올 수가 없는데 부인이 힘을 써주셔야겠습니다."

돈녕부인은 중궁전으로 가서 효의왕비를 뵙고 난 뒤 조심스럽게 입을 열었다.

"중전마마! 납폐례는 국가적인 행사이고 대비마마를 비롯하여 주상전하께서도 납폐례를 받기 위해 기다리고 계신데 마마께서 납폐례를 안 받으시면 어찌 되겠사옵니까? 원빈이 어려 궁중의 법도를 몰라 무례한 행동을 한 것은 사실이지만 너그럽게 용서하시고 납폐례를 받으시길 바랍니다."

"돈녕부인까지 이렇게 내게 오실 필요는 없었습니다. 원빈이 내명부의 법도를 우습게 아는 것 같아 버릇을 고쳐줄까 해서 잠시 미룬 것입니다. 부인은 그만 돌아가세요. 상감마마께서 기다리시니 내 바로 준비토록 하겠습니다."

효의왕비는 잘못된 원빈의 처사에 불편한 마음은 많았지만, 언제까지 납폐례를 받지 않을 수는 없었다. 마지못해 효의왕비가 납폐례를 받은 후에야 원빈이 대비전과 혜경궁 홍氏에게 예를 드리고 입궐 의식이 끝났다.

입궐 의식이 끝나자마자 원빈은 효의왕비에게 바로 달려와 자신의 무례를 용서해 줄 것을 청하자, 효의왕비는 자비롭게 원빈의 용서를 받았다.

당시 정조는 홍국영의 청이라면 무엇이든 받아들일 때였다. 즉위 초 무리한 숙청으로 자신을 보호할 종척이나 외척이 없었기 때문에 홍국영이나 김종수와 같은 신흥세력에 의지할 수밖에 없었다. 이를 잘 알고 있는 효의왕비 입장에서는 원빈 홍씨를 받아들이되, 그 버릇을 고쳐줄 필요가 있었다.

물론 홍씨의 그런 행동은 홍국영이 시켜서 그랬을 것이지만 내명부의 법도는 빈으로 살아가는 동안은 숙지할 필요가 있었다. 어린 원빈이 궁으로 들어오는 것 자체가 효의왕비에게는 심기가 불편한 일이었다. 하지만 효의왕비는 내색하지 않았다. 그리고 서두르지도 않았다. 아직 원빈 홍씨는 13세의 어린 나이였고 몸도 약해 누워있는 시간이 많았다.

게다가 왕비를 모시고 있는 엄 상궁은 원빈 홍씨와 남편의 잠자리에서 일어났던 일들을 일러바쳤다. 당시 임금이 잠자리에 들면 상궁들은 문밖에서 듣고 있거나 성관계가 원만하지 않을 경우 어떻게 하라고 알려주기도 했다.

엄 상궁에 의하면 아직 어린 원빈에 비해 상감마마께서는 28살이라는 원기 왕성한 청년으로 합궁을 통해 성적 만족을 얻고자 노력하였지만, 원빈이 너무 어려 비명만 질러댈 뿐 원만하게 성관계가 이루어지지 않자, 당황하고 대전으로 돌아가는 일이 빈번했다고 했다.

게다가 원빈 홍씨는 초경도 하지 않은 몸이 약한 어린아이와 다름없었다. 오빠 홍국영이 초경을 했다고 말했지만 그건 사실이 아니었다. 사실 원빈은 임금의 후궁이 되길 원치 않았다.

아직 아무것도 모르는 어린 자신이 성숙한 임금과 잠자릴 해야 한다고 생각하니 두려움이 밀려왔다. 가문을 위해 어쩔 수 없는 선택을 했지만, 궁궐의 법도나 후궁으로 갖추어야 할 교육도 자신과는 맞지 않았다.

그 후에도 정조는 원빈의 숙소를 찾을 때는 상궁들의 권유에도 불구하고 옷도 벗지 않고 시간만 좀 보내다가 다시 대전으로 돌아가 침수를 들었다. 일반적으로 합궁한 후궁의 침소에서 자고 수라까지 드는 게 관례였다. 아무리 왕위를 물려받을 자식을 위해 합궁하는 자리이지만 정조도 그렇고 원빈에게도 못 할 짓이었다.

제16장
원빈 홍씨의 사망과
홍국영의 최후

1778년(정조 2년) 윤6월 21일 정조의 고모 되는 화완옹주가 강화도로 귀양 가고, 뒤이어 7월 14일에는 화완옹주의 며느리와 손자가 유배되었다. 이미 양아들 정후겸은 1776년(정조 즉위년) 7월 5일 정조가 22대 국왕으로 즉위한 얼마 후 사사되었다. 결국 양아들 정후겸은 사약을 받아 죽고 그의 처와 아들까지 모두 유배된 것이다.

화완옹주는 정조를 세손 시절부터 끼고돌아 세손빈(효의왕비)을 질투하고 부부 사이를 이간질해서 둘 사이의 관계를 소원하게 만든 장본인이었다. 그리고 세손에 대한 비정상적인 애정은 당연히 남편과 사별한 정조의 생모 혜경궁 홍씨를 더욱 힘들게 만들었다.

결국 세손의 대리청정을 반대한 양자 정후겸과 홍인한(혜경궁 홍씨의 작은아버지) 등과 함께 탄핵은 피할 수 없었다. 화완옹주는 옹주의 신분을 잃고 서인으로 강등당해 강화도 교동으로 유배를 가게 되었고, 이어 파주로 이배(移配, 귀양살이하는 곳을 다른 곳으로 옮김)되었다. 그 후 1799년(정조 23년)이 되어서야 용서를 받았다.

화완옹주와 그의 양아들 그리고 며느리, 손자까지 유배를 가게 됨에 따라 대부분의 인척에 대한 처벌이 완료되었다. 이 모든 것은 홍국영이 직접 나서서 척결한 일이었다.

이제 어느 정도 홍국영의 역할이 끝나가고 있을 무렵 효의왕비는 그동안 준비한 계획을 실현하기 위해 행동에 옮겼다. 아직 임금을 등에 업고 홍국영과 함께 권력을 휘두르는 이조판서 김종수가 남아 있었지만, 그 문제는 남편 정조가 처리해야 할 몫이었다.

화완옹주가 강화도로 유배를 가고 난 두 달 후 효의왕비는 시어머니 혜경궁 홍씨를 찾아가 문안 인사를 올렸다.

"어마마마, 긴히 드릴 말씀이 있어 찾아뵈었습니다."

"어서 오세요, 중전! 그래 무슨 일이신가요?"

"적적한 차에 어마마마와 차 한잔하고자 이렇게 불쑥 찾아오게 되었습니다. 어디 불편한 곳은 없으신지요?"

"나야 주는 밥 잘 먹고 잘 있습니다만 중전께서는 원빈으로 인해 마음이 많이 상하셨을 텐데 괜찮으십니까?"

"네, 어머님. 저도 마음을 다스리며 잘 참고 있습니다. 오늘 이렇게 제가 갑자기 찾아온 것은 원빈의 문제가 아닙니다. 최근 홍국영 대감이 상감마마의 총애를 얻어 병권을 장악하고 자신과 대적할 만한 반대편 대감들을 자기 멋대로 제거하고 있다고 하여 찾아온 것입니다. 그의 이런 사악한 행동으로 봐서 상감마마께도 대역죄를 범할까 두렵습니다."

"중전, 나도 귀가 있고 눈이 있어 보고 듣고 있습니다. 돌려 말하지 말고 내가 어떻게 해주었으면 하는지 말해주세요. 중전이야 이 나라 국모이시니 직접 나서지 말고 나를 시키세요. 주상이 나에게 효성이 지극하고 내가 주상의 어미라는 것을 모르는 사람이 없는데 나를 그 누구도 어쩌지는 못할 것입니다. 그러니 중전께서 마음에 품었던 말들을 해보세요."

"네, 어머님. 그럼 편히 말씀드리겠습니다.

홍국영 대감이 하늘 높은 줄 모르고 저렇게 경거망동을 하고 있지만 만약 자신의 누이동생 원빈을 통해 후사를 보게 된다면 분명 왕권을 넘보게 될 것입니다. 다만 원빈이 너무 어리고 철이 없을 뿐만 아니라 상감마마에게도 마음을 열지 못하고 있어 당장 큰 문제는 없어 보입니다.

하지만 상감마마께서는 홍국영 대감을 통하여 병권을 장악하려 하고 있고, 반대로 홍국영 대감은 상감마마를 등에 업고 병권을 비롯하여 모든 권력을 손안에 쥐려고 할 것입니다. 이를 막기 위한 계책이 저한테 있사온데 이 문제를 의논하고자 이렇게 찾아 뵙게 된 것입니다."

"내 이미 영민한 중전이 좋은 계책을 마련했을 것이라 생각했습니다."

"황공합니다. 어머님! 지금 홍국영 대감에 대해 가장 적개심을 품고 있는 사람은 대비마마이십니다. 홍국영 대감이 대비마마의 인척은 물론 배후 세력까지 모두 제거를 했으니까요.

이런 일들은 상감마마를 위해 좋은 일이긴 하지만 문제는 모든 권력이 홍국영 대감의 손안에 있다는 것입니다. 게다가 상감마마께서도 홍국영 대감에 대하여 무조건 신뢰하고 있으니, 그것이 염려되옵니다.

또한 소인 부덕하여 왕자를 잉태하지 못해 상감마마께서 후사가 없어 걱정하시는 건 이해하지만 그렇다고 원빈을 통해 후사를 볼 수는 없는 일입니다."

"중전, 그럼 어떻게 하자는 말씀이신가요? 내 홍국영을 찢어 죽이고 싶지만 그래도 후사는 봐야 하지 않겠습니까?"

"죄송합니다만 어머니! 제가 이런 말씀을 드려도 될지 모르겠지만 원빈은 아이를 갖지 못합니다. 제가 엄 상궁을 시켜 지켜본 바에 의하면 아직 초경도 하지 않은 어린아이입니다. 게다가 몸이 약해 거동도 제대로 하지 못하고 있사옵니다. 오빠 홍국영에 의해 억지로 궁으로 들어와 마지못해 상감마마와 잠자릴 하고 있지만, 고통을 호소하고 비명만 질러대 상감마마께서는 그날 이후 원빈을 찾지 않으셨습니다. 앞으로 상감마마께서는 결코 두 번 다시 원빈과 합방하는 일은 없으실 것입니다."

"아니 그럼 원빈을 경계할 필요가 없지 않습니까?"

"어머님, 만사불여튼튼(萬事不如튼튼)이라고 지금은 상감마마께서 원빈을 멀리하지만, 원빈이 나이가 들고 여인으로 성장한다면 원빈이 아이를 잉태하지 못한다고 장담할 수 없을 것입니다. 게다가 홍국영은 원빈을 통해 더 큰 권력을 장악하고자 하고 있습니다. 저는 이를 사전에 방지하고자 하는 것입니다."

"중전 말이 맞습니다. 주상이 원빈과 멀어지면 당연히 홍국영이도 힘을 못 쓸 것입니다. 그래 중전, 내가 어찌하면 될까요?"

"어머님께서는 대비마마와 사이가 좋으시니까 다른 말씀은 하지 마시고 원빈을 통해 세자를 볼 생각이 없다고만 해주십시오. 그다음 일은 대비마마가 알아서 할 것입니다. 대비마마 역시 원빈을 통해 세자를 보실 경우, 친정이 멸문지화(滅門之禍, 가문이 사라지는 재난)를 면치 못한다는 사실을 잘 알고 계실 것입니다."

"이이제이(以夷制夷, 적을 이용하여 적을 침)하자는 말이군요. 알겠어요, 중전! 내 내일 당장 달려가 대비마마와 이 문제를 협의토록 하겠습니다."

다음 날 혜경궁 홍씨는 윤 상궁을 통해 대비에게 자신이 중요한 문제로 다과를 같이 하였으면 한다고 말을 전했다. 그리고 중전이 자신에게 해준 말을 그대로 전했다.

대비는 수라간을 비롯하여 내의원의 의원과 수라간 궁녀, 그리고 대궐의 상궁들과 환관들을 대부분 움직이는 힘을 가지고 있다. 내명부의 살림은 나라의 국모인 중전이 하지만 대비가 살아 있을 경우, 대비의 의견을 듣도록 되어 있었다.

사실 정순대비도 홍국영을 어떻게 제거할까, 고민하고 있었다. 다만 정조가 신뢰하고 있고 궁 안의 모든 군사력을 장악하고 있어 도승지 홍국영을 제거할 방법은 없었다. 만약 홍국영을 제거하려다 실패하면 아무리 대비라도 대역죄로 쫓겨나거나 참형을 당할 수 있기 때문이다.

그리고 조선의 법도는 내명부 여자들은 어떠한 경우에도 정치에 관여할 수 없었다. 더욱이 정조의 바로 밑에 있는 도승지를 죽이는 일은 결코 쉬운 일이 아니었다.

그런데 왕의 어머니 혜경궁 홍씨가 정순대비를 찾아와 홍국영을 그냥 놔둬서는 안 된다고 한 것이다. 이는 분명 똑똑한 효의왕비와 협의하지 않고는 있을 수 없는 일이었다. 대비와 마찬가지로 홍국영에게 수모를 겪은 대표적인 사람이 대비 자신과 원빈 홍씨 문제로 자존심이 상한 왕비, 그리고 정조의 어머니 혜경궁 홍씨였다.

정순대비는 자신이 풀어야 할 숙제를 대비와 중전이 해결해 준다면 손에 피를 묻히지 않더라도 홍국영을 제거할 수 있겠다고 생각하니, 절로 웃음이 나왔다. 자신이 할 일은 중전이 하는 대로 지켜보고 동의만 해주면 될 일이었다.

홍국영을 제거하려는 계획을 준비하던 차 1778(정조 2년) 12월 24일 혜경궁 홍씨의 아버지인 홍봉한 대감이 사망했다. 왕권이 안정되고 임금의 개혁정치가 차곡차곡 실현되고 있을 무렵이라 혜경궁 홍씨에게는 하늘이 무너지는 일이었다.

불과 1년 전 1777년(정조 1년) 6월 19일 혜경궁 홍씨의 오빠 홍낙인(洪樂仁)이 사망했었다. 오빠 홍낙인은 어질고 덕이 많았으며 학문에도 깊이가 있어 정조가 신임했으나, 집안 망하는 것을 보며 마음을 쓰다가 갑자기 사망한 것이었다. 아버지가 살아 계신데 자식이 먼저 저세상으로 갔다며 혜경궁 홍씨는 마음이 갈기갈기 찢어지는 듯 슬퍼했다.

그리고 1777년 8월에는 혜경궁 홍씨의 셋째 동생 되는 홍인한 대감이 역적으로 몰려 어이없이 하늘만 우러러 처분을 기다리던 차 정조는 홍봉한 대감에게 죄가 없음을 밝히고 만약 이를 반대하는 자가 있다면 같이 직접 국문하겠다고 명하였다.

이런 정조의 하명으로 결국 어느 누구도 전면에 나서 홍봉한 대감에 대해 처벌을 주장하는 자들이 없자, 정조는 더 이상 이 문제를 다시 삼을 경우 용서하지 않겠다고 하고 홍봉한 대감을 신원(伸寃, 억울함을 풀어줌)하였다. 그리고 대감의 자식 되는 홍낙인 대감 역시 그 죄가 없이 사망했으니 연좌할 수 없으며, 과거의 죄를 묻지 말라고 하였다.

혜경궁 홍씨는 주상의 은혜가 하늘 같아 내 동기(오빠)를 살려주셨다며 감격하였다.

그러던 중 1778년(정조 2년) 12월 4일 이제 마지막으로 남은 혜경궁 홍씨의 아버지 홍봉한 대감이 갑자기 사망하자 혜경궁 홍씨는 자리에 눕고 말았다.

효의왕비는 시어머니 친정 행차 하루 전 정조와 함께 시어머니 혜경궁 홍씨를 찾아 문안을 올렸다. 정조도 어머니 혜경궁 홍씨의 두 손을 부여잡고 눈물을 흘리며 목이 메는 소리로 위로의 말을 전했다.

"어머님, 얼마나 상심이 크시옵니까? 인척이 화를 입은 지 얼마나 되었다고 또다시 외할아버지(홍봉한 대감)께서 돌아가시니 건강을 다칠까 걱정이 되옵니다.

소인 세손 시절 외할아버지 덕분으로 목숨을 부지하고 왕위에 올라 이제 그 은혜에 보답고자 하였는데 이렇게 대감께서 갑자기 돌아가시니 원통할 뿐입니다. 어머님께서는 부디 강건한 마음으로 건강을 챙기시어 천수를 누리십시오."

이때 혜경궁 홍씨는 아버지에 대한 서러움이 많았는지 그동안 마음속에 품었던 말들을 모두 쏟아냈다.

"주상 그리고 중전, 제 말 잘 들으세요! 아버님께서 과거에 급제하신 후 선왕의 아끼심이 점점 높고 중해 벼슬을 차차 높이 올리시어 나라의 재정과 병권을 모두 맡기셨고 아버님께서는 지극히 공평하신 마음과 정성으로, 또 빼어난 지식과 재주로 일마다 임금 뜻에 맞고 일처리가 규범에 어긋남이 없으셨습니다.

또한 20여 년을 장수와 재상으로 계시며 백성의 이해와 온 나라의 고락(苦樂)을 당신 일같이 하시어, 여러 폐단을 바로잡아 지금까지 유지 하셨다는 것을 잘 알고 계실 것입니다. 이는 선왕과 아버님의 군신 사이가 천고에 드물 정도로 좋았기에 가능한 일이기도 했지만, 당신의 충성과 재량이 다른 사람보다 뛰어나지 않으셨으면 어찌 그와 같았겠사옵니까?

그런데도 당신께서 겪은 바가 망측하고 공연한 모함이 이르지 않은 곳이 없었습니다. 하지만 기실(其實, 실제의 사정) 모함이라는 것도 허망한 말 두어 가지뿐이라, 30년 나랏일 하시며 이 일을 잘못하여 백성에게 해롭다는 말은 지금까지 털끝만큼도 없으니, 유식한 선비 외에 서울이나 시골의 어리석은 백성들까지 아버지 덕을 생각하고 감격하여 '홍 정승 아니면 나라가 어찌 지탱하였으며 우리가 어찌 살아났으리요' 하였습니다.

이는 나 한 사람의 사사로운 말이 아니라 철모르는 아이들이나 무식한 하인들을 잡고 물어도 반드시 아버지를 '근세의 어진 재상'이라 할 것이니, 이 어찌 잠시 권력을 부린 사람이 얻을 수 있는 일이겠습니까?

아버지께서 돌아가시기 전까지 흉악한 모함을 받은 여러 사정들은 주상이 잘 아실 것이고 그때마다 피 흘리며 통곡하던 내 모습은 중전이 누구보다 잘 알 것입니다. 또한 아버님께서 경모궁(사도세자)의 죽음에 깊이 관여되어 죽는 날까지 그 장본인이라는 오명을 쓰셨는데 이는 세상이 알고 땅이 아는 일입니다.

만약 아버님께서 먼저 앞서 경모궁 죄를 영조 대왕께 아뢰어 '뒤주를 들여 이리 처분하소서' 권하셨다면 어찌 아버님이 선왕을 무고했다고 하겠습니까? 만약 그리하셨다면 비록 부녀지간이나 지아비(사도세자)가 아비보다 중하니, 내 아무리 무식한 여편네라도 그만한 의리쯤은 알고 있으니, 내 어찌 그때 지아비를 따르지 않았겠습니까?

설사 내 목숨은 결단치 못했다 해도, 어찌 차마 부녀의 정의를 보전했겠습니까? 또 세손이던 주상께서 그날 사건을 똑똑히 보셨기에 1771년 신묘년(영조 47년) 외할아버지는 무고하다는 내용의 편지를 아버님께 보내신 것이 아니겠습니까?

주상께서 1776년 즉위 후, 아버님을 공격한 장이환의 상소에 답하면서 선왕의 하교를 들어 아버님의 무고를 밝히셨으니, 무슨 연유로 그렇게 하셨겠습니까? 더욱이 하늘이 아버님께 죄가 있다 여기셨다면, 아버님께서 어이 자손을 남기실 수 있었겠습니까? 또 동생(홍인한)이 사사되는 등 어려움에 처해 있었지만, 어이 지난 40년을 세상에 머물며 자손의 효도를 받았겠습니까?

경모궁 돌아가시던 당시의 나라 형편이 불과 한숨 쉴 사이에도 어떻게 될지 모르는 위태로운 상황이었으나, 그때 만일 아버님께서 약간이라도 잘못하셨으면, 내 집 멸망하기는 둘째요, 세손이던 주상이 어찌 무사하셨고, 그리하여 이 나라가 오늘처럼 지속하게 되었겠습니까?

돌아가신 선왕께서 아버님을 믿고 기대하셨기에 주상을 보전하였지, 아니면 크게 노하시어 아드님도 처분하셨으면 손자야 온전했었겠습니까? 만일 주상께서 그리되셨으면, 당일 여러 사람의 논의는 물론 후세의 판단이 어떠했겠습니까?

그때 아버님의 지위와 처지로 대궐 섬돌에다 머리를 부딪쳐 죽어 세손까지 보전하지 못하는 것이 옳은지, 어쩔 수 없는 지경이니 세손이나 보전하여 종사를 잇는 것이 옳은지는 학식 있는 이의 의견을 듣지 않아도 알 일입니다.

주상께서 매양(매번) 말씀하셨지만, '외할아버지의 충성은 훌륭한 옛사람도 쉬이 할 수 없는 그런 것이건만, 세상 놈들의 욕이 무서워 나는 차마 충성하라고도 못 하고 공적이 있다고도 못 하였다. 또한 이리

의지할 데도 없고 어디 탓할 데도 없어 흐리멍덩한 사람처럼 지내며, 외할아버지를 무고한 한유 같은 고약한 놈까지 죄명을 없애주었으니, 이는 어쩔 수 없는 일이라 이것이 천년만년 갈 진정한 의리는 아니니, 내 아랫대부터는 외할아버지의 공적이 드러나니 그때는 익정(翼靖)이라는 시호를 고쳐 충(忠) 자를 붙이리라.'고 몇천 번 말씀하신 줄 모릅니다.

선왕의 뜻이 이러하니, 주상께서도 10년 동안 아버님 문집을 밤낮으로 친히 편집하시고, 그 많은 서문을 지으시어, 그것을 간행하여 세상 사람들에게 보이려 하시었습니다. 이것은 아버님께서 하신 일을 높이시는 일일 뿐 아니라, 외할아버지를 향한 당신의 마음과 외할아버지가 당신을 보호하여 종사를 평안케 한 충성과 공을 세상이 다 알게 하려 하신 일이라 그 마음을 가까이 모셨던 신하들이야 어찌 모르겠습니까? 그리하시고도 경모궁 돌아가신 일의 실상이 잘 밝혀지지 않을까 매양 근심하시며, 그 문제는 참으로 손대기 어렵다 하시었습니다.

그러다가 아버님의 『연보(年譜)』를 손수 편찬하실 제, 경모궁께서 뒤주에 갇힌 날, 곧 임오년(1762년, 영조 38년) 윤5월 13일 아침에는 시간까지 박아 넣으시고 여기다가 '경모궁 장례 절차의 모든 책임을 맡아서 충성을 다하였다.'라는 말을 넣으시었습니다.

그리고는 동생들에게 임오년에 아버님께서 선왕을 직접 뵙고 바친 상소문이 문집에 어이 아니 들어 있느냐 물으시기에, 동생들이 아뢰기를 '경모궁 일에 대해서는 지금 공문서든 사문서든 글에 올리지 못하게 되어 있기에 못 올렸습니다.' 하니 선왕께서는 '꼭 그렇게 할 이유는 없다. 외할아버지의 본심과 사실이 이 상소에 있으니 올리라.' 하였지만 여러 번 말씀하시다가 오래지 않아 돌아가시니, 결국 상소를 문집에 올리지 못하고 말았습니다.

또 주상께서 당신이 신묘년(1771년, 영조 47년) 동궁 시절 아버님께 보낸 편지를 얻으신 후 기뻐하시며, 그것을 동궁 시절에 쓴 글을 모은 『춘저록(春邸錄)』에 올리고자 하시고, 아버님 『연보』에도 그 사실을 올리시며, 나에게 말씀하시길 '다행히 내 직접 본 일을 쓴 편지가 남아 있어 『연보』에까지 올리니, 이로써 증거가 될 것이니 이제 한이 없습니다.'라고 말씀하셨습니다.

만일 경모궁 죽음에 아버님께서 터럭만큼이라도 관계되셨으면, 주상께서 평소 말씀을 차마 어찌 그리하실 수 있으며, 어찌 손수 『주고』와 『연보』를 만드셨겠습니까? 당신 손으로 하지 못할 일은 의리를 지키시느라 그 아버님 위한 일에도 오히려 미진한 것이 있는데, 진정 의리에 어긋났다면 어이 '외할아버지라고 용서하시며 하물며 이리 높이시겠습니까' 이 한마디에서 더욱 분명히 알 수 있는 일이었습니다."

혜경궁 홍씨가 눈물이 앞을 가려 할 말을 다 하지 못하자, 효의왕비는 시어머니 곁으로 다가가 두 손을 잡고 진정하기를 권하였지만, 혜경궁 홍씨는 할 말은 마저 하겠다며 정색을 하고 정조를 똑바로 쳐다보며 말을 이어갔다.

"주상, 이 어미가 한이 많아 말이 많았습니다. 결론적으로 내가 주상께 하고자 하는 말은 임진년(1772년, 영조 48년) 김귀주가 아버님에게 뒤집어씌운 세 가지 혐의, 곧 '경모궁 돌아가실 때 아버님이 뒤주를 사용하도록 영조께 권했다', '영조의 병환에 아버님이 최고급 인삼을 쓰지 않았다', '아우 홍인한과 함께 주상의 등극을 방해했다'는 죄목은 주상께서 모두 풀어주셨으면 합니다. 아버님 이렇게 갑자기 돌아가심에 내 원통하고 분해 주상과 중전에게 속 시원하게 그 한을 풀어놨으니 이 어미를 용서하세요."

어머니의 눈물과 한숨을 지켜보는 정조의 마음은 착잡했다. 어머니 말처럼 당장 외할아버지 홍봉한 대감을 역적으로 몰고 간 노론에 복수하고 싶었지만. 정치의 역학관계는 그리 쉽게 판단할 일이 아니었다.

왕위에 오른 지 얼마 되지도 않았고, 군권과 신하들을 장악하려면 조금 더 시간이 필요했던 것이다. 게다가 수백 년 동안 이어온 붕당정치를 하루아침에 뒤집을 수도 없었다.

더욱이 외할아버지 홍봉한 대감이 아버지 경모궁 죽음에 관여하지 않았다는 어머니 말은 이해하지만, 당시 아버지가 죽어가는 현장에서 할아버지 영조의 명을 받아 뒤주를 가지고 온 장본인이 아닌가? 이를 누구보다도 잘 알고 있는 노론 신하들이 외할아버지 홍봉한 대감을 그냥 놔둘 리는 없었다.

정조의 입장에서는 정치적 계산을 할 수밖에 없는데 이는 효의왕비도 같은 생각이었다. 왕권을 강화하고 군권을 장악한 후에 명예를 회복해도 늦지 않을 것이기 때문이다.

"아니옵니다, 어머마마! 소인 어마마마의 뜻 명심하고 또 명심하여 때가 되면 외할아버지의 억울함을 만천하에 밝히겠사오니 부디 편안한 마음으로 몸과 마음을 챙기십시오."

혜경궁 홍씨가 대비전을 다녀간 몇 달 후 그해 겨울부터 원비 홍씨는 어려서부터 몸이 약해서인지 갑자기 열이 나면서 온몸에 종기가 난 것처럼 반점이 생겼다.

원인은 알 수 없었지만, 내의원 말로는 종기라고 진단했다. 원빈이 병석에 눕자, 홍국영은 미친 사람처럼 흥분해 정순대비와 효의왕비를 가장 먼저 의심했다.

멀쩡하던 누이동생 원빈이 갑자기 병에 걸려 하루아침에 죽어가는 모습을 보니 기가 막혀 분노를 주체할 수 없었던 홍국영은 창덕궁 양심합(養心閣, 창덕궁 침전)으로 달려가 누이동생을 부여잡고 망연자실(茫然自失, 제정신을 잃고 어리둥절함)하며 흐느꼈다.

"원빈 마마! 정신을 차리옵소서! 도대체 어떻게 된 일이옵니까!"

원빈은 눈도 제대로 뜨지 못하며 죽어가는 목소리로 오빠 홍국영 대감에게 소리쳤다.

"내 몸이 왜 이러는지 잘 모르겠습니다. 오라버니, 저 좀 살려주세요."

이에 홍국영이 이상한 생각이 들었는지 원빈을 붙잡고 몇 가지 물어볼 말이 있다며 다그쳤다.

"마마! 최근 무슨 일이 있었는지 소인에게 소상하게 말씀해주십시오."

"특별한 일은 없었고 어의가 수태가 빨리 되기 위해서는 몸을 보해야 한다며 보약을 한 첩 올렸는데 보약을 먹은 후로 몸이 간지럽고 반점이 생기기 시작했어요. 처음에는 보약에 녹용이 들어있어 열이 나서 그런가 했는데 차차 시간이 흐르자, 온몸에 힘이 빠지면서 호흡까지 힘들어지기 시작했어요. 지금은 움직일 수도 없고 그 때문에 욕창까지 생겨 온몸에 종기가 번져 썩어 들어가는 느낌이에요. 오라버니, 살려주세요!"

"마마! 마마는 제가 반드시 살려 드릴 것입니다. 걱정하지 마옵소서! 근데 어의는 그 보약을 누가 마마께 올리라고 하였다고 하던가요?"

"대비마마께서 튼튼한 원자를 생산해 달라며 어의께 보약을 보내 저에게 지어 올리라고 하셨다고 했습니다."

순간 홍국영은 이상한 생각이 들었다. 분명 대비는 주상이 후사가 없는 것을 많이 걱정하고 있어 자신의 누이에게 해가 되는 약을 보냈을 리 없었다. 그렇다면 그 보약에 누군가 다른 약을 탔을 텐데 그 누군가가 누구란 말인가?

원빈이 원자를 생산하면 가장 손해를 보는 사람은 누구일까?

대비는 나와 모종의 거래를 해서 함부로 움직이지 않았을 테고. 그렇다면 답은 간단하다. 바로 중전이다. 대비가 보낸 보약에 손을 댈 사람은 중전밖에 없다.

하지만 의심만으로 나라의 국모를 함부로 모함할 수 없었다. 그때부터 홍국영은 조심스럽게 사건의 진상을 파헤치기 시작했다. 하지만 수개월이 지나도 딱히 왕비를 의심할 만한 증좌가 나오지 않았다.

그럼에도 홍국영은 이성을 잃고 무례하게도 효의왕비의 궁녀 혜심과 엄 상궁을 잡아다 문초하는 등 만행을 저질렀다. 그뿐만이 아니었다. 효의왕비를 모시는 내전 나인들을 차례대로 잡아다가 칼을 빼 들고 음식에 약을 넣은 자가 누구냐며 겁박하며 혹독한 고문을 가했다. 임금의 허가 없이 중궁전의 궁녀를 문초하는 건 사실상 하극상을 저지르는 것이나 다름없었다.

하지만 정조는 아무 말이 없었다. 피붙이의 중병과 관련된 문제이므로 흥분하여 저지른 인간적인 실수라고 생각하며 어떻게 해서든 홍국영을 이해하려고 노력했다. 효의왕비 역시 흥분해서 미친 행동을 하는 홍국영이를 지켜보고 있을 뿐이었다.

그러는 동안 원빈은 증세가 갈수록 심해져 죽기 한 달 전부터는 통증이 극심해졌고 그러다 1779년(정조 3년) 5월 7일 창덕궁 양심합(養心閣)에서 14세의 젊은 나이로 사망하고 말았다.

홍국영은 누이동생의 시신을 끌어안고 비통한 눈물을 흘렸다. 자신이 오랫동안 꿈꿔왔던 계획들이 모두 물거품이 되어 버렸기 때문이다.

죽어서도 원빈 홍씨는 홍국영의 권력 때문에 후궁으로서 최고의 예우를 받았다. 원민 홍씨가 사망한 당일 창덕궁 희정당(熙政堂)에서 정조를 비롯하여 정순왕대비, 혜경궁 홍씨, 효의왕후가 그녀의 죽음을 애도하였고 조정의 대신들은 선화문 밖에서 슬픔을 표시했다.

그리고 5일 동안 조회와 장시의 업무를 정지시켰다. 이는 왕세자빈 이상에게나 행하는 상례였다. 그리고 당나라 황귀비의 예를 좇아서 시호를 인숙(仁淑), 궁호를 효휘(孝徽), 원호를 인명(仁明)이라고 추증하였다.

이휘지(李徽之)가 표문(表文)을 짓고, 황경원(黃景源)이 지장(誌狀)을 짓고, 송덕상(宋德相)이 지명(誌銘)을 짓고 채제공(蔡濟恭)이 애책(哀冊)을 짓고 서명선이 시책(諡冊)을 지었다. 국왕의 상을 당했을 때나 동원될 만한 당대의 명유(明儒, 유명한 학자)들이 총동원된 것이다.

그뿐만 아니었다. 홍국영은 은언군(恩彦君, 사도세자의 셋째아들로 정조의 이복동생)의 맏아들 상계군 이담을 원빈 홍씨의 양자로 삼아서 대존관(代尊官)으로서 상을 주관하게 하였고, 봉호를 고쳐 '완풍군'이라고 하였다. 완풍군은 전주 이씨의 관향을 뜻하는 완(完)자와 풍산 홍씨의 관향을 뜻하는 풍(豊)자를 합친 의미이다. 종실을 후궁의 양자로 삼는 전례가 없는 매우 이례적인 일이었다.

이러한 홍국영의 행동은 감히 정조도 말리지 못했다. 홍국영의 방자함이 날로 극심해서 온 조정이 감히 거스르지 못했다. 특히 정조는 원빈 홍씨를 위해 직접 행장까지 지었다. 이는 모두 병권을 쥐고 있는 홍국영을 감안한 것이었다.

홍국영이 점점 그 권력이 높아지고 그를 따르려는 세력들이 늘어나자 이를 가장 염려한 사람은 혜경궁 홍씨와 중전의 자리에 있는 효의왕비였다. 두 사람이 걱정하던 일이 터지자 먼저 혜경궁 홍씨는 효의왕비를 찾아와 이르기를,

"국영이 저렇게 망령된 행동을 언제까지 두고 볼 수만은 없습니다. 나의 작은숙부(홍인한)를 죽인 것도 모자라 원빈의 죽음이 중전과 관련 있다고 뒤를 쑤시고 다니는 저런 망나니 같은 놈을 언제까지 두고 봐야 할지 걱정입니다."

하지만 정작 화를 내야 할 효의왕비는 아무 말이 없었다. 그러나 속마음은 홍국영을 용서할 수 없었다. 그렇다고 본심을 시어머니 혜경궁 홍씨 앞에서 드러낼 수는 없었다.

"어머니, 화는 만병의 근원입니다. 고정하옵소서! 그렇다고 홍국영을 그냥 놔둔다면 필히 상감마마께도 누가 될 것입니다.

하지만 상감마마께서는 홍국영을 통해 모든 거사를 진행하고 있어 그에게 힘을 실어주고 계십니다. 때문에 홍국영이 저렇게 하늘 높은 줄 모르고 사악한 행동들을 하고 다니는 것입니다. 저 역시 궁중의 나인들을 함부로 욕보이고 환관들도 함부로 죽이는 저런 망령된 자를 언제까지 두고 볼 수만은 없습니다.

그래서 이제 제가 나서서 홍국영의 문제를 해결할까 합니다. 상감마마께서도 때마침 어느 정도 정적들에 대한 정리가 마무리 되어가고 있으니 제 뜻에 크게 반대하지는 않을 것입니다. 그러니 어머니께서는 홍국영의 문제에 대해서는 너무 걱정하지 마옵소서."

효의왕비는 원빈 홍씨의 사후 점점 경거망동(輕擧妄動)하는 홍국영을 지켜보면서 홍국영의 제거는 그 무슨 일보다 중요함을 잘 알고 있었다. 나라의 국모인 자신의 나인들을 함부로 잡아다 문초를 하는 일은

중전 알기를 우습게 아는 것이고 국모를 우습게 아는 것은 국왕 역시 우습게 여겨 언젠가는 역모를 꾀할 것이 분명했다.

게다가 마치 자신이 임금이라도 되는 듯 군사들을 이끌고 자신에게 밉보이는 중신들을 함부로 옥에 가두고 처결했다.

효의왕비는 평소 조용한 성품으로 왕비로서 도리를 다하면서 남편이 정치를 함에 있어 묻는 말에만 자기의 의견을 피력할 뿐 정치에도 관여하지 않았다. 정조는 항상 조용한 것을 좋아하고 잠이 들 때까지 서책을 옆에 두고 잠이 들 만큼 학문에 전념하는 바른 군왕이었다.

하지만 그 속마음은 어머니 혜경궁 홍씨는 물론 부인인 효의왕비도 알 수 없을 정도로 치밀한 사람이었다. 그 때문인지 정조는 조용히 내조하는 효의왕비에 대해 항상 흡족해하고 있었다.

그러던 어느 날 효의왕비가 작심이나 하듯이 남편 정조에게 홍국영을 경계할 것을 피력(披瀝)했다. 아니 피력했다고 하기보다는 이러지도 저러지도 못하고 있는 정조에게 홍국영을 견제할 수 있는 길을 열어주고자 하였다.

"마마, 홍국영 대감의 경거망동한 행동들을 언제까지 지켜만 보고 있을 것입니까? 마마를 얼마나 무시하길래 감히 중전인 나의 나인들을 잡아다 문초를 한단 말입니까? 궁궐에는 엄연히 법도가 있고 그 상하가 있는 법인데 마치 나라의 임금이나 되듯이 중신들을 함부로 잡아다 고문을 하는가 하면 매관매직(賣官賣職, 벼슬이나 관직을 돈 주고 사는 것)을 하는 관리들이 마치 홍국영 알기를 상감마마 모시듯 하니 이대로 놔둔다면 흑심을 품을까 걱정이 되옵니다.

또한 오늘은 소인의 조찬에 독약을 넣으려고 한 것을 시녀 혜심이 미리 알고 저에게 알려 다행스럽게도 제 목숨을 부지할 수 있었사옵니다. 이제 시아버님(사도세자)을 죽음으로 몰고 간 정적들도 어느 정도 정리가 되었으니 이번 기회에 마마께서도 손에 가시를 제거하시면 어떨지요?"

이 말을 들은 정조는 화들짝 놀라며 감히 왕비를 독살하려는 그런 일이 어떻게 있을 수 있느냐며 당장 홍국영을 잡아 오라고 소리쳤다. 하지만 효의 왕비가 일단 흥분을 자제하고 어떻게 처리할 것인지부터 생각한 후에 홍국영을 심문해도 늦지 않다고 말했다.

중전이 말하는 '손에 가시'는 통제하지 못할 정도로 커져만 가는 홍국영을 따르는 남인 세력을 말한다.

처음에 정조는 홍국영과 함께 자신이 꿈꾸던 이상적인 조선을 만들려고 하였으나 점차 홍국영의 권력욕으로 인해 이러지도 못하고 저러지도 못하는 상황들이 전개되곤 했었다.

정조는 단번에 효의왕비 의도를 간파하고 있었다. 어쩌면 조찬에 독약을 넣었다는 것도 사실이 아닐 수도 있을 것이다. 하지만 홍국영을 역적죄로 몰지 않는 한 그를 따르는 추종자들은 절대 홍국영을 유배보내는 일에 찬성하지 않을 것이다.

만약 순식간에 홍국영의 팔다리를 모두 자르지 않는다면 병권이 국왕을 향해 움직일 수도 있었다.

그렇다면 홍국영을 대체할 인물을 지목해 놓고 단번에 병권을 장악할 인물이 필요하다. 그런 인물만 있다면 왕비의 의도대로 홍국영을 제거할 수 있었다.

정조가 홍국영을 대체할 인물로 누굴 지목할까 고심하자 효의왕비는 곧바로 말을 이어갔다.

"마마, 소인의 생각으로는 김종수가 적합한 인물이라 생각하옵니다. 김종수 대감은 세자 시절 마마의 교리로 글을 가르치셨는데 군주는 통치자이면서 동시에 학문적 스승의 역할을 담당해야 한다고 주장하기도 하였습니다.

즉 군사부(君師父)란 나라의 임금은 통치자이면서 스승의 역할도 할 수 있어야 함을 역설하고 마마가 만개의 하천을 비추는 밝은 일월처럼 될 것을 강조하신 것입니다.

비록 어머님께서는 김종수를 좋아하지 않고 계시지만 따지고 보면 김종수 대감의 행동은 시아버님(사도세자)을 죽음으로 몰고 간 자들에 대한 응징이었습니다. 이로 인해 화를 당하신 어머님의 집안이 몰락하자 어머니께서 김종수 대감을 좋게 보지 않는 것도 그 때문입니다.

또한 김종수 대감은 마마를 보위에 올린 동덕회 모임의 동료이시기도 합니다. 물론 홍국영을 비롯 정민시, 서명선 대감 역시 동덕회의 일원이지만 그 중 김종수 대감은 마마의 최측근 고굉지신(股肱之臣, 임금이 가장 신임하는 중신)이 되셨습니다.

마마께서도 김종수 대감을 당나라의 명장 마수(馬燧)에 비유하시기도 하셨습니다. 그런 김종수 대감에게 나라를 구한 구국의 명장으로 대우하시고 시를 직접 지어 내려 주시기도 하셨습니다.

따라서 김종수 대감에 대해서는 어느 누구보다도 마마께서 잘 알고 계실 것입니다. 게다가 김종수 대감은 홍국영 대감을 누구보다 잘 알고 있고 수차에 걸쳐 홍국영 대감이 잘못을 할 때마다 처벌을 상소하시기도 하셨습니다.

어머니께서 서운하게 생각하실 수는 있겠지만 지금은 승정원을 맡길 사람은 김종수 대감밖에는 없다고 사료되옵니다. 어머니에게는 제가 잘 말씀드리도록 하겠습니다."

영춘헌을 나오자마자 효의왕비는 발걸음을 재촉하여 혜경궁 홍씨가 머무르고 있는 자경전으로 향했다.

"어머니, 방금 상감마마와 홍국영 문제를 상의하고 곧바로 이곳으로 달려왔습니다."

"그래, 주상은 뭐라고 하시던가요?"

"홍국영의 처리 문제를 소상하게 말씀드렸고 마마께서도 저의 생각에 동의하셨습니다. 다만 이 문제와 관련하여 어머님께 상의드릴 것이 있사옵니다."

"중전, 어서 말씀해 보세요. 나야 영민한 중전의 말이라면 반대할 이유가 없지 않습니까?"

"어머님이 김종수 대감에 대해 원한을 가지고 계신다는 것도 대감을 미워하는 것도 저는 모두 이해할 수 있습니다. 다만, 현 상황에서 홍국영을 제거하고 그 자릴 대신할 인물은 김종수밖에는 없다고 사료되는데 어머님 생각은 어떠하신지요?"

혜경궁 홍씨는 김종수의 이야기가 나오자, 눈살을 찌푸리며 왜 이 순간에 그놈을 이야기하는지 몰라 하면서 흥분한 어조로 홍국영과 김종수를 싸잡아 비난하기 시작했다.

"내 이미 중전에게 종수가 어떤 사람인지 다 말씀드렸습니다. 그런데도 또다시 종수를 기용하겠다고 하는 중전의 의도를 모르겠습니다. 나는 내 눈에 흙이 들어갈 때까지 종수를 보지 않았으면 합니다."

효의왕비는 시어머니가 김종수를 싫어해도 이 정도까지는 아니라고 생각했다. 그런데 두 눈에 흙이 들어가기 전에는 종수를 상감마마 옆에 두지 말 것을 당부하는 굳은 표정을 지켜보면서 이 문제를 어떻게 풀까, 생각하다 무슨 생각이 들었는지 입을 열었다.

"어머니의 그런 마음 지금까지 옆에서 지켜본 소인이 어찌 모르겠사옵니까? 상감마마께서는 효심이 깊어 어머니께서 종수를 옆에 두지말라 하시면 그렇게 할 것입니다. 다만 잠시만 증오와 분노를 내려놓으시고 제 말을 들어주셨으면 합니다."

"중전이 무슨 말을 할지는 모르겠지만 나는 국영이와 마찬가지로 내집안을 멸문시키려고 한 종수를 다시는 보지 않았으면 합니다."

"어머니! 상감마마께서는 국영에게 힘을 실어주시고 대비마마(정순대비)를 견제하고 있으며, 노론 중신들을 하나둘씩 제거하였사옵니다. 하지만 홍국영이 흑심을 품고 누이동생을 이용하여 왕권에 도전하는 파렴치한 행동을 하고 있으며, 심지어는 상계군 이담을 원빈의 양자로삼게 하고 봉호도 완풍군(完豊君)이라는 왕실의 본관을 사용하는 대역죄를 범하여 이제 더 이상 홍국영을 좌시할 수 없는 지경에 이르렀습니다.

하지만 누군가는 상감마마를 대신해 홍국영과 같은 역할을 대신할수 있는 자를 그 자리에 앉혀야 하는데, 지금 당장은 주위를 살펴보아도 그만한 인물이 없사옵니다.

게다가 김종수는 비록 홍국영과 사이가 좋다 하나 그 자리에 앉게되면 돌연 태도를 바꾸어 홍국영을 맹렬히 공격하여 역적으로 만드는데 일조할 것입니다. 그리고 상감마마께서는 이러한 사실을 누구보다도 잘 알고 계시고 비록 마음은 아프지만 먼 미래를 생각하여 홍국영을 제거하기로 결단을 하신 것입니다.

물론 대비마마(정순대비)께서도 마음속으로는 자신을 겁박하고 노론세력을 자신의 뜻대로 움직이는 행태를 보면서 홍국영이 제거되기를 기다리고 있을 것입니다.

만약 어머니께서 동의하신다면 소인이 대비마마와 모종의 큰 거래를 할 것입니다. 홍국영이로부터 겁박을 풀어주는 대가로 상감마마와 대비마마 그리고 소인과 등을 돌리지 않겠다는 약조를 받겠습니다."

혜경궁 홍씨는 효의왕비가 자신을 설득하는 의도를 잘 알고 있었다. 마음은 내키지 않았지만, 우선은 홍국영을 제거하는 일이 먼저였다. 그리고 홍국영이 제거된 후에는 김종수 역시 똑같은 방법으로 제거하면 될 것이라 생각했다. 원래 권력에 눈먼 자들은 권력 때문에 망하는 것이 사필귀정(事必歸正)이기 때문이다.

"중전 뜻대로 하세요. 다만 대비마마가 지금은 홍국영이 무서워 중전과 거래에 응하겠지만 그 약속을 믿어서는 안 되며, 종수 역시 국영이보다 사람 속이는 재주가 많으니 종수의 세력을 키우기 전에는 반드시 제거하셔야 합니다."

"어머니! 명심하겠습니다. 저도 대비마마가 저와의 약조를 끝까지 지키지 않을 것이라는 사실을 잘 알고 있습니다. 다만 상감마마께서 국정을 장악할 때까지만이라도 대비마마를 붙잡아 두려고 하는 것입니다."

1779년(정조 3년) 9월 26일 마침내 정조는 도승지 홍국영에게 입조(入朝, 조정으로 들임)를 명했다.

"도승지는 과인이 왜 불렀는지 알겠는가?"

"네, 전하. 망극하옵니다."

"그동안 과인이 수차 도승지에게 행동거지를 똑바로 하라고 명했음에도 불구하고 필부(匹夫, 보통 사람)들도 감히 생각할 수 없는 일들을 범하고 더욱이 과인과 같이 받들고 모셔야 할 왕비를 무시하고 그 나인들까지 잡아다 몹쓸 짓을 했다고 들었다. 도대체 도승지는 무슨 연고로 그런 행동을 했는가?"

"망극하옵니다, 전하! 어찌 소인이 구차한 변명으로 전하께 심려를 끼쳐 드리겠습니까? 누이의 죽음으로 잠시 정신줄을 놓아 이 같은 망령된 짓을 범하고 말았습니다."

"또한 그대는 무슨 생각으로 어린 은언군의 아들 상계군(이담)을 누이동생 원빈의 양자로 입적시켰는가? 그대는 정령 역모할 마음을 품고 상계군을 이용하여 왕의 외가가 되어 권세를 누리려고 하였는가?"

"그것은 절대 아니옵니다. 다만, 소인은 중전마마께서 지병이 있어 원자 마마를 생산치 못한다는 말을 듣고 이 문제로 불거진 조정의 시끄러움을 막고 전하께서 국정을 돌보시는 데 아무런 방해가 없도록 하기 위함이었습니다."

"영의정을 비롯하여 모든 대신들은 도승지를 왕권에 도전하는 '대역죄'로 다스려야 한다고 상소를 올리고 있는데 아니 땐 굴뚝에 연기라도 난단 말인가?"

"아니옵니다. 전하 절대 아니옵니다. 흑흑흑!"

홍국영은 눈물로 하소연하며 엎드려 이마를 내전 마루에 부딪치며 억울함을 밝혀 달라고 울부짖었다.

"내 도승지를 보호하기에는 이미 그대가 선을 넘었다. 모든 직을 내려놓고 잠시 물러나 쉬도록 하거라! 내 궁 안의 사정을 살펴본 후 모든 것을 결정할 테니 물러가 근신하도록 하라!"

정조는 효의왕비의 나인들을 함부로 잡아다가 문초했다는 사실을 거론하며 홍국영에게 도승지에서 물러나 잠시 쉬도록 명하였고 왕비를 죽이려고 조찬에 독약을 넣도록 사주한 사건에 대해서는 함구했다. 그 일은 명확한 증거가 있는 일이 아니었기 때문이다.

정조는 일단 궁궐 내 거의 모든 중신들이 홍국영의 처분을 요구하고 있고, 정조의 신임을 믿고 안하무인(眼下無人)의 태도를 보인 것에 대해서도 그냥 넘어갈 수는 없었다. 이에 홍국영이 정조의 꾸짖음을 듣고 말하기를,

"소인 7년간 국가의 일을 맡았는데, 그간 조정의 명령 대부분이 제 손에서 나왔습니다. 신이 한 번 궐문을 나가 다시 세상에 뜻을 둔다면, 하늘이 신에게 반드시 죄를 물을 것입니다."

대궐을 나가면 다시는 조정일에 관여하지 않겠다는 자진 은퇴 형식이었지만, 실은 정조의 명에 따른 추방이었다. 정조는 홍국영의 사직 상소를 즉시 허락하며 슬픈 표정으로 말했다.

"이전과 이후 천 년 동안 군주와 신하의 이러한 만남이 언제 있었던가? 그리고 또다시 있을 수 있겠는가? 예로부터 흑발(黑髮, 검은 머리)의 재상은 있었으나 흑발의 봉조하(奉朝賀)는 없었는데, 이제 흑발의 봉조하가 있게 되었다."

봉조하는 은퇴하는 원로대신에게 내리는 일종의 명예 직함이었다. 정조가 홍국영에게 내린 마지막 은혜였다면 은혜였다. 외척 세력을 철저히 배격하고자 했던 정조로서는, 그러한 원칙에서 벗어나 왕위 계승에까지 개입하려는 홍국영을 용납할 수 없었다.

더구나 홍국영은 자기 세력을 구축하여 노론 세력의 수장으로 자리 잡으려는 움직임도 보였다. 그러한 홍국영의 행태는 지난날 외척 세력을 척결하는 데 앞장섰던 자기 자신에 대한 배신이자 국왕에 대한 배신이었으며, 탕평 노선을 추구하는 정조의 정치 방향과도 맞지 않았다. 어느 순간 홍국영은 정조의 정치 구상과 행보에서 치워내야 할 걸

림돌이 되어 버린 것이다.

하지만 32세밖에 안 된 젊은이가 봉조하에 제수된 기록적인 사건에 조정이 발칵 뒤집혔다. 그런 직을 거두어 줄 것을 대신들은 요청했다. 그러나 홍국영은 봉조하가 되었음에도 불구하고 평소의 임금의 총애와 그의 권세, 좌의정인 그의 백부 홍낙순 등의 존재로 인해 조정이 한동안 그의 영향력 아래에 있었다.

그 후 홍국영의 추천으로 조정에 오른 송시열의 후손이자 산림의 영수로 칭송받고 있었던 송덕상(宋德相)을 비롯한 홍국영의 사람들이 "32세에 사직이 웬 말이냐?!"면서 홍국영을 복귀시키라는 상소를 올렸고 홍국영은 내심 조정으로의 복귀를 꿈꾸고 있었다.

그러나 소론으로 정조의 즉위에 절대적인 공을 세운 중신 서명선이 평소에 홍국영의 전횡을 싫어하고 홍국영을 두둔하는 행보를 밟지 않자 이에 홍국영을 지지하던 홍낙순 이하 홍국영의 수하들과 집안 사람들이 맹렬히 서명선을 탄핵했다.

하지만 정조는 오히려 홍낙순(洪樂純)을 내쫓고 홍국영도 유배 보내 버렸다. 가뜩이나 왕족과 신하들의 원한을 많이 받았던 홍국영이 임금의 눈 밖에 났다는 것이 확실시되자 반대편에 있던 신하들은 그에 대한 온갖 비난이 쏟아지기 시작했다.

임금의 신뢰가 떨어진 신하에 대해 그 반대편에 섰던 신하들이 맹렬하게 물고 늘어져 정치판에서 매장하려고 한 것이다.

처음에는 정조는 홍국영을 도성 바로 턱 밑인 제기(동대문구 제기동)에 그냥 놓아두며 꾸준히 문안을 요구하는 전언을 내리는 등 몇 번의 왕래를 하였으나 정조가 초본을 작성했다는 김종수의 유배 상소를 시작으로 반대파들의 계속되는 상소를 받으며 도성에 출입할 수 없는 조치와 함께 강원도 강릉으로 유배지가 옮겨지고 말았다.

비참하게 몰락한 홍국영은 실의에 빠져 살다가 결국 유배지 강릉에서 34세의 젊은 나이에 병으로 요절했다. 정조는 그동안의 보은(報恩, 은혜)을 생각하여 정조가 하사한 토지 600결과 몰수해야 할 노비 100명에 대해서는 그대로 놔두었다.

홍국영이 쫓겨나고 나서 당시 그가 관여했던 기록들은 대부분 삭제되었다. 홍국영의 사후에는 그의 사람이었던 훈련대장 구선복 등의 역모가 적발되었고, 상계군 이담에게도 반역죄가 적용되면서 풍산 홍씨는 그야말로 몰락의 길에 다다르고 말았다.

홍국영과 함께 송덕상도 몰락했는데 문제는 이 때문에 정조 초반기, 희한한 사건이 터지게 되었다. 송덕상이 삭탈관직을 당하자, 유생들이 통발로 반대 상소를 날리거나, 송덕상을 옹호하는 글을 지어 송시열의 사당에 고했다가 잡혀서 유배 간 신형하(申亨夏)를 옹호하자 박서집 등 대다수가 유배를 가야 했다.

뒤이어 정조는 새로운 도승지 자리에 김종수를 앉혔다. 지금까지는 홍국영을 통해 권력을 장악하고 자신과 적을 두고 있던 많은 정적들을 제거할 수 있었다.

하지만 홍국영이 병권을 장악하고 승정원의 최고 직인 도승지에 오르면서 궁궐 나인들과 음란한 행위를 하는가 하면, 최대 세력인 노론을 접수해 자신의 통제 아래 두려고 했으며, 노론 역시 여당으로 남기 위해 이에 협력하는 분위기가 조성되자 정조는 미련 없이 홍국영을 토사구팽(兎死拘烹, 토끼를 잡고 나면 사냥개를 잡아먹음)한 것이다. 어떻게 보면 이는 정조의 예정된 수순이었는지도 모른다.

그 후 정조는 홍국영의 사망 소식을 듣고 슬퍼하며 말했다.

"홍국영이 이런 죄에 빠진 것은 사려가 올바르지 못한 탓이다. 처음 엔 나라의 안정과 근심을 함께 제거하기 위해 그의 지위를 높게 하고 위엄을 세우기 위해 '권병(權柄·권력의 손잡이)'을 임시로 맡겼던 것이다. 그런데 스스로 조심하고 두려워하며 삼가는 방도를 생각하지 않고서 오로지 총애만을 믿고 '위복(威福·벌과 복을 주는 임금의 권력)'을 멋대로 사용하여 끝내는 극죄(極罪)를 저지르게 된 것이다."

그렇게 홍국영은 비참하게 역사 속으로 사라졌다. 그 어떤 난세의 영웅이라도 죽으면 그를 따르던 추종자들도 흩어지는 것이 세상의 이 치였다.

제17장
남편의 후궁
화빈 윤씨와 의빈 성씨

1779년(정조 3년) 5월 7일 홍국영의 동생 원빈이 사망하고 이듬해 1780년 2월 이조판서 김종수가 올린 탄핵 상소를 계기로 홍국영은 모든 벼슬에서 물러나 유배지에서 사망했다. 이때를 기다린 정순대비는 바로 후궁 간택을 꺼내 들었다.

홍국영으로 인해 후궁 간택을 할 수 없었던 정순대비는 이번에는 그 기회를 잡을 수 있었다. 나라의 임금은 홍국영의 뒤처리 문제로 정신이 없는데 대비는 뒤에서 자신의 숙적 홍국영이 유배를 가자마자 후궁 간택 문제를 꺼내 들고나온 것이다.

1780년(정조 4년) 2월 21일 대비는 대신들에게 언문으로 하교를 내려 후궁 간택을 청했다. 정조는 대비의 명이라 어쩔 수 없다며 간택을 받아들였다.

그리고 마침내 3월 10일 16세의 화빈 윤씨가 삼간택을 거쳐 후궁으로 책봉되었다. 그러나 삼간택이라는 형식은 취했지만 사실상 사전에 내정된 상태였다. 이때 정조의 나이 만 29세였다. 그리고 3월 12일 자경전(慈慶殿)에서 가례를 행했다.

화빈 윤씨와 가례는 명나라의 예에 따라 황귀비의 예에 따랐던 원빈 홍씨와는 다르게 조선의 예법에 따라 내명부 정1품 빈의 예법으로 거행되었다.

화빈 윤씨는 본관은 남원이며, 판관 윤창윤(尹昌胤)의 성주 이씨의 딸이다. 아버지 윤창윤은 종5품 판관 벼슬로 그리 높은 벼슬은 아니었으나, 당시 정조의 측근이자 영의정이었던 서명선과 인척 관계였고 서명선과 같은 소론계였다.

하지만 화빈 윤씨는 후궁으로 앉자마자 자신의 나인들을 통해 정조와 효의왕비가 얼마나 자주 합방을 하는지 정조가 다른 궁녀들을 만나지는 않는지 수시로 감시했다. 특히 효의왕비를 지나치게 질투했다.

그러던 어느 날, 화빈 윤씨의 나인들이 중전을 감시하다 효의왕비 나인들에게 발각되어 왕비도 이 사실을 알게 되었다. 이에 효의왕비는 중궁전으로 화빈 윤씨를 불러들이도록 명했다.

"화빈, 그대의 질투는 화를 불러올 뿐이다. 여인네가 지아비로부터 사랑을 받지 못하면 무슨 일이든 다 한다는 것을 내 모르는 바는 아니지만 궁중에는 법도가 있고 내명부에는 궁녀들과 후궁들이 지켜야 할 도리가 있거늘 어찌 그리 경거망동한단 말이냐? 그리고 나라의 국모인 중전을 감시하는 죄가 얼마나 무거운 줄 아느냐?

하지만 어린 나이에 상감마마의 총애를 얻어보고자 하는 여인네의 질투심으로 알고 내 이번만은 그냥 넘어가겠다."

화빈은 아무 말도 하지 못했다. 효의왕비에게는 이상한 힘이 있었다. 상대방을 똑바로 쳐다보는 눈빛에는 상대방의 온몸이 얼어붙을 정도로 근엄과 위엄이 있었다. 게다가 곁에서 풍기는 국모의 자태는 어느 후궁들과는 차원이 달랐다.

그 때문인지 화빈은 아무 말도 못 하고 그대로 무릎을 꿇고 앉아 있을 뿐이었다.

"내 다시 한번 말하지만 다음번에도 그와 같은 행동을 한다면 화빈을 용서하지 않겠다. 내 친히 물고(物故, 죄를 지은 사람을 죽이거나 처벌함)를 낼 것이다. 그리고 화빈은 이 시간부터 처소로 돌아가 자신의 행동을 반성할 때까지 근신토록 하여라."

그런 일이 있었음에도 화빈 윤씨의 질투는 멈추지 않았다. 이번에는 무서운 왕비 대신 정조가 어느 궁녀와 가까이 지내는가를 감시하던 차에 뜻밖의 사실을 알게 되었다. 정조가 효의왕비가 아닌 다른 궁녀를 몰래 만난다는 사실을 알게 된 것이다.

그녀가 바로 대비 혜경궁 홍씨를 돌보는 지밀각시(至密, 궁방의 침실을 돌보던 궁녀)라는 사실도 알아냈다. 정조는 어머니 혜경궁 홍씨에 대한 문안차 창덕궁을 갈 때마다 궁녀 덕임을 불러 사랑을 속삭였고 어떤 날에는 덕임을 데려다가 하룻밤을 보낸 뒤 돌려보내기도 했다. 물론 지엄하신 임금의 지시로 덕임의 마지못한 행동이었다.

이러한 사실을 알게 된 화빈 윤씨의 질투와 분노는 효의왕비에서 성덕임으로 옮겨갔고 어떤 날에는 질투를 참지 못해 성덕임을 큰소리로 부르짖으며 저주하기도 했다.

그리고 화빈 윤씨는 정조가 성덕임 때문에 자신을 후궁으로 간택하는 것을 반대하다가 대비 때문에 어쩔 수 없이 받아들였다는 사실도 알게 되었다.

정조는 화빈 윤씨를 후궁으로 들였지만 쉽게 정을 주지 못했다. 의무적으로 가끔 들러 사랑 없는 합궁을 하고는 곧바로 대전으로 돌아오곤 했다.

정조가 화빈에게 정을 주지 못한 이유는 성덕임에게 있었다. 당시 정조는 홍국영의 누이동생 원빈 홍씨와 합궁을 시도하려고 수차 노력했지만 원빈 홍씨가 너무 어려 합경이 이루어지지 못했다. 아프다고만 소리치는 원빈으로 인해 정조의 마음이 싸늘하게 식을 즈음 어머니 혜경궁 홍씨 옆에서 시중을 두는 성덕임을 찾아 밤을 보내곤 했다.

정조는 성덕임을 찾아가 자신이 화빈을 간택한 일은 모두 덕임 너 때문이라며 다시 한번 승은을 입으라 명했지만 성덕임은 거절했다.

"소인이 만약 승은(承恩, 여자가 임금의 총애를 받아 임금을 밤에 모심)을 입는다면 수양딸처럼 저를 보살펴 주신 혜경궁 마마를 어떻게 대하며 친 동무와 같은 중전마마를 또 어찌 바라볼 수 있단 말입니까? 대비마마와 중전마마에 대한 보살핌은 소인 죽어서도 그 은혜를 갚지 못할 일인데 차라리 소인 어명을 거절한 죄로 참형을 달게 받겠사오니 부디 윤허하여 주시길 바랍니다."

사실 성덕임이 승은을 거부한 것은 정조가 세손으로 있던 1766년(영조 42년)에도 있었다. 자신을 부모처럼 길러주신 혜경궁 홍씨와 세손빈에 대한 의리를 저버릴 수 없었기 때문이었다. 그때도 똑같이 덕임은 말했다.

"세손빈 마마께서 아직 아이를 낳고 기르지 못하여 감히 승은을 받을 수 없습니다. 계속해서 승은을 받으라고 하신다면 차라리 소인을 죽여 주십시오."

덕임의 말처럼 효의왕비는 24살(1776년)밖에 안 된 젊은 나이였고 언제든 회임을 할 수 있는 나이였다. 하지만 정조는 쉽게 물러나지 않았다. 정조는 성덕임에게 승은을 입지 않을 경우, 자신이 원하지 않은 후궁을 통해 후사를 보게 될 것이고 그런 일은 어머니 혜경궁 홍씨나 효의 왕비에게도 결코 도움이 되지 않음을 조목조목 설명했다. 그러면서 덕임이 말고는 어느 후궁과도 합궁을 원치 않는다고 말하며 당장 승은을 받지 않는다면 용서하지 않겠다고 다그쳤다.

"그렇다면 상감마마, 저에게 하루만 말미를 주시길 바랍니다. 중전마마의 윤허를 받은 후에 마마의 청을 받아들이고자 합니다."

다음 날 성덕임은 효의왕비를 찾아 그간의 일들을 소상하게 아뢰었다. 그런데 덕임의 걱정과는 달리 효의왕비는 환하게 웃었다.

"덕임아, 내 이미 상감마마를 통해 그동안 일에 대해 소상히 알고 있느니라. 네가 나를 위해 승은을 받을 수 없다고 했다며? 그것도 한 번이 아니라 두 번씩이나!"

"망극하옵니다. 중전마마! 소인 죽을죄를 지었사옵니다. 소인 중전마마의 은혜를 저버리고 감히 승은을 받고자 하였습니다. 죽여주십시오!"

"아니다. 상감마마의 말이 옳다. 후사를 보기 위해 원수 같은 홍국영의 동생 원빈을 들였지만 그렇게 갑자기 이 세상을 떠나고, 화빈 역시 회임의 조짐도 없는데도 질투와 시기로 인해 상감마마의 사랑을 받지 못하고 있어 걱정하고 있었다. 가만히 생각해 보면 그것이 너를 마음에 품고 있었기 때문이 아니겠느냐?"

덕임은 임금이 자신을 마음에 품고 있다고 하자 어찌할 바를 몰랐다.

"덕임아! 내 어렸을 때부터 어머니가 수양딸로 너를 거둬 지금까지 지밀각시로 일하는 동안 너의 행동거지를 살펴보았지만, 어디 하나 모난 곳이 없었다. 물론 그런 아이다 보니 나 때문에 목숨을 걸고 승은을 거절했겠다고 생각한다. 나는 네가 상감마마의 승은을 입어 회임을 하게 된다면 내 대비마마(정순왕후)에게 후궁 첩지를 내리도록 할 예정인데 네 생각은 어떠하냐?"

효의왕비는 정조가 성덕임을 몰래 만나 사랑을 나눈 사실을 이미 알고 있었다. 세상에 질투 없는 여자가 어디 있을까마는 임금이 좋아 궁녀를 품겠다는데 이를 문제 삼는 것은 왕비로서의 자존심을 떠나 후사가 없는 상황에서 반대할 명분도 없었다.

게다가 시어머니와 자신을 위해 승은을 거절하는 덕임이라면 나중에 후사가 생기더라도 자신 앞으로 왕자를 입적해 줄 터인데 굳이 반대할 이유가 없었다.

다만 왕이 덕임을 생각하는 마음이 단지 후사를 잇기 위함만이 아니라 마음에 두고 있으니, 후사를 보지 못한 자신이 안타까울 뿐이었다.

정조는 세손 시절부터 봐온 덕임이 다른 후궁보다는 심적으로나 육체적으로 편하다고 느꼈다. 그리고 마지못해 거절은 하고는 있지만 자신을 좋아한다는 사실도 알 수 있었다.

"중전마마! 그 말만은 거두어 주시옵소서. 소인은 그럴 마음이 없사옵니다."

"아니다! 네가 어릴 적부터 어머님께서 너를 수양딸처럼 키우셨고 너는 나와 어머니를 위해 기꺼이 목숨도 내놓을 것이라 생각하고 있었다. 너는 나와 어머니에게는 가족과도 같은 아이이고 비록 나와는 나이는 동갑이지만 나를 깍듯이 모시고 있지 않느냐? 그리고 그런 마음은 죽을 때까지 변함없을 것으로 본다. 그러니 덕임아! 아무 말 하지 말고 상감마마의 성은을 받거라! 내가 가장 믿는 네가 세자를 얻게 된다면 그건 이 나라의 축복뿐만 아니라 나에게도 복이니라."

성덕임의 아버지 성윤우는 홍봉한 대감의 청지기 출신으로 미천한 신분이었다. 따라서 중전이나 대비 입장에서는 덕임을 바로 후궁으로 간택할 수는 없었다.

다만 궁녀 중에 임금의 승은을 입어 회임을 한 경우에는 후궁 첩지를 내릴 수 있었다. 회임을 하기 전까지는 상궁의 칙첩을 받을 수 있는데 상궁이라는 자리도 궁녀 중에는 상당히 높은 자리였다. 그러나 승은을 입었음에도 불구하고 회임을 못 할 경우 상궁으로 남아 궁궐에서 머물러야 했다.

그렇게 성덕임은 정조의 성은을 입어 상궁의 칙첩(勅牒, 왕이 내리는 문서)을 받았다. 그리고 1780년(정조 4년) 12월 회임을 했으나 곧바로 유산되고 말았다. 그리고 1781년(정조 5년)에도 회임을 했지만 3개월 만에 유산되고 말았다.

그런데 정조는 두 번이나 계속된 유산에도 불구하고 덕임의 처소를 계속 찾았다. 그런 임금의 행동에 가장 불만을 품은 사람은 화빈이었다. 후궁으로 들어온 지 얼마 되지 않은 자신에게는 관심도 없고 하루가 멀다고 덕임을 찾는 상감마마가 미워 견딜 수가 없었다.

결국 이런 질투를 참지 못해 화빈은 해서는 안 될 행동을 하고 말았다.

1781년(정조 5년) 1월 17일 화빈 윤씨는 자신이 간택된 지 1년이 다 되도록 발길조차 뜸한 정조를 원망하면서 한 가지 묘안을 생각해 냈다. 그것은 자신이 회임했다고 알려 상감마마를 곁에 두겠다는 무서운 생각이었다.

그리고 화빈이 회임을 했다는 소식은 곧바로 정조와 내명부 정순대비, 혜경궁 홍씨, 그리고 효의왕비에게까지 알려졌다.

화빈이 왕위를 계승할 후사를 보았다는 소식에 정조를 비롯하여 내명부 어른들이 모두 화빈의 처소를 찾아 축하를 건넸고, 정조는 곧바로 산실청 설치를 명했다.

"화빈, 고생 많았소. 내 그런 줄도 모르고 자주 찾아오지 못해 미안하구려. 이제는 자주 오겠소. 몸조리 잘하고 필요한 게 있으면 언제든지 박 상궁을 통해 중전에게 알리도록 하시오."

그렇게 하여 1781년 1월 17일 화빈 윤씨가 임신하여 산실청이 설치되었다. 이때부터 정조는 화빈에게 정성을 다했다.

하지만 회임기간을 자기 마음대로 연장할 수는 없었다. 달이 갈수록 불러야 할 화빈의 배는 불러오지 않았고 정조의 명을 받아 재진료에 들어간 어의는 상상임신일 가능성이 많다는 소견을 내놓았다.

하지만 화빈 윤씨는 자신이 회임한 것이 사실이라며 산실청에 틀어박혀 나오질 않았다. 그렇게 산실청이 설치된 지 약 1년 8개월 동안 나오라는 옥동자는 나오지 않고 감감무소식이 계속되었다.

이에 대사간 신응현(申應顯)은 사적(仕籍, 벼슬아치의 명부에서 삭제)하라고 명하면서 정조에게 상소를 올렸다.

"건국 이래로 어찌 20여 달이나 산실청(産室廳, 빈궁이나 궁인의 분만에 관한 일을 맡아 보는 임시 관아)을 둔 때가 있었습니까? 남을 속이려는 습관에 신은 통분해하고 있습니다. 의관(醫官) 오도형(吳道炯), 정문수(鄭文綬) 무리들이 감히 이치상 있을 수 없는 일을 가지고 임금 앞에서 장담을 하여 열 달의 뒤로 3년 이란 오랜 세월을 끌었습니다."

이어 영의정 김치인(金致仁)이 말하기를,

"이 일은 산실청에서부터 30삭(朔, 달)에 이르렀을 때까지 여항(閭巷, 마을)이 모여 있는 곳의 말이 이미 의심스러운 것이 많았는데 임신이라는 사실에 그 누군들 기뻐하지 않았겠습니까만 그것이 거짓으로 드러남에 모두 분개하고 있었으나 다만 말을 함부로 하지 못했을 뿐입니다."

자신의 임신 사실이 거짓으로 드러나자, 화빈은 당황했다. 이제 회임 사실이 거짓임이 밝혀졌음에도 산실청에서 나가야 하는지 아니면 그냥 끝까지 버텨야 하는지 좌불안석(坐不安席)이었다. 결국 이조판서로 있던 고모부 조시위(趙時偉)에게 이 문제를 어떻게 할지 물었다.

"고모부님, 저는 어떻게 해야 합니까? 제가 회임을 했다고 거짓말한 것이 탄로 났을 텐데 이러지도 저러지도 못하고 두문불출하고 있습니다. 그런데 회임도 못 하고 있는 저와는 달리 성 상궁이 또 회임을 했다고 하여, 상감마마는 물론이고 대비마마와 중전마마께서도 후궁으로 첩지를 내리려고 한다고 합니다."

"마마! 소인 이미 소식을 들었사옵니다. 성 상궁이 회임을 한 것은 사실이옵고 이미 산달이 가까워지고 있사옵니다."

"아니 뭐라구요? 성 상궁 그년이 어떻게 또 회임을 할 수 있단 말입니까? 내가 회임을 했다고 산실청까지 차려 상감마마께서도 내 곁을 줄곧 지켰는데 언제 회임을 했길래 산달이 가까워진답니까?"

"화빈 마마! 지금 그걸 따질 때가 아닙니다. 주상 전하께서도 이미 화빈 마마께서 회임이 되지 않은 사실을 어의를 통해 듣고 알고 계시옵니다. 그럼에도 아무런 하교가 없으신 것은 화빈 마마께서 회임을 너무나 간절히 원한다는 것을 알고 계시기에 그 마음을 헤아려 그냥 귀를 막고 계시는 것입니다. 그만 산실청을 철수하시고 처소로 돌아가시면 다른 문제는 소신이 좀 더 숙고해 다른 방도가 없는지 살펴보도록 하겠습니다."

그렇게 화빈은 1년 8개월이라는 기간 동안 산실청에 머무르다 사람들의 눈치를 살피며 조용히 처소로 돌아갔다.

그리고 두 달 뒤 1782년(정조 6년) 9월 7일 덕임은 창덕궁 연화당에서 왕자를 생산했다. 이때 덕임을 키운 혜경궁 홍씨는 본가에서 데려온 유모 아지와 몸종 복례를 보내 출산을 도왔다.

정조는 너무나 기뻐 승지와 각신(閣臣, 규장각의 벼슬아치)을 불러 하교하기를,

"왕자가 탄생하였다. 궁인 성씨가 태중이더니 오늘 새벽에 분만하여 종실이 이제부터 번창하게 되었다. 이는 내 한 사람의 다행일 뿐만 아니라, 머지않아 이 나라의 경사가 계속 이어지리라는 것을 확실히 알 수 있으므로 더욱더 기대가 커진다. 자고로 후궁이 임신을 하면 관직을 봉한다는 말이 있듯이 이제부터 성씨를 소용(昭容, 후궁 품계 중 하나)으로 삼는다."

후궁의 품계는 정1품 빈, 종1품 귀인, 정2품 소의, 종2품 숙의, 정3품 소용, 종2품 숙용, 정4품 소원, 종4품 숙원이었으니 소용은 중간쯤 됐다.

정조로서는 첫 자식이자 첫아들이었다. 서른 살을 넘겨 아들을 본 정조의 기쁨은 이루 말할 수 없었다. 그 기쁨은 혜경궁 홍씨나 효의왕

비도 마찬가지였다.

"비로소 아비라는 호칭을 듣게 되었으니 이것이 다행스럽다."

신하들에게 밝힌 정조의 득남 소식이다. 아들이 귀했던 조선 왕실에서 원자의 탄생은 크나큰 경사였다. 시임대신(현직)과 원임대신(전직)들이 말하기를

"하늘에 계신 조종께서 우리나라를 돌보시어서 남아가 태어난 경사가 있었습니다. 더구나 이달은 우리 선왕(영조)께서 탄생하신 달이고 우리 전하께서 탄생하신 달인 데다 왕자께서 또 이달에 탄생하셨으니, 경사에 대한 기쁜 마음을 금할 수 없습니다."

정조는 1782년(정조 6년) 왕세자를 위해 창덕궁에 중희당을 건립하도록 지시했다. 그리고 소용궁(昭容宮, 덕임이 머무는 궁)에 내릴 빈호를 올리라고 지시했다. 이에 좌의정 이복원(李復元), 우의정 김익(金熤)이 자신들이 정한 빈호를 제안했다.

"철(哲) 자, 태(泰) 자, 유(裕) 자, 흥(興) 자, 수(綏) 자가 좋을 듯 하나 감히 하나로 정하기 어렵사옵니다."

이에 정조는 대신들의 추천하는 빈호가 마음에 들지 않았는지 자신이 생각한 빈호로 정하라며 직접 하명했다.

"의(宜) 자로 하라."

그리고 1782(정조 6년) 9월 7일 정조는 이제 막 태어난 왕자를 문효세자라고 칭하고 다음 해 덕임을 정1품 의빈(宜嬪)으로 진봉했다.

정조가 직접 정한 빈호의 '의'는 '마땅할 의' 자로 '마땅하다, 알맞다'라는 뜻과 온화하고 '어질다'라는 뜻도 있었다.

의빈 성씨는 곧바로 자신의 아들을 중전 효의왕비 자식으로 입적시켜 줄 것을 대비와 왕비 그리고 상감마마께 간청했다.

"중전마마, 비록 문효세자는 제 몸에서 얻었지만, 상감마마의 승은을 허락한 것도 중전마마이십니다. 게다가 적자 왕위 계승을 위해서라도 반드시 중전마마의 자식으로 입적하여 왕위를 승계할 수 있도록 하여 주시길 바랍니다."

의빈의 이러한 청은 어찌 보면 당연한 것이었지만 자기 자식을 남의 자식으로 입적시키는 일은 그리 쉬운 일은 아니었다. 게다가 그 마음이 어쩔 수 없는 경우와 진심일 경우에는 전혀 다르다.

의빈 성씨는 진정으로 그렇게 되길 원했다. 아직 후사를 볼 수 있음에도 임금의 승은을 허락한 것도 왕비이고 자신이 회임하여 산실청에 있을 때도 중전은 하루도 거르지 않고 찾아와 자신을 돌봐 주었다.

효의왕비는 의빈의 손을 잡으며 고맙다고 말을 전했고 의빈은 조금도 질투하지 않았다.

"고맙소, 의빈! 의빈이야 어머니(혜경궁 홍씨)가 아끼시는 양녀이자 나의 동무 아닙니까? 내 어찌 의빈의 진솔한 마음을 모르겠습니까? 세자는 나의 아들로 입적만 할 뿐 의빈의 자식이라는 사실은 하늘도 알고 땅도 알고 모든 궁궐 대신들과 나인들도 다 아는 일이니 앞으로도 계속 의빈이 세자를 돌보도록 하세요."

효의왕비는 어릴 적 아버지가 이미 이 문제에 대해서 언급한 사실을 기억했다.

"훗날 왕비가 되어 만일 자식을 낳지 못한다면 너의 자식을 낳아줄 수 있는 여자를 골라 후궁으로 앉히거라. 그러나 반드시 권력을 지닌 대감의 여식이 아닌 궁녀들 중 천한 여식을 골라 앉혀야 한다. 만약 권력을 가진 여식이라면 그녀의 아비가 권력을 좌지우지할 것이다. 그리고 그녀가 현명하다면 자식을 낳아도 너의 자식으로 입적시키고 너의 편에 서게 될 것이다."

아버님의 말씀은 정확하게 맞았다. 만약 의빈 성씨가 지체 높은 대감의 여식이었다면 온전히 자신의 딸이 낳은 자식을 왕비의 자식으로 입적시키지 않았을 것이다.

다행스럽게 의빈 성씨는 됨됨이가 바르고 정성을 다해 정조를 섬기며 왕비에게도 최선을 다하였다.

세월이 흘러 원자가 3세 때인 정조 8년(1784년) 8월 20일 원자는 왕세자로 책봉됐다.

당시 정조가 세자 책봉을 얼마나 기뻐했으면 영조 말 정순왕비를 믿고서 사도세자를 죽음으로 내몰고 자신마저 위협했던 김귀주(정순대비 오빠)의 흑산도 유배를 풀어 육지로 나올 수 있게 해줄 정도였다.

이 일은 추후 정조의 사망 이후 정순대비가 수렴청정을 하고 노론의 세력을 등에 업고 정권을 잡았음에도 정조의 어머니 혜경궁 홍씨와 효의왕비를 비롯하여 정조의 아들 되는 순조를 끝까지 지켜주는 데 큰 역할을 하게 되었다.

1785년(정조 9년) 9월 9일에는 서연을 열어 세자(문효세자)에 대한 공부가 시작됐다. 교재는 『효경』이었다. 정조와 효의왕비도 『효경』을 세자의 첫 공부 과목으로 선택했고 그렇게 세자는 아무 탈 없이 성장하고 있었다. 이렇게 모든 것이 순조로운 듯했다.

그런데 1786년(정조 10년) 5월 3일 세자에게 홍역 증세가 나타났다. 정조는 즉시 의약청 설치를 지시하였고 이틀 후 의약청에서는 열이 상쾌하게 식고 밤잠도 다 사라졌다고 보고했다. 그래서 5월 6일에는 정조도 세자가 쾌차했다며 신하들과 함께 경사를 누리기까지 했다.

그런데 5월 7일 약방에서 보고하기를 아직 열이 조금 남은 듯하여 의원들이 약을 조제해 올렸다고 했다.

5월 8일에는 다시 열이 다 내렸다고 약방에서 보고했다. 하지만 이틀 후인 5월 10일 세자의 환후가 급격하게 위중해졌다.

병석에 누워있는 의빈을 대신해 효의왕비는 어떻게 된 일인지를 어의에게 물었다.

"의약청에서 숙직을 철수한 뒤로 세자에게 갑자기 다른 증세가 생겼습니다."

이에 정조는 세자가 위급하다는 사실을 당분간 숨기기 위해 약원에 알리지 못하게 하면서 약원 제조 서명선을 조용히 불렀다. 서명선이 어떻게 된 일이냐고 묻자, 정조는,

"홍진(紅疫)의 반점은 거의 다 사라졌는데, 어제 정신이 혼미해질 때부터 기가 올라오는 조짐이 있었다. 처음에는 회증(蛔症, 회충으로 인한 증세)인가 의심하였다가 다시 보니, 기가 치밀어 오른 것이다. 경들은 어서 들어가 진료토록 하라."

이에 세자의 증세를 살펴보고 나온 서명선 등에게 정조는,

"삼을 끓인 차를 복용토록 하라."

고 명했다. 아마도 그것은 의원의 청에 따른 것이었다.

그러나 결국 다음 날 5월 11일 오후 2시경 세자는 별당에서 숨을 거두었다.

문효세자의 죽음은 정조를 비롯하여 혜경궁 홍씨와 효의왕비에게는 청천벽력(靑天霹靂) 같은 일이었다. 특히 의빈 성씨에게 준 충격은 이루 말할 수가 없었다.

궁녀 시절 정조를 만나 2번의 유산을 하고 드디어 1782년 10월 13

일 문효세자를 낳고 의빈이 된 후 2년 뒤 1784년 윤달 3월 20일 또다시 옹주를 얻었지만 그해 5월 병을 얻어 피접을 나갔다. 그리고 5월 12일 옹주는 경풍(驚風, 의식을 잃고 경련하는 병증)으로 요절했다. 그리고 1786년 5월 11일 문효세자마저 홍역으로 요절하고 말았던 것이다.

문효세자의 죽음으로 궁 안은 말 그대로 초상집 분위기였다. 하지만 원수지간에 상대방의 불행은 곧 자기의 행복이었다. 질투와 시기가 많은 화빈은 그야말로 기회를 잡았다고 생각했다.

궁 안이 혼란한 상태에서 경연은 일시적으로 중지되었고, 대신들이 대궐의 출입이 뜸해진 틈을 타 화빈은 고모부 이조참의 조시위(趙時偉)를 불러 일을 도모하였다.

화빈은 내관 이윤목을 시켜 고모부 조시위가 궁 밖에서 구한 독을 의빈에게 처방할 임신중독치료에 몰래 타도록 지시했다. 내관 이윤목은 내의원 중 한 명을 매수해 독이 든 임신중독 치료제를 건넸다.

화빈은 의빈 성씨를 죽일 생각까지는 없었다. 그저 임금의 사랑을 받아도 다시는 회임이 되지 않기를 바란 마음에서 독도 조금만 썼다.

어쨌든 임금을 보호하기 위해 구성된 내의원과 임금을 보필해야 할 내관 그리고 임금의 후궁과 후궁의 인척이 이렇게 무서운 음모를 꾸미고 있었던 것이다.

효의왕비는 친정에서 데려온 시녀 혜심과 엄 상궁을 통해 한약은 물론 조찬부터 석찬까지 자신과 정조의 수라상까지 챙긴 터라 위험은 없었지만, 의빈의 경우는 사람이 선하고 어질어 누굴 의심하지 않았다.

내의원 의원이 달인 임신중독 치료제를 김 상궁이 받아 의빈에게 가져가려는 순간 마침 효의왕비와 혜경궁 홍씨도 임신중독으로 누워있는 의빈을 위로하기 위해 의빈의 처소를 방문했다.

김 상궁이 약사발을 받아 들고 방 안으로 들어가려는 순간, 혜경궁 홍씨와 효의왕비가 오자 김 상궁은 약사발을 든 채 의빈에게 전했다.

"의빈 마마! 혜경궁 마마와 중전마마께서 오셨사옵니다."

"그래! 어서 안으로 모시거라!"

다 죽어가는 개미 같은 가냘픈 의빈의 목소리가 들리자, 김 상궁은 두 사람을 안으로 모시기 위해 잠시 약사발을 의관에게 건넸다. 그리고 김 상궁이 내의원에게 말하길,

"우선 혜경궁 마마와 중전마마를 안으로 모시고 나서 약사발을 다시 가지러 올 테니 여기서 대기하시지요."

그 순간 독이 든 약사발을 들고 있던 내의원 의관은 식은땀이 목을 타고 내려와 옷을 적시며 놀라움에 어찌할 바를 몰랐다. 약사발만 전달하면 자신의 임무가 끝나는데 갑자기 예상하지 않은 상황이 발생한 것이다.

순간 겁에 질린 의관은 독이 든 약사발을 들고 그대로 도주하고 말았다. 그리고 약사발을 궁 안 연못에 던져버리고 자신의 숙소로 급히 돌아갔다.

한편 효의왕비는 혜경궁 홍씨를 모시고 누워있는 의빈을 위로하며 하루빨리 완쾌되기를 기원한다며 의빈을 위해 100일 기도에 들어가겠다고 말했다.

"의빈, 저와 혜경궁 마마께서는 내일부터 의빈의 쾌유를 비는 100일 기도를 위해 봉은사로 떠나게 되었습니다. 하루빨리 완쾌하셔서 상감마마를 기쁘게 해드리세요."

의빈은 김 상궁의 부축을 받으며 겨우 일어나 부복의 자세로 혜경궁 홍씨와 효의왕비를 향해 하염없이 눈물을 흘리더니,

"중전마마! 그리고 혜경궁 마마! 소인 하루속히 털고 일어나 두 분 마마의 은혜에 보답하고자 하옵니다."

이에 혜경궁 홍씨가 의빈의 두 손을 잡았다.

"그래야지요! 주상께서도 세자(문효세자)를 얻고 난 후 다음 해 옹주까지 낳아 그 기쁨이 태산과도 같았는데 이제 의빈까지 병석에 누워계시니 주상께서도 정사를 제쳐두고 슬픔에 빠져 있으니 그게 걱정입니다."

이때 효의왕비는 이상한 생각이 들었다. 문밖에 있는 의관이 무엇 때문에 대기하고 있는 것인지, 그리고 약사발에는 어떤 약이 들어 있는지가 의심스러웠다. 그래서 의빈 옆에 있는 김 상궁을 불렀다.

"문 앞에 대기하고 있던 약사발은 무슨 처방을 한 약이냐?"

이에 김 상궁이 말하기를,

"화빈 마마께서 특별히 내의원에게 부탁하시어 임신중독에 좋다는 치료제와 보약을 혼합에서 가져와 소인이 의빈 마마께 올리려는 중이었습니다."

"화빈이?"

순간 효의왕비는 화들짝 놀라며 김 상궁을 시켜 그 약사발을 당장 중궁전으로 가져오라고 지시하고 어의와 판관을 당장 대령하라고 지시했다. 옆에 있던 혜경궁 홍씨가 놀라며,

"중전, 무슨 일인데 이렇게 반색을 하고 그러십니까?"

"네, 어머니. 큰일은 아니옵고 화빈이 올렸다는 약사발에 대해 확인을 하고 싶은 것이 있사옵니다."

효의왕비는 의빈의 눈치를 보며 의빈이 모르게 어머니를 향해 신호를 보냈다. 혜경궁 홍씨도 중전이 약사발에 독약이 들었는지 확인하고자 하는 것을 알아차렸다.

의빈을 안정시킨 후 중궁전으로 돌아온 두 사람은 중궁전에서 벌써 와 대기 중인 어의와 내의원 판관을 만났다. 그리고 독기 어린 눈으로 두 사람을 향해 심문하였다.

"어의, 지금 의빈의 치료를 담당하고 계신 것으로 알고 있습니다."

"네, 중전마마. 그렇사옵니다."

"그럼 오늘 내의원 의관이 조반 후 의빈에게 올린 임신중독 치료제를 제조한 사실이 있습니까?"

"아니옵니다. 그런 사실이 없사옵니다. 의빈 마마께서는 몸이 허약하여 조반은 주로 죽을 드셔서 간에 무리가 갈까 염려하여 주상전하께서 아침에는 일체 그 어떤 조제약을 올리지 말 것을 명하시어 소인도 내의원 의관들에게 명하였사옵니다."

"그럼 조금 전 내의원 의관이 화빈이 의빈을 위해 올렸다고 가져온 임신중독 치료제는 무엇이란 말이오?"

"중전마마! 소인은 모르는 일이옵고 의빈 마마께 올리는 모든 약은 소인이 직접 올리라는 어명이 계셔서 내의원 의관들은 직접 약을 조제하거나 올릴 수 없사옵니다."

순간 효의왕비는 화빈이 의빈을 독살하려는 게 아닌지 의심했다. 옆에 있던 혜경궁 홍씨는 설마 그 같은 일이 있겠느냐며 효의왕비를 쳐다보았다.

"어의와 내의원 판관은 듣거라! 당장 의빈의 처소에서 김 상궁에게 약사발을 건넨 내의원 의관을 찾아내고 누가 의관에게 약사발을 건넨 것인지, 그리고 화빈이 직접 약을 올린 것인지를 조사하여 내게 고하거라!"

그날 저녁이 되어서야 어의와 판관이 헐레벌떡 중궁전으로 달려와 효의왕비에게 보고하길, 의빈에게 올린 임신중독 치료제는 화빈이 내린 것이 맞고, 화빈의 고모부 되는 조시위가 내관 이윤묵을 시켜 내의원 의관에게 전달되어 김 상궁에게 전해졌다는 사실을 고했다.

하지만 궁 안 연못에 약사발을 버려 조제약에 독약이 들어 있는지는 확인할 수 없었고 내관 이윤묵이나 내의원 의관은 일체 입을 열지 않고 그저 시킨 대로 했다고 하고 있어 일단 두 사람을 의금부 옥사에 가둬 놓았다고 말했다.

효의왕비는 곧바로 정조에게 달려가 이들에 대한 국문을 요청했다. 정조는 이미 세자 시절부터 정적들로부터 독살과 살해의 위험을 겪었던 터라 이번 기회에 의빈을 독살하려는 자들을 가만히 두고 보지는 않겠다고 다짐했다.

다음 날부터 시작된 국문으로 인해 내관 이윤묵과 내의원 의관은 살이 터지는 고통 속에서도 진실을 말하지 않았다. 국문을 통해 밝혀진 사실은 화빈의 고모부 조시위가 내관에게 지시하여 내의원 의관에게 임신중독 치료제를 전달했다는 것이었다.

하지만 이조참의 조시위와 내관 이윤묵은 독약은 절대 없었으며, 내의원 의관은 자신은 단지 약사발을 건네받아 김 상궁에게 전달하려고 했으나 혜경궁 마마와 중전마마가 의빈의 처소를 방문하여 약사발을 올리지 못하고 가져가는 도중 연못에 약사발을 빠뜨렸다고 주장했다.

결국 내의원 의관은 국문 도중에 혀를 깨물고 자살했고 내관 이윤묵은 의빈에게 먹을 약을 자기 멋대로 달여 올렸다는 죄로 1786년(정조 10년) 11월 10일 고향으로 쫓겨났다가 다시 유배되었다. 그리고 화빈의 고모부 조시위는 이 일로 1787년(정조 11년) 1월 12일 유배되었다.

혜경궁 홍씨와 효의왕비는 이들 모두 극형에 처해야 한다고 주장했지만, 뚜렷한 증거가 없는 상황에서 처벌할 수는 없었다.

정조의 대를 이을 외아들 문효세자가 1786년(정조 10년) 5월 11일 죽고 나서 의빈 성씨는 마음이 여리고 약해서 칠정(七情, 마음의 병) 증세가 심해져 중병에 걸렸고 본궁으로 피접을 떠났다가 조금 나아지자 다시 창덕궁으로 돌아왔다.

의빈 성씨가 궁으로 돌아온 후부터 정조는 매일 곁에 있었고 약을 직접 조제하고 산달을 살폈으나 의빈의 병은 날이 갈수록 악화되었다.

4개월 뒤 9월 14일 의빈은 자신의 명이 다가옴을 알았는지 김 상궁을 시켜 상감마마와 중전마마를 모셔 오라고 하였다. 헐레벌떡 정조와 효의왕비가 창덕궁 중희당으로 달려갔지만 이미 의빈은 숨넘어가는 소리가 밖에서도 들릴 만큼 죽음이 문턱까지 와있었다.

정조는 급히 달려가 의빈의 손을 잡으며 제발 정신을 차리라며 눈물을 흘렸다. 이에 의빈이 마지막 숨을 참으며,

"상감마마, 이제 소인 상감마마 곁을 떠날 때가 되었나 봅니다. 소인 상감마마와 혜경궁 마마 그리고 중전마마를 만나 집안은 물론 소인까지 만복을 누린 것도 모자라 마마의 사랑까지 넘치도록 받아 이제 가도 여한이 없사옵니다. 다만 마마의 후사를 못 보고 가는 것이 원통

할 뿐입니다."

이에 정조는 눈물을 흘리며 축 늘어진 의빈의 몸을 흔들었다.

"의빈, 아무 말도 하지 마시고 어서 기운을 차리세요."

의빈은 마지막 숨이 멈추기 전에 꼭 할 말이 있다며 자신을 부축해 앉혀 달라고 애원했다.

"소인은 상감마마를 만나 꽃길만 걷다 이렇게 마지막 가는 순간까지 연모하는 상감마마의 배웅까지 받으니 행복할 따름입니다. 저와 같은 천한 것이 마마의 승은을 입어 오늘까지 온 것은 모두 중전마마와 혜경궁 마마의 하늘과 같은 은덕이옵니다.

상감마마, 기억하십니까? 제가 혜경궁 마마를 모시고 있을 때 저를 보기 위해 상감마마께서는 수시로 혜경궁 마마께서 계신 경춘전으로 자주 왕문하셨지요.

그리고 승은을 입고 난 후부터 마마께서는 소인만을 찾아 주셔서 다른 이들이 시기와 질투를 멈추지 않았고, 마마께서 그럴수록 소인은 혜경궁 마마와 중전마마께는 얼굴을 들 수 없을 정도로 죄스러운 마음에 고개도 들지 못했지만, 상감마마를 볼 수 있어 마음은 언제나 행복했었습니다.

소인 이렇게 마마 곁을 떠나 혼자 가지만 남겨질 상감마마를 생각하면 슬픔이 밀려와 눈을 감지 못하겠사옵니다. 마마! 소인 마마께 한 가지 소원이 있사옵니다. 꼭 들어주셔야 합니다."

"그래, 알았소! 어서 말해보시오. 무엇이든 다 들어주겠소."

"마마, 어진 중전마마를 외롭게 놔두지 마옵소서! 중전마마께서는 항상 마마의 옥체를 염려하고 계십니다. 그리고 제가 죽거든 문효세자 묘(효창묘) 옆에 장사 지내 주십시오……."

그렇게 의빈은 마지막 말도 하지 못한 채 출산을 몇 달 앞두고 갑자기 사망했다. 안타깝게도 사망 당시 임신 8개월을 넘긴 상태라 문효세자를 이을 왕자가 같이 죽었다.

의빈은 정조의 뒤를 이을 문효세자까지 홍역으로 갑자기 죽자, 실의에 빠진 채 죽음만을 기다리는 상황이었다. 더욱이 네 번의 임신으로 이미 만신창이가 된 몸이었는데, 자신에게 독이 들었을지도 모르는 약을 올린 일로 많은 사람이 귀향을 가거나 죽임을 당했다는 소식을 듣고 거의 식음을 전폐하고 있었다.

정조를 비롯하여 혜경궁 홍씨와 효의왕비는 의빈의 죽음에 망연자실하며 문효세자의 죽음보다 더한 슬픔을 겪었다.

의빈 성씨는 9월 16일 묘시(오전 5~7시)에 입관하고 안현(安峴)의 본궁에 빈소를 차렸다. 그리고 11월 20일 효창문 왼쪽 언덕 임좌의 자리에 장사 지냈다. 의빈묘와 효창묘(문효세자의 묘)는 한 곳에 있고, 두 묘의 거리가 백 걸음 떨어져 있는데, 정조가 의빈의 소망을 들어준 것이었다.

의빈 성씨가 죽고 조정 대신들은 매일 궁으로 들어와 임금 알현하기를 청했지만, 정조는 슬픔에 빠져 어느 누구도 만나길 원치 않았다. 하지만 대신들은 더 이상 임금을 그냥 둘 수는 없었다.

결국 대전으로 몰려가 석고대죄를 올리며 정사를 위해 건강을 돌볼 것을 권하였다. 그리고 대신들을 대변해 약원 도제조 홍낙성은 눈물을 흘리며 정조의 슬픔을 위로했다.

"주상 전하! 기운을 차리시고 정사를 돌봐 주소서! 5월 이후로 온 나라의 소망이 주상 전하의 새로운 후사를 기다리고 있었는데 또 이런 변을 당하셨으니, 소신들은 진실로 어쩔 줄을 모르겠습니다.

다만 주상전하의 어지러운 마음 소신들은 모두 이해할 수 있지만 정사를 놓고 계시고 슬픔이 지나치시어 몸이 상할까 염려될 뿐입니다."

이에 정조가 말하기를,

"병이 이상하더니, 결국 이 지경에 이르고 말았다(病情奇怪, 竟至於此). 이제부터 국사를 의탁할 데가 더욱 없게 되었다(從今國事尤靡托矣). 하지만 그대들의 바람대로 정신을 차릴 것이다. 그러니 염려하지 말거라!

그리고 의빈의 상례는 영빈 이씨(사도세자의 어머니이자 정조의 친할머니) 예에 따라 후정 1등의 예로 거행하도록 할 것이다. 하지만 올해 든 흉년, 문효세자의 장례, 칙행(칙명을 전달하는 사신 행차) 때 많은 돈이 들었다. 더군다나 나라의 비용이 손을 쓸 수 없음에 이르고 호조 재력까지 탕진되어 도감을 세울 수 없었다.

그래서 영빈 이씨의 『등록』을 쓰지 않고 모든 비용을 아끼고 호조와 전의감에 특별히 따로 설치하여 예장을 거행하되 절차 법칙은 영빈 이씨 예를 따르도록 하라."

정조는 의빈 성씨가 죽자 손수 묘표(墓標, 무덤 앞에 세우는 표시물)와 '어제의 묘지명'인 어제의 표지문의 문장을 지었다.

"내가 즉위한 지 10년째 되는 병오 9월 갑신일(1786년 음력 9월 14일)에 의빈 성씨가 사망했고 같은 해 5월에는 문효세자가 죽었다. 빈이 임신하여 해산할 달에 이르렀는데 마침내 세상을 떠났다.

빈은 사망하기 전날 밤에 옷섶을 정리하고 눈물을 흘리며 내게 '국가의 자손 번창 소망이 정전이 아닌 천신을 향해 있는데 병에 걸려 위독해진 것은 어울리지 않는 재앙입니다. 이제부터 자주 정전(왕과 왕비 거처)에 거둥하시어 부지런히 대를 이을 아들을 바란다면 곧 죽어도 여한이 없겠습니다.'라고 말했다.

일찍이 효의왕비가 자식을 낳고 기르며 지내지 못한 것을 항상 근심하고 탄식했다. 처음 승은을 내렸을 때 감히 당석(잠자리) 할 수 없다며 간절히 사양했다. 내가 잠시 틈을 타서 무언가에 빗대어 재치 있게 경계하거나 비판해도 한결같이 온통 매우 간절했다.

더구나 빈은 숨이 끊어져 갈 쯤에도 오히려 기운을 내서 마음속에 있는 진심을 완연히 전하니 감동하기에 충분했다. 나는 깨닫지 못하고 있다가 얼굴 표정을 고치고 약속하겠다고 했다.

내가 보건대 예로부터 첩이 시침하는 것을 보면 지체가 높고 귀한 사람은 항상 정위(정실)가 자신을 핍박하고 근심하게 만든다고 했다. 이에 정실을 업신여기고 욕되게 하였다. 빈은 병을 앓다가 죽음을 직면했을 때 사랑에 끌려 잊지 못하는 행동을 하지 않았고, 사후에 사사로운 사랑에 얽매이는 총애를 받는 영광을 바라지 않았다. 그래서 빈의 권력과 부귀는 스스로 높여서 된 것이 아니었다.

그리고 빈은 죽음을 단연코 근심하지 않았다. 다만 한결같이 마음을 다하여 효의왕비가 반드시 소망을 이룰 것이라고 믿었다. 그 현명함이 어찌 쉽게 얻을 수 있는 것이겠는가?

빈은 문효세자를 낳았으나, 스스로 왕세자의 어머니라고 내세우지 않고 겸손하게 자신을 억제했다. 처소는 수리하지 않고 의복을 입고 음식을 먹는 데 있어서는 검소하게 절약하며 지냈다.

그리고 의빈은 '내가 지금 어긋난다면, 내가 감히 복을 바라고 아주 작은 사치라도 부리면 내 몸에 재앙이 있을 것이다. 이를 논할 겨를이 없는데 어찌 문효세자의 석복(생활을 검소하게 하여 복을 오래 누리도록 함)을 위하지 않을 수 있겠는가?'라고 했다.

나는 아주 오래전부터 엄히 다스려서 허둥지둥 일을 처리하게 한 적이 없었다. 때때로 은총을 받는 사람에게는 감당하기 어려울 때가 있을 만큼 엄하게 다스렸다. 하지만 빈은 몸가짐과 언행을 조심하고 지키며 임금이 내린 명령을 두려워하는 기색 없이 분명하게 해냈다.

또한 내내 게으른 적이 없었다. 빈은 궁궐 처소에서 지낸 지 20년이다. 부정하게 남에게 재물을 주는 자를 우러러보지 않았으며 효의왕비로부터 특별한 친애를 받았다. 빈을 잃은 효의왕비(왕의 부인을 왕비라고 부르고 왕후는 사후에 불렀음)의 울음은 대단히 우애가 좋은 형제를 잃고 근심하는 것과 다름없었다. 세상에 빈과 같은 사람이 어찌 많겠는가.

빈은 영조 29년, 계유 7월 8일(1753년 음력 7월 8일)생이고 득년(향년) 34세다. 본관은 창녕이며 고려 때 중윤 직위를 맡은 성인보가 비조이다. 성인보의 아들은 시중으로 지낸 성송국이다. 시중의 증손은 검교의 정승으로 문정공이며 자는 여완으로 시사했다.

나는 빈의 집안 맏아들이 조상이 엄습하여 세상이 명망이 있는 집안으로 여겼다. 그러나 이후 번창하던 집안이 중간에 쇠퇴하였다가 제릉 참봉 성만종으로 하여금 비로소 집안이 벼슬길에 나아갔다.

하지만 또다시 삼대 동안 벼슬에 나가지 못하다가 성정경이 군자감으로 지냈는데 곧 빈의 고조부이다.

빈의 아버지는 증찬성 성윤우이고 어머니는 정정경부인 임씨다. 빈의 부모를 추증한 일은 문효세자의 외조부모이기 때문이다.

지체가 낮고 천한 여염(백성의 살림집이 많이 모여 있는 곳)에서 이같이 빼어난 사람이 태어나서 왕세자를 낳고 영화로움을 받들어 빈의 자리에 올랐으니 마땅히 우연이 아닌 듯했다.

그러나 문효세자의 무덤에 흙이 마르기도 전에 빈이 배 속의 아이와 함께 급히 세상을 떠났다. 내가 죽음을 슬퍼하며 아까워함은 특별히 빈의 죽음 때문만은 아니다. 빈이 세상을 떠난 지 세 달이 되는 경인에 고양군 율목동 임좌(묏자리)의 언덕에 장사 지냈는데 문효세자의 묘와 백 걸음 정도 떨어져 있다.

이는 빈의 바람을 따른 것인데 죽어서도 빈이 나를 알아준다면 바라건대 장차 위로가 될 것이다.

내가 빈의 언행을 표본으로 하여금 기록하여 광중(시체가 놓이는 무덤의 구덩이 부분)에 묻고 이렇게 묻은 게 묘지명이다."

그렇게 정조의 사랑을 받던 의빈은 황망히 세상을 떠나고 말았다.

제18장
역적으로 몰린
남편의 동생 은언군

1786년(정조 10년) 11월 20일 의빈의 죽음에 대한 슬픔을 채 가누기도 전에 정조의 이복동생 은언군(恩彦君)의 아들 상계군 이담이 의문의 죽임을 당했다. 정조가 받은 충격은 말할 수 없을 정도였다.

"종실(宗室)인 담이 죽었다. "담은 은언군 이인(李裀)의 장자인데, 홍국영이 일찍이 나의 생질(甥姪, 누이의 아들)이라고 불렀던 자이다."

정조는 만일 자신에게 자식이 없을 경우 자신의 뒤를 이을 왕세자로 이복동생 은언군 이인을 생각하고 있었는데 그의 아들이 죽었다는 소식에 그 슬픔은 이루 말할 수 없었다.

원빈(元嬪)의 상례 때에 대존관(상례나 제례 때 임금이나 왕세자를 대신하여 제사술을 드리는 관리)이 되어 완풍군(完豐君)으로 일컬어졌는데, 홍국영이 사망하고 상계(常溪)로 호칭을 고쳤다가 이때에 이르러 갑자기 죽었는데 이는 독살 당한 게 아닌지 의심스러웠다.

처음에는 아무 일 없이 지나가는 듯했다. 정조도 예를 갖춰 장례를 치러줄 것을 명했다. 그러나 상계군이 죽은 지 20일이 지난 12월 1일 정순대비 김씨가 언문으로 된 하교를 빈청에 내리면서 조정을 벌집 쑤신 듯 발칵 뒤집어 놓았다.

"아녀자가 조정의 정사에 간여하는 것은 아름다운 일은 아니다. 그러나 나라가 망하려는 이때 주상이 위태롭고 나라가 위험한 것을 눈으로 직접 보고도 별것 아닌 작은 일처럼 끝내 한마디의 말도 하지 않는다면 종사(宗社, 나라의)의 죄인이 될 뿐만 아니라 하늘에 계신 선왕(영조)의 영령이 어떻게 생각하시겠는가?

내가 병신년(1776년, 정조 즉위년) 이후로 고질병(痼疾病, 오랫동안 앓고 있어 고치기 어려운 병)을 앓다가 최근에 와서는 날로 더욱 심해져서 죽을 고비가 있었으나, 진실로 주상의 독실한 효성에 감격하여 종사를 위해 모진 목숨을 보존해 왔다.

그런데 평소 가슴에 쌓인 것을 지금 말하지 않고 있다가 하루아침에 죽어 버릴 경우, 내가 눈을 감지 못할 한은 말할 것도 없거니와 내가 죽어 진실로 열성조(列聖朝, 여러 대의 임금의 시대)와 선대왕들을 뵐 명목이 없다.

그렇기 때문에 부득이 이렇게 언문의 전교를 내리게 되니, 이 일은 오로지 종사를 위하고 주상을 보호하여 대의를 밝히려는 데에서 나온 것이니, 깊이 살펴보도록 하라."

궁궐에서 가장 어른인 정순대비가 언문의 전교를 작성하여 대신들에게 내리면서 임금을 보호하기 위한 조치라고 말했다. 그리고 그동안 참고 참았던 가슴에 한 맺힌 일들을 고하고자 한다며 정면으로 정치에 관여한 것이다.

"병신년(1776, 정조 즉위년)과 정유년(1777, 정조 1년) 이후로 괴변이 거듭 발생하였는데, 기해년(1779, 정조 3년)에 이르러 홍국영과 같은 흉악한 역적이 나와 감히 불측한 마음을 품었다.

그리하여 주상의 나이 30이 채 차지도 않았는데 감히 왕자를 둘 대계(大計)를 저지하고 상계군 담을 완풍군으로 삼아 가동궁(假東宮, 가짜동궁)이라고 일컬으면서 흉악한 의논을 마음대로 퍼뜨렸다.

주상이 그의 죄악을 미리 알고 그 즉시 그들을 쫓아내자, 밤마다 동조하는 자들과 몰래 만나 흉악한 역적 모의을 하였고 홍국영의 집에 상계군을 맞이하여 놓고 널리 채화(綵花, 비단이나 종이로 만든 꽃)를 풀어 무식한 무리들과 역모하여 잠깐 사이에 변이 일어나게 되었다.

그렇기 때문에 내가 할 수 없이 언문의 전교를 반포하여 왕자를 얻기 위해 후궁 두기를 조정에 유시(諭示, 문서로 지시함)하였는데, 이후로 홍국영이 흉악한 꾀를 부리지 못하게 되었던 것이다.

하늘에는 두 개의 해가 없는 법이고 나라에는 두 임금이 없는 법이니, 하늘이 돈독히 도우시고 오르내리는 선왕의 영령들께서 도우셔서 임진년(1782년, 정조 6년)에 원자(문효세자)가 탄생하였는데, 이는 실로 종사의 무궁한 경사로써 태산의 반석과 같이 나라가 안정되게 되었다.

그런데 뜻밖에 5월에 원자가 죽는 변고를 만나 주상이 다시 더욱 위태로워졌으나, 그래도 의빈이 다시 임신을 해 조금은 기대할 수 있었는데, 또 9월에 상의 변고를 당하였다.

궁에 빈 하나가 죽었다고 해서 반드시 이처럼 놀라고 마음 아파할 것은 없지만, 나라의 종사와 관계됨이 매우 중하기 때문이다.

두 차례 상의 변고에 온갖 병증세가 나타났으므로 처음부터 이상하게 생각했는데 이런 상황에 이르고 말았다.

이를 생각하면 가슴이 막히고 담이 떨려 일시라도 세상에 살 마음이 없었다. 지금과 같은 병으로 연명(延命, 목숨을 겨우 이어 살아감)을 부지할 수 있었던 것은 오직 미음(쌀죽)을 마셨기 때문인데 이제는 이것까지 들지 않고 날짜를 표시해 놓고서 죄다 봉해서 놔두었다.

비록 주상이 걱정하여 어쩔 수 없이 미음을 든다고 대전(大殿)에 말하기는 하였으나, 지금의 내 병세는 실로 예측하기 어렵다.”

계속되는 궁궐의 일이 어느 정도 정리되자 자신을 핍박하다 죽은 홍국영과 그의 혈족 그리고 그와 가까웠던 상계군 이담의 아버지이자 정조의 마지막 남은 동생 은언군을 가만두지 않겠다는 것이었다.

게다가 자신의 주장을 들어 주지 않는다면 단식을 하겠다는 것이었다. 그리고 대비는 추가로 하교를 내렸다.

“이 언문의 전교는 대신만 보아서는 아니 된다. 누구를 막론하고 상감의 원수와 나라의 역적을 토벌하는 자가 있으면 나의 병이 곧 나을 수 있을 것이니, 이 뜻을 승정원에 전하라.”

한마디로 정조에게 경고를 한 것이었다. 자신을 지지하는 조정의 대신들이 임금의 말을 듣는지 자신의 말을 듣는지, 어디 한번 해보자는 것이었다.

그 즉시 영의정 김치인(金致仁), 중추판사 서명선(徐命善), 좌의정 이복원(李復元), 우의정 김익(金熤) 등이 대비에게 글을 올려 문제가 된 인물들을 처벌할 테니 단식은 중단해 줄 것을 청했다.

그러나 이미 정치의 세계를 누구보다 잘 알던 정순대비는 우회적으로 거부 의사를 밝혔다.

"이미 죽은 사람을 토벌하면서 경들의 입을 빌려서 하려고 하지 않았는데 경들은 예사롭게 여기고 있다. 내가 탕약을 들고 안 들고는 경들이 염려할 바가 아니다."

즉 이미 죽은 홍국영을 처벌하자고 자신이 이런 난리를 피우는 것으로 생각한다면 오산이라는 경고였다. 정조에게 뭔가를 요구하고 있었다.

정조는 알고 있었다. 그것은 다름 아닌 상계군의 아버지 즉 자신의 이복동생 은언군을 처벌하라는 것이었다.

은언군은 정조에게는 마지막 남은 동생이었다. 그리고 정조에게는 아들이 없었다. 대비가 은언군을 왜 죽이려고 하는지 삼척동자도 알 수 있는 일이었다. 씨를 말리겠다는 것이다. 정말 무서운 일이었다. 겉으로는 혜경궁 홍씨와 효의왕비, 그리고 정조로부터 어머니 대접을 받아 가면서 뒤에서는 역심(逆心, 반역을 꾀하는 마음)을 품고 있었던 것이다.

정순대비가 승부수를 던진 다음 날, 영의정 김치인은 계사를 올려 이들 3인을 사후라도 처벌해야 한다고 역설했다. 더불어 은언군과 이미 죽은 그 아들 상계군 이담을 한양에서 살도록 해서는 안 되고 정승을 지낸 김상철의 아들 김우진은 지금도 남아 홍국영과 송덕상을 편드는 일을 하고 있으니 마땅히 처벌이 있어야 한다고 주장했다.

정조는 은언군 문제가 언급되자 불같이 화를 내며 정순대비의 계시(啓示, 깨우쳐 보여주기 위한 지시)를 태워버리도록 승지에게 명했다.

같은 날 대사헌 윤승렬(尹承烈)과 대사간 박천행(朴天行)도 글을 올려 은언군과 그 아들 이담을 추국(推鞫)해야 한다고 계사(啓辭, 논죄에 관하여 임금에게 올리는 글)를 올렸고, 정조는 이 계사도 태워버리라고 명했다. 계사의 내용은 이랬다.

"역적(홍국영)과 서로 내통하면서 집에서 지시한 자는 그의 아비 인(裀, 은언군)이었는데, 그의 아비와 아우들이 저렇게 있으니, 화란(禍亂, 재난과 난리)의 근본이 여전히 그 전처럼 존재한 것입니다.

이런 생각을 하고 있자니 소인들은 차라리 죽고 싶습니다. 죄를 하나하나 세어가며 형벌을 시행할 수 있지만 이제는 소급해 법을 시행하여 그들을 처단할 수밖에 없습니다.

신들은 역적 이담(常溪君李湛)의 관직을 삭탈하고 그의 아비(은언군)와 아우들은 추국장을 설치하여 내막을 캐낸 다음 확실하게 법을 시행해야 한다고 여깁니다."

12월 3일에는 약원 도제조 홍낙성이 일곱 번 뵙기를 청하고 그달 말에도 삼사, 승지 등이 다섯 번이나 뵙기를 청했지만, 정조는 모두 물리쳤다. 집권 초 신하들에게 일방적으로 밀려 은전군(恩全君, 사도세자의 5남으로 억울하게 희생된 비운의 왕자)을 죽게 한 정조로서는 더 이상 물러설 수 없었다. 그런데도 영의정을 필두로 한 신하들의 요청이 계속되자 정조는 인간적인 호소를 했다.

"경들은 외로운 나로 하여금 하나뿐인 서제(庶弟, 아버지의 첩에게서 태어난 아우)를 보존하게 해야 한다고 말해야 할 것이다. 이를 천리나 인정으로 비추어 볼 때 어찌 두 말을 할 수 있는 일이겠는가?"

정조에게는 원래 모두 3명의 이복동생이 있었다. 아버지 사도세자와 숙빈 임씨 사이에 은언군(恩彦君)과 은신군(恩信君)이 있었고, 사도세자와 경빈 박씨 사이에 은전군(恩全君)이 있었다. 그런데 은신군이 이미 영조 말 정순대비와 오빠 김귀주의 무고로 제주도에 유배되었다가 1769년(영조 45년) 세상을 떠났다.

은전군은 정조가 왕위에 오른 즉위 초 역모에 연루되어 사사되었다. 이제 정조에게는 피붙이 동생이라고는 은언군 하나뿐인데 대비와 신하들은 힘을 합쳐 은언군을 죽이려 하고 있었다.

정조의 팔다리를 끊어버리려는 속셈이었다. 그리고 대를 이을 문효세자가 죽자 왕권을 물려줄 정조의 동생들을 제거하고자 한 것이었다. 정순대비는 단호했다. 이 정도로는 그냥 넘어갈 수 없다는 내용의 언문 하교를 다시 내린 것이다. 조사의 방향까지 일일이 정하고 있었다.

"조정에서 하는 일이 왜 이처럼 한심스럽단 말인가? 겉으로만 크게 떠벌리고 내용을 조사하는 방법은 지나쳐 버렸으니, 오늘날 신하들의 죄는 나라에 관계될 뿐만 아니라, 결단코 그들을 아끼는 마음이 있어서 그런 것이다. 내가 무슨 마음으로 탕약과 수라를 들겠는가?"

한마디로 추국장을 열어 낱낱이 그리고 샅샅이 뒤지고 파라는 엄명이었다.

난처한 상황에 몰리자, 정조는 효의왕비를 불러 이 일에 대한 돌파구를 찾고자 의논했다.

정조는 항상 차분하고 사리를 분별할 줄 아는 군왕이었지만 어려운 일이 닥치면 급한 성격 때문인지 눈물을 보이거나 쉽게 분노했다. 그래서 정조는 자신보다 차분하고 냉정하게 사리를 분별할 줄 아는 효의왕비의 의견을 듣곤 했다.

"중전! 대비마마가 저렇게 단식을 하며 내 하나밖에 남지 않은 피붙이를 죽음으로 내몰고 있소! 이 일을 어찌하면 좋단 말이오?"

효의왕비는 늘 그랬듯이 이미 정조가 부르기 전에 이 문제에 대해 많은 생각을 하고 있었다. 그리고 그에 대한 대책도 가지고 있었다.

"마마, 대비마마는 그동안 홍국영이 자신을 괴롭힌 것이 모두 마마의 지시에 의한 것이라 믿었을 것이옵니다. 저와 어머니(혜경궁 홍씨)가 대비마마 곁에서 동무처럼 지내고 있지만 대비마마께서는 그 속내를 드러내지 않고 계십니다.

또한 마마의 충복 홍국영이 죽고, 마마의 왕위를 승계할 문효세자마저 죽자, 기회를 놓치지 않고 대신들을 앞에 내세워 마마의 하나뿐인 피붙이 은언군까지 제거하려고 하는 것입니다.

은언군이 누구이옵니까? 만약 마마께서 후사를 보지 못한다면 왕위를 승계할 마마의 하나뿐인 혈육이 아니십니까? 대비마마는 이를 알고 중신들을 앞세워 은언군을 제거하려고 하는 것입니다. 그러나 설사 대비마마께서 그와 같이 하신다고 하여 마마께서는 절대 조급하게 생각하지 마시옵소서!

대비마마께서 단식을 풀지 않고 당신의 의견을 관철하려고 한다면 방법은 하나밖에 없습니다. 마마께서도 단식을 강행하셔야 합니다. 대비마마의 단식과 마마의 단식 중 신하들이 어느 쪽을 중히 여기겠사옵니까?

마마는 이 나라 조선의 군왕이십니다. 이번 기회에 조정 대신들이 어느 쪽 편에 설지도 살펴볼 겸 마마께서도 똑같이 단식을 하신다면 어찌 나오는지 살펴볼 수 있을 것이옵니다."

정조는 효의왕비의 생각에 동의했다. 너무나 좋은 계략이었기 때문이다.

"음, 아주 좋은 생각입니다. 내가 단식을 할 경우 신하들이 어떻게 나올지 나도 무척 궁금합니다."

정조는 이번 기회에 자신에게 충성하는 신하가 누구인지 확인해 볼 필요가 있다고 생각했다. 세자와 의빈의 죽음으로 한동안 실의에 빠져 궁 안 돌아가는 사정을 등한시했었는데, 중전의 제안은 모든 것을 꿰뚫어 볼 수 있는 기막힌 묘수였다.

같은 날 정조는 약원 도제조 홍낙성을 비롯한 대신들을 불러 일정한 타협안과 함께 배수진을 쳤다. 이미 정조도 정순대비의 단식과 동시에 맞대응하는 단식을 하고 있었다.

"나는 경들에게 내가 이 서제(庶弟, 동생) 하나를 보존할 수 있게 한다면 나도 정성껏 자전(慈殿, 정순대비)에게 청하여 홍국영의 문제를 결말짓겠다고 말했었다. 그런데 경들이 끝내 듣지 않으므로 나 역시 다시 자전에게 청하지 않을 것이다. 내가 음식을 먹지 않은 지 지금 며칠째다. 경들이 이 말을 듣고도 어떻게 차마 전처럼 말할 수 있단 말인가?"

정조는 속으로 말하고 있었다. '그대들은 대비의 신하들인가? 나의 신하들인가?'

사실 살아있는 자가 누구라고 정순대비는 자신의 입으로 말하지 않았다. 영의정 김치인의 상소에서부터 은언군의 이름이 등장했다. 이 점을 들어 정조는 살아있는 자가 반드시 은언군인지 어떻게 아느냐고 신하들에게 따졌다. 이에 영의정 김치인은,

"죽은 사람 말고 역모에 관련된 자가 은언군 말고 누가 있겠습니까?"

하며 반문했다. 이에 정조는 애원하듯 말했다.

"결단코 그렇지 않다. 경들이 만약 이 앞에서 내 말을 듣고서도 나

를 따르지 않고 물러나거나 또한 나라가 망하더라도 나는 차마 그렇게 할 수 없다.”

신하들도 물러서지 않았다. 대의(大義)가 대비에게 있다며 사직의 정을 끊으라고 압박했다. 정조는 끓어오르는 분노를 참을 수 없었다.

이 자들을 모조리 하옥시키고 대비에게도 더 이상 정치에 참여하지 못하게 할 수도 있었지만, 항상 시간을 가지고 한 번 더 생각하여 결정하라는 효의왕비의 말을 떠올렸다.

“마마, 명분 없는 결단은 저들이 또다시 반격해 올 것입니다. 하지만 상계군 아들 이담이 마지막으로 만난 사람이 홍국영만은 아니었습니다.

우의정 김상철도 있었고 구선복의 아들 구이겸도 상계군을 만나 선물을 바치며 자신을 소인이라고 지칭한 것은 상계군 이담을 왕위에 세우겠다는 불측한 역모를 꾸민 것이니 그들을 잡아다 친국을 하시면 사실이 드러날 것입니다.

구선복이 누구이옵니까? 바로 마마께서 ‘역적 중에 역적’임에도 불구하고 시세가 어쩔 수 없어 원통함을 참고 울분을 감추면서 몇 년 동안이나 군 요직을 맡겼던 인물 아닙니까?”

효의왕비 이 한마디는 정순대비와의 싸움에서 밀리고 있는 정조를 살릴 절대적인 묘안이었다. 결국 정순대비 친정이 노론이고 오빠 김귀주와 관련 있는 구선복을 역적죄로 다스린다면 대비의 오빠도 역적죄로 다스릴 수 있게 되는 것이다.

효의왕비의 묘안대로 정조는 즉시 상계군의 외할아버지 송낙휴(宋樂休)에게 사람을 보내 김상철(金尙喆)과 구선복(具善復)의 아들 구이겸(具

以謙)과 상계군과의 연관관계를 고변하도록 시켰다.

그리고 자신은 고변이 있기까지 은언군을 지키고 있었다. 신하들이 은언군의 처벌에 대해 물러서지 않자, 정조는 이번에도 눈물로 호소했다.

"내가 비록 선왕들처럼 민첩하게 나라를 정리하지 못하였지만 400년의 왕업을 물려받아 밤낮으로 걱정하고 두려워하며 정사를 돌보고 안정을 기하며 최선을 다했는데 그대들이 군이 이렇게까지 해야 한단 말인가? 지금의 나의 처지는 다른 선왕들과는 다른데 지금 만약 마지막 남은 동생 하나를 보존하지 못한다면……"

더 이상 말을 잇지 못했다. 정말 비참한 일이었다. 조선의 국왕이 신하들에게 눈물을 흘리면서 동생을 살려 달라고 하소연하는 모습이었다.

태조 이성계와 태종 이방원, 그리고 연산군을 제외한 조선의 국왕들 대부분이 조정의 권력을 잡고 흔드는 신하들에게 머리를 조아리며 그들의 눈치를 봐야 했던 것과 똑같았다.

정조의 눈물은 효의왕비에게는 피눈물과 같았다. 부부로 산 세월이 어언 24년이 지나 첫 만남에서의 설렘이나 서로간의 애틋한 사랑은 비록 정이라는 말로 바뀌었지만, 지아비의 눈물은 차마 볼 수 없는 동정이기 이전에 분노 그 자체였다.

하지만 정조는 울분을 참고 이겨냈다. 그리고 그 기회는 마침내 찾아왔다.

12월 15일 이담의 외할아버지 송낙휴가 상복을 입은 채 대궐로 달려왔다.

정조는 일단 전현직 정승들에게 빈청에서 송낙휴의 이야기를 들은 뒤 자신에게 보고하라고 했다. 자신과 무관하게 송낙휴의 자유로운 의지에 의해 고변(告變, 반역 행위를 고함)하는 것처럼 자신은 뒤로 빠져 있었던 것이다. 이때 영의정은 김치인이었다. 송낙휴는 빈청에서 고변했다.

"이담이 살아 있을 때 스스로 말하기를 '김정승이 살면 나도 살 것이고 김정승이 죽으면 나도 죽을 것이다.'고 하였습니다. 구이겸(具以謙)이 황해 병사로 있을 때 후히 선물을 바치고 편지에 자신을 소인(小人)이라고 지칭한 것을 일찍히 목격하였습니다. 이담은 평소에 병이 없었는데, 김정승에 대해 말한 후 며칠 있다가 갑자기 죽었으니, 의심스럽습니다."

결국 이담의 죽음에 김정승과 구이겸이 관여되어 있다는 것이었다. 여기서 '김정승'이란 김상철이고 구이겸은 구선복의 아들이다. 김상철(金尙喆)은 영조 말 영의정을 지냈고 정조 집권 초에도 좌의정을 거쳐 영의정을 지냈다. 그것은 홍국영의 사람이었다는 뜻이다.

그러나 홍국영이 정조 3년 물러날 때 줄타기를 잘해서 살아남았고 이듬해 4월에는 홍국영 처벌 상소가 올라오자 앞장서서 홍국영 처벌을 주장했다. 이때는 정순대비 편에 섰다는 얘기다.

이때 정조는 "홍국영의 허물은 내가 알아서 방치해 그런 것이기 때문에 내 허물인데 어찌 처벌하겠는가?"라고 은근한 면박을 주기도 했다.

그런데 중추부 영사로 있던 김상철은 이담이 죽기 사흘 전 아들 김우진 문제로 삭탈관직을 당했다. 그리고 11월 20일 이담은 독살설의 의혹을 남기고 죽은 것이다.

결국 12월 6일 추국청이 설치되고 정조는 직접 친국을 열었다. 정조는 자신이 신뢰하는 김종수를 의금부 판사로 임명했다. 이 자리에서 김상철의 아들 김우진이 이담의 혼례 때 혼수를 지원하는 등 내밀한 관계를 맺고 있었다는 사실이 새롭게 드러났다.

구의겸의 경우에도 이담과 품계가 같은데도 스스로를 '소인'이라 칭한 것은 분명 딴 뜻이 있어서라는 송낙휴의 증언을 재확인했다. 곧바로 구의겸을 불러 정조가 다그쳤다.

"기해년(1779년, 정조 3년) 이후로 이담이 흉악한 역적질을 한 것을 아녀자도 알고 있는데 편지에 소인이라 일컫고 선물을 많이 바쳤으니, 그 마음이 어디에 있다는 것은 길 가는 사람도 알 것이다."

정곡을 찌르는 질문이었다. 당시에는 역적에게 성을 붙여 부르는 것은 금지돼 있었다.

"은언군 이인(李䄄)에게는 전부터 지방의 병사들이 으레 해마다 문안드렸고 역적 담에게는 애당초 편지로 문안을 드린 적이 없었는데 새해 인사를 올리기 위해 준비한 선물을 가지고 간 자가 서울에서 바치고 왔습니다. 그래서 그 이유를 물었더니 '서울의 의논이 그의 아비만 찾아보고 그를 찾아보지 않으면 안 된다고 하였기 때문에 찾아가 선물을 바치었다'고 하셨습니다."

문제는 '서울의 의논'이 누구에 의한 것이냐는 점이다. 구의겸은 그것은 모른다고 잡아뗐다. 이담의 어머니 송씨는 구의겸의 6촌 형제 구명겸(具明謙)의 조카였다. 그리고 구이겸은 구명겸의 아들을 양자로 삼았다. 구선복의 손자 구민회는 화길옹주(영조의 12녀)와 결혼한 영조의 부마 능성위였다. 이런 점을 들어 정조는 '서울의 의논'이란 구명겸이라고 단정했다.

정조의 추국이 날이 갈수록 그 끝은 정순대비 쪽으로 다가가자, 12월 7일 정순대비는 일단 화를 누그러트리고 타협안을 제시했다.

"죄인을 잡아냈다고 하는데 얼굴을 본 일과 반정(反正, 반역)한다는 등의 일들을 속 시원하게 밝혀내어 나라의 형세를 안정시켜라! 그러면 탕약을 들겠다."

상황은 정순대비가 제어하고 있었지만, 정조는 밀어붙였다. 추국은 계속 됐다. 결국 구명겸이 붙잡혀 왔다. 그런데 구명겸을 문초하는 과정에서 '이율(李瑮)'이라는 이름이 다시 등장했다.

1년 전 구명겸의 5촌 아저씨 구선복이 수사했던 바로 그 이율이다. 구명겸이 이율과 내통한 기록들이 가택수사에서 들어났다. 구명겸은 "명례동(明禮洞, 명례방(明禮坊)이라 불렀고 지금의 명동을 말함)에 살 때 이율과 이웃해서 살았고 인척지간이기 때문"이라고 해명했다.

"이율에게 사주(四柱)를 써서 지리산의 이인(異人, 술사)에게 보낸 적이 있느냐?"는 물음에 술사의 요청이 있어 그랬다고 시인했다. 이미 구명겸은 생사의 갈림길을 넘고 있었다.

"이른바 이인이란 삼도(三道)에서 군사를 일으킨 역적의 괴수이다. 네가 이율과 내통하여 사주(반란의 부추김)까지 물어보았으니, 네가 음모에 참여하였다는 것은 묻지 않아도 알 수 있다."

지리산 이인이란 『정감록』을 바탕으로 비밀결사를 만들었던 문양해(文洋海)였다. 그러나 수사는 지지부진했고 이날 역적의 우두머리를 찾아내지 못했다는 이유로 두 명의 포도대장이 갈리기도 했다.

12월 8일 문제의 구선복에 대한 추국이 열렸다. 특별한 내용은 나오지 않았다. 그러나 정조의 입장에서는 구선복을 살려줄 수는 없었다.

즉위 초부터 무인 집안이라는 이유로 왕권을 우습게 알고 정순대비를 믿고 사사건건 대신들을 동원해 자신의 정책에 반대했던 정적 중에 한 사람이었기 때문이다. 게다가 정순대비에게도 국왕으로서의 위엄을 보여줄 좋은 기회였다.

결국 다음 날 구선복을 능지처참(凌遲處斬. 팔다리와 어깨, 가슴 등을 잘라내고 마지막에 심장을 찌르고 목을 베어 죽임)하고 구명겸은 남문 밖에 3군을 모아놓고 목을 베어 효시하라는 판결이 내려졌다. 구선복의 집안이 멸문당한 것이다.

김우진은 제주도에 위리안치(圍籬安置. 집 둘레에 가시가 많은 탱자를 심어 그 안에 가둠) 되었다. 일단 이것으로 추국청은 해체됐다. 그러나 12월 11일부터 추국청 해체를 철회하고 이인과 이담에 대한 처벌을 강행해야 한다는 신하들의 주청이 이어졌지만, 정조는 무시했다.

그러나 신하들은 구선복과 구명겸이 역적으로 밝혀져 죽임을 당했으니, 당연히 그들과 반역을 도모한 이인(은언군)을 죽여야 한다는 것이었다. 신하들은 정순대비를 동원해 또다시 정조를 압박해 왔다.

이런 상황을 극복하기 위해 그날 저녁 정조는 효의왕비와 이 문제를 재의논했다. 이에 효의왕비 말하기를,

"이제 역적 구선복과 구명겸, 김우진이 제거되었지만 그들의 제거 이유가 반란에 해당하므로 역적 이담의 아비인 이인(李禷. 은언군)도 죽여야 한다고 대비마마께서는 중신들을 몰아붙이고 있습니다.

그런 주장은 틀린 말이 아닌 분명히 명분이 있는 말입니다. 따라서 명분을 중요시하시는 마마의 성덕을 잘 알고 있기에 지금부터는 그 어떤 말로도 그들의 명분을 이길 수는 없습니다.

마마께서는 의연하게 단식을 한 채 그들의 행동을 지켜만 보시면 됩

니다. 애가 탄 신하들은 대비마마의 눈치만 살필 것이고 대비마마는 마마와 타협점을 찾으려 할 것입니다."

"중전은 그 타협점이 무엇이라 생각하시오?"

"송구하지만 마마! 그것은 은언군에 대한 처벌이라 사료되옵니다. 하지만 마마께서는 은언군을 유배 보내는 선에서 이번 일을 정리하는 것이 좋을 듯싶습니다. 그리고 기회를 보시면서 은언군을 방면하시는 것이 어떠하신지요?"

정조는 동생을 다시 유배 보내는 것이 마음 아팠지만, 대비와 신하들이 유배를 중재안으로 제안한다면 그렇게 하겠다고 했다.

그리고 정조는 단식에 들어갔다. 신하들은 정순대비를 동원해 정조의 마음을 바꿔 보려 했지만, 정조는 묵묵부답(黙黙不答)이었다.

효의왕비의 말처럼 상황은 뒤집어졌다. 대비는 급히 효의왕비를 불러 주상의 단식을 말려 달라고 부탁했고 효의왕비는 마지못해 대비의 부탁을 받고 상감마마를 설득해 보겠다며 중재안을 내놓았다.

마침내 정순대비는 12월 14일 영의정 김치인을 불러 은언군 이인에 대한 처벌을 완화해 줄 것을 청하는 상소를 올리게 했고 12월 24일 정조는 역적을 토벌한 것에 관한 교서를 발표했다. 현재의 수준에서 사건을 마무리 짓기로 한 것이다.

결국 은언군을 강화도에 유배 보내는 선에서 정조는 정순대비와 타협을 맺었고 조정 대신들도 대비와 임금의 사이에서의 타협을 기점으로 한숨을 돌릴 수 있게 되었다.

만약 이때 은언군 집안이 정조의 보호를 받지 못하고 죽임을 당했다면, 정조의 아들 순조를 끝으로 이씨 조선은 대가 끊겼을 것이다.

'강화도령' 철종이 훗날 등장하게 된 것도 정조 때문이었다. 철종은 은언군의 손자이기 때문이다.

제19장
효의왕비의 상상임신과
수빈 박씨의 원자 생산

1786년(정조 10년) 한 해는 정조에게는 너무나 큰 시련의 해였다. 첫 아들(문효세자)과 후궁 의빈 성씨 그리고 딸까지 잃었고, 정순대비와 은 언군을 놓고 길고 긴 싸움을 해야 했다. 다행히 대비와 적정한 타협을 통해 권력을 다시 잡았지만 그렇다고 안심할 수는 없었다.

정조의 부인들 효의왕비, 원빈 홍씨, 화빈 윤씨는 자녀가 없었고 이 중 원빈 홍씨는 단명했다. 또한 정조와의 사이에서 가장 많은 자식을 회임한 의빈 성씨는 자녀들뿐만 아니라 본인도 단명했다.

게다가 왕권을 강화할 계획도 노론들의 반대로 제대로 이루지 못했는데 가장 큰 문제는 할아버지 영조가 추구했던 탕평책에 의한 인재 등용이었다.

기득권 세력들이 자신의 권력을 놓지 않기 위해 파벌을 형성하고 틈만 나면 임금을 흔들어댔다. 사실 이 모든 원인은 정순대비 때문이기도 했다.

정조가 강력한 왕권을 확립하기 위해서는 기존의 정치세력들을 자신이 등용한 새로운 신하들로 교체해야 한다는 것을 알기 시작한 해는 집권 10년이 흐른 뒤부터였다.

강력한 왕권을 행사했던 태조나 태종, 세조 등은 산전수전을 다 겪은 다음에 왕위에 올랐기 때문에 왕권 또한 탄탄했다. 반면 반정으로 열아홉에 즉위한 중종은 공신 세력들이 제거되는 재위 20년 전후까지 껍데기만 국왕이었다.

비슷한 나이에 왕위에 오른 세종은 학식은 갖추었으나 정치 경험은 없었다. 세종이 즉위한 지 8년이 지나서야 조금씩 왕권을 장악하기 시작한 것은 아버지 태종이 임금에서 물러나 태왕으로 있으면서 반대 세력을 제거했기 때문이었다.

하지만 든든했던 할아버지 영조가 사망하고 홀로 남은 어린 계비 정순왕비는 대비로 있으면서 자신의 집안 노론 세력들을 지원하며 정조를 흔들어 댔다. 그 때문에 정조는 즉위 10년이 돼서야 본격적인 왕권 정치를 하기 위한 준비에 들어갔다.

정조는 즉위년부터 자신이 주도해서 '규장각'을 설립할 만큼 왕권 강화 의지는 명확했다. 정조는 왕과 신하는 본질적으로 다르다는 인식을 가지고 있었다. 신권(臣權) 중심의 군신공치(君臣共治, 국왕과 관리들이 의논하여 국정을 이끎)를 중시하는 노론 보수성향의 학자들로부터 학문 수련을 받았음에도 정조의 이 같은 강한 국왕론은 영조의 영향에 의한 본인의 기질과 성향 등이 더욱 강하게 작용한 결과였다. 그런 점에서 정조는 이미 왕권을 신권(신하들의 권력)보다 중시하던 남인과 통하는 면이 있었다.

사실 탕평책은 이론만 놓고 보면 그럴싸하게 보이지만 실상은 그렇지 않았다. 탕평(蕩平)이란 당론을 인정치 않고 어느 당파에서건 뛰어난 인물을 등용시키면 된다는 것이다. 이렇게 될 경우 인물을 쓰는 잣대는 오로지 국왕의 식견에 놓이게 된다. 노론의 경우 극소수를 제외하면 탕평에 동의한 적이 없었다.

탕평책은 주로 소론의 박세채(朴世采)에서 시작해 남인의 오광운(吳光運) 등으로 이어지면서 숙종 때부터 시작해 영·정조 시대까지 소론이나 남인의 지론으로 자리 잡았다.

세력이 약한 측에서는 어느 시기든 탕평책을 통한 인재 등용을 통해 자신들과 뜻을 같이하는 세력들을 규합하고자 하는 것은 당연한 주장이었다.

특히 영조 말기부터는 소론이 완전히 소탕되다시피 했기 때문에 탕평론은 미약한 남인의 지지만 받고 있었다고 해도 과언이 아니었다. 정조 역시 자신과 뜻을 반대하던 세력들을 견제하기 위해 일찍부터 탕평을 시작하고자 하였지만 척리(戚里, 임금의 외척) 제거만으로 자신이 구상했던 정국 안정을 이루지 못해 탕평구상을 추진할 수 없었다.

"내가 등극한 이후로 새로운 역신이 연달아 나오게 되어 엄격히 징토(懲討, 징벌하고 토벌)하느라 다른 데에 정신이 미칠 겨를이 없었다."

그렇게 10년이 흘러갔다. 물론 그 중간에 간혹 탕평 의지를 밝힌 적은 있다. 1782년(정조 6년) 1월 13일 좌의정 홍낙성이 홍국영 연루설이 제기된 채제공을 벌해야 한다고 하자 오히려 채제공에게 병조판서를 시킬 의향을 갖고 있던 정조는 그 근거의 하나로 탕평론을 끌어들였다.

"내가 바야흐로 탕평의 정치를 하기 위해 모든 용사(用捨, 사람을 쓰고 버림)에 있어 색목(色目, 사색당파의 이름)을 마음속에 두지 않고 있다. 옛날에도 금·은·동·철(金銀銅鐵)을 뒤섞어 하나의 그릇을 만든다는 말이 있는데, 지금 조정의 형태는 각각 따로따로 그릇을 만들고 있으니 당초 논할 수도 없는 것임은 물론, 뒤섞어 하나로 만든다는 것은 기대조차 할 수 없게 되었다."

사실 이 말은 6년 전 자신이 한 탕평 다짐이 제대로 실현되지 못하고 있다는 것을 스스로 인정하는 것이나 다름없었다.

2년 후인 정조 8년 7월 7일 정조가 이례적으로 후손을 위한 자신의 큰 계책이라는 것을 발표하는데 여기서도 여전히 탕평 실현이 여의치 못함을 실토하고 있다. 후손들을 위한 조언이라기보다는 신하들을 향한 애절한 호소였다.

"금일의 조정은 아무 일도 아닌 것을 가지고 어찌하여 문제를 확대하는가? 대저 언론이 서로 과격하고 거조(擧措, 행동거지)가 전도되어 역순(逆順, 순종과 거역)이 순식간에 갈라져서 파란(波瀾, 순탄하지 않고 어수선함이 계속 이어짐)이 사방에서 일어나고 있다.

심지어는 한 집안에서도 혹은 칼을 잡고, 취향을 달리하려는 처지인데, 너무 취모멱자(吹毛覓疵, 입으로 털을 붙여서 흠을 찾아낸다는 뜻)하여 이른바 더불어 화평하고 안정하는 기상과는 불행하게도 상반되고 있으니. 그것이 어찌 상서로움을 불러오고 복을 가져오겠는가? 이것이 내가 많은 사령(辭令, 인사에 관한 명령)을 내려서 지금까지 거듭 고하지 않을 수 없는 까닭이다.

무릇 사람들이 길한 경사의 날에 그릇을 깨뜨리려고 하지 않는 것은 그 유사한 일이 일어나는 것을 꺼리기 때문이다. 하물며 사람은 사람들과 동료가 되고, 나는 억조창생(億兆蒼生, 만백성)의 임금이 되는 데야 더 말할 것이 무엇이 있겠는가?

그러므로 나는 근일에 더욱 사람마다 자기 위치를 찾고 일마다 원만히 해결하도록 하려고 하는 것이니, 이것은 대체로 후손에게 계책을 물려주려는 뜻에서 나온 것이다.

그대들이 만일 이 뜻을 깊이 몸 받는다면 과격한 논쟁을 화평(和平, 화목하고 평온함)으로 바꾸고 전도된 것을 안정으로 바꾸는 것은 바로 순간적인 일이 될 것이니, 무엇이 어렵겠는가?

이로부터 조정이 안정되고, 이로부터 만백성이 인정되며, 이로부터 나의 자손들이 편안하게 됨으로써 천년, 만년토록 터전이 안정된다면 이 어찌 여러 신하들의 소원이 아니겠는가?"

국왕으로 신하들을 설득과 타협을 통해 탕평책을 펼치고자 하는 정조의 이 말에는 과거 그 어느 군왕도 실현하지 못했던 강한 의지가 담겨 있었지만, 정조는 효의왕비 말처럼 군신의 관계를 몰라도 너무 몰랐다.

신하들에게 타협의 손을 내민 순간 신하들은 군왕 알기를 우습게 알고, 자신들의 주장을 굽히지 않을 것이다.

반면, 자신의 강력한 권력을 기반으로 신하들의 의견을 무시하고 쥐잡듯 호령하는 군왕에게 신하들이 복종한다는 것이 정치라는 사실을 정조는 모르고 있었다.

다시 2년 후인 1786년(정조 10년) 10월 24일 영의정 김치인(金致仁)이 사직 의사를 밝히자 정조는 만류하면서 명시적으로 그동안 자신이 추진해 온 탕평책이 실패로 돌아가고 있음을 인정하는 발언을 했다.

"경은 한번 생각해 보라! 지금이 과연 어떤 때인가? 조정은 날로 분열되어 가고 인심은 안정될 기미가 없어서 우리 선왕(영조)께서 50년 동안 시행한 탕평의 정치를 만회할 가망이 없으니, 그 이유는 무엇이겠는가? 조정에 노(老, 나이 든)성인이 없어서 그런 것이 아니겠는가?

내가 경을 생각하는 것도 이 때문이고 경을 나오게 하려는 것도 이 때문이니, 때가 나올 때라서 그만둘 수만은 없는 것이다.

경이 만약 이미 물러났다고 자처한 채 나라를 구제하는 책임을 생각지 않는다면 이는 나 한 사람을 저버린 것뿐만 아니라, 나라를 생각하는 경의 선친의 마음으로 볼 때 자신에게 후손이 있다고 말하시겠는가?"

정조가 김치인의 선친을 운운한 것은 김재로(金在魯)를 염두에 둔 것이다. 노론이지만, 외척당에 속하지 않았고 굳이 분류하자면 6촌인 김종수와 함께 노론 청명당 중에서도 중도파였기 때문이었다. 노선만 놓고 보면 홍국영도 여기에 속했다.

김치인은 정조 즉위 후에도 중추부 영사와 영의정을 교대로 맡아가면서 주로 당쟁 조정에 힘을 썼다. 탕평을 중시했던 가풍을 이었다고 할 수 있다.

정조가 탕평을 통하여 화합의 정치를 구현하고자 노력하고 있을 즈음 1787년(정조 11년) 2월 11일에는 정순대비가 정조의 어머니 혜경궁 홍씨를 재촉하여 '시례(詩禮, 가정교육에서 시와 예를 가르치는 사대부)'를 익힌 사족 집안 출신 박씨를 정조의 정식 빈으로 맞아들였다.

수빈 박씨는 본관은 반남, 반남 박씨 박준원(朴準源)의 6남 5녀 중 3녀로 경기도 여주시에서 태어났다. 박씨가 입궁하기 전까지 반남 박씨는 노론 명문가였으나 박씨의 집은 대단하지 않았고, 박준원은 박씨가 입궁하기 전에 과거에는 합격했지만 유년생활은 부유하거나 화려하지 않았다.

박씨는 재간택에서 차점을 차지하였지만, 삼간택 때에 드디어 명원 (이름 높은 정원, 가장 으뜸)으로 뽑혔다.

1787년(정조 11년) 18세의 박씨가 후궁이 되었을 때는 정조가 36세였다. 수반 박씨는 당시 기준에서 본다면 적은 나이는 아니었다. 임금의 뒤를 이를 후사를 보기 위해 나이 든 수반 박씨를 후궁으로 들였지만, 정조는 한동안 수빈 박씨를 찾지 않았다.

문효세자와 의빈 성씨를 잃은 정신적 충격도 있었지만, 이 시기는 왕권 강화라는 오랜 숙제를 풀기 위해 정치에 집념을 불태운 시기였기 때문이다.

다행히 수빈 박씨는 입궁하여 효의왕비를 성심으로 신중히 섬기고 혜경궁 홍씨를 섬김에도 그 열과 성을 다하였다. 온화한 성품과 검소한 생활을 지켜보던 효의왕비는 수시로 창경궁 집복헌으로 찾아가 수빈 박씨를 자매 같은 정으로 대했고 수빈 박씨 역시 효의왕비를 의지하며 서로의 외로움을 달래곤 했다.

집복헌은 숙종의 후궁 명빈 박씨가 연령군을 낳은 곳이자, 영조의 후궁 영빈 이씨가 사도세자를 낳은 곳이다. 영빈이 줄줄이 딸만 낳자 인원왕후가 "집복헌으로 처소를 옮기면 아들을 낳을 수 있다."며 처소를 옮기라는 명령을 내렸고 영빈이 처소를 옮긴 후 고명 아들 사도세자를 낳았다.

수빈의 처소를 집복헌으로 한 것은 집복헌에서 영빈이 아들을 낳았듯 대를 잇기를 바라는 마음에서였다.

"수빈, 궁으로 들어온 지 반년이 넘었는데 상감마마께서는 단 한 번도 찾지 않았다는데 많이 서운하시지요?"

"아니옵니다, 중전마마! 상감마마께서는 조정의 일은 물론이고 백성들의 민원을 직접 해결하기 위해 궐 밖으로 나가 그 의견을 청취하고자 하시니 어찌 집복현을 찾을 여유가 있으시겠습니까."

"수빈의 말이 옳습니다. 상감마마께서는 즉위 초에는 척신정치를 척결하셨고 이제는 탕평을 통하여 당파간의 세력을 조율하기도 하고, 견제하기도 하면서 당파의 뿌리를 뽑고 왕권을 강화시키기 위해 애쓰고 계시지요. 그러니 수빈께서는 너무 섭섭하게 생각지 마세요. 그렇다고 수빈에게 정이 없어서가 아닙니다."

"아니옵니다. 중전마마! 조정의 중책을 맡은 대감들은 사소한 일조차 상감마마의 하명을 듣고야 그 일을 처리한다고 하니 어찌 그 일의 경중을 합방과 비교할 수 있겠습니까."

"그렇게 말해주니 고맙소, 수빈! 수빈의 어진 성품과 왕모(혜경궁 홍씨)를 모시는 그 정성 또한 지극하니 내 상감마마께 아뢰어 수빈 곁으로 하루빨리 가실 수 있도록 말씀을 올리겠습니다."

정조는 항상 편전에서 늦게까지 정사를 돌보다 중궁전으로 돌아와 하루에 있었던 정치적 일들을 효의왕비와 의논하고 늦은 시간에서야 잠자리에 들곤 했다. 과중한 업무와 대전 중신들에 대한 분노 때문인지 온몸에는 종기가 나기도 하였는데 특히 머리와 목뒤의 종기는 갈수록 심해져 잠자리에 들기 전에 효의왕비가 다시 피고름을 닦아내고 고약을 바른 후에야 잠들곤 하였다.

이런 정조를 지켜봐야 하는 효의왕비 입장에서는 어떻게 하든 후사를 봐서 기쁨을 안겨 드려야겠다고 다짐했지만, 효의왕비는 벌써 35살을 넘기고 있었다.

후사가 없고 정조가 편전에 머무는 시간이 길어질수록 궁에서는 마치 정조와 효의왕비 사이가 서운하다는 소문이 돌기 시작했다.

정조가 세손빈 시절, 고모 되는 화완옹주는 정조와 효의왕비가 금실이 좋아져 쉬 원자를 생산할까 세손을 끼고돌며 "세손빈이 아들 못 낳을 병환이 계신다." 하며 둘 간의 사이를 갈라놓고 구박했었다.

어른이 되어서는 대비 정순왕후가 "중전이 병이 있어 후사를 보지 못한다."고 하면서 후궁 첩지를 내려 후궁들이 궁으로 들어오게 하니, 효의왕비는 남모르는 슬픔으로 인해 아이 갖지 못하는 자신의 신세를 한탄하는 일들이 많아졌다.

효의왕비 35살이면 회임을 할 수 있는 나이가 지났지만, 정조는 비록 후사를 보기 위해 후궁들과 합궁하는 날을 제외하고는, 아침 햇살은 효의왕비와 함께 맞기를 좋아했다.

그런데 사이가 좋아서 그랬던지 1787년(정조 11년) 9월 18일 효의왕비에게 임신의 증세가 나타났다. 음식만 보면 헛구역질이 나오고 몸이 무거워지는 증상이 계속해서 찾아왔다.

효의왕비는 임신이 아닌가 생각했지만 신중할 수밖에 없었다. 나이도 나이지만 산실청이 설치된 후 회임이 아니라는 사실이 밝혀지면 남편 정조의 실망이 어떠할지 알 수 있었기 때문이다.

그렇다고 이대로 아무 말도 없이 지낼 수는 없었다. 나라의 국모인 왕비가 만약 회임을 했다면, 그것은 이 나라 조선의 경사요, 정조의 후사를 적통에서 보게 되는 중대한 일이기도 했다. 효의왕비는 제일 먼저 수빈을 찾아 이 문제를 상의했다.

"수빈, 내가 지금부터 하는 얘기를 웃지 마시고 어떤 상황인지 조언을 부탁합니다."

"중전마마! 무슨 일이신지요? 당연히 소인이 도움을 줄 수 있는 일이라면 기꺼이 도움을 드리도록 하겠습니다."

"보통 여자가 회임을 했을 때 몸에서 어떤 증상이 오는지요?"

"중전마마! 혹 회임 증세가 있으신지요?"

수빈은 자신이 회임한 것처럼 기뻐하며 일어나 큰절을 하며 축하의 말을 건넸다.

"경하드립니다, 중전마마!"

"아니요, 수빈! 아직 확실한 것은 아닙니다. 다만 상감마마와 합궁을 하고 한 달이 되어 입덧과 식욕이 떨어져 혹 회임은 아닌지 궁금해서 이렇게 수빈에게 의견을 물어보는 것입니다."

"중전마마! 무슨 말씀을 그렇게 하십니까? 설사 회임이 아니더라도 이 나라 국모 되시는 중전마마께서 회임의 증상이 있다면 어의의 진맥을 통해 수태 여부를 확인하시고 산실청을 설치하여 내의원의 보호를 받으셔야 하옵니다."

"나와 마찬가지로 수빈 역시 회임한 경험이 없어 알 수는 없겠지만, 만약 회임이 아니라면 모두를 실망시킬까 봐 이렇게 수빈에게 살짝 물어본 것입니다."

"중전마마! 이 문제는 소인에게 물어볼 게 아니고 상감마마께 직접 여쭤보는 게 합당하다고 생각합니다. 회임증세가 있는데 확실하지는 않다고 하시고 상감마마의 의견을 여쭤보시면 될 것입니다. 물론 화빈의 상상임신으로 온 궁 안이 시끄럽던 일로 상감마마께서 지나친 걱정을 하고 계시지만 만약 회임을 한 것이라면 이는 나라의 경사이옵니다."

그날 저녁 효의왕비는 조심스럽게 정조에게 이 문제를 상의했다.

"마마! 제 몸이 평소와 같지 않습니다. 마치 회임을 한 것처럼 헛구역질도 나오고 몸이 고단하고 음식도 입맛에 맞지 않사옵니다, 혹 회임한 것은 아닌지 어의의 진맥을 받고자 하는데 마마의 생각은 어떠하신지요?"

정조는 기뻐하며,

"중전 무슨 소릴 그렇게 하시오? 나라의 왕비에게 그런 증상이 있는 것만으로도 경사스러운 일 아닙니까? 내 중전이 무엇을 걱정하는지 잘 알고 있소. 혹 화빈처럼 회임이 아니라는 사실로 주변의 시선을 걱정하는 게 아닙니까? 하지만 빈과 비는 다릅니다. 중전의 사소한 일은 이 나라 조선의 문제이니. 어서 어의를 불러 진맥을 받아봅시다."

"마마, 산실청이 설치된다고 하여도 마마께서는 화빈이나 수빈과의 잠자리를 계속하셔야 합니다. 마마께서는 정도와 의를 중히 여기시어 혹 소인 때문에 후궁들과의 합궁을 주저하시면 절대 아니 되옵니다. 이는 조선의 미래를 위해서이기 때문입니다."

잠시 후 한걸음에 달려온 어의는 효의왕비의 진맥을 한참 살폈다.

"중전마마의 맥은 빈맥(頻脈, 가슴 두근거림)으로 보통 사람의 맥과 다르게 빠르게 움직이며 이는 회임한 것이 틀림없사옵니다. 경하드리옵니다."

정조는 6년 전 화빈 윤씨가 임신하자마자 미리 산실청을 설치했으나 30여 개월을 기다려도 출산에 이르지 못한 실망감 때문인지 이번에는 효의왕비가 회임했다는 어의의 진단이 있은 후 8개월이 지난 해산달이 가까워져서야 산실청을 설치했다.

임신을 갈망해서인지 월경도 없어지고, 입덧, 복부팽만, 유방비대 등의 증상이 있었고 때로는 태동도 느껴졌다.

효의왕비가 산실청에서 몸조리를 하는 동안 정조는 효의왕비와의 약속을 지키지 않고 후궁들과 일체의 잠자리를 갖지 않았다. 혜경궁 홍씨와 수빈 박씨는 항상 효의왕비 옆에 머물면서 궁궐 돌아가는 이야기며 빈들에 대해 소상하게 들려주었다.

의빈 성씨가 떠난 후 그 자릴 수빈 박씨가 채워주는 것 같아 효의왕비는 수빈을 친 동무처럼 챙겨주고 아껴주었다.

그러나 효의왕비는 1년이 넘도록 출산하지 못했다. 결국 어의를 불러 다시 진맥한 결과 가임신(假妊娠, 상상임신)이라는 진단을 내렸다.

신하들은 잘못된 진맥을 한 어의를 참형해야 한다고 상소를 올렸지만, 정조는 그렇게 하지 않았다. 진맥이라는 것이 조선 왕실의 법도에 따라 왕비의 몸을 함부로 만질 수도 없었고, 왕비와 멀리 떨어져 명주실로 동맥이 지나가는 손목을 묶어 그 진동을 파악하는 그야말로 진찰 범위가 가장 적은 방법으로 진맥을 했기 때문에 오진은 얼마든지 있을 수 있는 일이었다.

이런 상황에서 어의라고 정확한 진단을 할 수 없었다. 정조는 의학에도 상당한 지식을 갖추고 있어 어의의 실수를 인정했다. 그에 따라 어의의 처벌은 그 직을 파하고 혜민서에서 백성들을 돌보도록 조치한 후 마무리했다.

결국 1788년(정조 12년) 12월 30일 산실청을 철수했다. 이 일로 효의왕비는 물론이고 혜경궁 홍씨를 비롯하여 조정 대신들은 적자 생산에 대한 희망을 접어야 했다.

회임이 가임신으로 판명되자 가장 상처를 받은 것은 효의왕비였다. 어쩌면 정조는 효의왕비의 가임신을 알고 있었을 수도 있었다. 적어도 마흔이 다 되어가는 배우자의 마지막 소원을 들어주기 위해 산실청을 허락했을 것이다.

"마마, 후사를 생산하여 마마를 기쁘게 해 드리고 싶었는데 어쩌다 이런 일이 생겼는지 망극할 따름입니다."

하지만 정조는 아무런 대꾸도 없이 효의왕비의 두 손을 지그시 잡으며 위로했다.

"중전, 그런 말 하지 마세요!. 그게 어디 중전의 잘못입니까? 세손 시절 나와 함께 죽음을 넘나들면서 설움과 분노로 육체와 정신이 시름하여 어디 중전의 몸이 정상일 수가 있었겠습니까? 나 역시 아직도 그때를 생각하면 온몸에 경련이 일어나 분노를 참을 수 없는데 중전인들 어찌 온전하겠습니까?

나는 중전의 마음을 다 압니다. 그런 상황에서도 후사를 보겠다는 중전의 굳은 염원 때문에 온몸도 감동하여 상상임신을 한 것이 아니겠습니까? 다른 생각 말고 어서 털고 일어나세요."

효의왕비는 아이를 못 갖는다는 것이 이렇게 서럽고 죄스러운지 몰랐다. 말은 하지 않지만 시어머니 혜경궁 홍씨 역시 많은 기대와 열망에 대한 실망 때문인지 자리에 눕고 말았다.

하지만 이대로 가만히 있을 수는 없었다. 임신을 못 한다는 좌절보다는 그 대책을 강구해야겠다는 생각에 효의왕비는 남편 정조에게 어려운 말을 꺼냈다.

"마마, 소인에게 한 가지 청이 있사옵니다. 소인 이제 후사를 잇기에는 나이도 있고 헛된 희망으로 인해 어머니와 마마께 더 이상 누를 끼치고 싶지 않사옵니다.

그래서 말인데 마마! 수빈 박씨가 벌써 궁에 들어온 지 3년이 넘었
사옵니다. 수빈은 몸도 성하고 외모가 수려하며 어머니와 소인에게도
정성을 다하며 섬기고 있사옵니다.

그 아비 또한 반남 박씨로 노론 명문가입니다. 또한 대비마마께서도
수빈에 대해서는 비방하거나 그 흠을 말하지 않고 있사옵니다.

지금 이 시간 이후부터 마마께서는 편전이나 대전에 계시는 시간을
줄이시고 수빈이 있는 집복헌 가까이에 있는 영춘헌으로 옮기시어 집
무를 보시고, 수빈이 회임을 하기 전까지는 중궁전을 찾지 말아 주십
시오."

하지만 정조는 효의왕비가 서운해 하지 않을까 걱정했다.

"중전, 그래도 괜찮겠소? 회임을 못 해 마음의 상처가 크실 텐데 아
무리 후사가 급선무라고 하더라도 중전이 마음의 상처를 입어 걱정되
니 당분간 나는 중전 옆에 머물고 싶소."

정조는 늘 남을 먼저 생각하는 의리와 정도만을 걷고자 하는 올바
른 군왕이라 후사보다는 효의왕비를 먼저 챙겼다. 하지만 조선의 앞날
을 위해 여인네의 질투는 한 줌 먼지보다도 작은 것이기에 효의왕비는
강경한 태도로 정조를 설득했다.

다음 날부터 정조는 효의왕비 말대로 영춘전에서 머물면서 수빈과
함께했고 수빈 역시 정조 모시기에 소홀함이 없었다.

혜경궁 홍씨와 효의왕비는 시간이 흐를수록 수빈의 어질고 온화한
성품과 검소한 생활에 만족하며, 총애했고, 그녀의 친정에도 손 편지
로 안부 인사를 전했다.

그리고 드디어 수빈이 입궁한 지 4년 만인 1790년(정조 14년) 음력 6월 18일 첫아이인 원자를 낳았다. 이는 나라의 경사였지만, 정조는 앞선 화빈 윤씨와 효의왕비 상상임신 때문에 조심하여 반포하지 않았다.

그 후 수빈의 배가 어느 정도 나오자, 산실청을 설치했다. 이 아들이 정조의 뒤를 잇는 순조(이공)이다. 그리고 3년 뒤인 1793년(정조 17년)에는 숙선옹주를 낳았다. 그러나 그 뒤로 수빈 박씨는 정조가 죽을 때까지 7년 동안 다시 임신하지 못했는데 이는 수빈 박씨의 문제보다는 정조의 문제였다.

정조는 만 48세를 일기로 서거하기 몇 년 전부터 건강 상태가 좋지 못했다. 줄곧 머리에 난 부스럼 때문에 속이 답답하고, 때로는 밤잠을 설치며 두통을 앓는 등 잦은 병치레를 했다. 더구나 과중한 업무로 인한 스트레스를 담배와 과음으로 풀었다.

정조는 조선의 왕 중에서도 인물이 좋기로 정평이 나 있는데 과중한 업무로 인한 스트레스와 과음, 그리고 잦은 병치레로 인해 정조의 나이 30대 중반을 조금 넘었는데 동년배 신하들에 비해 백발인 데다가 치아도 여러 개가 빠져 더 나이 들어 보이는 모습이었다.

제20장
불세출 채제공 선발과
장용영 설치

왕실이 어느 정도 안정이 되어가자, 정조는 자신의 재위 기간을 되돌아보았다. 나름의 비전과 강력한 의지는 일찍부터 갖고 있었지만, 준비가 치밀하지 못했고 자신을 뒷받침할 현실 세력 또한 강력하지 못했다.

젊은 혈기만 너무 앞세웠고 학문적 자신감에서 나오는 정조 특유의 근본주의적 접근 태도는 역설적으로 사태의 근본을 놓치게 만드는 주요한 요인으로 작용했다.

아버지 사도세자 문제나 세손 즉위 방해 문제를 너무 일찍 내세우면서 폭넓은 지지를 이끌어 내는 데도 실패했다. 홍국영 세력을 통해 선왕 영조 말에 형성된 김귀주, 정후겸, 홍인한 등 3대 기득권 세력을 제거하였으나 그 방식이 너무 급진적이어서 10년 가까이 계속되는 반란, 역모 등 반발에 빌미를 스스로 제공했고 그렇게도 믿었던 '귀근(貴近, 가까이에 있는 귀한 인재) 홍국영마저 1780년(정조 4년) '역모'를 꾸미다가 실각하면서 자신을 지지해 줄 세력을 원점에서부터 다시 구성해야 하는 치명적인 시행착오까지 겪었다.

조금 심하게 말하자면 집권 전반기 동안 정조가 시도해 본 개혁 조치는 집권 6개월째 설치한 규장각이 전부였다고 해도 과언이 아니었다. 그러나 정조는 이런 시행착오를 통해 정치를 배웠고 권력을 이해했다.

해마다 이어지던 반란과 역모가 어느 정도 진정되었고 정조가 국정에 자신감을 보이기 시작한 해는 1788년(정조 12년) 정조 나이 37살 때부터였다.

정조가 김종수와 홍국영을 대신할 인재를 찾던 중 효의왕비는 갑자기 채제공에 대한 이야기를 꺼냈다.

"마마, 채제공은 그 성품이 대쪽 같고 영민하여 관료로서는 훌륭한 인물입니다. 다만 이런 성격으로 인해 타협을 할 줄 몰라 주변 사람들로부터는 좋은 인상을 주지 못하고 있는 것도 사실이옵니다. 하지만 그 의리는 누구도 따를 수 없을 정도로 강직한 사람입니다. 임오사변 때 사도세자 마마를 지키려고 노력하였고 마마의 왕위 계승도 찬성했던 인물입니다.

자고로 충직한 신하란 영민함에 있는 것이 아니라 군왕에 대한 충성에 있다고 할 수 있사옵니다. 복종하지 않는 영민한 자는 언제든 배신과 반역을 꾀할 수 있지만 순종하는 자는 배신은 해도 반역은 하지 않는 법입니다.

채제공을 통하여 마마의 정책을 밀어붙이시고 이를 거역하는 자는 마마께서 직접 처벌하신다면 마마께서는 부족한 결단력을 보완하고 원하시는 정책을 실행할 수 있을 것입니다."

정조는 그해(1788년, 정조 12년) 2월 11일 우의정 이성원을 좌의정으로 올리고 중추부지사 채제공(蔡濟恭)을 전격적으로 우의정에 임명했다.

채제공은 한미한 집안에서 나고 컸다. 채제공이 기호 남인으로서의 정체성을 갖게 된 것은 선왕 영조 때 남인 청류의 지도자인 오광운(吳光運)과 강박(姜樸)에게서 학문을 익힌 것이 결정적 계기였다.

이후 채제공은 조선 성리학의 정통은 이황에서 출발해 정구(鄭逑)와 허묵(許默)을 거쳐 이익으로 이어진다는 견해를 갖게 되었다. 이이(노론)나 성혼(소론)을 출발점으로 보는 서인과는 애당초 세계관 자체가 달랐다.

채제공은 1734년 문과에 급제해 승문원 권지부정자(權知副正字, 승정원소속 종9품 임시관직)에 임명되면서 관직 생활을 시작했다. 글 짓는 데 뛰어나 남인이라는 불리함에도 불구하고 영조의 총애를 받았고 1758년(영조 34년) 도승지에 올랐다.

채제공이 영조와 정조의 특별한 인연을 맺게 되는 것은 바로 이때 도승지로 있던 그가 영조의 폐세자 시도를 목숨을 걸고 막은 일 때문이었다.

영조 때 이천 부사로 나가 있던 채제공이 승지가 되어 조정으로 돌아온 것은 2월 23일이다. 그리고 4개월 후인 6월 11일 영조는 채제공을 도승지로 임명했다.

8월 13일 도승지 채제공은 영조가 주로 문무와 장원급제자들을 접견하던 창경궁 내 함인정(涵仁亭)으로 급히 달려갔다. 전날 밤 작성하라고 명한 문서를 자기 손으로는 도저히 작성할 수 없다며 달려온 것이다.

"삼가 어제 저녁에 내리신 초책(草冊, 초벌에 간단하게 적은 문서)에다 기주(記注, 말과 동작을 그대로 기록함)를 할 만한 사실을 써넣으라는 명을 보았는데, 전하께서 어찌하여 이와 같은 조치를 내리십니까? 쓰지 않는다면 이것은 임금의 명령을 어기는 것이요, 이를 쓴다면 신하의 직분상 절대로 감히 할 수가 없는 일입니다. 신 등은 죽음을 무릅쓰고 문서를 돌려 드릴까 합니다."

그 문서란 다름 아닌 기행(奇行)을 일삼고 있는 세자(사도세자)를 폐위하겠다는 명을 담은 것이었다. 채제공은 어명(御命)을 받을 수 없다고 항명했다.

오랜 침묵이 흐른 끝에 영조는 "지신사(도승지)의 말이 옳다. 내가 마땅히 그대의 뜻을 받아들이겠다." 하였다.

영조는 정조가 세손으로 있을 때 이 일을 기억하며 "채제공은 진실로 나의 사심 없는 신하이고 너의 충신"이라고 여러 차례 강조했다.

이후 채제공은 대사간, 대사헌, 경기도 관찰사를 지냈고 1762년(영조 38년) 모친상을 당해 관직에서 물러나 있을 때 사도세자의 죽음을 막아냈다.

이런 우여곡절을 거치며 채제공은 한직인 중추부지사로 1년여 세월을 보내다가 1788년(정조 12년) 마침내 우의정 제수를 받은 것이다.

어쩌면 정조는 숙종 때처럼 남인으로의 환국(換局, 시국이나 정국이 바뀌었다는 뜻)을 추진하고 싶었는지 모른다.

그러나 환국을 당했을 때 정권을 담당할 만한 인재들이 남인에게는 없었다. 결국 절충 방안으로 채제공 한 명을 비호하다 보니 나머지 거의 모든 정파가 등을 돌리는 극한상황을 자초할 수밖에 없었다.

정조는 채제공을 우의정에 제수한 그 다음 날 채제공을 비판하다가 삭직된 관리들을 복직시키라고 명했다. 탕평을 위한 대타협 조치를 한 것이다.

그리고 2월 15일 채제공 문제에 대한 자신의 솔직하고 정확한 견해를 공개적으로 밝혔다. 그로 인한 소모적인 논쟁을 막아보려는 시도였다.

"대체로 말하는 자들이 우상(右相, 우의정, 채제공)에 대해 비난하는 것이 바로 세 가지 일인데, 첫째는 국초(鞠招)이고, 둘째는 흉언(凶言)이고, 셋째는 가인(家人)의 설이다."

국초란 정조 즉위 초 조재한 등이 옥사를 당할 때 그의 이름이 나온 것을 말한다. 흉언은 채제공이 사석에서 정조를 욕했다는 소문이다. 가인의 설은 채제공이 홍국영의 작은아버지 홍낙빈과 함께 불궤를 도모했다는 소문으로 홍낙빈의 가인의 입에서 나온 것이다.

이 세 가지에 대해 정조는 조목조목 논리적으로 해명하고 비판했다.

"우상에 대한 그대들의 오해가 있어 이를 풀지 않고 지나간다면 언젠가 또다시 이와 같은 말들이 돌 것이고 이는 짐과 그대들 간의 영원한 불화로 남을 것이다.

과인은 우상 국초와 흉언 그리고 가인의 설에 대해 이렇게 생각한다.

첫째, 국초의 경우 김수헌·이만식의 공사(供辭, 진술)에 모두 자기들끼리 스스로 서로 주고받은 말일 뿐 우상(채제공)은 애당초 관여한 바가 없다.

대개 이만식은 우상과 기맥(氣脈, 서로 통하는 정도)이 서로 가깝기 때문에 저에게 유리하게 우상을 판 것이고, 수현은 또 만식에게 들은 것을 부풀려 허풍을 친 것이니, 이것은 까닭 없이 무고를 당하여 점점 애매하게 된 것이 아니겠는가?

사실이 이러한 데 불과하고, 우상 이외에도 가리켜 거명한 자가 몇 사람이 있었으나, 그들의 심적(心跡)을 논해 보건대 일은 함께 하였으나 생각이 서로 달랐기 때문에 모두 국안(鞫案, 기록한 문서)에 기록하지 말라고 명했던 것이다. 사실이 이렇고 보면 국초에 관한 건(件)은 절로 거짓으로 귀착된다.

둘째, 흉언으로 말할 것 같으면 을미년(1775년, 영조 51년)에 갑자기 근거 없는 말이 홍국영의 입에서 전해져서 평소 자기와 관계가 좋지 않던 사람들을 의심했는데, 국영은 끝내 누구에게 듣고 누구에게 전했다는 것을 분명히 말하지 않고 말의 뿌리를 죽은 사람에게 돌렸다.

끝내는 간악한 형상이 숨김없이 다 드러났기 때문에 내가 이에 대해 엄히 배척하고 깊이 분변(分辨, 판단)했고, 또 우상을 대면하여 이 일로 이야기를 나눈 적이 있었다.

만약 흉언이 조금이라도 신빙성이 있었다면, 내 몸에 관계된 일일 것인데 어찌 우상 한 사람을 보호하기 위해 다른 자들에 대한 벌을 외면하였겠으며 우상공만을 사사로이 비호하여 전장(典章, 법률)을 무너뜨리고 윤강(倫綱, 윤리와 도리)을 무시하였겠는가!

그러나 그 뒤로 우상공이 흉언이란 두 글자가 온 세상에 알려져 와전(訛傳, 확대되어 전해짐)에 와전을 거듭하여 사람들의 의심이 점점 격렬해졌으니, 만약 내가 말을 하지 않는다면 누가 해명할 수 있겠는가?

왕의 말을 믿을 수 없다고 한다면 그만이지만 그렇지 않다면 이 건도 거짓으로 귀착된다.

셋째, 가인의 설로 말할 것 같으면 최초의 성토가 고상(故相, 세상을 떠난 정승) 이판부(李判府, 이휘지)에게서 나왔는데, 그 차자에 '길가에서 들은 떠돌아다니는 말을 아뢰었다' 하였으니, 이는 이판부도 이를 거짓으로 여긴 것이다.

그렇다면 이는 많은 말을 듣지 않아도 변별할 수 있다. 더구나 홍낙빈은 이때 먼 변방으로 귀양 가서 낙빈의 집에는 단지 부녀와 노복만이 있었을 것이다. 이것이 얼마나 큰일인데 부녀자나 노복과 상의하였겠는가. 이 한 건도 거짓으로 귀착된다."

정조의 세 가지 해명은 채제공을 보호하고 기용하기 위한 것이었다. 정조는 조선의 그 어떤 군왕들도 시도하지 않던 타협의 정치로 신하들을 설득해 정국을 이끌어 나가기 위해 노력했다. 그리고 걸림돌이 있다면 사전에 제거하고자 노력했다.

정조는 누구도 대적할 수 없는 학문적 경지에 올라 있었고, 그 행동과 마음이 바르게 살아가는 군주이기에 그 누구도 정조의 학문적 깊이나 정치적인 기술을 인정하지 않을 수 없었다.

그런 정조가 인정한 인물이 채제공이니 채제공의 인물 됨됨이가 어떤지 상상이 가고도 남을 일이었다.

그 때문에 정조는 어필(御筆, 왕의 친서)로 채제공을 우의정에 제수를 명하면서 사관에게 북치고 피리 부는 군악대를 앞세워 자신의 뜻을 채제공에게 전하도록 명하셨다. 형식적으로도 다른 정승들이 추천하는 복상(卜相, 정승을 가려 뽑기 위해 후보자를 천거하는 일) 절차를 생략한 전격적인 결단이었다.

당시 조정이 이 조치에 대해 얼마나 놀랐는지는 그날 다른 신하들이 보인 격한 반응에서 쉽게 확인할 수 있었다.

그날 입직(당직) 승지인 조윤대와 홍인호는 명을 받들 수 없다며 정조의 하교를 다시 갖고 들어와 면담을 청했다. 다른 사람도 아닌 어명을 받드는 승정원의 승지가 어명을 받을 수 없다고 반기를 든 것이다.

정조는 즉석에서 두 사람을 파직시키고 무관인 오위장(五衛將) 안대진을 가(假)승지로 명한 다음 전교를 채제공에게 전하도록 하였다.

잠시 후 도승지 심풍지(沈豐之), 우승지 윤행원(尹行元), 동부승지 남학문(南鶴聞)이 입대를 청하자, 정조는 모두 파직토록 명했다.

그런데 불경스럽게도 심풍지(沈豐之) 등은 합문 앞에서 물러가지 않고 계속 입대를 청했다. 이에 분노한 정조는 그들에게 다시는 관직에 나올수 없는 불서용(不敍用)의 법을 적용토록 지시했다.

이어 홍문관 교리 신대윤, 부교리 이수진, 수찬 김희채 등이 입대를 청하자 모두 파직시켰다.

"이렇게 임금인 내가 명하였음에도 강력히 간쟁하는 것은 해괴하고 패악스러운 행동이다. 도대체 누구를 믿고 감히 그런 말을 하는 것이냐?"

잠시 후에는 이조판서 오재순(吳載純)이 어명을 받들려 하지 않았다는 이유로 파직되었다. 채제공의 우의정 임명 사실을 다른 판서들에게 전하지 않고 버티다가 계속되는 정조의 다그침에 어쩔 수 없이 명을 전했다는 것이다.

오재순은 대제학 오원(吳瑗)의 아들이다. 1755년(영조 31년) 영조의 할머니인 명안공주(明安公主, 현종의 딸)의 손자라는 이유로 배려를 받아 특명으로 6품에 올랐다. 이후 1772년(영조 48년) 문과에 병과로 급제하고 이듬해 승지를 거쳐 홍문관 부제학 및 대사헌을 역임하였다.

그 후 정조의 총애가 깊어 1790년(정조 14년) 이조판서에 올랐고. 그 후에도 홍문관과 이조를 오가며 중책을 맡았다. 그는 학문에 뛰어나 제자백가에 두루 통하였고, 특히 『주역』에 뛰어났다.

정조는 학문이 뛰어난 사람을 좋아했는데 오재순은 정조와 학문의 깊이를 나눌 만큼 아끼는 중신 중 한 사람이었다. 이처럼 아끼는 오재순도 파직할 만큼 정조는 화가 나 있었다.

임금의 명을 거역하고 반기를 드는 중신들도 미웠지만 세월이 흘러 자신이 재위한 지도 12년이 넘었는데도 사사건건 반기를 드는 신하들을 지켜보면서 참을성이 많은 정조였지만 아버지 사도세자의 본성을 어쩌지 못해서인지 분노로 치를 떨었다.

하지만 순간적인 화는 막말로 이어지고 막말은 결국 파행을 불러온다. 효의왕비는 이 점을 경계해야 한다고 정조에게 늘 강조했다. 다행히 정조는 냉정을 되찾았고, 자신이 채제공을 임명하게 된 배경에 대해 전교를 내렸다.

그런 채제공을 옆에 두었으니 이제 정조는 자신이 설계했던 이상적인 조선을 건국하는 일만 남게 된 것이다.

하지만 1788년(정조 12년) 2월 15일 정조가 '우의정' 채제공을 임명하기 위한 장문의 해명을 내놓았음에도 불구하고, 조정의 반말은 그칠 기미를 보이지 않았다.

바로 다음 날 좌의정 이성원(李性源)이 그와 관련하여 사직 상소를 올렸고 2월 17일에는 채제공이 자신의 문제로 조정이 시끄럽다며 자신에 대한 우의정 제수를 없었던 일로 해줄 것을 청했다.

2월 19일, 정조는 3정승을 불러 직접 상호협력을 권유키로 했다. 그러나 채제공은 병을 이유로 나오지 않았고 영의정 김치인과 좌의정 이성만이 들어왔다. 기가 막히고 분노가 치밀어 올랐지만, 정조는 두 사람에게 당부했다.

"이번 일은 바로 조정의 큰 거조(擧措, 큰일을 저지름)로서 선조(先朝, 앞선왕조)에서도 일찍이 하지 않았던 일을 지금 내가 하였으니 만약 뒷갈무리를 잘하지 않았다면 나와 경들이 책임을 면하기 어려울 것이다. 그리고 우상(채제공)이 본디 온화하지 못하니 경들이 모름지기 조절하고 억제하여 한계와 법도를 넘지 못하게 하라."

이에 대해 김치인은 그 자리에서,

"신은 늙어서 감당할 수 없습니다."

라고 즉각 거부했다. 그런데 열흘이 지난 2월 29일, 정조는 다시 이 문제를 거론했다. 계속된 정조의 설득 때문인지 영의정 김치인은 많이 누그러져 있었다.

"우정승이라고 해서 어찌 조정을 할 만한 소지가 없겠습니까?"

이후 적어도 채제공의 우의정 임명과 관련된 공세는 한층 누그러졌다.

우의정에 오른 채제공은 한동안 몸을 낮춰 노론 전현직 정승들과 화해에 힘쓰는 모습을 보여줬다. 그 때문인지 8월 18일에는 그를 한사코 반대했던 중추부 판사 김익도 채제공과 한자리에 나와 전하의 해명이 있는 뒤에 자신의 오해가 풀렸음을 인정했다.

그에 대한 화답 차원에서 정조는 채제공 탄핵에 앞장섰다가 파직된 전 사헌부 지평 이익훈을 홍문관 교리로 복직시키라는 특명을 내렸다.

그해 말 형조판서 윤시동(尹蓍東)이 채제공이 영남유생을 내세워 조정을 압박하고 있다며 탄핵을 시도했다가 오히려 자신이 불서용이라는 처벌을 당했고 이에 이듬해 4월 27일에는 채제공이 윤시동을 역공하는 등의 논란이 있었지만, 정조의 총애 때문에 무시됐다.

그만큼 정조는 채제공을 전략적으로 활용했다. 모든 대신들이 정순대비의 눈치를 살피며 대비의 그늘에 있었지만, 홍국영처럼 채제공은 달랐기 때문이었다.

정조는 한번 명을 받으면 밀어붙이는 채제공을 통해 아버지 사도세자의 한을 풀어주고 조선을 개혁하고자 했던 것이다.

만약 대비와 뜻을 같이 했던 노론 대신들과 이런 계획을 세웠다면 아무래도 예상치 못한 반대에 부딪힐 공산이 컸기 때문이다.

즉위하면서 기세 좋게 "나는 사도세자의 아들이다."고 선포했지만, 선왕 영조를 살해하려 했던 역적이나 다름없던 사도세자의 아들이라는 굴레는 벗어던질 수가 없었다. 이러한 굴레를 벗으려면 선왕 영조가 사도세자를 억울하게 죽였다는 결론에 도달해야 하기 때문이었다. 할아버지 영조로 인해 자칫 역공을 맞을 수도 있었던 정조는 자신의 권력을 장악하기 위해 결국 아버지 사도세자를 죽이는 데 협조했거나 세손 시절 자신을 위협했던 세력들을 가차 없이 숙청하는 길을 선택했던 것이다.

그리고 어지간한 중요 국사는 영의정이나 좌의정이 아닌 우의정 채제공과 논의해 결정해 버렸다. 채제공이 영남유생을 내세워 조정을 압력하려 했다는 것도 사실은 정조의 명을 받은 채제공이 영남유생을 통해 국왕의 말을 듣지 않고 자기들 마음대로 인재를 천거하는 정순대비를 지지하는 노론세력의 비리를 막고자 상소를 올려 발생한 일이었다.

채제공은 정치적인 면에서도 상대방을 어떻게 처리해야 하는지를 알고 있는 사람이었다. 그렇게 정국은 안정을 되찾아 가고 있었다.

나라가 안정을 찾아가고 있음을 인식한 정조는 오래전부터 효의왕비가 제안했던 자신의 친위부대를 창설할 준비에 들어갔다.

그리고 1788년(정조 12년)에 장용영(壯勇營)이라는 새로운 군사조직을 창설했다. 이는 왕조 국가의 무력 기반을 강화하기 위한 조치였다.

노론과 외척세력의 위협 속에서 즉위한 정조가 개혁정치를 굳건하게 추진하기 위해서는 친위군대가 필요했다.

즉위 초 정조는 국왕의 호위군을 강화하는 차원에서 숙위소(宿衛所)를 설치하여, 숙위대장에는 자신의 측근이었던 홍국영을 임명했다. 숙위소는 궁궐을 지키는 일은 물론 도성을 수비하고 점차 오군영까지 총괄하는 최고 군사령부의 역할을 수행했다.

숙위소는 병조나 오위도총부에 소속되어 있지 않은 국왕의 독자적인 직할부대였을 뿐이지만 홍국영의 권력은 숙위소의 위상을 통상적인 국방체계의 상부로 만들었다.

그러나, 숙위소는 홍국영과 더불어 그 정치적 역할을 마감했다. 홍국영이 숙위소를 통해 자신의 권력을 강화하면서 역모를 꾀하려 했기 때문이었다. 이에 정조는 1779(정조 3년) 홍국영을 축출하고 숙위소를 혁파했다.

그 뒤 정조는 국왕 호위군 체제를 개혁하여 1782년(정조 6년)에 장용위(壯勇衛)를 신설했다. 무예와 통솔력이 뛰어난 무관 30명으로 출발한 장용위는 1787년(정조 11년)에는 50명으로 그 인원이 보강되면서 장용청(壯勇廳)으로 승격되었고, 그 이듬해인 1788년(정조 12년)에 장용영으로 개편되면서 소위 '장용영의 시대'가 열렸다.

오위 체제로부터 시작해서 임진왜란 이후 오군영(훈련도감, 총융청, 수어청, 어영총, 금위영) 중심으로 재편된 조선의 군사제도에 새롭게 '장용영'이라는 군사조직을 신설한 것이다.

"이제부터 시작이다. 강력한 왕권 정치를 통해 반드시 나만의 군대를 만들어 무소불위의 권력을 만들고야 말겠다."

그렇게 정조는 다짐하고 강력한 왕권정치기 시작됨을 알렸다.

원래 조선 초기의 군제는 오위 체제였다. 전국적으로 군사조직을 5개로 나누고 그 산하에 지방군을 편제시키는 방식의 오위 체제는 주로 북쪽 국경과 남쪽 왜구를 방어하기 위한 군제였다.

그러나 임진왜란과 병자호란 등 실제 전쟁이 발발하자 기존의 오위 체제가 효과적으로 작동하지 못했다.

이 때문에 조선 후기의 국왕들은 실제로 전쟁에 활용할 수 있는 군대조직을 하나씩 만들기 시작하여 5개의 군영이 탄생했고, 특히 인조반정 이후 왕권을 지키는 역할까지 이들 군사조직에 부여됨으로써 조선의 군제는 오군영 체제로 재편되었다.

그러나 세월이 지남에 따라 오군영마저도 당쟁과 무관할 수 없었다. 이들 군사조직 또한 특정 정파의 이해관계에 긴밀히 얽혀있고 군령 체제는 무질서하게 되었다. 따라서 정조는 개혁정책을 추진하기 위해서 자신을 지켜줄 별도의 군사조직이 필요하다고 판단하게 되었다.

정치개혁의 결과 기득권을 상실하게 되는 외척과 권신들은 결코 설득만으로 그동안 누려온 특권을 포기하지 않을 것으로 생각한 정조는, 이들 기득권층의 저항을 분쇄할 수 있는 친위 군사조직의 필요성을 절감하여 장용영을 신설했던 것이다.

효의왕비 역시 정조가 왕위에 오르면 제일 먼저 왕의 군대부터 만들 것을 당부했었다. 힘없는 군왕이 신하들에게 둘러싸여 이러지도 저러지도 못하는 것은 그들에게 대적할 왕의 군대가 없기 때문이라며 자신의 남편 정조를 종용했었다.

장용영 신설과 더불어 정조는 대대적인 군제개혁에 돌입했다. 우선 정조는 조선 초기의 오위 체제를 복구하고자 했다. 그리고 임진왜란 이후 오군영이 설치되면서 '군사조직이 나뉘어졌음(分軍)'을 비판했다.

오군영의 등장과 더불어 군령이 일원화되지 못한 채 모든 군사적 조치가 번잡하게 되었다고 판단한 정조는 병조판서 중심의 통합적인 군령체제를 수립하고자 했다.

이에 정조는 오군영의 독자적 명령체계를 불식하고 전군을 오위 체제로 재편하는 동시에 국왕의 명령을 받아 병조판서가 전군을 지휘할 수 있도록 군제를 개혁했다.

정조는 군사조직의 인사권 문제에 있어서도 병조판서에게 일원화하여 실질적인 임명권을 부여했다. 당시 무관에 대한 인사에 있어서 각 군영대장에게 추천권이 주어졌는데, 정조는 이를 일소(一掃, 한꺼번에 싹 제거함)했다.

이에 따라 그동안 군사조직에 대해 실질적인 인사로부터 소외당해 있었던 병조가 인사권을 장악할 수 있게 되었다. 이 과정에서 오군영의 대장들이 반발했지만, 정조는 단호하게 대응했다.

"이는 국왕으로서 내리는 군령이다. 앞으로 모든 군사의 인사권은 조정의 병조가 맡는다. 이를 거역하는 자는 불충(不忠, 충성스럽지 못함)으로 알고 일벌백계(一罰百戒, 한 사람을 벌함으로써 만인에게 경계가 되도록 함)하겠다."

정조는 각 군영의 군영대장들이 단일 안으로 올리던 인사 추천을 3인 안으로 올려 실질적으로 병부에서 선택할 수 있도록 했다.

이후 군영 대장들이 각종 편법을 동원하여 인사권을 유지하고자 했지만, 정조는 이를 엄격하게 제지함으로써 인사권은 실질적으로 병조판서에게 귀속되었다. 뿐만 아니라 정조는 당시까지 관례로 되어 왔던 훈련도감 출신자의 포도대장 임용을 금지시켰다.

대부분의 조선 군왕들은 군부를 병부에 두고 병조판서에게 인사권을 행사하도록 하였다. 그래야 군권을 국왕이 좌지우지할 수 있었기 때문이었다. 하지만 그전에는 국왕의 권력에 대항하기 위해 독자적으로 군영의 대장들이 병권을 쥐고 있었다.

이는 왕권을 강화하기 위해서라도 개혁해야 할 일이었지만 지금까지 어느 군왕도 손을 댈 수가 없었다.

정조는 여기서 그치지 않았다. 훈련도감의 중군(中軍)은 자동으로 금군별장(禁軍別將)직을 거쳐 포도대장으로 승진했던 관례를 폐지하고 그 인사권을 병조판서에 귀속시킴으로써 군사조직의 인사권을 일원화시켰다.

이와 같은 정조의 군제개혁은 군대의 조직체계와 명령체계를 단일화함으로써 외적의 침입과 내란에 신속히 대응하고자 하는 것이었다.

장용영은 처음부터 군사권의 일원화를 표방하지는 않았다. 첫 출발은 소규모 임금을 지키는 금위부대였고, 이를 점차로 확대하여 결국 도성과 화성(수원)에 각각 내영과 외영을 두면서 기존 5군영보다 훨씬 큰 규모를 가진 군영으로 확대하였다.

또한 장용영은 아버지 사도세자를 기리는 뜻을 지녔던 1784년(정조 8년)의 경과(慶科) 실시 및 수원성의 축조와 밀접한 연관을 가지면서 정비되어 갔다.

1784년(정조 8년) 경과는 무과 합격자가 2,900여 명에 이르렀다. 그리고 1785년(정조 9년) 장용위를 시작으로 이들을 바탕으로 국왕을 호위하는 금위(禁衛)부대인 장용영의 창설이 시작되었던 것이다.

결국 경과 실시는 규장각 설치를 통해서 붕당이나 척신의 이해관계와 연결되지 않는 새로운 병력에 대한 인재를 키우려는 시도였고 이것은 곧 국왕의 권위의 재확립을 위해 친위부대를 만들고자 함이었다.

장용영은 정조의 관심과 지원 속에서 그 규모가 꾸준히 확대되었고, 1793년(정조 17년)에는 장용내영과 장용외영으로 나뉘었다. 장용내영은 서울에 두고 장용외영은 화성에 두면서 총 병사가 3, 450명에 달했다.

이는 당초 목표치였던 5,000명에는 미치지 못했지만, 장용영은 막강한 군사조직으로 거듭날 수 있었다.

특히 사도세자의 묘소인 현륭원을 호위하고 화성행궁을 수호한다는 취지에서 설립된 장용외영은 계속 개편되었고 마침내 1789년(정조 22년)에 수원부의 병력을 그 휘하에 흡수하여 오위 체제로 편재됨으로써 조직이 완성되었다.

또 장용영에 설치된 사무국에서는 『무예도보통지』를 완성하는 등 조선의 무예를 진작시키기 위한 사업도 추진됐다.

정조는 자신의 아버지 사도세자가 추진한 바 있었던 무술기예를 정리하는 사업을 장용영 내에 설치된 사무국에서 추진하도록 했다.

그 결과 검서관 이덕무(李德懋), 박제가(朴齊家) 등을 중심으로 장용영 내에서 마침내 무술기예를 24가지로 체계화하는 『무예도보통지(武藝圖譜通志)』가 완성되었고, 『병학지남(兵學指南)』 등의 병서도 인쇄되었다. 이를 바탕으로 장용영의 군사들에게 다양한 새로운 무예를 보급할 수 있었다.

그러나 장용영의 설치와 강화는 필연적으로 군비 문제를 발생시켰다. 신하들 사이에서는 군비를 이유로 장용영에 대한 반대 의견이 계속적으로 개진되었다. 장령 오익환(吳翼煥)은 작심한 듯 비판하였다.

"안으로는 금군(禁軍)과 무예청(武藝廳)이 있고 밖으로는 오영의 장졸이 있어, 빠진 곳 없이 빙 둘러 호위하여 방비가 매우 견고한데, 전하는 무엇 때문에 필요 없는 장용위를 만들어서 경비를 지나치게 허비하는 길을 넓히십니까?"

정4품 장령(掌令, 사헌부의 관직)이라는 자가 군권을 지휘하는 병조참판이나 삼정승을 제쳐두고 임금을 향해 쓸데없는 군 조직을 만들어 군비를 낭비한다고 직격탄을 날린 것이다.

말 그대로 죽으려고 작정을 하지 않았다면 있을 수 없는 일이었다. 태조나 태종, 그리고 연산군 같으면 당장 능지처참되어야 할 일이었지만 정조는 자신의 의견을 내세워 임금에게 명분을 따지는 신하들에게는 늘 관대했다. 힘이 아닌 논리를 내세워 그들을 설득하고자 하는 것이 정조의 원칙이었다.

"그대의 걱정은 내 이미 생각한 바가 있다. 둔전(屯田, 군대의 군량을 마련하기 위해 설치한 토지)을 만들어 군비를 충당하고 왕실의 돈을 출자하여 군비에 쓰도록 하겠다.

그리고 나라의 살림을 도맡고 있는 삼정승(영의정, 좌의정, 우의정)이 이를 지적한 바 없는데 장령이라는 신분에도 불구하고 나라를 위해 군영의 경비를 걱정하는 마음이 그와 같으니 병조참판은 이를 갸륵하게 여겨 그 어떤 처벌이나 인사권을 통해 장령에게 피해를 보지 않도록 하라."

정조는 장용영에 소요되는 군비 문제를 다른 군영을 축소하거나 병력을 이관함으로써 해결하려고 했다. 일차적으로 훈련도감 내의 무예출신과를 장용위로 넘겼으며, 금군의 700의 정액 중에서 100을 장용위로 넘겼다. 그리고 수어청 소속의 둔아병(屯牙兵)을 장용영으로 이관시켰다.

또 병농일치(兵農一致, 농사와 병역을 같이함)의 취지에 입각해 둔전(屯田)을 만들어 군비를 충당했으며, 왕실의 돈을 출자하여 각도에 곡식을 쌓아두고 군비에 쓰도록 했다.

이와 같은 정조의 노력으로 장용영은 견실한 군비를 갖춘 군사조직으로 운영되었다. 국왕의 사재를 내어놓고 금위군의 정번(停番)에서 나온 비용을 충당함으로써 장용영의 군비 확충은 상당한 성과를 거두었다.

장용영의 재정이 탄탄했다는 사실은, 정조 사후에 공노비 혁파에 따른 재정적 결손을 장용영의 군비를 이용해 보충한 것으로 잘 알 수 있다.

장용외영은 정조 17년 수원에 화성(華城)이 축조되고 유수부로 승격하면서 수원부를 중심으로 설치되었다. 수원유수가 장용외사를 겸임하게 하였고, 도성의 본영을 장용외영으로 부르게 되었다.

곧 사도세자의 무덤인 현릉원(顯隆園)과 국왕 행차 시에 머무는 행궁 지역에 설치된 외영은 실제로는 내영보다 중요시되었다. 외영은 화성 행궁과 성을 지키는 정군(正軍)과 수성군(守城軍), 그 수성을 돕는 4방 각 읍의 협수군(協守軍)으로 구성되었다. 그리고 기존의 마보군(馬步軍)을 정비한 다음, 수원부 인근 지역의 필방군(入防軍)과 협수군 체제를 정비하였고, 마지막으로 인근 5읍의 군총을 이속시키면서 5위 속5위로 편성하였다.

장용외영은 정조 13년 10월 그 편제를 국초의 오위법(五衛法)으로 해서 완성된 것이 특징이다. 화성의 5위는 장락위(長樂衛)라고도 불렸는데, 전위(前衛, 八達衛)·좌위(左衛, 蒼龍衛)·중위(中衛, 新豊衛)·우위(右衛, 華西衛)·후위(後衛, 長安衛)로 구성되었다. 이는 임진왜란 이후 이제까지 군 편제에 사용되었던 척계광법(戚繼光法, 군영을 이어서 만든 진법)을 버리고, 병농일치(兵農一致, 군사와 농업을 겸함)를 특징으로 하는 5위법을 이용하여 더 많은 군사를 확보하려는 목적이었다.

또한 경사(京司, 서울에 있는 관아)에 소속되어 있던 납포군을 장용외영에 소속시킴으로써 실제 군사로서 활동할 수 있게 조처하기도 했다. 그리하여 3,000여 명 규모의 상근부대와 유사시 동원되는 수성군으로 구분되어 편제되었다. 이는 국초의 강력한 권위의 회복을 의미하는 편제였다. 이로써 정조는 조선 역사상 가장 강력한 왕권 강화를 위한 친위부대를 만드는 데 성공했다.

제21장
정순대비에 대한 반격과
개혁정치의 실현

정조는 해마다 4월이면 한 번도 거르지 않고 영우원(사도세자의 묘소)에 전배(展拜, 참배)하고 경우에 따라서는 그곳에서 하룻밤을 보내고 오기도 했다. 사실 정조는 즉위 초부터 아버지의 묏자리에 불만이 많았다. 일찍부터 길지(좋은 장소)로 옮기고 싶었다. 다만, 여러 풍수학설을 검토한 결과 기유년(1789년 정조 13년)이 상길(上吉, 좋은 날)이라 하여 이때까지 가슴 졸이며 기다려 왔다.

논의의 물꼬를 튼 것은 즉위 13년 7월 11일 올라온 금성위(錦城尉) 박명원의 상소였다. 그것은 실은 정조 자신이 올린 상소나 마찬가지였다.

금성위(錦城尉) 박명원(朴明源)은 선왕 영조와 영빈 이씨(사도세자 친어머니) 사이에서 난 큰딸 화평옹주의 남편으로 정조의 친고모부였다. 화평옹주는 화완옹주의 친언니다.

그러나 화평옹주는 생전에 사도세자를 끔찍이 아껴 화완옹주와는 관계가 전혀 달랐다. 이미 봉호는 올린 상태이고 임금이 아버지의 묘소를 옮기겠다고 하는데 이를 반대할 신하는 없었다. 정조는 풍수에도 해박했다.

그동안 정조는 이 문제를 놓고 풍수지리의 대가들과 효의왕비의 의견을 들어왔다. 효의왕비는 어려서 풍수지리의 대가라고 할 수 있는 수원 광덕사 주지 효지스님(지관 윤선지)를 알게 되어 호기심에 풍수지리를 정식으로 배운 사실을 정조도 잘 알고 있었다.

효의왕비는 풍수지리에 정통한 그 어떤 대가들보다 능통하여 정조와 적당한 묏자리 이야기를 나눌 만큼 정조로부터 그 실력을 인정받고 있었다. 그리고 이장(移葬, 무덤을 옮겨씀) 장소에 대해 효지스님을 통해 비밀리에 알아보고 있었다.

이미 효의왕비와 같이 오랫동안 검토해 온 여러 대안에 대해 정조는 이미 장단점을 일일이 파악했기 때문에 신하들이 추천한 양성산, 백학산, 용인 등에 대해 지리적 위치의 장·단점에 대하여 신하들에게 일일이 열거했다.

"첫째 충청도 문의(文義)의 양성산은 예로부터 명당소리를 듣긴 했지만 답답하게 막힌 기색이 있고 왕실 묏자리로는 적절치 않다.

둘째, 황해도 장단(長湍) 백학산(白鶴山) 아래의 세 곳은 국세(局勢)가 각각 협소하고 힘이 없고 느슨하다.

셋째, 경기도 광릉(光陵, 세조능) 좌우 산등성 중의 한 곳은 절터이니, 신당(神堂)의 앞이라 불사(佛寺)의 뒤나 폐가(廢家) 또는 고묘(古廟, 오래된 사당)에 묘를 쓰는 것은 옛사람들이 꺼린 바다.

넷째, 경기도 용인(龍仁)이 좋다고 운운하는 곳도 역시 그러하다. 이밖에 한양 남쪽 헌릉(獻陵, 태종능) 인근의 이수동(梨樹洞)과 황해도 후릉(厚陵, 정종능) 인근의 두 곳 강릉(康陵, 명종능) 백호(白虎, 우측) 쪽 가평(加平)의 여러 곳도 마음에 드는 곳이 없다."

정조가 이렇게 말한 것은 이유가 있어서였다. 왕비로부터 효지스님을 소개받아 아버지 사도세자의 묘를 어디로 옮기는 게 좋겠는지 물어본 적이 있었다.

당시 효지는 자신이 있는 절과 가까이 있는 수원 읍내 한곳을 소개한 적이 있었다. 실제로 정조가 사냥을 핑계로 그곳을 가본 적이 있는데 그곳은 용이 누워서 여의주를 가지고 놀고 있는 형국이었다.

게다가 이 자리는 효종 때부터 사대부나 술사들 사이에 최고 명당으로 회자되어 오던 곳에 영우원(永祐園, 당시 양주에 있던 아버지 무덤의 봉호를 수은묘에서 고쳐 부른 이름)을 천장(遷葬, 무덤을 다른 곳으로 옮김)하기로 정조는 이미 마음을 먹고 있었다.

"오직 수원(水原) 읍내에 봉표해 둔 세 곳 중에서 관가(官家) 뒤에 있는 한 곳만이 전인(前人, 앞선 사람)들의 명확하고 적실한 증언이 많았을 뿐만 아니라 그 자리는 옥룡자(玉龍子, 신라 말 고려 초 풍수의 대가였던 도선의 호)가 말한 바 있는 반룡농주(盤龍弄珠, 용이 누워서 여의주로 놀고 있는 최고의 명당)의 형국이다. 연운(年運)과 산운(山運) 그리고 본인의 명운이 바로 이를 이름이다."

이어 정조는 왕실 내에서도 장차 능이나 원으로 쓰기 위해 미리 지정해 3대 길지가 전해져 왔는데 하나는 홍제동으로 영릉(寧陵, 효종능)이 들어섰고 또 한 곳은 건원릉(健元陵, 태조능) 오른쪽 등성이로 원릉(元陵, 영조능)이 들어섰고, 한 곳은 이때 자신이 정한 수원읍에 있는 그곳이라고 말한 것이다.

"수원의 묏자리에 대한 논의는 기해년『영릉의궤(寧陵儀軌, 효종대왕릉에 대한 의례)』에 실려 있는 윤강(尹絳), 유계(俞棨), 윤선도(尹善道) 등 여러 사람과 홍여박(洪汝博), 반호의(潘好義) 등 술사들의 말에서 보아 알 수 있었다.

그러나 그 시말로 말하면 윤강의 장계(狀啓, 임금의 명을 받고 지방에 나간 관리가 올리는 보고)와 윤선도의 문집 중에 실려 있는 산릉의(山陵議, 윤선도가 효종이 승하하자 둘러본 묏자리에 대한 기록) 및 **여총호사서**(與總護使書, 인원왕후 명릉의궤)보다 자세한 것이 없다.

내가 수원에 뜻을 둔 것이 이미 오래여서 널리 상고하고 자세히 살핀 것이 몇 년인지 모른다. 옥룡자의 평(枰)이 그 속에 실려 있는데, 그의 말에 '반룡농주'의 형국이다.

참으로 복룡대지(福龍大地)로서 용(龍)이나 혈(血)이나 지질이나 물이 더없이 좋고 아름다우니 참으로 천리에 다시없는 자리이고 천년에 한 번 만날까 말까 한 자리다."

정조가 최고의 명당으로 지정한 수원 읍내는 여러 가지 이유가 있어서였다. 수원 읍내는 한양에서도 가깝고 오래전부터 정조가 새로운 도시를 만들고자 꿈꿔왔던 자리였다. 이곳에서 자신만의 군대를 양성하여 국왕의 권력을 강화하고 아버지(사도세자)와 어머니(혜경궁 홍씨) 그리고 자신이 죽어서도 영원히 잠들 수 있는 그런 명당을 만들고자 했던 바로 그 자리였다.

이것으로 수원으로의 천장(遷葬, 무덤을 다른 곳으로 옮김)은 결정됐다. 물론 명당자리로 옮기고 이름을 현릉원(顯陵園)으로 바꾸기는 했지만, 그 이상의 조치는 따르지 않았기 때문에 노론 쪽에서도 내놓고 강한 반대를 펼치지는 않았다.

이 작업은 그해 10월 7일 정조가 직접 사도세자의 지문을 지어 올림으로써 완료됐다. 하지만 노론 벽파로서는 정조의 말 한마디, 행동 하나하나에 긴장하지 않을 수 없었다. 그들은 정조의 다음 행동에 촉각을 세우면서 자신들에게 어떤 불똥이 튈지 전전긍긍하였다.

그만큼 노론 벽파도 정조의 친위부대로 인해 숨을 죽이고 있었던 것이다. 하지만 이때 정조는 칼을 뺏어야 했다. 확실하게 자신에게 반기를 든 적들의 숨통을 끊어 놓았어야 함에도 정조는 그렇게 하지 못했다.

그해 9월 초(정조 13년, 1789년) 효의왕비는 시어머니 혜경궁 홍씨와 대비(정순황후)전을 방문하여 문안하던 날, 우연히도 문밖에서 대비가 3정승에게 화내는 소릴 엿듣게 되었다.

그것은 다름 아닌 정조의 이복동생 은언군 이인을 강화도 유배지로 돌려보내지 않으면 용서하지 않겠다는 것이었다.

효의왕비는 급히 돌아와 이 문제를 남편 정조에게 알렸고 이 말을 들은 정조는 불같이 화를 내며 이번에야말로 가만있지 않겠다며 흥분을 가라앉히지 못하였다.

항상 차분하고 마음을 다스릴 줄 알았던 정조는 정신줄을 놓는 일이 두 가지 있는데 한 가지는 인척을 건드리는 일이고 또 한 가지는 아버지 사도세자를 입에 오르내리는 일이었다.

그 때문에 정조는 선왕 영조와는 다르게 열이 많은 인삼을 먹지 않았다. 하지만 그 일은 흥분해서 처리될 문제는 아니었다.

정순대비가 정조의 이복동생 문제를 또다시 꺼내든 것은 나름 계산이 있었기 때문이다. 효의왕비는 정순대비의 의중을 읽고 있었다.

"마마, 대비마마께서 그 일을 또다시 거론한 것은 나름 이유가 있어 보입니다. 대비마마께서는 최근 자신과 적을 두고 있는 정승들을 마마의 곁에 두자, 이를 못마땅히 여겨 마마에게 가장 아픈 상처인 은언군을 거론한 것이고 예전처럼 마마께서 눈물로 하소연하면 적당한 타협을 통해 자신의 사람을 3정승 중 한 사람으로 등용시켜고자 하는 것입니다."

"나도 그럴 줄 알았습니다. 하지만 내 이번에는 가만두지 않을 것입니다. 중전의 말처럼 그동안 나는 왕권을 강화하기 위해 적과의 동침도 하고 고개도 숙이며 피눈물로 타협을 자처했습니다. 하지만 이제는 어느 정도 왕권도 강화되었고 대궐 안도 내 사람들로 채워졌으니 강하게 대처하지 않을 경우 이런 일은 계속 반복될 것입니다."

9월 26일 드디어 정순대비는 3정승에게 언문 전교를 내려 강화에 유배 중이던 은언군 이인이 한양에 들어와 자기 집에 버젓이 살고 있다며 이인을 당장 강화로 돌려보내고 이인의 강화도 탈출을 묵인한 강화 유수 윤승렬의 목을 베지 않는다면 매일 들이는 탕약을 받지 않겠다고 선언했다.

언서(諺書, 한글)로 상계군 이담 문제를 제기해 그의 아비 은언군 이인을 강화로 유배 보낸 장본인이 정순대비다. 다시 정조와 정순대비의 권력투쟁이 시작된 것이다.

정순대비의 언문 하교가 내렸다는 소식을 접한 정조는 2품 이상 신하들을 불러 강하게 하명하였다. 허겁지겁하던 3년 전과는 전혀 딴판이었다.

"요즈음 나의 심정이 비로소 편안하고 어제는 잠도 편하게 잘 잤다. 이것이 어찌 질병이 몸에서 떠났기 때문만이겠는가? 자교(慈敎, 정순대비)가 비록 엄중한 것이기는 하나, 지금에 와서 감히 받들 수 없다는 점을 경들 또한 생각하였을 것이다.

내가 이번 일을 하고 나서 나름대로 마음속에 잘 생각해 둔 것이 있으니, 경들이 아무리 이래도 나는 그 청을 들어줄 수가 없다.”

정조는 아버지 사도세자의 죽음에 대해 생각할수록 정순대비에 대한 분노를 참을 수 없었다. 이제 정치에 힘이 붙기 시작했고 자기 사람들도 적지 않게 생겼다.

정순대비쯤은 무시하고 갈 생각이었다. 얼마 후 영의정을 지낸 중추부 영사 김치인이 당장 은언군을 강화로 돌려보내 화(禍)의 기미가 번져가지 않도록 미리 조치할 것을 청했으나 정조는 일언지하(一言之下, 두말할 것도 없이)에 거절했다.

정조는 현릉원 천장(무덤을 옮기는 일)이 공식적으로 마무리될 때까지는 은언군을 한양에 머물게 할 셈이었다. 이어 아직 우의정에 임명되지 않은 규장각 제학 김종수도 상소를 올려 강화유수 윤승렬과 정조의 밀명을 전한 내수사 관리를 처벌할 것을 청했다.

정조는 유수가 무슨 죄가 있냐며 거부했다. 명은 자신이 내린 것이기 때문이다. 별다른 조치가 없자 정순대비는 다시 언문으로 엄한 분부를 내렸다.

“조정 신하들이 두 마음을 품고서 나라의 역적을 토죄하지 않아서야 되겠느냐!”

이때 정조는 창덕궁에 머물고 있었다. 정순대비의 재촉에 놀란 대신과 3사의 신하들이 정조를 만나기 위해 찾아왔으나, 정조는 궁문을 닫아 버렸다.

반나절 동안 신하들은 궁문을 밀치고서라도 들어가려 했고 정조는 조금도 물러설 기미를 보이지 않았다.

이후 신하들이 선화문(宣化門) 앞에서 관을 벗고 대죄하자 정조는 청대(請臺, 사헌부직원의 입회를 요청하는 일)를 청한 신하 모두를 삭직하고 문외출송(門外出送, 벼슬과 품계를 빼앗고, 한양 밖으로 추방하던 형벌)하라고 명했다.

하지만 정순대비도 만만치 않았다. 먼저 대신들이 일단 임금에게는 알리지 말고 은언군을 강화도로 돌려보낸 다음 임금께 대죄토록 하라고 분부를 내렸다.

영의정 김익 등은 정순대비의 분부에 따라 포도대장과 의금부 당상에게 은언군을 압송토록 명했다. 이 소식을 전해 들은 정조도 가만있지 않았다.

"어찌 이와 같은 변괴가 있단 말인가! 당장 중사(中使, 환관)를 보내어 표신(標信, 궁을 드나들 때 쓰는 증표)을 지니고 또 상방검(尙方劍, 근무에 관한 전권을 위임받았음을 상징하는 것)을 내리어 그가 가서 호위하게 하되 누구를 막론하고 만약 은언군에게 손을 대는 자가 있거든 마음대로 처리하도록 하라. 대신들 역시 사람이거늘 어찌 국법을 무서워하지 않는단 말인가?"

그래도 불안했던지 정조는 직접 가마를 타고 은언군을 따라나섰다. 정조가 돈화문을 나섰다는 이야기를 들은 정순대비도 만만치 않았다. 사람을 보내 전하기를,

"수레를 움직여 어디로 가는가? 궐내 뜰 한가운데서 주상의 환궁을 기다리겠다."

놀란 신하들은 정조의 앞길을 막고서 간절하게 빌었다. 정조는 누그러질 기색은 전혀 없었다. 이번에 또다시 양보한다면 은언군의 목숨이

어찌 될지 모르는 일이었다.

"그가 성안에 머물러 있게 하는 일이 불가할 게 뭐 있기에 경들이 이러는가? 내가 천고에 윤리를 손상하는 일을 저지르도록 할 셈인가? 내 곧장 그가 간 데까지 따라가겠다. 강화도까지도 그를 따라갈 것이다."

중추부 영사 정종겸은 상황이 어떻든 간에 일단 정순대비의 심정을 헤아려서라도 환궁해 줄 것을 청했고, 정조는 "이런 판국에서는 대비의 하교라도 받아들일 수 없다."고 반박했다.

밀고 당기면서 가마는 조금씩 나아갔다. 이때 우의정 채제공이 "대신들이 가마 앞에 엎드리면 전하께서도 가마를 타고 대신들을 짓밟지는 못할 것"이라고 말하자 정조는 "그러면 걸어서라도 가겠다."며 가마에서 내리려 했다.

정조와 대신들의 실랑이가 한창이던 바로 그 순간 정순대비의 언문 교서가 전달됐다.

"이 일은 국사와 종사를 위한 것인데도 주상께서 이러하시니 나는 사제로 물러나 살겠다."

대궐을 나가겠다는 최후통첩이었다. 정조는 가마를 돌릴 것을 명했다. 적어도 이날만 놓고 본다면 정조는 명분과 실리 양면에서 정순대비에게 참패한 것처럼 보였다. 그러나 사실은 정반대였다.

정순대비의 교서가 있다고 물러날 정조가 아니었다. 하지만 정조가 고집을 부려 은언군에게 가려 할 때 효의왕비는 급히 정조에게 서찰을 보냈다.

"마마, 이쯤에서 대비마마의 명에 따랐으면 합니다. 그만큼 실리는 찾았으니 대비마마도 은언군을 함부로 어찌지 못하실 것입니다.

신하들도 백성들도 그리고 어머니(혜경궁 홍씨)께서도 대비마마와의 친분이 있으니 이쯤에서 마마께서 양보하는 것으로 하시면 뒷일은 제가 어머니와 상의하여 처리하겠습니다."

결국 정조는 효의왕비의 충고에 따라 정순대비의 명을 받아들인 것처럼 한발 물러섰다. 물론 효의왕비와 시어머니 혜경궁 홍씨와 정순대비와의 관계를 염려해 둔 조치였다.

정조는 항상 명분을 중히 여기고 효를 중시하여 정치에 관여하는 정순대비를 어찌지 못했다.

만약 다른 임금 같았으면 사단이 나도 열 번은 났을 것이다. 조선의 선대왕들도 대비를 폐하고 사저로 보낸 일들이 종종 있었기 때문이다. 어찌 되었든 할아버지 영조가 어려도 너무 어린 정순왕후를 계비로 들이면서 이런 사단이 난 것이다.

정순대비는 15세의 어린 나이로 51세 연상인 66세의 영조와 창경궁 명정전에서 가례를 치르고 왕비로 책봉되었다. 사도세자와 혜경궁 홍씨(둘 다 1735년생)보다는 10살이나 어리고 정조와는 8살밖에 차이가 나지 않지만, 할아버지 영조의 비였기에 정조는 물론이고 효의왕비 역시 지극한 정성으로 정순대비를 섬기고 있었다.

창덕궁으로 돌아온 정조는 먼저 정순대비의 명을 핑계로 임금의 명을 무시한 의금부 지사 김상집(金尙集)과 의금부 동지사 이병정(李炳鼎), 남현로(南玄老)를 유배토록 명했다. 이어 좌우 포도대장도 유배를 보냈다.

　그런데 이때 다시 이해하기 힘든 일이 일어났다. 승정원에서 정순대비 눈치를 보면서 포도대장 유배를 명한 전교를 받들지 못하겠다고 나선 것이다.

　그러자 정조는 명을 받들지 않는 승지 이조승(李祖承), 이서구(李書九), 홍인호(洪仁浩)를 참하라고 명했다. 그러나 이 명을 받은 승지 조윤대(曺允大)가 정순대비의 명을 받고 어쩔 수 없이 한 일이라며 거행할 수 없다고 버티자 그 자리에서 삭직해 버렸다. 조윤대 삭직의 명을 받들기 위해 승지 정대용(鄭大容)이 들어서자 정조는 큰소리로,

　"너는 승지가 아니란 말이냐?"

　라고 화를 내며 정대용도 유배를 보내버렸다.

　잠시 후 전현직 정승들이 차자(箚子, 약식상소)를 올려 자신들의 죄를 청했다. 정순대비의 명만 받들고 임금의 명을 제대로 받들지 못한 데 대한 벌을 받겠다는 것이었다. 정조는 분을 참을 수 없었다.

　"내가 자전(정순대비)의 마음을 감동시키지 못하여 감히 들을 수 없는 하교를 받들게 되었고, 길가에서 허둥지둥 의장을 돌려세워 궁으로 돌아왔다. 가만히 처음의 심정을 돌아보건대, 차라리 아무 말도 하고 싶지 않다. 경들의 이번 행동은 결코 신하로서 감히 할 수 있는 바가 아니었다.

　경들이 비록 자교(왕대비의 명령) 때문이라고 둘러대나 조정은 체모가 있는데 행동을 어찌 그처럼 할 수 있는가? 대신은 나라를 물려받아 안위를 책임지고 있는 자들인데 이런 일을 처신함에 있어 이와 같이 그릇되게 하였으니, 통탄스럽기 그지없다. 경들이 나에게 한 행동들은 임금을 우습게 보는 불성실한 태도에 가깝다."

무원고립(無援孤立, 아무도 도와줄 사람이 없는 외로운 처지) 정조는 극도의 위기감과 불안감을 느꼈다. 저들은 정순대비의 신하인가, 임금의 신하인가?

정조는 복심 김종수를 불렀다. 이때 김종수는 규장각 제학으로 수어사를 겸하고 있었다. 그리고 김종수에게 수어사 외에 훈련도감, 어영청, 금위영, 총융청 4영과 좌우 포도대장을 겸하도록 하였다.

오늘날로 따지면 국방장관을 제외한 3군 사령관 및 수도방위사령관, 경찰청장을 모두 겸직토록 한 극단적 조치였다.

그리고 다음 날 정조는 영의정 김익과 중추부 판서 서명선을 유배토록 하라고 명했다.

"임금의 엄중한 명이 있다는 것을 조금이나마 알게 하라."

그리고 규장각 제학 김종수를 다시 불렀다.

"내가 믿고 의지하는 바는 경 한 사람뿐이다. 이제 임금의 명을 거역하면 어떻게 되는지 똑똑하게 보여줘야 할 것이다."

일단 현륭원으로 옮기는 일이 거의 마무리돼 가던 9월 27일 소론의 이재협(李在協)을 영의정으로, 남인의 채제공을 좌의정으로, 노론의 김종수를 우의정으로 제수하는 인사를 단행했다. 전형적인 탕평인사였다.

좌의정이란 3정승 중에서 최고의 실권을 갖는 자리다. 그런데 채제공은 좌의정에 오른 그날 당장 어려운 숙제를 정조로부터 받았다.

왕권 강화를 위한 다양한 수단을 구사하고 있던 정조가 당시 새로운 숙제를 던졌기 때문이다. 이 일을 어떻게 처리하느냐에 따라 채제공의 위상은 다시 달라질 수 있었다. 얼마 후 이재협·채제공·김종수를 각각 3정승에 임명하는 복상(卜相, 천거)이 있었다.

1789년(정조 13년) 9월 28일 어느 정도 마음의 안정을 찾은 정조는 좌의정 채제공 우의정 김종수를 불러 향후 대책을 논의했다.

그러나 이 일에 대해서는 채제공도 정조의 잘못된 결정이라고 지적했다.

김종수도 대신과 당상관들에 대한 처벌을 취소할 것을 청했다. 정조는 김종수의 청을 받아들였다. 그리고 9월 29일, 정조는 창덕궁을 떠나 창경궁으로 이어(移御, 궁을 옮기는 일)를 단행하였다. 정순대비와 함께 창덕궁에 머물고 싶지 않다는 항의의 표시였다.

이날 김종수가 우의정이 됐으니 다른 관직은 풀어줄 것을 청했으나 정조는 규장각 제학 및 수어사 등을 그대로 겸하라 명하였다.

김종수에 대한 정조의 총애가 어느 정도였는지 알 수 있었다. 특히 자신의 명을 거역하지 않는 김종수가 듬직했기 때문이었다.

이렇듯 현릉원 천정은 정순대비와 처절한 권력투쟁을 겪어가며 이뤄낸 것이었다. 결국 정조는 사도세자의 문제에 관한 한 늘 명분에 있어 밀릴 수밖에 없었다.

정순대비와의 충돌 파문이 어느 정도 가라앉기 시작한 1789년(정조 13년) 12월 정조는 심한 스트레스와 분노조절장애로 인해 자리에 드러눕고 말았다.

정조는 아버지 사도세자의 병을 그대로 물려받았다. 분노가 치밀면 정승들의 인사를 단행하거나 분노를 참지 못해 화병이 생겨 참고 참다 쓰러지고 말았다.

대전에서 정조가 쓰러졌다는 소식을 전해 들은 효의왕비는 급히 뛰어가 누워있는 정조를 만났다. 마침 효의왕비를 기다리고 있던 정조는 가슴속에 품었던 자신의 생각을 서슴없이 내뱉었다.

"중전, 어찌 대비가 이럴 수 있단 말입니까? 나를 기어이 화병으로 죽이려는 속셈인가 봅니다. 대비도 문제지만 대신들 또한 모두 대비 편에 서서 짐을 몰아붙이고 있어요. 지금은 대비와의 충돌도 어느 정도 가라앉았지만, 문제는 지금부터라고 생각하고 있소."

효의왕비는 조용히 정조의 말을 경청하며 대책을 강구했다. 만약 이대로 아무 대책 없이 가만히 있는다면 정순대비는 자신의 세력을 키워 남편을 몰아붙일 것이다.

이미 정순대비는 남편의 하나뿐인 동생 은언군을 죽여 남편의 핏줄들을 모두 제거하려고 하질 않는가? 한마디로 남편의 뒤를 이을 싹을 모조리 잘라버리겠다는 것이다. 효의왕비는 조용한 말투로 자신의 의견을 남편에게 전했다.

"마마! 대비마마를 따르는 조정의 무리들이 언제든 마마의 명을 거역하고 있고 그것도 모자라 무리를 만들어 마마의 하나밖에 없는 동생 은언군마저 제거하려는 것은 마마에 대한 두려움이 없기 때문입니다. 이제부터는 조정 대신 누구든 임금을 무서워하고 복종할 수 있는 체제를 만드셔야 할 것입니다."

"그래 중전은 그것이 무엇이라 생각하고 있소! 이미 중전은 아버님 되시는 김시묵 대감과 효지스님으로부터 많은 조언을 들었을 테고, 대비와도 친분을 유지하고 있으니 보고, 들은 것들이 많을 것이 아니오? 그리고 나와는 달리 중전은 차분하고 생각하는 바가 깊으니 중전의 생각을 듣고 싶소."

효의왕비는 이미 궁으로 들어오기 전 이와 같은 상황이 닥칠 것을 예견하고 있었다. 수도 없이 효지스님과 어버님으로부터 많은 조언을 들어왔기 때문이다.

"어느덧 마마께서 재위하신 지 이제 13년이 되셨습니다. 그동안 대비 마마를 지지하는 노론 세력들과 힘겨운 싸움을 하시느라 많은 고생을 하셨습니다.

마마께서는 어떻게 들으실지 모르겠지만 그동안은 왕권 강화를 위한 준비기간에 불과한 시간들이었습니다.

마마 자신의 손에 피를 묻히기보다는 홍국영, 김종서, 채제공과 같은 가신들을 통해 대비마마와 반대세력에 대항하셨습니다.

그리고 마마께서는 집권 초기 세종대왕께서 이루신 문치의 나라를 세우기 위해 세종 때의 집현전을 본뜬 규장각 설립을 구상하셨고, 즉위년(1418) 3월부터 9월 창덕궁 북쪽 후원에 규장각을 세우셨습니다.

처음에는 역대 국왕들의 어제(御製, 임금이 직접 짓거나 만듦) 저술과 친필을 보관 정리하기 위해 설립하셨지만, 마마의 본뜻은 세종대왕의 뜻을 본받아 인재양성기관으로 한 단계 끌어 올리기 위한 것이었습니다.

그리고 마마께서는 소수의 친위세력만으로 조정을 둘러싸고 있는 반대 세력들을 제압해 가며 마마께서 원하는 성정과 왕권을 강화하기 위해 먼 미래를 바라보며 신진 친위세력들을 양성하고자 하였던 것입니다.

그리하여 재위 5년(1781년) 되던 차에는 의정부 정승들이 추천하는 제1차 초계문신으로 영의정 서명선을 뽑았고, 재위 7년(1783년)과 8년에는 3차 초계문신으로 좌의정 홍낙성을 뽑으셨습니다. 그리고 재위 10년(1786년)의 제4차, 5차 초계문신은 영의정 김치인이 되었으며, 금년에는 좌의정 이성원을 뽑으셨습니다.

이들은 모두 마마에게는 충신이었습니다. 그러나 그들은 대비마마가 살아계시는 한 언제든 변절할 수 있는 사람들이고 규장각 역시 언제까지 친위세력만을 키울 수는 없을 것입니다. 대표적인 인물이 서명선이었으며, 마마께서는 서명선의 배신으로 결국에는 그자를 유배토록 명하셨지요.

하지만 마마 편에 설 인재들은 계속해서 양성해야 하는데 세종대의 규장각은 본래의 뜻대로 인재를 양성하여 조선의 미래를 이끌어 갈 학자들로 키워야 할 곳으로는 부족한 점이 많습니다. 그들의 생각과 이념, 즉 조선의 정학인 성리학으로는 서양의 서학, 청의 북학 모두를 극복할 수는 없을 것입니다.

조선은 기방의 문을 굳게 닫아 잠겨 있고 청과 왜는 문호를 개방하여 서양학, 고증학, 경제학, 기술학 등 이용후생(利用厚生)에 박차를 가하고 있습니다.

이제 조선도 청과 왜처럼 문호를 개방하고 다양한 분야의 학문에도 관심을 가져 세상을 보는 눈을 가지셔야 합니다.

더욱이 당장은 정사에 관여하는 대비마마를 견제하는 일은 무엇보다도 시급합니다. 홍국영 같은 인물이 있으면 언제든 등용시켜 대비마마를 견제할 수 있지만 권력을 손에 잡으면 놓지 않으려고 하는 생리는 인간의 본성이라 함부로 등용시킬 수도 없습니다.

따라서 지금부터는 많은 인재를 등용하여 양성하시고 마마의 군대를 강화시키는 일에 총력을 기울여야 할 때라 여겨집니다.”

“잘 알겠소, 중전. 내 그리 하리라! 그런데 규장각을 통해 길러진 대신들 중 특별히 생각해 둔 자가 있소? 중전이야 궁궐 사정은 물론 모든 대신들을 꿰뚫고 있지 않소?"

"제가 보건대 주목해야 할 인물이 두 명 있습니다. 물론 뛰어난 많은 인물도 있지만 마마께서 정치를 하면서 꼭 필요한 인물이라 여겨집니다.

첫 번째 인물은 동부승지 정약용입니다. 그는 마마께서 계획하고 계시는 화성 신도시 건설을 조기에 완성하는 데 꼭 필요한 인물입니다. 그의 말에 귀를 기울이고 그의 충언을 믿어 보시길 바랍니다. 반드시 마마께 필요한 인물이 될 것입니다.

그리고 또 한 사람을 반드시 기억해야 할 것입니다. 그는 바로 김조순(金祖淳) 대감입니다.

마마께서도 잘 알고 계시듯이 김조순 대감은 이이명, 조태채, 이건명과 함께 경종 초 연잉군(영조)의 왕세제 책봉을 관찰시켰다가 김일경 등이 이끄는 소론에 의해 죽임을 당한 노론 4대신 중 한 명인 김창집의 4대손으로 노론의 적통을 잇는 인물입니다.

을사년(1785년, 정조 9년) 문과에 급제해 초계문신으로 선발되었으며 당쟁에 대해 비판적이었습니다. 당적으로는 대비마마(정순왕후)와 같은 노론이었지만 권력을 내세우지도 않고 대비마마와는 뜻을 같이하지도 않았습니다. 더군다나 선왕이신 영조께서도 세자 시절부터 김창집 대감에 대해서는 믿을만한 사람이라는 평을 하기도 하였습니다.

물론 향후 배신하지 않는다는 보장은 없지만 당장 대비마마를 견제하기에는 좋은 인물인 듯합니다. 마마께서는 당장이 아니라 향후 세자가 태어난다면 세자가 왕위를 승계하기까지 세자를 지킬 수 있는 누군가를 마마의 곁에 두어야 하는데 그 누군가는 단순히 마마를 보필하는 신하의 직책뿐만 아니라 인척 관계에 있어야 할 것입니다."

"혹 중전은 김조순 대감의 자식을 세자빈으로 들이자는 말이십니까? 하지만 아직 후사도 보지 못하고 있는데 벌써부터 세자빈까지 염두에 두자는 말씀이신가요?"

"네, 맞사옵니다. 마마께서 세자를 보시게 되거든 반드시 그의 딸을 세자빈으로 삼으셔야 합니다. 비록 지금은 후사가 없어도 김조순 대감에게 미리부터 언질을 주고 옆에 둔다면 마마를 대신해서 대비마마를 견제할 것입니다."

"그런데 중전! 왜 김조순의 딸을 세자빈으로 앉히라는 것이오?"

"마마께서는 김조순의 딸을 세자빈으로 채택하시고 그에게 군권을 장악하는 병조판서와 대신들의 인사권을 쥐고 있는 이조판서를 제수하셔야 합니다. 또한 훈련대장, 호위대장 등 모든 군사를 움직일 수 있는 권력을 그에게 맡기셔야 합니다.

비록 그는 노론이지만 대비마마계인 노론 벽파(老論僻派, 정순대비 김씨의 외척을 중심으로 한 정치집단)와 등을 돌리고 있고 자신의 딸을 지키기 위해서라도 세자를 지킬 것입니다. 설사 여식이 없어 세자빈으로 간택되지 않더라도 그는 마마를 대신해서 대비마마와 대적할 수 있을 것입니다.

마마께서는 그에게 힘을 실어주시고 손에 피 한 방울 묻히지 마시고, 그냥 지켜만 보시면 됩니다. 물론 김조순 대감을 무조건 믿어서도 안 되지만, 적을 이용해 적을 쳐야 하는 이이제이(以夷制夷) 상황이 반드시 올 것입니다.

그리고 또 한 가지 명심해야 할 일은 노론의 핵심 인물이자 대비마마의 오빠 되시는 김귀주 대감과 가까운 심환지(沈煥之) 대감을 최대한 빠른 시간 안에 제거하셔야 할 것입니다."

"중전, 심환지 대감은 내가 아끼는 중신인데, 왜 그런 생각을 했는지 모르지만 그건 안 될 말이오! 중전도 잘 알다시피 심환지는 대비께서 아끼는 인물이고 비록 노론 벽파 사람이지만 뛰어난 업무능력을 가진 자라 긴요하게 쓸 일이 많이 있습니다."

"마마, 아녀자의 몸으로 마마께서 아끼시는 중신에 대한 처단 문제를 거론하는 것은 송구스러운 일이지만 심환지 대감은 대비마마를 믿고 마마와는 다른 길을 걷고 있어 결코 타협을 하지 않을 것입니다.

게다가 강한 당파성을 가지고 있어 남인 세력은 물론 마마에게도 자신의 뜻을 굽히지 않을 것입니다. 지켜보시면 알겠지만, 반드시 마마를 배신할 사람입니다. 마마께서는 제가 역학을 통해 관상에도 정통하고 있다는 사실을 익히 알고 계시잖습니까?

심환지는 홍국영처럼 역적의 상을 타고난 사람이며, 이미 대비마마와는 사람을 보내 내통을 하고 있는 자입니다. 그런 자를 만약 옆에 두고자 한다면 마마께서는 다른 정사는 제쳐주고 그와의 논쟁(論爭)으로 마마의 정책가도는 한 발짝도 앞으로 나아가지 못할 것입니다."

"그렇다면 중전! 김조순 대감은 믿어도 된다는 말씀이신가요?"

"아닙니다. 마마의 곁에 있는 모든 중신들은 대비마마 편에 있는 자들입니다. 지금은 말씀드릴 수는 없지만 왕실과 연을 맺어 인척이 되는 것을 마다하지 않을 사람은 없습니다. 저는 이를 통해 김조순 대감을 마마 편으로 만들고자 하는 것뿐입니다. 제 말을 반드시 명심하시고 계셔야 합니다."

"알겠소. 내 유념하겠소. 하지만 아직 태어나지도 않은 세자나 김조순 대감의 여식에 대하여 앞서 짐작하는 건 무리가 있어 보입니다. 그리고 심환지를 제거하는 일은 쉽지 않을 것이오.

대비마마가 그냥 있지 않을 것이기 때문이오. 설사 내가 그를 죽인다면 대비는 또다시 뜻을 같이하는 노론 중신들을 총동원하여 내 개혁정치를 막을 것이오. 그럴 바에는 그를 내 사람으로 만들면 어떻겠소!

그러나 중전의 말대로 김조순 대감은 반드시 내 곁에 두겠소. 그리고 나의 세자가 탄생하고 김조순 대감에게도 여식이 태어난다면 혼인시켜 대비를 견제하겠소."

"좋습니다. 마마! 그 대신 소인과 약조를 한 가지 해 주십시오. 마마께서 세자를 보시고 김조순 대감 역시 여식을 보게 된다면 제가 말한 대로 반드시 그렇게 하겠다고 대답해 주십시오."

"알겠소. 그것만은 틀림없이 약조해 드리리라!"

"그리고 소인 마마께 드릴 청이 하나 있사옵니다. 제가 어릴 적 효지스님으로부터 좋지 않은 예언을 들은 적이 한 가지 있습니다. 그건 마마께서 단명하지 않기 위해 지금 이 시간 이후부터 학문보다는 건강에 힘쓰셔서 선왕(영조)보다 오래 사셔야 한다는 것입니다.

마마의 생사는 이 나라 조선의 생사이며, 만약 마마께서 단명한다면 마마 사후 100년 후에 조선은 결국 망할 것이라는 예언을 효지스님께서 말씀하신 적이 있었사옵니다. 아울러 대비마마께서는 마마와 8살 차이밖에 나지 않고 기력이 좋아 정정하시니 대비마마보다는 더욱 오래 사셔야 할 것이옵니다.

만약 그럴 일은 없겠지만 대비마마보다 일찍 돌아가신다면 설사 세자가 왕위를 계승하더라도 결국 어린 세자를 대신해 대비마마께서 대리청정하시어 이 나라 조선은 노론 벽파가 구상하는 형국으로 치달아 마마는 물론 그동안 선대왕들께서 세우신 왕권정치는 무너지고 붕당

정치(朋黨政治. 조선 중기 정치형태로 당파로 형성된 정치세력)로 되돌아가 결국 이 나라 조선은 망하고 말 것이옵니다.

따라서 마마의 건강은 이 나라 조선의 흥망성쇠와 직결되었다는 말이기도 합니다. 이미 마마께서도 알고 계시지만 광해군이나 연산군, 그리고 일부 선대왕들께서 승하하시자마자 왕위를 승계받은 뒤에 역사를 왜곡시켜 실록을 수정하거나 선왕의 업적들을 삭제하신 일들을 기억하실 것입니다. 마마 사후(死後) 이 같은 일이 일어나서는 절대 안 되기에 마마께서는 반드시 천수를 누리셔야 합니다."

효의왕비의 말을 듣고 있던 정조는 웃음이 나왔지만 참았다.

당장 하루 앞도 내다볼 수 없는 것이 살얼음판 궁궐인데 아무리 득도를 했다 하지만 고승이라는 사람이 조선의 100년 앞을 어떻게 내다볼 수 있는지 의심이 갔다. 하지만 비장한 효의왕비의 모습을 보고는 웃음을 참을 수밖에는 없었다.

"알겠소, 중전. 내 그리 하리다. 그리고 중전! 효지스님을 통해 바깥 세상 소식을 많이 듣고 있소? 혹 내가 알아야 할 소식이라도 있으면 말해보시오."

"그 이야기는 조금 있다 말씀드리겠사옵니다. 그 전에 당하관 청직(淸職)의 인사권을 이조전랑(吏曹銓郞)에게 주는 전랑통청권에 대한 제 의견을 말씀드릴까 합니다.

규장각을 통해 길러진 수많은 인재들이 왜 마마의 신하가 되지 못하고 대비마마가 천거한 사람들만 선택되는지 궁금하지 않으십니까?

사실상 이조전랑 자리는 노론 벽파가 장악하고 있고 설사 마마께서 선임해도 모든 신하들이 대비마마의 눈치를 보고 있으니 어찌 전랑통정권을 혁파하지 아니하고 계신지 궁금합니다?

마마께서도 알고 계시듯이 전랑통정권을 인정하고 있다는 것은 신하들이 그만큼 권한을 갖는다는 것이고 그것을 인정하지 않는다는 것은 왕권의 강화를 뜻합니다.

이미 선대왕이신 영조께서도 신유년(1741년, 영조 17년)에 전랑통정권을 혁파한 적이 있사옵니다. 그런 뒤에야 선왕(영조)께서 구상했던 탕평책도 가능했던 것입니다. 결국 전랑통수권을 혁파하면 전랑이 가진 권한을 판서와 참판이 갖게 되어 곧 왕권이 강화되는 것입니다. 따라서 혁파하는 것은 마마를 위해 반드시 해야 할 일이기도 합니다."

효의왕비는 정조가 생각하지 못하고 있는 부분까지 정확하게 알고 있었다. 신하들의 정치에 대한 계속적인 관여로 인해 정조의 왕권 강화는 물론 개혁정치가 앞으로 나가지 못하고 있었던 것이다.

조선시대 인사 업무는 이조에서 담당하였다. 이조에 배속된 관원들 중 정5품 전랑 3인과 정6품 좌랑 3인을 통칭하여 전랑(銓郞)이라 불렀다. '전(銓)'이란 저울을 뜻하는 말로, 이들 전랑과 좌랑이 인선 과정에서 실무를 담당하고 있었기 때문에, '알맞은 사람을 저울질하여 추천한다'란 의미로 전랑이라 불렀다.

이들 전랑의 권한은 매우 막강한 것이어서 조선의 여론 기관인 홍문관, 사헌부, 사간원에 새로 배속될 사람을 국왕에게 의망(擬望, 추천)하고, 기타 부서의 당하관 인사에 대한 추천권을 가지고 있었다. 또한 이들은 자신의 임기를 마치면 후임자를 추천할 수 있는 권한도 확보해 나갔다. 이를 자대권(自代權)이라 불렀다.

이러한 권한 때문에 이조 전랑과 당하 청요직(홍문관, 사헌부, 사간원 등) 사이에는, 자연스럽게 서열 관계가 형성되었고, 조정의 여론 형성 과정에서 이조 전랑이 막강한 영향을 끼치게 되었다.

이러한 권한은 국초부터 시작된 것은 아니었으며 성종(成宗, 재위 1469~1494) 대 이후 점차 관행으로 굳어져 간 것이었다. 그러나 이처럼 강해진 이조 전랑의 권한은 부작용을 낳기도 하였는데, 이조 전랑직에 누가 임명되느냐에 따라 청요직의 인선이 좌우되었기 때문이다. 따라서 인사를 둘러싼 각종 암투와 갈등도 적지 않게 발생하였다.

조선시대 최초로 붕당이 발생한 계기도 이조 전랑직 후보를 둘러싼 심의겸(沈義謙)과 김효원(金孝元)의 갈등에서 비롯된 것이었다. 이후 조선 후기 붕당 정치가 본격화되면서 이조 전랑직의 부작용에 대한 우려도 커져 갔다.

이에 따라 숙종(肅宗, 재위 1674~1720)은 1685년(숙종 11년) 이조 전랑의 자대권을 폐지하였고, 영조(英祖, 재위 1724~1776)는 전랑의 수를 6명에서 4명으로 감축시켰다.

"잘 알겠소! 그러잖아도 요즘 내가 추천한 전랑지원자가 누군가의 입김에 의해 까닭 없이 제외되곤 하였는데 내가 내일 중추부 판서와 협의해 실행에 옮기도록 하겠소."

정조는 정순대비와의 충돌 파문이 어느 정도 가라앉기 시작한 1789년(정조 13년) 12월 8일 그 여파로 좌의정에서 물러나 중추부 판서로 있던 채제공을 궁으로 불렀다.

"지난번 전랑망단자(望單子, 3배수로 후보를 추천한 3망의 내용을 기록한 종이) 중에 그전에 의망된 사람이 까닭 없이 제외되었는데, 내 몹시 의심스럽다!"

즉 이조 전랑 후보와 관련해 누군가의 입김이 작용해 혼선을 빚고 있는 것이 아닌가 하는 의문을 제기한 것이다. 이에 대해 채제공은,

"신 등은 매번 출세하기에 급급해하는 것이 유행이 되다시피 하고 염치가 날로 없어지는 것을 보고, 내심 전랑과 한림에 대한 제도를 복구한 다음에야 혹시 이런 폐단을 바로 잡을 수 있을 것이라고 여겼습니다.

그런데 전랑에 대한 옛 제도를 다시 설치한 뒤에는 자리다툼이 나날이 심해지고 사의(私意, 개인적인 의견)가 날로 많아지고 있는 것만 바라볼 뿐이었습니다."

즉 원래 자신은 전랑통청권(通淸權, 관료들을 견제하고 비판하고 탄핵하는 3사인데 비교적 낮은 관품의 '전랑'들에게 이사 선발권을 준 것)을 복구하는 게 더 좋을 것이라고 여겼는데 정조가 즉위한 초 막상 통정권이 복구되고 나니 더 큰 정쟁거리가 되고 있다는 것이었다.

이에 정조는 입시에 있던 서유린(徐有隣), 정창순(鄭昌順), 심이지(沈履之) 등에게도 물으니 이 들도 당장 혁파하는 것이 좋겠다고 답했다.

이날로 전랑통청권은 없어졌다. 이것은 즉위 초 정조가 총애했던 홍국영이 노론의 지지를 얻어내기 위해 추진한 것으로 그만큼 당시 정조의 입지는 취약했었다.

그리고 1789년(정조 13년) 12월에 와서야 정조 뜻대로 전랑통정권을 혁파했다는 것은 이때에 이르러 정조가 왕권장악에 대한 어느 정도의 자신감을 갖기 시작했다는 것이었다. 게다가 자신이 믿고 신뢰하는 중전인 효의왕비의 요구를 관철시켜 준 것이었다.

그리고 자신의 뜻에 따라준 채제공을 좌의정에 임명하고 불합리한 제도와 새로운 제도를 과감히 혁파하라고 지시했다.

전랑통청권 혁파가 갖는 의미는 적어도 정조와 노론의 역학관계만 놓고 본다면 대단히 중대한 것이었다.

이렇게 해서 통청권은 전랑이 아니라 판서와 참판에게 옮겨갔다. 그 것은 곧 왕권 강화를 뜻했다.

제22장
인척의 등용과
수빈 박씨의 원자 생산

　1790년(정조 14년) 왕권 강화를 위한 여러 가지 개혁정치를 실현해 나가고 있는 와중에 정조에게 뜻밖의 반가운 소식이 중궁전으로부터 날아왔다. 수빈 박씨가 원자를 생산했다는 소식이었다.

　마침 이날은 대비 혜경궁 홍씨의 생일날이었는데 뜻밖의 경사가 났던 것이다.

　후사를 생산했다는 소식에 효의왕비는 대비 혜경궁 홍씨와 함께 수빈 박씨가 거처하는 창경궁 집복헌으로 달려갔다.

　"수빈, 고생이 많있소! 문효세자와 의빈이 허무히게 저세상으로 가고 상감마마 또한 그 슬픔으로 인해 대궐이 적막하기 그지없었는데 수빈이 이렇게 기쁨을 안겨주니 이는 나라의 기쁨이자 대궐의 복입니다."

　"아니옵니다, 중전마마! 이는 모두 상감마마와 중전마마의 성은이옵니다."

　"아니요, 아니요! 수빈이 복이 많아 대궐에 경사를 안겨준 것입니다. 어서 쾌차하시어 나랑 차도 마시며 꽃구경도 같이 갑시다."

　혜경궁 홍씨 역시 수빈의 손을 잡고, 눈물을 흘리며,

"내 나라의 경사가 가순궁(수빈 박씨)의 몸에서 이루어지게 해달라고 빌며, 졸이고 바라는 마음이 날로 간절하였는데, 하늘과 조상이 그윽이 도우셔서 오늘 같은 경사가 있었습니다.

이로써 종묘와 사직이 억만년 지탱할 태산과 반석처럼 단단한 지경이 놓이게 되었습니다. 고생하셨습니다. 어서 쾌차하시어 예전처럼 아침저녁으로 중전과 함께 연꽃차도 마시고 농도 하십시다."

효의왕비는 아이를 갖지 못해 정조의 후사가 없음을 못내 죄스러운 마음으로 하루하루를 살아왔는데 수빈이 왕자를 생산하니 이는 효의왕비만의 경사가 아니라 조선의 경사였다. 효의왕비는 혜경궁 홍씨를 바라보며 말했다.

"어마마마! 원자의 생일이 어마마마와 같사옵니다. 이는 역사에도 없는 기이한 일이니, 아마 어마마마의 공덕이 깊어 그런가 하옵니다. 이는 하늘이 우연히 하신 일이 아닌 듯합니다."

효의왕비와 혜경궁 홍씨가 기뻐하고 있는 모습을 본 수빈은 아뢸 말이 있다며 몸을 일으켰다.

"중전마마, 한 가지 청이 있사옵니다. 이 아이는 중전마마께서 직접 양육하셨으면 합니다. 중전마마께서는 상감마마와 학문을 교류할 만큼 영민하시어 상감마마께서도 어려운 일이 있으시면 항상 중전마마의 조언을 받는다는 것을 소인 잘 알고 있사옵니다.

우리 원자도 중전마마의 자식으로 입적해 주시고 그 교육 또한 직접 가르치심이 좋을 듯합니다. 또한 원자의 안전을 위해서라도 이 아이는 중궁전에서 맡아서 양육하시옵소서."

"수빈, 그게 무슨 말이요? 자식은 당연히 아이의 어미가 기르고 가르쳐야 되는 게 아닙니까? 게다가 상감마마께서도 아직 아무런 말씀도 없으셨잖습니까?"

"아닙니다, 중전마마! 상감마마께서는 항상 소인에게 말씀하셨습니다. 만약 원자가 탄생한다면 영특한 원자를 만들 사람은 중전밖에 없으시다고요. 그리고 중전이 회임을 못 하시는 것은 상감마마와 상감마마의 아버님 되시는 경모궁 때문이라고 하셨습니다. 어려운 시기에 자신을 돌보고 왕위를 계승하기까지 중전마마가 옆에 있어 가능한 일이라고도 하셨습니다.

또한 이미 중전마마께서도 알고 계시듯이 의빈의 죽음이나 문효세자의 죽음에는 많은 의문이 있사옵니다. 원자 또한 그런 위험이 없을 것이라고 어찌 장담할 수 있겠사옵니까? 하여 중전마마께서 직접 원자를 친자식으로 입적하여 친아들처럼 양육하신다면 그 어느 누구도 감히 다른 마음을 먹지 못할 것입니다."

효의왕비는 그날 처음으로 상감마마가 자신을 진심으로 사랑하고 계시다는 사실을 알게 되었다.

정조는 생전 효의왕비에게 사모한다는 말을 한 적이 없었다. 그저 나랏일을 돌보고 밤늦게 중궁전으로 돌아와 정치적 이야기만 나누다가 잠이 들곤 했는데 수빈을 통해 그런 말을 들으니 효의왕비는 눈물이 쏟아졌다.

어느 누가 주상과 자신의 사이가 서먹했다고 말할 수 있을까 생각하니 가슴이 뭉클하여 눈물이 쏟아졌던 것이다.

사실 지난날을 돌이켜보면 정조는 항상 효의왕비 편이었다. 정조와 효의왕비의 사이가 좋지 못해, 회임을 못 한다는 말은 모두 사실이 아니었다.

"고맙습니다, 수빈! 내 문효세자의 죽음을 교훈 삼아 이 아이만큼은 반드시 훌륭하게 가르쳐 상감마마의 대를 이을 성군으로 가르치겠습니다."

기쁜 소식이 있고 난 뒤 효의왕비는 정조에게 왕실 외척을 등용할 것을 간청했다.

"마마 세상에는 많은 인재들이 있어 언제든 뽑아 쓸 수는 있지만 변치 않고 곁에서 송죽(松竹, 소나무와 대나무와 같이 절개를 나타냄)처럼 전하를 받들 신하를 찾는다는 것은 힘든 일이옵니다. 미우나 고우나 인척이나 외척은 서로 간에 권력다툼은 할지언정 마마의 등에 칼을 꽂지는 않습니다.

장인 되시는 홍봉한 집안이 그랬습니까? 외척인 김귀주 집안이 그랬습니까? 그들은 마마의 눈 밖에 날까 두려워 권력을 다투었을 뿐 마마의 정적은 아니었습니다.

마마께서는 집권 초 대비마마와 노론 벽파를 지나치게 의식하여 그들을 견제하고자 홍국영, 김종수 등과 의기투합해, 홍봉한 대감의 집안이나 대비마마의 집안과 등을 돌린 것은 어쩔 수 없는 일이었지만 따지고 보면 마마의 정치적 자산을 스스로 내친 것이나 다름없습니다.

집권 초반기의 잦은 반란과 후반기의 힘겨운 권력투쟁을 돌이켜볼 때 섣부른 외척 제거론은 마마의 개혁추진을 위한 중요한 동력의 하나를 스스로 제거한 결과를 가져왔습니다."

사실 정조가 외가나 정순대비 집안 같은 가까운 외척과 등을 돌린 것은 집권 초 이들 집안을 뿌리 뽑듯 숙청을 해 버렸기 때문이었다. 이로 인해 부르고 싶어도 부를 만한 인물들이 거의 없었다.

"그런데 중전! 이제 외척이라곤 제대로 남아 있지도 않는데 중전이 말하는 외척 세력은 누굴 말하는 것이요?"

"마마, 마마께서는 원자를 얻지 않으셨습니까? 원자의 외가를 포함하여 먼 왕실 외척부터 하나, 둘씩 조정으로 불러들이시면 됩니다."

이날 이후 정조는 세자를 낳은 수빈 박씨와 연관된 인척들을 요직에 앉히기 시작했다. 공석인 우의정에는 충청도 관찰사 박종악(朴宗岳)을 가복(加卜, 정승 후보자가 없을 때 임금이 추천하여 천거함)하였다.

원래는 좌의정 채제공이 후보자로 3명을 복상(卜相, 천거)하였지만, 정조는 3명 외에 박종악을 추가로 포함시켰다. 이를 가복이라고 하는데 이런 경우 십중팔구 국왕이 가복한 사람이 정승을 맡게 돼 있었다.

정조는 이날 채제공을 불러 자신이 박종악을 가복한 이유를 설명했다.

"질박(質朴, 수수하고 사치스럽지 않음)함이 많고 문식(文飾, 글을 아름답게 꾸밈)이 적은 자가 제일이며, 글을 읽은 후에야 정치의 기본체계를 알 것이며, 남을 해치거나 이기려고 하지 않은 뒤에야 영욕과 이욕에 마음이 흔들리거나 빼앗기지 않을 수 있다.

속담에 '지혜 있는 장수가 복 있는 장수만 못하다' 하였으니 이 또한 격언(格言)이다. 전례로 말하더라도 정승을 뽑을 때에 일찍이 자급(資級, 관료의 품계)에 구애받지 않고 오직 적격자를 뽑았으니 반드시 숭록(崇祿, 정1품)이나 숭정(崇政, 종1품)의 지급에서 뽑을 필요가 없고 비록 자헌(資憲, 정2품)이나 정헌(正憲, 정2품)의 자급이라도 사람이 적합하면 구애될 필요가 없다. 내 뜻은 충청 감사에게 있다."

정조가 가복한 박종악은 반남박씨로 1776년(영조 42년) 문과에 급제해 이듬해 사간원 정언이 되고 홍문관에서 경력을 쌓은 다음 1775년

(영조 51년) 승지를 거쳐 대사간에 올랐다.

1777년(정조 1년) 형 박종덕(朴宗德)이 홍국영의 권세에 맞서다가 파직되자 연좌(連坐, 범죄에 연관됨)되어 경상도 기장현으로 특임되어 관직에 복귀했고 경기도 관찰사로 나갔다가 또 파직되었다. 그 뒤 파주목사로 다시 기용된 다음 충청도 관찰사로 나가 있다가 이때 우의정에 제수된 것이다.

2년 후 정조의 최측근인 김종수가 정치적 곤경에 처하자 그를 신구(伸救, 죄 없음을 밝혀 사람을 구원함)하다가 충주로 귀양 갔으나 곧 풀려나와 중추부 판사가 되고, 진하사(進賀使, 중국 황실에 경사가 있을 때 파견하는 사절)로 청나라에 갔다가 이듬해 돌아오는 도중에 평안도 정주(定州)에서 병사하였다.

그리고 정조는 채제공에게 정승의 4가지 조건을 이야기했다.

"사람이 절박하고 학문을 알아야 하며 남을 이기려고 하지 않아야 하고 복이 있는 사람이어야 한다."

이런 설명과 관계없이 채제공은 이미 정조가 수빈 박씨와 외척인 박종악을 뽑아 올린 이유를 알고 있었다. 물론 박종악이 4가지 조건을 두루 갖춘 인물은 틀림없었다.

그러나 그것은 그냥 선비의 조건일 뿐이지 정치의 정점에 있는 정승의 조건일 수는 없었다.

실은 1월 2일 정조가 경연관 이성보(李城輔)에게 널리 인재를 구한다는 요지의 전교를 한 것도 박종악을 우의정에 제수하려는 준비 단계의 일환이었다.

박종악이 오랫동안 관직에서 물러나 있다가 정조의 특명에 의해 전격적으로 복귀한 시점은 1790년(정조 14년) 5월 27일이다. 직책도 대단히 중요한 무관직인 정2품 도총관이다.

박종악이 수빈 박씨와 가까운 친척은 아니었지만, 외척강화라는 장기적 포석차원에서 이런 결정을 내린 것이다.

정조는 나흘 후 다시 특지를 내려 수원부사 김사목(金思穆)을 전격적으로 이조판서에 임명했다. 항상 신하들의 눈치만 살폈던 임금이 언제부턴가 개혁의 바람을 일으키는 것은 분명 영민한 효의왕비가 뒤에 있었기 때문이다.

박종악을 우의정에 제수한 정조는 3월 5일 여러 대신들을 불러 이런 저런 이야기를 하던 중 우의정 박종악에게 다음과 같이 말했다.

"경의 집안이 나에게는 은인이다. 경이 새로 복상된 뒤로 내가 깊숙한 구중궁궐에 있으니 반발하는 논의도 있다는 것을 알고 있다.

복상의 결과가 나오자, 사람마다 모두 흡족하지 않았지만, 경은 모름지기 터럭만큼이라도 동요하지 말고 오직 국사만을 잘 보살피고 또한 옛날 어려웠던 시절을 잊지 말고 의리를 생각하라."

조선조에서 반남 박씨의 중흥을 이룬 인물은 태종 때 좌의정을 지낸 박은이다. 그러나 박은(朴訔)은 세종의 장인인 심온(深穩)을 사사하는데 깊이 관여했기 때문에 이후 그 후손들은 별다른 혜택을 누리지 못했다.

반남 박씨가 다시 조선의 중앙정치에 등장하는 것은 선조가 의인왕후 박씨와 혼인을 하면서부터다. 그리고 정조 때 수빈 박씨가 왕통을 잇게 될 원자(순조)를 생산하면서 반남 박씨는 조선의 명문가로 떠오르게 된 것이다.

우선 순조(정조의 아들)의 외할아버지 박준원은 판서에 오르고 순조

초 병권을 장악했으며, 순조의 외삼촌 즉 수빈 박씨의 형제들은 화려한 관직 생활을 보냈다.

박종경은 이조 병조판서를 거쳐 좌참찬까지 오르고 박종래는 이조·형조·호조 등 다섯 판서직만 돌아가면서 스무차례 역임했다. 박종보도 호조판서를 지냈다. 앞서 보았던 박종악도 멀기는 하지만 같은 반남 박씨로 종자 돌림이었다.

이렇게 모든 중요 인사들이 외척으로 앉자, 효의왕비는 안도의 숨을 쉬었다. 그것은 젊은 정순대비를 겨냥한 준비였다.

정조가 효의왕비의 조언에 따라 자식의 외척 세력 즉 수빈 박씨의 외척 세력들을 요직에 끌어들이고 있을 즈음 이 소식을 가장 반기는 사람은 혜경궁 홍씨였다.

홍씨는 외척 세력의 등용이 효의왕비의 머리에서 나온 계책임을 알아차렸다.

아들 정조는 절대 외척과 인척을 등용하지 않는 원칙을 가지고 있었다. 반면 며느리 효의왕비는 항상 중요한 일이 있거나 정조의 고심이 있을 적마다 자신에게 먼저 알렸기 때문이다.

어느 날 혜경궁 홍씨는 효의왕비를 조용히 불렀다. 주위를 물린 홍씨는 효의왕비에게 조용히 말을 건넸다.

"중전, 요즘 주상을 가까이서 모시느라 고생이 많지요? 내 요즘 주상의 행보를 지켜보면서 간만에 숙면을 하고 있어요. 모두 중전의 덕입니다."

"황공하옵니다. 저보다는 모두 상감마마의 은덕이옵니다. 이제 백성들도 그렇고 수빈 역시 상감마마의 성은(聖恩, 임금의 크고 높은 은혜)에 감사하고 있습니다."

"그래요, 모든 일이 제대로 돌아가는 것 같아 아주 기쁩니다. 중전은 항상 무슨 일이든 조용히 처리하지만 난 다 알고 있습니다.

그리고 내 이렇게 중전을 불러 다과를 청한 것은 할 이야기가 있어서입니다. 중전은 내가 매일 매일 일기(한중록)를 쓰고 있는 사실을 알고 계시지요?"

"네, 그러셨군요. 자세히는 알 수 없으나 마마께서 외출을 삼가고 무언가 집필에 열중하신다는 이야기는 아랫사람을 통해 들은 적이 있습니다."

"내 오늘 중전에게 그동안 품어왔던 마음의 한을 한탄이나 할까, 하여 이렇게 중전을 불렀습니다."

영조 말 세손의 집권을 누구보다 간절히 바란 사람은 세손의 친어머니 혜경궁 홍씨였다. 영조가 하루아침에 세손을 사도세자의 아들이 아니라 효장세자의 아들이라고 선포하는 바람에 법적인 어머니의 지위까지 잃어야 했던 혜경궁 홍씨로서는 아들이 집권하게 되면 이런 문제도 다 해결되고 자기 집안도 크게 번성하리라 기대했다.

다만 작은아버지 홍인한이 도에 지나칠 정도로 정후겸 등과 어울리며 반(反)세손 움직임을 보인 것이 못내 걸릴 뿐이었다. 두 사람은 영조에게 '삼불필지(三不必知)'로 세손을 압박했던 장본인이다.

그 때문에 그들은 정조의 즉위와 함께 유배를 가야 했다. 그리고 7월 사사(賜死, 극형을 처할 죄인) 당했다. 혜경궁 홍씨는 작은아버지 홍인한이 유배형에서 사형으로 벌이 더해진 데는 그해 5월 조정에 들어온 김종수의 역할이 컸다고 단정했다.

"병신년(1776, 정조 즉위년) 5월에 김종수가 궁으로 들어온 후 홍국영을 꾀어 홍가(홍인환)를 극악한 역적으로 만들려고 몰래 꾸민 일들이 끔찍하였습니다."

실제로 김종수는 세손에게 척리배척(외척)의 정신을 심어준 장본인이기도 했다. 당시 홍씨는 억울한 마음 이를 데 없었으나 혹시라도 아들에게 부담을 줄까 하여 낯빛도 바꾸지 않으려 애썼다. 그러나 속마음은 타들어 가고 있었다.

하지만 혜경궁 홍씨는 생각했다. '지금은 즉위한 지 초년이시고, 국영(홍국영)에 의해 주상의 총명이 막혀 가리셔서 주상이 이런 괴한 거동을 하시지만 머지않아 깨달으실 날이 있을 것이다'라며 인고의 세월을 보냈다.

홍국영과 김종수가 힘을 합쳐 가장 큰 권세를 누려야 할 자기 집안을 압박했다고 본 것이다. 공교롭게도 홍국영이나 김종수 모두 혜경궁홍씨 집안과 친척지간이었다.

멀기는 해도 혜경궁 홍씨와 홍국영은 모두 선대왕 선조의 딸인 정명공주의 남편 영안위 홍주원(洪柱元)의 후손이다. 혜경궁 홍씨의 아버지 홍봉한과 홍국영의 할아버지 홍창한(洪昌漢)이 8촌지간이었다. 따라서홍씨와 홍국영은 11촌간이었다. 김종수의 경우 홍씨의 5촌 고모의 아들이다.

즉위 초 김귀주·정이환 등 반대파는 말할 것도 없고 성균관 유생들까지 나서 홍봉한을 극형에 처해야 한다는 상소가 연일 올라왔다.

정조는 어머니 혜경궁 홍씨를 놀라게 할 수 있다며 홍봉한에 대한처리 문제를 최대한 늦추었다.

정조가 즉위하고 1년이 되던 해 1771년 6월 19일 홍씨의 오라버니,

즉 정조의 큰외삼촌인 전 참판 홍낙인이 세상을 떠났다. 정조도 "외숙 중에서 가장 가상히 여긴 인물"이라고 추억했던 인물이다.

그리고 이듬해 1778년(정조 2년) 2월 9일 홍문관 부교리 남학문이 상소를 올려 홍낙임(洪樂任)의 역모 연루설을 지적했다. 이에 정조는 2월 21일 친국을 벌여 홍낙임의 무죄를 입증하고 특별히 석방했다.

홍낙임이 친국을 받고서야 겨우 풀려났던 그해(1778년) 12월에는 관직에서 물러나 있던 홍봉한이 죽었다.

혜경궁 홍씨 입장에서 보자면 억장이 무너질 일이었다. 작은아버지 홍인한의 정치적 실수로 인해 가장 큰 권세를 누리고도 남음이 있는 자기 집안이 오히려 멸문(滅門)의 화를 입어야 했던 것이다.

홍씨에게는 오빠 낙인과 동생 낙신·낙임·남윤이 있었는데 낙인은 죽고 낙임은 사실상 죄인이었기 때문에 낙신이 집안을 이끌어 갔다. 그러나 낙신이나 낙윤도 모두 과거에 급제했음에도 불구하고 관직에 나올 엄두를 못 내고 숨죽여 지내야 했다.

"아버지(홍봉한) 3년상을 마치자 3형제는 별같이 흩어졌습니다."

시어머니 혜경궁 홍씨의 한 맺힌 한탄을 전해 들은 효의왕비는 정조에게 이제는 그만 남아 있는 두 삼촌들의 등용은 물론 홍씨 집안을 부흥하도록 배려해 달라고 요청했다.

이 같은 말을 효의왕비로부터 전해 들은 정조는 외할아버지 홍봉한의 죄를 풀어 용서하고 시호(諡號)를 내릴 것을 명하셨다.

같은 날 김귀주에 대해서는 유배지를 섬에서 육지로 옮기는 완화조치를 취하였다.

정조가 뒤늦게 홍봉한 대감을 복권시키는 이유는 정조의 집권 초 자신을 죽음으로 몰고 간 김귀주와 그를 따르던 자들에 대한 무차별한 보복의 성격도 있었기에 처분에 문제가 있었다는 것을 스스로 되돌아보았기 때문이었다.

집권 초반기의 잦은 반란과 후반기의 힘겨운 권력투쟁을 돌이켜볼 때 섣부른 외척 제거론은 실은 정조의 개혁추진을 위한 중요한 동력의 하나를 스스로 제거한 결과를 가져왔다는 점에서 정조의 정치적 행보는 그만큼 더딜 수밖에 없었다. 이 점을 효의왕비는 늘 정조에게 늘 지적했었다.

"마마, 인척의 처리에 대해서 저는 이렇게 생각하옵니다.

인척이 직접적인 사건에 연루된다면 그 정을 보지 말고 사정없이 숨 쉴 틈 없이 내쳐야 하지만, 목숨만은 부지시켜 그 후에 필요하다면 다시 마마의 사람으로 등용시켜야 하는 것이 인척이라 사료되옵니다.

하지만 인척이 아닌 단지 임금을 믿고 등용된 홍국영과 같은 자들은 자신이 권력을 얻기 위해 저와 상감마마를 이간질해 소원하게 만들었고, 김종수는 자신과 등을 지고 있는 홍봉한 대감을 사지로 내몰았습니다.

선왕 숙종 대왕께서 마마보다 열 살 어린 나이에 당시 어머니와 4촌 아저씨 김석주를 동원해 왕권을 강화하셨던 일들을 아시고 계실 것입니다.

인척은 때론 적이 되기도 하지만 인정이라 것이 조금은 남아 있어 역적이 될 수는 없습니다.

아뢰옵기에 황송한 말이지만 저와 어마마마께서 왜 대비마마와의 사이를 소원하지 않도록 노력하신 줄 아십니까? 그것은 예상하지 못한 미래를 염두에 두기 때문입니다. 마마 이제부터 어마마마의 몇 남지 않은 인척들을 최우선 기용하시고 대비마마의 인척들 또한 사면하시어 왕실을 지키옵소서."

정조의 장점은 누구 말이든 들어보고 이치에 맞다고 생각하면 바로 수용한다는 것이다. 이는 아무나 할 수 있는 일이 아니었다. 역지사지라고 상대방 말도 경청한 후 판단해도 될 일들을 대부분의 선왕들은 감정을 다스리지 못해 또는 타인의 훈계를 받아들이지 못해 분노정치를 펼치곤 했었다.

정조는 곧바로 외할아버지 홍봉한 집안의 장손인 홍낙임의 아들 홍수영(洪守榮)에게 음보(蔭補, 과거를 거치지 않고 조상의 공훈이나 음덕에 의하여 관직을 얻거나 벼슬에 보임함)로 벼슬을 내렸다. 그럼에도 불구하고 혜경궁 홍씨는,

"수영(홍낙임의 아들)을 종손이라 하여 벼슬을 시키시니 성은이 갈수록 지극하시기를 두 손 모아 빌 뿐입니다. 그러나 수영의 태도가 서먹서먹하여 불안하니 기쁘지가 않습니다."

정조는 벼슬을 내려도 외가 홍씨 집안의 마음을 전혀 얻지 못하고 있었던 것이다. 혜경궁 홍씨는 자신의 집안이 멸문화된 것은 홍국영보다 김종수가 앞장섰다고 믿었다. 그런데 아들인 정조가 김종수를 싸고 돌자, 서운한 마음을 가졌던 것이다.

"실은 죄를 열 가지로 나누어 본다면 국영의 죄악은 삼사 가지이고 종수의 죄악은 여섯 일곱 가지였습니다."

혜경궁 홍씨는 이 점을 누누이 정조에게 말했고 정조는 그때마다 "잘 알고 있습니다."고 할 뿐 별다른 조치를 취하지는 않았다. 혜경궁

홍씨는 홍국영에 대해서는,

"국영이는 처음에는 사사로운 원한으로 거짓을 꾸며 사람을 함정에 빠뜨리고 걸핏하면 역적으로 몰아 죽였습니다. 이것이 주상의 성덕에 누가 되게 하였으니 이 죄가 하나입니다. 하지만 김종수는 차마 입에 담을 수 없을 만큼 간악한 꾀로 우리 집안을 멸문화시켰습니다."

혜경궁 홍씨의 말을 옆에서 귀담아듣고 있던 효의왕비는 시어머니 혜경궁 홍씨의 말 한마디 한마디가 충분히 이해되고도 남았다.

김종수가 조선의 국왕의 어머니 집안을 멸문시킬 동안 아들 정조는 무엇을 하고 있었는지 마치 아들을 원망하는 것 같은 시어머니를 이해할 수 있었다.

"어마마마, 그동안 잘 참고 견디셨습니다. 어마마마께서도 잘 아시겠지만, 상감마마께서는 그동안 국정을 안정시키고 정순대비 마마와 권력을 놓고 당파를 형성하느라 정신없이 앞만 보고 달려오셨습니다.

이제 어느 정도 정국이 안정되어 나라의 반란도 진압되고 있으니, 어마마마의 소원도 머지않아 이루어지실 날이 있을 것입니다. 그 문제는 제가 상감마마와 의논해서 처리할 테니 어마마마께서는 건강을 잘 챙기시어 천수를 누리셔야 합니다. 그동안 자세히는 말씀드리지 못했으나 상감마마의 최근 행보에는 모두 이유가 있었습니다.

정적인 정순대비 마마를 견제하고 그 밑에서 움직이는 잔당을 제거하는 일은 그리 쉬운 일은 아니었습니다. 그렇다고 상감마마께서 직접할 수 있는 일도 아니구요. 그래서 마마께서는 정순대비 마마의 지시를 받는 김종수를 이용하여 역적들의 정보를 얻은 것이고 대비마마와 정적 관계에 있는 홍국영을 이용하여 대비마마를 견제하였던 것입니다.

결국 그들을 이용하여 정적들을 제거하기 위함이었습니다. 그 과정에서 정순대비 마마와 뜻을 같이해 온 홍낙인 대감과 잔당들이 처벌되었구요. 물론 어마마마께서도 작은아버지 되시는 홍낙인 대감의 처벌에 대해서는 어쩔 수 없는 일이라 수긍하고 계실 줄 줄 압니다."

"그래요. 중전의 말처럼 작은 아버님에 대해서는 당연히 역적들과 내통을 했으니, 그 처벌 또한 당연한 결과였지요. 하지만 그 일로 홍씨 집안이 멸문지화(滅門之禍, 가문이 사라지는 재난)될까 그것이 걱정일 뿐입니다."

"어마마마, 그런 일은 상감마마나 제가 살아있는 한 있을 수 없는 일입니다. 상감마마의 어머님에 대한 효성은 그 누구도 따라 할 수 없을 만큼 지나치십니다. 그런 상감마마께서 어머니의 집안이 멸문되도록 놓아두시겠습니까?"

"중전이 그렇게 말해주니 내 마음이 흡족합니다. 주상께서는 천성이 효성스러워 나와 경모궁(사도세자)에게도 최선을 다하셨지요.

즉위 후 아버지를 위해 창경궁 옆에다 경모궁 사당을 세우시고, 날마다 경모궁을 바라보겠다는 뜻에서 일첨문(日瞻門)을 만드시고, 경모궁 참배를 쉽게 하기 위해 창경궁 북동쪽 담장을 헐어 원근문(月覲門)을 세우셨지요.

그리고 다달이 경모궁 참배하신 적이 한두 번이 아니시고, 아침저녁으로 계속 우러러 참배하셨습니다. 게다가 날마다 봉양하심에는 임금의 많은 재물도 오히려 부족히 여기시며, 부드러운 얼굴과 기쁜 목소리로 하루에 네댓 번씩 내 처소로 들어와 보시고 매사 혹 내 뜻에 어긋날까 조심하셨지요.

최근 내 몸이 예전 같지 않아 병이 잦아지니 주상께서 애태우심이 비할 데가 없습니다. 잠도 주무시지 않고, 옷도 끄르지 않으시고, 탕약 내오는 것과 고약 붙이는 것을 모두 친히 하시어 다른 사람에게 맡기지 않으시니, 내 비록 모자 사이라도 감격한 마음을 어찌 다 측량하겠습니까?

게다가 주상께서는 소박하신데 의복은 임금의 예복인 곤룡포 외에는 비단을 몸에 가까이하지 않으셨고, 일반 백성이 입는 무명옷만 입으셨으며, 무명이라도 곱고 가는 것이 아니라 거칠고 굵은 것만 취하시고, 비단이불은 덮지 않으시고, 아침저녁 수라상에 반찬도 서너 그릇 외에 더하지 않게 하시며, 또 작은 접시에다 많이 담지 못하게 하셨습니다.

내 혹 이것이 과하다 하면 사치의 피해를 힘써 말하시며, "내 검박을 숭사하는 것은 재물을 아낌이 아니라 복을 기르는 도리이기 때문입니다." 하시며 나를 도리어 깨우칠 때가 많으시니, 나 또한 탄복한 적이 많습니다.

비록 주상이 내 자식이지만 조선에서 날 수 없는 성군이십니다. 그러니 종수 문제로 주상의 심기를 건드리고 싶지 않습니다. 그 문제는 영민한 중전에게 맡기도록 하겠습니다."

그렇게 정조는 왕실 친인척들을 중용하기 시작하였다. 특히 외가에 대한 복원을 차곡차곡 진행하고 있었다.

제23장
금난전권 철폐와
중인과 서얼 등용

정조는 채제공을 전면에 내세우고 그동안 자신이 개혁하고자 했던 잘못된 오랜 조선의 전통 폐단을 정리해 나갔다.

조선의 대부분 국왕들이 자신들의 왕권 강화에 개혁의지를 집중했다면 정조는 불합리한 제도 타파를 통해 나라와 백성을 위한 개혁정치를 실현하고자 노력했다.

1791년(정조 15년) 2월 조정의 최고 실세인 좌의정에 오른 채제공은 금난전권(禁亂廛權)의 폐단에 관해 정조에게 보고했다. 이미 두 사람 사이에서는 이 문제를 어떻게 다룰 것인지에 관해 충분한 조율이 사전에 돼 있었던 것이다.

당시의 문제점을 정확히 알고서 대안을 제시하는 채제공의 말에 비장함까지 묻어있었다.

"우리나라의 난전(亂廛, 등록되지 않거나 허가된 상품 이외의 것을 파는 행위)을 금지하는 법은 오로지 육전(六廛, 시전에서 다루는 상품이 6종이었기 때문에 육전이라고 함)이 위로 나라의 일에 협조하고 그들이 이익을 독차지하게 하자는 것이었습니다.

그런데 요즈음 빈둥거리며 노는 무뢰배들이 삼삼오오 떼를 지어 스스로 가게 이름을 붙여 놓고 사람들의 일용품에 관계되는 것들을 제각기 멋대로 전부 주관을 합니다.

크게는 말이나 배에 실은 물건부터 작게는 머리에 이고 손에 든 물건까지 길목에서 사람을 기다렸다가 싼값으로 억지로 사는데, 만약 물건 주인이 말을 듣지 않으면 곧 난전이라 부르면서 결박하여 형조와 한성부에 잡아넣습니다. 이 때문에 물건을 가진 사람들이 간혹 본전도 되지 않는 값에 어쩔 수 없이 눈물을 흘리며 팔아버리게 됩니다.

그리고 무뢰배들은 제각기 가게를 벌여놓고 배나 되는 값을 받는데, 평민들이 사지 않으면 그만이지만 만약 부득이 사지 않을 수 없는 경우에 처한 사람은 그 가게 말고는 다른 곳에서 물건을 살 수가 없습니다. 이 때문에 그 값이 나날이 올라 물건값이 비싸기가 신이 젊었을 때에 비해 3배 또는 5배나 됩니다.

근래에 이르러서는 심지어 채소나 옹기까지도 사사로이 서로 물건을 팔고 살 수가 없으므로 백성이 음식을 만들 때 소금이 없거나 곤궁한 선비가 조상의 제사를 지내지 못하는 일까지 자주 발생하고 있습니다.

모든 거리의 장사를 금지한다면 그러한 폐단이 없어질 것이지만 일반 상인들이 입을 다물고 있는 것은 단지 원성이 자신에게 돌아올까 겁을 내기 때문입니다.

옛사람이 말하기를 '한 지방이 통곡하는 것이 한 집안이 통곡하는 것과 어찌 같으랴' 하였습니다. 간교한 무리가 삼삼오오 떼 지어 남몰래 저주하는 말을 피하고자 도성의 수많은 사람의 곤궁한 형편을 구제하지 않고, 나라를 위해 억울하고 원망하는 사람들을 책임지지 않는다면 어찌 나라라고 할 수 있겠습니까?

따라서 마땅히 평시서(平市署, 도량형 관리 및 물가정책을 담당하던 기구)로 하여금 이삼십 년 사이에 새로 벌인 영세한 가게 이름을 조사해 내어 모조리 혁파하도록 하고, 형조와 한성부에 분부하여 육전 이외의 곳에서 난전이라 하여 잡혀 오는 자들에게는 벌을 주지 말도록 할 뿐만 아니라 반좌법(反坐法, 잡아 온 자를 거꾸로 벌하는 법)을 적용하게 하시면, 장사하는 사람들은 서로 물건을 매매하며 이익이 있을 것이고 물건값도 내려가서 백성도 걱정이 없을 것입니다. 또한 그 원망은 신이 스스로 감당하겠습니다."

신해통공(辛亥通共, 금난전권을 폐지한 사건)이었다.

정조가 효의왕비에게 금난전권 철폐에 관한 말을 처음 꺼낸 것은 채제공으로부터 보고를 받은 바로 다음 날이었다.

"중전, 혹 효지스님으로부터 궁궐 밖 소식을 전해 듣고 나에게 일러둘 말이라도 있소? 어제 좌의정(채제공)으로부터 금남전권 철폐에 관한 이야기를 전해 들었습니다. 모두 옳은 말들이지만 사대부 양반들이 개입된 건이라 결단이 필요한데 혹 중전이 채제공을 시켜 나에게 진언하도록 한 것은 아니요? 그렇다면 좋은 계획이라도 있으십니까?"

효의왕비는 미소를 지으며 자신이 채제공을 시켜 상감마마에게 진언토록 했다고 털어놓았다.

"마마, 황공하옵니다!

저는 효지스님을 비롯하여 바깥세상에 대한 정보를 얻고자 사람을 부려 직접 서찰을 통해 보고도 받지만, 특히 세상을 돌아다니면서 시주를 하고 계시는 효지스님과 시녀 혜심과 엄 상궁이 궁 밖에서 보고 들은 이야기들을 전해 듣곤 합니다. 그들의 의견을 듣고 난 후에야 제가 직접 현장을 확인한 후 사실에 대한 경위와 개선 방안을 종합하여 마마께 말씀을 드리곤 했습니다.

마마께서도 알다시피 금난전권(禁亂廛權)은 시전상인들이 상권을 독점하기 위해 대전의 중신이나 지방관료들과 결탁하여 자유롭게 상업 활동을 하는 상인들의 난전을 단속하고 자기들만이 독점판매권을 가지는 것을 말합니다.

마마도 알고 계시듯이 17세기 말 18세기 초에 걸쳐 선왕이신 숙종의 단호한 의지에 따라 조선은 급격하게 화폐경제 사회로 바꾸기 시작했습니다.

전국적으로 공인된 시장만 100여 개가 넘을 만큼 농업생산력이 크게 증가해 생산물의 종류도 다양화되었습니다. 그러다 보니 자연스럽게 한양에서도 특권을 부여받은 시전(市廛)상인 외에 일반 상인이 급격하게 늘어났는데 이런 일반 상인을 시전상인과 구별하여 난전(亂廛)이라 불렀습니다. 잘 알다시피 시전상인이란 한양 종로에 있던 일종의 관허(官許)특권 상인들을 말합니다.

마마가 집권한 18세기 후반으로 접어들면서 점차 지방에서 상업으로 돈을 모은 거부들이 생겨났고 이들은 하나둘 한양으로 진출해 시전상인을 위협하기 시작했습니다. 이에 기득권을 가진 시전상인들은 조정의 관리들과 결탁해 이들을 막고자 치열하게 청탁했습니다.

선왕이신 경종을 지나 영조 대왕 초기부터 난전금지법에 대한 이야기가 나오기 시작한 것도 바로 그 시점이었습니다. 그래서 만든 것이 금난전권(禁亂廛權)입니다.

그리고 선왕이신 영조 대왕을 거쳐 마마가 즉위한 후 전반기에는 난전 금지법에 따라 시전상인들의 금난전권이 인정되는 추세였지만, 그에 따른 폐단은 생산력 증가와 유통경제의 활성화에 따라 더욱 심각해져만 갔습니다.

우선 시장의 자유로운 거래 활동을 제약한다는 점에서 다수의 불만이 폭발 직전에 이르렀고 게다가 소수의 시전상인만이 유통망을 장악함으로 인하여 재화의 유통이 억제되었고 그에 따라 물가는 폭등해 백성들이 겪어야 하는 고통은 말할 수 없었습니다.

또 권력층과 연계된 무리가 임의대로 시전을 열어 금난전권을 행사하면서 군소상인들을 불법적으로 갈취하는 일이 비일비재(非一非再. 흔히 일어나는 일)하게 발생하였습니다. 한마디로 수요도 늘고 공급도 늘었는데 시전상인들의 유통독점으로 인하여 재화유통이 병목현상을 일으키고 있었던 것입니다.

따라서 조정으로서도 서둘러 대책을 마련하지 않을 경우, 중대한 사태에 직면할 수도 있었습니다. 시전과 난전의 구별은 조선의 상업활동을 막고 나라의 경제력을 저해하는 불합리한 제도이므로 철폐하여야 하옵니다.

만약 마마께서 좌의정 채제공 대감의 제안을 받아들여 특권 제도인 금난전권을 철폐하신다면 이는 훗날 마마의 위대한 업적으로 기록될 것입니다.

아울러 상업에 종사하는 자들 대부분이 평민과 중인들이 주를 이루고 있는데 중인이나 즉위 초부터 마마가 이루고자 했던 서얼의 한(恨. 한탄)도 이번 기회에 함께 풀어 빈약한 조선의 경제를 부흥시켰으면 합니다."

"그럼 중전은 채제공과도 만나 이 문제를 협의한 적이 있었던 것입니까?"

"그렇사옵니다. 제가 사람을 풀어 여러 상황들을 알아보라고 지시한 적이 있었습니다. 하지만 금난전권 문제는 시녀 혜심이 제 심부름으로 장에 나가 가락지를 사오다가 상인들끼리 싸움이 붙어 싸움의 정황을 제게 말하게 되었고, 제가 좀 더 구체적인 확인을 위하여 시전을 돌아본 후에야 원인과 이유 그리고 대책을 강구해 좌의정(채제공)을 만나 이 문제를 의논했던 것입니다.

제가 이 문제를 바로 마마께 말씀드릴 수도 있었지만, 좌의정에게 힘도 실어주기 위해 그로 하여금 마마께 보고토록 했던 것입니다."

"내 좌의정이 이 문제를 제기했을 때 이미 중전의 머리에서 나온 계책임을 알고 있었습니다. 이번 기회에 좌의정에게 힘도 실어주고 그로 하여금 금난전권을 철폐하도록 한다면 반대편에 서 있던 중신들도 좌의정을 쉽게 보지는 않을 것입니다."

이렇게 하여 정조는 좌의정 채제공의 제안을 받아들여 금난전권을 철폐하였다. 이에 따라 한양의 상거래에 있어서 조정의 국역을 담당하면서 조정의 재정에 크게 기여하는 전통적인 육의전의 특권만을 존속시키고 나머지 군소 시전이 갖고 있던 금난전권을 금지했다.

이로 인해 조선의 상업은 급격하게 발전하게 되었다. 이것이 신해통공(辛亥通共)이었다. 정조의 많은 업적 중에 하나가 되었고 이는 백 년을 내다보는 상업정책이었다.

채제공이 이렇게 자리를 걸고 금난전권의 철폐를 강력하게 주장한 것은 정조의 강력한 의지를 읽었기 때문이었다.

효의왕비는 어릴 적부터 하인들의 자식들과 동무로 지내면서 그들의 애환을 잘 알고 있었다. 한번 태어나면 영원히 바꿀 수 없는 천한 노비 신세로 평생을 살아야 하고 설사 양반의 씨를 받아 태어난다고 하여도 양반이 될 수 없는 것이 조선의 법도였다.

그러던 중 세손빈으로 간택되어 집을 떠나 궁궐로 오면서 시녀 혜심과 엄 상궁을 데리고 왔지만, 그들이 노비라는 신분으로 자신을 위해 평생 섬겨야 하는 신분제도에 대해 많은 생각을 했었다.

"누군 양반이라는 집안에서 낳고 자라 평생 죽어도 양반의 신분으로 죽지만 저들은 죽도록 일하고 영특하거나 과거를 볼 실력이 있음에도 노비라는 신분으로 과거 한번 보지 못한 채 죽어야 하는 것일까?"

자신은 명문 가문에서 태어나 조선의 국모가 되었으며, 정조는 왕족으로 태어나 조선의 가장 위대한 국왕이 되었다.

그럼에도 불구하고 정조와 효의왕비는 항상 백성을 위해 무엇을 할수 있을까를 즉위 초부터 고민하고 그들과 소통하기를 원했다. 또한 귀족에게 몰려있는 특권을 줄이려고 애썼다. 금난전권도 그러한 측면에서 철폐한 것이다.

금난전권이 철폐되고 얼마 되지 않을 즈음 1791년(정조 15년) 4월 15일 이조에서 한양 5부의 행정을 책임지는 부령(部令, 오늘날의 구청장) 자리에 서얼(庶蘖, 양반의 자손 가운데 첩의 소생)을 추천할 수 없다고 말하자 정조는 이조의 말에 정면으로 반박했다.

"이와 비슷한 처지로서 문관에게는 육조의 낭관이 되도록 허락하면서 음관에게는 부령 자리를 아낀다면 옳겠는가?

부령은 비록 각별히 골라야 하는 자리이긴 하나 어찌 수령보다 더하겠는가. 또 묘령(廟令, 사당지기의 관직)과 침령(寢令, 잠잘 시간을 알려는 수령)과는 그 체모(體貌, 몸가짐, 위신)가 다른데도 차별을 받는다면 규정을 정한 본의가 아니다."

이 말은 1785년(정조 9년)에 내렸던 하교가 상당 부분 실효를 거두고 있었다는 점을 간접적으로 확인할 수 있는 대목이었다.

정조는 서얼허통(庶孼許通, 서얼에게도 본처에서 낳은 자식처럼 관리가 될 수 있는 제도)에 대하여 즉위 초부터 적극적인 입장을 보였다. 그것은 선왕 영조나 효의왕비 뜻을 받듦과 동시에 정조의 인간관 혹은 인재관과도 직결돼 있었다. 그것은 다름 아닌 '모든 근본은 인간에게 있다'는 인본주의(人本主義)였다.

정조는 즉위한 돌이 막 지난 1777년(정조 1년) 3월 21일 인사를 책임지고 있는 이조와 병조에 명을 내려 서얼의 관직 진출을 위한 절목(일종의 매뉴얼)을 구체적으로 만들어 올리도록 한 적이 있었다.

"옛날에 우리 선조대왕(宣祖大王, 앞선 임금들)께서 하교하시길, '해바라기가 해를 향하여 기우는 데 있어 방지(旁枝, 곁가지)를 따지지 않는 것인데 중신이 충성을 바침에 있어 어찌 반드시 정적(正嫡, 적자)에게만 해당하겠는가?' 하였다. 이는 위대한 성인과도 같은 말씀이었다.

그런데 조선에서는 국가를 설립할 규모(規模)에 있어 명분을 중히 여기고 지체와 문벌을 숭상하여 요직(要職)은 허통시켜도 청직(清職, 학식과 문벌이 높은 사람이 맡은 관직)은 허통시키지 않는 것으로 이미 예전부터 정해져 있었다.

지난해 대각(臺閣, 관청)에 통청하게 한 것은 실로 선왕(영조)께서 고심한 끝에 나온 조치였는데 그 일이 제대로 실행되지 않아 유명무실하게 되어 중도에 그만두게 되었다.

필부(匹夫, 보통 사람)가 원통함을 품어도 천하를 손상시키기에 충분한 것인데 더구나 많은 사람들 가운데 준재(俊才, 재주가 뛰어난 사람)를 지닌 선비가 없다고 할 수 없으며 나라에 쓰임이 될 만한 사람이 어찌 없겠는가?

그런데도 전조(銓曹, 이조와 병조)에서 인정한 시종(侍從, 임금을 모시는 시종원)으로 대하지 않았고 또 봉상시(奉常侍)나 교서관(校書館)에 두지 않았으므로 그들은 이도 저도 하지 못하여 진퇴(進退, 나아가고 물러남)가 모두 곤란하여 다른 사람과 소통할 길이 없으니, 결국 그들은 바짝 마르고 누렇게 뜬 얼굴로 나란히 죽고 말 것이다.

그들은 모두 나의 신하인데 그들이 제자리를 얻지 못하게 하고 또한 그들의 포부도 펴보지 못하게 한다면 이는 또한 과인의 허물인 것이다.

양전(兩銓, 이조와 병조)의 신하들에게 대신들과 의논하여 그들을 소통시킬 수 있는 방법과 실력에 맞는 자리에 앉을 수 있는 방법을 특별히 강구하게 하라!

그리하여 문관은 어떤 벼슬에 이를 수 있고 음관(蔭官, 과거를 거치지 않고 조상의 공덕에 의하여 맡은 벼슬)은 어떤 벼슬에 이를 수 없으며 무관은 어떤 벼슬에 이를 수 있는지 그 절목(節目, 매뉴얼)을 상세히 마련하여 사로(仕路, 벼슬길)를 넓히도록 하라."

이렇게 해서 상세하게 절목(매뉴얼)까지 마련되었으나 조선의 오랜 관습의 벽은 높고 두터웠다. 그래서 정조는 1785년(정조 9년) 2월 17일 다시 하교를 내렸다.

"서류를 벼슬길에 소통시키는 일은 정유년(1777, 정조 1년)의 절목을 아직도 시행하지 않고 있어 조정에서 신뢰를 잃은 것이 크다.

그들이 실망하고 있는데도 그들을 내버려 둔다면 벼슬길을 소통시켜 주는 본의에 매우 어긋나는 것이며, 또 요직에 허통시킨다는 조항이 있었음에도 그런 조항이 이름만 있을 뿐이고 실속이 없는 것으로 되는 것이다.

문신 가운데 3조(三曹, 호조, 형조, 공조)의 낭관(郞官, 정랑과 좌랑)을 지낸 사람은 겨우 한두 사람에 그치고, 음관(蔭官) 가운데 판관(判官)은 전혀 임명되거나 의망(擬望, 추천)되었다는 말을 듣지 못했다.

오늘의 정사에서부터 시작하여 한결같이 정유년의 절목에 따라 뜻을 다해 명확히 실시하도록 하라! 근래에 모든 일을 맡겨도 그 성과가 없으리라는 것을 나는 환히 알고 있다.

3조의 낭관과 해당 관사의 판관은 비록 현재 빈자리가 없다고 하더라도 그 자리를 만들게 하고, 서자 무리를 의망에 추천하고, 후보자로 올린 명단은 비교하여 따지지 말고, 통틀어 다 같이 의망(擬望, 후보자를 천거함)에 올리도록 하라!

이렇게 한 다음에야 비로소 요직을 허락한다고 말할 수 있을 것이니, 전조(銓曹, 이조와 병조를 합하여 부른 호칭)에서 잘 처리토록 하라.”

그러나 이 또한 지지부진하기는 마찬가지였다. 특단의 조치가 없고서는 수백 년 이어져 온 폐습이 하루아침에 없어지기는 어려운 일이었다.

부령에서 서얼 출신을 추천토록 한 바로 다음 날, 정조는 성균관 대사성 유당에게 전교를 내렸다. 이날 유당에게 전하는 전교는 그 누구도 거역할 수 없는 단호한 것이었다.

“나이에 따라 차례를 정하는 일은 선조(先朝, 선대왕)에서 정했는데 이치에 맞다고 본다. 그런데 근래 들으니 서얼을 남쪽 줄에 따로 앉게 했다고 한다. 일반 백성 가운데서도 준수한 자가 모두 태학에 들어가면 왕공귀인(王公貴人, 일반인)도 그들과 더불어 나이에 따라 차례로 앉게 하고 있다. 서얼의 지체는 비록 낮으나 똑같은 반족(班族, 양반)이다.

또 성인이 사람을 가르칠 때 단지 그 사람이 어진가, 어질지 않는가, 하는 것만 볼 뿐 그 문벌의 귀천은 따지지 않았는데, 당당한 성균관이 어찌 유독 서얼만 따로 남쪽 줄에 앉게 하고 같은 줄에 있지 못하게 한단 말인가.

또 이미 태학에 들어오는 것을 허락하면서 어깨를 나란히 하는 것을 허락하지 않으려는 것은 의리에 근거가 없는 것이다.

식당에서 나이대로 앉게 하는 것이 조정의 관직이나 개인 집의 명분과 무슨 관계가 있겠는가.

그런데도 남쪽 줄에 따로 앉게 하거나 혹은 끝줄에 내려앉게 하니, 이는 천만부당한 일이다. 경의 직책이 대사성이니 그것을 바로잡고 고치는 것이 경의 책임 아닌가?"

이는 정치적 맥락을 고려하지 않은 정조의 인간관, 인재관이 그대로 드러난 전교였다. 오히려 사대부가 판을 치는 조정의 상황에서는 상당히 급진적이었다고 할 수 있다. 특히 "식당에서 나이대로 앉게 하는 것이 조정의 관직이나 개인 집의 명분과 무슨 관계가 있겠는가"라는 하교는 조정 안팎에서 적지 않은 반발을 불러 일으켰다.

조선에서의 양반과 평민 그리고 서얼의 차이는 그야말로 하늘과 땅 차이만큼 높았다. 이는 선대왕 중 그 누구도 하지 못한 정조만의 결단이었다.

이에 좌의정 채제공이 적극 나서서 가정에서의 적서 차별은 그대로 인정해야 할 것이라는 타협안을 내놓았다.

"태학의 식당에서 신분의 귀천을 따지지 않고 똑같이 나이의 순서대로 앉게 한 것은 실로 모든 사람을 똑같이 대우하는 조치입니다.

조정에 있어서는 재주가 중심이 되어야 하니, 서얼이라 해서 재주가 있는데도 그의 진출을 막아버리는 것은 하늘이 인재를 이 세상에서 낸 뜻이 아닙니다. 다만 집안에서는 적자와 서자가 엄연히 차등이 있으니, 역시 이 점은 문란하게 해서는 안 됩니다.

한양에 사는 사람들이야 스스로 식견이 있을 뿐만 아니라 적자의 집이 꼭 모욕을 당하는 일이 없어 별다른 문제는 없을 것이나, 먼 지방의 경우 태학에서 나이순으로 앉히는 일 때문에 집안의 분의(分義, 분수에 알맞게 지켜 나가는 도리)를 문란케 해도 무방하다 여긴다면, 그 폐단은 이루 다 말할 수 없을 것입니다.

그러니 이 문제를 분명히 효유(曉諭, 깨달아 알아듣도록 타이름)하여, 조정과 개인 집의 경우는 각기 정해진 한계가 있다는 것을 인식해 그러한 법도를 지키도록 하여야 할 것입니다."

속도 조절을 염두에 둔 채제공의 지적에 정조도 수긍했다.

"경이 아뢴 말이 매우 좋다. 향교는 학교이고 가정은 가정이다. 만약 이 일을 끌어다가 저 일에 적용하여 분쟁의 단서를 만든다면 지금 백년을 내려온 잘못된 풍습을 바로잡으려는 좋은 뜻이 도리어 폐단을 만드는 빌미가 될 것이니, 그래서야 되겠는가."

정조는 6월 4일 다시 서얼과 중인에게도 기사장(騎士將, 금위영·어영청의 정3품 무관직) 추천을 허통하도록 지시했다.

하지만 중신들은 어느 누구도 달가워하지 않았다. 수백 년을 굳건하게 양반이라는 이유로 모든 관직과 품계를 독차지하고 있는데 임금이란 자가 자신의 밥그릇을 빼앗고자 하니 겉으로는 아무 말도 못 하면서 뒤로는 "주상이 이미 태학의 식당에서 나이 순서대로 앉도록 명하고 또 전조(銓曹, 이조와 병조를 합하여 부른 이름)에 말하여 문관은 돈령도정(敦寧都正, 정3품직)에, 음관은 부령(部令, 정3품직)에 의망하게 하였는데 또 이런 명을 내렸다."고 수근거렸다.

정조는 자신이 처리하는 일들에 대해 대화를 나눌 사람이 없었다. '군왕은 항상 외롭고 모든 결단은 본인 스스로 책임을 져야 한다'는 선왕 영조의 말처럼 그런 결단은 오로지 군왕 자신의 몫이었다.

모든 군왕들이 자신의 속마음을 터놓고 말할 사람은 오직 한 사람, 그건 자신의 부인 즉 왕비밖에 없었다. 정조 역시 하루에 일어난 일들을 효의왕비와 상의하고 왕비의 조언을 들었다.

이는 세손 시절 가슴 조이며 목숨을 부지하던 시절 늘 자신의 옆에서 자신의 편이 되어준 세손빈(효의왕비)이 있었기 때문이었다.

"중전도 대전의 일들이 어떻게 돌아가는지 이미 잘 알고 있을 테지만 중신들이 서얼허통(庶孼許通)하는 일에 모두 반기를 들고 있소. 좌의정이야 내 사람이니까 나의 의견에 수위 조절을 하면서 내 편을 들고 있지만 대부분의 중신들은 서얼허통에 불만이 많은 것 같습니다. 나는 그들의 표정들만 금방 보아도 알 수 있습니다."

"마마! 저는 마마께서 중인과 서얼에게도 관직의 길을 열어주고자 추진하시는 지금의 일들이 마마 사후 백성들로부터 개혁의 군주이자 인본주의를 실행한 위대한 군왕이라는 평을 듣게 될 것으로 믿사옵니다.

아울러 중인과 서얼허통이 되어야 노예제도 역시 물꼬를 틀 것입니다. 이 나라 조선은 다른 나라에서 볼 수도 없는 노예제도를 두고 있어 언젠가는 반드시 없어져야 할 제도 중 하나입니다.

전쟁을 통해 포로를 노예로 삼고 있는 나라들은 많지만, 양반들 편하고자 자기 백성을 노예로 삼는 나라는 없는 줄 알고 있사옵니다.

사대부들로 인해 당장 노예제도를 없애는 일은 어렵다고 하지만 서얼허통만은 반드시 통과시켜야 할 숙제 중 하나입니다. 그리고 그 일은 조선 어느 임금도 하지 못한 후세에 길이 남을 개혁정치의 표본이라고 생각되옵니다.

선대왕 태조대왕부터 세조대왕 시대에는 임금과 백성은 하늘과 땅과 같다 하여 양반만을 위한 세상이었습니다. 특히 위대한 군왕이라 칭송받는 세종대왕은 나라는 왕과 사대부들이 다스리는 것이라는 확고한 신념 때문인지 나라의 절반이 노비로 살아가야 했습니다.

세종대왕의 제5왕자인 광평대군(廣平大君)과 제8왕자인 영응대군(永膺大君)의 경우는 노비가 각각 1만 명을 넘었다는 기록이 있습니다.

마마께서는 당시 세자 되시는 아버님(사도세자)의 적자계승을 통해 왕위에 오른 분으로 정통성 시비와 관련해서는 단 하나의 오점이 없는 조선의 완벽한 국왕이십니다.

임금이 자고로 자신이나 인척의 사익을 위해 정책을 펼친다면 백성으로부터 지탄을 받지만, 마마께서는 오직 백성을 사랑하는 마음에서 인본주의를 실현하는 일을 하셨기 때문에 그 누구도 마마를 욕할 수는 없는 것입니다.

이 일은 오직 마마와 같은 위대한 성군만이 하실 수 있는 조선의 개혁이라고 저는 믿사옵니다.

이번 기회에 400년을 넘게 이어온 사대부에 의한 붕당 정치를 마감하시고 중인이든 서얼이든 신분의 제약 없이 인재를 발굴하여 그들이 나라를 위해 일할 수 있도록 기회를 주시길 바랍니다."

정조는 효의왕비의 서얼유통에 관한 전문 지식에 탄복하면서 조선의 어느 왕도 실현하지 못한 서얼허통을 통과시켜 버렸다. 이는 조선 역사에 있어서 백성들을 가장 소중하게 아끼는 처사로 평가되었다.

제24장
만인소 사건과
노론 벽파에 대한 공격

    1792년(정조 16년) 정조가 채제공을 앞세워 개혁정치를 실현하고 있을 무렵 효의왕비는 김종수 대감이 수시로 정순대비 전으로 드나든다는 소식을 접했다.

    김종수는 노론 벽파로 겉으로는 정조의 오른팔 역할을 하면서도 노론 벽파의 수장인 정순대비와 손을 놓지 못하고 있었다.

    언젠가는 제거해야 하는 인물 중 한 사람이지만 정조도 김종수 대감을 믿고 있는 처지라 그렇게 쉽게 처리할 문제는 아니었다. 정조 역시 김종수가 정순대비와 손을 잡고 있다는 사실을 알고 있었지만, 정순대비 즉 노론 벽파의 움직임을 간파하기 위해 김종수가 필요했다.

    효의왕비는 일단 김종수 문제는 정조와 상의하기보다는 영의정으로 있는 채제공과 이 문제를 처리하기로 하였다.

    채제공은 규장각 서리에 있을 때 눈여겨보다가 자신이 정조에게 천거했던 인물이었고 더군다나 그는 노론에 맞서는 남인이었다. 효의왕비는 채제공을 은밀히 중궁전으로 불렀다.

"중전마마! 신 채제공 인사 올립니다."

"어서 오세요, 영상! 내 이렇게 영상을 은밀히 부른 것은 논의할 일이 있어서입니다. 그리고 오늘 제가 대감을 부른 건 상감마마께서도 모르고 계십니다. 그러나 오해는 하지 마세요. 모두 상감마마를 위하는 일이니까요."

채제공은 효의왕비의 영민함을 잘 알고 있던 터라 무슨 하명이 있을지 궁금했다. 똑똑한 효의왕비가 내린 명은 곧 주상전하께서 내린 명과 다를 바 없었다. 특히 주상전하께서는 효의왕비와 부부이기 이전에 정치적 동무라는 사실을 채제공은 너무나 잘 알고 있었다.

"네, 중전마마. 하명하시옵소서!"

"그래요, 내 돌려 말하지 않고 바로 말하도록 하겠습니다. 어제 혜경궁 마마께서 부르셔서 대비전에 들렀다가 좌의정 김종수 대감에 대한 좋지 않은 이야기를 들었습니다.

그래서 그 사실 여부를 떠나 그런 사람이 상감마마 옆에 두는 것이 온당한지 내 영상의 의견을 듣고자 이렇게 부르게 된 것입니다.

대감도 잘 알고 계시듯이 좌상(김종수)은 대비마마(정순왕비)를 비롯 노론 벽파와 가까이하고 있어 상감마마께서 추진하는 일에 사사건건 반대를 하고 계십니다.

그로 인해 선세자(사도세자)를 모신 현륭원이 있는 수원 화성건설계획도 제대로 이행되지 못하고 있을 뿐만 아니라 아직도 선세자께서 억울하게 돌아가셨다는 상감마마의 생각에 절대적 지지를 보내지 않고 있습니다.

언제까지 이런 상황이 계속되어야 하는지 내 좌상의 의견을 듣고자 합니다."

효의왕비의 이 말은 노론 벽파와 김종수 세력을 견제하기보다는 그들을 제압할 수 있는 방법을 알고 있느냐, 하는 물음이었고 이들로 인해 사도세자가 억울하게 죽었다는 사실을 천명하고 정조의 화성건설에 힘을 실어 달라는 얘기였다.

영리한 채제공이 중전의 의도를 모를 리 없었다. 또한 김종수를 제거하는 일은 남인인 채제공에게도 그리 나쁘지 않은 일이었다. 게다가 임금도 효의왕비와 같은 생각이었고, 그 문제를 언젠가는 자신에게 물어볼 것이라 생각하고 있었는데, 영리한 왕비가 미리 이 문제를 자신에게 제기하고 나선 것이었다.

"황공하옵니다. 중전마마!

신은 오랫동안 좌상 김종수 대감과 노론 벽파를 지켜보았사옵니다. 그들은 선세자(사도세자)의 죽음에 책임이 있음에도 그 책임을 혜경궁마마의 아버님 되시는 봉조하 홍봉한 대감에게 덮어씌우고, 홍인한 대감을 비롯 홍낙인 대감 등을 제거하여 홍씨 집안을 멸문화시켰습니다. 이는 전하의 인척들을 모조리 제거하여 정치에 발을 못 붙이도록 한 것으로 치밀한 계획에 의한 것이었습니다.

또한 그들은 사사건건 대비마마(정순대비)를 내세워 전하의 개혁정치를 반대하고 노론 벽파를 재건하려고 수시로 집결하고 있어 무슨 음모를 꾸미는지 알 수가 없습니다.

그들을 지금 막지 않는다면 전하께서는 개혁정치를 이끄는 원동력을 잃게 될 것입니다. 이런 상황에서 신은 큰 계획을 세우고 있던 차 황공하옵게도 전하께서는 저를 신뢰하여 영조 대왕이 남기신 '금등(金縢)'의 내용을 일부 공개하여 보여주셨습니다.

그 내용은 중전마마께서도 잘 알고 계시듯이 사도세자를 모함하여 사지로 몰고 간 자들에 대한 내용이었습니다. 물론 그들은 모두 노론 벽파이었습니다. 이제 저는 금등의 내용을 보았으니 뜻을 같이하는 유생들을 움직여 그들을 제거하고자 합니다. 그것은 전하가 내린 어명이 아니라 금등을 통해 밝혀진 선왕 영조 대왕의 뜻이기도 하기 때문입니다."

금등이란 쇠줄로 단단히 봉해 놓은 비밀 서류함으로 영조가 사도세자를 죽인 후에 이를 후회하는 글을 담고 있었다.

"또한 신은 아직도 대비마마(정순왕후) 곁에 붙어 사도세자의 죽음을 정당화하며 자신들의 세력을 키워 나가는 노론 벽파 세력 중 사도세자의 죽음에 관여한 이들을 색출하여 제거할 것입니다. 이것은 의를 행하기 위한 사필귀정(事必歸正)이며 전하가 개혁정치를 함에 있어 반드시 진행되어야 할 일이기도 합니다."

효의왕비는 왜 상감마마께서 채제공을 옆에 두어야 하는지 알 수 있었다. 그는 정치에 있어서는 그 누구도 따라갈 수 없는 정치적 대부였다.

"고맙습니다, 영상! 내 비록 영상의 큰 뜻까지 이해할 수는 없어도 나는 영상이 상감마마의 정치에 큰 보탬이 될 것이라는 걸 잘 알고 있습니다. 모든 일을 잘 추진하여 상감마마께서 펼치는 선정에 도움이 되길 바라겠습니다."

"중전마마, 성은이 망극합니다. 충심을 다하여 전하를 보필하도록 하겠습니다."

중궁전(殿)을 나온 채제공은 효의왕비의 의도에 다시 한번 놀라고 말았다. 자신을 불러 놓고 스스로 전하를 위해 해야 할 일은 하명하지도 않고 자신의 계획을 말하도록 하면서 마치 자신의 계획을 모르는 척하고 있질 않는가?

'어쩌면 상감마마의 정치적 판단은 중전마마로부터 나오는 것은 아닐까?'

어쨌든 비장한 각오로 자신이 품고 있던 계획을 실행할 기회가 생긴 만큼 밀어붙일 근거가 생긴 것이다.

그러던 중 생각지도 못했던 사소한 일이 생기면서 기회가 찾아왔다.

1792년(정조 16년)은 조정에 약간의 소란이 있기는 했지만 비교적 별탈 없이 흘러가고 있었다. 4월 18일 사간원 정언 유성한(柳星漢)이 정조가 경연에 더욱 열심히 임할 것을 청하는 상소를 올렸을 때만 해도 그것이 정국을 완전히 뒤집어엎게 될 사건의 단추라고는 누구도 생각지 못했던 것이다. 문제는 상소의 뒷부분에 정조를 비방하는 풍문들이 있다는 것을 덧붙인 데서 시작했다.

열흘이 지난 4월 29일 사간원에서 상소를 올려 유성한의 처벌을 주청했다.그러나 정조는 그리 크게 문제 삼을 일이 아니라며 받아들이지 않았다.

4월 30일에는 정조가 신임하는 채제공도 상소를 올려 유성한의 처벌을 주청했다. 한마디로 '은밀하게 임금을 범하려 했다'는 것이었다. 이해할 수 없는 것은 별다른 내용도 없어 보이는 상소 하나를 놓고 한 달 가까이 조정이 발칵 뒤 집어질 만큼 큰 소란을 빚었다는 것이다.

얼마 후 윤4월 초가 되면서 어느새 유성한의 이름 앞에 '역적(逆賊)'자가 붙어 있었다. 하지만 정조는 정확한 물증도 없이 처벌하는 것은 있을 수 없다고 하였다. 물론 대비(정순왕후)를 겨냥한 말이었다. 자신이 시키거나 관여된 사건이 아니라는 것을 대비에게 알리기 위함이었다.

"홍인한·정후겸 등 역적들이 내가 정사를 보는 일을 가지고 나를 핍박하였을 때도 나는 오히려 한마디도 말하지 않았다가 그들의 자취와 정상을 알아낸 뒤에 이르러 내가 부득이하게 처결하였다."

이에 우의정 박종악은 유생들의 말에 따르면 유성한이 집에서 흉악한 말을 거침없이 해댔다고 하니 문초를 하는 것이 좋겠다고 하자 정조는 윤허하지 않았다. 어느새 사건이 눈덩이처럼 커지고 있었다.

윤4월 10일 대사간 임시철(林蓍喆)이 '김이소(金履素)가 유성한과 사적인 편지를 주고받은 정황이 있다'며 거듭 유성한의 처벌을 청하다가 오히려 자신이 파직당했다.

김이소는 정조의 총애를 받던 인물로 이때 이조판서였다. 같은 날 홍문간 부수찬 최현중(崔顯重)은 "지방수령으로 나갔다가 상소파문으로 삭직된 유성한의 후임으로 사간원 정원에 임명된 윤구종(尹九宗)이 의도적으로 유성한 탄핵을 피하고 있다."며 같은 무리이니 처벌할 것을 주청했다.

그러면서 윤구종은 선왕 경종의 원비인 단의왕후 심씨의 능인 혜릉(惠陵)을 지나가면서 말에서 내리지 않는 잘못도 저지른 적이 있는 인물이라고 덧붙였다.

이 말을 기다렸다는 듯이 정조는 윤구종이 정말 그랬다면 죽음을 면할 수 없는 죄를 저지른 것이라며 윤구종에 대해서만 엄히 심문할 것을 명했다.

윤4월 14일 윤구종을 조사하던 의금부 판사 홍억(洪檍) 등이 급히 정조와 면대를 청했다.

이에 정조는 전현직, 대신들과 각신 3사의 신하들을 모이도록 했다.

홍역의 보고는 충격적이었다. 윤구종이 "내가 전날 공초(供招, 죄인이 범죄사실을 진술하던 일)에서 신하로서의 절개를 지킬 마음이 없었다고 한 것은 바로 내가 의릉(懿陵, 경종과 계비 선의왕후 어씨의 무덤)에 신하 노릇을 하지 않으려는 마음이 있다는 것이다."고 둘러댔다는 것이었다.

정조는 이때를 기다렸다. 그리고 이는 용서할 수가 없는 죄라고 하였다.

"이게 무슨 흉악한 말인가?

천지간의 사람으로서 어찌 이처럼 극악한 역적이 있단 말인가! 더없이 존엄한 것에 대해 함부로 말하고, 심지어 임금을 욕하는 말까지 하였으니, 이 흉악한 말을 들음에 내 마음이 분함이 어떠하겠는가?

하늘이 낸 선왕(先王)의 효성과 우애는 동방에 사는 자로서 누군들 흠양(존경하여 받듦)하지 않는 자가 없다. 그런데 그가 어찌 감히 이토록 흉악한 말을 하는가?

하늘에 계신 선왕의 영혼이 내려다보신다면 놀라움과 통분함이 어떠하겠는가?"

그런데 윤구종은 형벌을 받던 중 죽어버렸다. 일이 이상하게 돌아가고 있었다. 기회를 엿보던 채제공은 두 번째 상소를 올렸다.

채제공은 은근히 정조의 아픈 곳을 건드리면서 동시에 남인을 슬쩍 선동하고 있었다. 남인의 경우 사도세자가 억울하게 죽었다는 정조의 생각을 절대적으로 지지하는 당파였다.

"금일 조정 신하들은 어쩌면 그리도 의리에 어둡습니까? 대저 경묘(景廟, 경종)는 4년간 왕위에 올랐던 임금이고, 선세자(사도세자)는 14년간 정사를 보던 왕세자였습니다.

우리 동방(아시아)에 사는 사람들이라면 할아버지나 아버지가 누가 경모(사도세자)의 조정에 신하 노릇을 하지 않았겠으며 낮은 사람이나 높은 사람을 막론하고 누가 선세자 앞에서 북면(北面, 신하로서 임금을 섬김)을 하고 섬기지 않겠습니까? 불행하게도 사대부들 사이에 문호(門戶)가 갈라져 자기에게 이롭게 하기를 국가 호위하는 것보다 먼저하고 당파 비호하기를 임금 높이는 것보다 중히 여기는 자들이 있습니다.

그리하여 경묘(경종)에 관해 윤구종과 같은 극악한 역적이 감히 신하 노릇을 하지 않겠다는 말을 멋대로 하였고, 선세자(사도세자)에 있어서는 유성한과 같은 흉악한 역적이 선세자를 욕하면서 은근히 위(정조)를 핍박하였습니다. 경묘(경종)에게 신하 노릇을 하지 않는 자가 어찌 전하를 사랑하고 받들 리가 있겠습니까?

윤구종과 윤성한이 역적질한 방법은 비록 다르지만, 그 마음은 같은 것 같으니, 국가가 역적을 다스리는 법에 있어서 하나는 엄하게 하고 하나는 느슨하게 할 수 없는 것입니다.

우리 전하께서는 지극히 인자하여 생명 아끼는 것을 우선으로 하시므로 스스로 천벌에 저촉된 흉악한 무리들을 비록 부득불 법에 따라 처벌하였으나 처리하는 과정은 끝내 고식지계(姑息之計, 일시적인 계책)에 가까웠습니다.

비록 유사 이래 없었던 흉악한 역적인 김하재(金夏材)와 같은 자도 아직까지 그들의 소굴과 근거지를 타파하지 않아서 윤구종과 윤성한 같은 무리가 잇달아 생겨나게 되었습니다.

윤구종과 윤성한은 비록 올빼미나 악한 짐승과 같은 심보를 지니고 있지만, 그들은 본래 미천하고 한미(寒微, 가난하고 지체가 변변치 못함)한 무리할 뿐이며, 그 뒤에는 그들을 지원하는 소굴과 무리들이 있고, 그들을 믿는 구석이 있기 때문에 독살스럽게 지극히 흉악할 말을 이처럼 기탄없이 멋대로 하는 것입니다.

근일 이래로 조정의 신하들이 같은 목소리로 성포(星布, 흩어져 말함)하는 것은 모두 윤구종의 역적질에 있고 윤성한에 대해서는 마치 잊어버린 것처럼 하니, 신은 모르겠습니다만 선세자(사도세자)의 역적이 경묘(경종)의 역적에 미치지 못하여 그런 것입니까?

윤구종을 과형(剮刑, 사형을 시킨 뒤에 살을 긁어내는 형벌)이나 책형(磔刑, 죄인을 기둥에 묶고 창으로 찔러 죽이는 형벌)으로 처벌하기도 전에 갑자기 지레 죽었다고 보고하니 천지와 신인의 울분은 천고(千古)에 맺히게 되었고 국문할 수 있는 것은 윤성한만이 있을 뿐입니다.

만약 돌이킬 수만 있다면 왕법(王法)은 방을 쓸어낸 듯이 남아 있지 않을 것입니다. 설령 법을 적용하더라도 그들의 소굴과 근거지를 조사하지 않고 예전처럼 고식적(형식적)으로만 한다면, 윤성한은 비록 주벌을 당하더라도 장차 몇 명의 윤성한이 또다시 나타나 눈썹을 치켜올리고 기세를 부릴지도 모르는 일이며 의리는 밝혀질 날이 없을 것이니 어찌 마음이 아프지 않겠습니까? 윤성한을 잡아다 국문하여 엄히 그들의 소굴을 조사하소서."

채제공으로서도 사도세자의 죽음에 책임이 있는 노론 벽파를 차제에 붕괴시키려 했던 것이다. 하지만 정조는 여전히 선왕 영조와 사도세자, 노론과 남인 사이에서 갈등하고 있었다.

자신의 탕평책을 염두에 두었던 것이다. 이렇게 사도세자와는 아무런 관련이 없이 시작된 유성한의 상소 한 장이 여기까지 흘러온 것이었다.

이후에도 열흘 가까이 유성한 처벌을 강력하게 청하는 상소가 올라오던 중에 충격적인 사건이 발생했다. 물론 이는 채제공의 머리에서 나온 것이다.

채제공은 정조가 명분과 원칙을 중요시하여 마땅히 처벌에 대한 증죄가 없다는 이유로 유성한의 처벌을 미룰 것으로 판단하고 한 가지 방법을 고안해 냈다.

효의왕비가 자신을 불러 노론에 대한 대처방안을 위해 던진 말 한마디가 뇌리를 스쳤기 때문이다.

"노론의 수장은 대비마마(정순대비)이고 대비를 따르는 자들은 수시로 상감마마께 선세자(사도세자)의 문제로 갈등을 야기할 것입니다. 하지만 의리와 명분을 원칙으로 내세우는 상감마마께서는 결코 그들을 척결하시지는 못하실 것입니다.

척결 뒤에는 대비마마와 등을 돌려야 하고 그렇게 된다면 대비마마를 따르는 수많은 노론 세력과의 분쟁은 불가피하게 될 것이 자명하기 때문입니다.

스님이 자신의 머리를 깎지 못하듯이 상감마마께서도 스스로 그들을 처벌하지 못한다면 대감이 상감마마를 위해 그 문제를 해결하셔야 합니다.

다만 대감께서는 명심할 게 있습니다. 척결은 그들이 숨 쉴 틈을 주지 말고 순식간에 이루어져야 하고 대감의 힘이 부족하다면 대감 뒤에 있는 유생들의 지원을 받으세요.

상감마마께서는 지금까지 모든 선왕 중에서도 유일하게 모든 경서를 완벽하게 암기하고 계시고 많은 서책을 편찬하실 만큼 학문적으로는 그 누구도 따라올 사람이 없습니다.

결국 명분과 학문을 중요하게 여기는 성균관 유생들의 탄원을 무시하지 못하실 것입니다."

1792년(정조 16년) 윤4월 27일 영남 유생 이우가 10,057명의 이름으로 된 상소를 올렸다. 영남 만인소(萬人疏)로 불리는 그것이다. 예전에도 그랬지만 유생이 올리는 상소는 목숨을 거는 것이기 때문에 에둘러 말하는 것이 없이 모든 것이 직설적이었다. 그 상소는 이렇게 시작했다.

"신들은 한 폭의 의리를 마음속에 간직하고 있은 지 이미 30여 년이 되었으나 사람을 대했을 때에는 감히 입을 열지 못하고 가슴을 치면서 다만 죽고 싶을 뿐이었습니다.

매번 『시경』을 읽을 때마다 '한없이 멀고 푸른 하늘아! 이렇게 만든 사람은 누구인가'하고 한곳에 이르러서는 책을 덮고 탄식하지 않은 적이 없었습니다."

'30년 전'이라는 대목에서 정조는 가슴이 철렁 내려앉았다. 아버지 사도세자가 '억울한 죽음'을 당한 게 정확히 30년 전이었기 때문이다.

"근일 한양에서 온 자를 통해 유성한이 겉으로는 임금으로 하여금 경계하게 한다는 핑계를 대고 속으로는 나쁜 마음을 이루려고 전하 앞에 상소를 올렸다는 말을 들었습니다.

그러나 신들이 조심하여 감히 유성한에 대해 입을 열지 못하였으나,

나름대로 생각해 보건대, 전하가 신들에게는 군부(君父, 임금과 아버지)와 같으니 어느 일을 숨기며 어느 말을 다 하지 못하겠습니까?

더구나 의리란 천하의 근본이라, 비록 백대가 되더라도 공의(公議, 공식적인 의논)를 기다릴 것입니다.

지금 성명(聖明)께서 위에 있으면서 모든 이치를 다 조명(朝命, 명령)하고 계신데, 신들이 끝내 전하에게 마음에 품었던 말들을 한 번도 아뢰지 않는다면 어찌 평생의 한이 되지 않겠습니까.

이에 감히 발을 싸매고 문경새재를 넘어 피를 쏟는 듯한 정성으로 대궐문에 부르짖으니, 우리 성상의 마음을 슬프게 하는 것이 천만 죽을죄가 되는 것을 모르는 바는 아니지만 사소한 행실을 삼가하는 것은 오히려 작은 일에 속하는 것이고 큰 의라는 다른 것보다 최우선하여 살펴보아야 할 일이라 사료되옵니다. 이 점을 전하께서는 용서하고 살펴 주소서."

여기까지는 상소의 전반부 즉 서론에 불과하다. 이어 상소의 내용은 본론으로 치닫고 있었다.

"대저 무인년(1758, 영조 34년)과 기묘년(1759, 영조 35년) 이후 5년 동안에 그들은 간교를 부리지 않은 날이 없었고 수단을 시험하지 않은 바가 없었으며 서로 협의하고 결탁한 자로는 강충(江充)과 같은 자가 몇십 명이나 되는지 모르겠습니다.

심지어는 상소로 세자(사도세자)를 욕하는 자도 있었고 급서(急書, 급한 서신)로 고자질하는 자도 있었으니 이는 서로 마음을 하나로 합쳐 일치단결하였던 것이었습니다.

그래서 세자가 혹 수심에 차고 우울할 때가 있으면, 이를 가지고 또 이야깃거리로 삼아 안팎에서 서로 선동하고 더욱 교묘하게 자기 사람을 투입하여 원근(遠近, 멀고 가까움)을 현혹시키고 재빨리 소문을 퍼뜨려 끝내는 세자께서 차마 말할 수 없는 병고(病苦, 병으로 인한 고통)를 일으켰습니다.

이것도 부족하여 세자가 건도(乾道, 강건한 덕)가 회복할까 염려하면서도 전하께서 영명(英明, 똑똑함)한 것을 몹시 걱정하여 그들이 이미 사용했던 모함의 기술보다 더욱 숙달된 수단과 방법을 동원하여 마침내 을미년(1775, 영조 51년)과 병신년(1776, 정조 즉위년)에 지렁이처럼 뭉친 여러 추악한 자들이 있게 되었던 것이니, 세상에 살고 있는 모든 사람들이 이 무리와 함께 같은 하늘 아래에서 사는 것을 한스럽게 여기지 않는 자가 어디 있겠습니까."

사도세자 살해나 세손 위협 문제와 관련해 정조 자신이 이렇게 말할 수는 없었지만, 반드시 누군가가 대변해 주기를 바랐던 바로 그런 직언이었다.

정조는 마음 한구석이 뚫린 기분을 느끼면서 유생 이우의 상소에 귀 기울였다.

"신들은 곧 선왕 영조께서 50년간 길러낸 자들입니다. 생각건대 우리 장헌세자께서(사도세자) 영종(영조)의 후사로서 영종의 마음을 전수받고 영종의 명령을 받들어 여러 정치를 대리한 것이 14년간이었으니 신들이 사랑하고 추대하는 마음이 영종을 사랑하고 추대하는 것과 어찌 차등이 있겠습니까?

더구나 영남 사람으로서 세자시강원에서 가까이 모신 자가 그간 많이 있었는데, 돌아와서 말하기를 '세자의 학문이 고명(高明)하여 강론할 때는 대부분 정미(精微, 맑고 깨끗함)한 곳에 나아가고 예의 바른 용모는 장엄하여 아랫사람을 접할 때에는 은의(恩義, 은혜와 의리)를 곡진히 한다'고 하였으니, 신들이 목을 빼고 목숨을 바치길 원한 것은 세자의 타고난 천성이 진실로 그러했기 때문입니다.

선왕(영조)은 지극히 인자한 성품을 가진 분으로 종묘를 부탁할 곳이 있는 것을 기뻐하고 경사스럽게 여긴 것이 어찌 끝이 있었겠습니까.

그런데 일종의 음흉하고 사악한 무리들이 세자의 거침없는 사색(辭色, 말과 표정)에 남몰래 사악한 마음을 품고 이에 조정의 권력을 잡은 당여(黨與, 신하들 사이 세력 결집인 붕당, 유교 사상에서는 금기됨)로서 비밀리에 국가의 근본을 흔들려는 계책을 이루고자 하였습니다.

음모를 만들어 내는 것은 귀신도 헤아릴 수 없었고 사람을 배치해 세자의 좌우가 모두 적이 되어 오로지 속이고 과장된 거짓말로 하늘을 속이는 묘방(妙方, 교묘한 꾀)으로 삼아, 없는 일을 지적하여 있다고 하면서 흉악한 계책을 부리고 흰 것을 변환시켜 검다고 하여 진실을 모두 변환시켰습니다.

하늘이 비록 높지만, 못된 기운이 때로 장애가 되고 태양이 비록 밝지만, 무지개가 때로 침범하는 경우처럼 하늘도 어쩔 수 없는 바입니다."

사도세자 사건에 대한 완벽한 재인식이 만인소 상소에 있었다. 정조는 생각했다. '과연 노론 벽파 사람들은 이 글을 본다면 어떻게 생각하고 앞으로 어떤 식으로 나를 대하고 어떤 핑계를 댈 것인가? 상소는 계속 이어졌다.

"억세어서 법을 두려워하지 않는 무리들의 소굴이 이미 깊고 근본이 이미 견고해져서 공공연히 흉악한 말을 멋대로 하기를 마치 아비는 전해 주고 자식은 물려받은 것처럼 하였기 때문에 금일에 이르러 유성한의 상소가 나오게 된 것입니다.

그 상소가 비록 강학(講學, 강론)을 권면(勸勉, 알아듣도록 함)한 것 같지만 권면하는 곳에서는 모두가 희미하게 헤아릴 수 없는 말이 있고 비록 임금의 잘못을 진달(進達, 말이나 편지를 받아서 올림)한 것 같지만 임금의 잘못을 진달하는 곳에서는 모두가 예전에 했던 습관대로 기만하는 것이었습니다.

저 성한은 일개 미천한 부류일 뿐이니 그가 비록 사나운 짐승과 같은 심보를 가졌다 하더라도 진실로 익히 듣고 보아서 예사로운 일을 여기지 않았다면 홀로 어찌 멋대로 흉악한 입을 열고 친족이 멸문당하는 것을 생각하지 않았겠습니까. 이는 반드시 믿는 바가 있어 그랬을 것입니다."

17년간 재위하면서 정조가 누구에게도 맘껏 해보지 못한 이야기들이 이어졌다.

"성상께서 즉위함에 미쳐서는 해가 중천에 떠 있는 것과 같았으니, 온 나라가 바라는 바는 오직 삼가 천벌을 시행하고 흉악한 무리들을 과감히 없애버려 의리를 밝히는 데 있었는데, 어찌하여 17년 동안 조정에 있는 신하 중 전하께 건의하여 사도세자의 무고함을 밝혀 씻어내자고 청한 자가 한 사람도 없었단 말입니까?

비록 전하의 선세자에 대한 끝없는 효성으로 인해 그 분함이 크셨지만 관용을 베풀어 여러 역적들의 형벌을 실행하지 않았으니 위대한 성인(聖人)들이 생각한 바를 벼룩이나 이(곤충) 같은 보잘것없고 어리석은 자(유성한)가 헤아릴 수도 없었겠지만, 소인들은 초가집 밑에서 마음속으로 한탄한 적이 없지 않았습니다.

최근에 비로소 두 노신이 연명하여 상소한 데에 대한 비답(신하가 올린 상소에 대한 국왕의 답서)을 삼가 보았는데, 비답에 '지난번 등극(登極)하였을 초기에 차례차례 대대적으로 처벌을 시행하여 용서하지 않았지만 가까운 친척들은 팔의(八義, 여덟 가지 의리) 규정에 적용시키지 않았다.'고 하셨습니다.

신들이 읽어 본 이후에 비로소 전하께서 옛 역적을 제거하는 일에 엄격하지 않은 적이 없었고 또 천하의 대법을 전하고 인륜을 만대에 수립하는 데에 최선을 다하지 않은 적이 없었음을 알았습니다.

정말 전하께서는 훌륭한 성군이십니다. 신들과 같이 우물 안에 앉아 있는 자들이 어찌 능히 하늘의 광대함을 알겠습니까?

그러나 신들은 나름대로 전하의 이 조치가 지극히 아름답기는 하지만 지극히 잘 되지는 않았다고 생각합니다.

신들도 이 상소가 전하께 전해지면 유성한의 무리들이 우리를 역적으로 몰아세울 것을 잘 알고 있습니다.

그러나 충신이 되는지 역적이 되는지는 전하께서 반드시 통찰할 것이고, 후세에 역사의 붓을 잡은 자도 반드시 판단하는 것이 있을 터이니, 신들이 또 무엇을 두려워하겠습니까?

오직 전하께서 특별히 유의하여 선세자(사도세자)의 무고당함을 입에 내지 않는 역적들에게 미처 시행하지 못한 형벌을 바로잡아 윤리와 강상을 굳건히 바로 세우며, 유성한과 같이 지극히 흉악한 자는 그의 소굴과 근거를 심문하여 화(禍)의 근본을 근절하면 종묘사직에 매우 다행스럽지 않겠습니까?

전하께서 선세자의 역적을 다스리는 것은 천지가 허락한 바이고 하늘도 살펴보는 바이니, 마땅히 그 죄를 명시하고 명백히 그들에게 죽음을 가하여 온 나라 사람들이 모두 아무개는 어느 해의 극악한 역적으로 극형을 당하였고, 아무개는 어느 해의 수종자(추종자)로 그다음의 형벌을 받았다는 것을 알게 한 뒤라야 의리가 세상에 크게 밝아질 수 있고 형정(刑政, 정치와 형벌)이 후세에 법이 될 수 있을 것입니다.

지금은 그러하지 않아 전하의 마음은 비록 어느 해의 역적을 다스린 것이라고 하지만 죽은 자도 자기의 죽음이 어느 해의 죄로 연유한 것인지 모르는데, 더구나 조정에 있는 신하가 어떻게 알겠으며, 또 더구나 먼 지방에 사는 신들과 같은 자가 더욱 어떻게 알겠습니까?

전하께서는 의리를 밝히셨다고 하지만 사람들은 밝혔다 여기지 않고 전하께서는 형정을 거행했다 하지만 사람들이 거행했다 여기지 않으니, 어찌 애석한 일이 아니겠습니까?

사람들이 혹 말하기를 '전하께서는 선조(先朝, 앞선 왕들) 때에 있었던 일이기 때문에 감히 선세자의 역적을 토죄(討罪, 죄목을 들추어 다부지게 나무람)한다고 드러내놓고 말하지 못한다.'고 합니다.

신들은 죽을죄를 무릅쓰고 말하건대 그렇지 않다고 생각합니다. 삼가 듣건대 선대왕이신 선조께서도 모년(某年, 임오년) 뒤에는 즉시 뉘우치면서 매번 당나라 때 태자를 지키기 위해 자기 배를 갈랐던 안금장(安金藏)과 같은 자가 한 사람도 없었던 것을 눈물을 흘리며 탄식하였고, 선대왕의 안색에 수심이 가득하여 오래도록 말하지 못했다고 합니다.

또 삼가 듣건대, 선왕(영조)께서는 전하를 앞으로 나오게 하고 전교하기를 '너희 원수는 김상로(金尙魯)이다.' 하였다고 하니, 이로 말하면 선왕께서 그때의 간신(諫臣)을 역적으로 생각하고 몹시 미워한 것이 아니겠습니까?

전하께서 비록 모년의 의리를 천지에 세워 법을 범한 여러 흉적들을 법대로 다스린다 하더라도 이는 실로 선왕의 본심(本心)을 받드는 것이 되지 어찌 선왕의 지극히 자애로운 덕에 손상이 되겠습니까?"

정조가 할아버지 영조의 치적에 금이 갈까 역적에 대한 처벌을 무서워하지만, 사실 역적들을 처벌하는 것은 선왕 영조와는 아무런 관련이 없음을 지적한 것이다.

"오직 전하께서 조치한 것은 은밀하여 알기 어렵기 때문에 흉악한 무리의 잔당이 오히려 흉악을 멋대로 부려 선세자를 모함하는 사람이 있으면 도리어 충신이라 하고 선세자를 옹호하는 자가 있으면 곧바로 역신(逆臣)이라고 하였습니다.

그러므로 충신과 지사(志士, 절의가 있는 선비)들은 말하려고 하다가 즉시 입을 다물고 눈물을 흘리려고 하다가 즉시 자제하였으니 이는 다름이 아니라 의리가 밝혀지지 않는 까닭입니다.

『춘추(春秋)』의 의리는 어버이를 위하여 휘(諱, 공경)하고 높은 이를 위하여 휘하니, 높은 이와 어버이에게는 설령 휘할 수 없는 일이 있더라도 오히려 휘하는데, 더구나 무고하는 말도 기필코 세상에 드러내려고 한 자는 『춘추』의 의리로 논한다면 사람마다 죽을 수 있는 대상이 되지 않겠습니까?

여기까지 이야기는 영조의 후궁이었던 숙의 문씨가 임신을 하자 문성국·김상로·홍계희 등이 문씨가 아들을 낳을 경우 사도세자를 폐위시키는 음모를 꾸미다 문씨가 딸을 낳아 실패하자 정조가 숙의 문씨를 작호를 삭탈한 다음 사제로 내쫓고 문씨의 오빠 문성국과 친정어머니를 노비로 삼았던 이야기다.

그러나 상소는 정조가 역모의 뿌리를 뽑지 않고 덮어버린 데에 대한 원망에 대한 것이었다. 그리고 상소에 대한 내용은 점점 구체적으로 들어갔다.

"대저 근년 이래로 법망이 매우 소활(疎闊, 꼼꼼하지 못하고 어설픔)하여 비록 극악한 역적과 대단히 악한 자라도 전하께서는 혹시 다른 사람들까지 체포당할까 염려하여 서둘러서 그 사람만 처벌하고 말았습니다.

비록 김하재와 같이 군신(君臣, 임금과 신하)이 있는 이래로 일찍이 없었던 흉악한 자라 하더라도 한 번도 그 공모자들을 심문하지 않고 끝내 법을 적용하여 그들을 용서하고 말았으나 전하의 인심을 징계(懲戒, 특별신분 관계에 있는 자에 대하여 제재를 가하는 행위)하거나 두려워할 줄 모르고 국가의 기강은 발로 무너져 지금은 수습하지 못할 지경에 이르렀습니다.

지금 유성한의 무리가 뒤를 봐주는 소굴을 의지한 것은 믿는 데가 있는 것이요, 무인·기묘년의 일이 있었는데도 그치지 않아 을미·병신년의 역적이 있었고, 을미·병신년의 일에서 그치지 않아 김하재와 같은 역적이 있었으며, 김하재와 같은 역적에서 그치지 않아 이율(李瑮)

과 구선복(具善復)이 있었고 이율과 구선복에서 그치지 않고 이에 유성한이 있었으니, 이는 다만 두 번째 범하는 것이라고만 말할 수 없습니다.

그런데 전하께서는 방치한 채 신문하지 않아 대신과 3사(三司, 사헌부, 사간원, 홍문관)가 법에 의해 간쟁하고 처벌을 주장했으나 윤허를 내리지 않았고 노신과 성균관 유생들이 상소하여 주장하여도 한결같이 윤허를 아끼고 있습니다.

이는 실로 평상시 전하에게 바라던 바가 아닙니다. 그러나 신들이 산을 넘고 물을 건너 천 리 길을 와서 서로 거느리고 울부짖으며 호소하는 것은, 다만 유성한 때문이 아니고 실은 유성한의 소굴과 근거가 염려되기 때문이며, 단지 소굴과 근거가 염려되기 때문만이 아니고 세자의 무고함이 지금까지 해명되지 않음이 통탄스럽기 때문입니다.

더구나 전하께서 영남을 돌보아 주신 것처럼 절실하고 영남을 예로 대우함이 저처럼 지극하니, 영남의 진신(搢紳, 사대부)과 유학생들은 모두가 전하를 위하여 목숨을 바쳐 보답하겠다는 뜻을 가지고 있습니다.

만약 목숨을 바쳐 보답하려고 한다면 선 세자를 위하여 무고함을 밝히는 것이 단연코 제일의 의리이니, 신들이 어찌 차마 자신과 집안을 생각하여 몇십 년 동안 회포(懷抱, 마음속에 품은 생각이나 정)를 한 번 죽을 각오로 곧바로 전달하지 않을 수 있단 말입니까?"

정말 유생들의 말이 사실이라면 노론과 함께 정치를 해나간다는 것은 더 이상 있을 수 없는 일이었다.

그동안 이런 인식을 갖고 있으면서 힘에서 밀린다는 이유로, 아니 핑계로 노론과의 정면 대결을 피해 온 정조 자신이야말로 비명에 간 아버지(사도세자)에게 큰 죄인이라는 생각이 밀려들었다.

조정에 큰 폭탄이 떨어진 형국이었다. 만인소를 받아본 정조가 이날 승지 임재원(林濟遠)을 불러 상소의 소두(疏頭, 주동자)가 누구인지를 묻자 임제원은 영남유생 이우라고 답했다.

그리고 이우는 홍문관원을 지낸 고 이완의 사촌동생이자 교관을 지낸 이광정의 아들이라고 답했다. 일단 정조는 알았다고 대답했지만, 일개 영남 유생이 그런 상소를 올린 것이 이상하다고 생각했다. 그리고 유생들에게 다음과 같이 유시토록 명했다.

"이미 글로는 형용할 수 없으므로 이지영의 상소에 비록 비답을 내리지 않았으나 너희들이 먼 길을 왔기 때문에 대전(殿)에 임하여 불러 보는 것이니, 소두(상소의 주동자)는 대전에 올라와 읽어 아뢰도록 하라."

그리고 어느 정도 명망 있는 집안의 후손 대여섯 명도 함께 들어오라고 했다. 이에 몇 명이 따라 들어오자, 정조는 각자 자신의 집안 소개를 하도록 시켰다. 먼저 유학(幼學) 이경유(李敬裕)가 나섰다.

"신은 고(故) 이조판서 봉조하 이관징(李觀徵)의 5대손이고 고 참판 이옥(李沃)의 현손(玄孫)이며, 고 수참 이만유(李萬維)의 증손입니다."

이런 식의 인사가 끝나자 정조는 이우에게 위에서 본 장문의 만인소를 직접 읽도록 명했다.

이우가 상소를 다 읽자, 정조는 마음을 억제하느라 목이 메어 소리를 내지 못하고 말을 하려다가 말하지 못하였다.

이러기를 여러 차례 반복하고 한동안 침묵이 흘렀다. 다시 뭔가를 말하다가 중단하고, 슬픔을 삼킨 후 한마디 한마디 이어가기 시작했다.

만인소에 대한 정조의 답변이자 17년 통치에 대한 정조 자신의 가감 없는 회고가 이어졌다.

"차마 문자로 기록할 수 없기 때문에 대면하여 말하려고 하였으나, 어찌 차마 너희들의 상소를 들을 수 있겠는가!

그러나 너희들이 천 리 길을 발을 싸매고 올라왔고 1만여 명이 상소에 연명(聯名)하였으며 또 막중한 일이니, 내가 어찌 한 번 보는 것을 어렵게 여겨 한마디의 말을 내리지 않겠는가.

만약 한마디 말도 없다면 너희들이 억울해할 뿐만 아니라 영남의 몇만 명의 인사(人士)들이 달려든다 해도 장차 그 의혹을 풀 수 없을 것이다. 다만 정신이 혼미하여 다 말하기는 어려우니, 그 대략만을 말하겠다.

내가 애통함을 머금고 참아온 지가 이미 30년이 지났고 왕위에 올라 예(禮, 제사)를 거행한 지도 20년에 가깝다.

허다한 세월에 어느 날인들 근심을 품지 않는 날이 있겠는가마는, 이미 감히 의리로 명백히 말하지도 못했고 또한 능히 형벌을 통쾌히 실시하지도 못했다. 평일에 독서한 것이 학력(學力)에 바탕이 되었다는 것이 아니라 이 일에 이르러서는 스스로 몸소 실천하고 마음으로 체득한 이치가 조금 있다고 여겨진다.

진실로 너희들의 상소 중에 말한 바와 같이 비록 죄로 처벌을 받은 자도 자기 죄가 무엇인지 알지 못한다면 보고 들은 당세의 사람들과 전해 듣는 후세의 사람들이 장차 무엇을 가지고 나의 본심을 알겠는가?

영남은 본래 시례(詩禮, 사대부의 가문)의 고장으로 불려 왔고 열조(列朝, 여러대의 임금의 시대)에서 돌보고 대우한 것이 다른 도(道)와는 달라,

건국 이래로 큰 의리에 관계된 일이 있을 적에는 참여시키지 않은 적이 없었다.

무신년의 일(영조 초에 일어난 영남 중심의 반란)은 비록 한 도(道)의 수치였으나 이는 또한 의리를 잘못 보아 스스로 역적에 돌아가는 것을 모른 데서 나온 것이다.

그때에도 또한 속이고 선동하는 무리들이 금일보다 심한 자가 있었기 때문에 끝내 전국에 뻗쳐 이르게 되었다.

너희들의 상소는 의리에서 나왔으니, 비록 차마 세밀하게 분석하지는 못하겠으나 이미 대궐 앞의 작은 자리를 빌려 나왔는데 내가 어찌 한마디 말이 없을 수 있겠는가?

천지가 생긴 이래로부터 군신(君臣)과 부자(父子)의 윤리가 있었으니 나의 사적인 마음 상태로 어찌 한 푼이라도 가리고 막을 마음이 있었겠는가!

그러나 그 일은 지극히 말하기 어렵고 그 말은 감히 할 수 없는 것이다.

천하의 일에는 경법(經法)과 권도(權道)라는 한 글자에 대해서 성인(聖人)보다 한 등급 낮은 자는 비록 통달한 도에 대하여 섣불리 의논할 수 없으나 나는 이 일에 대하여 스스로 헤아려 알맞게 정해둔 것이 있다.

그러나 반드시 다 말하지 못할 부분이 있으니, 차라리 천하 후세에 비방을 받을지언정 어찌 감히 다 말할 수 있겠는가!

김상로는 이미 선조(先朝)의 하교가 있었고 문녀(文女)의 죄는 상로와 같았기 때문에 즉위하던 초기에 한 번 처리했던 것이니, 이는 다만 대체(大體, 요점을 따지자면)와 의리에서 나왔으며, 그 나머지 여러 역적들은 을미년과 병신년 사이에 스스로 천벌을 범하여 거의 처벌되었다.

비록 홍인한을 처분한 것으로 말하더라도 이미 팔의(八議)의 대상에 들어 있었고 또 그의 '군이 알 필요가 없다(不必知)'는 세 글자는 문득 '있었을지도 모른다(莫須有)'는 등의 근거 없는 말과 같았는데, 끝내 사형을 받은 것은 그 당시의 범죄 때문만이 아니라 홍인한의 죄는 바로 역적 구선복과 같기 때문이었다.

비록 말하고는 싶으나 모년(某年) 모월(某月)의 일을 내가 어찌 차마 말하겠는가?

역적 홍계희로 말하면 한 집안의 부자 형제, 남녀노소, 노비의 무리들까지 모두 법에 복주(伏誅, 형벌을 받아 죽음) 되지 않은 이가 없었던 것은 주벌(誅罰, 죄인을 처벌함)이 생긴 이후로 없었던 일이니, 이는 한(韓)나라의 삼족(三族)을 멸하는 법과 다를 것이 없다.

옛적 서연에서 일찍이 역적 홍계희를 지적하여 강충과 같다고 하신 분부가 있었으니, 역적 계희의 죄는 여기서도 알 수 있다.

비록 병신년(정조 즉위년) 가을의 죄악을 가지고 말하더라도 비수(匕首, 칼)를 끼고 다니고 흉물을 파묻은 일이 모두 역적 계희의 집안에서 나왔으니, 이는 천고에 듣지 못했던 바이다.

홍인한과 홍계희는 특별히 큰 자들이고 그 나머지 처벌해야 할 만한 자들은 거의 모두 제거하였다.

역적 구선복으로 말하면 홍인한보다 더 심하여 손으로 찢어 죽이고 입으로 씹어 먹는다는 것도 오히려 성에 차지 않는 자에 속한다.

매번 경연에 오를 적마다 심장과 뼈가 모두 떨리니, 어찌 차마 하루라도 그 얼굴을 대하고 싶었겠는가마는, 그가 병권을 손수 쥐고 있고 그 무리들이 많아서 갑자기 처치할 수 없었으므로 다년간 괴로움을 참고 있다가 끝내 사단으로 인하여 법을 적용하였다.

전후 흉악한 역적들을 끝내 성토하고 처벌하지 못한 것은 실로 선조 시대에 있었던 일이라서 말하기 곤란하기 때문이었는데 의리가 이로 인하여 어두워질까 나름대로 염려해 왔다.

병신년 봄의 옥사(獄事)에 대해 사람들이 더러 의심하는데 재한(載翰) 의 무리가 극악한 역적이 된 것은 이미 한 번의 상소가 있기 전부터였 다.

공공연히 뇌물이 오가고 내시들과 결탁하였으며 더구나 결탁한 자 는 바로 효충(效忠)·국래(國來) 등 흉악한 내시들로서 계희·상로 등 여 러 역적들과 일찍이 결탁했던 자들이다.

온갖 계책으로 찔러보고 여러모로 부추겨 혹은 감언이설(甘言利說, 달콤한 말과 이로운 말로 남의 비위를 맞춤)로 달래고 혹은 위협하는 말로 두려움을 조성하였으니, 내가 비록 어린 나이였지만 어찌 이 무리들의 음흉한 심보를 알지 못하였겠는가?

장차 선조(앞선 조상)에게 아뢰어 그들의 간악한 실정을 밝히려고 하 면 그들은 또한 감히 나를 폐하고 다른 사람을 세운다는 등의 흉악한 말로 공공연히 욕을 하였으니 그들의 심보를 알기 어렵지 않았다.

대저 복(復, 회복, 다시 함)이란 한 글자는 봉조하의 신하로서 감히 말 하지 못하는 바였고, 죽인다(殺)는 한 글자는 봉조하의 처지로서 제의 할 수 있는 것이 아니었다.

설령 대대적으로 처벌을 시행하고 명백하게 말하여 숨기지 않는다면 하늘에 계신 선왕의 영혼은 비록 저세상에서라도 기뻐하겠지만 밝게 오르내리는 경모궁(사도세자)의 영혼이 또한 어찌 두려워하고 불안해하 는 마음이 없겠는가,

진실로 이와 같다면 내가 후일에 지하에 가서 절하고 뵈을 면목이 없을 것이다. 어버이 마음으로 자기의 마음을 삼은 즉 그렇게 하지 않을 수 없는 점이 있다.

재한의 무리는 나의 죄인일 뿐만 아니라 바로 선왕의 죄인이다. 병신년의 처분을 어찌 그만둘 수 있겠는가.

영남 지방에서 도현이 나타난 것은 처분의 외면에 나타난 대학에 대해서 의심을 하고 이 일의 본뜻을 전혀 몰라서 그랬던 것이다.

대저 정(情)이 있는 곳에 이치도 또한 있는 것이니, 이치에는 정이 없는 이치가 없고 정에는 이치가 없는 정이 없다.

나의 주관은 스스로 정(情)과 이치에 어긋나지 않는다고 여기지만, 또한 일마다 정과 이치가 일치하는지 어떻게 알겠는가?

근일 유성한의 일에 대해서도 헤아려 보았다. 임금이 어찌 사적인 원수가 있겠는가마는 옛적에는 임금의 원수니 국가의 역적이니 하는 말이 있었다. 유성한의 상소 중 학문에 힘쓰라는 조항이 하나같이 홍인한과 구선복처럼 나의 원수가 되는지를 끝내 확정 짓지 못하였다. 아직 법을 적용하지 않은 것은 이 때문이다.

자네들 앞서 먼저 올라온 이지영(李之榮)의 상소 중 정휘량과 신만에 관한 일은 본 사실을 알지 못한 듯하다.

신광수(申光綏)는 비록 추후로 벌을 적용하였으나 신만은 반드시 그 아들과 같이 악한 짓을 하였다고는 단정 못 한다.

만약 당시(사도세자 사건 당시)의 정승이라 하여 용서할 수 없다면 이는 그렇지 않은 것이 있다.

이는 최익남(崔益男)이 김 영부사(金領府事, 김치인)만을 논죄한 것과 무엇이 다르겠는가? 정휘량은 역적 나경언을 국문하자고 청한 차자(箚

子, 형식을 따지지 않는 약식상소)에서 사람들이 감히 말하지 못하는 것를 말하였으니, 그 마음이 얼마나 사악한지 알 수 있다.

그리고 신사년(1761년, 영조 37년) 가을에 이 사람이 아니었다면 일이 장차 헤아릴 수 없는 지경에 이르렀을 것이다.

나는 원수나 역적을 제외하고는 죽은 뒤에는 추후로 논죄하지 않는다.

역적 나경언은 내가 즉위하여 국청을 설치하기 전에 이미 액정서(掖庭署, 왕명을 따르는 관청)에서 심문할 때 흉서(凶書, 흉악한 서책)가 있다고 하여, 수색해서 찾았다는 한 조항은 금오랑(金吾郎, 의금부의 도사)과는 무관하다.

삼포(三浦, 웅천의 재포, 동래부산포, 울산의 염도)에서 배를 띄우고 논 것은 바로 김양택과 홍인한 등이 한 짓이었으므로 모두 처벌하였다.

지영이 또한 어떻게 그때의 일을 다 알겠는가, 나 또한 상세히 다 알지 못하였는데, 40, 50세 이하의 후생들로서는 알지 못하는 것이 이상할 것은 없다.

사람들이 감히 말하지도 못하고 또 차마 제기하지도 못하여, 세월이 점점 흐를수록 의리가 더욱 어두워져서 백대(百代) 후에 나의 본심을 알지 못할까 염려된다.

그러므로 근일 여러 신하들이 상소로 제기하는 말에 차마 들을 수 없고 감히 말할 수 없는 것도, 만부득이해서 그런 것이다.

혹자는 말하기를 '홍인한에게 굳이 알 필요가 없다라는 말이 없었고 구선복이 만약 먼저 죽었다면 장차 그들의 죄를 바로 잡을 수 없었을 것이다.'하니 이 말이 그럴 듯하나 또한 그렇지 않다.

홍인한에게 비록 을미년의 범죄가 없더라도 어찌 처분할 방도가 없겠으며, 구선복도 또한 어찌 스스로 죽기를 기다렸겠는가?

영남은 바로 국가의 근본이 되는 지역으로서 위급할 때에 믿는 곳이니, 내가 영남에 바라는 것은 다른 도(道)에 비할 바가 아니다.

나의 본뜻이 대략 이와 같으니, 너희들은 모름지기 나의 본뜻을 가지고 돌아가 모든 도(道)의 인사(人士)들에게 말해주는 것이 옳겠다."

조선의 그 어떤 임금도 정조와 같이 옛일과 앞선 일을 내다보고 청산유수와 같은 언어들로 유생들을 설득할 수는 없었다.

이러한 대화로 인해 30년 동안 철저하게 닫아 두었던 판도라의 상자는 마침내 열리고 말았다. 노론 벽파에게는 한 치 앞도 볼 수 없는 위험천만한 안개정국이 시작된 것이다.

바로 다음 날 부사직 윤시동(尹蓍東)이 글을 올려 윤구종·유한성 등을 의망(懿望.추천)한 장본인이 바로 자신이라며 천벌을 달게 받겠다고 대죄했다.

별도의 친분은 없었고 서류상 검토해 보니 별다른 하자가 없어 추천을 했다는 해명도 덧붙였다.

정조는 사직하지 말라고 명했다. 윤시동은 정조가 아끼던 노론 벽파 계통의 신하였다.

사실 이때 노론 벽파를 일거에 제거할 수 있는 절호의 기회였지만, 정조는 인간적인 군주였다. 그리고 실력과 학문이 뛰어난 신하는 당파를 따지지 않고 기용하였으며 처벌하지도 않고 기회를 주었다.

하지만 이는 정치를 몰라도 너무 모른 조치였다. 정치란 자신의 권력을 잡기 위해 피비린내를 덮어쓸 줄 알아야 하고 정적뿐만 아니라 그의 싹까지도 인정사정없이 잘라야 했다.

결국 정조의 이런 여린 성격 때문에 노론 벽파는 살아남았고, 기회가 오자 정조를 물어뜯었다.

정조는 사도세자가 세상을 떠난 5月이면 경모궁을 참배하며 아버지에 대한 사무치는 그리움에 젖어 들곤 했다.

5월 1일 정조는 당초 만인소를 접수하지 못하게 했던 수문장과 당직 승지를 파직시켰고 5월 2일 영남 유생 이우를 의흥 참봉에 제수했다.

그것은 당시 이조참판으로 있던 김희(金禧, 김안로의 아들이자 효혜공주(중종의 딸)의 남편)가 정조의 의중을 미리 파악해 올린 일종의 아부성 인사였다. 그 때문에 김희는 같은 노론계 인사들로부터 많은 비난을 받아야 했다.

같은 날 병조판서 이병모(李秉模)도 가세했다. 사도세자를 정치적으로 복권시키려는 정조의 기미(機微)를 알아차렸기 때문이다.

이병모는 노론계 인사였다. 그는 집안에서 내려오는 이야기를 토대로,

"문녀(文女)가 안에서 도모하고, 홍계희가 밖에서 선동하여 박치원(朴致遠), 윤재겸(尹在謙) 등이 흉서(凶書)를 만들어내고 이현중(李顯重)이 연석에서 아뢰어 한 꿰미에 꿰어놓은 것처럼 했으니, 어찌 차마 용서할 수 있겠습니까?"

지금이라도 박치원, 윤재겸, 이현중을 당장 처벌해야 한다고 주장했다.

사도세자 사건과 관련해 관련자들의 이름이 이렇게 실명으로 거론된 것은 정조 즉위 후 처음 있는 일이었다.

이때부터 유한성을 처벌해야 한다고 올라오는 상소는 유한성과는 별

로 상관없는 일종의 정조에 대한 충성맹세문으로 바뀌어 있었다.

5월 5일 사직 서유린(徐有隣)은 추가로 김양택의 이름을 거론하면서 징토(懲討, 적을 응징하여 침)하여 의리를 천명해야 한다고 주장했다.

의리(義理)의 이름으로 사도세자를 복권하자는 것이었다. 같은 날 부사직 변득양(邊得讓)도 글을 올려 "저들의 소굴을 천토(天討, 하늘이 악인을 침)해야 합니다."고 역설했다. 조정의 이런 분위기에 힘을 얻어 5월 7일 영남 참봉 이우는 전보다 숫자가 더 늘어난 10,368명의 서명을 받아 두 번째 만인소를 올렸다.

요지는 '선분변후처벌(先分辨後處罰)' 즉 먼저 사리를 분별하여 의리를 밝힌 다음 그에 따라 처분을 해야 한다는 것이었다.

5월 11일 정조는 유성한과 관련된 상소를 더 이상 올리지 말 것을 전교했다. 정조로서는 충분히 '무력시위'를 한 셈이었기 때문에 더 이상 논란이 되어봤자 득이 될 게 없다고 판단했다.

이어 이우를 비롯하여 만인소에 동참했던 몇몇 유생들에게는 적당한 관직을 제공하도록 명했다.

두 차례에 걸친 영남 만인소 사건의 불똥은 과잉 충성을 하겠다는 신하들로 인해 엉뚱한 데로 번져 갔다.

5월 24일 우의정 박종악(朴宗岳)이 두 차례 사직상소를 올리자 그를 파직해 버렸다. 그의 큰아버지 박명원(朴明源)이 사도세자 사건에서 부정적인 역할을 한 것으로 지목됐기 때문이다. 박종악은 그 점을 상소에서 해명하고 오히려 김종수야말로 이 모든 사건의 배후에 있는 장본인이라고 비난했다.

일종의 물귀신 작전이었다. 그것은 정조에게 선택을 강요하는 것이기도 했다. 이때 김종수는 우의정을 지낸 후 관직에서 물러나 있었다.

"김종수는 천성이 험악하고 처신이 간사하여 뱃속에 가득 찬 것은 모두 사욕뿐이요 말과 행동이 모두 화심(禍心, 남을 해치는 마음)뿐인데 자칭 사류(士類, 선비의 무리)라 하여 마음을 속이고 세상을 속였습니다.

만연에는 역척(逆戚, 홍인한·김귀주 세력)에게로 돌아가 벼슬을 얻고 잃은 것에 대한 염려만 하였습니다.

홍국영이 정권을 잡자, 노예처럼 굽실거리고 파리나 개처럼 아첨하며, 심지어는 그의 형 홍종후(洪鍾厚)에게 글을 올려 홍국영을 유임시키기를 청하면서 홍국영을 천고의 기남자(奇男子, 재주와 슬기가 남달리 뛰어난 남자)라고 하였으니, 이런 일은 거간꾼만도 못한 짓인데 어찌 사대부의 소행이라 하겠습니까?

아주 작은 원한으로 반드시 남의 가족을 멸망시키고자 하고 성세(聲勢, 명성과 위세)를 떨치게 되면 반드시 자기가 위복(威福, 벌과 복)을 짓고자 하였습니다.

권세 부리기를 오직 미치지 못할 듯이 하고 같은 무리는 옹호하고 다른 당(黨)은 공격해 부딪치기만 하면 반드시 부수어 버립니다. 이는 그에게 있어 오히려 하찮은 일에 속합니다.

오늘날 스스로 도망간 도적을 숨겨주는 숲과 참새를 몰아넣는 숲이 되는 자는 누구입니까?

일찍이 심복으로 삼은 한후익(韓後翼)이 역적질하였고, 지금 윤구중이 신하 노릇을 하지 않는 일은 바로 김종수의 창귀(倀鬼, 못된 것을 하는 데 앞장서는 사람) 노릇을 한 것이며, 유서한의 부도(不道, 도리에 어긋나는 말)한 말 역시 종수가 효시였기 때문입니다.

종수는 춘방(春坊, 세자시강원)에 있을 때부터 치우치게 은우(恩遇, 은혜로 대우함)에 입어 보필하는 반열에 두었으니 예대(禮待, 예로써 정중히 맞음)의 후함과 위임의 두터움이 어떠하였습니까?

그런데 그 역시 사람일 뿐인데 조금이라도 은덕을 갚을 생각은 전혀 하지 않고 단지 채우기 어려운 큰 욕심을 두어 성한과 구종 같은 자를 애지중지하여 길러서 긴밀하게 모의하고 난만(爛漫, 의견을 주고받음이 미흡한 데가 없음)하게 관통(關通, 통용하던 일)하였습니다.

그러니 두 역적은 종수의 괴뢰가 되고, 종수는 두 역적의 두뇌가 되어 죄악이 두 역적보다 더 극심하고 큽니다."

이 말은 시어머니 혜경궁 홍씨의 주장과 일치했다. 그러나 김종수를 이용하여 정적들을 제거한 장본인이 정조 자신인데 김종수를 역적으로 몰고 갈 경우 역적을 등용시킨 책임이 자신에게도 있어 이 문제를 쉽게 판단할 수 없었다.

박종학은 영리한 자로 정조가 만인소를 계기로 정순대비가 수장으로 있는 노론 벽파를 정조가 제거해 주기를 바랐고 이를 간파한 정조는 고민에 빠질 수밖에 없었다.

사실 따지고 보면 김종수는 정조에게 붙어 충성을 맹세하면서도 정순대비에 간접적으로 협조하는 노론 벽파이기도 했다.

영남 만인소 사건은 조정 내에서 노론에게 밀리고 있던 정조가 영남 남인을 끌어안아서 자신의 정치세력을 확대할 수 있는 절호의 기회였다. 효의왕비는 만인소 사건을 계기로 이번 기회를 놓쳐서는 안 된다고 남편 정조에게 말했지만, 정조는 만인소를 계기로 노론 벽파가 충성 맹세를 하는 지금의 상황에서 굳이 정순대비와 등을 돌리고 싶지 않아 이를 귀담아듣지 않았다.

정조는 할 수 없이 김종수의 손을 들어주면서 박종학의 사직상소를 받아들이고 파직시켰다.

효의왕비는 이것도 운명이라고 생각해 더 이상 남편을 말리지 않았다. 자신이 말린들 타고난 남편의 천성을 바꿀 순 없었다. 하지만 효의왕비는 알고 있었다. 남편은 그 의리 때문에 명을 재촉하게 될 것이고 사후에 어린 세자를 대신해 정순대비가 수렴청정한다면 남편 정조의 위대한 업적을 하나씩 지워 나가리라는 것을, 하지만 이것 또한 숙명이라 받아들였다.

사실 영남 만인소 사건은 조정 내에서 노론에게 밀리고 있던 정조가 영남 남인을 끌어안아 자기 세력을 확대하려는 원대한 구상에 따른 것으로 봐야 한다. 물론 그러한 구상에는 채제공의 공이 컸다.

정조는 3월 초 규장각의 이만수(李晩秀)를 안동으로 보내 도산서원에서 별시를 실시했다. 영남유생에 대한 보은이었다.

영조 때 무신난이 있은 후 영남에 대한 중앙조정 최초의 배려였기 때문에 응시자가 7,000여 명에 이르렀다. 이런 분위기 조성에 이어 채제공이 배후에서 여론을 조직해 두 차례의 만인소 사건을 유도해 낸 것이다.

그것은 노론의 분열을 이끌어내기 위한 정조의 노련한 정치술수로 볼 수 있다. 즉 노론 중에서도 사도세자 사건에 비교적 관련성이 적은 그룹들을 자기 세력으로 끌어들이기 위한 고도의 책략이었다.

동시에 이를 계기로 아버지(사도세자)의 문제를 자기 시각에서 보도록 하는 '임오의리(壬午義理, 사도세자가 억울하게 죽었다는 주장)'의 공론화를 이끌어 낸다면 정조로서는 일거양득이었다.

이 점에서 정조는 분명 성공을 거뒀다. 어쨌든 만인소 사건으로 인해 노론·소론·남인 등의 색채가 약화되는 대신 정조의 장헌세자(사도세자) 사건 인식을 따르는 시파(時派)와 그것을 따를 수 없는 벽파(僻派)로 정치권은 확실하게 양분되었다.

그러나 효의왕비 말처럼 노론 중에서도 장헌세자(사도세자) 사건에 비교적 관련성이 적은 그룹들을 자기 세력으로 끌어들이기 위한 정조의 책략은 정조의 착각이었다.

시파와 벽파는 결코 화합할 수 없고 궁지에 몰린 벽파가 잠시 자세를 웅크리고 있을 뿐 그들은 언제든 규합하여 정조를 공격할 수 있었다.

그들 위에는 자신의 친정가문을 부활시키려는 정순대비가 도사리고 있었기 때문이다.

효의왕비와 채제공 그리고 박종악 대감의 말처럼 이 기회에 그들을 척결하지 못한 것은 결국 정조의 죽음을 초래하는 결과를 가져왔다. 장헌세자(사도세자) 문제는 공론이나 사은(私恩, 사사로이 입은 은혜)이라는 문제이기 전에 어느 당파가 정권을 잡느냐에 대한 대의명분이 결정되는 것이었기 때문이었다.

하지만 정조는 너무나 인간적인 국왕이기에 공론보다는 사은에 치중하면서 명분을 잃어야 했다. 만약 정조가 노론 벽파의 새싹을 일거

에 제거하고 20년만 에 찾아온 기회를 되살려 왕위를 유지했다면 조
선의 붕당정치는 정조 재위 시기에 일찍 소멸되었을 것이다. 그리고 조
선의 역사는 크게 달라졌을 것이다.

제25장
화성신도시 건설 구상과
정적들의 제거

정조가 신하들을 임명하는 것에 대하여 어느 정도나마 자기 뜻에 따라 좌지우지할 수 있게 된 것은 1792년(정조 16년)이 그 기점을 이룬다고 할 수 있다. 집권하자마자 10년 가까이 역모와 반란이 이어졌기 때문에 그에 대비하느라 자기 뜻을 제대로 펼 수 없었다.

그리고 1778년(정조 12년)을 전후해 조금씩 조정(朝廷)이 안정되자 정조는 분야별로 신하들과 논쟁하고 힘 싸움을 벌이며 조금씩 자기 세력을 확대하다가 1792년(정조 16년) 영남 만인소 사건을 계기로 본격적으로 주도권을 장악했다.

노론 벽파 일부를 제외한 노론·소론·남인이 대거 정조에 가담했다. 게다가 10월의 문체반정(패관잡문[稗官雜文]이나 소설의 문체를 배척하고 순정고문[醇正古文]으로 환원시키려는 문풍개혁정책)으로 정조의 정치적 기반은 더욱 튼튼해졌다.

1792년(정조 16년) 겨울, 정조는 부친상을 당해 시묘살이를 하고 있던 정약용(丁若鏞)을 은밀하게 불렀다. 3년 전 한강에서 주교(舟橋)를 만들 때 성공적으로 일을 처리한 기억을 떠올려 그에게 화성 신도시 건설이라는 거대한 프로젝트를 맡긴 것이다. 조정에서 문체반정으로 노론과 남인의 갈등이 한창일 때였다.

"그대의 실력은 내 이미 한강주교를 만들 때부터 알고 있었다. 이제 시묘살이(부모가 돌아가시면 묘 옆에 움막을 짓고 효도를 행하는 것)도 거의 끝나가니 조정에 복귀하여라. 그리고 내 친히 그대에게 시킬 일이 있다."

"성은이 망극하옵니다, 전하! 무슨 일이든 하명하옵소서."

"그래, 그대는 내가 꿈꾸던 화성신도시를 충분히 만들고도 남을 만하다.

그대도 알고 있듯이 한양은 집권 노론의 본거지다. 나는 아버지 장헌세자(사도세자)의 복원과 새롭게 구상한 정치 구도를 세우고자 화성 신도시를 건설하고자 한다.

아울러 화성에는 임금과 사대부들만이 아니라 백성들도 쉽게 드나들어야 할 것이다. 따라서 임금과 신하들이 거처할 궁의 크기는 작게 하되 백성들이 임금을 쉽게 만날 수 있는 장소를 별도로 구상해 보거라."

"네, 전하. 소신에게 충분한 시간을 주시면 화성신도시 건설에 따른 계획을 구상해 보도록 하겠습니다."

"그래, 기술적인 모든 총괄은 너에게 권한을 줄 터이니 화성 유수와 상의하도록 하라!"

대궐을 나온 정약용은 화성신도시 건설에 대한 청사진을 어떻게 구상할까 고민했다. 지금까지 보지 못했던 그래서 백성이 임금을 우러러볼 수 있고, 한양도성과 비교해도 결코 뒤지지 않는 아름다운 궁궐을 건설하고자 마음먹었다.

정조는 밖으로 유출할 수 없는『도서집성(圖書集成)』과『기기도설(奇器圖說)』를 정약용에게 내려주고 인중(引重)과 기중(起重), 즉 무거운 물건을 들어 올리는 방법에 대해 연구하라고 지시하였다. 이는 강제 부역으로 동원되는 백성과 노비들의 노역을 조금이라도 줄이고자 하는 애민정신에서 나온 발상이었다.

"조선의 부역제도는 공정하지 못한 측면이 많다. 백성이나 노비들이 부역함에 있어 육체적 노동도 힘든데 하물며 자신의 식량을 스스로 싸 가지고 와야 하는 것은 온전치 못하다.

정약용 그대는 이 점을 개선 시킬 방안을 강구하여 나에게 보고토록 하라."

이에 정약용은 부역(賦役, 국가가 특정한 사업을 위하여 보수 없이 책임을 지는 노역)동원의 새로운 방법을 고민하게 되었다. 우선 정약용은『기기도설』에서 스위스인 선교사 겸 과학자 요한네스 테런츠(J. Terenz)가 지은 서양 물리학의 기초개념과 도르래의 원리를 이용한 각종 기계 장치를 활용해『기중가도설(起重架圖說, 기중기 설계도)』를 작성해 정조에게 올렸고, 이에 따라 만든 기중기는 큰 효과를 거두었다.

정약용이 신도시 건설에 대한 설계를 준비하던 1793년(정조 17년) 1월 12일 수원 현릉원 행사에 나섰던 정조는 수원 현지에서 수원부의 호칭을 화성(華城)으로 바꾸고 부사(府史)를 유수(留守)로 승격시켰다.

고려의 수도였던 개성부 유수와 같은 격으로 높인 것이다. 그리고 같은 날 초대 유수로 한동안 관직에 물러나 있던 채제공을 앉혔다.

흥미로운 것은 당시 개성부 유수는 정조가 채제공의 뒤를 이을 남인의 인물로 염두에 두고 있던 이가환이 맡고 있었다.

이가환(李家煥)은 천주교인 이승훈의 외숙이며 학문적 교우로는 정약용·이벽·권철신(權哲身) 등 초기 천주교 신자가 많았다.

1777년(정조 1년) 문과에 급제해 1780년 비인 현감이 되었다. 1748년에 생질인 이승훈이 북경에서 돌아오고, 동료 학자들이 서학에 관심을 가졌을 때 그는 천주교에 대한 학문상의 관심과 우려를 가지고 이벽(李檗)과 논쟁을 벌이다가 도리어 설득되어 천주교인이 되었다.

그러나 1791년 신유박해 때 정조의 뜻을 받아들여 교리연구를 중단하고, 광주부윤(廣州府尹)으로 발령을 받아 천주교를 탄압하였고, 그 뒤 대사성, 개성유수, 형조판서를 지냈다.

1795년 주문모 신부 입국 사건에 연루되어 충주목사로 좌천되었는데, 그곳에서 천주교인을 탄압하다가 다른 문제로 파직되었다.

그 뒤 천주교를 연구하여 1801년(순조 1년) 이승훈 권철신 등과 함께 순교하였다. 권철신은 천문학과 수학에 정통하여 그 자신이 "내가 죽으면 이 나라에서 수학의 맥이 끊어지겠다."고 할 만큼 수학의 대가였다.

한편 천주교가 사악한 종교로 낙인이 찍힌 이 사건을 계기로 정약용은 천주교와 관계를 완전히 청산했다.

그러나 윤지충과 친척이었던 관계로 서인들로부터 공격을 받았다. 집안 내에서도 약간의 갈등이 발생했다.

둘째 형 정약전도 천주교 사건 발생 직후 배교(背敎, 천주교와 등을 짐)를 했으나 셋째 형 정약종은 반회사건(泮會事件, 천주교 교리에 대하여 연구 토론하는 일)과 신해박해로 전국이 소란스러웠는데도 불구하고 천주교에 대한 열정에는 변함이 없었다.

정약종은 교리에 따라 제사 참여를 거부하며 갈등하다가 처자식을 데리고 한강 건너 양근의 분원으로 이사를 가버렸다.

1795년(정조 19년) 6월, 포도청이 밀입국 후 은밀히 활동하던 중국인 선교사 주문모를 체포하는 데 실패하는 사건이 발생했다.

사건 관련자들이 체포되어 선교사의 도피처를 추궁받았으나 이들은 끝까지 함구하였고 모진 고문 끝에 옥사하였다.

조용히 지나가는 듯하던 사건은 2개월 뒤에 대사헌 권유(權裕)가 세 사람이 일찍 죽는 바람에 선교사 주문모 체포의 기회를 놓쳤는데, 이는 포도대장의 경솔함과 사건의 진상을 덮으려고 한 의혹이 있어 보이니 치죄해야 한다는 상소가 올라오자 조정이 다시 시끄러워졌다.

부사과 박장설이 이승훈·이기환·정약용이 주문모 도주사건에 연루되었다고 의혹을 제기하자 이들을 성토하는 상소가 연이어 올라왔다. 정약용이 화성 신도시건설의 책임자인 점을 겨냥한 노론 벽파의 상소였다.

노론 벽파의 공세가 빗발치자 정조는 한발 물러섰다. 결국 1795년(정조 19년) 7월 25일에 이승훈을 예산으로 유배 보내고, 이가환은 충주목사로, 정약용은 충청남도 홍주 금정 찰방으로 좌천시켰다.

당시 충청지역에 천주교의 교세가 크게 성장하고 있던 터라 정조는 이 지역으로 이들을 보내어 교세 확산을 막음으로 천주교에 심취했었던 과오를 속죄하고 지방좌천을 통해 노론 공격의 예봉도 차단하려 내린 초치였다.

정약용은 무려 7품계나 떨어지며 체면이 몹시 구겨졌다. 하지만 당시 관직을 가지고 있으면서 천주교를 믿었던 사람들은 유배형에 처했고 일반 백성들의 경우는 그 믿음에 따라 최고 사형까지도 처해졌다.

그럼에도 불구하고 정약용은 비록 유배는 갔지만 품계만 떨어진 채 계속 화성신도시 건설업무를 진행하도록 조치한 것은 모두 정조의 배려였다.

"그대와 같은 훌륭한 인재가 조선의 성리학을 멀리하고 천주교학에 심취한다면 내 누굴 믿고 이 나라 조선을 맡긴단 말인가?"

"신 주상전하의 하늘과 같은 은혜에 보답코저 지금부터 천주교학에 대한 믿음을 버리고 화성건설에 주력하겠나이다. 아울러 천주교학에 심취해 있는 자들을 알고 있사오니 그들을 주포하는 일에도 최선을 다 하겠사옵니다."

그리고 그 뒤 정약용은 금정에서 교세 저지를 위해 노력했으며 그 결과 실효를 거두었고 충청지역 천주교계의 거물인 이존창(李存昌)을 체포하는 공도 세웠다.

정약용이 부역동원의 새로운 방법을 고민하던 도중 뜻밖에 효의왕비의 부름을 받았다.

"신 정약용 중전마마의 부름을 받고 달려왔사옵니다."

"먼 길 오시느라 고생하셨습니다. 요즘 화성신도시 개발로 노고가 많으시지요?"

"아니옵니다. 신 최선을 다해 주상전하와 중전마마의 은혜에 보답하고자 합니다."

정약용이 말하는 은혜란 다름 아닌 천주교학에 빠져 유배갈 수 있었던 상황에도 그 직을 유지하고 품계만 낮추어 용서했던 일을 말한다.

"그대는 상감마마께서 말씀하신 부역동원 방법에 대하여 달리 생각한 바가 있습니까?"

"신 천주교학 문제로 잠시 그 일에 대하여 손을 놓고 있어 지금부터라도 깊이 유념토록 하겠습니다."

"내가 그대를 부른 것은 그 문제 때문입니다. 대부분의 중국에서 펴낸 송조와 명조, 그리고 청조에서 발행한 서적을 뒤져보니 마땅한 방법이 없던 차에 궁녀 혜심이 나에게 좋은 제안을 해서 그대와 함께 상의하고자 부른 것입니다.

혜심은 나에게 말하더군요. 화성신도시 건설에는 강제로 동원하는 부역 대신 품삯을 주면 어떻겠냐고요? 그대는 혜심의 제안에 어떻게 생각하십니까?"

정약용은 갑자기 좋은 생각이라도 나는지 얼굴에 화색이 돌며 말했다.

"중전마마 궁녀의 생각은 누구나 생각할 수 있는 일이지만 나라에서 품삯을 지불한 적이 없기 때문에 감히 그런 제안을 하지 못했던 것입니다. 만약 주상전하께서 용단을 내려 국비에서 품삯을 지불만 해주신다면 이는 후대에 길이 남을 주상 전하의 업적이 될 것입니다."

"그래요, 그리고 만약 품삯을 준다면 많은 가난한 백성들이 몰려들 것이고 그렇게 된다면 구휼(救恤, 국가적 차원에서 빈민에게 금품을 주는 사업)하는 데도 기여할 것입니다. 다만 어떻게 품삯을 줄 것인가 내 생각해 봤는데 그 부분도 궁녀 혜심이 해결책을 내놓았습니다."

"중전마마, 어떻게 품삯을 주면 되는지 여쭤봐도 되겠습니까?"

"그 부분은 직접 제안을 한 당사자에게 듣도록 합시다. 혜심아! 너의 의견을 말씀드리거라!"

이에 옆에 있던 혜심이 부복을 하면서 이르기를,

"네, 중전마마! 소인이 생각하는 품삯의 지급 방법은 간단하옵니다. 대부분의 궁 밖 아녀자들은 바느질로 생계를 유지하는데 바느질의 품 삯은 저고리와 치마를 합쳐 옷 한 벌을 기준으로 합니다. 만약 저고리 나 치마만 맡길 경우는 옷 한 벌 품삯에서 3할을 가산해서 받습니다. 그리고 옷 한 벌을 만드는데 2일 정도 걸립니다.

따라서 화성신도시에 참여하는 노역자들의 품삯 역시 성 전체 면적 을 기준으로 한 사람이 일을 할 수 있는 범위 내에서 일을 시키시면 될 것입니다.

노역하는 사람들은 자기에게 주어진 면적에 대한 일을 마치자마자 추가로 일을 더 달라고 할 것이고 이는 공사를 앞당기는 역할을 할 것 입니다. 이는 일의 성과가 나지 않는 부역의 단점을 보완하는 데 기여 할 것입니다."

이렇게 하여 화성의 둘레 3,600보를 넓이 1장, 깊이 4척 정도의 구 덩이로 나누어 1보마다 팻말을 세우고 1단씩 메워 나갈 때마다 일정 한 품삯을 주었다.

게다가 부역에 동원되었던 백성들은 자기 일을 서둘러 마치고 추가 적인 품삯을 받기 위해 밤낮을 가리지 않고 일한 덕분에 화성신도시 건설은 예정보다 빠르게 진행되었다.

정조는 화성이 행정도시뿐만 아니라 상업도시가 되어야 한다고 생 각했다. 그에 대한 일환으로 정조는 행궁 바로 앞에 삼남(三南)과 용인 으로 통하는 십자로(十字路)를 개통하고 여기에 상가와 시장을 배치했 다.

그리고 상가를 조성하기 위해 서울의 부자 30여 호에게 무이자로 1

천 냥씩을 빌려주어 화성에 이주시키려 하였으나 수원부사 조성태가 서울의 부호보다 수원의 부호를 이용하는 것이 효과적이라도 건의했다.

"반드시 본고장 백성들 중에서 살림 밑천이 있고 장사 물정을 아는 사람을 골라 읍 부근에 자리 잡고 살게 하면서 그 형편에 따라 관청으로부터 돈을 받아 장사하게 하는 것이 좋을 것입니다.

관청에서 무이자로 6만 냥을 마련해 고을 안의 부자 중에 원하는 자에게 나누어 주어 장사하게 해서, 3년 후에 본전과 함께 거두어들인다면 백성들을 모집하고 산업을 경영하는 데 큰 도움이 될 것입니다."

조심태의 이런 제안에 정조도 찬성했고 좌의정 채제공과 우의정 김종수도 찬성해 균역청 산하 진휼청(賑恤廳)의 자금 6만5천 냥이 대여되었다.

그 결과 화성은 행정도시이자 우리나라 역사상 최초의 계획적인 상업도시가 되었다.

이렇게 정조가 자신의 개혁정치를 펼치며 새로운 도발의 하나로 화성건설을 진행하고 있을 즈음 정순대비의 지시를 받는 노론 벽파는 뭔가 심상치 않은 기운을 느꼈다.

작년 영남 만인소 사건 이후 한동안 들끓었던 임오년 사건의 재평가 움직임이 다시 재현될까 불안해지기 시작했다.

이들의 불안은 4개월쯤 지나서 현실로 나타났다. 정조의 남인 복심(腹心, 겉으로 드러나지 않은 깊은 속마음) 채제공이 작심을 한 상소를 올렸기 때문이다.

채제공은 정리되지 않은 노론 벽파의 수장 격인 김종수를 겨냥했다.

이미 김종수는 노론 벽파의 수장으로 정순대비의 지지를 받고 있었다.

효의왕비 말처럼 김종수는 대비와 정조를 오가면서 좌의정의 자리에서 자신의 권력을 행사하고 있었다. 이때 채제공은 영의정이면서 화성 유수였다.

"대체로 나라가 나라 꼴이 될 수 있는 바탕은 오직 의리뿐입니다. 의리가 행해지면 그 나라는 다스려지고 의리가 행해지지 않으면 그 나라는 어지러워집니다.

이는 꼭 식견 있는 사람만이 알 수 있는 것이 아닙니다. 천지간에 사는 모든 사람이 누군들 이와 같은 이치를 모르겠습니까?

오늘날의 국가에 대해서 겉모습만으로 말한다면 성명하신 전하께서 임어(臨御, 임금이 그 자리에 있음)해 계시고 사방 팔역이 다 평안하니 이는 모두 전하의 은덕으로 그렇게 된 것입니다.

그러나 그 속을 좀 더 관찰해본다면 당연히 행해져야 할 의리가 행해지지 않은 지가 그럭저럭 18년이 되었습니다.

신이 기유년(1789, 정조 13년) 현륭원(顯隆園, 사도세자의 릉)을 옮길 즈음에 우리 성상께서 입으신 소맷자락에 흐른 눈물이 피로 변하여 점점이 붉게 물든 것을 우러러보았습니다. 일찍이 옛글에서 혈루(血淚, 피눈물)라는 두 글자가 있는 줄은 알았지만, 그것을 직접 목격했었는데 부득이하게 전하의 소맷자락에서 직접 그것을 보았던 것입니다.

아, 하늘이여, 이것이 무슨 까닭입니까?

신은 전하께서 제왕의 효성으로 몸소 증자(曾子, 공자의 제자)·민자(閔子, 공자의 제자)와 같은 효도를 행하시는 것은 본디 알지만, 진실로 원통함이 하늘에 사무치고 맺힌 한을 펴지 못한 그런 경우가 아니라면 눈에서 흘러내리는 눈물이 어떻게 하면 피를 이루는 지경에 이르겠습니까?

그런데도 전하께서는 가슴속에 삭히시고, 또 가라앉히고 억제하고 또 억제하여 의리가 크게 천명되지 못하게 하시는 것은 단지 혹시라도 선왕(영조)의 훌륭한 덕에 털끝만큼이라도 흠이 될까 염려하시기 때문입니다.

하지만 신은 그렇지 않다고 생각합니다. 선왕께서 이미 전하를 위해 원수가 되는 자들에 대하여 이미 이름을 밝히시며 말씀하셨으니 이는 선왕께서 깊이 깨달아 이와 같이 조치를 한 것이니, 전하께서는 속히 천토(天討, 하늘이 악인을 침)를 거행하시어, 장헌세자(사도세자)의 무고함을 깨끗이 씻어내는 일이야말로 비록 성인에게 물어보더라도 어찌 부당하다고 하겠습니까?

당시 여러 역적들의 참소와 무고함 가운데 세자를 일러 화리(貨利, 재물)와 성색(聲色)을 탐한다는 말과 말 달리며 사냥하거나 즐긴다는 말을 만들어 냈는데 이는 그 죄가 참으로 커서 하늘에 사무친 것과 같사옵니다.

그런데도 전하께서 이를 선왕 시절 발생한 일이라 하여 꾹 참고 말씀하지 않으신 것은 그런대로 이유가 있기 때문이라 사료되옵니다.

그러나 신이 수십 년 동안 마음을 썩이고 뼈에 사무치는 아픔으로 마치 살고 싶지 않은 까닭은 바로 여러 역적 무리가 무고하였던 일들은 곧 천고에 차마 말할 수 없는 일이었음에도 아직까지 미처 눈을 부릅뜨고 용기를 내서 그 거짓들을 소상하게 파헤쳐 천하 만세에 알리지 못했기 때문이었습니다.

신이 수원 유수가 되면서부터 한침(漢寢)의 의관(衣冠)을 가까이 모시고 구령(綠嶺, 산 중턱)의 생학(笙鶴, 피리 부는 학)을 아련히 바라보면서 늘 처연한(슬픈) 생각이 들었습니다.

그리고 일전의 기신(忌辰, 죽은 이의 제삿날)에는 신도 제사 지내는 반열에 참여하였는데, 촛불이 흔들리고 솔바람이 이는 사이에 절을 하고 꿇어앉았노라니 아련히 떠오르는 선세자의 성음과 모습과 숙연한 탄식이 마치 모습이 보이는 듯 목소리가 들리는 듯하였습니다.

신이 이에 눈물을 삼키며 '선세자를 직접 섬겼던 이 몸이 늙어서도 아직 죽지 않았으니, 침원(寢園, 임금의 무덤)을 돌볼 사람이 이 몸 밖에 다시 몇 사람이나 있겠는가' 생각하였습니다.

당시의 일을 직접 보아 선세자의 원통함을 환히 알면서도 좌고우면(左顧右眄, 이쪽 저쪽을 돌아봄)하면서 머뭇거리는 것만을 일삼아 지난 여름에 한 장의 상소를 올린 뒤로는 끝내 다시 속마음을 다 잡아 말씀드리지 못하고 한가로이 세월만 보내고 있었습니다.

이는 곧 선왕의 끝없는 은혜를 저버린 것이며 또 내 자신의 일편단심을 저버린 것이니, 조석 간에 죽어서 땅에 들어가게 되면 무슨 말로 선왕에게 아뢰며 무슨 말로 우리 선세자를 위로하겠습니까?

이에 신이 굳게 결심한 것이 있었으니, 그것은 바로 선세자에 대한 무고함이 깨끗이 씻겨져서 징계(懲戒, 일정한 제재를 가함)와 토죄(討罪, 죄목을 들추어 나무람)가 시행되지 않는 동안 신이 만일 다시 관복을 찾아 입고 반열의 한가운데에 선다면 이는 의리를 잊어버리고 부귀를 탐하는 것이 될 것입니다.

전하가 신을 영의정에 발탁하신 뜻이 어찌 신을 부귀하게 해주려고 그런 것이겠습니까? 그것은 반드시 신으로 하여금 의리로써 마음을 가지고 임금을 섬겨 온 세상을 의리의 테두리 안으로 들어가게 하도록 하려고 하신 것입니다.

그렇다면 신이 전하를 섬기는 일 가운데서 이 큰 의리를 버려두고 다시 어디에다 손을 쓰겠습니까."

장헌세자(사도세자) 사건에 대한 재평가를 명확하게 요구한 것이다. 정확히 영남 만인소와 같은 맥락이었다. 이어 채제공은 정조에게 처리 방향도 제시했다.

"신이 지난 섣달에 용서를 받고 돌아와서 충심을 다하여 상소를 올리고 머리를 짓찧으며 쟁론(爭論. 서로 다투고 토론함)할 적에 조정에서 방관하는 자들 중에 신을 일러 미치광이요 어리석은 자라고 하지 않은 자가 없었습니다.

그러나 신의 한결같은 고심은 사직에 대한 깊고 원대한 염려를 하는 것이었고 흉악한 무리들이 넘보지 못하도록 조짐을 막는 것이었습니다.

신이 그제 사관에게 붙어 아뢴 말 중에 '구구하게 가지고 있는 생각' 이란 것이 바로 이 두 가지 의리입니다. 전하께서 그것을 행하시길 신은 날마다 바랄 뿐입니다.

더불어 요사이의 일을 가지고 본다면 전하께서는 의리의 제방을 아무 어려움도 없이 무너뜨려 버리셨습니다. 그리하여 천지간의 극악무도한 자들의 지친(친분이 있는 자)과 인척들이 모두 갓의 먼지를 털고 벼슬길에 나와 벼슬아치의 요직을 꽉 메우고 있습니다.

신이 괴이하게 여기는 것은 힘이 없는 역적에 대해서는 그 죄가 8, 9 촌까지 미치나, 세력과 권세 있는 역적에 대해서는 국법에 의해 체포되어 조사받는 당사자 이외에는 3, 4촌이거나 사위이거나 처남이거나 매부로써 평소 친숙하게 지냈던 자들은 연루시키지 않을 뿐만 아니라 처벌받지 않으며 오히려 행여나 늦을세라 좋은 벼슬을 주기에 급급하고 있습니다.

천하에 역적은 똑같습니다. 그런데 국가가 그들을 징계하는 데에는 차별을 두고 있으니 그 까닭이 무엇입니까?

이것은 모두가 전하께서 의리(신임의리)와 관련하여 말 꺼내기를 어려워하고 있어 국법을 시원스레 시행하려 하시지 않기 때문입니다.

그리하여 일마다 간 곳마다 제방이 날로 허물어져서 이 지경에 이른 것이니, 이는 실로 충심과 지사들이 통곡하며 눈물을 흘릴 일입니다."

이 상소는 사전 정조와 채제공의 협의가 있지 않는다면 도저히 올릴 수 없는 상소였다. 사실 채제공이 상소를 올리기 며칠 전 정조는 채제공을 조용히 대전으로 불렀다. 그리고 정조는 조용히 주위를 물린 후 말했다.

"만인소 상소에 대한 결론은 아직 처리되지 않았으니. 장헌세자(사도세자)의 억울한 죽음은 반드시 밝혀져야 노론의 힘이 약해질 것이다."

즉, 올라온 상소는 정조와 채제공 사이에 암묵적인 동의가 있었던 것이다.

그에 따라 채제공은 사도세자의 죽음에 관여된 노론 벽파의 수장 김종수를 처단할 것을 요구하였던 것이다.

하지만 막상 채제공의 상소를 받아 든 정조는 눈물까지 쏟아냈다. 반대로 노론 벽파는 경악했다. 상소 내용이 정조와의 암묵적인 동의 내용보다는 좀 더 깊고 한이 서린 내용들로 가득했다.

이 한 장의 상소로 노론 벽파를 한꺼번에 척결할 기회였고 정조는 그것을 실행할 힘까지 갖추고 있었다.

채제공으로서는 어찌 보면 목숨을 건 결행이었지만 이미 정조와 효의왕비의 암묵적인 승인이 있었고 특히 정조 자신의 마음과 같은 방향으로 처리될 것이라 믿었기에 노론들의 약점을 들추어 만인의소에서 처리 못 했던 숙제를 해결하고자 상소를 올린 것이었다.

채제공의 상소가 올라온 지 이틀 후 정조는 좌의정 김종수를 면대했다. 김종수는 신임의리의 확고부동한 선봉자였다. 즉 장헌세자(사도세자)의 죽음은 영조를 살해하려 한 역적죄로 처벌받아 죽어 마땅하다고 보는 사람이었다.

김종수의 성격은 마치 정조와 유사했다. 자신이 옳다고 생각하면 그대로 밀어붙이는 대쪽과도 같은 사람이었다. 그래서 정조도 김종수를 신임했고 좌의정에 임명했던 것이다.

그러나 정조가 가장 사랑한 아버지 장헌세자가 역적이라는 주장은 곧 정조도 역적의 아들이라는 결론과도 같은 것이다. 이런 주장 때문에 정순대비도 김종수를 종종 불러 가슴에 불을 지피곤 했던 것이다.

먼저 정조는 채제공의 상소를 보자기에 싸서 돌려보냈으니 너무 괘념치 말라고 김종수를 위로했다. 그러나 김종수는 이미 작년에 이 문제는 더 이상 언급하지 말라는 임금의 지엄한 명이 있었는데 채제공이 그것을 정면으로 어겼다며 비판했다. 이에 정조는,

"영상의 상소는 늙어 정신이 흐린 소리에서 빚어진 것인 듯한데 무어 꼭 이같이 말할 것이 있겠는가?"

라며 얼버무리고 넘어가려 했다. 그러나 김종수는 면도날 같은 사람이었다.

"지난 2월에 신이 채제공과 득중정(得中亭-화성의 정자)에서 서로 만났습니다.

그때 신이 묻기를 '여러 해 동안 독상(獨相, 재상)으로 있으면서 어찌하여 한마디 말도 없었다가 지난겨울에 수차(袖箚, 임금을 뵙고 직접 바치던 상소)를 올린 것은 무슨 까닭인가?' 하니 그가 대답하기를 '지난겨울 3사(三司)의 합계 속에서 한 구절을 지워 없앤 것이 실로 원통했기 때문에 부득이 발뺌의 계책을 한 것이다.'고 하였습니다.

이 어찌 대단히 한심한 일이 아니겠습니까? 대저 역적 이덕사와 조재한이야말로 바로 두 글자의 흉언이요, 그들이 남의 형세를 빙자한 말은 더욱 몹시 흉폐했습니다.

그러니 오늘날 조정에서 벼슬하고 있는 자로서 다시 흉악한 역적의 자취를 밟는 자는 단지 '역적을 비호한 자도 역적이다'라는 전하의 말도 상통하는 것이 아니겠습니까?

그리고 역적 종실의 일에 이르러서도 영남 사람 만여 명이 모두 '우리가 종실의 일에 대해서는 처음부터 간섭하지 않았다.'하고 있으니, 그들의 속셈을 헤아려 보면 바로 이덕사(李德師), 조재한(趙載翰)의 역모 사건과 맥락이 서로 연관되어 있습니다.

영남 사람들의 이 말에 대해서는 들은 자와 전한 자가 다 따로 있으니, 대체로 수현(壽賢), 흥록(興祿) 무리와 서로 공모한 자들이 모두 이 부류입니다.

그런데 만여 명을 즉각 불러 모을 수 있는 힘이란 반드시 변괴가 있기 마련이니 이것이 어찌 대단히 놀랍고 두려운 노릇이 아니겠습니까?"

정조는 너무 바른 왕이었다. 태종이나 세조 같았으면 이 같은 말을 한 김종수에 대하여 당장 사달을 낼 일이었지만 정조는 김종수의 말을 수긍했다.

"상소 중의 말들은 내가 비록 하나하나 자세히 기억하지 못하나 비답(批答, 상소에 대하여 임금이 내리는 답) 중에 대략 의중을 내비친 것이 있으니, 경도 그것을 짐작할 수 있을 것이다."

상소 중에는 사실도 있으니 그만 채제공을 공격하지 말라고 한 것이다. 그러나 김종수는 완강했다. 어떻게 보면 이참에 김종수는 정순대비와 노론 벽파 세력을 등에 업고 정조에게 충성하는 채제공을 밀어내려 하고 있었다.

웬만하면 이해하고 넘어가라고 설득하는 정조의 말에도 김종수는 듣는 둥 마는 둥 자신의 주장을 쏟아냈다.

"이미 저 사람(채제공)과는 의리상 차마 한 하늘 밑에 있을 수 없는데, 어찌 어깨를 나란히 하여 동료가 될 리가 있겠습니까.

원소(原疏. 채제공의 상소)는 비록 반포는 되지 않았지만, 조지(朝紙. 일종의 관보)에 실린 비답을 가지고 말한다면 상소문의 내용은 듣지 않고도 알 수 있습니다.

그런데 지금 여러 날이 지났는데도 조정에서는 적막하게 한마디 말도 없습니다. 세도가 이러하니 어떻게 또다시 이 같은 짓을 저지르지 않을 수 있겠습니까."

도저히 김종수의 고집을 꺾지 못하자, 정조는 알았으니 그만 물러가라고 명했다. 한편 채제공은 상소를 올린 후 의금부 앞에서 대죄하고 있었다. 정조는 채제공을 대전으로 불러들였다.

그리고 애정 어린 걱정으로 이 선에서 마무리하고 김종수와 손을 잡았으면 좋겠다고 설득했다.

"경이 스스로 죄에 빠져든 것이 이번 상소의 일에 이르러 극에 달하였다.

경이 이 상소를 적당한 선에서 그치지 않고 이토록 세밀하게 노론 벽파를 공격한 것은 무슨 뜻이었는가? 상소문을 펴들고 두어 줄도 못 읽었음에도 나도 모르게 마음이 오싹하고 뼈가 저리었다. 이것을 중외에 반포하였다면 다른 신하들은 장차 경을 어떤 사람이라 하겠는가?

지금의 입장에서는 종전에 경을 죽음에서 살려낸 뜻이 허사로 돌아 갔음을 면치 못하게 되었고 목하(目下, 눈앞의 형편 아래) 터져 나올 의논들을 막을 수가 없으니 비록 애써 감싸주고자 하여도 어떻게 할 수 없게 되었다.

그리고 서계(書啓, 국왕의 명을 받은 관리가 보고하는 문서)에서 김 대감에게 한 말들을 또 무슨 말인가? 이것이 만일 전파되면 경의 죄명이 장차 어느 지경에 이를지 모를 것이다. 오늘 좌상이 자리에 나와 첫 마디에서 제일의(第一義, 제일 먼저)가 바로 경을 성토하는 한 가지 일이었는데, 말뜻이 준엄하였고 그 말에 대하여 좌상(김종수) 직을 걸고 말하였다.

이는 좌상 한 사람만의 말이 아니라 바로 온 나라 사람들의 뜻과 같으니, 경이 이 시점에서 그만 접는 것이 옳다. 이제 경은 할 만큼 했으니 이쯤에서 물러나 있으라."

이에 채제공은 "신이 죽을죄를 지었다는 것을 스스로 잘 알고 있다."며 죽음을 각오하고 있다는 단호함을 밝혔다. 그리고 눈물을 흘리면서 자신의 심증을 토로했다.

"신은 천지간에 혈혈단신으로 아비도 어미도 없고 오직 우러러 믿는 곳은 오직 전하뿐입니다. 그런데 어찌 감히 일호(一毫, 조금도, 추호도)라도 말을 꾸며내서 거듭 스스로 죽을죄에 빠져들겠습니까?

작년에 구전으로 하교하신 의리는 지극히 작았지만 지극히 엄중하였습니다. 그래서 신이 그때 시임 정승 자리에 있으면서 소장(訴狀, 소송을 위한 서류)을 올려 다짐을 한 일까지 있었습니다. 그런데 뜻밖에 영의정에 임명되고 보니 기필코 물러나야 하는 의리를 말씀드리려다가 죽음이 임박하여 그만 다시 이런 죄에 빠졌습니다. 속히 죽기만을 원합니다.”

채제공은 영남 만인소 당시 정조가 문서로는 남기지 말라며 솔직하게 자신의 뜻을 털어놓은 적이 있는데 자신은 그 연장선에서 상소를 올렸을 뿐이라는 것이었다. 물론 정조도 그 점을 정확히 알고 있었다.

채제공은 자신의 가슴을 탕탕 두드리며 이제 죽여 달라는 말만 계속했다.

다시 정조의 걱정스러운 추궁이 이어졌다.

“아침 연석(研席, 글을 읽거나 공부하는 자리나 잔칫날)에서 좌상의 말에 ‘그러한 처지에서 염치를 무릅쓰고 벼슬길에 나온 자에게는 징계와 토죄를 시급하게 해야 한다’고 하였다.

허다하게 늘어놓은 말들을 모두 기억할 수는 없으나, 올봄에 좌상(김종수)이 경(채제공)과 수원에서 서로 만났을 때, 지난겨울 선비들이 상소한 일을 가지고 경에게 질문하자, 경이 대답하기를 ‘지난겨울 합계한 내용 중에 글귀 하나를 지워 없앤 것이 참으로 원통하였다. 그래서 수차(袖箚, 임금을 직접 뵙고 올리는 상소)의 일이 있었던 것으로 그것은 발뺌하려는 계책에서 나온 것이다’라고 했다기에 나는 듣고서 놀라움을 금치 못했다.

어떻게 대관(代官, 관리)이 대관에게 선뜻 이런 말을 한단 말인가. 과연 좌상(김종수)과 이러한 말을 주고받은 것이 사실인가?"

정조는 채제공이 김종수를 만나 자신이 올린 상소는 어쩔 수 없이 올린 것일 뿐 다른 의도가 없었다고 말한 것에 대하여 진위를 파악하고 싶었다.

"세상에 어찌 이러한 도리가 있겠습니까. 올봄에 신이 좌상과 처음으로 득중정에서 서로 만났는데, 한참 동안 말을 주고받는 즈음에 '가려운 곳을 긁어주는 것과 같다'는 말에 좌상(김종수)이 말하기를 '수차 중에 호해(湖海)니 산동(山東)이니 하는 등의 말들은 무슨 뜻으로 쓴 것인가? 하기에, 신이 대답하기를 '호해라는 말은 지난겨울 호서(湖西)의 한씨와 윤씨 집안에 대한 일(충청도 명문가인 고 한원진 집안과 고 윤봉구 집안이 서로 고발을 하여 조정에서까지 논란이 된 일)이고 산동은 바로 관동(關東, 강원도지역)의 일을 지칭한 것일 뿐 특별히 다른 뜻은 없었다'고 하였더니, 그도 다시 말이 없었습니다.

그다음 날 원소(園所, 정원)에서 작별할 때에 좌상이 신에게 '소생이 대감과 정분은 진실로 여전하지만, 이번 주고받은 말이 만일 서울에 퍼진다면 반드시 말들이 자자하게 될 것이니 신중히 하여 발설하지 말아야 한다' 하기에 신은 의당 경계시킨 대로 하겠다고 말하였습니다. 그 후 서울에 들어오자 이익운(李益運)이 찾아와서 김 판부사와 서로 만났을 때 어떤 얘기를 나누었냐고 물었습니다. 그러나 신은 이미 그와 서로 약속한 일을 번거롭게 다른 사람에게 알려줄 수 없었기 때문에 비록 이익운이 물었어도 말을 전하지 않았습니다.

그런데 그가 스스로 작별할 때의 약속을 저버리고 신이 하지도 않은 말을 지어내서 연석(宴席, 글을 읽거나 공부하는 자리나 잔칫날)에서 아뢰기까지 할 줄을 어찌 헤아렸겠습니까.

그리고 상소 중에서 한 구절을 지워 없애겠다는 말은 신은 전혀 기억하지 못하겠고, 발뺌하려 했다 운운한 말에 대해서는 하천배의 같은 말투입니다. 어떻게 사부(스승)로서 이런 말을 할 수가 있겠습니까. 이 한마디에 대해서는 그와 대질을 하고 싶습니다."

정조는 자신의 설득에도 채제공이 주장을 굽히지 않자 화를 냈다.

"경이 말이 지나치다. 두 대신이 대질을 하다니, 어찌 이런 일이 있을 수 있겠는가? 다만 좌상이 여러 사람이 모인 빈연(賓筵, 손님을 대접하는 자리)에서 아뢰었던 말인데 지금 경이 이렇게 놀라고 의아해하니, 이 일은 뒷날 서로 만나서 풀더라도 늦지 않을 것이다.

좌상이 연석에서 아뢴 말에 또 '영남 사람들이 스스로 말하기를 우리가 종실에 관한 일에는 처음부터 한 번도 손을 쓴 일이 없다고 하니 대단히 놀랍고 두렵다'고 하였고, 또 경의 발뺌에 대한 말은 지난겨울에 당한 일에서 연유된 것이라고 하였다.

대저 경의 지난 겨울의 일은 어찌 경이 스스로 취한 것이 아니겠는가. 윤영희(尹永僖)를 왜 그다지도 싸고돌면서 하마터면 큰 죄에 빠질 뻔했단 말인가."

채제공의 상소가 어쩔 수 없이 쓰였다는 김종수의 말을 인용해 이를 추궁하는 정조의 예리한 질문에 채제공은 변명인지 진실인지는 모르지만 말하기를,

"윤영희가 죄를 벗어나거나 못 벗어나는 것은 참으로 신과는 아무런 관계도 없는데, 신이 하필 영희를 애써 감싸주려 하였겠습니까?

신의 본래 버릇이 남의 의견에 따라 자신의 뜻을 굽히려고 하지 않기 때문에 사람들이 영희의 일을 가지고 신을 몰아세우려고 하자 신이 격분하여 그렇게 된 것이었습니다.

신이 만일 남과 같이 처신하면서 뜻을 굽혀 자신만의 이익을 꾀하였다면 어떻게 누가 재앙의 그물에 빠져들었겠습니까?"

이날의 대화는 이렇게 끝났다. 정조는 논리적으로 김종수를, 정서적으로는 채제공을 편들고 있었다.

"영의정(채제공)은 그만 대죄를 풀고 집으로 돌아가 있어라. 내 친히 앞뒤 상황을 지켜보고 판단하겠다."

채제공은 조선의 대표적인 이름난 제상이다. 학문과 처신이 뛰어나고 정치적인 결단력이 뛰어난 문신이었지만 정조와의 대화를 살펴보면 마치 어른과 어린아이 대화처럼 느낄 수 있다.

정조는 학문이나 정치적인 판단력에 있어서는 조선의 그 어떤 학자나 중신들 보다도 뛰어나 신하들도 감히 넘볼 수 없는 지존(至尊, 임금 중의 임금)의 자리에 있었다.

이 일이 있고 며칠 후 정순대비는 좌의정 김종수를 조용히 대비전으로 불렀다. 그리고 의미 있는 한마디를 김종수에게 건넸다.

"좌의정! 신임의리는 세상 사람들이 다 아는 사실입니다. 선왕(영조)께서도 그 때문에 당시 사도세자에게 목숨을 빼앗아 나라를 구하셨지요.

영의정(채제공)이 사도세자는 죄가 없다고 저렇게 연일 상소를 올리고 있으니, 조선의 앞날이 걱정입니다.

만약 주상이 영의정의 말을 받아들인다면 나를 비롯하여 좌의정과 그동안 선왕을 지지했던 노론들은 물론 그의 가족들은 모두 역적이 되어 죽음을 면치 못할 것입니다.

그러니 절대 물러나지 마세요. 뒤는 나와 나를 지지하는 노론 중신들이 대감을 돌봐드릴 것입니다."

한마디로 임금과의 싸움에서 밀린다면 자신은 물론이고 김종수 당신도 죽음을 면치 못할 것이라고 경고를 한 것이다.

드디어 김종수는 5월 30일 정조에게 상소를 올렸다. 채제공의 상소를 만천하에 공개해 달라는 것이었다. 그러나 정조는 이를 무시하고 김종수의 상소를 그대로 돌려보냈다.

다음 날인 6월 1일 김종수는 정조가 자신의 상소를 무시했다는 이유로 좌의정에서 물러나겠다며 도성 밖으로 나가 명소패(命召牌, 임금이 대신을 부를 때 사용하던 패)를 반납했다. 명소패는 정승의 상징물이었다. 물론 정조는 이를 받아들이지는 않았다. 임금 앞에서도 바른말과 자기의 주장을 굽히지 않는 김종수의 굳은 절개에 정조는 김종수를 옆에 두고 싶어 했다.

하지만 임금의 명을 거역하면서 자신의 직에서 물러나겠다고 하는 것은 신하된 도리로 도저히 이해되지도, 해서도 안 되는 일이었다.

사흘 동안의 고민 끝에 정조는 6월 4일 일단 영의정 채제공과 좌의정 김종수를 함께 파직시켰다. 양비론으로 책임을 묻겠다는 뜻이었다.

이후 외형적으로는 잠잠했다. 그리고 6월 12일 두 사람은 동시에 중추부 판사로 보임시켰다. 그리고 열흘 후 정조는 비어 있는 두 정승 자리를 채우기 위해 노론 시파 성향의 인물인 홍낙성(洪樂性)을 영의정으로, 좌의정에는 영조 때 영의정을 지낸 김창집의 증손 김이소(金履素)를 앉혔다.

영의정 홍낙성(洪樂性)은 홍봉한의 4촌인 예조판서 홍상한의 아들로 어유봉(魚有鳳)의 사위이자 문인이다. 1744년(영조 20년) 문과에 급제했고 대사성·이조참의를 거쳐 1768년 이조판서가 되고, 1771년 전라도 관찰사가 된 뒤 1775년 예조판서를 지내고 우참판을 거쳐, 형조와 병조의 판서를 지냈다. 1782년(정조 6년) 좌의정이 되고, 1784년 영의정에 올랐다. 노론 중에서 시파 성향의 인물이었다.

좌의정 김이소(金履素)는 영의정 김창집의 증손으로 1764년(영조 40년) 병자호란 때의 충신 후손들만을 위하여 시행된 충량정시문과(忠良庭試文科)에 급제해 관리의 길에 들어섰다. 정조 즉위년(1776년) 대사간과 강원도관찰사를 지냈고 1780년에는 대사헌이 되어 홍국영의 관직 삭탈을 주장했다.

1783년 예조판서로 있을 때 채제공을 탄핵하다가 잠시 파면되었다. 같은 해 책봉부사(冊封副使)로 청나라에 다녀온 후 이조판서에 임명되었으나, 대향(大享, 큰제사) 준비를 소홀히 하여 다시 파면되었다.

1784년부터 형조·병조·호조판서를 두루 역임했고 1791년에는 동지사(冬至使, 명나라와 청나라에 보냈던 사신)로 청나라에 다녀와서 우의정에 올랐다. 1793년 사옹원 도제조를 거쳐 좌의정에 승진하였고, 진하사(進賀使, 중국 황실에 경사가 있을 때 보내던 사절)의 정서로 청나라에 다녀왔다. 1796년 사역원 도제조를 역임하고 동지 겸 사은사(冬至兼謝恩使)의 정사로 청나라에 다녀왔고, 이듬해 다시 동지사로 다녀왔다.

지조가 있어 옳은 일은 끝까지 추진하여 정조의 신임이 두터웠다. 특히 외교에 뛰어나 청나라에 다섯 번이나 다녀왔고, 문학과 재주가 비상하였으나 잘 드러내지 않았다.

그러나 정조와 김종수의 충돌은 새롭게 영의정으로 오른 홍낙성에 의해 다시 촉발되고 말았다. 홍낙성은 정조의 어머니 혜경궁 홍씨의 6

촌 오빠다.

게다가 홍낙성의 첩은 의빈 성씨의 친언니였다. 그만큼 정조는 홍낙
성을 믿었던 것이다. 하지만 홍낙성 역시 정순대비나 김종수와 마찬가
지로 신임의리를 지키고 있었다. 정조의 아버지 장헌세자(사도세자)는
선대왕을 죽이려 했던 역적이라는 것이다.

7월 2일 홍낙성은 판부사 김종수의 말대로 채제공의 상소문이 반역
에 가까우니 엄벌에 처해야 한다고 청했다. 이어 대전에 들었던 김종
수도 홍낙성을 거들었다.

채제공은 굳이 비유하자면 정후겸에 버금가는 역적이라고 성토했다.
정조가 가장 싫어하는 정후겸의 이름을 끄집어낸 것이다.

규장각 제학 정민시(鄭民始)만이 정조를 거들었고 도승지 심환지(沈煥
之)도 김종수 편을 들었다. 노론이 드디어 입을 맞춰 채제공을 성토키
로 한 것이었다.

평소 정조에게 고분고분했던 우의정 김희도 채제공 문제가 해결되지
않으면 사직하겠다고 말했다.

정조가 가장 신뢰한 홍국영처럼 노론 벽파를 일시에 제거하기 위해
자신의 곁에 둔 복심 채제공을 제거하기 위해 이들은 모두 손을 잡은
것이다.

이러지도 저러지도 못한 상황에서 속으로는 분을 삼키면서 정조는
이 문제를 어떻게 처리할까 고민하다가 효의왕비와 의논했다.

"중전, 지금 모든 신하들이 채제공을 죽이겠다고 저렇게들 난리들
인데 어찌하면 좋겠소? 내 저들 모두를 유배 보내거나 파직시켜 궁에
서 내쫓고 싶지만 그렇게 된다면 대전에는 아무도 남아 있질 않을 것

이요."

"마마, 소인 이미 대궐에서 돌아가는 상황을 예의주시하고 있사옵니다. 여러 정황을 살펴볼 때 아마 대비마마께서 나선 것으로 보입니다.

김종수 대감은 이미 대비전을 수차에 걸쳐 왕래하였고 그 이후 김종수 대감 집으로 많은 대감들이 회합을 한 것으로 보입니다. 말로는 신임의리를 내세우고 있지만 실상은 자신들의 자리를 굳건히 지키기 위해 남인들을 제거하기 위한 책략이라고 사료됩니다.

만약 마마께서 이 싸움에서 밀린다면 지난 재위 기간에 이룩해 놓은 정치적 기반들은 원점으로 돌아갈 것입니다.

하지만 지금은 그들의 주장을 막을 아무런 방안이 없사옵니다. 그들이 선왕(영조)의 철칙이라는 신임의리(사도세자가 역적이라는 주장)를 내세우는 현 상황에서 마마께서 그들을 내칠 경우 선왕(영조)의 정치적 견해를 반대하는 것이 되기 때문입니다.

따라서 이 문제를 해결하는 방법은 오직 하나밖에 없사옵니다. 그것은 선왕께서 마마에게 비밀리에 보여준 금등(金縢)의 내용을 공개하는 것입니다. 금등만이 신임의리를 뒤집을 수 있는 방비책이옵니다."

'금등'이란 쇠줄로 단단히 봉해 놓은 비밀 서류함으로 영조가 사도세자를 죽인 후에 이를 후회하는 글을 담고 있다. 즉 신임의리를 부정하는 내용을 담고 있는 것이다.

영조가 당시 세자였던 정조에게 자신의 사후 대비와 노론들이 신임의리를 내세워 왕권에 도전할 경우를 대비해 정조에게 내린 비서(祕書, 비밀스러운 서류)였다.

금등을 공개할 경우 장헌세자(사도세자)를 역적이라고 주장하는 자들은 반대로 역적이 되는 것이다.

영조는 죽기 전에 이 문제를 깊이 생각하고 자신 스스로 자식을 죽인 못난 아비로 남는 대신 손자 정조가 조선을 이끌어 나갈 힘을 실어주기 위해 금등을 만들어 놓았다.

그리고 장헌세자 문제로 왕권에 도전하는 상황에 직면했을 때 이를 공개하여 반대하는 자들을 척결하도록 한 것이었다. 영조의 이런 결단은 놀랍기보다는 어느 임금도 할 수 없는 위대한 결단이었다.

"하지만 위급한 상황이 아니면 할아버님께서는 끝까지 세상에 공개하지 말라고 말씀하셨는데 어떻게 그 내용을 공개한단 말이오?"

"마마! 금등을 공개하는 일은 단지 지금의 이 상황은 벗어나고자 하는 방편이 아니라 반역이라는 잘못된 굴레를 뒤집어쓰고 돌아가신 시아버지(사도세자)의 죽음을 바로잡는 일이기도 합니다.

그리고 앞으로 다시는 이 문제를 어느 누구도 거론하지 말라는 경고이기도 하는 것입니다.

선왕 영조 대왕께서는 지금과 같은 상황에서 마마가 위기를 벗어나는 상책으로 그와 같은 조치를 했을 것이오니 괘념치 마시옵소서."

제26장
금등 공개와 복심
김종수를 내치다

정조는 1793년 8월 8일 전현직 정승과 2품 이상의 문무 고위관리들을 모두 대궐로 불렀다. 직접 채제공을 위해 변명을 하겠다고 작심하고서 부른 것이었다.

그만큼 속으로 이 문제가 끓고 있었다는 뜻이다. 이 자리에서 정조는 '금등'의 내용 일부를 전격 공개했다.

"내가 이덕사(李德師)와 조재한(趙載翰)을 사형에 처하게 하던 날, 문녀와 김상로도 처단했을 것이지만 나는 그때 이미 금등의 글 가운데 들어 있는 선왕의 본의(本意)를 이해하고 그 뜻을 약간 반영만 했던 것이다.

내가 비록 보잘것없기는 하지만 일단 결정을 하려면 저울질을 해보고 결정하지, 어떻게 내 맘대로 경중을 좌지우지할 수 있단 말인가?

내가 차마 이 말을 하는 것은 나도 생각이 있어서다. 요컨대 온 세상 사람들에게 전 영상(채제공)이 상소에서 말한 것이 위에서 말한 바와 같고 또 전 좌상(김종수)이 준엄한 성토를 한 것도 내면의 사실을 모른 데에서 나온 것임을 알리고 싶을 뿐인 것이다."

정조는 채제공의 경우 '금등'을 본 적이 있고 김종수는 그것을 본 적이 없기 때문에 서로 오해가 생긴 것일 뿐 채제공이나 김종수나 충성심은 같다고 본다고 했다.

다음 날 김종수는 자신이 전체 맥락을 몰라 채제공의 상소 중 일부만 확대 해석해 오해를 했다며, 정조에게 사죄했고, 정조는 『일성록(日省錄)』에 기록된 문제의 상소를 특별히 김종수에게 열람토록 하였다.

그리고 김종수도 일단은 그것을 받아들이는 듯했다. 그러나 한 달여가 지난 9월 12일 김종수는 새로운 시각에서 채제공을 물고 늘어지는 차자(箚子, 약식상소)를 올렸다. 정조와 김종수의 싸움은 2라운드를 맞고 있었다.

"제공(채제공)의 죄악에 있어서는 그가 상소에서 직접적으로 범한 세 조항이 도저히 용서할 수 없는 가장 무거운 죄임에도 상(주상)께서 용서하는 쪽에다 마음을 두신 것은 바로 금등의 글을 그만이 알고 있었기 때문에 비록 남들이 감히 말할 수 없는 것을 그 혼자 말해 용서가 가능했던 것입니다.

가령 제공이 참으로 나라를 위하여 충성을 바칠 정성이 있었다면 금등에 대한 말을 곧바로 제기했어야 옳고, 설령 금등이란 두 글자가 엄중하여 감히 말을 꺼낼 수 없었다면 두 임금의 아름다운 덕만을 찬양하여 온 세상이 다 알게 언급을 했어야 그것이 바로 신하로서의 당연한 도리였습니다.

더구나 금등에 관한 일을 저만이 알고 있었다면 백대에 전할 만한 두 임금의 미덕에 대하여 제아무리 사람의 마음이 없고 신하의 본분이 없는 자라 하더라도 반드시 감동하고 애달프게 여겨야 했습니다.

그런데 도리어 말하기를 '아직도 확실하게 밝혀지지 못했다'하고, 또 감히 말하기를 '백대 이후에는 무엇을 가지고 신빙하겠는가'라고 하였습니다.

그렇게 소중하고 존엄할 수 없는 자리에서 차마 꺼내지도 못하고 감히 말할 수도 없는 사실을 알고 있으면서 일찍이 직접 눈으로 본 것을 마치 잊은 것처럼 속이고 고의로 더없이 망측한 말을 만들어 내어 우리 임금의 미덕과 성상의 효성을 묻어버리려고 하였습니다. 그렇게 사람들 마음을 현혹시키고 온 세상을 선동시키려고 한 그 뜻이 과연 무엇을 하려고 한 것이겠습니까?

이 역시 흉측합니다.

그의 상소 가운데 숱한 음흉한 말들을 감히 제기하지 못하는 까닭은 어쩔 수 없는 일이지만, 이 한 가지 일만으로도 벌써 그가 흉역(凶逆, 임금에게 불충하는 일)의 마음을 가졌다는 것은 판별이 된 것입니다.

우리 성상의 하늘처럼 포용하는 큰 덕을 신도 살뜰히 받들고는 싶지만 많은 사람 눈을 가리기 어려운데 어찌하겠습니까?

신의 차자(상소)를 대신과 여러 신하들에게 낱낱이 물어보소서. 그리하여 만일 신이 한 말을 옳지 않다고 하는 자가 있으면 신이 면대하여 따지겠습니다."

김종수는 여기서 밀리면 자신들(노론 벽파)의 입지를 보장받지 못한다는 생각으로 채제공이 역적이라는 시각은 바꿀 수 없다며 도발하였다.

그러나 정조는 이를 무시하고 지나갔다. 김종수도 더 이상 이 문제는 제기하지 않았다.

대신 정조는 마음속으로 김종수가 서운했다. '다른 사람도 아니고 김종수 네가 앞장서서 내 구상을 이렇게까지 반대할 수 있는가?'라고 생각했다.

정조는 아무 말도 하지 않았다. 정조는 즉석에서 반응을 극도로 자제하는 성격이었다. 그러나 언젠가는 반드시 응징을 하는 스타일이었다.

1793년(정조 17년) 제2라운드가 있은 후 김종수는 시골에 내려가 있었고 별다른 충돌은 없는 듯했다.

그러나 사단(事端)은 다음 해 1794년 1월에 다시 벌어졌다.

김종수가 다시 상소를 올려 정민시를 비롯한 신하들이 오로지 아첨으로만 임금을 모시고 있다며 장헌세자(사도세자) 문제에 대한 간접적인 비판을 시도한 것이다. 어느 정도 굳어가던 '임오의리(사도세자가 억울하게 죽었다는 의리)'를 인정할 수 없다는 뜻이었다.

이제 정조로서는 '금등'까지 공개하며 설득하는 데도 끝까지 맞서는 김종수를 더 이상 받아들이기는 힘들었다. 이에 정조는,

"내가 좌의정을 두루 살펴 보호하여 온전히 살려준 것이 여러 차례인데, 이것이 어찌 그대만을 위해서였겠는가, 일전에 올라와 연석에 나왔을 적에 지난날의 행동을 크게 뉘우치면서 지나간 의외의 잘못을 자책하고 앞으로는 다른 잘못이 없을 것임을 맹세하기에, 내가 '경이 오늘 꿈에서 깨어난 것은 자신만이 살 수 있는 것이 아니라 여러 사람들도 살릴 수 있다'고 말했다.

그런데 갑자기 그 이튿날 저녁에 따로 한 통의 상소를 올렸기에 그 내용을 보니, 결코 정상적이지도, 떳떳한 본성으로 작성한 내용이 아

니었다. 어찌 신하된 사람으로서 이미 지나간 일을 또다시 제기할 수 있단 말인가?"

한마디로 잘라 말해 의리상으로나 명분상으로나 감히 꺼낼 수 없는 임오의리에 대한 사실을 김종수가 품고 있다는 것과 임금에게 표현한 말이 몹시 어그러지고 패역(悖逆, 도리에 어긋나고 순리에 거슬러 불순함)스러워 용서할 수 없다고 말한 것이다.

결국 정조는 1월 28일 김종수를 삭탈관직하고 지방으로 추방할 것을 명했다. 그러나 사태는 점점 커지고 있었다. 김종수의 상소 중에 '신하들이 거짓을 꾸며 임금을 속인다'는 구절 때문이었다.

바로 다음 날 영의정 홍낙성이, 그리고 1월 30일에는 중추부 판사 박종악, 좌의정 김이소, 우의정 김희, 중추부 영사 채제공이 차례로 김종수의 말이 맞는다면 자신들이 처벌을 받아야 한다며 죄를 청하는 상소를 올렸다.

정조가 김종수를 내치자, 자신들의 처벌을 염두에 두고 선수를 친 것이다. 즉 김종수가 자신들을 모함했다고 하는 것이다.

원래 정치란 그런 것이다. 상대방에게 빈틈이 보이거나 최고 권력자의 마음이 떠난 자는 어떻게 하든 다시 일어나기 전에 물고 뜯어야 하는 것이 정치판이었다.

심지어 홍낙성은 두 번째로 상소를 올려 김종수와의 대질을 청하기까지 했다.

정조가 김종수에 대해 크게 분노하고 있음을 확인한 홍낙성·김이소·김희 등 삼정승은 이제 앞장서서 김종수의 처벌 수위를 높여야 한다고 역설했다.

남인과 노론 사이에서 권력투쟁이 벌어진 것이다. 정조는 적당한 선에서 서로 타협을 하고 물러나길 바랐지만, 그건 바른길을 걷고자 하는 정조의 희망 사항이었다.

2월 5일 김종수의 처벌은 중도부처로 한 단계 높아졌다. 중도부처(中途付處, 중간지점을 정하여 거기서 머물게 하는 것)란 극변유배(極邊流配) 바로 아래 단계다.

김종수는 강원도 평해군으로 유배를 가야 했다. 당시 정조가 김종수에 대해 얼마나 큰 배신감을 느끼고 있었는지는 점차 높아만 가는 처벌 수위에서 알 수 있다.

2월 19일 김종수는 함경도 경원부로 유배지를 옮기게 되었다. 극변유배였다. 다시 사흘 후인 2월 22일에는 절도(絕島, 접근할 수 없는 섬) 유배를 명했다.

이제 사형(死刑)까지는 한 가지 절차만 남아 있었다. 유배지의 거처에 가시울타리를 둘러치는 위리안치(圍籬安置)뿐이었다. 실제로 2월 27일 일부 대간들이 위리안치해야 한다고 주장했다가 오히려 그들이 파직당했다.

또 3월 6일에는 대사헌 홍명보(洪命祚)와 대사간 임시철(林蓍喆)이 이끄는 양사가 김종수를 사형에 처해야 한다고 차자를 올렸다가 역풍을 맞고 모두 파직당했다.

정조는 김종수를 죽일 생각은 전혀 없었다. 아니 죽일 수가 없었다.

3월 12일 새롭게 대사간에 오른 이철모(李哲模)가 다시 김종수에 대한 처분을 청했다가 파직당했다.

3월 14일 선임 대사간 신광리 등이 절도안치를 하기로 했으면 서둘러 시행해야 한다고 했다가 또 파직당했다. 결국 김종수는 3월 20일 경상도 남해로 유배를 가게 됐고 위리안치하기로 결정됐다.

언제 죽을지 모르는 목숨이 돼버린 것이다. 그러나 3개월도 안 된 6월 1일 정조는 김종수를 남해에서 나오게 하여 고향에 머물도록 하라고 형을 완화시켜 주었다.

그리고 12월 1일 중추부 판사로 복직시켰다. 정조의 입장에서는 즉위 초 자신의 편에 서서 왕권을 강화시키는 데 도움을 준 의리 때문이었다.

이일이 있자 김종수와 원수지간에 있던 혜경궁 홍씨는 대노했다. 중궁전에 기별도 없이 들이닥친 혜경궁 홍씨는 효의왕비를 향해 왜 김종수를 살려주는지를 물었다.

"중전, 이 어찌된 일입니까? 중도부처까지 종수를 보냈으면 즉시 사사(賜死, 죄인에게 독약을 내려 죽게 하는 것)해야지 왜 주상은 종수를 살려 고향에 머물게 한단 말입니까?"

"마마, 고정하시옵소서! 이는 모두 상감마마께서 이유가 있어서 한 일이옵니다."

"무슨 이유요? 주상께 대드는 그런 파렴치한 역적놈에게 무슨 이용가치가 있다고 살려주는지 저는 이해가 되질 않습니다."

"어마마마 소인도 3정승을 통해 김종수 대감을 처형하라는 상소를 올리도록 종용하였지만, 상감마마께서는 다른 계산을 하고 계시는 것 같사옵니다."

"무슨 계산을 말입니까? 지금 종수를 죽이지 않는다면 노론들은 힘을 결집해 또다시 주상을 공격할 것입니다. 중전도 이미 겪어봐서 알게 아닙니까?"

"네, 어마마마. 잘 알고 있사옵니다. 김종수 대감이야 이미 지은 죄가 있사오니 언제든 이유를 만들어 목숨을 거둘 수 있지만 상감마마께서는 그보다 더 급하게 처리해야 할 일이 있사옵니다.”

“아니 그 일이 무어란 말입니까?”

“어마마마, 지금 상감마마께서는 원대한 꿈을 그리고 계십니다. 그건 바로 화성건설입니다. 기득권 정치세력인 노론이 주도하고 있는 기존 한양 중심의 구체계를 극복하면서, 외적의 침입을 방지하고 조선의 중심이 되는 화성을 건설하고자 하십니다.

또한 상감마마께서는 그곳에서 군대를 양성하여 직접 훈련시키며 왕권을 강화시키려고 구상하는 것 같사옵니다.

그와 같은 구상은 바로 아버님 되시는 장헌세자(사도세자)에 대한 지극한 효도 때문 아니겠사옵니까?”

혜경궁 홍씨는 효의왕비 말이 무슨 뜻인지 이해할 수 없었다. 화성건설이야 다른 사람을 시키면 그만이지 굳이 김종수를 살려 어쩌자는 것인지 몰랐다.

“그런데 중전, 그 일이 종수와 무슨 관련이 있단 말입니까?”

“어마마마, 자세히는 말씀드릴 수는 없사옵니다만 화성건설에 반대하는 노론 세력을 견제하기 위한 방편으로 보입니다.”

“주상과 중전이 다 계획이 있다고 하니 더 이상 말하지는 않겠지만 종수 그 역적놈은 반드시 언젠가는 제거해야 할 놈입니다.

그놈이 주상의 스승이었다는 이유인 줄 몰라도 주상 알기를 우습게 알고 우리 집안 알기로도 하찮게 여기고 멸문시키려 한 놈도 바로 그놈입니다.

중전이 잘 알아서 처리하겠지만 반드시 토사구팽(兎死拘烹, 토끼를 잡던 사냥개도 삶아 먹는다)시켜야 할 놈이라는 걸 명심해 주세요.”

효의왕비의 생각대로 정조의 계산은 분명했다. 1794년(정조 18년)은 정조가 화성 건설에 착수한 해이다. 아무래도 조정 내에 김종수를 중심으로 한 노론 벽파의 치열한 반대가 예상되었다.

총애하던 김종수를 유배까지 보냈다는 것은 자신의 화성건설 의지가 얼마나 강한지를 보여주기 위한 일종의 시위였다고 할 수 있다. 김종수는 일단은 고분고분한 태도를 보이기 시작했다.

그러나 이 일이 남긴 상처는 정조나 김종수 모두에게 컸다. 정조는 자신이 가장 총애했던 김종수가 보여준 일련의 행동에 적지 않은 배신감을 느꼈다.

그것은 점차 정조가 즉위 초 그렇게도 부정했던 척리(戚里, 임금의 외척) 중심의 국정운영으로 퇴행하게 되는 계기의 하나가 되었다.

김종수도 상처를 받았다. 아무리 국왕이라고 하더라도 자신이 평생 정치를 하며 지켜온 최소한의 도리마저 버리기를 집요하게 요구하는 처사는 더 이상 받아들이기 힘들었다.

결국 김종수는 정조 19년(1795년) 봄 사실상 정계를 은퇴했다. 그리고 노론 벽파의 영수 자리는 자연스럽게 심환지(沈煥之)에게 넘어갔다.

정순대비에게는 그나마 다행이었다. 자신과 임금 사이를 저울질하며 자신의 뜻을 마음대로 관철하지 못하게 했던 김종수가 사직하고 그 뒤를 노론 벽파의 수장 심환지가 차지했기 때문이다.

그리고 그나마 정조 편에 서 있던 김종수가 사직하고 난 후, 정조는 죽는 그날까지 심환지와 위태로운 힘겨루기를 벌이다 사망하고 만다.

제27장
화성신도시에서 치른
혜경궁 홍씨의 환갑

정조가 화성신도시 건설을 본격적으로 착수한 것은 1794년(정조 18년) 정월이다. 현륭원 이장 이후 무려 5년 동안 준비를 해왔다. 만족스럽지는 않아도 이제 조정의 역학관계도 어느 정도 장악했기 때문에 이때가 적기라고 생각했다.

마침 이해는 한양 정도 400년이 되는 해이기도 했다.

원래 건설계획은 10년이었다. 갑자년(1804년)에 건설을 마무리 짓는다는 복안이었다. 600여 칸에 달하는 대규모 행궁(行宮)과 6킬로미터에 달하는 성곽을 쌓아야 하는 대역사였다.

이를 위해 정조는 영의정 채제공에게 총괄 책임을 맡겼고 현장 책임은 조심태가 맡게 했다. 원래 계획은 10년이었지만 치밀한 준비와 채제공·조심태의 추진력, 정약용 등의 기술적 지원 등이 어우러져 화성은 당초 계획의 3분의 1 기간인 34개월 만에 웅장한 모습을 드러냈다.

그렇게 화성 건설이 한창이던 을묘년(1795년, 정조 19년) 음력 1월, 효의왕비는 정조에게 한 가지 제안을 했다.

"마마, 올해는 마마 재위 20주년에 해당되는 데다가 마마의 생부이신 장헌세자 마마와 어마마마(혜경궁 홍씨)가 환갑이 되는 해입니다.

마침 화성행궁이 거의 완성되어 가고 있으니 화성행궁을 통해 민심도 살피시고 어마마마의 회갑 잔치를 성대하게 치르시는 게 어떨까 합니다."

"내 그렇지 않아도 그 문제를 가지고 중전과 어머님에게 상의해 볼까 했는데 중신들이 왕실의 재정을 핑계로 반대하면 어떨까 염려되어 고민하고 있었습니다."

"마마, 이제 김종수 대감도 사직하셨고 심환지 대감 역시 노론의 편에 서 있지만 아직 마마와 정순대비 마마의 눈치를 살피고 있어 마마께서 강력히 밀어붙이신다면 반대하지는 않으실 것입니다.

또한 대비마마(정순왕후)께서도 망육(望六, 육십을 바라보는 나이)에 계시니 함께 화성행궁으로 모신다고 한다면 반대하질 않으실 것입니다."

"중전! 대비마마께서는 분명히 오시지 않으실 것입니다. 줄곧 화성신도시 자체를 반대하셨고 아버님 때문이라도 오시지 않으실 것입니다. 그렇게 되면 중전도 대궐을 지켜야 해서 못 올 것 아닙니까?

무엇보다도 어머님께서 혹여나 가시지 않겠다고 하시면 어쩌나 걱정이 됩니다. 더욱이 건강도 예전 같지 않으시니 긴 여행을 견디실지도 염려되기도 하구요."

"그 문제는 소인에게 맡겨 주십시오. 제가 어머님을 설득하겠습니다.

그리고 마마! 이번 행궁의 원행은 소인이 계획한 대로 진행해 주시길 바랍니다. 소인이 영의정(채제공)과 화성유수(조심태)와 함께 의논하여 그 계획을 구상하고자 합니다."

"알았소, 중전! 이번 행궁에 대한 원행 계획은 모두 중전에게 일임하겠소!"

효의왕비는 곧바로 엄 상궁을 시켜 화성에 나가 있는 영의정과 화성 유수에게 급히 입궐하라고 연통을 넣었다. 그리고 반나절 만에 도착한 두 사람은 바로 중궁전으로 들어왔다.

"중전마마, 급히 찾으신다고 하여 소인들 이렇게 급하게 달려왔사옵니다. 어인 분부이신지요?"

"급하게 오셨는데 우선 목이라도 축이시지요. 금방 끝날 말이 아니니 다과도 드시면서 천천히 이야길 나눴으면 합니다."

두 사람은 부복을 하고 큰절을 올린 후 효의왕비와 조금 떨어진 곳에 차려진 상 옆에 조심스럽게 앉았다.

"그래, 화성행궁은 잘 마무리되어 가는지요? 내 이미 두 분의 탁월한 지혜로 공사 기간을 앞당겼다는 소릴 듣고 무척이나 놀랐습니다. 공사 기간을 무려 7년이나 당겼다고 하는데 그게 사실입니까?"

이에 채제공이 말하기를,

"모두 전하와 중전마마의 아낌없는 지원과 신들을 믿어주셨기에 가능한 일이었사옵니다."

"무슨 겸손의 말씀을 그렇게 하십니까? 모두 경들의 희생으로 그렇게 된 것이 아닙니까?'

효의왕비는 두 사람의 노고를 치하하면서 엄 상궁을 불러 두 사람에게 줄 준비한 물건을 가져오라고 지시했다. 엄 상궁이 가져온 것은 대감들이 쓰는 갓에 매달아 사용하는 장식용 구슬이었다. 당시 수정은 왕족들이나 차고 다니는 귀한 것이었다.

"이 장신구는 내가 직접 청에 가는 사신을 통해 주문하여 사온 것입니다. 아직 상감마마께서도 해보지 못한 귀한 것입니다. 두 분의 노고에 감사하는 뜻으로 제가 마련해 보았습니다. 받으시지요."

"황공하옵니다. 중전마마의 하늘과 같은 은혜에 보답코저 신들은 최선을 다하겠습니다."

"내가 오늘 두 분을 모신 것은 다른 일 때문입니다. 이번에 상감마마와 혜경궁 마마를 모시고 화성행궁에 대한 원행을 단행하고자 합니다.

물론 행궁에는 상감마마를 비롯하여 화빈, 수빈 그리고 한양에 있는 모든 문무백관(文武百官, 모든 벼슬아치)을 비롯하여 경기도관찰사를 포함한 지방의 최고 수령들은 정복을 입고 참석하는 조선 최대 규모로 진행하고자 합니다.

이번 원행(園幸)은 자손 대대로 남을 위대한 업적이 될 것이며 따라서 그 기록들을 후세에 남겨야 합니다. 그러기 위해서는 궁중 도화서는 물론이고 인원이 부족하다면 궁궐 밖 그림에 소질 있는 화가들을 모두 모아 원행 중 시연되는 모든 행사를 그림과 기록으로 남겼으면 합니다.

두 분 대감은 제 생각이 어떤지, 그 인원은 얼마 정도가 될 것인지 짐작할 수 있겠습니까?"

"신 채제공 먼저 말씀드리겠사옵니다. 중전마마께서 말씀하신 인원이라면 적어도 족히 7,000명 이상은 될 것이며, 800필 이상의 말이 동원되어야 할 것이옵니다. 이러한 행사는 조선의 국왕 중에 단 한 번도 시행하지 않던 큰 행사로 대대손손 훌륭한 업적으로 남게 될 것입니다."

"네, 저도 그렇게 생각합니다. 그래서 원행은 오고 가는 날짜를 포함하여 총 8일 정도로 했으면 합니다.

아울러 가고 오는 도중에 과거도 보고 백성들과 만나 그들이 원하는 소원을 들어봤으면 합니다. 해서 내가 원행에 필요한 행사와 일정을 잡아 보았는데 보시고 의견을 주시길 바랍니다."

순간 두 사람은 너무 놀라며 서로의 눈을 쳐다보았다. 적어도 수원까지 원행을 하기 위한 계획을 준비하기 위해서는 상당한 시간이 소요되었을 텐데, 언제 효의왕비가 그런 계획까지 준비했는지 그저 놀라울 뿐이었다.

두 사람이 살펴본 계획에는 주상전하의 화성행차 8일간의 주요 일정과 행사가 구체적으로 짜여 있었다.

첫째 날(9일)에는 창덕을 지나 배다리를 건너 노량 용양봉지정에서 쉬고 시흥현의 행궁에서 숙박을 하고,

둘째 날(10일)에는 시흥 행궁을 떠나 사근 평행궁에서 낮에 쉬시고, 화성행궁에서 숙박을 하며,

셋째 날(11일)에는 화성 성묘(화성향교의 공자 사당)를 참배하고, 그리고 돌아와서 낙남현에 임(臨, 납시어)하여 문·무과 과거를 실시하고, 그로 말미암아 방방(과거급제자의 이름을 부름)을 행하고, 그 후 친히 상감마마께서 분수당에 임하여 진찬습의(잔치 연습)에 참석하고,

넷째 날(12일)에는 상감마마께서 자궁(혜경궁 홍씨)을 모시고 현륭원(사도세자의 묘)에 나아가 참배하고 화성행궁에 돌아와서, 친히 서장대에 임하여 성에서 실시하는 낮 군사훈련과 야간 군사훈련을 하며,

다섯째 날(13일) 봉수당에서 회갑 잔치를 베풀고,

여섯째 날(14일) 친히 신풍루에 임하여 사방의 구휼할 백성들에게 쌀을 하사하고, 친히 낙남현에 임하여 양로잔치를 실시하고,

일곱째 날(15일) 상감마마께서 자궁을 모시고 가마를 돌려 환궁하실 때, 사근평행궁에서 낮에 쉬고, 시흥 현행궁에서 숙박하고,

여덟째 날(18일) 용양봉저장에서 낮에 쉬고, 당일 환궁하기로 한다.

"중전마마, 신 화성유수 조심태 아뢰옵니다. 중전마마께서 구상하신 원행에 대한 계획은 실로 완벽한 계획으로 감히 신들이 구상할 수 없는 조선 최대의 원대한 계획이옵니다. 또한 정해진 시간들도 조금도 틀림이 없어 지리에 밝은 소신도 그저 놀라울 뿐입니다."

"고맙습니다. 대감들이 그렇게 말씀해 주셔서, 저는 다만 내명부를 책임지고 있는 사람으로서 궁궐에서 동원될 인원과 상감마마의 일정만 계획한 것뿐입니다.

보다 상세한 계획은 대감들이 각 관련기관에 통보하여 주시고 경기감사에게도 연통을 넣어 원행에 차질이 없도록 해주세요. 그리고 원행 중에는 백성들에게 그 어떤 부역도 강요하지 마시고 만약 어쩔 수 없는 일이라면 동원된 일수를 계산해 품삯을 지불하도록 하세요. 그리고 이 기간에는 모든 백성들이 마음껏 배불리 먹을 수 있도록 음식도 성대하게 장만했으면 합니다."

"그런데 신 채제공 중전마마께 여쭈고 싶은 것이 있사옵니다. 통상 군왕의 호위는 병조판서가 맡는데 마마의 계획에는 훈련대장에게 맡기고 병조판서의 자리를 행렬 맨 끝으로 하였는지요?"

"병조판서 심환지는 노론계로서 대비마마의 지시를 받는 자입니다. 비록 상감마마께서는 어쩔 수 없이 옆에 두고 계시지만 거리를 두게 하여 신임을 받지 못하고 있다는 것과 눈에 띄게 지위를 격하시켜 언제든 내칠 수 있다는 경고를 하기 위함입니다."

효의왕비의 계획대로 1795년(을묘년, 정조 19년) 윤2월 9일부터 16일 사이에 정조는 어머니 혜경궁 홍씨를 모시고 원행길에 올랐다.

첫째 날 정조는 문성왕(공자)의 위패를 모신 화성성교 대성전에 나가 참배했다. 화성에서 행사 중 가장 먼저 이곳을 찾은 이유는 조선이 유교 국가임을 나타내고 학문을 장려하는 정조의 의지를 보이기 위함이었다.

이때 정조는 건물과 단청이 낡았음을 지적하면서 수리를 지시하였다.

이날 행사를 구경나온 백성들은 인산인해(人山人海, 사람으로 산과 바다를 이룰 정도로 인원이 많음)를 이루었다.

둘째 날은 시흥행궁을 떠나 사근 평행궁에서 낮에 쉬고, 화성행궁에서 숙박을 했다.

셋째 날에는 낙남헌에 들러 과거를 실시하였다. 과거는 두그룹으로 나누어 실시했으며 문과는 동쪽, 무과는 서쪽에서 서게 하였다.

과거의 주목적은 친위부대인 장용영 확충을 위함이어서 합격자 대부분이 무과 급제자였다. 합격자들은 모두 어사화를 꽂았다. 계단 밑에는 합격증서인 홍패, 어사화가 있고 술과 안주가 차려져 있었다.

넷째 날에는 친히 서장대에 올라 성에서 실시하는 낮 군사훈련과 야간 군사훈련을 실시하였다. 또한 야간 훈련에는 성곽과 성안마을에 수많은 횃불을 밝혔다.

다섯째 날에는 봉수당에서 성대하게 회갑 잔치가 베풀어졌다. 이날 정조는,

"오늘의 의식은 실로 천 년 만에 처음 있는 경사다. 오는 갑자년에 자궁(혜경궁 홍씨)께서 칠순이 되시는데 그때도 현륭원에 참배하고 잔치하기를 오늘처럼 할 것이니 오늘 사용한 모든 도구들을 화성부에 보관해 두었다가 10년 후의 경사 때 다시 쓰도록 하라."

그리고 이때 정조는 어머니 혜경궁 홍씨에게 자신이 신하들의 거센

반대를 물리치고 화성 건설을 추진하는 이유를 설명했다.

"저는 왕위를 탐해서가 아니라 마지못해 나라를 위하여 자리를 지키고 있었습니다. 갑자년(1895년)이면 원자(순조)의 나이가 15세입니다. 그때 왕위를 물려줄 것입니다. 그래서 저는 처음의 뜻대로 어마마마를 모시고 화성으로 가 제 평생 아버님을 모시며 못한 한을 풀 것입니다.

이 일은 제가 영묘(영조의 묘)의 하교를 이루지 못해 행하지 못한 일입니다. 비록 지극히 원통하지만 또한 의리입니다.

원자(순조)는 내 부탁을 받아 내 뜻을 이뤄줄 것입니다. 내가 행하지 못한 것을 제가 대신해서 행하는 것 또한 의리지요. 오늘날 여러 신하들은 나를 따라 하지 않는 것이 의리이고, 다른 날 여러 신하들은 새로운 왕의 뜻을 좇아 따르는 것이 의리일 것입니다."

여섯째 날에는 친히 낙남헌(落南軒, 화성행궁의 일부로 지어진 건물)에 들어 양로잔치를 실시하였다. 이 양로 잔치에는 영의정 홍낙성을 비롯한 노인 관료 15명과 화성부의 노인 384명이 초대되었다.

노인들에게는 노란 비단 손수건을 나누어 줘서 지팡이의 머리 부분에 매게 하였다. 또한 비단 한 필씩을 정조가 직접 하사했다. 이외에도 화성 외곽에서 호위하는 군사들의 복장은 음양오행에 따라 동쪽에는 푸른색 옷을 입게 하고 서쪽에는 흰색 옷을 입게 하였다. 물론 이는 효의왕비의 머리에서 나온 계획이었다.

일곱째 날에는 화성행궁 안의 득중정(得中亭)에서 신하들과 함께 활쏘기를 하였는데 정조의 활솜씨는 백발백중 그야말로 신하들이 탄성을 자아낼 만큼 완벽했다.

화살 100발을 쏘면, 98발, 50발을 쏘면 49발씩 맞히는 식으로, 나머지 한두 발은 일부러 명중시키지 않았다. 그 이유는 군주는 스스로의 재주를 자랑해서는 곤란하기 때문이라고 했다.

정조 스스로도 이를 두고 '활쏘기는 군자의 경쟁이나 남보다 앞서려고 하지 않고, 사물을 모두 차지하려 기를 쓰지도 않는다'고 설명했다.

심지어 곤봉에 놓고 10발을 쏘아 모두 명중시키기도 했다. 세손 때 쏘고는 즉위 후 16년간이나 놓았는데도 50발 중 41발을 맞히었고 이후 한 번 49발을 맞힌 이후로는 어김없이 49발을 맞혔다.

저녁에는 어머니 혜경궁을 모시고 불꽃놀이를 구경하였다.

마지막 여덟째 날 노량 근처 한강의 배다리를 이용해 건넜다. 배다리는 환궁 다음 날 바로 철거되었는데 이는 배다리에 사용된 배들이 생업에 종사하는 배들이어서 하루라도 빨리 백성들이 생업을 할 수 있도록 배려한 것이다.

1795년 음력 윤2월 9일부터 8일 동안 진행된 정조의 화성 행차에는 혜경궁 홍씨를 비롯하여 정조의 두 누이인 청연군주(淸衍君主)와 청선군주(淸璿君主)가 동행하였고 우의정 채제공을 비롯한 문무백관과 나인, 호위군사 등 6,000여 명이 동원되었다. 정조반차도는 이들 가운데 1천779명의 사람과 말 779필의 모습만 세밀하게 표현하였다.

특히 정조는 모든 병권을 장악하고 있는 병조판서에게 호위를 맡기지 않고 훈련대장에게 맡겼다. 그 때문인지 병조판서는 일반적으로 왕의 가마 바로 뒤에 따라오며 병사들이 그 주위를 호위하는 관례를 깨고 행렬 가장 후미에 배치하고 의전도 초라하게 하였다.

제28장
남편의 복심 정동준의
배신과 죽음

1795년(정조 19년) 초 정조는 귀근(貴近, 측근 중에서도 총애를 받는 신하), 즉 측근 권간(權奸, 권력과 세력을 가진 신하) 정동준(鄭東浚) 사건으로 일대 위기에 내몰렸다.

정동준은 1794년(정조 18년)에 홍국영에 이은 또 한 명의 귀근으로 중용했던 인물로 정조 자신이 키우다시피 한 사람으로 규장각 출신이었다.

정조 18년은 한양 정도 400주년을 맞아 10년 계획으로 화성신도시 건설에 착수한 해이기도 하다.

그러나 신도시 건설에 대한 노론 벽파의 반대는 만만치 않았다. 정조의 측근 중에서도 신도시 건설을 냉소적으로 보는 시각이 적지 않았다. 이런 상황에서 정조는 정동준이라는 인물에게 홍국영에 버금가는 신임과 실권을 주어 사림 청론과 노론 벽파의 반발을 정면 돌파하기로 결심했다.

홍국영은 당시 정조의 복심으로 이들을 제거하는 데 성공한 인물이었다. 정조는 마음속으로 정동준이 홍국영과 같은 역할을 해주길 바랐다.

정조는 1780년(정조 4년) 정동준을 선발해 규장각 대교(정8품)로 임명했다. 이듬해 2월 정동준은 이시수·서용보 등과 함께 규장각 초계문신(抄啟文臣, 조선 후기 규장각에서 특별교육과 연구 과정을 밟던 문신)으로 선발됐다.

이미 이때 정동준은 정조의 마음을 사로잡았다. 이에 정조 6년 2월 정조가 정동준을 이조좌랑으로 특진시키자 정동준은 끝까지 사직의 뜻을 밝혔지만, 정조는 일단 정동준을 과천 현감으로 보임했다.

1년 후 의정부 사인(舍人, 오늘날의 국무총리비서실장)에 임명된 정동준은 한 달 후 규장각 직각으로 자리를 옮겼다. 직각은 5품직에 해당한다.

정조 9년과 10년에도 이조참의에 제수됐으나 이때도 정동준은 사양했다가 수원부사로 보임되었다. 정조 11년 6월, 문제의 이조참의는 이시수가 차지하고 정동준은 이때 대사간으로 임명됐다.

1년 후 전라도 관찰사로 보임되었으나 사직을 청해 받아들여졌고 정조 13년 1월 12일에 다시 경상도 관찰사로 보임됐으나 역시 나갈 수 없다고 하여 정조는 "정동준을 삭탈관직하고 영원히 의망(후보군)에서 빼버리라."고 명했다.

그러나 그것은 말뿐이었고 이듬해(1790년) 정동준은 승지가 되어 정조를 측근에서 보좌하였다. 정조는 정동준의 문장을 좋아했다. 문장이 좋다는 것은 그만큼 학문적 지식 또한 훌륭하다는 말과 통한다. 그래서 그런지 정조는 정동준을 옆에 두고 싶어 했다.

그리고 2년 후 정동준은 규장각으로 복귀해 있었다. 그러나 글솜씨가 좋다고 정치를 잘한다는 보장은 없다. 오히려 정반대 쪽에 가깝다고 말할 수 있다.

이런 점을 간파한 효의왕비는 정조가 정동준을 지나치게 믿고 있는 것을 비판적으로 바라보았다. 그래서 남편 정조에게 정동준의 행동거지가 예사롭지 않고 겉과 속이 다른 사람이라고 지적했다.

"정치는 권모와 술수가 판치는 세상으로 대범하고 결단성이 있어야 반대파들을 제거하는 일에도 아무런 거리낌이 없는데 문인들은 지엽적이고 이기적인 성향이 강하여 큰일을 하기 어렵습니다."

효의왕비는 항상 정동준을 두둔하는 정조를 향해 "정동준은 결코 홍국영을 대신할 만큼 강직하지도 않고 자신의 이익만 추구할 상이다."라며 정동준을 경계해야 한다고 조언했다. 하지만 정조는 학문이 높은 신하들을 가까이에 두고 싶어 했다. 학문이 높아도 너무 높아 자신과 학문의 깊이를 논할 신하들이 없어 항상 아쉬워했던 것이다. 그 때문인지 정조는 규장각에서 배출된 신하들의 학문적 깊이를 항상 검토하곤 했었다.

아니야 다를까 효의왕비 말처럼 정동준은 임금이 내준 권력을 휘두르면서 자신을 총애하는 틈을 타 권력을 남용하고 뇌물을 제공하는 자들과 어울렸다. 그리고 자신에게 뇌물을 주지 않는 자에게는 횡포를 일삼았다.

그런데 정동준이 이런 일들을 벌인 뒤에는 같은 규장각 출신 이조판서 서정수(徐貞壽)가 있었다. 이들은 정조 앞에서는 그 명을 집행하는 척하면서 뒤에서는 노론들과 정조의 정치를 비판하였다.

이러한 정동준의 행동은 곧바로 궁궐에 심어놓은 내시와 상궁, 그리고 대궐을 관리하는 첨지 권유에 의해 효의왕비에게 전달되었다.

"어떻게 이들이 이런 행동을 할 수 있단 말인가? 이들은 모두 상감마마가 실시한 문과에 급제해 규장각에서 배출한 인물들이 아닌가!

저들이 오늘날 그 자리에서 호의호식하면서 높은 관직을 유지하는 것은 상감마마의 하늘과 같은 은혜 때문인데 뒤에서 임금의 명을 거절하며 노론들과 임금을 비판하는 것은 곧 임금에 대한 도전이자 반역에 가깝다.

비록 상감마마께서 그들을 옹호하고 있지만 머지않아 노론 벽파의 공격이 시작될 것이다. 만약 그렇게 된다면 좋은 뜻에서 설립된 규장각의 존재는 위험에 처할 것이고 이는 곧 노론 벽파가 상감마마를 공격하는 발판이 될 것이다."

효의왕비는 이들을 어떻게 처리할 것인지 고민했다. 자신의 남편 정조는 한 번 사람을 옆에 두면 반역죄를 제외하고는 내치는 법이 없었다.

의리(義理)와 정도(政道)를 신념으로 평생을 살아온 사람이라 자신이 설사 이들에 대한 처벌을 주청한다고 해도 받아들이지 않을 것이기 때문이다.

하지만 이자들을 가만히 놔둘 수는 없었다. 이자들의 죄를 바로 잡지 않는다면 조정에 더 큰 화가 닥칠 것이 뻔했다.

더군다나 정조는 최근 효의왕비가 정치에 너무 깊숙이 관여한다고 생각하고 있었다. 그래서 효의왕비는 정동준을 경계하는 일은 자신이 직접 나서기보다는 다른 사람을 이용하기로 마음먹었다. 그리고 무슨 생각이 났는지 조용히 첨지 권유를 불렀다.

"그대는 비록 말단 첨지에 있지만 궁궐의 모든 사정을 누구보다도 잘 알고 있다고 들었다. 내 이미 그대의 상소를 보았다.

그대도 잘 알다시피 상감마마께서는 누구보다도 규장각 출신 대신들을 총애하신다. 그러나 정동준의 파렴치한 행위를 더 이상 두고 본다면 이는 상감마마에게는 깊은 상처를 남길 것이다.

그대도 잘 알다시피 상감마마께서는 그동안 믿었던 자들에게 수도 없이 많은 배신을 당했다. 이번 정동준 사건으로 또다시 실망한다면 그 실망감은 헤아릴 수 없을 것이다. 게다가 이를 빌미로 노론 벽파의 반발은 곧 규장각에 대한 비판으로 이어질 것이다.

그대가 나에게 올린 상소는 바로 상감마마께 올리도록 하여라! 그리고 상소의 내용이 너무 점잖아 내가 조금 손을 보았으니 다시 대필하여 올리도록 하거라! 만약 이 상소가 상감마마께 들어간다면 정동준 대감은 상감마마께서 엄벌에 처하기 전에 중대한 결심을 할 것이다.

그러나 걱정은 하지 말거라! 상감마마께서는 옳은 상소는 그 어떤 흉한 말이라도 이해하고 넘기시는 분이다. 그리고 나에게 상소를 올린 사실을 함구하여라!"

첨지 권유는 중전인 효의왕비에게 정동준의 비리에 대한 상소를 올렸었다. 상소란 잘못되면 무고혐의로 오히려 자신이 참형을 당할 수 있기 때문에 평소 알고 지내던 엄 상궁을 통해 간접적으로 효의왕비에게 상소를 전달하게 만들었던 것이다.

1795년(정조 19년) 1월 11일 말단 관리인 첨지 권유(權裕)가 장문의 상소를 올렸다. 이 상소의 충격파는 컸다. 이 상소가 올라온 직후 정동준이 자살을 택했기 때문이다. 권유는 주로 궁궐 내의 일을 맡아보며

30여 년을 보낸 인물로 궐내 사정에 누구보다 밝았다.

"정동준은 오로지 온갖 수단을 총동원하여 권세와 이익을 키워 나갈 생각만 하면서 한 숟가락의 밥에도 굶주림과 배부름이 관계되는 양 행동하고 한마디 말에도 기뻐하고 슬퍼하여 안색이 금세 나타나곤 하는데, 더 좋은 위치로 올라가는 일에만 관심을 두고 더 많이 차지하면서 뺏기지 않으려고 눈이 뒤집힌 채 배(腹) 속에서 욕심만 부풀려 오르고 가슴속에는 의심만 끊임없이 일으키고 있습니다. (중략)

말끝마다 거만스레 천위(天威, 하늘에서 타고난 위엄)를 희롱하고 사사건건 조정의 명령을 가차(假借, 거짓으로 들어줌)하면서 은혜가 융숭해질수록 보답할 방도는 생각하지 않고 지위가 근밀(近密, 가깝고 밀접함)해질수록 감히 남을 인식하지 않고 비리만 도모할 생각을 품고 있습니다. (중략)

천고(千古, 오랜 세월)에 볼 수 없는 은총을 받고 천고에 듣지 못하던 지위를 차지하고서도 천고에 듣지 못하고 볼 수 없었던 흉측하고 극악한 정절을 보이고 있는데, 전하께서는 이런 사실을 모르시는 것입니까? 아니면 아시면서 금하지 않고 계시는 것입니까?

아시지 못한다면 이는 명철하신 면에 손상되는 점이 있는 것이고 알고도 금하지 않고 계시는 것이라면 통쾌하게 결단을 내리는 면에 결핍된 점이 있다고 할 것인데, 신이 이에 대해 피눈물을 씻으면서 밝혀 드려볼까 합니다. (중략)

전하께서 매번 마음먹은 대로 정치가 안 된다고 조정에서 탄식하곤 하십니다만, 이 자들의 죄를 바로잡지 않는 한 오늘날의 조정을 어떻게 할 수가 없을 것이며, 이 자들의 무함을 변별해 주지 않는 한 오늘날의 습속을 어떻게 할 수가 없을 것입니다.

이 자들을 그냥 놔두고서 차마 법대로 적용하지 못한다면 전하께서 비록 한(漢)나라와 당(唐)나라 때의 중간 수준쯤 되는 임금이 되어보려 해도 그렇게 되지 않을 것입니다."

충정 가득한 상소이면서 말단 첨지가 올릴 수 있는 상소 내용이 아니었다. 임금에게 이런 직설적인 비판을 하는 상소는 뒤에 있는 누군가를 믿고 올리는 것이 틀림없었다. 그래서 그런지 정조는 바로 알아차렸다.

그건 중전밖에 없었다. 정조는 자신을 비판하는 대목이 많았음에도 불구하고 이례적으로 첨지 권유를 쳐다보며 말했다.

"그대가 이런 말을 하다니 그 점이야말로 내가 반성해야 할 점이다."

정조가 권유의 상소를 받아들였다는 소식이 전해지자, 정동준은 독약을 먹고 자살했다. 그날이 1월 18일이다.

1월 22일 권유는 다시 상소를 올려 이번에 이조판서 서정수를 지목하면서 "정동준의 휘하에서 놀아난 인물"이라고 탄핵했다. 이에 사흘 후 서정수는 사직 의사를 밝혔고 정조는 서정수를 충청도 병마절도사로 내보냈다.

그날 저녁 효의왕비는 정조에게 자신이 첨지 권유를 설득해 상소를 올리게 했다고 이실직고했다. 이에 정조는 모든 것을 다 알고 있었다고 답했다.

"중전, 내 이미 상소를 보면서 중전이 개입한 것을 다 알고 있었습니다. 미천한 첨지의 상소만을 믿고 자신이 아끼는 신하를 내칠 임금이 어디 있겠습니까?

하지만 상소 한 구절 한 구절이 모두 맞는 말이고 더 이상 서정수를 방관한다면 노론 벽파의 반격을 우려해 그렇게 내친 것입니다."

"마마, 송구하옵니다. 마마의 성정은 누구보다도 제가 잘 알기에 상소 내용을 일부 제가 수정한 것입니다. 그러나 문제는 지금부터입니다.

화성행궁 건설을 반대하는 세력들을 제거하고 행궁 건설을 밀어붙이기 위해 발탁한 판서 정동준은 홍국영을 대신할 인물로는 너무나 나약한 존재였습니다.

서정수의 경우는 마마께서 아끼셨으니 잘한 조치로 보입니다. 한양에서 가까운 충청도 절도사로 보냈으니 언제든 필요하실 때 불러들이시면 될 것입니다.

그리고 마마! 마마께서는 상소를 올린 일에 대해 제게 섭섭할 줄 모르지만, 노론 벽파는 이제부터 정동준에게 아부했던 자들에 대한 처벌을 요구할 것입니다. 그런 이유는 상소에 거론된 인물들이 모두 규장각에서 배출된 인물들이기 때문입니다."

"중전! 그렇다면 그들에 대한 상소를 내가 받아들여야 하는지, 아니면 내쳐야 하는 것인지 어찌하면 좋겠습니까?"

"마마! 노론들에 대한 상소는 어떻게 보면 전화위복(轉禍爲福)이 될 것입니다.

판서 정동준이나 서정수 대감 모두 규장각 출신으로 마마의 심복이었사옵니다. 그런데 마마를 배신했습니다. 저들은 상소에서도 말했듯이 마마의 은혜를 모르고 자신들의 능력으로 그 자리에 있다고 생각하여 그런 흉직한 짓들을 하게 된 것입니다.

노론들의 상소는 두 가지 측면에서 마마에게 도움이 될 것입니다.

첫째는 이미 노론들은 두 사람의 사건을 잘 알고 있고 추가적인 도발을 준비하고 있던 차 마마께서는 선수를 쳐서 이를 방어할 수 있는 계기가 되었습니다.

노론들은 상소를 통해 판서 정동준에게 아부했던 자들을 색출하여 처벌할 것을 요구할 것입니다. 하지만 첨지 권유의 상소를 통해 이미 마마께서는 관련자에 대한 처벌을 마무리하셨기 때문에 추가적인 처벌은 마마께서 안 하셔도 큰 문제가 없을 것입니다. 만약 이 사건이 노론들에 의해 먼저 제기되었다면 마마께서는 마마가 아끼시던 더 많은 신하들을 처벌해야 했을 것입니다.

둘째는, 마마께서 키워낸 규장각 출신 대신들에 대한 충성을 재차 확인할 필요가 있습니다. 판서 정동준과 관련된 자들에 대한 처벌은 곧 규장각 출신들의 처벌을 말하는데 마마께서는 상소를 받더라도 이들을 용서해 주신다면 그들은 딴 마음을 먹지 않고 마마께 충성할 것이기 때문입니다."

"중전 잘 알겠소! 그런 깊은 뜻이 있다니 내 중전 말대로 처리하겠습니다."

효의왕비 말대로 노론들의 지시로 사헌부·사간원 등에서는 정동준에게 아부했던 인물들을 구체적으로 거명하면서 처벌할 것을 상소했으나 정조는 오히려 그런 상소를 올린 사람을 내쳤다.

임금이 이미 마무리한 사건을 다시 거론하여 임금의 마음을 어지럽혔다는 이유였다. 하지만 그 속내는 따로 있었다. 따지고 보면 정동준이나 서정수 그리고 그를 따르던 수많은 규장각 출신들은 정조의 명에 따라 화성행궁 건설을 밀어붙일 수밖에 없었던 것이다. 그에 따른 부작용의 일부였던 것이다.

이 점은 정조에게나 신하들에게나 결국은 비극이었다. 효의왕비 말처럼 노론을 제거할 수 있었던 좋은 시기에 우유부단한 정조의 성격 때문에 그들을 용서했던 불찰로 인한 것이었다.

제29장
남편 정조도 넘지 못한
노론 벽파의 심환지

정조 19년(1795년) 초 정조는 귀근, 즉 측근 권간 정동준 사건으로 인해 일대 위기에 내몰렸다. 노론 벽파는 말할 것도 없고 측근들로부터도 정조의 인사제도에 대한 깊은 의심을 받은 것이다. 2년 이상 특권을 누리며 권력을 휘둘렀던 정동준은 정조 19년 초 세상을 떠났다.

이해 1월 28일 정조는 병조판서 이시수를 호조판서로 옮기고 심환지를 병조판서에 임명했다. 군권을 관장하는 병조판서에 썩 내키지 않는 심환지를 임명해야 할 만큼 정조가 처한 상황은 곤혹스러웠다.

이후 규장각 제학, 대사헌, 경연 지사 등을 지낸 심환지는 10월 6일 이조판서에 올랐다. 조선에서 병판에 이어 이판을 맡겼다는 것은 여간한 심복이 아니고서는 쉽지 않은 일이었다.

그러나 정조는 심환지를 두려워하면서도 이 일을 맡겼다. 점점 그렇게 하지 않으면 안 되는 상황으로 빠져들고 있었기 때문이다. 노론 벽파는 자신들이 추천한 사람이 요직을 맡지 않을 경우 사사건건 인사를 반대했기 때문이다. 그리고 이런 상황은 정조 스스로가 자초한 측면이 많았다.

이조판서에 올라온 심환지는 반(反) 남인 성향을 굽히지 않았다. 이조판서가 된 지 불과 열흘도 안 된 10월 14일 정조가 남인의 정신적 기반 강화를 위해 숙종 때의 남인 정승 허적(許積)의 신원(伸寃, 가슴에 맺힌 원한을 풀어버림)을 명하자, 그 명을 거두어 달라는 상소를 올릴 정도였다.

대신 이듬해(1796년, 정조 20년) 4월 18일 정조가 고인이 된 여섯 명의 판서들 중에서 청백리를 추천하도록 명하자, 심환지는 전 영의정 서지수, 전 좌의정 김종수, 전 집의 박치륭(朴致隆)을 추천했다. 김종수가 자신을 천거한 것에 대한 보답으로 김종수를 포함시켰다.

정조는 심환지(沈煥之)의 강한 당파성, 즉 노론 벽파 성향에 대해서는 늘 못마땅해 했지만, 그의 업무처리 능력은 높이 평가했다.

1792년(정조 16년) 8월 심환지는 승지가 되어 정조를 측근에서 보좌하였다. 그해 9월 20일 심환지는 남인 세력을 강도 높게 비난하다가 정조의 노여움을 사 '불서(不敍, 벼슬아치로 채용 안 함)'의 처벌을 받았다. 관리로서 등용하지 않겠다는 것은 파직보다도 강한 처벌이었다.

그러나 불과 석 달 후인 12월 25일 이조참판 이재학과 이조참의 이면응이 면직되자 그 자리에 각각 심환지와 서매수를 임명하였다. 이조참판은 무엇보다 탕평과 당파조정을 중시했던 정조가 핵심 보직으로 생각했던 자리였다.

정조가 여러 차례 경고했음에도 불구하고 정조를 지지하던 남인에 대한 심환지의 성토는 그칠 줄을 몰랐다. 불구대천(不俱戴天), 함께 하늘을 이고 살 수는 없다는 결연함은 누구도 꺾을수 없었다.

설사 그 방향이 폭넓은 동의를 얻기 어렵다고 하더라도 주장에 일관성이 있으면 거기서 힘이 생겨난다. 심환지가 대표적으로 그런 경우였다.

정조의 위세 앞에 하루아침에 노론에서 소론으로, 소론에서 노론으로, 벽파에서 시파로, 변신에 변신을 거듭하던 시류에서 심환지는 보기 드문 존재가 아닐 수 없었다. 이런 점을 정조가 좋아했다.

정조 17년(1793년) 1월 27일 성균관 대사성을 맡고 있던 심환지는 남인의 차세대 지도자 이가환(李家煥)을 몰아세웠다가 정조의 노려움을 샀다.

정조는 심환지를 어르고 협박하고 온갖 수단을 다 써보았지만, 심환지는 눈썹 하나 까딱하지 않았다.

그 바람에 심환지의 관직도 상당 기간 이조참판과 대사성 그리고 승지를 오락가락해야 했다. 특진을 좋아하던 정조의 은혜를 제대로 입어보지 못한 것이다.

심지어 정조 18년(1794년) 3월 10일에는 능주목사(綾州牧使, 전라도 능주의 목사)로 발령을 받았다. 문책상 좌천이었다.

같은 해 8월 심환지는 예문관 제학이 되어 중앙조정으로 복귀했지만, 벼슬에 나갈 뜻이 없음을 밝히자, 사흘 만에 체직(遞職, 벼슬을 갈아치움)되었다. 그리고 얼마 후 또 그동안 수도 없이 맡았던 이조참판에 제수(임명)되었다.

정조는 자신의 정치적 결단에 사사건건 반대하는 심환지를 내치다가

도 중요한 자리에 중용하곤 했다. 그렇다고 죽일 수도 없었다.

많은 대신들이 심환지를 따르고 있었고, 정순대비 역시 심환지를 신뢰하고 있었다. 자신의 오빠 김귀주와 심환지는 가까운 사이였고 둘이 손잡고 홍국영을 공격하는 데 적극적이었기 때문이다.

게다가 노론들은 자신들의 의견을 무시하는 임금이 유독 심환지를 신뢰하는 것을 보면서 심환지가 중요 요직을 맡길 원했다.

이러지도 저러지도 못하는 상황에서 정조는 갈피를 잡지 못하고 있었다. 이런 자신의 심정을 잠자리에서 중전 효의왕비에게 털어놓았다.

"중전, 심환지는 계륵(鷄肋, 닭의 갈비뼈, 큰 쓸모는 없으나 버리기는 아깝다는 뜻)과 같은 존재입니다. 정동준 사건으로 수세에 몰리고 있는 상황에서 노론들을 견제할 인물이 필요한데 딱히 내세울 인물이 없어 심환지를 우의정으로 제수하였으면 하는데 중전의 생각은 어떠시오?"

"마마, 심환지는 잘 아시다시피 마마께서 1780년(정조 4년) 경자년 3월7일 다른 당을 비판하는 데 앞장서는 등 세도(世道, 세상의 도리)를 어지럽혔다는 이유로 파직시켰던 인물입니다.

그다지 큰 죄가 아니었기에 마마께서는 4년 후인 갑진년(1784년, 정조 8년) 9월 18일에야 이조판서 김종수의 천거에 의해 종부시정(宗簿寺正, 정삼품당하관)으로 관직에 겨우 복귀할 수 있었던 것이며 이는 모두 김귀주와 깊은 인연 때문이었습니다.

그 뒤 심환지는 관직에 복구하자마자 자기 집안을 비방하는가 하면 조정에 상소를 올려 큰 파문을 일으켰습니다. 이 상소 때문에 병조판서 서호수가 사직의 뜻을 밝혔고 두 달이 지난 11월 25일에는 영의정 서명선이 사직의 뜻을 밝혔습니다.

이에 마마께서는 서명선 대감을 위로하기 위해 '기회를 틈타서 자기

원한을 풀려는 것은 유독 심환지 한 사람만이 아니다. 또 하는 말이 이의필(李義弼) 윤득부(尹得孚)의 무리들과 조금 차이가 있으므로, 우선 용서하고 불문(不問)에 붙인 것이지 심환지를 아끼는 것은 아니었다'고 말씀하셨습니다.

그리고 12월 3일 규장각 제학 김종수와의 대화에서 마마께서는 '너를 믿고 네가 추천하는 인사를 등용했더니 조정 꼴이 말이 아니다'라고 말씀하시기도 하셨습니다.

그런데 마마께서는 이런 불만에도 불구하고 기유년(1789년, 정조 13년) 10월 27일 심환지를 대사간으로 제수하였고, 이듬해 경술년(1790년, 정조 14년) 8월 5일에는 성균관 대사성으로 임명하셨습니다. 그러다가 4개월도 안 돼 다시 대사간으로 복귀시키셨습니다.

그리고 신해년(1791년, 정조 15년) 6월 8일 다시 성균관 대사성을 맡겼다가 이번에도 두 달만인 8월 3일 서용보(徐龍輔)의 이조참의 제수를 취소하고 그 자리에 심환지를 임명하셨습니다. 그 뒤 또다시 두 달 후인 10월3일 심환지를 이조참의에서 파직하고 서용보를 임명하셨습니다. 당연히 마마의 마음은 서용보에 가 있었습니다. 그리고 또 두 달이 지난 12월에는 심환지를 이조참의에 재수하셨습니다.

임자년(1792년, 정조 16년)에는 형조참판으로 승진했던 심환지는 3월 15일 역적을 엄하게 다스리지 않았다는 죄로 형조판서 김문순(金文淳), 형조참의 이면응(李冕膺) 등과 함께 귀양을 갔다가 한 달 만에 방면시키셨습니다.

이렇게 마마께서는 계속해서 심환지 대감에 대하여 등용과 파직을 반복하는 이유는 오직 그를 곁에 두고자 함이 아니옵니까?"

"그렇소! 비록 심환지가 내 명에 대하여 자주 반론을 주장하지만,

나를 공격하는 노론들의 공격도 어느 정도 막아주고 있고 업무처리에 대해서는 그를 따를 자가 없는 것도 사실입니다."

"마마!

심환지 대감은 김종수 대감이 추천한 인물이고 김종수는 어머니(혜경궁 홍씨)께서도 집안의 원수로 생각하는 사람입니다. 이왕 말이 나왔으니 한 말씀 올리겠습니다. 심환지 대감이 김종수 대감을 청백리로 추천한 것에 대해서는 최종적으로 결정하시기 전에 어머니께 먼저 동의를 구하시는 게 좋을 듯합니다.

그리고 심환지 대감의 우의정 제수 문제는 신중에 신중을 기해야 하지만 기용으로 인한 감내는 마마 스스로 이겨내셔야 하는데 저는 그게 걱정될 뿐입니다.

최근 밤잠을 못 주시고 뒤척거리는 마마의 모습을 지켜볼 때 마마께서는 그 문제로 인해 심적으로 매우 불안해 보이십니다. 그리고 제일 큰 문제는 그런 문제로 밤잠을 못 주무시고 과로한 탓에 등에 자주 발생하는 종기 또한 우려되옵니다. 목뒤의 종기 크기가 날이 갈수록 커져가는데 이는 가볍게 볼 일이 아니옵니다."

"알겠소! 내 건강에도 유념하리다. 그리고 중전! 우선 김종수의 청백리 문제부터 어머님의 의견을 들어보고 최종 결정할 생각입니다.

또한 심환지를 우의정에 제소하는 문제는 시간이 있으니 천천히 생각하도록 하겠습니다. 그리고 내 등 뒤 종기는 어의가 매일 살피고 있으니 걱정하지 마세요. 중전의 말처럼 내 신경 써서 살피도록 하겠소."

정국을 안정시키고자 어쩔 수 없이 심환지의 추천을 받아 김종수를 청백리로 정하는 문제는 그리 쉬운 일이 아니었다. 어머니 혜경궁 홍씨가 두 눈에 흙이 들어갈 때까지 김종수를 용서하지 않겠다고 벼르고 있었기 때문이었다.

며칠 뒤 정조는 외가를 욕해 왔던 김종수로 인해 어머니의 마음이 편치 못할 것을 염려하여 효의왕비와 함께 혜경궁 홍씨를 찾아갔다.

정조가 어머니를 찾아간 것은 김종수의 청백리 추천에 대한 해명도 필요했지만, 사실 심환지의 인사를 두고 가족끼리 모인 자리에서 자신의 생각에 대해 어머니와 효의왕비의 의견을 듣고 싶어서였다.

"어마마마! 무리한 화성 원행으로 인해 어마마마 건강이 좋지 않다는 중전의 말을 들었습니다. 지금은 어떠하신지요?"

"주상의 배려로 천추의 한을 씻어 마음속 깊이 그 기쁨을 이기지 못하고 있는데 몸인들 무슨 대수이겠습니까? 나는 무탈합니다. 나도 나지만 주상이나 중전 또한 많은 격무로 인해 고생이 많을 텐데 옥체를 잘 보존하시길 바랍니다."

정조는 어머니 혜경궁 홍씨의 눈치를 보다가 무거운 입을 열었다.

"어마마마! 제가 이번에 이조참판의 추천으로 김종수를 청백리로 추천받았는데 어머니 생각은 어떠하신지요?"

김종수 이야기가 나오자 혜경궁 홍씨의 표정이 바뀌었다.

"정치야 주상이 알아서 하는 일이겠지만 나는 종수를 사람같이 생각하지 않습니다. 주상께서는 세자 시절 종수 때문에 목숨을 지킬 수 있었다고 생각하시겠지만, 나는 세상의 여러 악한 무리 가운데 그 흉악함이 종수 형제가 으뜸이며, 특히 종수는 간악하고 교활하여 세상 인심을 심히 어지럽혔다고 봅니다. 물론 주상께서도 갑인년(1794년, 정조 18년) 1월의 일을 기억하고 계실 것입니다.

그때 종수가 상소를 올려 정민시를 비롯한 신하들이 오로지 아첨으로만 임금을 모시고 있다며, 선세자(사도세자) 문제에 대한 간접적인 비판을 시도하고 '임오의리'를 인정할 수 없다고 하자, 주상께서는 선왕이신 영조 대왕이 남기신 '금등'까지 공개하며 설득하였으나 그래도 말을 듣지 않자, 그해 1월 28일 김종수를 삭탈관직하고 지방으로 추방하셨지요.

그런데 다음 날 1월 30일에는 영의정 홍낙성과 중추부 판사 박종악, 좌의정 김이소, 우의정 김희, 중추부 영사 채제공이 차례로 김종수의 말이 맞으니 자신들이 처벌을 받아야 한다며 죄를 청하는 상소를 올리기도 했습니다.

그리고 2월 18일 주상께서는 김종수의 반대편에 있던 자들의 손을 들어주면서 종수를 절도로 유배를 명하셨지요. 결국 주상의 그 같은 명으로 인해 올해(정조 19년. 1795년) 봄 종수는 사실상 정계를 은퇴했습니다.

혹 주상은 계축년(1793년, 정조 17년) 종수가 나에게 어떻게 했는지 기억하시는지 모르겠지만 종수는 내가 외가에 마음을 두는 눈치가 보이자, 경연 석상에서 '저는 홍씨와 지친이기에 홍씨를 공격하는 의논을 편 일이 없습니다.'라고 거짓으로 아뢰기까지 하였으니, 종수가 하는 짓을 보면 거의 구미호와 같았습니다.

국운(國運. 국가의 운명)이 불행하여 이런 악독하고 간사한 자가 났으니 어찌 한탄하지 않겠습니까?"

하며 눈물을 흘렸다. 이에 효의왕비가 그 마음을 이해한다는 뜻으로 시어머니를 거들었다.

"마마! 황공하옵게도 어마마마의 말이 백번 다 옳사옵니다. 종수는 올해 7월에도 호남을 중심으로 떠돈다는 다섯 조목의 흉언(凶言. 흉악한 말)을 적어 규장각에 장문의 편지를 보냈는데 이 사건 후 마마께서는 어마마마에게 '흉언한 사람은 대지 못하고 소문에 그렇다고만 하였으니, 그것이 종수 스스로 지어낸 말이지 누가 그런 말을 하겠습니까' 하시며 원통하고 분해하셨는데, 세상에 그런 간사한 놈이 어디에 있겠습니까?

결국에는 누구를 잡아넣으려고 지어낸 것이 아니겠습니까, 이처럼 하기 어려운 말을 누가 했는지도 대지 못하고, 그저 공중에 떠도는 소문이라 하니, 그 소문이 하늘에서 떨어진 것이거나 땅에서 솟아온 것이거나 설사 나무꾼이 전했다 하여도 종수가 정말 나라를 위해 밝히려면 김가(金哥)고 이가(李哥)고 아는 놈을 정확히 말해야 그놈을 잡아 출처를 물어보면 진실과 거짓을 알 수 있음에도 이름도 성도 없이 소문이라고만 하였으니, 이것은 좋지 않은 사람을 공연히 모함하기 위함이 아니면 무슨 의도로 그렇게 했겠습니까?

물론 마마께서도 이를 이미 알고 그들을 견제하고 있지만 문제는 지금부터입니다.

마마께서는 이미 홍국영을 통해 노론 벽파가 하고자 하는 반역 행위를 전해 들으셨고 국영이는 그들을 반드시 척결해야 한다고 말씀드린 적이 있습니다. 그러나 마마께서는 처음에는 줄곧 반대만 하시다가 나중에야 그들의 반역을 알아채시고 처단하셨지요.

이 일로 조정의 신하들도 마마의 사람들로 어느 정도 정리되어 가고 있는데 최근 마마께서는 김종수 대감을 지지하고 있는 이조판서 심환지를 기용하여 노론 벽파 세력에 힘을 실어주셨으니 향후 이 나라 조정이 어찌 될지 걱정이 앞설 뿐입니다."

혜경궁 홍씨와 효의왕비의 말을 듣고 있던 정조는 아무 말이 없었다. 그리고 적막이 흐른 한참 후에야 정조는 말문을 열었다.

"어머니, 어머니와 중전의 말이 틀린 것은 아니지만 지금 조정의 상황은 그리 녹록지 않습니다. 이조판서 심환지가 노론 벽파에 대한 강한 당파성으로 아버님(사도세자)을 죽음으로 내몰고 집안을 어지럽힌 김종수의 편에 있다는 사실을 제가 어찌 모를지 있겠사옵니까?

하지만 지금의 조정 사정을 보십시오. 하루아침에 노론과 소론으로 벽파에서 시파로 변신을 거듭하는 지금의 현실에서 제가 누굴 믿고 정치를 펼칠 수 있겠사옵니까.

그나마 이조판서 심환지는 당파는 노론 벽파에 있지만 그 심지가 굳고 정순대비의 잘못된 지시에 대해서는 자신의 의견을 굽히지 않는 자이옵니다.

이런 자를 등용시켜 측근에 두고 아울러 노론 벽파를 견제하면서 나름대로 인재를 양성하여 세자(순조) 옆에 둔다면 장차 세자가 왕위를 승계한 후에는 나라가 안정되어 이 나라 조선의 앞날은 밝을 것으로 보여 그렇게 한 것입니다."

정조는 한번 결심하면 자신의 의지를 굽힐 줄 몰랐다. 결국 심환지를 자신의 곁에 두고 정치를 펼쳐 나가겠다는 뜻을 어머니와 효의왕비에게 내비친 것이었다.

이때 혜경궁 홍씨가 분을 참지 못하고 작심이라도 한 듯 말문을 열었다.

"주상의 뜻은 내 알겠지만 이 어미는 죽기 전에는 다시 종수를 보지 않을 것이며 종수를 따르고 있는 심환지 역시 보지 않을 것입니다.

주상! 다시 한번 말하지만 노론 벽파 심환지는 절대 등용시켜서도 조정에 발을 들여서도 안 되는 사악한 자이며, 대비의 사람으로 간악한 자입니다.

내 말도 말이지만 중전의 충언을 잊지 마세요. 중전이 어디 틀린 말한 적이 있습니까?"

혜경궁 홍씨는 심환지를 임금의 옆에 두어서는 안 된다고 말했다. 하지만 정조의 마음에는 이미 심환지를 중심으로 인사계획을 구상하고 마친 상태였다.

"중전, 중전도 하고 싶은 말이 있으면 주저 말고 다 하세요. 오늘 이렇게 오랜만에 어머니와 함께 만났으니 충분한 의견을 듣고 싶습니다."

"황공하옵니다. 마마! 그럼 저도 한 말씀만 더 드리도록 하겠사옵니다.

저도 어머님의 말씀처럼 심환지 대감을 등용시키지 않았으면 합니다. 이미 마마께서는 홍국영 대감과 김종수 대감을 통해 뼈아픈 시련을 두 번이나 겪으셨고 그때마다 그들을 등용한 걸 후회하셨지요. 그럼에도 불구하고 외가의 집안과 원수지간에 있는 심환지 대감을 왜 옆에 두시고자 하시는지 이해할 수 없습니다.

마마께서도 이미 알고 계시듯 심환지 대감 뒤에는 대비마마(정순대비)가 계시고 그 아래에는 김종수를 따르던 자들과 노론 벽파 대신들이 있사옵니다. 그리고 심환지는 마마의 정적이었던 김귀주 대감을 따르던 자이옵니다.

김귀주가 누구이옵니까? 시아버님(사도세자)을 죽음으로 몰고 간 원수가 아니옵니까?

그럼에도 불구하고 마마께서는 심환지의 바른 행실과 탄탄한 학문 때문에 총애를 하신다는 걸 알고는 있지만 그건 마마의 짝사랑이옵니다. 심환지 대감은 그 뿌리까지 노론 벽파이기 때문에 마지막에는 마마에게 등을 돌릴 것입니다. 따라서 이를 경계해야 할 것입니다.

하지만 만약 어머님과 제 의견을 받아들이지 못할 것 같으시면 제가 한 가지 제안을 하고자 합니다.

심환지 대감의 문제는 이렇게 하시는 것이 어떠실지요? 물론 그런 일이 일어나서도 생기지도 않아야 되겠지만, 만약을 대비하는 일은 마마를 위해서도 반드시 필요한 일이기도 합니다.

어떻게 보면 심환지 대감은 대비마마의 신임을 얻고 있는 자입니다. 즉 마마께서 대감을 옆에 둔다면 노론은 물론이고 대비마마와의 힘겨운 싸움이 조금은 줄어들 것이 옵니다. 마마께서도 그점 때문에 심환지 대감을 옆에 두시려고 한 것이겠지요?

심환지 대감의 성향을 보건대 대감은 향후 세자가 장성하여 국왕의 자리에 오르기 전 마마께서 무슨 일이 생기시더라도 그 자릴 지킬 것이고 대감의 성격상 대비마마가 그 어떤 옳지 않은 하명을 하셔도 대감은 듣지 않을 것입니다.

그런 차원에서 심환지 대감을 옆에 두는 것은 득(得)과 손(損)이 함께 존재합니다. 그 득(得, 얻는 것)이란 말씀드린 내용이고 손(損, 손해 보는 것)이란 대감은 끊임없이 마마와 대립하여 이로 인해 마마의 분노가 가중하여 건강을 해치는 일입니다.

어떤 쪽을 선택하든 그건 온전히 마마에게 달려 있는 문제입니다.

그리고 마마와 어마마마(혜경궁 홍씨)에게 황공하지만 꼭 드려야 할 말이 있사옵니다."

혜경궁 홍씨는 아들 정조를 바라보며 며느리가 무슨 말을 할지 불안해하면서 쳐다보았다.

"이 나라 조선은 선대왕이신 태조 대왕이나 태종, 그리고 세조와 연산군 시절의 강력한 왕권정치는 조선 초기에 사라졌고 이후에는 신하들이 만든 붕당정치로 인해 왕권이 쇠퇴하였으며 이로 인해 제대로 된 왕권정치를 실현한 적이 단 한 번도 없사옵니다.

마마께서는 이토록 오래도록 자리 잡은 조선의 붕당정치를 군왕에 의한 강력한 왕권정치로 만드신 장본인이시기도 합니다. 이는 모두 마마의 군대라고 할 수 있는 장용영 때문이지 성균관의 우수한 인재들 때문은 아니옵니다. 똑똑한 자는 그 꿈이 원대하여 다른 생각을 품을 수 있지만 똑똑하지 않아도 심성이 착한 자는 주인을 절대 버리거나 배신하지 않사옵니다.

이미 제가 즉위 초부터 말씀드렸지만, 마마께서는 세 가지를 유념하셔야 합니다.

첫째는 당파를 초월한 탕평책만으로는 훌륭한 인재를 등용할 수 없습니다. 탕평을 추진하시려는 마마의 의지와는 다르게 훌륭한 인재들이 마마의 최측근에 없는 것도 그 때문입니다. 탕평책은 말은 그럴듯하지만, 지금의 궁궐의 사정을 살펴보건대 실제로는 실현하기 힘든 제도이옵니다.

그렇다고 외가와 처가에 의한 인재 등용 역시 이루어지고 있지 않고 있습니다.

어마마마께는 황공한 말씀입니다만 마마께서는 즉위 초에는 외가에 대해 호의적이시다가 지금은 처가(수빈 박씨)에 호의적인 태도로 노론 벽파의 시기심을 불러왔습니다.

오른손이 한 일을 왼손이 모르게 하는 것이 외가와 처가의 인사라고 했습니다. 그러나 마마의 호의적인 외가와 처가의 태도는 의리 탕평책에 바탕을 둔 우현좌척(右賢左戚, 우측에는 처가를 오른쪽에는 인척을 둔다), 즉 현자를 가까이하고 척리를 멀리하겠다는 집권 초의 구상이 바뀌어 가고 있음을 의미합니다.

거대한 사림세력에 둘러싸여 곤란한 위치에 있었던 선대왕들은 왕권 강화를 위해 탕평을 추진하면서 뒤에서는 측근 세력을 키우고자 노력하셨습니다.

하지만 측근 세력에게 실망하게 되면 선왕(영조)처럼 외척의 중용이라는 수준을 밟아가는 것이 정치입니다. 이는 탕평책만으로는 왕권정치를 구현할 수 없다는 말과 일맥상통하는 것입니다.

둘째는 노론 벽파에 대항하는 대항마는 마마 자신이 아니라 노론 벽파와 세를 겨루는 노론 시파나 남인들에 의해 이루어져야 합니다.

서로의 당파싸움을 지켜보시다가 결정적인 순간에 지쳐있는 당파의 심장이나 목을 졸라야 그 싸움에서 이기시는 것입니다. 마마께서는 지금 정동준 사건으로 인해 벽파나 시파로부터 마마의 인사 처리에 대한 능력을 의심받아 일대 위기에 내몰리고 있는 형세이옵니다.

셋째는 마마의 건강이옵니다. 아직 세자(순조)가 어리고 마마의 원대한 꿈도 이제 서서히 그 구상이 끝나고 실현을 남기고 있는 중요한 지금 마마의 건강이 너무 안 좋으십니다.

신하들로 인한 지나친 분노로 등 뒤의 종기는 물론이고 머리에 난 종기들이 갈수록 커져 가고 있사옵니다. 마마의 치아는 이미 앞니를 제외하고 어금니들이 빠져나갔고 머리는 불혹이 조금 넘은 시점부터 하얗게 변해 지금은 백발이 되어가고 있사옵니다.

그리고 지나친 담배로 인해 기침이 자자 지셨고 얼굴은 까맣게 변해가고 있는 것으로 보아 간 또한 나빠졌다는 것을 짐작할 수 있습니다. 선왕(영조)께서 마마가 어른이 될 때까지 마마를 지키기 위해 자신의 건강을 챙기며 버티시다가 82살의 나이에 승하하셨듯이 마마 역시 세자가 장성할 때까지 마마의 옥체에는 아무런 문제가 없어야 할 것이옵니다."

정조와 혜경궁 홍씨는 아무 말도 하지 않았다. 효의왕비의 말이 모두 옳았기 때문이다. 어린 세자빈 시절부터 왕비는 늘 그런 식이었다. 10살 어린 나이에 궁으로 들어와 못 볼 것을 다 보고 충격적인 사건도 모두 세자와 겪었지만, 왕비는 조금도 두려워하거나 당황하지 않았다.

정조 옆에서 오직 학문에만 정진하고 보필했다. 효의왕비는 정조에게는 가냘프고 사랑하고픈 의빈 성씨와 같은 여자가 아니라 정치적 동반자이자 이 나라 국모의 자리를 지킬 그런 위엄있는 사람이었다.

혜경궁 홍씨는 늘 며느리 효의왕비를 믿었다. 아들 정조가 외가에 대한 지나친 사랑으로 외가의 편을 들 때면 처가를 고려하도록 조언했고 정순대비 외가에도 배려를 하도록 정조를 종용했다.

그런 며느리 효의왕비는 불같이 화를 내며 감정을 드러내는 아들 정조보다는 믿음이 갔다. 그리고 그런 며느리가 있어 한편으로는 든든하기도 했다.

하지만 정조는 1798년(정조 22년) 8월 28일 어머니 혜경궁 홍씨와 중전의 반대에도 불구하고 심환지를 우의정에 임명했다.

당시 우의정이었던 이병정(李炳鼎)은 좌의정으로 승진했다. 그런데 이때 심환지는 금강산 유람 중이었다. 정조는 사관을 시켜 금강산으로 보내 심환지에게 서둘러 올라오도록 하라고 명했다.

"이 돈유문(敦諭文)을 사관에게 주어 보내 돼 금강산에 있는 우의정이 있는 곳에 급히 달려가게 해서 전유(傳諭, 임금의 명령을 전함)하도록 하라."

정조가 보낸 돈유문의 내용은 다음과 같았다.

"경의 탁 트인 풍모야말로 아첨 잘하고 오그라들기만 하는 습속(習俗, 습관된 풍속)을 바로 잡을 수 있는 능력이 충분함을 말해 무엇하겠는가?

그리고 벼슬길이 열렸다가 막히고 막히다가 열리는 10년 동안 불우하게 지냈는데도 굳게 참으며 궁색한 생활을 견뎌내었고, 요직(要職)에 올랐을 때에도 포의(布衣, 벼슬을 하지 않는 사람) 때의 옛 자세를 바꾸지 않았으니, 조정 신하들을 두루 헤아려 보건대 경처럼 훌륭한 자가 누가 있겠는가?

또 내가 사람들을 많이 보아 왔다마는 경은 경연(經筵, 왕의 공부)에서 조용히 마주하면서 절대로 꾸미는 태도를 보이지 않았다.

그래서 내가 경을 깊이 인정하고 먼저 내각(內閣, 판서)의 직함으로 빛내 준 뒤에 이어 3사(三事, 정승)의 중책을 부여하게 된 것이다."

몇 차례 사양하는 상소가 올라오고 정조가 물리는 과정이 반복된 이후 두 사람이 대면하게 된 것은 두 달이 지난 10월 28일이다.

이후 정조는 심환지에 대한 총애가 더해갔다. 원래 짝사랑은 당하는 쪽이 완강할수록 더 끌리는 법이다.

12월 30일 원래는 훈척(勳戚, 공신과 친척)이 맡도록 돼 있는 호위대장을 심환지가 겸직토록 했다.

1799년(정조 23년 3월) 들어 정조는 과거의 천적 화완옹주를 석방할 것을 명했다. 그러나 승정원에서는 그 명을 따를 수 없다며 정조의 전교를 반포하지 않았다.

이때는 이미 정조가 효의왕비의 조언대로 왕권 강화 차원에서 척리(戚里. 임금의 외척)들에게 우호적인 입장을 보이고 있었다. 자신의 고모인 화완옹주 석방도 그런 맥락에서 내린 결정이었다. 이에 좌의정 이병모와 우의정 심환지는 절대 따를 수 없다며 버텼다. 특히 심환지는 과격했다.

"전하! 의리에는 본말이 있고, 역적에는 주모자와 추종자가 있습니다. 모년(某年. 아무 해)의 의리에 대한 을미년과 병신년 역적들의 뿌리가 바로 정치달의 처(화완옹주)였습니다. 그리하여 정인겸·정항간·윤양후·홍계능과 같은 역적들은 모두 정치달 처를 뒤에서 은밀히 후원하였습니다.

지금 만약 갑자기 용서하여 석방해 주고 이러한 내용의 전교를 팔도에 반포하고 후세에까지도 전해지게 한다면 『명의록(明義錄)』은 장차 아무 쓸모 없는 책이 될 것이고 나라는 나라 꼴이 안 될 것이며 사람들은 사람 꼴이 아니게 될 것입니다.

신이 인군(仁君. 어진 임금)을 믿고 섬기는 것은 오직 이 의리가 있기 때문일 뿐입니다. 신들은 죽으면 죽었지 감히 그 명을 받들지 못하겠습니다."

임금이라도 원칙을 지키지 않으면 따를 수 없다는 통첩이었다. 맞는 말이기도 하지만 절대 왕권에 도전하는 말이기도 했다. 이에 정조는,

"경의 말이 지나치다."

라며 경고했다. 이에 심환지는 즉석에서 관을 벗고 섬돌 아래 엎드려 대죄했다.

정조는 대노하며 심환지를 우의정에서 파직시켰다. 그러나 사흘 후 정조는 심환지를 중추부 판사로 임명했다. 불서 죄는 용서하되 한직으

로 보낸 것이다.

이를 지켜본 노론들은 벌 떼처럼 들고 일어났다. 원칙을 지키려는 것은 신하들이 목숨을 걸고 해야 하는 사명이거늘 군왕이 원칙을 지키지 않기 위해 청렴한 관리를 파직시키는 것은 잘못된 것이라며 자신들도 함께 파직시키라며 관복을 벗고 대전 앞에서 무릎을 꿇고 임금의 명을 기다렸다.

어쩔 수 없이 정조는 9월 28일 심환지를 좌의정에 제수했다. 늘 부담스러워 심환지를 좌의정만은 제수하지 않으려고 했지만, 이 사태를 수습할 수 없었다.

10월 초 심환지는 좌의정에 취임했지만, 한 달도 안 된 10월 27일 정조는 불서용의 법을 시행하라고 명했다. 좌의정 심환지가 자신의 신임의리(辛壬義理) 문제를 꺼내고 말았기 때문이다. 즉 정조의 아버지 사도세자가 억울하게 죽었다는 것을 또다시 부정한 것이었다. 신임의리 문제는 더 이상 어느 누구도 논하지 말라고 한 정조의 금령(禁令)을 어긴 것이다.

정조는 자신의 뜻에 따라 주기를 원했고 심환지는 그럴 수 없다고 버텼다. 기 싸움에서 정조는 심환지에게 밀리고 있었다.

결국 정조는 11월 5일 심환지를 또다시 좌의정에 제수했다. 좌의정 심환지와 우의정 이시수는 사직소를 내며 정조의 뜻을 따를 수 없음을 분명히 했다.

그런데도 두 사람을 자르지 못했다. 정조는 참을 수 없는 분노를 느꼈지만, 지금은 조정의 대신들이 심환지를 중심으로 뭉쳐있었고 무엇보다도 정조가 이들을 내치지 못한 것은 이들의 업무처리 능력이었다.

심환지는 물론이고 이시수는 무슨 일이든 치밀하고 기민하게 처리하였으며, 처세와 처신을 바르게 하였다.

더군다나 이시수는 선왕 영조에게도 업무처리 능력을 인정받아 영조가 죽으면서 반드시 옆에 두어야 할 인물 중 한 사람이라고 말하기도 하였다.

이렇게 정조는 심환지 벽에 막혀 더 이상 나아가지 못하고 있었다.

어쩌면 효의왕비 말처럼 내 편을 만들지 못하면 확실하게 제거하는 쪽을 선택했어야 했다. 정조는 그런 사실을 뒤늦게야 알게 된 것이다.

제30장
내 남편은 문무를 겸한
조선 최고의 지식인

1798년(정조 22년) 정조는 새로운 호를 지었다. 만천명월주인옹(萬川明月主人翁)이라는 무척 길고도 독특한 호였다.

하늘에 떠 있는 달이 1만 개의 개울을 비추듯이, 자신의 다스림이 일부 특권 계층이 아닌 만백성에게 두루 혜택이 미치기를 바라는 마음을 담았다.

특히 다른 호와는 달리 정조는 만천명월주인옹에 담은 자신의 간절한 뜻과 의지를 조정의 모든 신하와 백성들이 알 수 있도록 발표했다.

정조가 이렇게 새로운 호를 지은 것은 정치에 있어서는 노론 세력 때문에 신하들의 눈치를 보고는 있었지만 학문 분야에서만큼은 어느 누구도 따라올 수 없는 천상천하 유아독존(天上天下唯我獨尊, 이 세상에 자기보다 모든 면에서 뛰어난 사람) 임금이라는 것을 천명하기 위해서였다.

"온 시냇물에 비친 밝은 달의 주인 노인이 말한다. 태극(太極)이 있고 나서 음양(陰陽)이 있으므로 복희씨(伏羲氏, 중국 고대의 전설상의 제왕 또는 신)의 점사(점을 보는 사람)는 음양으로써 이치를 밝혔고, 음양이 있고 나서 오행(五行)이 있으므로 우 임금의 홍범(洪範, 세상의 규범/천하를 다스리는 법)은 오행으로써 치도(治道, 다스리는 도리나 방법)를 밝혀 놓았다.

나는 물과 달의 형상을 보고서 태극, 음양, 오행의 이치와 꼭 같음을 깨달을 수 있었다.

달은 하나인데 물의 종류는 일만 가지가 된다. 물이 달빛을 받으면 앞 시내에도 달이요, 뒤 시내에도 달이 있게 되니, 달의 개수는 시내의 수와 같아 시내가 만개라면 달도 만개가 된다. 그러나 하늘에 있는 달은 본디 하나일 뿐이다.

천지(天地)의 도는 바르게 보여주는 것이고, 일월(日月)의 도는 환하게 밝히는 것이다. 만물이 서로 보는 것은 남방의 괘(卦, 인간과 자연의 존재 양상과 변화의 원리)이므로 남면(南面, 임금의 자리에 올라 나라를 다스림)을 하여 정치를 듣고 밝음을 향하여 다스리니, 내가 이렇게 함으로써 세상을 다스릴 좋은 계책을 얻은 바가 있었다.

그리하여 무(武, 무예)를 숭상하던 분위기를 문화적인 것으로 바꾸고, 관부(官府, 조정)를 뜰이나 거리처럼 환하게 하였으며, 현자(賢者, 어진 자)는 높이고 척신(戚臣, 왕실과 혼인 등을 통해 혈연관계를 맺은 가문 출신의 신하)은 낮추며, 환관(宦官, 거세한 내시부 궁인)과 궁첩(宮妾, 후궁 또는 궁녀)은 멀리하고 어진 사대부를 가까이하였다.

세상에서 이른바 사대부(士大夫)라는 이들이 반드시 사람마다 어질다고 할 수는 없겠지만, 흑백(黑白)을 어지럽히고 남북(南北)을 뒤집는 심부름꾼이나 마부의 무리들과 똑같이 보아선 안 될 것이다.

내가 많은 사람을 겪어 보았는데 아침에 들어왔다, 저녁에 나가고 무리 지어 따르며 드나드는 중에, 생김새와 얼굴빛이 다르고 눈과 마음이 제각기 다르다.

트인 자가 있으면 막힌 자가 있고, 강한 자와 유익한 자, 바보 같은 자와 어리석은 자. 좁은 자와 얄팍한 자, 용맹한 자와 비겁한 자, 밝은 자와 약한 자, 진취적인 자와 굳세고 깨끗한 자, 모난 자와 원만한 자, 트이고 통달한 자, 간결하면서 중후한 자, 말이 어눌한 자, 말재주가 좋은 자, 준엄하고 뻣뻣한 자. 바깥으로만 도는 자, 실제에 힘쓰는 자 등등 종류별로 나누어 보면 수백수천 가지가 된다.

내가 처음에는 그들 모두를 내 마음으로 미루어 헤아려 보고, 나의 뜻으로 믿어도 보고, 풍운(風雲, 밝은 임금과 어진 신의 비유)의 즈음에 지휘하기도 하고, 노배(爐排, 용광로와 풀무) 속에서 단련시켜 보기도 하였다. 그리하여 그들을 인도하여 일으키고, 떨치어 일어나게 하며, 깨우쳐 바로잡고, 휘어서 다듬으며, 바르고 곧게 하였다.

이것은 마치 맹주(盟主, 우두머리)가 규장(珪璋, 훌륭한 인품)으로 제후(諸侯, 권력을 가진 사람)들을 화합하여 수응(酬應, 요구에 응함)하여 오르고 내리는 예절을 지키는 것과 같은데 이 또한 20년이 걸렸다.

근래 와서 다행히도 태극, 음양, 오행의 이치를 깨닫게 되었고 또 사람은 각자 생김대로 이용해야 한다는 이치도 터득했다.

그리하여 대들 보감(큰집의 기둥)은 대들보로 기둥감은 기둥으로 쓰고 오리는 오리대로 학은 학대로 살게 하여 그 천태만상을 나는 그에 맞추어 필요한 데 쓴 것이다.

그의 단점은 버리고 장점만 취하고, 선한 점은 드러내고 나쁜 점은 숨겨주며, 잘한 것은 안착시키고 잘못한 것은 뒷전으로 하며 재주보다는 뜻을 더 중히 여겨 양쪽 끝을 잡고 거기에서 가운데를 택했다.

트인 자를 대할 때는 규모가 크면서도 주밀한 방법을 이용하고 막힌 자는 여유를 두고 너그럽게 대하며 강한 자는 유하게 유한 자는 강하게 대하고 바보 같은 자는 밝게 어리석은 자는 조리 있게 대하며 소견이 좁은 자는 넓게 얕은 자는 깊게 대했다.

내가 바라는 것은 성인을 배우는 일이다. 비유하자면 달이 물속에 있어도 하늘에 있는 달은 그대로 밝은 것과 같다. 달은 각기 그 형태에 따라 비춰줄 뿐이다.

물이 흐르면 달도 함께 흐르고 물이 멎으면 달도 함께 멎고 물이 거슬러 올라가면 달도 함께 거슬러 올라가고 물이 소용돌이치면 달도 함께 소용돌이친다.

거기에서 나는 물이 세상 사람들이라면 달이 비춰 그 상태를 나타내는 것은 사람들 각자의 얼굴이고 달은 태극인데 그 태극은 바로 나라는 것을 알았다. 이것이 바로 옛사람이 만천하의 밝은 달에 태극의 신비한 작용을 비유하여 말한 뜻이 아니겠는가?

그리하여 내가 머무는 처소에 '만천명월주인옹'이라고 써서 나의 호로 삼기로 한 것이다. 때는 무오년(1798) 12월 3일이다."

정조는 이 글을 짓고 성균관을 직접 방문해서 유생들로 하여금 쪽지시험 비슷한 시험을 치르게 한 적이 있는데, 한번은 문제가 너무 어려웠는지 유생들이 단체로 백지 답안지를 제출하자 정조는 노해서 '시국제입장제생(示菊製入場諸生, 수험생들에게 깨우침을 주는 글)이라는 글을 남겼다. 실제 정조는 똑똑해도 너무 똑똑했다. 한 날은 경연을 하던 도중,

"내가 더 이상 경들에게 배울 것이 없으니 내가 직접 교육을 해야겠다! 그대들은 공부를 좀 하라! 과인이 그대들에게 경전을 수학하기 위해 매일 경연을 열지만, 그대들이 과인에게 교육을 받고 있으니 이런

경연은 더 이상 열 필요가 없다."

왕이 신하들과 토론하며 학문을 배우고 정책을 논의하는 경연을 정조는 폐지하고, 임금 자신이 직접 교육해서 중하급 관리들을 발굴하는 '초계문신제'를 실시했다. 정조는 머리만 똑똑한 게 아니라 대단한 독서광이었다. 사관이나 승지들이 적절한 인용구를 못 찾아 헤매자 정조는,

"책 열여섯 번째 줄에 쓰여 있는데, 이 내용은 적절치 못한 인용이다. 따라서 내가 지금부터 말하는 걸 그대로 적어라."

나중에 임금의 지적이 적절한지 직접 원문을 찾아 살펴봤는데, 왕이 토씨 하나 틀리지 않았다는 것에 놀라 그 자리에 주저앉는 신하들이 허다했다.

중요한 것은 정조가 신하들과 다르게 군주로서 다른 많은 일로 웬종일 격무에 시달렸음에도 평생 학문만 하는 사람조차도 정조의 학문 깊이를 가늠할 수도, 따라갈 수도 없었던 것이다.

조선시대 왕 중에서 정조는 유일하게 모든 경서를 완벽하게 암기하고 있었다. 정조는 책을 암송할 때까지 지독하게 파고드는 습관이 있었다.

정조는 주자의 저서나 기타 저서에 자신이 새로 주석을 다는 자신의 집필서를 묶어서 『홍재전서』를 편찬했다. 『홍재전서』 중에서는 옥편도 있다. 즉 훈고학이나 고증학에 있어서도 조선에서 그 누구도 따라갈 수 없는 달인이었다.

정조는 이미 동궁 시절부터 『주자대전』, 『주자어류』의 선집인 『선통』, 『화선』, 『회영』을 엮어내었고 이후에는 주자가 평가한 두보(杜甫)와 육

우(陸羽, 당나라 문인)의 시를 모아 『두육분운(杜陸分韻)』, 『두육천선(杜陸千選)』을 엮었으며 말년에는 『아송(雅誦, 주희의 시선집을 선별하여 정조가 편찬한 책)』을 펴내는 등 시에 있어서도 탁월한 능력을 보였다.

특히 주자의 저서에 자신의 주석을 달았다가 나라를 어지럽히는 도적으로 사문난적(斯文亂賊, 주자적 유교에 대한 교리를 다르게 해석했던 선비를 비난하기 위해 사용한 말)으로 유명한 유학자 윤후, 박세당의 경우와 비교한다면 상당히 이례적인 일이다. 이는 설령 임금이라 해도 문제가 될 수 있는 부분이지만, 아무런 이야기 없이 출판까지 제대로 거친 것은 당대 정조의 학문 수준이 얼마나 대단하게 평가받았는지를 암시하는 부분이다.

경연 과정에서 정조가 밝히는 유학에 대한 소견에 있어서 당대의 학자들치고 제대로 받아치거나 혹은 반론을 제기한 경우가 없었다.

그뿐만 아니었다. 정조는 의학의 분야에 실력이 탁월했다. 본인이 직접 자신의 질병에 처방을 했을 뿐만 아니라, 동의보감이 부실하다고 직접 보강을 하기도 했다.

정조가 이처럼 의학에 대해 관심을 가진 이유는 선왕 할아버지 영조의 병수발을 오랫동안 들었던 경험과 자신의 신변에 대한 위협이 지속적으로 존재했었기 때문에 어의에 의한 독살 위협을 스스로 방어하기 위한 수단이라고 볼 수 있다.

또한 규장각 검서관인 실학자인 이덕무, 박제가, 장용영 소속 장교이자 무인인 백동수가 정조의 명으로 『무예도보통지(武藝圖譜通志)』라는 종합 무예 서적을 발간했다.

이 책은 조선시대 군인의 복식과 무기 연구에 귀중한 자료가 되고 있으며, 이 책을 근거로 무술을 연마하는 사람이나 치러지는 행사도 많았다. 정조는 말 그대로 문무를 겸한 조선 최고의 임금이었다.

그러나 문무를 아무리 겸비하고 있다고 건강을 유지할 수는 없다. 오히려 이러한 문무를 겸비하기 위한 많은 노력들로 몸은 상하기 마련이다.

제31장
남편의 건강 악화와
세자빈 간택

　남편의 건강을 가장 정확하게 진단할 수 있는 사람은 자신과 배우자다. 1799년(정조 23년)은 아홉수가 끼어서 그런지 정조의 건강 상태가 좋지 않았다. 우리 인체는 큰 병이 오기 전에 반드시 미리 경고한다. 곧 큰 병이 다가올 테니 조심하라는 경고를 보내는 것이다.

　정조는 1795년(정조 19년) 화성행궁 원행에 갔다가 건강이 좋지 못했는데, 매년 이 행차 때마다 무병(無病, 병이 없음)하게 왕래한 적이 없었다. 그리고 갑자기 건강이 악화되었는데 그 증상은 주로 머리와 등 쪽에 부스럼과 종기로 니타났다. 이 때문에 정조는 잠을 제대로 잘 수 없었다.

　이런 증세가 심해지더니 두통과 진독(疹毒, 좁쌀만 한 종기)이 뻗친 데다 이질(痢疾, 설사) 증상도 있었다. 무엇보다도 심각한 것은 가슴의 불편한 증상이었다.

　이제 46세에 불과한 나이였지만 정치에 대한 스트레스와 지나친 학문에 대한 전념 때문인지 온몸 곳곳에서 심각한 질병들이 찾아왔다.

　이런 남편을 지켜보면서 효의왕비는 불안한 생각이 들었다. 자신이 선왕 영조 대왕을 돌보기 위해 정조와 같이 익힌 의학 지식에 의하면 분명 남편에게 돌이킬 수 없는 병들이 찾아오고 있음을 직감했다.

종기의 경우 햇빛이 들지 않는 깊숙한 궁궐의 대전에서 생활하다 보니 그럴 수도 있지만 그 종기의 크기가 날이 갈수록 커지고 있는 것은 심상치 않은 질병이 남편의 몸에서 자리 잡고 있음을 알 수 있었다.

게다가 옆에서 듣는 숨소리는 마치 당장이라도 심장이 멎을 것만 같은 숨 가쁜 소리였다. 그 숨소리는 등짝에 난 연적(硯滴, 벼룻물을 담는 그릇)만 한 종기가 심장과 폐를 누르기 때문에 발생한 것이었다.

"마마, 마마의 건강이 갈수록 심해지고 있는데 어의는 병명이 무엇이라 진단하고 있는지요?"

"별말은 없었습니다. 내가 요즘 조정의 많은 일로 자주 진맥을 받아본 적은 없지만 기운이 약하다고 생각할 때마다 어의가 내준 인삼차를 계속 마시고 있고 종기에 좋다는 탕약도 간간이 들고 있습니다."

"마마, 제가 옆에서 지켜본 바로 마마께서는 인삼의 복용을 줄이셔야 할 것으로 보입니다."

"중전은 왜 그렇게 생각하십니까? 선왕(영조 대왕)께서도 인삼을 입에 달고 사셔서 여든이 넘도록 장수하지 않았습니까?"

"황공하옵니다. 마마!

마마는 선왕이신 영조 대왕과 체질이 다르시옵니다. 마마께서는 선왕보다는 아버님(사도세자)과 몸의 체질이나 성품이 많이 유사하여 조그마한 일에도 화를 참으실 줄 모르시고 노론 벽파 대신들과의 논쟁으로 분노를 달고 살고 계십니다.

타고난 유전이나 체질은 환경에 의해 변하기 때문에 유전적으로 반드시 일치한다고 볼 수는 없사오나 종기의 상태나 숨 쉬는 소리 등으로 볼 때 마음의 화 때문으로 보이옵니다."

"내 중전이 무얼 걱정하는지 잘 알겠습니다. 어의를 불러 내 몸을 좀 더 자세히 살펴보도록 하겠습니다. 그러니 걱정하지 마세요."

"마마, 그리고 소인에게 한 가지 청이 있사옵니다."

"아니 갑자기 웬 청을 말하는 것입니까? 중전은 어릴 적부터 나와 살면서 나에게 값진 보석을 요구한 적도 비단을 요구한 적이 단 한 번도 없지 않습니까? 지금 입고 있는 옷도 벌써 5년이 넘게 입던 옷이라 내가 엄 상궁을 시켜 비단 한 벌을 내려준다고 해도 거절하지 않으셨습니까? 그런 중전이 청을 들어달라는데 내가 무언들 못 들어 주겠습니까?"

"마마, 청을 반드시 들어주신다고 우선 약조해 주십시오."

"알겠소! 내 반드시 중전의 청을 들어 드리리다. 그러니 어서 말해 보세요."

"다름이 아니오라 원자의 나이 이제 10살이 되었습니다. 나라가 안정되고 마마의 건강만 좋다면 4~5년 뒤에야 혼례를 올리고 세자 책봉식을 해도 늦지 않겠지만 마마의 건강이 갈수록 좋지 않으시니 백성들과 대전의 신하들도 걱정이 많사옵니다.

그러니 이번 기회에 원자(순조)에 대한 성인식과 혼례 그리고 세자 책봉식을 동시에 추진하였으면 하는데 마마의 생각은 어떠하신지요?"

"음, 그렇지 않아도 나도 중전과 같은 생각을 하고 있었습니다. 내 몸은 내가 잘 안다고 내가 다른 사람들 앞에서는 표를 잘 내지 않았지만 내 몸은 갈수록 회복하기 어려운 지경으로 가고 있는 것 같아요.

아침마다 찾아오는 흉통을 비롯하여 멈추지 않는 이질은 분명 잔병은 아닐 듯싶습니다.

내 중전이 말한 대로 세자 책봉식을 서두르도록 준비하겠습니다."

효의왕비는 남편이 자신의 몸을 걱정할 정도로 심각한 병마와 싸우고 있다는 사실을 직접 남편의 입을 통해 듣고는 중궁전으로 돌아와 슬픔의 눈물을 흘렸다.

파란만장한 세손빈 시절부터 중전이 되기까지 오직 남편을 믿고 버텼는데 이제 남편의 운명도 얼마 남지 않았다고 생각하니 당장 무슨 일부터 해야 할지 눈앞이 깜깜했다.

원자가 세자가 되고 다시 왕위를 승계받기까지는 해야 할 일들이 너무나 많았다.

1800년(정조 24년) 1월 1일 새해 첫날 종묘와 경모궁(사도세자)을 배알(拜謁, 지위가 높거나 존경하는 사람을 찾아가 뵘)하고 돌아온 정조는 정치 일선에서 물러나 있던 중추부 영사 이병모를 영의정으로 임명했다.

그가 지난해(1799년 정조 23년) 11월 8일 사직한 이래 영의정 자리는 공석이었고 좌의정 심환지, 우의정 이시수가 자리를 지키고 있었다. 이병모(李秉模)는 대표적인 정조의 측근 인사였다. 굳이 물러나겠다는 이병모를 불러들여 영의정으로 임명한 데는 다른 뜻이 있었다. 왕세자 책봉을 위한 것이었다.

그날 하루는 한 달 동안 해도 될까 말까 한 일들을 이날 하루 동안 정신없이 해치웠다. 효의왕비의 말대로 정조는 자신의 중병이 깊어지기 전에 모든 것을 처리하고 싶었다. 그 때문인지 정조의 머릿속은 이틀 전, 즉 1799년(정조 23년) 12월 29일 홍문관 부수찬 김희주(金熙胄)가 올린 상소의 내용으로 가득 차 있었다.

자신에게 무슨 변화가 일어나고 있는지를 정확하게 지적한 상소였기 때문이다.

"전하께서는 평소에 기억하지 않으시다가 꼭 하루아침에 요구를 해오시는가 하면, 재이(災異, 재앙이 되는 괴이한 일)가 일어나지 않았을 때는 구언(求言, 임금이 신하의 직언을 구함)을 하지 않으시다가 재이(災異, 재앙이 되는 괴이한 일)를 당하게 된 뒤에야 구언을 하곤 하시니, 이것이 바로 재이가 거듭 발생하는 원인이고 강직한 말이 들리지 않게 된 이유라고 하겠습니다.

대신이 아뢰는 말에 대해서는 수용해 주시는 자세가 중요한데 체례(體例, 벼슬아치들이 지키는 예절)와 혹 어긋나기만 하면 대번에 꺾어 버리면서 용서해 주시지를 않는가 하면, 승선(承宣, 승지)이야말로 출납(出納)하는 직분을 수행하며 상의 재가를 받으려고 두고 있는 것인데 성상의 마음에 들지 않으면 반드시 견책을 가하시며 밖에서부터 막아버리시곤 합니다.

그리고 보면 평소에 길러주시지 않는다는 것 정도가 아니라 그야말로 들어오게 하면서 문을 닫아버리는 것이라 하겠습니다.

그러니 전하께서 구언한다면서 내리신 분부도 형식적으로 하신 것으로서 결국에는 불성실한 허물로 귀결되는 것이 아니라고 어떻게 보장하겠습니까.

옛날 신의 선조인 부제학 신 김우굉(金宇宏)이 일찍이 연석(筵席, 임금과 신하가 자주 문답하면서 경전을 강론하는 자리)에서 어떤 일을 아뢰다가 상의 도량이 넓지 못하다는 말씀을 드리게 되자 주상께서 힐책하신 일이 있습니다.

그때 좌우에 있던 신하들이 모두 두려움에 몸을 벌벌 떨었는데도 자리에서 일어나 대답하시기를 '이것이 바로 하나의 증거입니다' 하자,

상께서는 마침내 위엄을 거두시면서 화평스럽게 말씀해 주신 적이 있었으니, 군신 사이에 성의(聖儀)가 서로 돈독했던 것이 이와 같습니다.

우리 전하께서 과연 성조의 마음으로 마음을 삼고 계신다면 직언(直言)이 들리지 않을 걱정을 하실 것이 뭐가 있겠습니까.

신은 또 나름대로 생각만 지닌 채 아직 전달드리지 못한 것이 있습니다. 선정(先正, 앞선 조정의 신하) 신하 이황(李滉)이 평생토록 자료로 제시해 드리면서 임금을 섬긴 것은 바로『성학십도(聖學十圖)』였습니다. 선정이『성학십도』에 못내 정성을 쏟아부으면서 임금의 마음을 바로잡고 교화의 근원을 맑게 하려고 했던 것이 과연 아름답다 하지 않을 수 없습니다.

당시에 선묘께서는 온후하게 비답(批答, 신료가 올린 상소에 대해 국왕의 답서)을 내리시고 성심으로 받아들이면서 병풍에 걸어두고 스스로 경계로 삼으시는 한편 이를 찍어서 신료들에게 나누어 주어 좌우명으로 삼게 하였습니다.

그런데 지금 이『성학십도』를 강론하지 않은지가 오래되었으니 어찌 너무도 개탄스러운 마음이 들지 않겠습니까."

그동안 매일 해왔던 경연을 오래되도록 열지 않았다는 지적이었다.

경연이라면 정조가 직접 신하들을 가르치는 중요한 일임에도 몸이 아프면서 자신도 모르게 경연에 오래도록 참여하지 않은 것이었다.

이병모의 영의정 임명 직후 해가 바뀌자, 정조는 당상관 이상의 조정 신료들을 모두 들어오도록 명했다.

"오늘은 바로 정월 초하루(1800년 1월 1일)다. 그래서 새벽에 종묘와 경모궁(사도세자를 모시는 신전)을 전알(展謁, 참배)하였다. 그리고 이제 국가의 막대한 전례(典禮, 세자 책봉)를 경들에게 자문하고자 하는데, 이런 때에 3공(三公, 세 사람의 정승)의 자리가 다 차지 않아서는 안 되겠으므로, 아까 궁문 밖에서 특별히 영의정(이병모)을 제수하는 명을 내렸다."

이 자리에서 정조는 세손의 관례와 가례, 즉 성인식과 혼례를 동시에 치르도록 하겠다고 선언했다. 마음이 바빠진 것이다.

이어 정조는 김문순(金文淳)을 이조판서로 임명하고 이만수의 품계를 정2품으로 올리라는 명을 내렸다. 이어 이재학(李在學)을 호조판서로, 홍양호(洪良浩)를 홍문관 및 예문관 대제학으로, 서매수(徐邁修)를 한성부판윤으로 삼았다.

그리고 이병모를 세자사(세자의 스승) 심환지를 세자부로 추가 임명했다. 또 이만수를 예조판서로 임명했다.

품계를 올린 것은 바로 그를 판서로 임명하기 위한 사전 조치였던 것이다. 그리고 불러도 나오지 않는 이성보(李城輔)와 송환기(宋煥箕)를 시강원 찬선(侍講院贊善, 세자교육기관의 책임자)으로 임명했다.

어느 정도 준비가 됐다고 판단한 정조는 11세부터 13세 사이의 처녀들에게 금혼령을 내렸다.

다음 날 정조는 관례도감 도제조 이병모, 상의원 제조 정민시, 예조판서 이만수 3인을 불러 앞으로의 절차를 논했다.

이들은 모두 관례(冠禮), 책봉례(冊封禮), 가례(嘉禮) 등을 담당하게 될 실무 총책임자들이었기 때문이다. 이 자리에서 정조는,

"3례를 동시에 추진하겠다는 생각은 그저께까지만 해도 하지 않았던 것인데 종묘에 배알 하면서 갑자기 생각이 났다. 세자빈의 간택은 삼간택이 아닌 중매의 방식으로 추진하는 게 좋겠다."

자기가 원하는 집안을 고르겠다는 뜻이었다. 그것은 곧 이미 오래전부터 마음에 정해둔 혼처가 있었다는 것이다.

그러면서도 정조는 연막전술을 폈다. 1월 3일 정민시, 이만수, 한성부 판윤 서매수 등 3인을 부른 뒤 말했다.

"바깥사람들은 반드시 내가 사대부 집 가운데 마음을 둔 곳이 있을 것이라고 하겠지만, 실상은 어느 집에 처자가 있는지조차 모르는 실정이다. 모두가 하늘이 정하는 일이지, 어찌 사람의 힘으로 할 수 있겠는가, 오직 하늘과 조종이 도와주시기만을 바랄 뿐이다.

옛 규례에는 사조(四祖, 부·조부·증조부·외조부) 중에 현관(縣官, 고위관리)이 없는 집에 대해서는 한성부에서 빼버렸으나, 지금은 각각 단자(單子)를 봉하여 예조로 직접 보내서 그냥 두거나 빼버릴 수 있도록 해야 한다.

대체로 처자란 스스로 나타나는 것이 아니기 때문에 조정에서 누차 직교를 내리고 심지어는 각 집의 종들을 다그쳐 조사하는 지경에 이른 다음에야 마지못해 단자를 작성해서 바치곤 하였다. 그러나 이번에는 절대로 종들을 다그치지 말고, 경들의 인척이나 혹 친지 중에서 서로 찾아보도록 하라."

정조는 약간 들떠 있었다. 아마도 평생 꿈꾸었던 아버지 장헌세자(사도세자)의 추승 문제가 조만간 가능해지리라는 기대감 때문이었을 것이다.

그리고 그것은 1월 16일 현륭원 성묘 때 드러났다. 당시 건강이 좋지 않았지만 세자 책봉의 소식을 전해야 한다는 일념으로 정조는 성묘를 강행했다.

다음 날 현륭원을 돌아보던 정조는 여느 때보다 더 서글프게 땅을 치며 통곡했다. 대신들이 만류하자 정조는 이렇게 말했다.

"금년의 정례(定例, 일정하게 정하여진 관례)가 나에게 있어 그 얼마나 큰 일인가, 경사를 당하여 선대를 추모하는 중에 크나큰 아픔이 북받쳐 올라서 그러는데. 어찌 차마 나더러 진정을 하란 말인가."

1월 21일은 사도세자의 탄생일이었다. 정조는 그 전날부터 경모궁을 찾아가 밤을 새우며 격한 감정을 토로했다.

이로 인해 정조의 건강은 더욱 나빠지고 있었다. 이런 가운데 2월 2일 창경궁 내 집복헌(集福軒, 복을 모은다는 뜻으로 창경궁 영춘헌과 붙어있음)에서 관례와 책봉례(원자를 세자로 책봉한다는 임명서를 수여하는 임명의식)가 열렸다.

그때부터 본격적으로 가례 준비에 들어갔다. 2월 26일 첫 간택도 집복헌에서 열렸다.

"행 호군 김조순(金祖淳)의 딸, 진사 서기수(徐淇修)의 딸, 유학(幼學, 벼슬을 하지 않은 유생) 박종만(朴鍾萬)의 딸, 유학 신집(申緝)의 딸, 통덕랑 윤수만(尹守晩)의 딸만 두 번째 간택에 들게 하고 그 나머지는 모두 허혼(許婚, 다른 사람과 혼인을 허락함)하도록 하라."

그리고 곧바로 관상감 제조를 겸하고 있던 예조판서 이만수 등을 불러 이미 자신의 마음은 김조순의 딸에 가 있다는 사실을 밝혔다.

"내가 김조순 가문에 대해 처음에는 별 마음을 두지 않았는데 현륭원 참배를 하던 날 밤에 꿈이 너무 좋아 마치 직접 나를 대하여 그렇게 하라고 하신 것 같았다.

그래도 처음에는 이해를 못 했다가, 오래 지나서야 마음에 깨우치는 바가 있었다. 오늘 간택 때도 그가 들어왔을 때 보니 얼굴에는 복이 가득하고 행동거지도 타고나 궁중 사람들 모두가 관심이 쏠렸으며 자전

(정순왕대비)과 자궁(혜경궁 홍씨)도 한번 보시고는 첫눈에 좋아하셨다."

물론 이 말은 거짓말이었다. 신하들도 그것을 알고 있었다. 정조는 일찍이 효의왕비와 말대로 김조순의 딸을 찍어놓았다.

그것은 딸 때문이 아니라 김조순을 이용해 노론 세력을 견제하기 위해서였다. 그리고 향후 자신에게 무슨 문제가 생길 경우 세자를 보호하기 위해서였다.

간택이 끝나자, 정조는 세자의 외삼촌 박종보에게 김조순 딸의 귀갓길을 호위토록 했다. 자신의 구상대로 세자가 훗날 사도세자를 추숭(追崇, 죽은 사람을 기리며 숭상함)하려면 정조 자신의 뜻을 정확하게 알고 있는 신하가 세자 곁에 있어야 했다.

더불어 명문가 외척이라야 왕권이 흔들리지 않을 것이라는 자기 경험도 녹아들어 있었다. 그리고 윤4월 9일 열린 두 번째 간택에서 김조순의 딸을 세자빈으로 확정했다.

제32장
죽음과 사투를 벌이는
남편을 지켜보다

정조가 세자의 관례(冠禮, 성년의식)·책례(세자책봉임명식)·가례(혼례)를 옆에서 보기에 불안할 정도로 서두른 이유 중에는 물론 자신의 건강이 나빠진 것도 있었지만 자신과 정치노선을 함께했던 노론 시파의 중신(重臣)들이 연이어 세상을 떠난 것도 포함되어 있었다.

묘하게도 정조 22년과 23년 사이에 노론 벽파보다는 시파 남인 중신들이 집중적으로 세상을 떠났다.

1798년(정조 22년) 8월24일 김이소가, 12월 30일에는 홍낙성이 저세상 사람이 됐다. 이듬해(정조 23년) 1월 7일에는 노론 벽파를 이끌면서도 정조의 최측근이었던 김종수가 죽었다.

특히 김종수의 죽음은 정조에게는 큰 충격이었다. 비록 어머니 혜경궁 홍씨가 자신의 집안을 멸문시킨 것에 대해 원한을 품고 있었지만, 김종수는 노론 벽파이면서도 장헌세자(사도세자)를 향한 자신의 깊은 뜻을 비교적 정확히 이해하고 있었던 인물이라고 생각했기 때문이다.

반면 김종수에 이어 노론 벽파를 이끌게 되는 심환지는 아무래도 부담스러운 인물이었다. 게다가 심환지는 정순대비의 사람이었다.

특히 이 해(1799년, 정조 23년) 1월은 정조로서는 인생무상(人生無常)의 감회를 절절히 느끼도록 해주었다. 김종수가 떠난 지 사흘 후 자신을 가까이에서 보필했던 서호수가 세상을 떠났고, 다시 여드레 후인 1월 18일 자신의 분신이라 할 수 있는 채제공이 세상을 떠났다. 정조는 하늘을 향해 한탄했다.

"아 누가 채제공을 대신해 임오의리를 견제할 수 있단 말인가?"

그런데 9월에는 화성건설의 현장 책임자였던 조심태가 죽었다.

해가 바뀌어 1800년(정조 24년) 1월에는 말없이 자신을 뒷받침해 주었던 김희가 죽었고 3월 10일에는 궂은일이라면 도맡아서 해주었던 정민시가 죽었다.

이미 홍국영·서명선·김종수가 세상을 떠난 상태였기 때문에 정민시의 죽음은 정조의 가장 큰 의지였던 '동덕회(同德會, 정조가 매년 뜻있는 대신들과 열었던 모임)'도 끝났다는 것을 의미했다.

정조는 커다란 위기감을 느낄 수밖에 없었다. 주변은 노론, 그중에서도 벽파 천지였다. 이렇게 가다가는 평생 추진해 온 임오의리(壬午義理, 사도세자가 억울하게 죽었다는 의리)가 다시 신임의리(辛壬義理, 사도세자가 반역에 의해 죽었다는 의리)에 밀릴 게 뻔했다.

어떻게든 소론과 남인을 키워 노론 벽파의 득세를 막을 필요가 있었다. 그렇다고 노골적으로 환국을 추진할 경우 이후의 사태에 대해 통제할 자신이 없었다.

그러는 사이에 시간은 흘러갔다. 윤4월 26일 왕세자 책봉을 청나라에 알리기 위해 영의정 이병모가 책봉사가 되어 북경으로 떠났다.

1800년(정조 24년) 6월 13일 정조는 며칠 전부터 종기로 밤잠을 못

자고 있었다. 게다가 잠을 자고 난 후에는 종기의 고름이 터져 속 적삼이 피로 얼룩이 져 있었다. 밤새 이 모습을 지켜보던 효의왕비는 그날 잠에서 깬 정조를 향해 종기 치료에 대해 조심스럽게 조언을 했다.

"마마 머리에 났던 작은 종기들이 지금은 점점 더 커져 가고 온몸으로 번지고 있사옵니다. 이는 심상치 않아 보입니다.

마마께서 밤낮 없이 편전에서 상소와 시책을 보시느라 제가 자세히는 관찰할 수 없었지만, 어젯밤 제가 마마의 온몸에 난 종기들을 살펴본 바에 의하면 이미 오래전부터 살이 썩어 들어가면서 심한 고통을 동반했을 텐데 지금은 어떠하십니까?"

이에 정조는 긴 한숨을 내쉬면서,

"최근에 내가 신뢰하던 중신들이 줄줄이 사망하니 좌절을 맛보아야 했습니다. 이런 상황에서 내 몸에 난 종기가 무슨 대수겠습니까? 그런데 최근 요 며칠 사이에 종기로 인한 고통이 점점 참기 어려운 지경까지 오게 되었지만 어의를 비롯한 내의원들의 치료는 효과가 없습니다."

"마마께서 기억을 하시는지는 모르겠사오나 즉위한 해인 1778년 6월에는 코 근처에 작은 종기가 생기셨고, 기해년(1779년, 정조 3년) 5월에는 코의 종기가 조금 더 커졌었습니다. 그리고 1781년에는 얼굴에 종기가 나셨고 이듬해 1782년 4월과 7월에는 눈꺼풀과 미간에도 작은 종기가 생긴 적이 있사옵니다.

그 뒤 한동안 아무런 문제가 없는 듯했으나, 경술년(1790년, 정조 14년) 6월에 다시 얼굴 여기저기에 크기가 작은 종기가 여럿 생겼고, 계축년(1793년, 정조 17년) 5월 사이에는 눈썹, 머리, 귀밑머리, 턱 부위까지 종기가 나서 상당 기간 고생하셨습니다.

그리고 갑인년(1794년, 정조 18년) 6월부터 8월 사이에도 머리와 이마 그리고 귀밑머리 부위에 작은 종기들이 생겼었습니다.

제가 보건대 마마의 종기에는 두 가지 공통점이 있사옵니다. 첫째는 대부분 얼굴 부위에 생겼다는 점이고, 둘째는 주로 여름에 생겼다는 것입니다."

효의왕비 말처럼 정조는 체질적으로 여름의 무더위를 힘들어했다. 또한 붕당정치에 희생되어 억울하게 죽어야 했던 아버지(사도세자)에 대한 사무친 마음, 그리고 여전히 당쟁을 일삼는 신하들에 대한 분노, 이런 것들을 삭히면서 탕평책을 추구했던 정조의 가슴속에는 언제나 화가 끓어오르고 있었다.

"화병이 많으신 마마가 유독 여름에, 그리고 얼굴 부위에 종기가 잘 생겼던 것도 모두 타고난 체질과 과한 업무로 인한 것입니다.

그런데 등 쪽에 난 종기는 최근에 생긴 것 같은데 혹 마마께서는 등 쪽의 종기가 나기 전에 다른 징조는 없었습니까?"

"등 쪽이라 내가 살펴볼 수는 없었지만, 내의관 말이 등 쪽에 물집이 생겼다고 한 적이 있는데 그때부터 마치 살을 칼로 베듯이 고통이 한 달 동안 계속되어 고생한 적이 있습니다.

난 그런 고통이 종기 때문은 아니라고 생각했습니다. 중전도 아시겠지만, 종기란 습한 곳에 주로 생기고 고약을 바르면 금방 잡혀 지금처럼 계속 자라게 될 줄은 몰랐습니다."

"마마! 내일은 반드시 내의원 제조를 불러 진료를 받으시고 과거 병의 이력에 대해서도 반드시 소상하게 말씀하시어 처방토록 하명하시옵서소!. 특히 등 쪽에 난 종기에 대한 처방과 증상은 반드시 저에게 알려주시길 바랍니다.

그리고 마마의 치료를 위해 구성된 약방제조에는 이시수 대감을 기용하시되, 좌의정 심환지 대감은 절대 가까이 두지 마옵소서."

"아니 그게 무슨 말이오? 조금 더 구체적으로 말해보시오, 중전!"

"요즘 대비마마(정순대비)와 심환지 대감의 만남이 잦아졌습니다. 게다가 대비마마의 치료를 위해 청나라에서 왔다는 사람들과도 자주 대비전에서 만나는 것으로 보아 무슨 흉계를 꾸미고 있는 것 같은데 자세히 알 길이 없습니다. 하지만 이는 모두 마마의 병과 관련하여 좋지 않은 일들을 꾸미고 있는 것 같이 보입니다."

사실이었다. 정순대비는 심환지를 통해 확보한 정조의 치료기록을 통해 정조가 종기로 힘들어하는 것을 알고 있었다. 그리고 그 종기들이 몸 어디에서 나는 것인지 무엇 때문에 발병하는지를 알고 있었다. 그들이 정조의 치료기록을 통하여 무슨 흉계를 꾸미는지는 삼척동자도 알 수 있는 일이었다. 그건 바로 남들이 눈치채지 못하도록 서서히 정조의 목숨을 빼앗는 방법을 강구하고 있었던 것이다.

정조가 머리 부분 종기(腫氣)와 등 쪽에 관해 신하들에게 고통을 호소한 것은 1800년(정조 24년) 6월 14일이 처음이었다.

이날 정조는 내의원 제조 서용보를 편전으로 불러 며칠 전부터 생겨난 종기로 인해 고통이 심하다고 호소했다.

그리고 며칠 후에도 고통이 여전하다며 불만을 표시했다. 그런데 그것 말고 또 '등 쪽에 종기 비슷한 것'이 수십 일 전부터 생겨 괴롭히고 있다고 말했다.

약에 관해서는 정조도 상당히 정통한 편이었기 때문에 치료 과정은 줄곧 의원들의 처방을 따르기보다는 정조와 신하, 의원들 간의 토론 형식으로 이뤄졌다.

정조는 의원 중에서 정윤교를 신뢰했다. 그래서 등 쪽에 무슨 약을 붙이는 것이 좋은지 그리고 종기의 위치가 위험하지 않고 다만 근(根, 뿌리)이 들어 있으니 고름이 생길 것 같다고 답했다.

또 다른 의원 백성일이 웅담고(熊膽膏, 대변 치료제)를 권하자 정조는 "웅담고는 효과가 없을 것"이라며 거부했다.

"두통이 많이 있을 때 등 쪽에서도 열기가 많이 올라오니 이는 다 가슴의 화기 때문이다."

효의왕비가 지적한 대로 화기(火氣, 열기) 때문이었다. 숙종부터 영조, 사도세자를 거쳐 정조까지 계속 이어지는 고질병, 화증(火症)이 바로 원인이었다.

화기는 화기로 다스릴 일이다. 전 영의정 이천보가 사도세자의 평양 비밀 여행 때문에 자결하면서 영조에게 올렸던 유서에 나오는 '중화(中和)'의 정치를 말로는 내세우면서 정조는 실천하지 않은 결과였다.

이날 내의원에서는 정조의 명에 따라 가감소요산(加減逍遙散, 기혈이 모두 약하고 땀이 나고 조열이 나타날 때 치료하는 처방)을 지어 올렸다. 가감 소요산은 한의학에서 열을 다스리는 약이다.

그리고 내의원 제조 서용보를 교체토록 명했다. 약효가 빨리 나타나지 않은 데 대한 일종의 문책성 인사였다. 하지만 열이 내리지 않는 것은 어딘가 염증이 더해간다는 뜻이기도 했다.

정조는 이렇듯 성급한 성품의 소유자였기 때문에 화증을 달고 살았다.

다음 날인 6월 15일 약방 조제조 이시수를 비롯한 제조들을 접견하

고 자신의 병상(病牀)에 관해 토의를 했다. 이시수가 병세를 걱정하자 정조는,

"머리 부분은 대단치 않으나 등 쪽은 지금 고름이 잡히려 하고 게다가 열기가 올라와 후끈후끈하다."

백성일(白成一)과 정윤교(鄭允喬)가 등 쪽 종기에 대한 진찰을 마치고 행인고(杏仁膏. 껍질 벗긴 살구씨로 만든 고약의 일종)를 붙일 것을 권하자 정조는,

"약효가 너무 약할 것 같다."

정조는 처음에는 반대하다가 결국 행인고를 붙였다. 몸에서 나는 열을 잡기 위해 이날은 백호탕(白虎湯, 감기, 폐렴 기타의 열을 다스리는 처방) 두 첩을 함께 먹었다. 그래도 낫지 않자 정조는 심환지에게 편지를 썼다.

당시 심환지는 왕의 건강을 책임지고 있던 내의원 수장(首將)이었다.

"나는 내의원 제조들에게 명해 내 몸에 좋은 많은 약들을 처방받고 있다. 하지만 그러한 처방에도 불구하고 내 몸은 좀처럼 호전되지 않고 있다. 여기 그동안 내의원 제조들이 처방한 약들과 내가 처방하여 먹은 약들의 이름을 보내니 그대는 이 약들을 분석하여 내 몸에 효능이 있는지, 없는지, 그리고 없다면 왜 없는지를 연구하길 바란다."

사실 정조는 심환지와 이러한 편지를 수십 통 넘게 주고받았다. 즉, 심환지는 임금이 현재 어떤 상태에 있는지, 그리고 어떤 약재들로 처방을 받고 있는지를 정확히 알고 있었다.

그래서 정조는 심환지에게 편지를 보낼 때마다 비밀 유지를 당부했다.

"다 본 서찰은 물에 씻어라. 그리고 찢어 버려라."

그러나 그때마다 심환지는 정조의 명을 따르지 않았다. 심환지는 편지를 없애는 대신 오히려 편지 받은 날짜와 시간까지 꼼꼼히 남겼다.

이는 심환지 나름의 정치적 계산이 있었다. 즉 자신의 결정이나 발언이 문제가 됐을 경우, 이는 임금의 뜻이었다는 증거를 남기려 했던 것이다.

임금과 신하(臣下)의 편지 왕래는 매우 은밀한 것이어야 했다. 완벽하게 서로 믿지 못한다면 그렇게 많은 편지를 주고받을 수 없었다. 게다가 임금의 진료기록은 내명부는 물론이고 궁 밖 사람들에게는 비밀이었다.

이런 사실을 숨긴 채 심환지는 진맥과 침을 잘 놓는 사람이라며 어의로 심인(沈鏔)을 소개해 주었다. 심인은 심환지의 먼 일가였다.

6월 16일 좌의정 심환지 등이 입시하여 병세에 대해 묻자 정조는,

"내가 맨 처음 소요산을 복용한 뒤로 매일 두 번씩 마셔 몇 첩이나 복용했는지 모를 정도이고 효과는 별로 없이 그저 속만 탈 뿐이다.

이제 백호탕을 쓰기로 정하여 그것을 마시면 혹시 열을 내릴 효과가 있을지 모르겠다고 생각하였다.

그러나 조금 마시자마자 곧 열이 오르는 증세가 생겼는데 어깨와 등 쪽에서부터 시작하여 온몸이 다 뜨거워 찬 음식을 먹고 나자 비로소 조금 내려간 듯하였고 오늘 아침에는 조금 나아진 듯하다."

그러나 병세는 조금씩 다른 방향으로 심각해져 가고 있었다. 정조는 정윤교에게 등 쪽 종기를 진찰하도록 한 뒤 종기 증세를 말했다.

"일반적인 증세로는 고름은 적고 피가 많이 나오니 피 속에 열이 많아 그런 것 같다."

이에 도제조 이시수는,

"여러 의관이 모두 어제 저녁의 열 증세는 많이 좋아졌다고 하니, 백호탕을 다시 쓰는 것이 좋겠습니다."

이에 정조는 한 첩을 더 달여 들어올 것을 명했다. 곧이어 정조는 자신의 가슴속 화병이 더해 가는 이유를 의미심장하게 말했다.

"이 증세는 가슴의 해묵은 화병 때문에 생긴 것인데 요즘 더 심한 이유는 그것을 풀어버리지 못해서 그런 것이다.

내가 비록 덕이 모자라지만 의리(임오의리)에 관계되는 문제는 한 번 기준을 잡은 다음에는 조금도 흔들리지 않는다는 원칙을 세웠다. 그런데 오늘날 신하로서 누가 감히 나의 그러한 원칙에 반대하여 나를 이기려는 생각을 한단 말인가.

가령 내가 지키는 의리가 완벽하지 못한 점이 있다면 그 어찌 나를 반대하는 자로 하여금 내말을 무조건 어기지 말라고 할 수 있겠는가마는, 천지자연과 부합되는 정밀한 의리(임오의리)에 대해서야 또한 어찌 그들이 어지럽게 하는 대로 방치해서야 되겠는가."

정조는 이야기 도중 신하들에게 '풀어버리지 못한 그것'이라는 말과 '어지럽게 하는 그들'을 언급했다. 그리고 신하들 중에 자신을 이기려고 하는 자들이 있다고 털어놓았다. 그리고 말을 계속 이어갔다.

"의리란 두 개가 없으므로 옛날 의리와 오늘의 의리를 두 가지로 간주할 수 없는 것인데, 오늘날 이른바 신축·임인년 의리를 핑계 대는 것은 과연 무슨 연유로 나온 것인가?

인정과 천리(天理, 하늘의 뜻)로 말하더라도 내가 신축·임인년 의리를

지키는 것이 어찌 오늘날 신하들보다 뒤떨어질 것인가? (중략)

더구나 지금 중천에 태양이 뜬 것처럼 이와 같은 모든 의리가 미진한 점이 없이 완전히 밝혀졌는데 오히려 곁으로 그것을 가탁(假託, 거짓 핑계를 댐)하여 간사한 짓을 꾸미려 하는 것은 과연 무슨 심사란 말인가?

나 또한 야박하게 말하고 싶지 않기 때문에 하루·이틀 그대로 지나가 약한 모습을 내보이는 문제가 없지 않으나 그들이 만일 살고 싶다면 어찌 감히 그처럼 강경하게 고집을 세운단 말인가?"

계략적으로 의문의 실체는 드러나고 있었다. '풀어버리지 못한 그것'이란 신하들과의 의리 논쟁이고 '어지럽게 하는 그들'이란 의리 논쟁과 관련하여 정조에 강경하게 맞서고 있는 자들이었다.

즉 영조를 따르고 정조와 사도세자 신원론에는 동의할 수 없는 신하들이었다. 즉, 노론 벽파이었다. 정조의 목소리는 다시 높아져 갔다.

"병진년(1796년, 정조 20년) 겨울의 처분은 관계가 없는 것 같지만 느끼지 못하는 사이에 또한 한 푼의 소득이 없지 않았으니, 그 뒤부터는 그러한 이야기를 전혀 듣지 못했다.

그런데 이번의 일은 병진년 당시보다 심하다고 말할 수 있다. 우선 경들 자신부터 밖에 나가 서로 고하여 이러한 사정을 제각기 이해하도록 한다면 다소나마 죄에 걸리지 않을 것이다.

오늘날처럼 살피고 엿보기를 잘하는 습속으로 혹시 나의 본심이 어디에 있는가를 알고 또한 얼굴을 바꾸고 마음을 고칠 수 있게 한다면 사실 그것이 가장 좋은 일이지만 그렇게 하지 않는다면 그들 가운데 한두 사람은 그가 지은 죄에 걸맞게 벌을 가하지 않을 수 없다.

숨어 있는 음침한 장소와 악인들과 교제를 갖는 작태를 내가 어찌 모를 것 같은가.

내가 만일 입을 열기만 하면 상처를 받을 자가 몇 사람이나 될지 모르기 때문에 우선 참고 있는데, 지금까지 귀를 기울이고 있어도 하나도 자수하는 자가 없으니, 그들이 무엇을 믿고 이런단 말인가?"

정조의 말이 끝나자 이시수는 정조를 달래듯이 "죄가 있는 자가 있다면 그가 지은 죄에 걸맞게 벌을 가하면 그뿐"이라며 "병을 요양하시는 중에 어조가 과격하시니 몸조리에 해로울까 매우 애가 탄다."고 말했다. 정조도 불만을 삭히며,

"경들이 하는 일도 한탄스럽다. 이와 같은 하교를 듣고서도 어찌 그 이름을 지적해 달라고 청하지 않는단 말인가. 그렇지만 내가 그 이름을 말하고 싶지는 않다.

그들은 나를 나약하다 생각하고 감히 이렇게 하고 있으나 조만간에 결국 결말이 날 것이다.

비유하자면 종기가 고름이 잡히는 것과 마찬가지니 나는 반드시 그것이 스스로 터지기를 기다리고 싶으나 그들이 끝내 고칠 줄 모른다면 나도 어쩔 수가 없다."

정조는 단단히 화가 나 있었다. 내약원에서 재차 진찰할 것을 청했으나 정조는 물리쳤다. 그리고 서용보(徐榮輔)를 빼버린 내의원 제조에는 이병정(李炳鼎)을 새롭게 임명했다.

제조의 임명은 사실 정승 임명에 준할 만큼 중대한 결정이었다.

이병정은 제조가 되기 전 13일 전인 6월 3일 이조판서로 임명됐다. 인사 문제에 철저했던 정조가 이조판서를 맡겼다는 것은 그만큼 신임이 컸다는 뜻이기도 했다.

6월 16일 정조는 자신의 병이 깊어지면서 반드시 정리해야 하는 일을 떠올렸다. 그것은 자신보다 정순대비를 따르는 노론 벽파 좌의정 심환지를 견제하기 위해 그가 자신의 사후에 어떻게 행동해야 하는지를 똑바로 인지시킬 필요가 있다고 생각했다.

그리고 자신이 병상에 눕기 한 달여 전인 5월 12일 그믐날의 하교, 즉 오회연교(五晦筵敎, 정조에 맞서는 일부 신료들을 향해 내린 경고)를 빗대어 서두에 이 이야기를 끄집어냈다.

"경들도 잘 알고 있겠지만 나는 오회연교 당시 의리의 문제는 결국 노론들이 선왕 영조의 지시에 따라 사도세자를 죽이는 데 동참했는데, 나의 의리관에서 보자면 노론의 잘못이 크다고 할 수 있다.

그리고 정국운영 구상으로 의리탕평을 구현하고자 채제공·윤시동·김종수 등 세 정승을 정확하게 8년씩 번갈아 등용했다.

그리고 임금의 노선을 따르는 것은 신하들의 충(忠, 충성)이고 이를 따르지 않는 것은 역(逆, 반역)이라 분명히 이야기하였다.

그럼에도 불구하고 이 같은 하교를 듣고서도 어찌 그 이름을 지적해달라고 청하지 않는단 말인가. 꼭 내가 내 입으로 직접 말해야 하는가?"

그것은 정순대비와 깊이 연결되어 있던 좌의정 심환지를 가리키는 말이었다. 자신이 병석에 눕거나 명을 다한다면 심환지가 조정을 어떻게 흔들지 뻔한 일이었다.

그래서 조정 신하들이 역적은 심환지라고 말해주기를 바랐던 것이다. 그러고 나서 정조는 계속 말을 이어갔다.

"크거나 작은 일을 막론하고 하나같이 침묵을 지키며 신하들을 접견하는 것까지도 다 차츰 피곤해지는데 조정에서는 두려울 외(畏) 자 한

자가 있는 줄 모르니 나의 가슴 속 화기가 어찌 더하지 않을 수 있겠는가? 우선 경들은 자신부터 임금의 뜻에 부응하는 방도를 생각하도록 하라!"

노기(怒氣. 노여움)를 느끼기에 충분한 발언이었다. 이에 문제의 좌의정 심환지가 자세를 낮추며 말했다.

"일월처럼 밝디밝은 전후에 내리신 분부는 모두가 지극히 맞는 의리였으며 이번에 연석에서 분부하신 뒤로는 털끝만큼도 미진한 점이 없게 되었으니 비록 우매한 서민이라도 그 누가 성상의 뜻이 무엇인지 모르겠으며 또 누가 감히 그 사이에 이론을 제기하겠습니까."

정조는 심환지의 말을 건성으로 받아넘기며 다시 노기(화가 남) 띤 음성으로 말했다.

"경 또한 늙었지만 저번 연석의 분부 속에 자기 자신을 경멸하면 남이 따라서 경멸한다는 말이 있었는데 이 또한 경이 스스로 반성할 점이다."

순간 노회(老會. 늙고 나이 든)하고 여우 같은 심환지는 그동안 정조에게 보였던 모습과는 달리 슬쩍 비켜섰다. 임금이 병이 들어 죽어가고 있는 마당에 마음에 들지 않은 자신을 향해 '처형하라'고 하명할 수도 있었다. 잘못하면 영락없이 개죽음을 면치 못할 것이라고 느꼈다.

"성상의 분부가 실로 틀림없습니다. 사람은 사실 매사를 다 잘할 수 없지만 신처럼 무능한 자는 열 가지 일 중에 한두 가지 일도 조정에 도움이 있기를 기대하기가 어려우니, 어찌 남의 경멸을 받는 것에 대해 한탄함이 없겠습니까."

심환지의 말을 듣고 있던 정조의 분노가 마침내 폭발했다.

"이른바 교제를 하고 있다는 것도 한 군데만 교제를 하는 것이 아니라 사면팔방으로 부정한 경로를 믿고 비밀리 서로 내통하지 않은 곳이 없으니, 이것이 또한 사대부들이 할 짓인가?

내가 그들을 사대부로 간주하지 않기 때문에 우선 방치하고 있으나 지금 나와 같은 세상에 살면서 감히 이와 같은 버릇을 자행한단 말인가.

아무개가 어디에서 이런저런 작태를 벌인 것에 대해 나도 익히 들은 것이 있으니 분명히 조사하여 엄중히 조처하는 것은 한번 행동으로 옮기기만 하면 결판이 날 판인데 그들은 어찌 나를 무서워할 줄 모른단 말인가."

무서운 협박이었다. 심환지가 임금과 노론 벽파 사이를 왕래하면서 거래를 하고 있다는 사실과 노론 벽파가 뒤에서 자신을 방해 하는 일들을 모두 알고 있다는 것이었다. 순간 심환지는 입을 다물었다. 그렇게 심환지는 그 순간을 무사히 넘길 수 있었다. 하지만 이날 정조는 심환지를 제거했어야만 했다.

제33장
정순대비의 정조 살해 음모

정조가 종기로 고통을 호소하고 있던 6월 24일 도제조(都提調, 정1품으로 국가적으로 중요한 책임자) 이시수는 어의 심인이 처방한 약을 들라 하였다. 그리고 심인(沈鑌)은 정순대비가 추천한 처방이라며 조제한 연훈방(烟熏方)과 성전고(聖傳膏)를 사용할 것을 간청했다.

정순대비와 심환지의 사주를 받은 심인은 정조가 다른 그 어떤 처방을 받아도 종기에 호전이 없자, 새로운 처방법을 제시한 것이다.

그 처방은 경면 주사(鏡面朱砂, 붉은색의 광물)와 성전고의 파두(巴豆, 나무의 열매이며 생으로 쓰면 따뜻하고 익혀 쓰면 차다고 함)를 사용하는 것이었다. 이는 자칫 해로운 연기로 인해 건강이 더 악화될 수 있다며 신하들이 섣불리 시험하면 안 된다고 반대하였으나 정조는 다른 약을 처방 받아도 약효가 없자 이 같은 처방법을 사용하는 것에 동의한 것이다.

"지금에 와서 처방하는 모든 약들이 효과가 없고 통증만 심해지니 성전고와 연훈법을 한번 시험해 보고 싶으니 쓰도록 하여라!."

연훈방은 소량의 수은을 태우는 연기를 통해 치료를 하는 처방이었다. 그 처방이 너무 강한 것이라 신하들은 섣불리 시험하면 안 된다고 반대하였으나 정조는 '그동안 어떤 약도 효과가 없지 않았느냐'며 한번 실험해 볼 것을 고집했다. 지푸라기라도 잡고픈 마음에서 그렇게 승낙한 것이었다. 드디어 정순대비와 심환지가 오랫동안 계획했던 정조 죽이기 작전에 돌입한 것이다.

성전고와 연훈방 때문인지 정조의 정신은 온전치 않았지만 종기로 인한 고통이 덜어지는 것만 같았다.

6월 25일 정조는 성전고와 연훈방의 효과 때문인지 간밤에 잠깐 잠든 사이에 요까지 번진 피고름을 쳐다보며 이상한 생각이 들었다. 이에 날이 밝기도 전에 일어나 이르기를,

"어의 심인(沈鏔)과 정윤교(鄭允僑)를 들어오게 하라. 밤이 깊은 뒤에 잠깐 잠이 들어 잠을 자고 있을 때 피고름이 저절로 흘러 속적삼에 스며들고, 요자리에까지 번졌는데 잠깐 동안에 흘러나온 것이 거의 몇 되가 넘었다. 종기 자리가 어떠한지 궁금하므로 경들을 부른 것이다."

이에 제신(諸臣, 여러 신하)들이 이부자리의 고름 나온 자리를 살펴보고 진찰한 뒤에 아뢰기를,

"피고름이 이처럼 많이 나왔으니, 근이 이미 다 녹은 것을 알 수 있습니다. 신들의 반갑고 다행스러운 마음은 무엇이라 형용할 수 없습니다. 앞으로는 원기를 보충하는 방향으로 한층 더 유념하지 않을 수 없는데 부어고(鮒魚膏, 붕어를 진하게 삶은 국물)를 본원(本院)에서 봉하여 올리겠습니다. 그리고 고름이 나온 후에는 잠자리도 전에 비해 편안하셨습니까?"

정조가 "지난밤에 비하면 조금 나았다." 하자 이시수가 아뢰기를,

"날이 밝은 다음에 다시 자세히 진찰해 보아야겠으나 기쁘기가 한이 없습니다. 어깻죽지 위의 당기고 아픈 또 다른 종기는 지금은 어떻습니까?"

정조가 말하기를 "그것은 잘 모르겠다."

이시수가 아뢰기를, "상께서 잘 모르겠다고 분부하시니 통증이 가신 것을 짐작할 만합니다. 그간에 무엇을 드신 것은 있었습니까?"

정조가 말하기를 "아직 먹은 것이 없다."

이어 이시수가 다시 말하길,

"피고름이 완전히 나온 뒤에는 구미도 반드시 크게 좋아질 것입니다. 지금은 성상의 병세가 이미 나아지고 있으니, 머지않아 쾌차하실 것입니다만 이러한 때의 조리는 한층 더 조심하지 않으면 안 됩니다.

무엇보다도 날것과 찬 것을 드신다거나 찬바람을 쏘이는 일을 깊이 경계하셔야 하며, 신경을 너무 지나치게 쓰는 것은 이와 같은 종기에 더욱 해로운 법이니 바라건대 더욱더 유의하시어 모든 일에 반드시 마음을 너그럽게 가지시도록 힘쓰소서."

하니 정조가 지금은 여름이고 더욱이 종기의 열로 참기 힘들다며 토로했다.

"바람을 쐬는 것은 마땅히 경계해야 할 일이지만 지금 이처럼 방문을 굳게 닫고 있는 것은 도리어 너무 답답하다."

이에 윤대(允大)가 아뢰기를,

"사실 너무 답답하실 염려가 있으니 바깥 창문만 닫고 방문은 가끔 잠시 열어두는 것이 좋겠습니다."

이에 정조가 다시 이르기를

"각신(閣臣)들 가운데 누구누구가 들어왔는가?"

이시수가 아뢰기를,

"어젯밤에 들어와 숙직한 각신은 모두 들어왔습니다. 좌상(심환지)은 지금 합문(閤門) 밖에 대령하고 있는데 지금 막 밖에서 왔으므로 감히 연석에 올라오지 못했습니다."

정조가 이시수를 향해 말하길

"그렇게 할 것이야 뭐가 있겠는가."

다시 이시수가 말하기를,

"이러한 때에 범사를 어찌 감히 한층 더 신중히 하지 않을 수 있겠습니까."

이에 정조가

"각신들 중에 오늘 새벽 연석에 들어오지 않은 자는 이쪽으로 와서 이부자리의 고름이 젖은 곳을 살펴보도록 하라."

신하들이 앞으로 나가 살펴본 뒤에 서로 돌아보고 기뻐하며 아뢰기를,

"피고름이 다 나왔으니, 근이 녹은 것을 알 수 있습니다. 경사스럽고 다행하기 그지없습니다."

이에 정조가 정말로 피고름이 많이 나온 것이 종기의 근이 빠진 것이 맞는지 의심스러워 고름이 나온 후의 처치(처방)에 대해 의논하려고 약원 제신을 불러 접견하였다. 그리고 정조가 이르기를,

"몸을 움직이는 것은 조금 낫고 어깻죽지의 부은 곳도 조금 가라앉은 것 같긴 하나 주변의 작은 종기들이 한 덩어리를 이루어 바가지를 엎어놓은 것 같아 잡아당기는 증세가 심하다. 피고름이 많이 나온 뒤라서 뱃속이 필시 허약할 것인데 먹지 않아도 배가 불러 무엇을 먹고 싶은 생각이 전혀 없으니, 이상한 일이다."

성전고와 연훈방으로 인한 중독 때문에 배고픔을 못 느끼는 것이었다. 허약한 사람 특히 종기와 같이 피를 많이 흘리는 사람에게 원기를 북돋아 주는 식이요법이 함께 처방되어야 하는데 성전고와 연훈방은 정신을 몽롱하게 만들어 마치 마약에 중독된 상태가 지속되면서 뇌의 인식을 차단해 버리기 때문에 고통도 덜한 것이었다. 이에 이시수가 아뢰기를,

"열기는 아직도 있습니까?"

이에 정조가 말하기를,

"열기는 참으로 견딜 수가 없으니 이것은 특별한 증상이다."

다시 이시수가 아뢰기를,

"비록 두 가지 증상이긴 하나 종기 증상도 열종(熱腫)으로 인해 생긴 것이니 종기가 낫는다면 열기도 차츰 내려갈 것입니다."

이에 정조가 이르기를,

"고름이 많이 나와버렸는데 오히려 당기는 증세가 있는 것은 무슨 이유인가?"

심인(沈鏔)이 아뢰기를,

"이미 흘러나온 피고름이 많아 지금 남은 것은 약간의 찌꺼기뿐인데 그것도 차츰 이어서 나올 것입니다. 종기 증상은 이미 나아가고 있으나 남은 기운이 어찌 당장 없어지겠습니까."

하지만 이는 거짓이었다. 이미 썩어버린 피부는 밖으로 흘러 내려왔고 종기는 더 깊은 피부를 향해 진행하고 있었다. 그러자 이시수가 아뢰기를,

"신들이 조금 전 연석에서 물러나와 머리를 맞대고 서로 축하하였습니다. 이번에 나온 피고름은 아무리 원기가 강한 사람이라도 이처럼

많은 피를 흘리고 나면 감당하기 어려울 것인데 성상의 건강을 살펴볼 때 그다지 어렵지 않다고 봅니다. 약의 힘이 비록 독하더라도 원기가 튼튼하지 않다면 어찌 이처럼 뽑아낼 수 있겠습니까."

이에 정조가 이르기를,

"그렇게 속단할 일이 아니다. 그대들의 말대로 종기가 호전된다면 열도 내려야 하거늘 이제 내 몸의 열은 갈수록 심해진다. 이제는 열을 다스리는 약을 크게 유의하지 않을 수 없다. 의관들 중에 약을 논의할 자는 누구인가?"

정조의 의학 상식으로는 이해할 수 없는 증상이었다. 분명 지금의 상태는 종기로 인해 괴사한 부분은 모두 고름으로 흘러나오고 괴사하지 않은 부분이 다시 괴사하기 위해 새로운 신경을 자극하면서 생기는 증상과 같았다. 이에 열을 다스린다는 약을 살펴보겠다는 것이었다.

이에 이시수가 아뢰기를,

"유광익(柳光翼)·현필채(玄必采)·이유감(李惟鑑) 등 몇 사람뿐입니다."

하자 정조는,

"탕약을 의논하여 결정하는 과정에 약리(藥理)를 잘 아는 의관이 전혀 없으니, 나라의 체모로 보더라도 어찌 말이 되는가?

다급한 상황을 만나면 갑자기 구하기가 어렵고 일이 지나간 뒤에는 또 어물어물하니, 최선을 다해 의관을 찾아본다면 그래도 어찌 유명한 의관이 없겠는가."

이에 이시수가 아뢰기를,

"신이 삼가 잘 찾아보겠습니다."

하자 정조는,

"이제는 음식으로 원기를 보충하는 것이 시급한데 체하거나 답답하지 않으면서도 먹고 싶은 생각이 나지 않으니, 내 생각에는 전부 화기 때문이라고 본다.

경들은 어제도 생맥산(生脈散, 맥문동, 인삼, 오미자를 물에 달여서 여름에 물 대신 마시는 음료)을 써보라고 하였으나 여러 가지 양약(凉藥) 가운데 인삼 한 돈이 들어 있으므로 인삼의 열이 한층 더 일어날 것이다.”

종기로 인해 살들이 다 썩어 흘러내리고 온몸의 열이 심해지고 있는데 신하들은 자꾸만 인삼을 복용하라고 종용하였다. 종기는 열을 내는 인삼을 사용할 경우, 불 난 데 불을 붙이는 효과가 날 뿐이었다. 정조의 말대로 어의를 비롯한 약원의 제신들은 갈피를 잡지 못하고 있었다.

정조는 다시 강명길(康命吉)에게 들어와 맥을 진찰할 것을 명하였다. 이에 강명길이 아뢰기를,

“새벽에 진맥할 때는 좌우의 삼부(三部)가 높이 자주 뛰고 탄탄했습니다. 이제는 조금 내렸으나 오른쪽 맥은 아직도 내리지 않고 그대로이니, 신의 소견으로는 원기를 보충하는 것은 괜찮으나 절대로 양약을 써서는 안 되겠습니다.”

이에 정조는,

“오늘 새벽 이후 아무것도 먹지 않았는데 정신은 말짱하고 구미는 당기지 않으니 무슨 이유인가?”

심연이 아뢰기를,

“정신이 이미 좋아지셨으니, 구미도 차츰 저절로 트일 것입니다.”

라며 또다시 거짓말을 했다. 이는 모두 정조를 속이기 위한 진단이었다. 심연은 알고 있었다. 종기는 갈수록 심해졌고 다만 연훈방으로 중독되어 식욕을 일으키는 신경세포도 무디게 된 것이었다. 원래 마약

이나 환각제에 중독되면 정신은 말짱해지는데 체력은 고갈되기 마련이다. 심연의 말을 들은 후 정조가 말했다.

"연훈방을 오늘도 써볼 것인가?"

이에 심연이 슬쩍 눈치를 보며 아뢰기를,

"오늘은 우선 중지하고 밤이 돌아온 뒤의 상황을 다시 살펴보고 시험하는 것이 좋을 듯합니다."

의식이 없고 오랫동안 먹지 않았음에도 배고픈 증상도 없다고 말하는데 성전고와 연훈방을 계속 사용하자고 말할 수는 없었다. 잘못될 경우 자신이 모두 책임질 수도 있었다. 이에 정조는,

"소요산(逍遙散, 옆구리가 아프고 오슬오슬 추웠다 열이 났다 하며, 머리가 아프고 식용부진에 쓰는 약)에 사물(四物, 당귀, 천궁, 백작약, 숙지황)을 더 넣는다면 합당한 약이 될 것 같다. 경들은 물러가 다시 의논해 보도록 하라."

그리고 약원 제신을 접견하고 병의 증세를 나누었다. 이에 이시수가 정조에게 아뢰기를,

"조금 전에 의관이 전한 분부를 들어보니 그 말씀이 과연 지당하십니다. 피고름이 그처럼 많이 나온 것은 순전히 다 곪아서 터진 것이 아니라 더운 피가 위로 올라와 그것이 터져서 따라 나온 것 같습니다.

이로 볼 때 핏속에 열기가 많다는 것을 미루어 알 수 있으니, 너무 차가운 약은 감히 논의할 수 없으나 피를 식히고 맑게 하는 약으로 서서히 조절하는 것이 괜찮겠습니다.

다시 의관들과 십분 토론하고 내일 아침 진찰을 마친 뒤에 탕약을 의논해 결정할 생각입니다. 아침 이후 무엇을 드셨으며 또 몇 차례나 드셨습니까?"

이에 정조는,

"식전에는 조금 나은 것 같았으나 오후에는 구미가 완전히 변해 전혀 먹을 수가 없었다. 이것은 순전히 열증세인데 요즘은 입안이 마르는 일이 없으므로 찬물도 찾아 마시지 않으니 이 또한 이상하다."

정조 말대로 정조의 병증세는 정말 이상한 일이었다. 사람이 먹고 마시지 않으면 목이 마르고 식욕이 당기는 법인데 전혀 그런 증상이 없으니 정조는 자신의 몸 안에서 이상한 일이 벌어지고 있음을 직감했다.

그리고 용뇌안신환(龍腦安神丸, 정신이 혼미하여 헛소릴하는 등의 증상을 치료하는 약) 한 알과 댓잎을 달인 물에 우황청심원(牛黃淸心元) 한 알을 넣어 들여올 것을 명하였다. 그렇게 많은 내의원들이 있음에도 누구 하나 정조의 의학 수준을 넘지 못하고 있었다.

6월 26일 정조는 약원 제신을 불러 접견하고 심연. 정윤교에게 고약을 붙일 것을 명하자 이시수가 아뢰기를,

"신은 눈이 어두워 자세히 알 수 없으나 부어오른 곳이 어제보다 더 낮아진 것 같습니다."

이에 심연이 아뢰기를,

"어제 아침에 보았을 때보다 훨씬 낮아진 감이 있습니다. 고름도 계속 흘러나와 작은 적삼이 젖은 곳이 많습니다."

심연은 살이 썩어가고 녹아 흐르는데도 상태가 호전되고 있다고 거짓말만 하였다. 이에, 정조가 말하기를,

"연훈방은 날이 저물 무렵에 다시 사용해 보고 싶다."

연훈방은 사실 치료약이 아니었다. 해로운 광물이 열에 의해 녹으면

서 연기를 만들어 그 연기가 몸속으로 들어가면서 사람을 혼수상태에 빠지게 하는 독가스와도 같았다. 하지만 이러한 이치를 신하들은 아무도 아는 사람이 없었고 심연만이 이 사실을 알고 있었다.

그 뒤 저녁이 되자 약원 제신들이 팔물탕을 올리겠다고 아뢰었더니 정조가 힘이 없어 누워 있는 상태에서 아무 말이 없었다. 그 뒤에도 여러 가지 약을 처방했지만 듣지 않았다. 그 후 정조는 며칠 동안 한 수저도 먹지 못한 채 깊은 잠에 빠졌다.

정순대비와 그녀의 지시를 받은 심환지 그리고 심환지의 인척 심연의 계획대로 정조는 죽어가고 있었다.

제34장
조선의 위대한 국왕,
남편 정조가 사망하다

6월 28일 운명의 날이 밝았다.

정조의 종기가 심해지자, 효의왕비는 남편의 등 쪽에 난 종기가 도대체 무엇이고, 종기의 발생 원인이 무엇인지 알아야 했다. 원인을 알아야 처방도 가능한데 지금의 내의원 처방은 올라가는 열만 잡겠다고 몸에 독한 약제만 사용하고 있으니 이는 치료와는 전혀 무관한 처방이었다.

더욱이 성전고와 연훈방의 경우 치료제보다는 마취제에 가깝고 비록 고통을 덜어주는 데는 효과가 있을지 모르지만, 치료에는 효과가 없었다.

사람은 고통을 통해 아픈 곳을 정확하게 알 수 있고, 아픈 곳이 어떤 증상을 보이는지를 알아야 정확한 진단을 할 수 있음에도 정신을 몽롱하게 하는 약들로 인해 종기는 더욱 깊어져만 가는 증상을 볼 때 효의왕비는 남편이 잘못될 수도 있다는 생각이 들었다.

다만 조선의 법도는 임금이 병을 치료할 때는 대비를 비롯하여 모든 내명부 소속 궁녀들은 접근을 금하고 있어 간간이 대전에 심어둔 내의원을 통해 남편 정조의 건강 상태를 듣고 있을 뿐이었다.

효의왕비는 즉시 효지스님에게 연통을 넣고 임금의 병세가 심상치 않으니 궁으로 입궐해 줄 것을 요청했다.

때마침 궁궐 인근에서 시주를 하고 있던 효지스님은 바로 입궐하여 효의왕비를 찾았다.

"스님 이렇게 빠른 걸음 해주셔서 감사합니다. 이미 서신을 통해 말씀드렸듯이 상감마마의 등 쪽 종기가 갈수록 심해져 이제는 호흡도 어려운 지경에 이르렀습니다. 내의원 제조들도 종기의 원인이 무엇인지도 알지 못하고 열만 잡겠다고 저렇게 성전고와 연훈방만 쓰고 있으니 답답할 뿐입니다.

게다가 성전고와 연훈방으로 인해 상감마마께서는 정신이 갈수록 혼미해져 식음을 전폐하고 잠에서 깨어날 줄 모르고 계신다고 합니다. 이를 어쩌면 좋겠습니까?"

"중전마마!

소승이 보건대 전하의 등 쪽 종기는 과한 업무와 분노를 다스리지 못해 질병이 몸 안쪽으로 찾아온 것이 아닌가 싶습니다. 종기가 나기 전 중전마마의 말씀처럼 등 쪽에 수포가 처음 생기면서 종기가 발생했고 종기 주변 피부들이 빨갛게 달아올랐으며 상감마마께서는 심한 통증을 느꼈다고 했습니다.

게다가 종기가 심해졌음에도 불구하고 고름이 적고 피가 많았다면 이는 필히 세균에 의해 발병하는 괴질, 대상포진(帶狀疱疹)으로 인해 피부의 괴사가 이루어지는 현상으로 그 어떤 약으로도 치료할 수 없사옵니다. 이미 상당한 시간이 흘러 뼈 가까이 종기가 퍼져 피부와 살이 괴사상태까지 갔을 것이며 그로 인해 피고름이 흘러나오는 것입니다.

그리고 썩어 들어가는 종기는 뼈까지 번질 것이고 지금은 폐와 심장까지 압박하기 때문에 그로 인해 호흡까지 어려웠던 것입니다. 지금 증세를 보건대 이미 전하께서는 화급을 다투고 계실 줄 아옵니다.

송구합니다만 중전마마! 상감마마께서는 오늘 밤을 넘기시기 어려울 것 같사옵니다. 어서 상감마마 곁으로 가셔서 임종을 지켜주시는 것이 마마를 위한 최선일 것입니다."

하지만 효의왕비는 믿기지 않았다. 어떻게 이렇게 되도록 그 많은 내의원들과 어의들이 진단조차 제대로 하지 못했단 말인가?

평소 조용한 성격의 효의왕비도 이번만큼은 참을 수 없었던지 흥분을 주체할 수 없었다.

"그럼 스님! 대비마마가 추천하고 어의 심온이 종기 처방으로 썼다는 성전고와 연훈방은 종기에 효과가 있기는 한 것입니까?"

"송구합니다만 중전마마! 성전고와 연훈방은 중국 황실에서도 아무나 처방할 수 없는 극약과 같은 것입니다. 일단 사용하면 광물에서 내뿜는 연기와 심한 독가스로 인해 깊은 잠에 빠지며 다른 처방을 하더라도 약효가 일체 듣지 않습니다.

누구의 지시로 처방하였는지는 모르겠지만 이 약을 처방한 데는 두 가지 이유가 있을 것입니다. 첫째는 심한 종기로 인한 고통을 덜어주기 위함이며 두 번째는 말씀드리기 송구하지만, 상감마마의 목숨을 노린 자들의 의도에 의해 처방되었을 것입니다."

"스님, 그게 무슨 말씀 이십니까? 잘 이해가 되지 않는데 좀 더 자세히 말씀해 주시면 안 되겠습니까?

"네, 중전마마! 좀 더 상세히 말씀드리겠습니다. 성전고와 연훈방은 그 연기에 독이 있어 환기가 안 된 곳에서 3~4일만 계속 들이킨다면 생명을 앗아 갈 정도로 독한 가스를 분출합니다. 따라서 종기 치료를 핑계 삼아 적들은 상감마마에게 성전고와 연훈방을 처방하여 마마의 목숨을 노렸을 것입니다.

이미 상감마마께서는 4~5일을 연기를 마셨고 그 때문에 아무것도 드시지 않았을 것이며, 그로 인해 원기를 빼앗겨 깊은 수면에 빠졌을 것입니다. 비록 성전고와 연훈방이 직접적인 사인은 아닐지라도 마마의 목숨을 재촉하는 데는 아무런 문제가 없었을 것입니다. 그리고 지금과 같은 지경에 이르렀을 것입니다."

순간 효의왕비는 자신이 걱정했던 일들이 눈앞에 다가옴을 느꼈다. 숙명을 바꿀수 없다면 인력으로 다가올 운명을 자신이 막을 수밖에 없었다.

슬퍼할 겨를도 없이 연훈방과 성전고 처방을 추천한 정순대비기 있는 대비전으로 달려가고 싶었지만, 달려간들 깊은 잠에 빠진 남편을 어떻게 할 방도가 없었다.

그럴 바에는 남편 정조가 숨을 멈추기 전에 무슨 일을 먼저 할지 생각하는 게 순서였다.

남편은 분명 독살하려는 자들에 의해 그렇게 되었을 것이다. 그렇다면 성전고와 연훈방을 추천한 정순대비가 누굴 통해 이런 짓을 했을까?

그 순간 효의왕비의 머리를 스치는 것이 있었다.

"심환지다. 심환지는 대비 사람이고 지금의 어의 심연은 심환지의 인척 관계다. 그렇다면 대비는 심환지를 시켜 남편을 독살하려 했을 것이다.

심환지는 남편 정조가 보낸 건강 상태와 처방일지를 대비와 노론 벽파에게 공개했을 것이다. 그리고 자신이 추천한 어의 심온에게 병에 맞지 않는 약들을 조제하여 독살을 주도했을 것이다. 게다가 심환지는 이미 남편의 신뢰를 잃어 남편이 회복된다면 최우선적으로 제거될 인물이었다. 즉 살기 위해 남편을 죽여야 했던 것이다."

효의왕비는 엄 상궁에게 대비전인 수정궁으로 당장 달려가 중전이 찾아뵙겠다고 연통을 넣으라고 일렀다.

잠시 후 대비전에서 두 사람은 마주 앉았다. 효의왕비는 주위를 물러줄 것을 요청한 후 곧바로 정순대비가 입을 열기도 전에 먼저 포문을 열었다.

"대비마마! 황공하지만 지금부터 저는 말을 아끼지 않겠습니다. 조선에서는 아녀자들의 대화는 일체 기록하지 않고 있사오니, 대비마마와 저와의 대화는 지금은 물론이고 후세에도 그 기록 또한 남지 않을 것입니다. 따라서 저는 지금부터 하고자 하는 말을 다 하고자 합니다. 다소 저의 말이 격하더라도 용서하십시오.

대비마마! 왜 상감마마를 해하려 하셨습니까?"

순간 대비의 얼굴은 시퍼렇게 변했다.

"중전, 그게 무슨 소리입니까? 제가 왜 주상을 해한단 말입니까?"

"그럼 한 가지 묻겠습니다. 성전고와 연훈방 처방을 심환지 대감에게 시켜 상감마마의 종기 처방제로 사용하도록 지시한 것이 대비마마가 아니십니까?"

"중전! 말을 삼가세요! 그건 중국 황실 고서에 연훈방이 종기에 좋다고 하여 내가 좌의정(심환지)에게 추천한 것입니다."

"그럼 대비마마께서는 상감마마의 병적 내용을 어떻게 아셨습니까? 내명부 어느 누구도 상감마마의 치료 과정이나 처방전을 볼 수 없는 비밀임에도 어떻게 대비마마께서는 상감마마가 뼛속까지 종기로 괴사가 일어나는 일들을 모두 알고 계시는 것입니까? 혹 좌의정이 상감마마의 처방전을 빼돌려 대비마마에게 드린 것은 아니십니까?"

정순대비는 말이 없었다. 변명을 한들 영민한 중전이 그다음 수를 만들어 왔을 것이 뻔한 일이었다. 다시 효의왕비 말이 이어졌다.

"대비마마! 지금부터 소인이 드리는 말 잘 기억하셔야 할 것입니다. 저는 대비마마보다 나이도 어려 대비마마보다 더 오래 살 것입니다.

향후 상감마마께서 돌아가신 후 대비마마께서 노론 중신들과 손을 잡고 조정을 어떻게 유린하시는지, 그리고 세자에게 어떤 위해를 가하는지 지켜볼 것입니다.

그리고 소인은 조용히 기다렸다가 언젠가 대비마마께서 운명을 다하실 때 대비마마가 했던 그대로 대비마마의 친가는 물론이고 외가를 뛰어넘어 대비마마의 9족까지 멸하고 자자손손 역적 집안으로 만들 것입니다."

무서운 말이었다. 정조가 죽은 후 조정을 장악한 대신들이 어린 세자를 허수아비로 만들고 조정을 어지럽히거나 정조의 인척과 외척에게 복수를 한다면 대비가 죽고 난 후에 똑같이 복수하겠다는 말이었다. 대비는 효의왕비 말에 몸서릴 치면서 생각했다.

'중전은 틀림없이 그렇게 할 것이다. 그런데 어떻게 중전이 이 모든 사실을 알았을까?'

중궁전으로 돌아온 효의왕비는 즉시 좌의정 심환지와 수빈(순조의 생모)을 급히 들라 명했다. 그리고 세자의 생모 수빈과 같이 있는 자리에서 좌의정 심환지를 불러 정순대비와 똑같이 호통을 쳤다.

"나는 좌상이 대비의 명을 받아 상감마마를 해하려 했던 일들을 낱낱이 그리고 소상하게 잘 알고 있다. 상감마마께서는 사경을 헤매는 상태에서도 그대를 믿고 중요한 일들을 서신으로써 주고받으셨다. 하물며 상감마마께서는 병적 상황까지 그대에게 보내고 훌륭한 의원을 찾아 마마 자신의 병을 그대가 치료해 주길 기대하셨다.

그런데 그대는 그 모든 내용들을 읽고 난 후 그 내용을 비밀에 부치거나 찢거나 태우지도 않고 집안에 보관하였다가 대비마마에게 전했다. 이런 짓은 역모와 같다. 설사 지금 당장 내가 그대를 죽여도 큰 죄가 되지 않는다.

그럼에도 그대를 살려주는 것은 상감마마 사후에도 중도를 지켜 세자가 보위에 올랐을 때 충심으로 당파를 떠나 이 나라 조선을 위해 중심을 잡아달라는 것이다. 만약 잔꾀를 동원해 조정을 흔든다면 내가 가만두지 않을 것이다. 이제 그대도 연로하여 나보다는 일찍 죽을 것이다.

세자의 생모 수빈이 보고 있는 이 자릴 빌려 내가 분명히 맹세하지만, 상감마마와 세자마마에 대해 역모를 꾸민다면 그대가 세상을 떠난 후에 나는 그대의 친가 외가를 비롯하여 9족을 멸하고 그대의 시신을 무덤에서 파내 부관참시(剖棺斬屍)할 것이다.

그리고 수빈! 오늘 내가 좌의정에게 한 말을 틀림없이 기억하고 계세요. 설사 내가 좌의정보다 일찍 죽거나 오늘의 이 일을 기억하지 못하기라도 한다면 나를 대신해 수빈은 세자를 시켜 반드시 내 말대로 하겠다고 지금 좌의정이 있는 이 자리에서 약조하세요."

수빈은 세자의 생모다, 설사 중전인 효의왕비가 좌의정보다 먼저 죽는다고 해도 좌의정이 역모를 꾸민다면 언제든 목숨을 거두라는 효의왕비의 말에 수빈은 그렇게 하겠다고 약조했다. 그리는 효의왕비는 심환지를 향해 다시 한번 큰소리로 역정을 냈다.

"지금 상감마마의 중병은 모두 그대로 인한 것이다. 그대가 대비마마의 권세를 업고 상감마마의 명도 받들지 않은 적이 수도 없이 많다는 것은 조정의 중신들은 다 알고 있다. 일찍부터 그대를 처형하라는 남인들의 상소는 지금도 올라오고 있다. 하지만 내 그대를 지켜보겠다. 명심하고 행동 하나하나에 유념토록 하라!"

심환지는 효의왕비의 독기 어린 한마디 한마디에 공포를 느꼈다. 만약 대비가 죽는다면 자신은 의지할 곳이 없게 된다. 게다가 지금의 중전은 대비가 될 것이다. 어린 세자는 즉위하면 대비의 지시를 받을 것이고 더군다나 세자가 즉위하여 성장하면 아버지 정조의 복수를 하려고 들 것이다.

결국 자신이 어떻게 행동해야 할지 분명해졌다고 생각했다.

그러는 사이 대전에서는 정조에 대한 치료가 계속되고 있었다.

임금의 건강은 극비사항이었다. 이런 비밀 정보를 심환지가 입수하고 있었고, 이를 이용해 어의에게 병에 맞지 않는 약을 조제하도록 역모를 꾸미고 있었던 것이다.

아침부터 대전으로 들어온 약원 제신들은 정신을 차리지 못하고 있는 정조를 진맥했다. 이때 중궁전에서 돌아온 좌의정 심환지가 아뢰기를,

"밤사이에 성체는 조금 어떠하십니까?"

하니, 정조는 겨우 정신을 차리고,

"누각(漏刻, 물시계)이 멎은 뒤에 잠을 조금 잤다."

이시수가 아뢰기를,

"밤사이에 무엇을 드신 것이 있었습니까?"

하니, 정조는,

"전혀 먹은 것이 없다."

탕약을 마신 후 정조는 승지 한치응(韓致應)을 체직(遞直, 교체)하고 김조순(金祖淳)을 그 후임으로 삼았다.

그리고 영춘헌(迎春軒)에 거둥하여 좌부승지 김조순(金祖淳), 원임 직제학(直提學) 서정수(徐鼎修), 검교 직제학(檢校直提學) 서용보(徐龍輔)·이만수(李晩秀)를 불러 접견하였다.

이때 정조의 병세가 이미 위독한 상황에 이르러 이만수가 홍욱호(洪旭浩)와 강최현(姜最顯)을 불러 진맥하게 할 것을 청하였다.

이어 약원을 입시할 것을 명하여 약원의 세 제조 및 각신(閣臣) 정대용(鄭大容)·김면주(金勉柱)·심상규(沈象奎)·김근순(金近淳), 의관 강명길(康命吉) 등과 지방 의관 전 현감 홍욱호(洪旭浩)·첨정(僉正) 강최현(姜最顯) 등이 앞으로 나가 엎드렸다.

정조가 무슨 분부가 있는 것 같아 자세히 들어보니 '수정전(壽靜殿)' 세 자였는데 수정전은 대비(정순대비)가 거처하는 곳이었다. 마침내 더 이상 말을 하지 못하므로 신하들이 큰소리로 신들이 들어왔다고 아뢰었으나 정조는 대답이 없었다.

정조는 자신의 죽음을 직감하고 대비에게 세자가 즉위하더라도 나라를 위해 선정(善政. 백성을 바르고 어질게 다스리는 정치)으로 정치를 이끌 수 있도록 도움을 줄 것을 부탁하려 했었다.

이미 죽음의 문턱에서 숨만 쉬고 있는 정조를 향해 이시수가 아뢰기를,

"지방 의원 이명운(李命運)이 지금 대령하고 있으니 홍욱호 등과 들어와서 진맥하는 것이 좋겠습니다."

하였으나, 정조는 응답이 없었다. 이에 이시수가 홍욱호 등을 불러 들여 앞에 나가 진맥하게 하였다. 진맥한 뒤에 이명운이 말하기를,

"맥도(脈度, 맥박이 뛰는 정도)를 감히 잘 모르겠습니다."

하고, 홍욱호와 강최현은 다 아무 말도 없었다. 이시수의 뜻에 따라 탑교를 쓰기를,

"인삼 5돈쭝과 좁쌀미음을 먹어야겠으니 계속 끓여 들여오라. 그리고 소합원(蘇合元, 사향, 주사(朱砂)를 갈아서 만든 환약) 다섯 알을 먹여야겠으니 생강을 끓인 물에 타서 들여오라."

하였다. 그리고 도제조 이시수가 앞으로 나가 큰소리로 아뢰기를,

"성상의 병세가 이와 같으므로 의약청에 탑교(榻敎, 친히 내리는 왕명)를 방금 써 내보냈습니다."

하였다. 그리고 좌부승지 김조순이 탑교를 받아쓰기를,

"의약청(議藥廳)은 관례에 따라 거행하라."

그러나 정조는 끝내 회복하지 못했다. 좌의정 심환지 등이 앞으로 나가 큰소리로 신들이 대령하였다고 아뢰었으나 정조가 대답이 없자, 인삼차와 청심원·소합원(蘇合元, 위장을 맑게 하고 정신을 상쾌하게 만든 환약)을 계속 올려드렸다.

정조가 죽음에서 사경을 헤맨다는 소식을 전해 들은 정순대비는 승전색(承傳色, 내시부에 소속된 관직)을 통해 분부하기를,

"이번 주상의 병세는 선조(先朝) 병술년(1766년, 영조 42년)의 증세와 비슷하오. 그 당시 영조께서 드셨던 탕약을 자세히 상고하여 써야 할 일이나 그때 성향정기산(星香正氣散, 정신이 흐리고 멍하여 몸을 쓸 수 없을

때 치료하는 약)을 복용하고 효과를 영조께서도 효과를 보았으니 의관으로 하여금 의논하여 올려드리게 하시오."

이에 도제조 이시수가 명길로 하여금 성향정기산을 의논하여 정하게 하였다.

정조가 사경을 헤맨다는 소식을 들은 대비 혜경궁(惠慶宮)은 승전색을 통해 분부하기를,

"동궁(세자, 순조)이 방금 소리쳐 울면서 나아가 안부를 묻고 싶어 하므로 지금 함께 나아가려 하니 제신(모든 신하들)은 잠시 물러나 기다리도록 하시오."

이에 동궁이 대전에 도착하자 심환지 등이 물러가 문밖에서 기다렸다.

조금 뒤에 심환지 등이 문밖 가까이 다가가 큰소리로 신들이 이제 들어가겠다고 아뢰었다. 대전 침소에는 죽어가는 정조와 이를 붙들고 울부짖는 동궁이 있었고 이에 혜경궁 홍씨가 대전 침소로 들어가자 심환지 등이 다시 들어왔다.

부제조 조윤대(曹允大)가 성향정기산을 받들고 들어오자 이시수가 받들어 올리면서 숟가락으로 탕약을 떠 두세 숟갈을 정조의 입안에 넣었는데 넘어가기도 하고 밖으로 토해내기도 하였다. 다시 또 인삼차와 청심원을 계속 올렸으나 정조는 마시지 못했다.

이시수가 또 명길에게 진맥하게 하였는데 강명길이 진맥을 한 뒤에 물러나 엎드려 말하기를,

"맥도로 보아 이미 가망이 없습니다."

하자, 제신이 모두 어찌할 줄 모르며 둘러앉아 소리쳐 울었다.

모든 대신들이 정조의 회복을 기원하며 묘사궁(廟社宮, 선왕들을 모신

사당)과 산천에 기도를 거행하였다. 그리고 좌의정 심환지는 혹시나 있을 반역을 막기 위해 궁성을 호위하라고 명하였다. 이에 정순대비는 승전색을 통해 분부하기를,

"주상의 병세는 풍 기운 같은데 대신이나 각신이 병세에 적절한 약을 의논하지 못하고 어찌할 줄 모르는 기색만 있으니 무슨 일이오."

하니, 좌의정 심환지가 회답하기를,

"이제는 성상의 병세가 이미 위독한 지경에 이르러 천지가 망극할 뿐 더 이상 아뢸 말이 없습니다."

이에 정순대비가 또 분부하기를,

"선조(先朝) 병술년에 주상의 병환이 혼미한 지경에 이르렀으나 하루 밤낮을 넘기고 다시 회생하였으며 갑오년에 또 그와 같은 증세가 있었으나 결국 회복하였소. 지금은 주상의 병환이 위독한 지가 그다지 오래되지 않았는데 그 무슨 말이오."

하니, 심환지가 또 회답했다.

"지금 또 병세에 맞는 약을 계속 올려드리고 있습니다."

제조 김재찬(金載瓚)이 인삼차와 청심원을 받들고 들어왔으나 정조는 역시 마시지 못하였다. 도제조 이시수가 정순대비에게 들어가 여쭙기를,

"인삼차에 청심원을 개어서 끓여 들여보냈지만, 이제는 아무것도 드실 길이 만무합니다. 천지가 망극할 따름입니다."

하고, 목을 놓아 통곡하였다. 다시 정순대비가 분부하기를,

"내가 직접 받들어 올려드리고 싶으니 경들은 잠시 물러가시오."

심환지 등이 명을 받고 잠시 문밖으로 물러 나왔다. 조금 뒤에 방안에서 곡하는 소리가 들리자, 심환지와 이시수 등이 문밖으로 바싹 다

가가 큰소리로 번갈아 아뢰기를,

"신들이 이와 같은 망극한 변을 만나 지금 4백년의 종묘사직의 안전이 극도로 위태롭게 되었는데 신들이 우러러 믿는 곳이라고는 우리 대비저하(정순대비)와 자궁저하(慈宮邸下, 혜경궁 홍씨)일 뿐입니다.

동궁저하께서 나이가 아직 어리므로 감싸고 보호하는 책임이 우리 자전 저하와 자궁 저하에게 달려 있을 뿐인데 어찌 그점을 생각지 않고 이처럼 감정대로 행동하십니까. 게다가 국가의 예법(아녀자가 임금의 병중에 간섭하는 일)도 지극히 엄중하니 즉시 대비전으로 돌아가소서."

하자, 한참 뒤에 정순대비는 비로소 대비전으로 돌아갔다.

혜경궁 홍씨는 좌의정 심환지에게 일러 유교(遺敎)를 선포하고 대보(大寶, 임금의 자리)를 왕세자에게 넘기라 명하고 이를 정순대비와 효의왕비에게 통보했다. 그리고 잠시 후 유시(酉時, 오후5~7시)에 정조는 창경궁(昌慶宮)의 영춘헌(迎春軒)에서 승하하였다.

이날 유시(酉時)에 정조가 창경궁(昌慶宮) 영춘헌(迎春軒)에서 승하하였는데 이날 햇빛이 어른거리고 삼각산(三角山)이 울었다. 앞서 양주(楊州)와 장단(長湍) 등 고을에서 한창 잘 자라던 벼포기가 어느 날 갑자기 하얗게 죽어 노인들이 그것을 보고 슬퍼하며 말하기를 '이것은 이른바 거상도(居喪稻) 상복을 입는 벼이다.' 하였는데, 얼마 안 되어 임금이 세상을 떠난 것이다.

그렇게 조선의 위대한 정조는 평생 백성들만 생각하다 숨을 거두고 말았다.

제35장
무참히 지워지는
남편 정조의 흔적들

1800년(정조 24년) 6월 28일 정조가 창경궁 영춘천에서 승하했다. 7월4일 세자 순조가 왕위에 올랐지만 나이가 아직 11세밖에 되지 않아 순조의 증조할머니 격인 정순대왕대비가 수렴청정을 해야 했다. 같은 날 대비는 심환지를 영의정, 이시수를 좌의정, 서용보를 우의정으로 임명했다.

그리고 정순대왕대비는 정조 사망 후 처음에는 흔들리는 왕실과 조정의 중심을 바로잡아 나가는 듯했다. 그리고 왕실의 최고 어른으로서 어른답게 행동했다. 그에 대해 보수냐 개혁이냐 운운하는 것 자체가 철없는 탁상공론에 불과했다.

정조의 죽음은 왕실 차원에서나 국가 자원에서 중대한 위기 국면임에는 틀림없었다.

수렴청정을 맡은 이후 처음으로 정순대왕대비는 혜경궁 홍씨 집안에 대한 사실상의 복권을 단행했다. 대리청정을 시작한 7월 4일 언서(諺書)로 하교하기를,

"홍용한(洪龍漢), 홍준한(洪駿漢), 홍낙임(洪樂任), 홍낙륜(洪樂倫), 전 직장(直長) 정의(鄭漪) 홍취영, (洪就榮), 홍서영(洪緖榮), 홍후영(洪後榮)과 전 부호군(副護軍) 조관진(趙寬鎭), 전군수 조용진(趙鏞振)을 아울러 종척(宗戚)의 집사에 차임(差任, 벼슬아치를 임명하는 일)토록 하라."

이에 대해 심환지를 비롯한 원상들은 '홍상임은 진 죄가 크니 청컨 대 명을 거둬들이소서'하고 상소를 올렸으나 대왕대비는 원상들의 청 을 받아들이지 않았다.

특히 8월 7일 정순대왕대비의 하교는 정국을 풀어가는 열쇠를 보여 주었다. 그것은 어린 순조가 대궐의 여성 어른들에 대한 문안 인사를 하는 순서와 관련된 것이었다.

원래대로 하자면 순조가 왕위에 오르면서 정순대비는 대왕대비가 되 었으며, 효의왕비는 왕대비가 되었다. 그리고 순조의 생모 가순궁 박 씨는 대비가 되었고 혜경궁 홍씨는 자궁으로 불리게 되었다.

그에 따라 대왕대비, 왕대비, 대비 순서로 문안 인사를 해야 했다. 그러나 정순대왕대비는 형식도 중요하지만 내용도 함께 살펴야 한다고 했다.

"혜경궁은 겸손한 덕을 지녔고 명달(明達)함이 이와 같다. 지금 이후 로 대전(大殿) 문안의 차서는 대왕대비전, 왕대비전, 혜경궁, 대비전 가 순궁(順宮, 순조의 친모) 순서로 하라. 그리하여 문서로 차서를 밝혀 혜 경궁의 겸손한 덕을 드러내게 하라."

정순대왕대비는 자신의 오빠를 비롯한 경주김씨 가문을 초토화시 킨 정조를 미워하지 않았다. 오히려 어른스럽게 정조의 친어머니인 혜 경궁 홍씨를 높여 주었다. 그런 이유는 정조가 자신에 대해서는 지극 정성을 다했다는 사실과 혜경궁 홍씨의 조신한 행실이 함께 작용했다. 하지만 대왕대비의 그러한 행동 뒤에는 나름 계산이 있었다.

그것은 자신의 행동을 뒤에서 지켜보는 효의왕대비가 있었기 때문도 있지만 가장 중요한 원인은 따로 있었다. 혜경궁 홍씨의 집안은 장헌세자(사도세자)를 죽음으로 몰고 간 역적으로 낙인찍혀 아들 정조로 인해 풍지박산(風地雹散, 바람에 날리고 우박처럼 날림, 사방으로 흩어짐) 났다. 즉 장헌세자의 죽음에 외척이 관여했다는 이유로 그리한 것이다.

정순 대왕대비의 집안(경주김씨)도 비슷한 처지였다. 대왕대비 입장에서 본다면 자신과 혜경궁 홍씨는 장헌세자(사도세자)의 죽음에 깊이 관여했다는 결론에 도달한다.

즉 장헌세자(사도세자)를 역적으로 본다는 점에서 같은 동지인 셈이 된다. 게다가 혜경궁 홍씨 집안의 부활은 자신의 집안을 부활과 마찬가지였다.

그런 이유 때문인지 대왕대비는 8월 16일 살아남아 있던 홍씨 집안의 인척들을 제수하라는 명을 내렸던 것이다.

"가설감역(加設監役) 홍낙수(洪樂受), 홍낙선(洪樂宣)은 승륙(陞六, 7품 이하를 6품으로 승진)시키고 홍서영(洪緒榮)은 초사에 제수(除授, 왕이 벼슬을 내리는 일)하라."

이들 모두 혜경궁 홍씨 본가의 사람들이었다. 외척 세력들에 대한 배려는 홍씨 가문에만 그치지 않았다.

순조가 왕위에 오른 상황에서 힘을 얻게 된 외척은 처가 안동 김씨, 친어머니(수빈 박씨)의 집안 반남 박씨 그리고 실권을 갖고 있는 왕대비(효의왕대비)의 경주 김씨였다.

그리고 정순대왕대비는 3대 외척의 공존(共存)을 모색했다. 그리고 영조의 첫 번째 비 정성왕후 서씨나 효의왕대비 김씨 집안도 그 역할을 인정했다.

정순대왕대비는 대리청정 첫날 순조의 친모인 가순궁 박씨의 아버지 박준원을 특진시켜 어영대장으로 발탁했다. 그리고 보름 후인 7월20일 영의정 심환지의 청을 받아들여 정2품 정경(正卿)으로 승진 발탁한 다음 공조판서로 임명했다. 사흘 후에는 박준원의 아들 전(前) 도사 박종보를 승지로 임명했다.

순조에게는 외삼촌이었다. 또 같은 날 정조의 처남(효의왕대비 동생)인 의령현감 김종선도 함께 승지 발령을 받았다.

대왕대비의 정치적 수단이 돋보인 계획이었다. 만약 순조가 정식적으로 가례를 올린다면 그 자리들은 자신의 등 뒤에 있는 노론 벽파와 등을 지고 있는 안동 김씨에게 내줄 자리를 미리 선수를 친 것이었다.

순조의 미래 장인 김조순에 대한 배려도 추진했다. 순조는 아직 가례를 김조순의 딸과 올리지 못한 상태였다. 이에 7월 10일에는 김조순을 특별 근위대장격인 장용대장으로 임명했다.

다음날에는 대왕대비가 김조순을 병조판서로 임명하자 당일 사직상소를 올렸다. 후임 장용대장에는 순조의 친모(가순궁 박씨) 집안인 박준원이 임명되었고 11월 13일에는 박준원이 형조판서에 보임되었다.

1800년(순조 즉위년) 정순대왕대비는 정조의 장례 절차가 모두 끝나기만 기다렸다.

반면에 효의왕대비는 아들 순조가 왕위를 승계받음과 동시에 왕대비전으로 들어가 문을 걸어 잠갔다.

"나는 선왕(정조)의 삼년상이 끝날 때까지 망자를 위해 칩거에 들어간다. 궐내의 모든 신하들은 물론이고, 왕실의 친인척을 포함하여 어느 누구도 왕대비전에 들지 말라! 아울러 모든 내명부 일은 대비에게 물려주니 대비(가순궁 박씨, 순조의 어머니)는 한치의 소홀함이 없도록 주상을 보필토록 하여라."

효의왕대비가 남편 정조의 사망에 슬픔을 이기지 못해 칩거에 들어가자, 드디어 정순대왕대비는 숨겼던 발톱을 드러냈다. 조정의 신료들을 모두 자신의 편으로 만들었다고 판단한 대왕대비는 그동안 계획했던 일들을 하나씩 진행했다.

정조가 세상을 떠난 지 170일이 지난 순조 즉위년(1800년) 12월 18일 대왕대비는 중대한 결심을 했다.

정조가 5월 그믐날 경연에서 말했던 '오회연교(五晦筵敎)'를 정반대로 해석하면서 '역신(逆臣)'들의 자수를 요구한 것이다.

원래 오회연교는 장헌세자(사도세자)의 죽음이 억울하다는 임오의리를 노론 벽파가 받아들일 것을 최후로 통첩한 사건이었다. 다만 그 내용이 모호하다는 게 문제였다. 정조는 죽기 전 이 문제를 완전히 해결해야 했음에도 노론 벽파의 눈치 때문에 이 문제를 해결하지 못하고 세상을 떠났다.

그 모호함을 근거로 정순대왕대비는 노론 시파와 남인들에게 자신들의 잘못을 인정하고 벽파에 투항할 것을 요구했다.

그리고 이 같은 조치는 다름아닌 정조의 뜻을 계승하여 세조(나라의 기강)를 바로 잡으려는 작업이라고 못 박았다. 정조의 오회연교를 반대로 해석하여 노론 시파와 남인들의 숙청 작업에 들어간 것이다. 피비린내 나는 권력투쟁을 알리는 서곡이었다.

　노론 시파와 남인들의 입장에서는 황당할 수밖에 없었다. 정조는 분명 자기 뜻을 따르지 않는 노론의 벽파를 향해 경고를 했는데, 그것을 반대 해석하며 자신들(노론 시파와 남인)을 압박해 오니 어찌할 바를 몰랐다. 게다가 자수(自首)라니!

　첫 번째 희생자는 대왕대비의 언문 하교가 있은 지 7일이 지난 12월 25일에 절도로 유배를 가야 했던 예조판서 김이익(金履翼)이었다. 정조 말년 이조판서 이시수를 탄핵한 홍문관 수찬 김이재가 그의 동생이었기 때문이었다.

　김이익과 김이재(金履載)는 대표적인 노론 시파였고 이시수는 이때 좌의정을 맡고 있었다. 김이재는 이시수를 탄핵했다가 정조 24년 5월 29일 경상도 언양으로 유배를 떠나야 했다. 그것은 정조가 김이재를 미워해서가 아니라 심환지·이시수 등을 압박하기 위한 수단이었다.

　그런데 대왕대비는 노론시파 김이제를 유배 보낸 것은 정조가 시파를 압박하려 한 증거로 삼았다. 논리보다는 힘의 문제로 이러한 일을 벌인 것이다.

　같은 날 전전 유수 서유린(徐有隣)을 함경도 경흥부로 유배하라는 명을 내렸다. 이런저런 죄목을 열거했지만 결국 시파라는 이유와 정조의 화성건설에 앞장섰다는 이유였다. 결국 서유린은 경흥부에서 돌아오지 못하고 유배지에서 생을 마감해야 했다.

　김이익과 서유린 두 사람을 절도와 극변으로 유배를 보내긴 했지만, 대왕대비가 볼 때는 잔챙이에 불과했다. 대왕대비의 보복은 먼저 정조의 사람들을 제거하는 데서 시작되려 하고 있었다.

이날 대왕대비는 대신들 중 자신의 말을 듣지 않는 신하들 가운데 중역을 가려내려 철저한 보복을 단행했다.

"조정 신하들 가운데 만약 사력을 다하여 충역을 가려내려는 사람이 있다면 내가 무엇 때문에 고통스럽게 이런 거조(擧條, 임금께 조목조목 들어 아뢰던 조항)를 하겠는가?

지난번 하교를 내린 것이 벌써 여러 날이 되었는데도 전혀 자명(自明, 스스로 인정)하고 자수(自首)하는 사람이 없었다. 이런데도 대신과 삼사가 한마디 말이 없이 적막하기만 하니, 지금의 모양으로 살펴본다면 설혹 종묘사직의 안위(安危)에 관계되는 일이 있다 해도 팔짱 낀 채 앉아서 바라보기만 할 것이 아닌가?"

정조 측근들의 소탕 작전에 소홀하다는 이유로 노론 벽파 대신들은 내몰리고 있었다. 심지어 노론 벽파의 영의정 심환지조차도 열의가 없다는 비판을 받아야 했다.

12월 26일 사헌부에서는 시늉이라도 하는 차원에서 김이재의 당류(黨類같은 당)라는 이유로 서유문(徐有聞)·신기·전 목사 이제만(李濟萬)·부호군 박성태(朴聖泰) 등을 탄핵했다. 대리청정이라는 이유로 임금의 권한을 마음대로 휘두르고 있었다.

그러나 이들 또한 거물이 아니긴 마찬가지였다. 정순대왕대비는 사헌부의 탄핵주청은 받아들이지 않으면서 다음날 다시 '역도(逆徒)의 소굴'을 속히 소탕하라는 엄명을 내렸다.

12월 29일 영의정 심환지의 청에 따라 정순대왕대비의 오빠인 역적 고 참판 김귀주에 대한 명예 회복 조치가 이뤄졌다. 동시에 자신과 자신의 집안을 괴롭혔던 홍국영에 대한 처벌논의가 이뤄졌다. 정치 보복을 단행한 것이다.

홍국영의 관직 추탈은 곧 정조 정치의 시초(始初, 맨 처음)를 근본적으로 부정하는 것이었다. 그리고 그날 그동안 이름이 거론되었던 김이재·신기·이재만·박성태·서유문 등에 대한 유배 조치가 강화되거나 이뤄졌고 추가로 김이재의 형인 김이교도 함경도 명천부로 귀양을 보내라는 명이 추가됐다.

그리고 1801년 순조 1년 새해가 밝았다.

1월 1일 대왕대비는 홍국영의 관직을 추탈하라고 명했다. 노련한 정객의 모습을 보이던 대왕대비는 어느새 복수의 여신으로 바뀌어 있었다.

영조가 정조에게 남긴 유산 중에서 남기지 말아야 할 가장 강력한 오점은 아버지 장헌세자(사도세자)의 죽음보다 정순대왕대비의 존재 자체였던 것이다.

이제는 형식적인 탄핵 절차도 필요 없었다. 일방적인 유배 명령이 내려오기 시작했다.

1월 2일 부호군 이희갑(李義甲), 전 승지 정상우(鄭尙愚), 전 승지 김이도(金履度), 전 판서 이재학(李在學), 전 참의 심상규(沈象奎)를 삼남지방으로 찬배(竄拜, 죄인을 귀향 보냄)했다.

그리고 탄핵 대상에 홍낙임의 이름이 빈번하게 거론되기 시작했다. 정조의 어머니 혜경궁 홍씨 집안을 겨냥한 것이다. 대리청정 초반에 홍씨가문을 잠시 신원(伸冤, 가슴에 맺힌 한을 풀어줌)하더니 다시 정조의 외가라는 이유로 보복에 들어간 것이다.

1월 4일 대사간 이의봉은 홍낙임이 서유린·김이익 등의 소굴이므로 홍낙임부터 엄하게 다스려야 한다고 주청했다. 박종악의 이름도 거론했다.

1월 8일 부호군 김재익은 홍낙임과 채제공이 내외로 결탁했으므로 두 사람을 함께 주벌해야 한다고 상소를 올렸다. 홍국영에 이어 채제공이 부정되려 하고 있었다.

탄핵 대상은 산 자와 죽은 자를 가리지 않고 하루에 서너 명씩 거명되었고 대부분 유배나 관직 추탈의 조치가 이뤄졌다.

이런 가운데 5월 25일 사헌부 지평 강준흠은 은언군 이인·홍낙일·윤행임·정민시·서명선 등 모두 정조가 극히 총애했던 인물들을 탄핵해야 한다고 주장했다.

그중 정조의 총애를 받았던 윤행임(尹行任)은 정조 6년(1782년) 문과에 급제해 초계문신으로 선발됐고 신진 시파로 활약했다. 정조 12년(1788년) 민치화와 함께 노론 벽파의 탄핵을 받아 유배되기도 했으나 이듬해 규장각 직각으로 복직했다.

그 후 이조참의에 오르지만 다시 정민시와 함께 유배되었다가 다시 이조참의에 등용되고 순조 즉위년에는 도승지 홍문관 제학 등으로 잘 나가는 듯했으나, 이듬해(1801년) 신유박해 때 전라도 강진 신지도로 유배되었다가 풀려나 전라도 관찰사로 재직 중 김조순의 탄핵을 받고 다시 신지도에 안치되었다가 결국 정순대왕대비에 의해 참수당했다.

정순대왕대비는 1월 10일 천주교를 사학(邪學, 요사스럽고 간사한 학문)
으로 규정하면서 천주교도들의 씨를 말리라고 말했다.

"선왕(정조)께서도 매번 정학(政學, 정치현상을 연구 대상으로 하는 학문)이
밝아지면 사학은 저절로 종식될 것이라고 하셨다. 지금 듣건대, 이른바
사학이 옛날과 다름이 없어서 서울에서부터 기호(畿湖, 경기도와 충청도)
에 이르기까지 날로 더욱 치성(熾盛, 불길같이 성하게 일어남)해지고 있다.

사람이 사람 구실을 하는 것은 인륜이 있기 때문이며, 나라가 나라
꼴이 되는 것은 교화가 있기 때문이다.

그런데 지금 이른바 사학은 어버이도 없고 임금도 없어서 인륜을 무
너뜨리고 교화에 배치되어 저절로 이적(夷狄, 오랑캐)과 금수(禽獸, 짐승)
의 지경에 돌아가고 있는데, 저 어리석은 백성이 점점 물들고 어그러
져 마치 어린 아기가 우물에 빠져들어가는 것 같으니, 이 어찌 측은하
게 여겨 상심하지 않을 수 있겠는가?"

천주교 내지 서학에 대한 정조의 대응 원칙을 폐기하겠다는 선언이
었다. 정조는 남인 계열에서 서학이 유행했고 이들을 보호하기 위한
수단으로써 극렬한 탄압 대신 정학을 세워 사학을 물리쳐야 한다고
보았다.

정조의 이런 기본 방법론은 주로 천주교의 영향을 많이 받은 남인
계열 그리고 후에 시파로 분류되는 파벌을 보호하기 위한 수단으로
활용하였던 것이다.

이런 정조의 서학에 대한 대응책을 전면 무시하고 강경론으로 돌아
서자, 처음에는 대간들도 경솔하게 큰 옥사를 일으켜서는 안 된다고
반대했으나 정순대왕대비는 단호했다.

"이들을 다스리지 않으면 사람들이 모두 금수가 되어 나라가 망할

것이다. 다스릴 경우 혹 난(亂)을 초래하게 될 우려가 있기는 하지만 나라가 더럽혀져 망하는 것보다는 깨끗하게 보존하여 망하는 것이 낫지 않겠는가?"

이는 100여 명이 사형당하고 400여 명이 유배를 가게 되는 신유박해의 시작을 알리는 신호탄이었다.

한편 천주교에 대한 탄압을 결정하던 1월 10일 정순대왕대비는 이조판서 윤행임의 건의를 받아들여 정조가 추진하던 서얼허통(庶孽許通, 양반이 아닌 서얼이 관직에 차별 없도록 하는 방안)을 받아들이고 시행하라 명했다. 그리고 1월 28일에는 관노비 66,000여 명에 대한 전격적인 해방 조치를 내렸다.

그리고 창덕궁 돈화문 앞에서는 이들의 인적 사항을 담은 노비안 1,400여 권을 불태워 버렸다. 이 같은 대규모의 노비해방이 개혁 군주라는 정조가 아니라 수구세력이라 규정되고 있는 노론 벽파에 의해 이뤄졌다는 것은 충격적인 일이었다.

물론 이런 일들 뒤에는 정순대왕대비의 정치적 계산이 깔려 있었다. 이미 그녀는 어린 나이에 영조의 계비로 들어와 노련한 영조의 정치적 수단을 옆에서 지켜보면서 적어도 정치란 어떤 것인지를 갈고 닦았다.

숙청만으로 정치적 입지를 세울 수 없다고 판단한 그녀는 정조가 추진했던 서얼허통이라는 카드를 꺼내든 것이다. 한마디로 정조의 정책 중 백성들로부터 지지를 얻은 서얼허통제도를 받아들여 백성들로부터 인기를 얻어보겠다는 심사였다.

정순대왕대비는 아녀자로서 기대할 수 없는 정치적 재능을 갖추고 있었는데 그건 선왕 영조처럼 '다른 하나를 얻기 위해 하나는 내어줘야 한다.'는 진리였다. 그 때문인지 정조가 추진하던 일 중에 스스로 잘했다고 하는 일들은 정조의 뜻대로 밀고 나갔다.

사실 정조는 자신의 아버지 사도세자의 죽음에 정순대왕대비의 아버지 김한구가 깊이 연루되었다는 것을 잘 알고 있었다. 나정언의 밀고를 뒤에서 사주한 장본인이 김한구라는 것도 알고 있었다.

그럼에도 불구하고 정조는 김한구는 처벌하면서도 정순대왕대비는 친할머니처럼 모시고 정성을 다했다. 그 때문인지 정순대왕대비 역시 세손 시절의 정조를 보호하는 데 누구 못지않게 적극적이었다.

왕실 내에서 정후겸이 화완옹주를 등에 업고 대리청정을 방해하면서 동궁의 자리에서 밀어내려 할 때 정순대왕대비는 세손의 편에 서서 화완옹주의 공세를 막아주었다.

그 밖에도 몇 차례 정조와 충돌했을 때도 정순대왕대비는 공론에 바탕을 둔 명분에 따라 행동하는 반면, 정조는 오히려 사적인 정의(情意, 사사로운 감정)에 매달리는 모습을 보였다.

정조는 정조 24년 정월 초하루부터 그렇게 서둘렀음에도 불구하고 결국 2월26일 첫 번째 간택, 윤4월 9일 두 번째 간택을 통해 김조순의 딸을 세자빈으로 확정만 지어놓고 가례를 치르지 못한 상황에서 세상을 떠났다.

김조순은 노론 시파였다. 정권은 노론 벽파에 있었다. 노론 벽파로서는 얼마든지 간택을 무효로 하고 자기 파의 딸을 골라 새롭게 가례를 추진할 수 있었다. 실제로 그런 움직임이 있었다.

심환지의 측근인 대사헌 권유가 순조 1년 6월12일 상소를 올려 국혼(國婚)을 재고해야 한다는 뜻을 은밀하게 청했다. 그런데 권유의 상소는 당장 문제가 되지 않다가 그해 10월 18일 노론 벽파의 실세 심환지가 세상을 떠나고 3년이 지난 1804년(순조 4년) 5월 14일 뒤늦게 조정의 쟁점으로 떠올랐다.

순조 2년에 결국 김조순의 딸이 순조와 가례를 올렸고 이후 김조순의 세력이 조정에서 조금씩 힘을 얻어가면서 문제가 된 것이다. 이 일을 처리함에 있어 정순대왕대비는 분명 정도를 걸었다.

앞으로 자기 집안을 견제할 수 있는 가장 강력한 잠재적 적대세력이 김조순 집안이었음에도 불구하고 김조순에 대한 배려를 아끼지 않았으며 정조의 뜻에 따라 국혼을 원칙대로 강행했다. 오히려 권유를 대역죄로 다스렸다.

이런 결정을 내린 것은 어쩔 수 없는 일이었다. 만약 정조의 결정에 따라 김조순의 여식과 가례를 준비하던 절차를 무시하고 노론 벽파 여식 중에 순조와 가례를 시킨다고 가정해 보면 대왕대비는 선왕에 대한 뜻을 거역한 것이 되고 이는 결국 순조의 어머니 효의왕대비는 물론이고 생모 수빈 박씨 집안과 혜경궁 홍씨와도 등을 져야 하기 때문이었다.

게다가 김조순 집안과도 원수지간이 된다. 더욱이 자신이 수렴청정을 죽을 때까지 할 수도 없고 임금은 어머니 효의왕대비와 생모 수빈 박씨의 말에 순종할 수밖에 없다.

효의왕대비 말처럼 자신이 죽고 나면 자신의 집안은 쑥밭이 될 게 뻔한데 그런 일은 도저히 감당할 수 없는 일이었다. 그래서 대왕대비는 적당한 선에서 정조의 유지를 받드는 척하면서 정조의 개혁을 조금씩 조금씩 지워나갔다.

제36장
정순대왕대비의
수렴청정 재개를 막고 반격하다

   노론 벽파 정권을 추진했던 정순대왕대비는 먼저 탕평을 전면적으로 부정했다.

   정조는 남인과 노론시파, 그리고 노론 벽파 인재들을 3정승(좌의정, 우의정, 영의정)에 두루 임명했다. 그러나 정조가 금과 옥처럼 받들었던 탕평책에 대해 정순대왕대비는 냉소적이었다.

   사실 힘의 논리에 의한다면 정조가 잘못된 것이지 정순대왕대비의 시각도 틀린 것이 아니었다. 정치란 이긴 쪽이 전부를 갖는 게임이기 때문이다. 효의왕대비 말처럼 정치에 있어 탕평책이란 혼란만 가중되어 집권자의 추진력을 방해할 수 있다. 정순대왕대비 역시 탕평책을 전면 부정했다.

   "이조나 병조에서 단지 절차에 따라 사람을 뽑아 올리는 일만 할뿐이라면 단 한 사람의 이조 관리만 있으면 그뿐이다."

   적과의 동지를 확연히 구분해서 동지들과 함께 정치를 하는 것이 정당하다는 것이다. 대왕대비는 우선 규장각제도를 축소했다. 자신의 시각에서는 규장각은 껍데기는 유지됐지만 정조 사망 후에는 초계문신을 선발하지 않음으로써 사실상 규장각을 폐지한 것이나 마찬가지였다.

게다가 규장각은 과거 세종 시기의 집현전 수준을 넘어서 승정원과 6조의 업무까지 관여하는 등 그 권한이 비대해져서 축소가 불가피하다고 생각했다. 그리고 가장 중요한 축소 이유는 정조가 규장각을 통해 길러낸 인재들을 없애기 위해서였다.

다음으로 장용영의 폐지를 추진했다. 정조의 개인적인 경호를 위해 창설된 장용영으로 자금이 집중되어 호조에서조차 경비가 부족하다는 것을 알게 된 대왕대비는 좋은 기회라고 생각하고 일거에 장용영을 혁파해 버렸다.

정조의 화성건설에 대해 반대했던 대왕대비는 화성건설은 사도세자만을 위한 것이 아니라 유재족민, 즉 '국가재정을 넉넉히 하고 백성의 삶을 풍족하게 하기 위한 사업'이라며 재정을 고갈시킨다는 이유로 장용영을 더 이상의 확대나 재정지원을 할 수 없다며 없애 버린 것이다.

그렇게 3년 동안 정조개혁을 지우기에 몰두한 정순대왕대비는 신하들의 눈치를 보다가 자신의 약속대로 환정(還政, 정권을 원래대로 돌려줌)한다고 밝혔다. 물론 물러나고 싶지 않았지만, 최초 수렴청정을 시작할 때 세자가 성인이 되는 15세까지만 수렴청정을 하겠다는 약속 때문이었다. 이에 정순대왕대비는 여러 대신들에 이르기를,

"차대(差代, 빈자리에 후임자를 뽑아 채우는 일)를 오늘로 앞당겨 정한 것은 뜻한 바가 있어서이다. 경신년의 창황(蒼黃, 미처 어찌할 사이 없이)하고 망극(罔極, 한없이 슬픔)한 날을 당하여 수렴청정(垂簾聽政, 임금이 어린 나이로 즉위하였을 때 왕대비나 대왕대비가 이를 도와 정사를 돌보는 일)하지 않

을 수 없었으나, 내가 본래 다른 사람보다 훨씬 뛰어난 지식이 없는 데다가 또 여러 해 동안 고질(痼疾)을 앓아 왔으므로, 보통 사람처럼 일을 책임질 수 없었던 것이 오래되었다.

불행하게도 망극한 때를 당하여 부득이 종국(宗國)을 위해 감히 감당할 수 없는 자리를 담당하여 끌어온 지 3년이 되어 가례(嘉禮, 순조의 가례)가 순조롭게 이루어졌으니, 이 마음의 기쁨이 또 마땅히 어떠하였겠는가?

나의 처음 뜻은 새해에 곧 수렴청정을 거두려 했었는데, 그사이에 큰 재이(災異, 정조의 승하)를 당하였으니, 시기에 적합하지 않은 사람으로서 마땅히 있어서는 안 될 자리에 있었기 때문이다.

따라서 이는 바로 비상(非常, 갑자기 일어난 일)한 일인데, 이런 불행한 재이가 있게 된 것이며, 그해는 주상의 보령(寶齡, 나이)이 오히려 15세가 되지 않았으므로, 새해 초두에는 곧 수렴청정을 거두려 하였다. 새해에는 다시 수렴청정하지 않으려 한 때문에 지금에 이르러 통유(洞諭, 밝게 타이름)하고 차대를 앞당겨 정한 것이다.

이것은 경사스러운 일이다. 주상의 나이가 곧 15세에 차게 되어 이제 친히 정사를 행하게 되었으니, 경들은 기뻐하며 축하하는 것이 마땅하다.”

대왕대비는 물러나기가 무섭게 훗날 순원왕비가 되는 순조비의 간택을 반대한 권유(權裕)를 탄핵하였다.

권유는 노론 벽파였는데 자신이 물러난 이후 권유를 가만히 놔둔다면 순조의 비 즉 왕비가 되는 순원왕비의 간택을 반대한 역적 권유가 있는 노론 벽파가 공격을 받을 것은 자명한 일이었다. 즉 꼬리 자르기에 들어간 것이다.

순조의 부인이 된 순원왕비가 지금은 대왕대비의 눈치를 보고 있지만 수렴청정을 거둔다면 자신이 임금의 부인이 되는 것을 반대한 권유는 물론 노론 벽파를 가만 놔두지 않을 것이기 때문이다.

대왕대비가 대리청정을 거둔 시점과 동시에 정조의 삼년상을 마치고 효의왕대비가 대비전의 빗장을 풀었다. 그동안 남편 정조의 삼년상을 지내는 동안에는 정치에 일체 관여하지 않았다.

효의왕대비가 대비전의 빗장을 풀자마자 이를 기뻐하며 아들 순조가 생모 수빈 박씨를 모시고 문안을 왔다. 순조는 큰절을 올린 후,

"왕대비 마마! 3년 동안 얼마나 고생이 많으셨습니까? 어디 편찮으신 곳은 없으신지요? 저는 왕대비 마마가 많이 보고 싶었습니다."

"고맙소, 주상! 나는 괜찮소! 주상이 나를 이렇게 반기는 것을 보니 마음고생을 많이 한 모양입니다. 그동안 대왕대비마마가 수렴청정하는 동안 많이 힘들었지요? 내 비록 3년 동안 입과 귀를 막고 살았지만, 대궐의 돌아가는 상황을 익히 상상하고도 남았는데 엄 상궁의 말을 들으니 한바탕 난리가 났다면서요?"

그때 옆에 있던 대비 수빈 박씨가 눈물을 글썽이며 말문을 열었다.

"왕대비 마마! 소인 그동안 있었던 일을 말하자면 평생 입을 열어도 모자라겠지만 원통하고 분하여 눈물만 나올 뿐입니다. 어떻게 지엄한 혜경궁 마마와 왕대비 마마께서 계신데 선왕(정조)의 개혁 정치와 업적을 지울 수 있단 말입니까? 저는 분해서 잠을 잘 수가 없습니다."

"어쨌든 주상도, 대비도 고생들 많았습니다. 그보다는 내 친히 처리해야 할 일이 있는데 주상은 즉시 돌아가 이시수(李蓍秀) 대감과 김관

주(金觀柱) 대감을 급히 들라 하세요. 상세한 이야기는 곧 알게 될 것입니다."

효의왕대비가 삼년상을 마치자마자 자신들을 부르자 이시수와 김관주는 허둥지둥 왕대비전으로 들어왔다. 그들이 들어오자마자, 효의왕대비는 지금까지 볼 수 없었던 단호한 표정을 지으며 두 사람을 향해 호통을 쳤다.

"어찌하여 그대들은 선왕(정조)의 은혜를 입고 대궐의 중신이 되었음에도 선왕의 업적과 추진 중인 개혁 정치를 중지시키는 것을 보고만 있었단 말인가?

어린 주상을 제대로 보필하지 않은 채 대왕대비의 그릇된 하명에도 불구하고 정책을 추진해 나라를 이 지경에 이르게 했단 말인가!

그러고도 정령 그대들이 살아남기를 바라는가?

이제 대왕대비마마의 수렴청정도 끝이 났으니 그대들 또한 그 직뿐만 아니라 목숨까지도 내놓아야 하는데 정녕 그렇게 되고 싶은가!"

좌의정 이시수(소론)와 우의정 김관주(노론 벽파)는 어찌할 바를 몰랐다. 왕대비전을 걸어 잠그고 대전에서 일어나는 일들에 대해 침묵했던 왕대비가 자신들의 행적까지 낱낱이 지적하는 것을 보고 '잘못하면 죽을 수도 있겠구나' 생각했다.

더군다나 왕대비는 지금 전하의 법상 어머니이시고 임금을 마음대로 움직일 수 있는 왕대비가 아닌가?

게다가 지금의 정순대왕대비는 건강도 좋지 않고 언제 돌아가실지 모르는데 잘못하면 자신들은 물론 노론 벽파 모두가 멸문당할 수도 있었다.

"죽여주시옵소서, 왕대비마마! 하지만 돌아가신 영의정 심환지 대감을 비롯하여 소신들은 대왕대비마마의 잘못된 지시에 대해서는 목숨을 걸고 반대하였지만 소신들의 힘으로는 어쩔 수 없는 일이었습니다."

효의왕대비는 충분히 두 사람을 이해할 수 있었다. 어떻게 감히 임금을 대신해 수렴청정하는 대왕대비에게 그들이 맞설 수 있었겠는가. 하지만 효의왕대비는 그들을 똑바로 쳐다보며 다시 한번 호통을 쳤다.

"내 비록 선왕의 붕어 이후 슬픔으로 삼년상을 치르면서 정치에는 관여하지 않았지만 이젠 더 이상 그대들을 두고 보고 있지만은 않겠다. 또한 이제 어린 주상이 다 자라 성인이 되었음에도 대왕대비가 다시 수렴청정한다는 말이 궁 안에 떠돌고 있는데 그대들도 이 사실을 알고 있는가?"

좌의정 이시수가 우의정 김관주를 한번 쳐다보더니 말하기를,

"그런 움직임에 대해서는 소인들은 잘 모르고 있사옵니다. 설사 그런 뜻을 대왕대비마마가 품고 계신다고 해도 소인들은 이 나라를 위해 목숨을 걸고 이를 막을 것입니다. 게다가 전하께서 이미 장성하셨는데 어떻게 그런 일이 있을 수 있겠사옵니까?"

효의왕대비가 그들을 부른 목적은 대왕대비 수렴청정을 다시 시도하는 것을 다른 당이 아닌 노론 벽파 중신들이 막아주길 바랐기 때문이다. 그래서 그들의 맹세를 듣고 싶었던 것이다.

"그대들은 분명히 내 앞에서 목숨을 담보로 약속했다. 내 이를 지켜보고 그다음 일들을 판단하겠다."

효의왕대비가 소론인 이시수와 노론 벽파의 수장 김관주를 같이 부른 건 서로 견제하면서 정순대왕대비의 수렴청정을 다시 못 하도록 하기 위함이었다.

잠시 후 효의왕대비는 엄 상궁을 다시 불러 주상의 장인인 김조순

대감을 모시고 오라고 하였다. 영악한 김조순은 효의왕대비가 무슨 이유 때문에 자신을 부르는지 알고 있었다.

"왕대비마마, 신 김조순 대령하였나이다."

효의왕대비는 이시수와 김관준과는 다르게 얼굴에 미소를 띠며 공손하게 입을 열었다.

"대감은 그동안 내가 없는 동안 선왕(정조)의 개혁정치가 중단되고 그나마 실시하고 있던 규장각, 장용영, 화성건설 등이 축소되거나 철폐된 사실을 알고 계십니까?"

김조순은 이미 왕대비가 이런 일들에 대해 물어볼 줄 알고나 있듯이 한마디 막힘이 없이 고하였다.

"황공하옵니다, 왕대비마마! 소인 눈앞에서 그와 같은 일들이 벌어지고 있는 사실에 통탄을 금할수 없었습니다. 하지만 대왕대비를 비롯하여 노론 벽파는 '오회언교'를 마음대로 해석하고 그와 관련된 모든 자들을 잡아 죽이거나 귀향을 보냈습니다.

게다가 대부분의 남인들과 노론 시파 중신들은 모두 귀향을 가거나 고문 중에 사망하여 대왕대비의 그와 같은 만행을 막지 못하였사옵니다. 대왕대비께서는 소인을 비롯한 대신들의 의견을 무시한 채 선왕 전하께서 추진하시던 개혁은 물론이고 이미 이루어 놓으신 업적들까지 모조리 지워버리는 일들을 자행하셨습니다.

원통하고 서러워 선왕 전하를 모시던 저희는 죽어도 백번은 죽어야 마땅하지만, 소인들은 왕대비마마께서 삼년상을 마치기만을 학수고대하고 있었사옵니다. 왕대비마마! 소인들의 원통함을 풀어주시옵소서."

효의왕대비는 주위를 무르도록 하고 엄 상궁을 문 앞에 세워 누구도 접근하지 못하도록 하였다. 그리고 김조순 대감에게 노론 벽파를 몰락시킬 방안을 제시했다.

"대감, 노론 벽파 권유의 상소를 보셨습니까? 권유의 상소를 자세히 살펴보면 노론 벽파의 맹장인 이안묵(李安默)과 정재민(鄭在民), 그리고 그 주변에 나누었던 이야기를 털어놓고 있는데 대감의 여식과 주상과의 대혼을 훼방 놓기 위해 음모를 꾸몄다는 내용이 나옵니다. 이는 곧 반역죄에 해당합니다. 이를 대감이 잘 이용해 보세요. 대감은 노론 시파의 수장이 아니십니까? 그리고 소론을 이끌고 있는 좌의정과도 손발을 맞춰 보세요.

그리고 내가 보기에 대왕대비는 비록 수렴청정을 거두었다고 하지만 조만간 다시 수렴청정을 하려고 들 것입니다. 모두 권유의 상소를 없애고 자신은 주상(순조)과 중전의 대혼을 찬성했다고 할 것이며 자신이 대혼을 반대했다는 권유의 상소는 모함이라고 할 것입니다. 이는 대왕대비 사후 노론 벽파의 몰락을 막고 자신의 집안을 보호하기 위한 계책이지요.

하지만 대감은 나의 사람이고 임금의 장인이십니다. 지금부터 내가 하는 말 명심하세요. 나는 선왕(정조)의 위패를 모시는 사당의 재건립으로 조만간 수원 광덕사로 떠날 것입니다. 그리고 그곳에서 당분간 머물 생각입니다.

이미 좌의정과 우의정에게 뒷일을 부탁해 놓았으니, 대왕대비의 수렴청정을 막는 일은 그들이 알아서 할 것입니다. 다만, 대감은 주상을 설득해 노론 벽파를 몰락시키는 데 전념하세요. 그리고 다시는 회복하지 못하도록 이 나라 조선에서 그 씨를 말려 버리세요. 이건 내 개인적인 복수가 아니라 선왕에 대한 복수입니다."

효의왕대비가 중신들을 만나고 3개월이 흘렀다. 그동안 대궐에서는 순조가 친정을 하면서 그럭저럭 자리를 잡고 있었다. 그런데 갑자기 효의왕대비가 예언했던 일이 일어났다.

효의왕대비가 승하한 남편 정조의 위폐를 새로 지은 사당에 모시기 위해 수원 광덕사로 떠나자마자 정순대왕대비는 순조를 불러 강한 어조로 하명했다.

"할 말이 있으니 대신들 좀 들라고 하세요."

대신들이 입궐하자 정작 정순대왕대비는 순조 뒤에 수렴을 치고 앉아 있었다. 수렴청정을 하고 싶었는지 다시 돌아온 것이었다. 이에 순조가 못마땅하듯이 이르기를,

"자전(정순대왕대비)께서 할 말씀이 있다고 하신다."

이것은 다시 수렴을 재개하겠다는 암묵의 표시였다. 그러자 소론인 좌의정 이시수가 갑자기 정순대왕대비의 지난 4년간의 업적을 칭송하더니

"성상께서 있음에도 대왕대비께서 하명하시는 지금 하는 일(수렴 재개)은 이치에 맞지 않사옵니다. 대왕대비마마께서 할 말이 있으면 성상(聖上)께서 하시는 것이 궁의 법도에 맞사옵니다. 수렴을 치고 성상 뒤에서 하명하신다면 이는 수렴청정을 다시 하시는 것이 되오니 그렇게 하지 마시옵소서."

라며 대놓고 수렴을 거둘 것을 적극 청했다. 그러자 벽파의 수장인 우의정 김관주도 맞장구를 쳤다. 워낙 명분과 상례에서 벗어난 상황이었던지라 정파가 다르고 아니고를 떠나 사실상 동의할 수밖에 없었던 분위기였다. 이에 정순대왕대비는 기분이 상했는지 핑계를 댔다.

"내가 수렴청정을 거두었다는 사실을 모른 자가 있단 말인가? 내가

이 자리에 다시 앉은 것은 중요한 일을 묻고자 함이다.

요즘 권유(노론 벽파)를 탄핵하면서 나오는 말을 보니까 누군가가 김조순(노론 시파)의 딸을 들이는 것을 반대했다고 하는데 그 '누구'가 대체 누구냐? 그리고 이런 중대한 일에 대하여 대간의 상소가 명백하지 않으니, 상황이 더 시끄러워지는 것이 아니냐? 그래서 나는 대간에게 그 '누구'가 누군지를 분명히 하게 하고 나온 김에 내 심중에 있는 말도 다 하려고 한다."

변명 아닌 변명이었다. 그러자 이시수가 지지 않고 반박했다.

"그렇다면 성상께 말씀드려 조용히 처리하면 되지 왜 수렴을 치시고 나와서 자전 마마(정순대왕대비)의 공덕에 손상을 끼치십니까?"

하고 아뢰었다. 이에 정순대왕대비가 화를 내면서,

"좌의정은 말을 삼가라! 사람들이 무슨 일만 있으면 다 내 탓이라고 하는데, 난 공덕이 없는 사람이라서 못 참겠다. 분통한 일이 있는데 내가 어찌 해명도 못 한단 말이냐?"

이에 좌의정 이시수가 대답하길,

"그럼 성상께 말씀드려 처분하면 되시지 왜 수렴을 치고 엄한 하교를 내리시는 것입니까?"

라며 정면으로 대들면서 우의정 김관주를 쳐다보았다. 효의왕대비에게 약조한 명세를 지키라는 것이었다. 이에 김관주가 이시수의 말이 맞다고 거들었다. 이에 정순대왕대비는 기분이 상했는지 퉁명한 말로,

"내가 수렴청정을 거두면서 큰 형정(조정의 일)에는 참여한다고 말하지 않았느냐?"

라며 과거의 일을 상기하자 다시 좌의정 이시수는,

"물론입니다. 큰일뿐만 아니라 작은 일에도 얼마든지 참여하시지요.

그런데 수렴은 거두고 전하를 통해서 참여하시길 바랍니다. 그럼 자전 마마(정순대왕대비)의 공덕이 빛날 것입니다."

이에 더욱 화가 난 정순대왕대비는,

"좌의정은 자꾸 내가 공덕이 있다고 하는데 내가 공덕이 어디 있소? 지금 공덕이란 거짓말로 날 우롱하는 것이오!"

라고 불같이 화를 냈다. 그러자 좌의정 이시수가 눈물을 흘리면서,

"대왕대비마마! 소인이 거짓말을 했다면 신하 된 몸으로 그런 죄를 범하였으니 마땅히 죗값을 받겠습니다."

그러자 정순대왕대비는 자신이 한 말을 거두었다. 만약 좌의정 이시수를 처벌한다면 자신은 정말로 공덕이 없는 것이 되기 때문이었다.

"내가 무식해서 오늘 좀 추태를 부렸습니다. 그런데 나도 할 말은 해야 하는 게 아닙니까? 대왕대비로서 할 말이 있으면 해야 하거늘 그것도 못 하면 되겠습니까?

라며 조금 누그러진 투로 말하자 좌의정 이시수는 통곡하면서,

"이런 말까지 들었으니 신은 즉시 죽어 사라지지 못하는 것이 한스럽습니다."

하자 옆에 있던 우의정 김관주가 신하로서 그런 말까지 해서는 안 된다며 '말이 너무 지나치십니다.' 하였다.

좌의정 이시수는 못 할 말이 없었다. 현재의 임금은 순조이고 임금 뒤에는 효의왕대비와 가순궁대비가 있지 않는가? 자기 목숨까지도 버리면서 대왕대비의 수렴청정을 막겠다는 것인데 감히 어느 누구도 자신을 처벌할 수는 없었다. 만약 이를 반대하는 자들이 있다면 그들 모두는 역적이 되는 것이다. 이제 정순대왕대비는 수렴청정을 거두는 순간 정치적으로 끝난 사람이었다. 그러자 정순대왕대비가 백기를 들고,

"내가 견식이 없어 이런 일을 저질렀으니 죄 삼지는 말아 주시오. 앞으로 일이 있으면 언교(諺教, 언문으로 쓴 왕후의 교서)를 내리겠습니다."

라며 수렴을 거두고 물러났다. 이전까지는 명분을 쥐고 행동했기에 각종 정치적 사안에서 벽파적 입장을 내세우는 것에 거칠 것이 없었던 정순대왕대비가 명분 없는 재수렴 시도를 자행함으로써 반대파의 반격에 부닥치게 된 것이다.

다음 날 정순대왕대비는 자신이 김조순의 딸을 순조의 비로 들이는 일을 반대했다는 것이 모함이라며 해명하는 편지를 내렸다.

하지만 이는 변명에 불과했다. 수렴청정을 다시 하려고 할 만큼 그건 사실이었다. 대왕대비는 노론 벽파의 힘을 키워 다시 정권을 잡고 왕권을 무력화시키려고 하였지만 모든 계획은 숲으로 돌아갔다. 효의왕대비의 전략이 먹혀 들어간 것이었다.

그리고 1805년(순조 5년) 1월 30일 오시(午時, 오전 11시~오후 1시) 정순대왕대비는 향년 61세로 경복전(景福殿)에서 심부전증(심장에 스트레스가 과하게 가해졌을 때 발생하는 병)으로 세상을 떠났다.

정순대왕대비가 사망하고 노론 벽파가 힘을 잃자, 백성들은 정순대왕대비 묘비 앞에 '망령된 것', '마귀할멈'이라는 것을 그려 놓기도 하고 묘비를 훼손하기도 하였다. 그녀는 죽어서도 백성들로부터 원망을 받았다. 만약 그녀가 정조보다 조금 더 일찍 죽었더라면 정조는 사망하지 않았을 것이며 조선의 역사는 크게 달라져 정조의 업적은 길이 빛났을 것이다.

제37장
노론 벽파의 몰락과
정순대왕대비 집안의 멸문

정순대왕대비의 사망과는 별개로 사망 직후 노론 벽파는 2년 만에 순식간에 몰락했다. 따라서 벽파의 집권기는 정순대왕대비의 수렴기와 거의 겹친다고 봐도 무방하다.

권유의 상소로 비롯된 대혼(순조의 가례) 사건으로 권유, 이안묵, 정재민이 물고(고문 치사 또는 유배지에서 사망)된 것이 시작이었다. 벽파의 몰락을 가속화시킨 것은 바로 직후의 김달순의 상소였다.

다급해진 벽파의 맹장 김달순(金達淳)은 사도세자 추숭 찬성 세력을 비판하며, 『영남 만인소 사건』의 소두(疏頭, 상소문에서 맨 먼저 이름을 적은 사람) 박치만, 윤재겸을 추증하며 시호도 내려주어 사실상 벽파의 무장을 못 박자는 주장을 했다.

그러나 조득영(趙得永)이 "김달순은 정승이 되어서야 의리를 알았단 말입니까?"고 상소해 벽파 축출의 시동을 걸었다. 순조는 조득영의 상소에 점차 분노 수위를 높이며, 김달순, 김관주(金觀柱, 정순왕후 6촌오빠이자 김귀주의 6촌동생)를 죽이고 권유의 상소에 찬동하는 기미를 보였다는 이유로 이미 죽은 심환지의 관직을 추탈했으며, 김달순을 옹호한 서매수(徐邁修)를 삭탈시켰다.

정순대왕대비의 집안은 물론이고 노론 벽파를 몰락시키기 위한 작업이 시작된 것이다. 그만큼 순조는 아버지 정조에 대한 복수를 기다리고 있었다. 게다가 자신의 뒤에는 효의왕대비와 생모 가순궁대비가 있어 못 할 것이 없었다.

이후 벌어진 김이영(金履永)의 『8자 흉언 상소』는 벽파를 역적으로 못박아 버렸다. 이미 영조 연간에 김한록이 "죄인의 아들은 임금이 될 수 없다(逆敵之子 不爲君王)며 정조를 모해(謀害, 꾀를 써서 남을 해침) 하다가 죽은 김귀주, 김종수가 관직에서 추탈되었다.

권유의 상소에서 비롯된 대혼 저지기도 사건으로 권유, 이안묵, 정재민 등 벽파의 맹장들이 정법(定法, 죄인을 사형에 처하던 형벌) 되었고, 이미 죽은 벽파의 중추인 심환지와 정일환은 관직이 추탈 되었으며, 김달순의 발언과 관련해 벽파의 지도부가 모두 제거되었다.

또한 8자 흉언 사건으로 벽파의 근간인 김귀주(정순대왕대비 오빠)와 김종수는 역적으로 낙인찍히고, 벽파는 과거에 소론과 남인처럼 역당으로 몰렸다.

효의왕대비가 정순대왕대비와 심환지에게 경고를 했음에도 이를 거역하자 법적으로 아들 되는 순조가 어머니의 유지를 받들어 그들을 처단한 것이다.

자신들의 욕심으로 인해 정순대왕대비는 역적 집안이 되었으며, 심환지는 죽어서도 관직과 명예를 추탈당하는 꼴을 당하고 말았다.

결국 노론이 주류였던 최후의 당파인 벽파는 4년의 집권 뒤 불과 2

년 만에 역당으로 몰려 역사 속으로 사라지게 되었다. 병인갱화(丙寅更和, 노론 시파가 노론 벽파를 숙청하고 조정의 주도권을 잡은 사건) 후 현실주의 세력인 노론 시파만 남았지만 당색이 무색무취하고, 그나마 당파다운 당파인 남인은 신유박해로 이미 멸당했으며, 소론은 소수당으로 있다가 이병모·이시수가 사망한 후에 후계자 양성에 관심도 없어서 자연스럽게 소멸했다.

이로써 정조의 개혁 정치에 발목을 잡았던 붕당정치는 역사 속으로 사라지게 되었다. 정조는 살아생전에 붕당정치의 멸망을 보고자 꿈꿔 왔지만 정작 자신은 일찍 죽고 그 아들 순조와 자신의 비 효의왕대비에 의해 그 꿈을 실현할 수 있었다.

정순대왕대비가 죽자 1814년(순조 14년) 효의왕대비는 차례차례 혜경궁 홍씨의 친정을 신원, 복권시켰다. 또한 혜경궁 홍씨의 아버지 홍봉한의 죽음 직전에 그를 비난했던 정이환(鄭履煥), 이심도(李審度) 등의 처벌도 이루어졌다. 특히 이심도는 결국 사형에 처해졌다. 남아 있던 노론 벽파의 씨를 말려 버린 것이다.

그리고 집안의 신원과 복권이 이루어지던 해 혜경궁 홍씨는 1814년(순조 14년)부터 담현증(痰眩症, 중풍)을 알아 오랜 병석에 누웠는데 점차 병세가 깊어져 다음 해 1815년(순조 15년) 12월 15일 81세의 일기를 끝으로 창경궁 경춘전에서 눈을 감았다. 죽기 전 혜경궁 홍씨는 효의왕대비에게 마지막 유언을 남겼다.

"왕대비, 내 이제 가도 좁쌀 한 톨만 한 미련도 없습니다. 왕대비와 같이한 세월, 한도 많고 온갖 궂은일 다 겪었지만 이제 마음을 비우고 웃으며 갑니다. 왕대비, 그동안 애썼습니다. 이제 아들의 업적도 복원되어 후세에 영원토록 남게 되었고 홍씨 집안도 부흥하게 되었습니다. 고맙습니다."

그렇게 혜경궁 홍씨는 한 많은 세월을 살다 숨을 거두었다. 손자 순조는 '헌경(獻鏡, 총명하고 예지하며, 밤낮으로 경계함)'이라는 시호를 올렸다. 위대한 조선의 국왕 정조의 친모이면서도 남편 사도세자 때문에 왕비나 대비로 살지 못하고 한 많은 혜경궁 홍씨로 살아야만 했다.

능은 경기도 화성지 안녕동에 위치한 융릉(隆陵)으로 남편인 장조(사도세자)와 함께 '합장릉의 형식'으로 묻혔으며, 인근에는 아들 정조와 며느리 효의왕후가 묻힐 건릉(健陵)이 옆에 위치하고 있었다.

효의왕대비는 혜경궁 홍씨가 사망하고 난 뒤 1821년(순조 21년) 심한 복통으로 전혀 식사를 못 하고 심하게 앓다가 창경궁 자경전에서 67세로 맹장염으로 세상을 떠났다. 남편 정조와 합장묘인 건릉에 묻혔다.

1821년(순조 21년) 3월 17일 빈청에서 시호를 효의(孝懿)로 휘호를 예경자수(睿敬慈粹), 전호를 효의, 능호를 정릉(靜陵)으로 정했다. 효의왕비 행장의 기록에는,

"효의왕비는 중궁(中宮, 궁중 중심)의 자리에서 24년을 계시고 동조(東朝, 대비가 거처하는 궁궐)의 자리에서 21년 동안 계시었으나 내전(內殿, 왕비가 거처하는 곳)의 말이 한 번도 밖으로 나가지 않았다."

천성이 덕스럽고 인자했으며, 검소했다. 효심도 깊어 시어머니인 혜경궁 홍씨와 의붓 시할머니인 정순왕대비와 대립을 하기 전에는 김씨를 극진히 모셨다. 시누이인 청연공주, 청선공주와도 우애가 대단했다. 심지어 남편의 후궁인 의빈 성씨와도 동기간처럼 잘 지내다 의빈 성

씨가 먼저 세상을 떠나자 극히 슬퍼했다.

어린 시절 조카 집착증이 있던 시고모 화완옹주가 그녀를 몹시 괴롭히고 정조와의 사이를 갈라놓으려고 온갖 이간질을 했음에도 불구하고 꿋꿋하게 버티며 화완옹주에게 예를 갖추었다.

검소하고 공과 사의 구별이 분명하여 주진궁과 어의궁에서 남은 음식이 있더라도 '궁중의 재물은 공물이니 사가의 어버이에게 줄 수 없다' 하였다.

남편 정조와의 관계에서 자식을 갖지 못했지만, 후궁(수빈)의 자식 순조를 친자식 못지않게 길렀다. 그리고 순조가 효의왕비에게 효도하는 모습을 정조가 매우 흡족해 했다."

효의왕대비는 죽기 전 유언도 남겼다.

"남편을 따라 일찍 죽었어야 했는데 내 아들(순조)과 남편의 업적을 지키기 위해 모진 목숨 연명하여 남편의 업적을 복원하였다. 그리고 남편을 괴롭히던 붕당정치를 타파하고 노론 세력들을 역적으로 멸문시켜 살아생전 소원을 이루어 죽음이 무섭거나 두렵지 않다."

그리고 법적 아들 순조에게는,

"위대한 부왕(父王. 아버지 정조)을 뒤쫓으려고 몸을 상하지 말고 자신의 뜻대로 정치를 하세요. 그리고 외척을 너무 의지하고 많은 권한을 준다면 세도정치의 온상이 될 것입니다. 내 말을 명심 또 명심하세요.

그리고 주상! 주상은 천성이 착해 결단이 부족하지만 왕권에 도전하려는 자들에 대해서는 척결을 망설이지 마세요. 이제 주상 옆에는 장인 김조순 대감이 있어 주상의 신변을 위협하는 그런 일은 없을 것입니다.

다만 내가 걱정되는 것은 김조순 대감으로 인해 주상이 하고자 하는 원대한 정치의 꿈을 이루지 못할까 그게 걱정입니다."

김조순의 세도정치를 걱정하는 것이었다. 얼마나 한이 많았던지 효의왕대비는 눈을 감지 못하고 숨을 거두었다.

효의왕대비가 죽고 1년 후인 1822년(순조 22년) 12월 26일 정조의 후궁이자 순조의 생모인 수빈 박씨가 향년 52세로 창덕궁 보경당에서 사망했다.

사망하기 전년 늦가을에 갑자기 풍담 증세가 생겼는데 얼마 후에 차도가 있었다. 그러나 병환이 차츰차츰 더 심해져 일어나지 못했다.

아들인 순조는 생모 수빈이 후궁임에도 왕비에 준하는 예로 장례를 치르고 싶어 궐 안에 빈소를 차리고 장례가 끝난 뒤에도 3년 동안 흰옷을 입었는데 반대한 사람은 죄다 유배보냈다. 사람이 유하고 국정에 큰 위기가 없던 순조가 거의 유일하게 어머니의 장례 문제에 반대했던 자들에게는 강한 의지를 보였던 것이다. 수빈 박씨는 외모가 수려하고 성격이 무던하며 명문가의 숙녀다웠다.

정조의 마지막 남은 후궁 화빈 윤씨는 1824년(순조 24년) 2월 13일 향년 60세로 사망했다. 의빈 성씨를 질투하다 효의왕대비와 정조로부터 미움을 받았다. 묘석에는 간단하게 '화빈남원윤씨지묘'라고 되어 있으며, 경기도 고양시 서삼릉 후궁묘 빈 구인 묘역에 있다.

정조가 죽고 정확하게 100년 후에 조선은 멸망하고 말았다. 만약 정조가 10년만 더 살았더라면 정조의 위대한 개혁 정치는 실현되었을 것이다. 효의왕대비는 1899년 고종황제가 정조를 선황제(先皇帝)로 추존함에 따라 효의선황후(孝懿先皇后)로 추존되었다.

정조와 효의왕비는 타고난 금수저였지만 조선의 다른 왕들과 달리 진정으로 백성을 사랑하고 붕당정치를 타파하기 위해 수많은 개혁을 추진한 조선의 평범한 국왕이 아닌 진정한 조선의 위대한 황제이자 황후였다.

―끝―

효의왕후

초판 1쇄 2026년 04월 10일

지은이 정승호
발행인 김재홍
교정/교열 김혜린
디자인 박효은
마케팅 이연실

발행처 도서출판지식공감
등록번호 제2019-000164호
주소 서울특별시 영등포구 경인로82길 3-4 센터플러스 1117호 (문래동1가)
전화 02-3141-2700
팩스 02-322-3089
홈페이지 www.bookdaum.com
이메일 jisikwon@naver.com

가격 20,000원
ISBN 979-11-5622-964-3 03810